선배에서
남편까지

선배에서 남편까지

1판 1쇄 찍음 2019년 1월 24일
1판 1쇄 펴냄 2019년 1월 31일

지은이 | 국 전
펴낸이 | 고운숙
펴낸곳 | 봄 미디어

기획·편집 | 김민지, 김지우
표지 디자인 | 우물

출판등록 | 2014년 08월 25일 (제387-2014-000040호)
주소 | 경기도 부천시 길주로 64, 1303(굿모닝 오피스텔)
영업부 | 070-5015-0818 편집부 | 070-5015-0817 팩스 | 032-712-2815
E-mail | bommedia@naver.com
소식창 | http://blog.naver.com/bommedia

값 13,000원

ISBN 979-11-5810-641-6 03810

선배에서
남편까지

From senior
To husband

국전

장편

소설

contents

Chapter

01

속보 백제 호텔, 재벌 4세 사교 모임 미목회 비밀리 동영상 유출
백제 호텔, 보안 엄수 약속 어겨…….
재벌 4세의 음탕한 연회장, 동영상 파문!

백제 호텔 고층 클럽 라운지 연회장에서 열린 사교 모임 '미목회'의 방탕한 연회 현장이 고스란히 언론에 퍼져 나갔다.

풍류와 식음료의 정취가 진하게 배어 있는 야외 테라스 라운지에서 뜨거운 시간을 즐긴 미목회 소속 여성들의 비밀스러운 동영상이 어떻게 유출이 되었는지, 그 사건 경위를 조사하는 경찰 측은 난감한 입장을 밝혔다. 동영상 속 그녀들은 거물급 정재계 유명 인사들의 재벌 규수들이었고, 사건 담당 관할서는 사고 수습이 더딘 점에 유감을 표했다.

경찰 측의 기자 회견이 끝나고 언론은 소란스러웠다. 백제 호텔에서 벌어진 미목회의 불미스러운 동영상으로 하여 JS 그룹 문서희와 백제 호텔의 차화준 부사장의 관계가 또다시 언론에 대두된 것이다.

한때 연인이었던 두 사람의 관계에 뜨거운 관심을 가지는 누리꾼 사이에서 두 남녀의 재결합 논란이 커지자 잠자코 언론을 주시하던 차화준 부사장이 직접 나섰다.

"이번 재벌 4세 미목회의 연회와 우리 백제 호텔은 전혀 무관함을 밝

히는 바이며 JS 그룹 문서희 씨와 아무런 사이가 아님을 알립니다."

그는 백제 호텔 앞에 인산인해를 이루고 있는 기자들에게 당당히 일러 주었다.

"하늘을 우러러 한 점 부끄럼이 없음을 또 한 번 강조하는 바입니다."

그의 발언은 경고였다.

"고객 만족도를 최우선으로 하는 게 당연하죠."

계속되는 피로와 연일 쌓여 가는 업무. 책상에 쌓인 서류만 수백, 수천 장에 이른 상태가 되자 과부하에 걸린 화준은 엊저녁, 답지 않게 과음을 했다. 속은 천불이 난 듯 부글부글 끓어올랐고, 관자놀이 부근은 새벽녘에 기상한 후로 내내 그의 신경을 불편하게 했다.

"VOC 시스템을 운영해 고객 불만 사항을 빠르게 해결하는 것보다 나은 방법은 없습니다."

백제 호텔의 중식당 '향도'는 오래전부터 비즈니스맨들 사이에서 손꼽히는 명품 레스토랑이었다. 차화준 부사장의 무한한 신뢰를 얻은 향도는 그뿐만 아닌, 그의 일가가 가장 사랑하는 레스토랑이기도 했다.

내로라하는 호텔 업계와의 귀빈 접대 전쟁이 한창인 지금, 앞으로의 행보에 대해 소상히 의견을 전한 화준이 적당히 데워진 게살 수프를 한입 떠먹었다. 부드러운 식감이 목 언저리를 매끄럽게 지나갔다. 요란하게 진동하던 속이 조금은 잠잠해진 기분이었다.

"부정적인 입소문을 최소화하기 위해 핫라인을 운영하는 것도 나쁘진 않겠습니다."

화준의 말에 고모이자 호텔의 최고 대표인 차연지 사장이 그의 의견을 수렴한다는 듯 고개를 끄덕거렸다.

"입소문, 중요하지. 쓸데없는 말을 줄이는 것만큼 중요한 일도 없다지만 부사장도 알다시피 이번에 진행되는 식음 프로모션만으로도 동종 업계에 큰 위기감을 조성했을 거야."

불도장을 맛보며 그녀가 말했다. 고상한 기품을 흘리며 묵묵히 식사하는 그녀는 60대에 접어든 중년으로 보기 힘들 만큼 세련미가 넘쳤다. 손짓조차 백조의 날개처럼 우아한 그녀는 재벌 3세의 표본이었다.

말이 없는 화준은 암묵적인 태도로 그녀의 말에 동의했다.

"뭐, 그렇긴 합니다. 세계 국빈을 접대하는 코스 요리를 선보이는 호텔은 우리 백제가 유일무이하니 이번 판촉 행사만으로도 동종 업계에 강한 위협감을 주었을 겁니다."

"그렇지, 더구나 이번 행사가 진행되는 데 부사장의 덕이 크니 모두 앞으로의 경영 행보에 두 손 두 발 다 놓았을 거야. 부사장 발뒤꿈치라도 좇아가는 게 어디 쉬운 일은 아니잖아?"

"과언이십니다."

"무슨, 전부 사실인데."

차 사장의 연이은 칭찬에 설핏 미소 지은 화준이 이번에는 자연 송이를 넣어 끓인 철갑상어 수프를 맛본다. 입안에 은은한 풍미를 남기는 수프의 맛을 혀끝으로 음미하던 그가 숟가락을 내려놓곤 부드럽게 미소 짓는다.

"말씀 편하게 하시죠, 직함을 언급할 만큼 먼 사이 아니잖습니까."

그런 그를 보며 차 사장도 흔연하게 웃어 보였다.

작은오빠의 아들, 즉 눈앞의 조카는 언제 이렇게 컸는지, 몰라볼 정도로 성숙해졌다. 경영 승계를 위해 대학 졸업 후 곧장 유학길에 오른 그는 해외 지사에서 커리어를 쌓은 뒤 곧장 귀국해 대원 그룹 미래전략실 전략팀장으로 근무했다.

이후 대원 그룹의 백제 호텔 부사장으로 신임된 그는 승진과 동시에 승승장구하며 백제 호텔을 호텔업계 굴지의 관광호텔로 만들어 놓았다. 탁월한 경영 감각으로 조직의 안정화를 이끌고, 수익성과 재무 안정성을 향상시킨 그는 제 조카이지만 흠잡을 데 없이 완벽했다.

작은오빠, 그러니까 물산의 차 사장을 쏙 빼닮은 이목구비는 시원시원했고, 강렬한 인상을 남길 만큼 도드라졌다. 깊고 퇴폐적인 눈매와 오뚝한 콧날. 남성적인 자줏빛 입술. 나이가 들면 들수록 날렵해지는 턱 선까지. 매력적인 그의 외모는 이미 오래전부터 유명했다.

"여전히 결혼 생각은 없는 거야?"

차 사장이 언급한 불편한 이야기에 아주 잠시 화준이 멈칫했다. 금세 평정을 찾았으나 원하지 않은 이야기를 들은 그 순간 가뜩이나 부글거리는 속이 뒤집히는 건 사실이었다.

"달리 없는 게 사실이죠."

"너 벌써 서른셋이야. 집안 어르신들이 모르는 척 방관하고 있다 해도 다 나와 같은 마음일 거다. 일에 열중하는 것도 좋은데 슬슬 갈 때가 된 것 같은데, 여직 마음이 없는 거니?"

"뭐, 좋은 인연이 생긴다면 자연히 따라붙는 게 희보일 테고요."

차 사장이 안쓰러운 눈으로 그를 바라보았다. 나이가 차고, 적당히 들어오는 선 제안도 마다한 그는 귀국 후 내내 일에만 매진했다. 비바람이 몰아치는 황야에 혼자 서 있는 쓸쓸함이 그리도 좋은지, 다른 집 자제들과 달리 여전히 소식 없는 그가 퍽 걱정스러운 차 사장은 하루 빨리 화준이 결혼하기를 바랐다.

작은오빠를 닮아 고집이 철통 무쇠 같은 그는 은연히 흘리는 이야기를 언제나 한 귀로 흘려 넘기기 일쑤였다.

화준도 그렇지만 그의 누이, 화은도 문제였다.

아무리 가는 데 순서 없다고는 해도 남매가 기계처럼 일만 하며 사니, 원. 일벌레도 이런 일벌레가 없다. 인생의 절반 이상을 회사에 치중하는 그에게 고마우면서도 한편으론 퍽 미안한 차 사장이 쓸쓸한 표정을 짓는다.

화준은 고모의 시선을 알면서도 모른 체하며 묵묵히 식사했다.

"그나저나 M&A로 순환 출자를 해소하려는 계열사 사장들도 힘들 거야. 미목회와 관련한 불미스러운 사건이 하필 우리 호텔에서 터졌으니 언론이 몰려드는 것도 당연하고."

"경찰 측에서도 사건 진상 규명에 힘쓰고 있으니 금방 밝혀질 겁니다."

"그 말은, 우리 직원과 무관하다는 말인가?"

"그럴 겁니다. 경영의 투명화에 힘쓰는 우리 호텔 직원들이 설마 그랬겠습니까."

"상사에 대한 충성심이 강한 만큼 직원에 대한 신뢰도가 높은 부사장이라, 마인드는 좋지만 이런 상황에서는 어느 정도 경계하는 게 좋겠어."

차 사장은 미목회의 연회 동영상을 유출 시킨 범인이 백제 호텔 직원이라고 생각하는 듯했으나 화준의 뜻은 그와 달랐다.

두 사람의 의견이 처음으로 부딪쳤으나, 대화에는 막힘이 없었다.

"그래서, 너는 괜찮은 거야? 이번 일, 서희에게도 타격이 클 텐데."

차 사장이 언급한 불편한 이름을 듣는 순간 화준은 불쾌감에 목구멍이 턱턱 막혔다. 애정이 없는 관계였지만 어쨌거나 그녀는 과거, 그와 백년가약을 약속했던 사이였으니까.

"'재벌 4세의 음탕한 연회장'이라는 대목으로 기사 나간 지 꽤 됐죠."

"나도 알지만 이대로 두어도 괜찮겠어? 사건 진상 규명도 좋고 돈을 써서라도 기사를 묻는 것도 좋고, 뭐라도 해야지 않을까 싶은 게 내 생각인데."

"이번 논란은 호텔에 치명적인 해악입니다. 책임지고 진상 규명에 나서야죠."

화준의 말에 차 사장도 더는 할 말이 없는지, 괜히 찻잔을 손에 잡는다. 대화가 끊겨 적막한 분위기가 두 사람이 자리한 룸 안에 밀어닥쳤다. 공격적으로 밀려온 삭막함에 헛기침을 터뜨린 차 사장이 무어라 말문을 여는 찰나 휴대폰이 울렸다. 그녀의 전화가 조용한 걸 보면 화준에게 온 업무 관련 전화인 듯하다.

"받고 와."

성미부리는 액정을 본 그가 정중하게 묵례하며 잠시 룸 밖을 나섰다.

—제주 스테이 부지 추가 확보 제안이 반려됐습니다.

발신자는 그의 수석 비서, 조 실장이었다. 복도를 걸어 홀로 나온 그가 감각적인 레스토랑의 인테리어를 눈으로 감상하며 외식가 밖으로 나왔다.

—시간 소요가 길어질 것으로 예견됩니다.

"앞으로의 일정은?"

—면세 사업 관련 입점 문제로 회동이 약속되어 있습니다.

"음."

그의 말에 화준이 복잡한 얼굴을 했다. 몸이 열 개라도 부족한데 시간까지 촉박하니 여간 초조하고 불안한 게 아니었다. 면세 사업과 명품 브랜드 입점 문제를 눈앞에 둔 화준은 며칠째 총력전을 벌이고 있었다.

허공을 바라보며 한숨을 내쉰 화준의 시선이 애먼 곳을 바라본다. 시선 끝에 향도를 찾은 고객들이 송두리째 걸려들었다. 월척이었다. 꼴사나운 두 남녀의 격 없는 애정 행각을 발견하게 되었으니까.

"뭐가 됐든 천천히 진행하죠."

그때였다. 화준은 퍽 우아한 분위기를 즐기는 커플을 주시했다. 까르르 웃다가 자리를 벗어난 여자가 레스트 룸 쪽으로 걸어가고, 혼자 남은 사내는 입속말로 노래를 흥얼거리며 중국 황실에서 즐겨 찾던 고량주, 시선태백을 커다란 유리잔에 콸콸 채워 넣었다.

그런 사내의 모습이 불쾌했는지 화준이 눈썹 끝을 꿈틀거렸다. 첫맛이 진하고, 끝 맛이 부드러워 목 넘김이 수월한 시선태백을 제법 큰 물잔에 소주처럼 때려 붓는 사내의 행동에 품격이라곤 전혀 찾아볼 수 없어 헛웃음이 터져 나올 지경이었다.

국빈 접대 레스토랑으로 알려진 향도가 포장마차도 아니고. 그가 격상 시킨 향도가 졸지에 개나 소나 찾는 술집이 된 것 같아 이곳을 무척 사랑하는 화준의 입장에선 언짢은 게 당연했다.

종전까지 남아 있던 숙취가 말끔히 해소되었다. 다만, 눈에 거슬리는 사내의 행동 때문에 숙취와는 다른 이유에서 속이 뒤틀렸다.

"급할수록 천천히 돌아가는 것도 나쁘진 않잖아."

—불난 곳이 한두 군데가 아닌데 천천히 진행했다가는 모조리 재가 되어 버리겠습니다.

단호한 조 실장의 회답에 화준이 심드렁한 얼굴을 했다. 그때 그의 시야에 수상쩍은 여자의 모습이 포착됐다. 품위와 거리가 멀어도 한참 먼 커플의 일행은 아닌 것 같은데.

화준은 의심스러운 여자를 유심히 살폈다. 머리에 뒤집어쓴 스카프의 화려한 패턴이 지켜보는 그의 눈을 아프게 했고, 얼굴의 절반을 가리고 있는 선글라스에서는 멋과 기품을 찾아보기 힘들어 조소를 안 하려야 안 할 수 없게 했다.

가관이 아닐 수 없는 광경에 표정 관리가 어려운 건 당연한 일이었다. 다시 말하지만 이곳, 향도는 화준이 가장 사랑하는 레스토랑이었다. 대체 저 그림은 무엇이란 말인가.

여자의 격 떨어지는 행동에 비상을 맞은 화준이 싸늘하게 굳은 얼굴을 하며 방향을 틀었다. 차 사장이 기다리고 있는 비즈니스 룸이 아닌 정면이었다. 걸음을 옮기는 화준의 보폭이 평소보다 넓고, 빠르다.

—위험한 상황에 대비해서 구급차 정도 미리 대기시켜 놓는 것도 나쁘진 않겠습니다. 제가 아는 부사장님은 누구보다 용의주도하고, 주도면밀한 분이시니까요.

백제 호텔의 나쁜 평판이 고객 사이에서 만구일담으로 갈아질 것을 우려한 화준이 비즈니스 외식가 입장에 제한을 두어야겠다는 생각을 하는 사이에도 조 실장은 부지런히 말을 하고 있었다.

"그래, 뭐 죽이 되든 밥이 되든 하겠지. 유능한 부사장, 과로로 쓰러지기 전에 스케줄 조절 좀 부탁해. 조 실장."

그가 단전에서부터 끌어올린 숨을 불어 내쉬며 매정하게 전화를 끊었다. 발길은 요란한 스카프와 선글라스를 거칠게 벗어 던지며 악에 받친 고함을 내지르는 여자를 향해 무서운 속도로 다가가고 있었다.

"나한테는 이 물 한 잔도 아깝냐! 어?"

안으로 들어서자 가냘픈 여자의 고성이 내부를 쩌렁쩌렁 울리며 화준의 귓전을 사정없이 긁어 댔다. 그의 표정이 한층 더 어두워졌다. 살의로 번뜩이는 눈빛은 모조리 다 불태워 버릴 듯 강렬했다. 난동이 일어난 실내 상황을 정리하기 위해 서둘러 움직이던 지배인이 막 등장한 그를 알아보고 묵례했지만 화준에게 인사를 받아 줄 겨를 따위 있을 리 만무했다. 난잡한 상황을 만든 저들을 당장 처리해야 했으니 뭔들 눈에 밟힐까. 삽시간에 밀어닥친 분노가 그의 걸음을 서두르게 했다.

마침내 화준이 여자와 멀지 않은 곳에 당도했다.

지켜보던 뒷모습이 또렷해지자 거침없던 그의 걸음이 잠시 제자리에 우뚝 섰다. 그보다 한발 앞서 난리 통이 일어난 상황에 합류한 지배인의 제지에도 아랑곳 않는 여자의 얼굴이 언뜻언뜻 보이자, 화준의 얼굴 위에 잠시나마 놀란 빛이 스쳤다.

감정이 불확실한 표정이 모호하게 변하는 순간, 그의 입가에 진한 웃음이 찾아와 조용히 만면으로 번졌다. 좋은 인연이 생긴다면 자연히 붙따를 희보. 그 희소식이 머지않아 생긴다면 백제 호텔의 부사장 차화준은 겹경사를 누리며 언론의 화제가 될 테지.

피식 웃음을 깨문 그가 한 발자국 내딛었다.

재은은 만난 지 1년이 넘은 남자 친구의 외도 현장을 덮치기 위해 백제 호텔 17층의 비즈니스 외식가에 몇 시간째 죽치고 있었다.

사람들의 따가운 눈총이 불편했지만 참아야 했다. 거짓말에 능한 박한수를 궁지로 밀어붙이기 위해서는 참을 인(忍)을 그리고, 또 그리고, 새기며 버텨야 했다.

가장 구석진 자리에 자리한 재은은 콧방울 아래로 떨어지는 선글라스를 고쳐 쓰며 곧 입장할 박한수와 여자를 잠자코 기다렸다. 그러는 동안 불쑥불쑥 떠오르는 박한수와 여자의 음란한 메시지 내용이 그녀의 속을 뒤집어 놓았다.

⟨자기, 비아그라 좀 먹어야겠어.⟩
⟨무슨 소리야. 우리 애기가 불감한 거야.⟩
⟨그럴 리가, 너무 자기 생각만 하니까 그렇지.⟩
⟨우쭈쭈, 내가 그랬어?⟩
⟨그래! 나은이두 오르가슴 느끼구 싶단 말이야!⟩

오르가슴, 비아그라. 잊으려야 잊을 수 없는 메시지는 몇 번을 생각해도 충격적이었다.

용서 못 해, 절대 용서 못 해! 쌍심지를 켠 눈으로 허공을 노려보며 부득부득 이를 갈던 재은이 별안간 주문한 짜장면 면발을 후루룩 입안으로 밀어 넣었다. 와중에 허기를 느끼는 스스로가 한심했다.

"……씨."

짜증나, 여기 짜장면은 왜 이렇게 맛있는 거야.

1년을 만나면서 흔한 호텔 레스토랑 외식 한 번 한 적 없던 두 사람이었다. 그런데 네가 감히 다른 누구도 아닌 바람난 여자와 6성급 호텔 외식가에서 우아한 데이트를 즐겨?

"절대, 절대 안 돼."

파국이 뭔지, 내가 오늘 아주 똑똑히 가르쳐 주마. 먹잇감을 쫓는 맹수의 시선으로 뚫어져라, 입구를 응시하던 그녀의 눈가에 별안간 기다리고 기다리던 남녀가 모습을 드러냈다. 보란 듯이 손을 꼭 맞잡은 채 등장한 두 사람은 지배인의 안내에 따라 그녀와 가까운 곳에 자리했다.

당황한 그녀가 푹 고개를 떨어뜨렸다. 아직 들통이 나선 안 됐다. 벽쪽으로 고개를 외면한 재은이 귀를 쫑긋 세웠다.

"어머, 오늘 데이트 코스 너무 멋있는 거 아니야?"

"그럼, 다 자기를 위해 준비한 거야."

"아흥, 너무 멋져."

듣고도 못 믿을 애칭과 한수의 토악질 나는 목소리에 재은이 헛웃음을 터뜨렸다.

"자기, 그럼 주문 좀 부탁해. 나 화장실 좀 다녀올게."

저 미친 새끼가! 부들부들. 온몸에 소름이 돋아나면서 전신이 흔들렸다. 이것이 분노에 의한 진동인지, 어마어마한 파급력을 자랑하는 실연의 아픔 때문인지는 모르겠으나 한 가지 확실한 건 이대로 박한수를 살려 둘 수 없다는 것이었다.

죽어도 같이 죽는다, 박한수. 재은이 힐끔 한수를 돌아보았다. 나은인지, 뭔지 알 것 없는 여자가 잠시 자리를 비운 사이 온갖 멋있는 척을 다하며 주문하는 모습이 가증스러웠다.

잠시 후, 그들의 빈 테이블에 주문한 메뉴와 고급 차 두 잔, 그리고 재은은 살며 구경 한 번 못 해 본 중국 황실 전통 술, 시선태백이 놓인다.

아주 작정을 했네. 기름값도 없다며, 죽는 소리 하던 게 누군데!

기가 막히고 코가 막혔다. 나은과의 데이트 장소가 백제 호텔 비즈니스 외식가라는 것부터가 충격적이었기 때문에 더 놀랄 일은 없을 거라고 믿었는데.

남자의 마음과 돈, 시간은 비례한다. 150ml에 50만 원이나 하는 시선태백을 통 크게 주문하는 그의 씀씀이를 보니 문득 그런 생각이 들었다.

재은은 비참했다. 기념일마다 그에게 받은 선물이라곤 화장품이 고작이었던 그녀였고, 일에 치여 사는 한수는 늘 바빴다. 1년에 한 번뿐인 그녀의 생일날에도 시간을 내어 주지 못할 만큼 바쁜 그가……

긴 숨을 불어 내쉰 재은이 천천히 자리에서 일어났다. 그의 뒤통수를 노려보며 걸음을 서두르는 그녀가 마침내 사태 파악이 불가능한 멍청한 박한수의 등 뒤에 바로 섰다.

콧노래를 흥얼거리며 우아한 분위기를 즐기는 한수는 눈치가 없어도 너무 없었다. 범상한 기운을 내뿜고 있는 그녀의 존재를 혼자만 모르고 있다.

"오늘 진탕 먹고 취하자. 그리고 가 보자, 홍콩!"

그의 말을 끝으로 선글라스를 슥 끄른 재은이 서슬처럼 날 선 손매를 치켜 올렸다. 토끼 주제에 달나라라면 모를까, 감히 겁도 없이 홍콩을 운운하다니. 분개심이 극에 다른 재은이 뜨거운 콧김을 흥 내쉬며 한수의 뒤통수를 후려쳤다.

"윽!"

뒤에서 밀려온 완력에 한수의 몸이 테이블 앞으로 쏠렸다가 반동으로 다시 일어났다. 놀란 그가 어안이 벙벙한 얼굴을 한 채 뒤를 돌아보곤 헉 소리와 함께 경직된다.

"재, 재은아."

전혀 생각도 못 한 인물의 등장에 놀란 듯 그는 이곳이 호텔 외식가라는 사실도 잊은 채 벌떡 자리에서 일어났다. 의자가 쓰러지면서 쾅! 하는 굉음이 레스토랑을 가득 메웠다. 사람들의 시선이 일제히 두 사람을 향했다.

"내가 너 이럴 줄 알았어."

"아, 아니. 재은아, 너, 너 여기 어떻게……."

"표정이 왜 그래? 귀신이라도 봤니? 못 볼 거라도 본 것 같아?"

"재, 재은아……! 그게 아니라."

"그게 아니긴 뭘 그게 아니야! 이 이 더러운 자식!"

말끝에 그녀의 날랜 손이 한수의 뺨을 화끈하게 후려쳤다. 남자가 바람났구나, 여자가 그래서 잠복 중이었나 봐. 불쌍하다, 예쁘장하게 생겨서. 사람들의 수군거림을 들었으나 재은은 전혀 신경 쓰지 않았다. 놀란 지배인이 한걸음에 달려왔지만 이대로 물러날 수 없었다.

"재은아. 오해야, 내 말 좀……."

후끈거리는 뺨을 손으로 감싼 한수가 서둘러 해명하자 재은이 조소한다.

"꺼져. 우린 여기서 끝이야."

터벅터벅 테이블 앞으로 걸어온 재은이 보란 듯이 물 잔을 손에 들었다. 까맣게 타는 속이 말이 아니다. 냉수라도 비우고 가야겠다. 이 물이라도 한 잔 들이붓고 멋지게 돌아서자.

"고맙다, 박한수? 사람이 이렇게까지 밑바닥일 수도 있다는 걸 네 덕에 알았어."

피처럼 뜨겁게 끓어오르는 빨간 분노를 온몸에 휘감은 그녀는 잔을 든 손을 높게 치올렸다.

"아니, 너 그거……!"

경악한 한수는 차마 말을 잇지 못했다.

그거 물 아니야, 술이야! 방금 전 나은이 자리를 비운 틈을 타 물 잔에 가득 술을 따라 부었다. 후딱 마시고, 후딱 취할 요량이었는데, 하필 그 잔을 지금 재은이 들고 있었다. 그것도 그게 물인 줄 아는 건지 바보처럼 입안에 때려 부울 기세였다. 말려야 하는데 그럴 수가 없었다.

"저기, 재은아……."

"내 이름 부르지 마! 나쁜 새끼야!"

무슨 말만 하면 버럭버럭 화부터 내는 그녀를 무슨 수로 막을 수 있단 말인가. 돌격하는 전차 같은 그녀는 지금 눈에 뵈는 게 없는 상태였다. 막을 수 없는 게 현실이었다.

"모재은. 진정하고 일단 그 잔 내려놔!"

"뭐? 진정?"

울컥한 재은이 다시금 손을 추켜들었다. 이번에는 순순히 뺨을 내어 줄 생각이 없어 보이는 한수가 불쾌한 시선으로 응시하며 그녀의 손목을 탁 붙잡았다.

"그만해. 이 이상 소란 피우지 마, 쪽팔리니까. 그리고 좋게 말할 때 그 잔 내려 놔."

그거 비싼 술이란 말이야.

"뭐? 쪽팔려? 네가 더 쪽팔려! 누가 누구더러 쪽팔리대?"

"하, 이게 진짜……. 너 미쳤어? 그만하라니까?!"

"그만할 거야! 너 같은 새끼, 다시 만날 생각 추호도 없어!"

냉수 마시고 속 차릴 생각이었던 재은은 자신을 억압하는 한수의 힘에 굴복해 이도저도 못 하는 상태가 됐다. 물 한 잔 마시는 것조차 용납 못 하겠다는 거야? 뭐야? 비싼 술은 엄두도 낼 수 없으니 물이라도 한 잔 마시고 돌아서려는데, 그것조차 안 된다는 거냐고!

울컥한 그녀의 눈시울이 빨개졌다. 흥분한 얼굴도 발갛게 달아올랐다. 그런 채로 악 소리를 질렀다.

"냐, 개자식아! 왜? 나는 물 한 잔도 아깝냐?!"

"야!"

"냉수 먹고 속 차리려고 그런다. 아니, 네 면상에 시원하게 뿌려 줄까?"

계속되는 그녀의 반항에 한수가 거칠게 재은의 손목을 놓았다. 그 바람에 반대편 손에 붙잡고 있던 잔이 흔들리면서 넘실거리던 물이 쏟아지고 말았다.

"악!"

그가 어찌나 힘주어 잡았는지 손목에서 아릿한 통증이 느껴졌고, 울혈 같은 자국이 하얀 손목 위에 선명히 떠올랐다.

"너 지금 나한테 힘썼니?"

"그래, 썼다!"

"너 왜 이렇게 뻔뻔해? 바람난 놈이 뭐가 잘났다고!"

"하……. 내가 바람을 왜 폈는데?"

참다못한 한수가 고함질을 하자 움찔한 재은이 저도 모르게 뒷걸음질 쳤다.

"지나가는 사람 붙잡고 물어봐라. 1년을 넘게 만난 여자 친구랑 제대로 된 스킨십 한 번 못 해 본 남자는 나쁠 거다!"

재은이 기세가 누그러진 틈을 타 한수가 계속해서 밀어붙였다.

"그리고 여자로서의 매력이 전혀 없는 너를 어떻게 계속 만나냐?"

"뭐……?"

"널 안을 바에 목석을 품는 게 나을 정도라고! 알아들어? 네가 그만큼 매력 없는 여자라고!"

"너, 너 말 다 했……!"

"솔직히 말할게. 우리 성인이고, 나도 남자야. 불감증에 반응도 없는 너한테 무슨 매력을 느끼겠냐고."

충격에 굳은 재은이 말을 얼버무리는 그때, 나은이 등장했다. 한수는 나은의 어깨를 소중하게 끌어안았다. 그 모습을 보며 실소한 재은의 눈가가 시큰해졌다. 불과 몇 시간 전까지만 해도 제 연인이었던 한수와 그의 새 연인을 나란히 마주 보고 있는 상태가 어찌나 비참하고, 애석한지. 참으려야 참을 수 없는 눈물이 눈가에 송골송골 맺힌다.

"……미친놈."

그와 공유한 1년의 시간이 무의미하게 바스러지는 기분이고, 가시덤불 속에 빠진 심장을 누군가 지르밟는 느낌이었다. 내면 깊숙한 곳에서 통증이 전해졌다. 혈관을 타고 퍼져 나가는 독성에 중독된 전신이 서서히 굳어 갔다. 이대로 돌아서야 하는데, 뿌리가 박힌 듯 자리에서 꼼짝 않는다.

"너 정말 미친놈이야. 알지?"

끝까지 자존심을 부리는 그녀가 감정 섞인 한마디를 내뱉었다. 속이 뒤집힐 것 같아 물 한 잔이 절실했다.

반쯤 남은 물 잔을 입가에 가져다 댄 재은이 눈꼬리를 세운 채로 정면의 한수를 노려본다. 푹 한숨을 내쉬다 물인 줄 알고 잔을 채운 술을 들이켜려는 그녀를 발견한 한수가 무어라 대답하려는 찰나였다.

"맞네, 미친놈. 저런 놈을 1년이나 만났어?"

한수를 대신한 낯선 목소리가 그녀의 등 뒤에서 들려왔다. 소스라친 재은이 휙 뒤를 돌아보았다. 중심을 잡지 못한 재은이 휘청거리자 긴 팔이 쓰윽 그녀의 허리를 끌어안듯 받쳐 주었다. 다른 한 손은 너무도 쉽게 그녀가 들고 있는 물 잔을 빼앗았다.

"여전히 술은 젬병일 거고."

익숙하게 그녀의 이름을 부르는 다정한 목소리에 재은의 눈이 벌어졌다. 확장된 동공 속에 곧 누군가의 눈부처가 섰다.

"여전히 연애 불능인 것 같아 참담하네."

재은의 젖은 속눈썹이 깜빡이더니 눈물 한 방울이 또르르 흘러내린다.

"통속적인 신파 좋아하는 것도 여전해."

그런 그녀의 눈물을 손끝으로 닦아 주며 기울어진 몸을 바로 세워 준 화준이 씨익 미소 짓는다.

재은은 얼떨떨했다. 평소보다 더디게 움직이는 사고 회로 덕분에 그가 누구인지 기억하는 데 제법 긴 시간이 소요됐다.

"못났네, 모재은."

그녀에게서 뺏은 잔을 들이켠 그가 젖은 입술을 혀끝으로 쓸며, 눈앞의 재은과 눈을 맞췄다. 예쁘게 휘어지는 눈매와 입매가 어찌나 매혹적인지 재은은 말똥히 뜬 눈만 감았다 떴다.

인상적인 사람이었다. 이런 사람이 나를 알고 있다는 게 놀라워 순간을 어떻게 받아들여야 하는지, 찰나적으로 고민했다.

"냉수는 이따 나랑 마시고."

그러니까 눈에 익은 사람. 웃을 때마다 깊이 패는 입매가 유독 시선을 강탈하는 사람. 안면에 모든 매력을 죄다 몰수 시켜 놓은 이 사람은.

"이건 내가 대신 처리하는 거로."

아무래도 그녀가 잘 알고 있는 남자인 것 같았다.

"이의는 없는 걸로 하자."

"차화준…… 선배?"

마침내 그를 떠올린 재은이 까무러쳤다. 그는 재은과 같은 대학교 동문인 화준이었다.

"이렇게 만날 줄 몰랐지?"

목울대가 꽉 막힌 재은이 대답 대신 고개를 끄덕거렸다. 화준이 백제 호텔의 부사장이라는 사실은 진작 알고 있었으나 향도에서 그를 보게 될 줄이야, 정말 꿈에도 몰랐다.

"나도."

그가 부드럽게 웃으며 대답했다. 재은이 끅, 어깨를 들썩이며 또 한 번 딸꾹질을 했다.

"그렇게 놀랐어?"

딸꾹질하는 것이 내심 걱정됐는지, 그가 다정한 손길로 그녀의 등을 다독였다. 재은은 아주 잠시 한수와 나은을 잊었다. 존재 자체가 휘황찬란한 그의 잘생긴 얼굴에 혼이 빠져 현실 감각도 떨어졌다. 너무 놀란 탓에 다리도 후들거렸고, 심박동도 위험할 정도로 빨라졌다.

손을 끌어 잡은 재은이 살며시 손목의 맥을 짚어 보았다. 맥박이 괴이할 정도로 팔딱거린다. 말도 안 되는 사람을 말도 안 되는 상황에서 마주친 탓이 분명하다.

이 사람을 이렇게 다시 만날 줄이야. 추잡한 치정 싸움이 벌어지고 있는 호텔 레스토랑에서 어처구니없는 재회를 맞이할 줄이야.

"왜 그래?"

"아니, 아, 아니……."

"반가워서? 아니면 뭐. 내 얼굴에 뭐 묻었나?"

네, 잘생김이요. 재은의 시선이 빠르게 화준을 스캔했다. 60회의 다림질, 22시간의 바느질로 섬세하게 제작된 이태리 최고 브랜드의 슈트와 잔잔한 핀턱 장식의 클래식한 셔츠, 글랜 체크 패턴의 딥그린 행커치프, 댄디한 팬츠 핏과 날카로운 실루엣의 스트레이트 팁 슈즈.

그녀보다 네 살이나 많은 그에게서는 짙은 남자의 냄새가 났다. 지독한 페로몬을 유혹적으로 풍기며 그녀를 바라보는 그의 시선은 퇴폐적이었고, 그 눈빛을 동공 속으로 깊이 흡수시키는 순간 가슴이 튀어 오를 듯 세차게 뛰어 댔다.

두근두근. 9년 전, 어느 날에 느꼈던 그 감정이 되살아나 그녀를 감회에 젖게 한다. 그래, 정확히 6년 만에 만나는 사람이었다. 그는 특유의 다정함과 친절함으로 중무장을 한 채 재은을 대하던 잘난 선배였다.

"뭐야, 모재은……."

모로 잊고 있던 한수의 목소리가 들려왔다.

화준의 등장에 적잖이 당황한 엑스트라가 두 사람을 관전하다 조심스
레 물었다. 머리부터 발끝까지 명품으로 휘감은 이 잘난 백제 호텔의 부
사장을 대체 네가 어떻게 알아? 존재감 충만한 화준의 등장에 기세가 꺾
인 한수가 불안하게 떨리는 시선으로 두 사람을 번갈아 쳐다본다.

그때 재은이 도발을 감행했다. 보란 듯이 화준에게 팔짱을 꼈다. 그리
고 세상 도도한 여자처럼 턱 끝을 추켜들었다. 한심스러운 두 남녀를 깔
보듯 입꼬리를 말아 올리며 실연의 아픔에 무감한 여자의 흉내를 냈다.

"미안, 소개가 늦었네. 다들 잘 알 만한 사람이지만 정식으로 소개할
게."

얼토당토 않는 발언은 옵션이었고.

"내 남자 친구야."

그녀의 폭탄선언에 모두들 충격에 얼어붙었다. 그에게서 빈 잔을 건
네받은 지배인도, 안절부절못하던 직원들도, 재은의 눈을 피해 긴 시간
밀애를 나누던 두 남녀도, 향도에 방문한 모든 비즈니스맨들도 어느 하
나 멀쩡한 사람이 없었다. 그 속에서 유일하게 재은만 태연했다.

"그렇죠? 화준 씨?"

콧소리를 내며 그의 이름을 부른 재은이 자연스레 화준을 돌아보았
다.

"물론."

태연자약한 한 사람, 여기 추가요.

"아. 반갑습니다. 정식으로 인사드리죠."

그녀보다 더 자연스러운 그가 목석처럼 딱딱해진 재은의 어깨를 제
것인 양 부드럽게 끌며 말했다. 시선은 마주 보고 선 한수와 나은을 가볍
게 흘기다가 도로 재은을 찾아와 고정되었다.

"모재은 씨의 남자, 차화준입니다."

그의 뇌쇄적인 눈빛에 푹 빠질 것만 같은 재은이 먼저 그의 시선을 피
했지만, 화준은 변함없었다. 그녀의 정갈하고 아름다운 옆모습을 오래도
록 지켜보았다.

창피해, 창피해 죽을 것만 같아. 이게 무슨 망신이야.

"그게 뭔 줄 알고 겁도 없이 마시려고 했어?"

"네……?"

"술 냄새가 그렇게나 지독한데 그게 물이라고 생각했던 거라면 모재
은은 눈치도 젬병인 건데."

재은은 머리카락을 쥐어뜯으며 괴로움에 몸부림쳤다.

"죄, 죄송합니다."

사과의 말이 아니고서야 달리 할 말이 없었다. 그의 에스코트를 받아
외식가를 걸어 나온 재은은 한수의 시선에서 벗어나기 무섭게 비틀대는
그를 부축해야 하는 처지에 놓였다.

그러니까 그의 말에 따르면 조금 전 그녀가 물이라고 생각하고 들이
켜려 했던 물 잔 속에 도수가 높은 고량주가 가득 채워져 있었다고. 기껏
해야 맥주나 마시는 게 고작인 재은이 뭣도 모르고 그 잔을 들이켰다면
엄청난 불상사가 발생했을 것이다.

"……그리고 감사합니다."

살려 주셔서, 여러모로 감사합니다. 재은은 거듭 인사했다. 그가 아니
었다면 온갖 수모를 다 겪었을지도 모를 상황이었다. 더구나 그녀를 대
신해 지독한 고량주를 한 입에 들이 부운 그는 한 순간 그녀의 은인이 되
어 주었다.

재은은 몸이 멀쩡할 리 없는 그를 부축하며 스스로의 어수룩함을 질
책했다. 한심한 모재은. 정신 나간 모재은. 그러게 냉수 따위는 왜 마시
려고 해서. 아이고, 이게 무슨 꼴이야. 나 때문에 이 사람은 이게 무슨 꼴
인 건데. 으흑.

"감사하면 룸까지 모셔다 주는 서비스에 냉수 한 잔 같이 마실 시간
정도는 내주시죠. 모재은 씨."

화준은 제 허리를 한 팔로 그러안은 채 낑낑거리는 재은을 보며 나직이 중얼거렸다.

"그러게 그걸 왜 마셨어요……."

대체 그 고량주는 도수가 얼마나 높은 거야. 아니, 이럴 거였으면 그녀를 대신해 한수의 면전에 술이라도 시원하게 뿌려 주지! 혜성처럼 나타나 구세주가 되어 준 건 고맙지만, 잔에 가득 채워진 그것이 술인 줄 알았으면 애초부터 버렸으면 됐잖아!

괜한 수고를 하는 것 같은 재은이 죽을상을 하며 웅얼거렸다. 사실 이 정도 고생쯤이야 백번을 해도 좋았다. 단지 6년 만에 재회한 화준의 몸을 끌어안다시피 하며 엘리베이터를 찾아가는 이 상황이 못 견디게 어색할 뿐이었다. 아무렇지 않게 그를 부축할 만큼 그와의 사이가 퍽 완만한 건 아니었으니까. 그다지 좋은 기억으로 남은 사람도 아니었고.

"이럴 줄 알고?"

어느새 승강기 앞에 도착한 재은이 힐끔 그의 눈치를 살폈다.

올라가요? 내려가요? 눈으로 묻는 말에 그가 손을 뻗어 올라가는 버튼을 누른다.

"그게 무슨……."

"가뜩이나 컨디션 난조를 겪고 있는데, 시원하게 고량주를 때려 부우면 순진한 모재은이 나를 모르는 척하는 일은 없을 것 같아서."

"네?"

"예전처럼 동분서주하며 도망가는 일도 없을 테고. 오히려 발목이라도 쾌히 붙잡혀 줄 것도 같아서."

이, 이 사람이 무슨 말을 하는 거야, 지금!

"이렇게 날 꽉 안아 주는 일이 생기면 나는 못 이기는 척, 모재은한테 의지를 하게 될 텐데. 그럼 좋잖아."

"으음……."

"뭐, 나만 좋은 일인 것 같긴 한데, 그래도 뭐 좋은 게 좋은 거니까."

말은 그렇게 했지만 속은 괜찮지 않았다. 과음으로 남아 있던 숙취가 사라진 지 얼마나 지났다고, 도수 높은 고량주를 물마시듯 입안에 털어 넣었으니 속에서 과열 반응을 일으키는 것도 당연했다. 적어도 도수가 센 고량주를 한 입에 들이마셨으니, 아무리 술에 강한 화준이라도 취기에 힘들어 할 수밖에 없었다.

그 점을 노린 거다. 애초부터 버리면 그만이었다. 아니면 그녀가 원하는 대로 눈앞의 사내의 얼굴에 술을 끼얹어 줄 수도 있었다. 그럼에도 과감하게 잔을 비운 것은 이 일을 빌미로 재은을 한 번이라도 더 가까이서 보고 싶어서였다. 기억 속 그녀는 여전히 순해도 너무 순해 자신 때문에 위기에 처한 그를 홀로 두지 않았다. 아니, 못 했다. 이마저 그의 계략의 일부였던 것이다.

귀여운 모재은이, 저로 인해 큰 낭패를 본 차화준을 혼자 둘 리 없잖아. 그의 교묘한 생각을 전혀 알 턱이 없는 재은이 그를 지탱하며 승강기에 올랐다. 몇 발자국 움직였을 뿐인데 여간 힘든 게 아니었다. 187cm나 되는 장신의 남자를 고작 163cm에 지나지 않은 가냘픈 여자가 무슨 수로 감당할까.

"28층."

간결한 화준의 목소리에 재은이 버튼을 누르자, 승강기는 부드럽게 움직이기 시작했다.

빨리 할 일을 마치고 돌아서야겠다. 결연한 다짐을 세운 재은은 내비게이션 같은 그의 안내를 받아 부사장 전용 비즈니스 룸 앞에 멈춰 섰다. 재은은 느릿한 손동작으로 도어록을 여는 그를 힐끔거렸다. 전용 객실이라더니, 카드 키도 필요 없는 모양이었다. 지문 인식을 마친 문이 둔탁한 소리를 내며 열리고, 자연스레 룸 안으로 입실한 그녀는 무사히 임무를 완수했다.

"저, 그럼 전 이만……."

이제 그만 돌아서야 한다. 숨 쉬는 것도 해악처럼 느껴지게끔 하는 고고한 그의 곁에서 한시라도 빨리.

화준은 잔뜩 미안한 얼굴을 한 재은을 물끄러미 바라보며 소리 없이 미소 지었다.

"저런 남자를 1년이나 만났어?"

그가 잽싸게 달아나려는 그녀에게 덤덤한 투로 말했다. 돌아선 그녀의 발걸음이 멈칫했다.

"네……?"

슬그머니 그를 돌아본 재은의 표정은 경직되어 있었다. 모르는 척해 주면 참 좋겠는데, 그 마음을 알 리 없는 화준은 속 좋은 얼굴을 한 채 종전의 일을 되짚고 있었다. 다시 상기시켜 좋을 것 하나 없는 일들이 눈앞을 스치고, 누구보다 비참했을 제 모습이 속수무책으로 떠올라 견디기 힘들었다. 바람난 남자 친구에게 뺨 두 대를 올려도 모자랄 판에 성적 모욕을 되받았다. 수모를 떠안긴 녀석의 언사를 저만 들었으면 몰라, 분명 자리를 지키고 있던 눈앞의 그도 똑똑히 들었을 터였다.

"남자 보는 눈은 여전히 형편없고."

그런데 이상하게 그녀를 지켜보는 그의 눈빛에서 동정, 연민, 알심과 같은 줘도 반갑지 않을 마음이 보이지 않는다.

"형세가 남다른 얼굴은 여전히 예쁘고."

화준은 눈앞의 그녀가 허황된 꿈만 같아 좀체 눈을 떼지 못했다. 6년 만의 만남이었으니 그럴 만도 했다. 혼자 남은 고모님께 짧게 상황 설명을 마치고, 부축을 빌미로 재은을 데리고 비즈니스 룸을 찾은 이 순간을 오래도록 유지하고 싶었다.

"선배……."

"보는 사람 눈 못 떼게 하는 재주도 여전히 잘 부리는 것 같은데."

그가 고조 없는 목소리로 매끄럽게 말을 이어 나갔다. 시선은 재은의 얼굴에 머물렀다. 장소가 장소이니 만큼 함부로 그녀의 신체를 살필 수 없음이 애석한 그의 마음을 아마 모를 테다.

허리춤에서 찰랑이는 머리카락과 동글동글하면서도 갸름한 턱. 혈관이 도드라지도록 하얗고 깨끗한 피부와 크고 동그란 눈. 불순한 것에 물들지 않아 반짝반짝 빛이 도는 눈동자까지. 어느새 그녀는 성숙한 여인이 되어 있었다.

굵게 웨이브가 진 헤어스타일이 아니었다면 그가 기억하는 예전의 모 재은이 분명했는데, 전체적인 분위기가 그녀를 어엿한 여인으로 보이게 끔 했다. 얼토당토 않는 말로 그를 뿌리치던 대학생은 온데간데없이 사 라지고, 완전한 여성의 모습으로 그를 정신 못 차리게 하는 모재은이 눈 앞에 우두커니 서 있으니 화준은 알 수 없는 감정 기복에 휩싸여 그녀라 는 피격을 맞은 내면을 다독이는 데 여력을 다 해야 했다.

온통 그의 흔적으로 가득한 전용 객실에 그녀의 체취가 조금씩 번져 나간다. 인연이 아니라고 생각했는데. 희소식을 안겨다 줄 제비 같은 그 녀가 토끼같이 귀여운 얼굴을 여전히 간직한 채 안절부절못하고 있으니, 어떻게든 인연의 실타래를 붙잡고 싶어 할 수만 있다면 그녀의 시간을 모조리 훔치고 싶었다.

그녀를 보내고 싶지 않은 건 내일을 기약할 수 없을 것만 같은 불안감 때문이었다.

"후……. 네. 뭐 형편없는 건 여전하죠. 저도 제가 이렇게 한결같은 사 람인 줄 몰랐습니다. 죄송합니다."

관람자가 없어 조용한 비즈니스 룸에 그녀의 목소리가 고요히 울려 퍼졌다. 칭찬인지, 타박인지 모를 그의 말에 귀까지 달아오른 재은의 얼 굴이 먹음직스럽게 무르익었다.

"뭐가 죄송해?"

"선배님 호텔에서…… 난동 피운 거요."

재은이 머뭇머뭇 말했다.

"물이라도 끼얹어 주지 그랬어? 바람난 놈들은 하나같이 구제 불능이 거든."

"아녜요, 덕분에 속은 시원해졌어요."

화준은 영문을 알 수 없는 얼굴을 했다.

"뭐가 내 덕이야?"

"선배가 제 남자 친구인 척해 줬잖아요. 최고의 복수예요. 향도에서 선배를 만난 건 정말 기적이고, 신의 은총이에요. 감사합니다."

"아. 그 정도로 뭘."

재은은 눈만 돌리면 마주치는 화준의 시선이 어색하고 불편해 고개를 푹 떨어뜨렸다. 슬슬 뒷목이 아려왔지만 고개를 들 수 없지. 정면에는 그녀를 빤히 주시하는 그가 있었다.

하, 미치겠다.

"그런데 너."

별안간 죄인처럼 고개를 조아리는 재은이 답답한지, 재킷을 벗으며 다가오는 그가 그녀의 앞에 우두커니 서서 얼굴을 낮췄다. 시선을 맞추기 위해 몸을 숙인 화준의 셔츠에 주름이 졌다. 신중하고 칼 같은 성격을 반영한 슈트를 일부러 구기는 수고도 마다치 않는 그는 숨기듯 감춘 그녀의 얼굴을 빤히 바라보며 고개를 갸웃댔다.

이만하면 얼굴값을 할 법도 한데. 왜 그런 미련한 놈을 만나서는.

"왜 내 눈을 못 봐? 고맙다는 인사 정도는 얼굴 보고 해야 하는 거 아닌가?"

"……그게, 쉬운 일은 아닌 것 같아요."

"어려울 건 뭔데?"

그의 깊고 섹시한 눈매와 블랙홀처럼 사람들의 이목을 끌어들이는 까만 동공을 마주할 때면 그녀도 모르게 가슴이 천지개벽을 일으켰다. 우르르 쾅쾅, 우르르 쾅쾅. 차화준 주의보를 알리는 경고음인지, 잘생긴 남자를 코앞에 둔 여자의 솔직한 감정인지, 잘은 모르겠다.

"그, 그건……."

이 감정이 어떤 감정인지 헤아릴 정신이 없었다. 그를 앞에 둔 재은은 지금 숨 쉬는 것조차 어려운 상황이었으니까. 그만큼 지금 그녀에게 닥친 현실은 총체적 난국이었다. 대답을 못 하는 게 당연했다.

화준은 묵묵부답인 그녀가 답답할 만도 한데 너그럽게 이해하는 듯 흔연한 얼굴을 일관했다. 예나 지금이나 순진한 모재은이 놀라 달아나진 않을까, 은근히 노심초사하는 그는 어떻게든 그녀를 붙잡고 싶을 뿐이다. 그러니 대답 따위 해도 그만, 안 해도 그만이었다. 지금은 눈앞의 그녀를 지켜보는 게 중요했고, 시선 속에 조용히 잠기는 그녀의 모습을 머리에, 가슴에 고이 간직하는 게 우선이었으니까.

피식 웃으며 돌아선 화준이 그녀에게 등을 보이며 침대 맡에 놓인 티테이블 쪽으로 걸어간다. 재은은 멀어지는 그를 관망하다 꼴깍 마른침을 삼켰다. 딱히 대답을 들으려는 생각은 없어 보였다. 이쯤 됐으니 그만 자리에서 물러나고 싶은데 도통 타이밍을 못 잡겠다.

"정 고마우면 비싼 모재은 시간 좀 매도해 주라."

"네?"

"한 맺힌 모재은 마음 위로해 주는 것까지 해 줄 의향 충분하니까."

"네?"

"옛 연인에 대한 모재은의 미련을 남김없이 털어놓는 걸로 재회의 기쁨을 대신하자고."

"저 선배……?"

"무슨 말인지 이해하지?"

재은은 아차 싶었다. 그의 술수에 말려든 것 같은 기분이 삽시간에 몰아닥쳤다. 돌아서야 하는데, 돌아설 수 없었다. 눈빛만으로도 그녀를 압도하는 차화준도 예나 지금이나 변함없었다. 부사장이라는 화려한 타이틀을 짊어지고 있는 것만 달라졌을 뿐. 여전히 그는 모재은을 쥐락펴락했다.

"그럼 오늘 모재은의 남은 시간, 감정은 모조리 내가 사들이는 걸로 하고."

명분을 잡은 그가 그녀를 놓아줄 리 없다.

"이 시간 이후 충분한 재회의 시간을 즐겨 보도록 합시다."

농도가 짙고, 밀도가 빽빽한 감정이 터질 듯 부풀어 올랐다. 어느새 취기가 가신 화준이 팔에 걸쳐 놓은 재킷을 옷걸이에 걸어 두며 말했다. 재은은 대답 없이 눈만 감았다 떴다. 침묵은 긍정이었고, 그것은 곧 수긍이 되었다.

재은은 화준의 대학 후배였다. 과는 달랐지만 같은 동아리였기에 캠퍼스 생활을 하는 내내 가깝게 지냈다. 이제는 빛바랜 기억이 되었지만 그 시절 재은에게 몇 번 고백을 하기도 했었다. 물론 재은은 재벌 4세라는 그의 화려한 존재감에 극심한 부담을 느껴 퇴짜를 놓기 일쑤였지만.

세 차례나 그녀에게 뻥 까인 화준은 그 뒤로 미국 유학길에 올랐다. 경영 승계를 위해 미국 지사에서 커리어를 쌓은 그는 한국으로 귀국하기 무섭게 곧장 그룹 임원으로 투입됐다. 눈코 뜰 새 없이 바쁜 나날들을 소화하던 중 야단법석을 떨어 대는 재은을, 그가 가장 좋아하는 향도에서 다시 만났다.

인연이라고 생각했다. 추억을 회상하는 일이 유일한 동아줄이었던 그의 눈앞에 진짜 모재은이 자진해서 나타났으니 이 정도면 타고 난 운명이라고 받아들일 수밖에.

재은이 바람난 전 남자 친구에게 자신을 현 남자 친구라고 소개할 때는 웃음을 참지 못했다. 시니컬한 경영인답게 늘 포커페이스를 유지하는 그였기에 표정 관리 따위 어려움 없이 해내 왔다.

그런데 어떻게 된 영문인지, 오늘 따라 웃음을 삼키기가 무척 힘들었다. 너무도 당당한 목소리로 그를 자신의 소유물로 만든 그녀가 전처럼 마냥 소심한 여자는 아닌 것 같다는 생각이 머릿속을 부유하는 탓에 더더욱 미소를 감출 수 없는 걸지도 모르지.

흐뭇해서 죽을 것 같은 화준은 테이블에 팔꿈치를 대고 커다란 손으로 얼굴을 감싸듯 턱을 괴었다. 본격적으로 시작된 '모재은 이목구비 뜯어보기' 시간이었다.

그새 뭐가 달라졌을까. 그새 뭐가. 눈 아래 점 하나가 생긴 것도 같고.

"아뇨, 제가, 제가…… 선배한테 이런 말까지 하게 될 줄은 꿈에도 몰랐는데요. 이미 이렇게 취한 거, 꿈같으니까 하는 말이에요."

제법 흐트러진 모습으로 하소연을 늘어놓는 그녀의 모습조차 사랑스러운 걸 보면 중증인 건 확실했다. 도무지 눈을 못 떼겠다. 그가 손수 부탁해 차려진 룸서비스를 앞에 두고 냉수만 들이켜던 재은이 언젠가부터 함께 준비된 와인에 입을 대기 시작했다.

무식하게 들이마신 고량주의 여운이 그새 가시고, 재회의 감격을 달짝지근한 와인 한 잔으로 대신하려 했던 화준은 자신의 만류에도 불구끝내 잔을 든 재은을 걱정 어린 눈빛으로 쳐다보았다.

대학 시절부터 그녀는 술과 거리가 먼 여자였다. 특히 소주 세 잔에 녹다운되는 그녀를 모르는 이가 없을 정도였으니 아까 향도에서도 그녀를 대신한 흑기사를 자처했던 것이고.

"으, 진짜 열 받아!"

그랬던 그녀가 겁도 없이 와인을 들이켰다. 전 남자 친구의 외도 현장을 두 눈으로 지켜봤다는 데서부터 밀려온 충격이 이제 와 뇌수를 강타했는지, 입을 뗄 때마다 들려오는 이야기라곤 형편없는 전 남자 친구의 이야기가 전부였다.

"선배도 들었죠? 내가 그걸 못한대요, 그걸. 그걸! 완전 미친놈 아니에요?"

"그럼, 그만한 미친놈도 보기 드물지."

"아니, 세상에! 지 주제는 생각 못 하고 남 탓 하는 게 정상이에요?"

"지극히 비정상적인 미친놈인 건 나도 인정."

적극 동의하는 그의 말이 큰 힘이 되었는지, 재은의 언성이 좀 더 높아졌다.

"흥, 어이가 없어서……. 홍콩은 무슨 홍콩!"

그간 참았던 설움이 한꺼번에 터진 듯싶었다. 해묵은 서러움을 모조리 토해 내는 재은은 잔뜩 취기가 올라 멋대로 말을 내뱉고 있었다. 이 또한 추태라는 것을 아마도, 내일 아침이면 깨우치리라.

"난 할 만큼 했어요. 애초에 스킨십 따위에 관심 없다는 말도 일러 주었어요."

빈 잔에 다시 와인을 채우고. 반쯤 따른 술을 다시금 물처럼 들이켰다.

"알겠다고, 이해한다더니⋯⋯. 이제 와 싫증난다며 다른 년이랑 바람난 건 그 새끼라고요."

눈앞의 그가 누구인지 알면서도 과거의 불편함을 잠시나마 뒤로한 재은은 그를 붙잡고 좀처럼 사라지지 않는 배신의 아픔을 속절없이 털어놓았다.

대체 왜 목석 취급을 받아야 하는지 모르겠다. 박한수와 나은의 투 샷이 또렷하게 떠올랐다. 나은의 어깨를 감싸 안고, 보란 듯이 웃어 보이던 녀석의 비열한 웃음과 비수 같은 말을 툭툭 내던지던 목소리가 끊임없이 머릿속을 유영했다. 지긋지긋한 녀석과의 추억 따위 가차 없이 잘라 내고 싶은데, 굳은 심지와 달리 그녀의 의지는 너무도 나약했다.

"아무리 그래도 바람은 아니잖아요. 차라리 헤어지자고 하든가⋯⋯. 이건 너무 잔인한 거잖아."

빈 잔을 꽉 쥔 채 고개를 떨어뜨린 재은이 점점 차오르는 눈물을 삼키지 못해 속수무책으로 흘렸다.

"이건⋯⋯ 진짜⋯⋯."

이성이 암전되고, 오로지 감정만 앞서는 상황이었다. 지저분한 전 남자 친구에게 후회나 미련은 쌀 한 톨만큼도 남지 않았지만 오늘 일에 대한 여파가 생각보다 강력해 자꾸만 눈물이 차올랐다.

화준은 동그란 어깨를 들썩이며 흐느끼는 그녀를 바라보다 한숨과 함께 손수건을 꺼냈다. 이미 와인 한 병이 거덜 났다. 그녀 혼자 다 해치웠다고 해도 과언이 아닐 정도로 대단한 양이 재은의 목울대 안으로 감쪽같이 사라졌다. 아무리 도수가 낮은 술이라지만 그녀가 감당하기에는 무리가 있을 텐데. 착잡한 듯 숨을 쉰 그가 천천히 자리에서 일어났다. 그녀 곁으로 다가가 바들거리는 어깨를 붙잡았다.

"그래, 그래. 재은아. 그만 울자, 뚝."

우는 그녀를 달래기 위해 부드럽게 등을 다독였다. 그럴수록 더욱 커져 가는 울음소리에 화준은 가슴에 대못이 박히는 기분이었다. 예쁜 얼굴 망가뜨리는 데 재주도 좋은 여자라는 걸 새삼 깨달았다. 재회의 시간을 눈물바다로 보내고 싶은 마음 따위 추호도 없는 그가 묵직한 숨을 불어 쉬며 그녀의 턱 끝을 잡았다.

천천히 그녀의 고개를 들어 올리는 그 순간이었다.

"그러니까, 내가! 어!"

자력으로 목을 세운 그녀가 한껏 까칠해진 눈꼬리로 눈앞의 그를 쏘아보며 외쳤다.

"그걸 얼마나 잘하는데! 알아요? 선배? 내가 그렇게 무시 받을 만큼 못하는 여자가 아니에요!"

더듬거리던 손은 그의 셔츠 깃을 세게 쥐어 잡고, 제멋대로 움직이는 입술은 매사에 여유로운 그를 잠시나마 주춤하게 했다. 화준은 중심을 잃어 비틀대는 그녀의 허리를 본능적으로 붙잡아 세웠다. 품에 꼭 안기듯 기대 오는 재은은 다시 말하지만 제정신이 아니었다.

"내가 얼마나 매력적인데요. 그건 선배도 알잖아요! 네? 나 되게 잘해요."

"……그래, 잘하는 거 알지."

차화준 마음 홀리는 거, 정말 잘하지.

"나 엄청 잘해. 보여 줄까요? 네? 보여 줄 수 있어요!"

"음, 보여 주다가 자칫 큰 불로 번질 수도 있을 텐데. 감당 되겠어?"

"감당 못 할 게 뭐 있어요? 그러는 선배는 감당할 수 있겠어요? 매력적인 내가, 세상에서 제일 잘하는 걸 지금 당장 선배한테 보여 줄 생각인데?"

화준은 당돌하게 구는 재은을 보며 잠시 침묵했다. 그녀의 눈은 이미 게슴츠레하게 풀려 초점이 흐려져 있었다. 이미 의식 소생 불가 상태에 이른 그녀는 아마 지금 제가 하는 말이 무슨 말인지도 모르고 막 떠들고 있는 듯싶었다. 더 이상은 위험했다. 말 그대로 그녀가 '보여 주고 싶은 그것'이 자칫 큰 불로 번질 위험이 상당했고, 그녀가 '보여 주고 싶은 그

36

것'이 너무도 보고 싶은 그의 속내는 남성적 욕망으로 새빨갛게 달아오른 상태였다. 그러니까 이쯤에서 그만하는 게 좋겠는데.

"선배 혼이 슝 나가 버릴 수도 있으니까 정신 잘 차려야 돼요. 알겠죠? 안전벨트 착용은 필수!"

어쩌면.

"그러니까 내가 안전벨트인 거예요. 날 잡으면 돼. 왜? 나 그렇게 매력 없는 여자 아니거든요. 나이가 스물아홉인데, 응? 그깟 성적 매력 따위 없을 리가 없는데? 응?"

지금 순간을 기회로 순진무구한 모재은을 낚아챌 수 있을지도 모르겠다는 생각이 불시에 뇌리를 스쳤다. 재은은 손톱을 세워 그의 어깨를 꽉 움켜잡았다. 버팀목 같은 화준에게 의지해 어정쩡하게 몸을 세운 그녀가 립스틱을 덧바른 입술을 동그랗게 내민 채 그를 올려 보았다. 그녀의 레이더에 포착된 도착지는 한일자로 굳게 다물린 그의 입술이었다.

"다음에 선배 호텔에 소문 내 주세요. 스물아홉이나 먹은 모재은, 스킨십에 절대 취약한 여자가 아니라고……."

점점 거리가 가까워지고, 작정하게 자리를 이탈한 입술이 그의 입술을 찾아 닿았다. 쪽. 예상과 달리, 그녀의 입술은 아주 잠시간 화준의 입술에 머물다 떨어졌다. 떨어진 입술 사이로 뜨거운 숨을 내쉬는 게 느껴졌다.

"하아……."

재은이 느릿하게 눈을 깜빡였다. 취기로 흐려진 재은의 눈과 애써 참고 있는 열망으로 흐려진 화준의 눈이 허공에서 마주쳤다. 그는 겨우겨우 차오르는 열망을 참고 있었다. 잠깐의 입맞춤이 미친 듯이 아쉽다. 잠시나마 그녀를 향한 오래된 갈증을 입맞춤으로 해소할 수 있으리라 생각했지만, 해소는커녕 갈증은 더욱 깊어졌을 뿐이다.

그런 화준의 속도 모르고 재은은 배시시 웃어 보이며 다시 그에게 다가갔다. 화준은 저도 모르게 침을 꿀꺽 삼켰다. 마음으로는 그녀를 원하지만 꼼짝도 할 수 없었다. 찰나의 입맞춤도 이렇게 치명적인데, 다시 입술이 닿는다면…… 그땐 어떨까. 아마도 심장에 무리가 올 것이 분명했다.

"으음……."

다시 닿은 재은의 부드러운 입술이 그의 입술을 본격적으로 탐색하기 시작했다. 꽃밭에 내려앉은 나비처럼 부드럽게 안착하더니, 이내 풀밭을 뛰어다니는 토끼처럼 입술 위를 노닐었다. 윗입술을 느릿하게 핥고 아랫입술을 쪼옥 빨아들였다. 화준의 숨소리 역시 자연스레 거칠어지기 시작했다. 그가 재은의 방문에 반갑게 부응하려던 순간이었다.

"아!"

화준의 입에서 짧은 신음이 터져 나왔다. 나비에서 토끼로, 토끼에서 강아지가 되기라도 작정했는지, 재은이 그의 아랫입술을 깨문 탓이었다. 입술 안쪽 여린 살에서 살짝 피 맛이 느껴졌다. 그럼에도 온몸에 아찔한 전율이 일었다.

모재은한테 이런 거친 취향이 있었나. 알싸한 통증을 느끼며 그녀를 바라보았다. 화준의 속도 모르고 입술을 뗀 재은이 헤에, 웃어 보였다.

그리고 이내…….

"……모재은?"

남다른 도전 정신으로 잠시나마 화준을 긴장하게 한 스물아홉 모재은이 혼절했다. 스르르 눈이 감기는 게 예사는 아니라고 생각했는데, 설마 이대로 잠이 들어 버릴 줄이야.

"허."

이 허탈함은 대체 뭐란 말인가. 아니, 짐승 같은 나는 종전까지 대체 뭘 기대하고 있었단 말인가. 아닌 척했지만 그녀가 가까이 다가오는 순간 그의 의지와는 상관없이 심장이 오작동 반응을 일으켰다. 무서운 속도로 뜀박질을 했고, 은은하게 풍겨 오는 그녀의 체향에 눈앞은 아찔했다. 뭐든 잘하는 스물아홉 모재은의 훤히 드러난 목선에 더 미칠 것 같았다.

가느다란 목 언저리에서 솔솔 불어오는 살 내음이 코끝에 닿았을 때는 돌아 버리기 직전에 다다라 죽을 둥 살 둥 염불을 외워야 했다. 참고로 그는 무교였다. 스스로의 능력을 신앙이라 생각하는 그는 오늘 따라 신이 보고 싶었다. 흔히 말하는 사슴 같은 여자의 가늘고 긴 목선이 스물의 모재은과 스물아홉의 모재은이 확연히 다른 사람임을 일러 주고 있었다. 그래서 그 짧은 시간동안 애타게 신을 찾았다.

"그래."

어쩐지 웃음이 났다. 그녀에게 전하지 못한 손수건을 손아귀에 꽉 잡은 채로 제 품 안으로 쓰러지는 재은을 가볍게 잡아끌어 안은 화준은 허탈함에 연거푸 실소했다.

"시험지는 잘 받았다."

그러니까 남은 문제를 잘 파악해서 답을 찾는 건 내 몫인 것 같은데.

"흐으음……."

잠자리가 불편한지 뒤척이는 그녀가 화준의 가슴 깊이 얼굴을 묻은 채 신음을 흘렸다. 자세를 바로 잡은 그가 재은의 등허리를 천천히 다독였다. 단단한 왼팔로 허리를 그러안고, 이대로 들어 안을까, 말까 고민하던 그가 작게 웃으며 속삭인다.

"그래. 미안해, 미안한데."

잠결에 들은 화준의 목소리는 분명 봄기운처럼 싱그러웠을 테다. 그러니 스물아홉이라 스킨십에 취약하지 않은 여자가 더 이상의 뒤척임 없이 잘도 주무시는 걸 테지.

"나도 참 곤란하다."

취기에 노곤한지 하느작거리는 그녀를 어려움 없이 안아 올린 그의 시선은 곧잘 잠든 재은을 훑었고, 실연당한 그녀의 마음을 다독이기라도 하듯 부드럽고, 다정한 목소리로 하염없이 같은 말을 되풀이했다. 부디 그녀가 오늘 일을 기억했으면 하는 바람으로.

"집이라도 알아야 데려다줄 텐데. 이건 뭐……."

천장에 매달린 샹들리에의 눈부신 조명이 매력적인 여자의 취침에 방해가 됐나 보다. 잔뜩 얼굴을 찡그린 그녀가 그의 가슴을 뚫고 들어갈 듯이 얼굴을 비비적거리다 푸욱 묻었다.

"으음, 음……."

그에게서 풍기는 은은한 향수 냄새에 속이 부대끼는지 그녀가 먹은 것을 게워 내듯 올각거리다가 다시 죽은 듯이 잠에 빠졌다.

"물먹은 솜이네, 모재은."

화준은 가까운 곳에 있는 킹사이즈 베드 위에 조심히 재은을 눕혔다. 문득 그런 생각이 들었다. 6년 만의 재회였지만, 그녀를 처음 본 9년 전 어느 날과 별반 다를 것 없는, 그래서 더 감격스러운 것 같은 오늘이 그렇기에 더욱 특별한 것 같다고.

회심의 미소를 짓는 화준이 잠시 침대 맡에 앉아 잠든 재은을 지켜보았다. 앙증맞은 모재은에게 만큼은 유독 세심하고, 섬세했던 그였다.

지금처럼.

"손이 많이 가는 것도 여전하고."

시트를 끌어 그녀의 가슴께까지 덮어 준 그가 중얼거린다.

"여러모로 신경 쓰이게 하는 것도 한결같아."

귓가에 닿는 화준의 목소리에 잠시 눈을 뜬 재은이 사선에 보이는 그를 멍하니 지켜보다 다시 눈을 감았다.

정신은 몽롱했고, 게슴츠레 뜬 눈으로 본 모든 것들이 물에 번진 잉크처럼 흐려지고, 희미해지니 아무것도 생각할 수 없었다. 이대로 잠이 드는 것 말고는 달리 방법이 없는 듯해 정신을 놓았다.

"모든 게 그대로다, 재은아."

재은의 기억은 딱 거기까지였다.

chapter
02

대학 시절에는 동아리 모임, MT, 과모임으로, 사회생활을 시작한 후로는 갖은 회식으로 무수한 술자리를 가진 재은은 그때마다 느끼는 게 있었다. 어쭙잖게 마실 바에 애초에 술을 입에 대지 않는 것이 좋으며 기왕 먹을 거 오늘을 기억할 수 없도록 실컷 마시고 죽는 게 낫다고.

"으……. 머리야."

방망이 찜질이라도 당했나, 그런 기억은 없는데 그렇지 않고서야 이렇게까지 몸이 찌뿌둥할 수가 없을 것 같다. 힘겹게 몸을 일으킨 재은은 졸음의 기운이 암울하게 흘러나오는 눈으로 멍하니 정면을 응시했다. 부스스한 머리카락을 긁적이며 늘어지게 하품을 한 그녀가 느지막이 어제 일을 되짚었다. 박한수의 외도 현장을 덮치기 위해 향도에서 잠복 중이던 그녀는 예상 시간을 초과해 등장한 바퀴벌레 한 쌍을 검거하는 데 성공했고, 그곳에서 예상치 못한 화준을 만났다.

6년 만에 만난 화준의 이지적이고, 수려한 외모에 감탄사를 아낌없이 늘어놓다가 매너가 향수처럼 배어 있는 그의 도움을 받았고, 그 대가로 그를 28층까지 모셔다 드리는 애프터서비스를 해 줬다.

그리고.

"……!"

왜일까. 덜컥 겁이 났다. 그 이상을 생각하기가 두려웠다. 기억이 잘린 데에는 다 분명 신의 뜻이 있을 테다.

억지로 기억하지 말자. 가슴 위에 손을 얹은 그녀가 침착하게 스스로를 다독이는 그때, 협탁에 놓인 휴대폰이 울렸다.

왜 내 휴대폰이 저기 있을까? 의문점 하나가 추가됐다. 손을 뻗어 휴대폰을 확인한 재은의 얼굴이 찬물 끼얹은 듯 싸늘하게 굳어졌다. 박한수였다. 전화를 받을까 고민하던 그녀는 그와의 관계를 확실히 정리하기 위해 수신을 승낙했다. 그러기 전 큼큼, 목소리를 푸는 것도 잊지 않았다.

―너 뭐야. 차화준 부사장이랑 대체 무슨 사이야?

다짜고짜 화준과의 관계를 묻는 그가 꼭 의처증 환자 같다. 불쾌감을 느낀 재은이 팍 인상을 구겼다.

"미쳤니? 아침부터 술 마셨어? 정신 놓은 거 아니면 전화하지 마."

―무슨 사이냐고. 정말 남자 친구야?

"네가 알아서 뭐 하게. 그 사람이 내 남자 친구든, 아니든, 더는 네가 관여할 문제가 아닌 것 같은데? 주제넘게 굴지 말고 나은인가, 뭐시긴가, 그 계집애랑 평생 섹스나 해! 밥알 처먹듯이 비아그라에 의존하면서 말이야!"

―뭐? 야! 모재은!

"이름 부르지도 마! 아침부터 재수 없게. 그리고 두 번 다시 전화하지 마. 네 목소리 듣는 것도 끔찍하니까!"

뚝, 전화를 끊은 그녀가 씩씩거리며 휴대폰을 집어 던졌다. 물론 휴대폰이 고장 나지 않는 선에서.

"재수 없는 새끼……."

발끝에 떨어진 휴대폰을 노려보는 재은은 도통 분을 삭이지 못했다. 어제 있었던 충격적 현실이 여운으로 남아 그녀 가슴을 배회했다.

노기가 잔뜩 낀 그녀의 얼굴이 아주 흉하다. 모공조차 보이지 않을 정도로 희고 깨끗한 얼굴이 보기 드물게 일그러지자 제법 무서워 보였다. 고르지 않은 숨을 그대로 내쉬며 한참 흥분해 있던 재은이 멈칫했다. 두 번째 의문점을 찾았다.

"잠, 잠깐만."

문득 그녀가 덮고 있는 이불보가 낯설게 느껴졌다. 슬쩍 이불을 들춰 보니, 옷은 어디에 갔는지 속옷 차림이다. 그뿐인가. 다시 보니 공간부터 가 묘한 위화감을 조성하고 있다. 아침마다 그녀의 이름을 부르며 방을 찾는 엄마도, 늘 가까이에 있는 화장대도 보이지 않는다.

대신 그녀의 방보다 3배는 돼 보이는 객실이 눈에 들어왔다. 은은한 캔들의 향과 어디선가 들려오는 모차르트의 아리아 선율. 그녀와 어울리지 않는 이곳은 지나치게 호화스러웠고, 지나치게 고품격이었다.

"일어났어?"

놀란 그녀가 세 번째 의문점을 찾았을 즈음 발치에서 화준의 목소리가 들려왔다. 놀람, 그 이상의 충격에 빠진 재은이 소리가 나는 곳으로 천천히 고개를 돌렸다. 어느 공포 영화에서나 볼 법한 장면이었다. 빳빳하게 경직된 얼굴이 몹시 느리게 돌아갔고, 이내 못 볼 걸 본 사람처럼 얼굴이 하얗게 질려서는 탄식만 내뱉었다.

"몸은. 괜찮고?"

"차화준 선배……?"

화준이 그녀를 보며 씩 미소 지었다. 충격이 이만저만이 아닌 그와 눈이 마주친 순간 숨 쉬는 것도 잊은 재은이 가라앉은 목소리로 그의 이름을 중얼거렸다. 낯을 붉히는 그녀가 아직 상황을 이해하지 못한 것 같아 화준은 모로 시선을 돌렸다.

"헉!"

재은은 뒤늦게 적나라하게 드러난 제 몸을 확인하고는 이불보를 어깨까지 끌어올렸다. 한 손에 경영지를 들고 있던 화준이 흠, 하고 짧게 헛기침을 했다. 잡지를 협탁에 두고, 그녀의 곁으로 다가왔다.

"열은 없는데."

손등으로 재은의 이마를 짚은 그가 열을 재고, 그녀를 내려다보았다.

"아닌가?"

잘 여문 과일처럼 새빨갛게 달아오른 재은의 얼굴은 원숭이 엉덩이와 견주어도 뒤지지 않을 것 같았다.

"나는 것 같기도 한데, 이 열은 그 열이 아니겠지?"

딱딱하게 굳은 그녀가 코앞의 화준을 벙한 눈으로 올려 보다가 흠칫, 놀라고 만다. 그의 얼굴을 보자 끊긴 기억이 간헐적으로 떠오른 탓이다.

"더, 더요. 술 더 줘요! 왜!"

"와인 샤워! 와인 샤워! 선배! 와인 더 주세요! 더! 더 마실 수 있다니까요!"

대체 무슨 이유에서 그랬을까. 만류하는 그의 목덜미를 끌어안고, 몇 번이고 애원하던 간밤의 모습이 떠올랐다. 간드러지는 목소리로 어디 숨겨 놓은 술이라도 있는 사람처럼 '와인 주세요!'를 연호하던 그녀는 활자 그대로 광란의 밤을 하얗게 불태웠다.

"왜. 뭐 기억나는 건 좀 있고?"

아니, 그런데 왜 선배는 샤워 가운 차림으로 경영지 따위를 우아하게 살피고 있는 거예요? 왜?

"서, 선배."

"어디서부터 어디까지?"

"허……."

"말 좀 해 봐. 그래야 나도 말을 해 줄 거 아니야."

그와 눈이 마주친 재은이 뒤꿈치로 시트를 밀며 몸을 뒤로 뺐다.

"도망가는 거야?"

"아, 아뇨. 서, 선배. 이게……."

"취향이 그런 거였어?"

"아뇨! 절대 아닌데요! 제가 지금 굉장히 당황스러워서……."

"이해해, 나도 마찬가지니까. 당황스럽더라. 모재은이 그렇게 화끈한 여자인 줄 어제 처음 알았거든."

"아니! 아니요!"

절대 그런 여자 아니고요! 변명의 여지가 없었다. 간간이 떠오르는 기억이 그녀의 말문을 턱 막았다. 말할 자격이 없었다. 그의 말대로 어젯밤 그녀는 화끈한 여자였다.

"그래서."

살짝 침대 밑에 걸터앉은 그가 긴 두 다리를 쭉 뻗은 채로 상체만 돌려 멀리 있는 그녀를 돌아본다.

"어제 일은 기억나고?"

"……네, 조금요."

미치겠다.

"우리가 뭘 한지는 알고?"

"네……니요, 정확히 알 듯 말 듯한데."

환장하겠다.

"그전에 네가 무슨 말을 했는지는 기억하고?"

"그것도 기억이 날 듯 말 듯하네요……."

"내 남자 친구야."

한수에게 그를 소개하던 장면이 주마등처럼 눈앞을 스친다.

"선배. 정말 죄송해요."

"뭐, 그렇게 죄송할 것까지야. 몸은 확실히 괜찮고?"

"네, 속이 좀 부대끼는 것 말고는 괜찮아요."

"그럼 다행이고, 이별도 축하해. 술도 제법 는 것 같아 축하하고."

갑작스러운 그의 칭찬에 부끄러워하던 재은이 고개를 기웃거렸다.

"네?"

"일전에 말하지 않았나? 무식하게 구는 것도 적당히 하라고."

"네에?"

"어젯밤 때려 부운 와인값만 족히 200은 되는 것 같은데."

상당한 충격이 전두엽을 때렸다. 디잉, 골이 울리고 믿을 수 없는 화준의 말에 그녀가 눈과 입을 크게 벌렸다.

"왜 그렇게 놀라?"

"아니, 아니!"

왜 그가 샤워 가운 차림을 하고 있는지, 그의 말이 뭘 말하는지 정확히 파악한 재은이 경악했다. 그가 준비한 와인 한 병을 한 방울도 남기지 않고 다 털어 마시고나서 뻗은 것까지 기억이 났다. 잘 자는가 싶더니 느닷없이 일어나 술이 필요하다며 난동을 부리던 제 모습이, 왜 하필 그때 뇌리를 스쳐 지나가는지 모를 일이다.

"하……."

그녀의 고집을 꺾지 못해 그가 마련해 준 와인 한 병을 병째로 들이붓다가, 신이 나서 까르르 웃어 대다가, 언제 그랬냐는 듯 설움이 탁 목구멍에 걸려 또 궁상을 떨며 울다가, 주정 부리는 그녀를 어르고 달래는 그에게 괜한 심통을 부렸다.

그러니까, 그의 신체의 일부 같은 슈트에 남은 레드 와인을 모조리 쏟아부었다. 그래서 화준이 샤워 가운 차림을 하고 있는 거고.

그럼…… 나는 대체 왜?

"헐……!"

기억하고 말았다. 결국 떠올리고 말았다. 너무도 쉽게 상기된 어제 일에 재은은 참수형을 선고받은 사람처럼 하얗게 질린 얼굴로 벌벌 떨었다.

"서, 선배."

그녀의 부주의로 와인 샤워를 하게 된 그에게 미안해서 어쩔 줄 몰라 엉엉 울어 대다가 괜찮다는 그를 데리고 무작정 욕실을 찾았다. 제정신이 아닌 상태였으니 옷을 껴입은 그의 몸 위로 샤워기 물을 뿌려 댔던 거고, 그런 그 곁에 선 그녀 역시 홀딱 젖은 채로 또 한 번 사죄의 말을 했던 것 같다.

"엉엉, 선배 죄송해요. 저도 죽을게요. 흐엉. 양심 찾을게요!"

그러면서 쏟아지는 물을 온몸에 들이부우며 눈물을 흘렸던 것 같은데.

"정말 죄송해요……."

사색이 된 재은이 곧장 사과했다. 말 한마디로 어제 일이 무산되는 건 아니지만 그래도 일단은 뭐라도 해야지 싶어 거듭 사죄했다. 원한다면 할복도 마다치 않을 기세였다.

"뭐가."

"그, 그냥 어제 제가 잠시 돌았나 봐요. 정말 죄송해요. 선배, 정말, 정말……."

"괜찮아, 난 좋았어. 모재은 1일 남자 친구로 끝내기엔 아쉬울 정도로."

그녀는 잘 모르겠지만 조금 전 그의 말은 지극히 사실이었고, 진심이었다.

"그, 그래서 제 옷은 지금 어디에……?"

두더지처럼 이불 밖으로 머리를 반 정도 내민 재은이 나직이 중얼거린다.

"라운드리에 맡겨 놓은 상태고, 새 의상을 준비해 주기 전까진 꼼짝없이 이 객실에 갇혀 있어야 할 것 같은데."

그래, 온전할 리가 없지. 밤새 물장구를 치며 주정을 부려 댔는데. 내 옷이라고 무사할 리가 없지. 하.

"그러는 동안 우리는 밤사이를 거친 화끈한 재회의 기쁨을 한 번 더 즐겼으면 하는데."

"……화끈한 재회라니."

망할 놈의 기억. 드문드문 끊긴 필름이 이제야 복구되었나 보다. 때마침 기억이 떠올랐다.

"선배 혼이 승 나가 버릴 수도 있으니까 정신 잘 차려야 돼요. 알겠죠?"

"나 그렇게 매력 없는 여자 아니거든요."

"나이가 스물아홉인데, 응? 그깟 성적 매력 따위 없을 리가 없는데? 응?"

"다음에 선배 호텔에 소문 내 주세요. 스물아홉이나 먹은 모재은, 스킨십에 절대 취약한 여자가 아니라고……."

모재은, 나가 죽자. 박한수의 말에 욱한 나머지, 그에게 헛소리를 지껄였다. 제 말을 들어 주던 그의 얼굴이 어쩐지 웃고 있었던 것 같기도 하다. 잠깐만. 그리고 그에게……!

"……세상에."

그래서 그가 그렇게 말한 거구나. 모재은의 1일 남자 친구로 끝나기엔 아쉽다는 말을.

모재은이 이토록 화끈한 여자인 줄 생각도 몰랐다는 그 말은.

"우리, 앞으로 자주 만나자."

드문드문 상기되는 기억 속, 그에게 입맞춤을…….

"하, 하하……."

"혹시라도 필요하면 말해. 1일이든 1년이든 남자 친구 해 줄 의향, 넘쳐 나니까."

별안간 그가 이불 속에 감춰진 그녀의 발목을 잡아 쓱 끌었다. 얼결에 그의 곁에 바짝 붙은 재은이 헙, 숨을 참았다. 그가 뚫어져라, 그녀의 얼굴을 바라보더니 손을 뻗어 눈가에 붙은 속눈썹을 떼어 준다.

"말 잘 듣는 남자 친구 콘셉트로 딱 대기하고 있으면 되는 거 아닌가?"

말을 하는 화준의 손이 이번에는 그녀의 정수리 위에 얹어졌다.

"어떻게, 이 자리에서 한 번 더 고백해?"

손 빗질을 하며 그녀의 머리카락을 정리해 주는 그의 입술은 아침부터 바빴다.

"그럼 나 정확히 네 번째 차이는 거지?"

바람난 건 한수인데, 왜 그녀가 죄인처럼 느껴지는지 모르겠다.

"마음먹고 열 번 찍어 봐?"

재은이 질끈 눈을 감았다. 가까이서 보는 그의 얼굴이 숨 막히게 잘생겨서 이러다 호흡 곤란으로 천국을 볼 것만 같다.

"그건 그렇고, 다시 보니 좋네. 모재은."

아니, 어쩌면 이미 간밤에 죽은 목숨인지도 모르겠다. 이렇게 근사한 남자의 품에 안겨 어리광을 부리다가 내 성질대로 와인을 몇 병이나 더 주문했고, 금액대가 유추 불가능한 그의 슈트에 찬물을 신랄하게 끼얹었다. 정말 제정신이 아니었기에 가능한 일이었다.

"예쁜 것도 그대로라 더 좋고."

목석같은 모재은을 뒤로한 박한수가 나은을 끌어안고 주제넘은 홍콩에 다녀왔을 동안, 재은은 대단한 남자와 나란히 천국의 계단을 밟았다.

"나도 더 잘생겨졌지?"

계단 끝에 오른 여기는 어디인가. 진정 천국인가. 재은이 감았던 눈을 떴다. 코앞에 있는 그와 정면으로 눈이 마주쳤다.

"까꿍."

다시 눈이 감겼다. 민망해 죽겠다.

"유학 가서 몇 번 너한테 전화했는데. 결번이더라."

"아. 네, 그때 좀 힘든 시기였어요."

"왜?"

"부모님이 이혼하셨거든요."

"……그래? 미안. 몰랐네."

"아뇨, 괜찮아요."

극구 사양하는 그녀의 뜻을 가볍게 무시한 그의 차를 타고 함께 집으로 돌아가는 길. 재은은 미치고 팔짝 뛸 노릇이었다. 누군지 모를 남자도 아닌, 화준의 앞에서 두 번은 없을 주정을 부린 것도 모자라 그가 준비한 옷을 입고 팔자 좋게 아침 식사까지 마쳤다. 그리고 넘쳐 나는 호의를 받으며 편히 귀가 중이라니. 상전도 이런 상전이 없을 뿐더러 민폐도 이런 민폐가 없다. 못났다, 모재은.

"나 졸업하고 별일 없었고?"

"네? 어떤 일이요?"

"너 좋다고 쫓아다니던 녀석들, 꽤 있었잖아. 우리 동아리에도 많았고."

아. 그의 부수적인 설명에 그녀가 짧게 간투사를 흘렸다. 두 사람은 9년 전 학교 별관 사진 동아리실에서 처음 만났다.

"재민이었나? 걔도 너 엄청 귀찮게 했잖아."

그리고 그가 말하는 재민은 그녀와 같은 학과 동기였다.

"그래서 내가 찰거머리처럼 네 옆에 붙어 있었던 거고."

"네, 맞아요. 그때 그랬었죠."

"그때 재밌었는데. 매일같이 모재은 따라다니느라 시간 가는 줄도 몰랐고."

"저는 그런 선배 때문에 힘들었죠. 어딜 가나 기자들이 따라다니니, 원."

"정문 앞에서 찍힌 사진이 우리 첫 커플 사진이지?"

"커플은 아니고 투 샷이죠. 말씀 잘하셔야 해요. 남이 들으면 오해해요."

"오해하면 어때. 이래 봬도 모재은 1일 남자 친구 전적 있는 사람인데."

"……그 말은 그만하셨으면 하는데."

"어떻게 그래. 재회 기념으로 별일을 다 겪었는데."

아아악! 재은이 내면으로 소리쳤다. 외면으로는 두 손으로 두 귀를 감쌌다. 듣고 싶지 않았다. 그의 말을 들으면 들을수록 점점 또렷해지는 기억이 그녀를 괴롭혔다. 세상에, 박한수에게 불감증이라며 모욕적인 발언을 들었던 천하의 모재은이! 6년 만에 만난 선배에게……! 하자고! 잘한다고! 하! 기가 차서 말도 못 하겠다.

"그래서, 어땠는지는 왜 안 물어봐? 어제 일의 느낀 감상 정도, 질의 응답으로 친히 대답해 줄 의향이 넘치는데."

"놀리지 말아요! 제발!"

"왜, 좋잖아. 과거 회상."

"제, 제발요! 출근 안 해요? 저 그냥 여기서 내리면 안 돼요? 부사장님 바쁘시잖아요. 아네요?"

"오늘 주말, 물론 부사장이 되고 나서 주말을 반납하긴 했는데. 내 직함보다 중요한 모재은 데려다주는 게 지금 당장 우선순위라서. 그건 그렇고 왜 갑자기 호칭이 부사장이야. 난 모재은 씨 부사장 아닌데."

"그러는 전 선배에게 모재은 씨 아니거든요! 그냥 내려 주세요. 저기! 저 앞에 세워 주세요!"

"제대로 걸을 수는 있어? 어젯밤 모재은이 너무 뜨거워서 나도 제어가 안 되더라고. 이리 뛰고, 저리 뛰고 열심히 잘하던데."

재은의 호흡이 가빠졌다. 그의 말 한마디에 끊긴 필름들이 다시 보기처럼 어젯밤 장면을 떠오르게 했다.

"차로 가는 게 꺼림칙해서 그러는 거면 말해. 직접 안아서 데려다줄 테니까."

재은이 기겁했다. 안 그래도 화준과 나란히 백제 호텔을 걸어 나왔을 때 무수한 호텔 컨시어지들의 표정을 보았다. 함께 걷는 것만으로도 충격인데, 그에게 꼭 안겨 귀가하다니. 도저히 있을 수 없는 일이었다. 무엇보다 그와 입맞춤을 했다고 해서 꼭 가깝게 지낼 필요는 없었다. 그는 대한민국 경제의 중축이 되는 경영인이니까.

그런데 그런 그에게 안겨 귀가를 해? 허!

"싫어?"

"좋지는 않아요."

"싫지도 않고?"

"……."

"그럼 좋은지, 싫은지, 확인 차원에서 한 번 안아 봐도 돼?"

차가 잠시 신호에 걸렸다. 그녀를 돌아본 화준이 자못 진지하게 물었다. 움찔한 재은의 콧잔등 위로 석 삼(三) 자로 주름이 그어졌다.

"장난인데, 되게 싫어하네."

"아, 아뇨. 되게 싫은 건 아니고 당황스러워서요."

"뭐가?"

"6년 만에 만난 사람치고 선배가 너무……."

너무 저돌적이시네요. 원래가 그런 사람이었지만 어째 6년 전보다 과하게 느껴지는 건 기분 탓일까.

"내가? 너무 뭐?"

"너무 편하게 대해 주셔서 감사하네요."

"그리고 부담스럽고?"

"……어떻게 알았어요?"

"너 원래 나 되게 부담스러워했잖아."

"아, 네."

"아직도 그래?"

"네. 그때보다 더 해요."

그때의 그는 기업 승계를 위해 경영 수업을 받던 총수의 새내기였다지만 지금은 아니었다. 현재 차화준은 당당한 기업 총수의 일원이었다.

"그것 참 큰일이네."

난처한 듯 미간을 구깃거리며 그가 바뀐 신호를 확인하곤 서둘러 액셀을 밟았다. 승차감이 훌륭한 그의 차량은 매끄럽게 도로 위를 질주했다. 위험하고, 위협적인 그의 차량 근처로 쉬이 접근하지 못하는 차를 보며 재은은 생각했다.

하다못해 사람들은 그의 외제 차마저 부담스럽게 생각하는구나.

"집이 이 근처라고?"

건국 대학교를 지나 구의동에 도착한 그의 차량이 재은의 안내를 따라 좁은 골목길 안으로 진입했다. 아슬아슬한 곡예 운전이 시작됐다.

"저 여기서 내려도 되는데."

"온 김에 집 앞까지 가지, 뭐."

"안 바쁘세요?"

"한가하진 않지."

"괜히 죄송하네요."

"죄송하면 내가 집 앞으로 불쑥 찾아와도 용서해 줘."

"네?"

정면을 응시하는 그가 천천히 차를 몰며 대답했다.

"우리 자주 보기로 했잖아. 자주 봐야지."

"……네?"

제가, 왜요…….

"어디서 일해?"

"저 상국 제강이요."

"거기서 뭐 하는데. 직책이 뭐야?"

"주임이요. 대내외 의전 준비도 하고, 대체로 사내 관리하는 업무를 맡고 있어요. 가끔 하청 업체 직원 관리도 하고요."

"관리직인가?"

"네."

"남자들하고 자주 부대끼겠네."

"그래 봤자 대다수가 아버지뻘이에요."

재은의 말에 화준이 작게 고개를 끄덕거렸다. 차는 어느새 그녀의 집 앞에 정차한 터였다.

"그나저나 실망이네."

"네?"

"알고 있었지, 미래의 차화준이 모재은 꼬리 물고 안 놓아 줄 거 알고 일부러 그쪽으로 취업했지?"

"그게 무슨……."

"상국 제강이 대원 제철의 알아주는 경쟁사인 거 몰라?"

그 말에 재은이 탄식했다. 그러고 보니 그랬다. 그는 대원 그룹의 오너 일가였고, 현재 그녀는 그런 대원 그룹 계열사인 대원 제철의 라이벌 기업 상국 제강에서 근무 중이었다.

"장난이고. 연봉은? 많이 받아?"

"박봉이에요. 오죽하면 곡식이나 베 따위로 녹봉을 받는 게 나을 지경이에요."

"그럼 나랑 같이 일할래?"

"아뇨. 그건 좀 그래요. 그냥 지금 일하는 데서 일하려고요."

"내가 그렇게 싫어?"

"아, 아니요! 설마요!"

"그런데 그렇게 매정하게 내 제안을 거절해?"

"……다, 다정하게 거절하면 괜찮을까요?"

적극적인 화준에게 최대한 상냥한 말씨로 대답했다. 그의 눈치를 살피며 더듬더듬 말을 하는 그녀를 돌아본 화준이 제법 크게 웃음을 터뜨렸다.

"사양하는 김에 물어보는데 번호가 뭐야?"

"무슨 번호요?"

벨트를 풀며 재은이 눈을 동그랗게 떴다.

"휴대폰 번호."

"왜요?"

"내가 뭐 물어보면 안 될 1급 기밀이라도 물어봤나? 왜 그렇게 놀라?"

"아, 아뇨. 그냥 갑자기 물어보시니까."

"다시 만났는데 꾸준히 연락하고 지내야지."

"……."

"물론 모재은은 또 내 연락을 야금야금 씹어 먹겠지만."

빙고. 어떻게 알았어요?

"뭐, 괜찮아. 한 번 씹을 때마다 집 앞 찾아와서 네 이름 부르면 되는 거지?"

"헉."

"싫지?"

"싫은 건 아니지만……."

"싫은 게 아니라니 고맙긴 한데, 그냥 순순히 번호 넘기고 연락하는 족족 꼬박꼬박 답장합시다."

"저…… 선배. 정말 궁금해서 물어보는 데 갑자기 왜 이러시는 거예요?"

"뭐가 왜 이래? 당연한 거 아니야? 차화준의 밤에 불 지펴 놓은 게 누군데 모르는 사람처럼 쌩, 하자고?"

재은의 심장이 198bpm으로 뛰기 시작했다. 유능한 DJ도 박자를 맞추기 힘들 정도의 심장 박동이었다. 영문을 알 수 없는 선배의 태도에 재은은 혼란스러웠다.

"나는 그렇게 못 하겠는데."

"……."

"자존심도 상하고, 간만에 만난 후배에게 당하고 버려지는 기분. 그다지 느끼고 싶지 않아."

"아, 그렇죠. 그건 제가 분명 잘못한 건데, 그냥 없었던 일로……."

"없었던 일로 치부하자고? 그러기엔 모재은에 대한 기억이 뼛속까지 사무친 터라 어려울 것 같은데."

"네, 그럼 꼭 기억하는 걸로 하고. 전 이만 자리에서 일어나는 걸로……."

슬그머니 차 문을 여는 그녀의 왼팔을 그가 스윽 잡아당겼다. 몸이 저절로 돌아 세워졌다. 재은은 운전석의 화준을 마주 보았다. 눈이 마주쳤을 뿐인데 얼굴이 홧홧해진다.

"어딜 가. 번호는 주고 가, 세상에 공짜는 없다. 알지?"

"그럼요. 드리려고 했어요. 주세요, 휴대폰."

최대한 아무렇지 않은 척 그에게서 휴대폰을 건네받은 그녀가 덜덜 떨리는 손으로 번호를 눌렀다. 재은에게서 휴대폰을 돌려받은 그가 마무리를 짓는다.

"됐어, 그럼 가."

할 일을 마친 그가 가벼운 마음으로 그녀를 놓아 주었다. 이때다 싶어 재은은 날래게 차 문을 열었다. 화준이 백날 연락해도 받아 주지 않을 생각을 하며, 지평에 발을 딛고 선 재은이 문을 닫기 전 그에게 깊숙이 허리 숙여 인사했다. 감사했고, 죄송했습니다. 선배.

문을 닫고, 그의 차가 떠날 때까지 자리를 지켰다. 그런데 어쩐지 그가 제 자리에서 꼼짝 않는다. 그녀가 들어가는 모습을 확인하기 전까지는 움직이지 않을 모양인지, 차창 안 그가 턱짓한다. 어서 들어가라는 뜻인 것 같아 묵례 후 돌아선 재은이 잽싸게 빌라 안으로 뛰어 들어갔다.

설마, 선배와 다시 만날 일이 있을까. 저렇게 부담스러운 남자와 엮이는 건 위험하다.

"야! 너 어디서 자빠졌어?"

귀가와 동시에 엄마가 화살을 던진다. 그녀가 쏘아 올린 화살은 정확히 재은에게 명중했다. 명사수 못지않은 그녀의 사격 솜씨에 재은이 죄인처럼 움찔했다. 해일처럼 밀어닥친 화준의 여파로 비틀비틀 걷던 재은이 식은땀을 흘리며 정희를 돌아보았다.

"어? 어……."

"잘한다, 아주 말 한마디 없이 외박해서 엄마 속 뒤집어 놓은 것도 모자라 자빠지기까지 해? 대체 술을 얼마나 처마신 거야?"

"응, 처마신 건 아니고 적당히 마셨어."

"적당히 마셨다는 게 그러고 기어 와?"

"왜? 나 지금 몰골이 말이 아니야?"

"네 걸음걸이 좀 봐. 진화 덜 된 원숭이가 따로 없어."

"이 원숭이, 엄마가 낳은 원숭이야. 나 들어가서 좀 쉴게. 피곤하다."

터벅터벅 방으로 돌아온 재은이 침대 위로 풀썩 쓰러져 누웠다. 모든 게 꿈만 같아 받아들이기가 어려웠다. 박한수와 관계 정리가 끝났다는 것보다 화준과 재회를 했다는 게 더 놀라워 그저 눈만 깜빡였다.

내가 정말⋯⋯.

"했다고?"

키스를? 그것도 내가 먼저? 기억은 까무룩 하지만 어느 정도 유추가 가능했다. 퉁퉁 부르튼 입술이 어젯밤 일을 여실히 일러 주고 있었다.

했구나. 아주 신나서 했구나. 제대로 미쳐 날뛰었구나. 또렷하게 상기시키기는 어렵지만 어렴풋하게 그의 단단한 몸이 떠올랐다. 가슴 근육 사이의 음영이 미치게 섹시해서 사정없이 그의 몸을 더듬거렸던 것도 같다.

재은아, 간지러워하는 선배의 말에 콧소리도 냈던 것 같고. 얼른 자자, 하는 달콤한 말에 싫다며 투정을 부리기도 했던 것 같은.

"⋯⋯미치겠다."

재가 되어 사라질 것처럼 얼굴을 태운 재은이 이불 속에 얼굴을 묻었다. 그때 휴대폰이 울렸다. 디링, 디링. 문자 메시지 두 통이 연달아 도착했으나 재은은 확인하지 않았다. 보나 마나 선배일 게 뻔했다. 수치스러워서 그의 얼굴을 보기 두려웠다.

"난 몰라, 미쳐. 모재은. 하아⋯⋯."

아무리 술에 취했다지만 그렇다고 6년 만에 만난 선배에게 들이댈 필요는 없었다.

"그냥 죽자, 죽어."

그녀의 웅얼거림이 점점 작아졌다.

업무 과다로 지친 직장인이 많은 만큼 힐링 상품에 대한 수요가 높을 것이란 차화준 부사장의 판단으로 '1인 힐링' 및 '가족 휴식'이라는 숙박 상품을 내세운 백제 호텔이 뜻밖의 쾌재를 불렀다.

미목회의 방탕한 동영상 파문 사건으로 잠시간 몸살을 앓았지만 백제 호텔이 어떤 호텔인가. 대원 그룹의 차준필 창업주가 귀빈 접대를 위해 준공한 아시아 최고의 럭셔리 호텔이 아니겠는가.

객실 내 비치된 야외 온수풀과 노천 스파를 즐기며 영화를 감상도 할 수 있는 가족 패키지 상품과 실내 비치된 미니바 또는 다이닝 메뉴를 즐길 수 있는 1인 객실 패키지 상품을 출시하도록 지시함으로써 야심차게 출격한 백제 호텔의 행보에 동종 업계에는 비상이 걸렸다. 업계에서 매해 1위를 기록하는 대원 그룹의 백제 호텔이 스파, 오일, 영화 등 스트레스 해소에 도움을 주는 서비스를 선보이며 소비자들의 발길을 붙잡자 호텔 업계의 경쟁이 치열해진 것이다.

그러거나 말거나, 불길이 팽배하게 일어난 호텔업계의 전쟁을 알리는 신호탄을 울리기 무섭게 백제 호텔은 겹경사를 누렸다.

미목회 동영상 유출, 호텔 직원 아냐
속보 — 백제 호텔, 미목회 연회 동영상 식음료 외주사 유출
미목회 고용 개인 식음료 케이터링 직원 유출

경찰의 숨 막히는 조사 끝에 미목회의 음란한 동영상을 유출한 범인이 검거됐다. 화준의 호언이 사실로 판명되는 순간이었다.

미목회에서 개인적으로 준비한 식음료 외주사 직원이 범인으로 밝혀진 이번 사건은 엄연한 명예 훼손죄가 적용되는 파렴치한 사건이었다. 외주사 직원은 그들의 음탕한 동영상을 비밀스럽게 녹화한 끝에 모든 포털 사이트에 게재했다.

'재벌 4세들의 더러운 밤 문화'라는 대목으로 오만한 재벌들의 갑질 논란을 만들었고, 빈부 격차가 극심한 대한민국의 빈익빈 부익부를 날카

롭게 지적한 그는 이번과 같은 간계와 술책을 벌일 만큼 미목회에 적의를 가지고 있었다.

"언론의 반응이 생각보다 호의적입니다. 염려 놓으셔도 되겠습니다."

화준은 대답 대신 가볍게 고개를 주억거렸다. 조 실장의 말을 듣긴 들었나 모르겠다. 내내 다른 생각에 잠겨 있는 그는 업무 전화 외 잠잠한 휴대폰을 노려보고 있었다.

3일 동안 이래저래 바쁜 시간을 보낸 화준은 틈틈이 재은에게 연락했다. 주전부리라도 되는 양 메시지를 보내는 족족 야금야금 씹어 먹는 재은 때문에 퍽 심기가 불편한 그의 한쪽 눈썹이 구겨졌다. 참, 선배 알기를 우습게 아는 후배다.

〈오늘도 답장 없으면 회사 앞으로 찾아간다.〉

경고성 메시지를 보내고 휴대폰을 내려놓기 무섭게 진동이 울렸다. 그의 입매가 씩 말려 올라간다.

〈죄송해요. 정신이 없어서.〉

저녁의 거리처럼 어두웠던 그의 낯빛에 서서히 낮 온기가 드리워지고 있었다. 답장을 위해 액정을 누르는 손놀림이 빨라진다.

그때 서희에게서 전화가 걸려 왔다. 그의 미간에 잔주름이 떠올랐다. 불쾌감을 적나라하게 드러낸 화준이 아무렇게나 휴대폰을 집어 던졌지만 진동은 끊임없었다. 그녀의 성격을 투영한 듯 고집스러웠고, 집요했다.

"후……."

화준이 한탄의 숨을 내쉬었다. 매사에 신중한 그는 사소한 일도 꼼꼼하게 확인하고 냉철하게 처리하는 사람이었다. 인간관계도 마찬가지였다. 호불호가 또렷한 그는 내 사람이 아니고서야 웬만큼 제 곁에 두지 않았다. 그런 그가 유학 생활을 하던 당시 서희와 교제를 시작한 건 다시 생각해도 명백한 실책이었다. 귀국 후 그룹 성장을 위해 곧바로 업무에 투입된 화준은 일에 치여 살며 깨달음을 얻었다.

그는 단 한 순간도 서희를 사랑하지 않았다. 그녀에게는 미안하지만 그게 진실이었다. 첫사랑이 아니고서야 누구에게도 줄 수 없는 그의 마음속에, 그리고 억울하게 흘려보낼 수밖에 없던 불행한 시간 속에는 언제나 모재은이 있었다.

문득 화준의 눈앞에 한 폭의 그림 같은 재은의 얼굴이 그려졌다.

갈증이…… 났다.

─뭐? 너 그래서 박한수랑 헤어졌어? 그 미친 새끼 진짜 바람난 거 맞아?

"그렇다니까. 내가 말했잖아. 내가 메시지 봤다니까?"

─와! 미친놈! 그래서 너 걔 몇 대 쳤어!

"두 대는 때렸어."

─두 대로 돼?

그녀와 초등학교부터 대학교까지 함께 보내 온 주현이 제 일처럼 으르렁거리자 그녀의 화기로 대지가 흔들리는 기분이었다. 주현은 예쁘장한 얼굴과 다르게 참 무서운 여자였다. 웬만한 남자에게 지지 않는 그녀의 화술은 상당했고, 성격도 억셌다.

─잘했어. 연락 와도 다신 받아 주지 마. 그런데 재은아.

"어?"

─나 왜 이렇게 불안하냐. 그 미친놈, 너 고소하면 어떡해?

"에이, 설마. 저가 뭐라고 날 고소해?"

─그렇지, 보통의 사람들이라면 그렇게 넘어가겠지만 너 알다시피 걔가 좀 밴댕이냐? 괜히 이것저것 트집 잡아 너 고소라도 하면 어떡해.

"자기가 한 짓은 생각도 안 하고, 설마 고소하면 그게 남자야?"

─걔가 남자냐? 남자 구실도 제대로 못 하는 그 새끼가 남자냐고.

그렇긴 하다. 그녀와 주현이 아는 박한수는 남자가 아니었다. 허파에 바람만 잔뜩 차서인지 허영심만 넘쳐 나는 그는 겉치레에 치우쳐 실속이 전혀 없는 한심한 남자였다. 왠지 불안하다.

─참, 너 이번 모임에는 참석할 거지?

더…… 불안해졌다.

─민수 선배가 이번에는 너 좀 꼭 데리고 오라고 아주 성화를 부려서 나도 피곤해.

주현이 말하는 모임이 대학교 동아리 모임이었기 때문이다. 졸업한 이후로 내내 모임에 불참했던 재은이 난감한 표정을 지었다. 혹시 그 자리에 화준도 오는 건 아닐까, 내심 불안했다.

화준과 불미스러운 사고에 대해 전혀 모르는 주현이 애걸복걸한다.

─너 이제 빚도 어느 정도 청산했잖아. 여유 좀 생기지 않았어?

위자료 한 푼도 못 받고 이혼한 모친은 생계를 위해 어쩔 수 없이 대부업체에 손을 빌렸다. 그때 진 빚이 그녀의 대학 등록금을 포함해 무려 6천만 원 가까이 되다 보니 취업 후 재은은 죽기 살기로 돈을 벌어야 했다. 작년까지는 회사와 아르바이트를 병행하며 수입을 늘렸다. 24시간도 모자라 촉박하게 살아가는 재은에게 모임은 사치였다.

"그렇긴 한데. 글쎄 잘 모르겠다. 시간이 되려나?"

─남자 친구도 없는 게 바쁜 척은. 됐으니까 이번에는 참석해. 다들 너 보고 싶어 해. 그리고 네가 걱정할까 봐, 하는 말인데 박태린이랑 홍미주도 어지간히 바쁜가 봐. 2년 전부터 참석 안 하던데?

"응, 그 선배들은 그 선배들이고, 내가 그 사람들 별로 안 보고 싶……."

─우선 민수 선배한테 너 참여한다고 일러둔다. 그럼 끊어! 나 드라마 봐야 돼! 내일 볼 수 있음 보자, 모재!

뚝, 전화가 끊겼다. 코웃음을 치며 액정을 보는 재은의 눈빛이 희번덕거린다. 충분한 숙면 시간을 갖지 못한 탓에 빨갛게 충혈된 눈동자가 왠지 섬뜩하다. 그놈의 박한수와 차화준이 뭐라고. 그녀를 못살게 구는지.

밤새 전화를 걸어오는 한수의 집요한 연락 때문에 잠을 뒤척인 재은은 사실 그날 늦은 시간까지 화준의 기사를 찾아보고 있었다. 백제 호텔 관련 기사로 도배 되어 있는 포털 사이트를 샅샅이 뒤져 가며 확인한 바로는 화준이 옛 연인인 문서희와 한바탕 스캔들에 휘말렸고, 그는 단정적 어조로 그녀와의 관계를 부정했다.

왠지 모를 안도감이 밀려왔다. 왜일까. 그와 문서희의 관계가 아무것도 아닌 백지 상태라는 게 이유 없이 좋았다. 그러다가도 저와 확연히 다른 문서희의 프로필 사진을 보며 묘한 자괴감에 빠졌다.

동영상 파문으로 고역에 시달리고 있다지만 JS 문서희가 어떤 인물인가. 여배우 못지않은 아름다움으로 각계각층의 주목을 받고 있는 재벌 4세 아니겠는가. 그랬던 두 사람이 두 번째 스캔들에 휘말리다니.

그리고 그런 그녀와의 관계를 해명하기 위해 JS의 수장, 문 회장이 직접 나서다니 그저 놀라울 따름이다.

"그나저나 배주현은 뭐 하자는 거야."

그녀가 중얼거렸다. 등골이 오싹해진 건 그때였다.

"그러는 너는 뭐 하자는 거야."

익숙한 목소리가 바람을 타고 불어왔다. 걸음을 멈칫한 재은이 천천히 뒤를 돌아보았다. 재킷을 풀어헤친 탓에 훤히 보이는 드레스 셔츠가 정면으로 보였다. 슬그머니 시선을 높였다.

"사람 먹고 버리는 나쁜 심보, 어떻게 설명할 건데."

화준이었다.

"모재은 기억이 흐리멍덩한 것 같아 다시 말하는데. 그날은 내가 당한 거야."

그가 빠른 걸음으로 다가와 말했다.

"그리고 버릴 거면 분리수거라도 해 주든가. 무단 투기는 너무하지 않나?"

그녀의 정수리 위에 큰 손을 얹어 놓고, 짜증이 묻어난 얼굴로 퉁명스레 말하자 그런 생각이 들었다. 차화준이라는 마당에서 모재은이라는 송아지 한 마리가 쇠붙이에 코가 꿰이는 중이라고. 아니, 어쩌면 이미 꿰였는지도 모르겠다고.

"이게 그 말로만 듣던 먹고 튀는 거, 뭐 그런 거야?"

우습게도 그의 에스코트를 받으며 차에 오르는 순간 가슴이 콩닥거렸다. 다정한 화준의 손길에 고맙다는 인사 한 번 제대로 못 하는 그녀의 입을 대신한 심장은 참 인사성도 밝다. 신나서 널을 뛴다.

어휴, 여우 같은 것. 차화준이 잘생긴 건 또 알아 가지고.

"내가 쓰레기인 거지? 너는 그런 쓰레기를 가차 없이 무단 투기하는 비양심적인 사람인 거고."

"아뇨, 쓰레기는 저죠."

"뭐, 부정은 안 하겠는데. 내가 그렇게 막 버릴 만큼 못났어?"

"무슨 말씀이세요, 못난 건 저죠."

죄인이 무슨 할 말이 있겠습니까. 코 꿰인 김에 입도 꿰매 주시죠.

"그거 알지. 쓰레기도 쓰레기 나름인 거. 재활용되는 쓰레기도 많아."

"그럼 선배는 재활용이 가능한 쓰레기인 건가요. 폐지 같은……."

"뭐 폐지일 수도 있고 플라스틱일 수도 있는데, 후자일 경우 모재은 몸에 엄청 해로울걸."

"왜, 왜요?"

"플라스틱 태우면 나오는 다이옥신이 인체에 굉장히 해로운 건 알겠고."

"네, 발암 물질이요."

"그래, 내가 모재은한테 발암 물질이야."

"아, 아뇨. 해롭진 않을……."

"해로워, 모재은이 차화준이랑 여러 가지 스킨십을 하고 싶어 미칠지도 모르거든."

쏴아아아. 그의 말에 분위기가 싸해진다.

"아. 말이 좀 그런가?"

"아뇨, 제 나이가 몇 살인데요! 스물아홉입니다. 거기다 스킨십에 절대 취약하지 않은!"

재은은 차화준이란 강적에 맞서지지 않으리라 다짐했다. 약해지지 말자. 약해지지 말자.

"궁금한 게 있는데, 만약 선배가 그 전자이면 어떤데요?"

"폐지?"

"네."

대답은 금방 돌아왔으나 그 찰나에도 재은은 긴장했다.

"통속화되지 않은 예술적 사회에서 폐지는 곧 나무로 돌아가곤 하지."

"네, 그런데요?"

"그렇다고."

"그게, 무, 무슨 말인데요?"

"내가 곧 나무로 돌아간다고."

"넌센스죠? 잠시만요. 제가 답 좀 생각해 볼게요."

교차로 맨 벨트를 꼭 잡은 재은이 그가 제시한 문제의 해답을 위해 끙끙 머리를 회전시킨다. 힐끔 그녀를 살핀 그가 피식 웃음을 흘렸다. 종전까지 그녀에게 먹고 버림받았다는 생각은 말끔히 스러진 모양이다. 핸들을 톡톡 두드리는 그의 손가락이 가볍다.

"나무의 평균 수명이 수십 년, 수백 년이죠?"

"그렇지?"

"뿌리도 잘 박고요. 제가 콕 집어 잘 말했죠?"

"잘 집었고, 잘 짚어 말하긴 했는데 차화준 수명은 운명적 천년만년일 걸."

"그렇다는 건 천년만년 모재은을 괴롭힌다는……."

"그렇지, 천년만년 괴롭힐 생각인데."

그의 말이 끝나기 무섭게 재은이 소스라쳤다.

"왜, 왜 천년만년이에요? 방금은 수십 년, 수백 년이라면서요!"

운전 중인 화준은 태연했다.

"천년을 살든 만년을 살든 그건 내 마음 아닌가? 그리고 방금 그 말은 네가 했지, 내가 한 기억이 없는데."

하······.

"그러니까 내가 모재은 죽을 때 같이 죽는 것도 내 마음이지."

기가 찬 재은이 실소하며 그를 바라보았다. 때마침 신호가 걸린 차가 멈추고.

"방금 명언이었던 것 같은데."

그녀를 돌아보며 씩 웃는 그가 기세등등하게 웃는다.

"별로야? 안 멋있어?"

강적은 강적이었다.

"준비가 부족했네."

그녀의 목숨 건 응수에도 지지 않는다.

"차화준의 유창한 화술과 기교가 6년 새 다 죽었나 보다. 그렇지?"

모재은, 어렵네.

"진짜냐? 진짜로?"

"아. 그렇다니까. 너도 알잖아, 내가 이 동아리에 왜 가입했겠어."

"진짜 모재은 따먹으려고?"

"당연하지."

동아리실 출입문 앞에 우뚝 선 재은은 사시나무처럼 떨었다. 문 하나를 사이로 천국과 지옥이 갈리는 기분이었다. 사내들의 지저분한 정담에 재은은 사색이 됐다.

"조재민, 너 저번 MT 때 잠든 모재은 가슴 만지려다 실패했다고 하지 않

왔냐?'

믿으려야 믿을 수 없는 사실에 뿌리 같은 자아가 흔들린다. 순수하게 재민을 대했던 행동들이 막연하게 후회되자 극한의 모멸감과 분노가 그녀의 세계를 깨트렸다. 학기 초부터 끈질기게 그녀에게 구애하던 재민의 새빨간 속내를 확인한 재은이 잔뜩 질린 얼굴을 하며 헛웃음을 터뜨린다. 지금 심경이 어떠세요? 바스러진 심장이 꼭 그렇게 묻는 것 같았다.

"하, 미친."

사정없이 떨리는 손이 문고리를 놓는 순간이었다. 축 늘어지는 그녀의 팔꿈치를 누군가 받치듯 잡아 주었다. 눈물이 반쯤 차오르다 말고 그대로 쏙 들어갔다.

"너도 참 피곤하겠다."

뒤돌아보자 바로 보이는 너른 가슴팍과 그대로 쭉 고개를 젖혔을 때보이는 화준의 얼굴.

"예쁘다고 다 좋은 게 아닌가 봐."

이건 뭐, 너무 놀라 울지도, 웃지도 못한다. 울다가 웃으면 큰일 난다던데.

"용케 안 울었네?"
"서, 선배……."
"울면 안 돼, 울면 너 신파 찍는 거야."
"다 들으셨어요?"

"어쩌다 보니."

"……"

"아. 내가 사과해야 하는 부분인가?"

소스라친 재은이 손사래를 친다. 무슨! 캠퍼스의 황태자로 불리는 천하의 차화준 선배에게! 사과를!

"아뇨, 아뇨! 절대요! 괜찮습니다! 그럴 수 있죠!"

"나라서 용서되는 건 아니고?"

"그렇죠! 선배니까 용서하는! 아, 아니요!"

후, 말릴 뻔했다. 흠칫한 재은이 눈을 내리떴다.

"이 대목에서 말하기 좀 그렇긴 한데."

그가 쭈뼛거리는 그녀의 얼굴을 양손으로 감싸며 억지로 고개를 들어 올린 건 그때였다.

"가까이서 보니까 더 귀엽네."

그의 완력에 얼굴을 치올린 재은이 눈앞의 화준을 보며 수줍은 홍조를 띄웠다. 가까이서 보는 것도 처음이지만, 이렇듯 그와 접촉을 둔갑한 스킨십을 하고 있으니 가슴이 널을 뛰는 것은 물론이요, 웅성거리는 심장이 사심 없이 인터뷰를 걸어왔다.

기분이 어때요? 모재은 학생? 악마 같은 자아의 물음에 정체성이 흔들린 재은이 대답을 망설이는 듯하더니 이내 속내를 술술 털어놓는다.

어떠긴요. 대단한 재벌가 선배의 온기에 몸이 흐물흐물 녹아내릴 것 같아 미쳐 버리기 일보 직전이에요.

"꼭 토끼 닮았어. 그런 말 들은 적 없어?"

그만 좀 놓아 주지.

"없다고?"

그녀의 떨림을 고스란히 전달받았으면서도 모르는 척 시치미 떼는 선배는 여우처럼 씨익 웃어 보였다. 어디 그뿐인가.

"재민이 같은 애들이 난리 칠 만도 한데."

그녀 입에 게거품을 물게 했다.

"애들이 저러는 거 싫지?"

입학 후 얼마 지나지 않아 사진 동아리에 가입한 재은은 그곳에서 처음 만난 화준과 인사만 몇 번 나눈 사이였다. 그녀는 늘 주현과 한 몸처럼 붙어 다녔지, 다른 여학생들처럼 그를 열렬하게 짝사랑하거나 쫓아다니는 팬심은 전혀 없었다.

"그럼 내가 도와줄까?"

사실 뻥이다. 차화준에 대한 돈독한 신앙심과 정진력으로 무한 화준교를 널리 알리는 순교자들을 종종 캠퍼스에서 보았었다. 그들은 온종일 화준에 대해 이야기했고, 재은은 아닌 척했지만 그 말들을 속속 귀담아 듣곤 했었다. 사람을 압박할 정도로 대단한 화준의 스펙에 억눌려 선뜻 다가가지 못했을 뿐, 여느 여대생과 다를 바 없는 보통의 재은 역시 잘생긴 훈남 선배와의 캠퍼스 연애에 어느 정도 기대감을 가지고 있는 터였다. 그 상대가 꼭 차화준이여야 하는 건 아니지만.

"쟤들이 찝쩍거리는 게 싫을 거 아니야."

그런데 이게 웬걸. 독보적으로 잘생긴 화준 선배가.

"그럼 내가 도와줄게."

2학기 시작과 동시에 재은에게 다가왔다.
"후……."
회상을 마친 재은이 숨을 내쉬었다. 그날 이후로 화준은 밥 먹듯이 그녀를 찾아왔다. 강의실이 멀리 떨어져 있는 데도 꼭 그녀를 만나러 오는 화준의 시간은 한마디로 모재은의 것이었다. 수업이 없는 날에도 그는 학교를 찾아와 알뜰살뜰 재은을 보살폈다. 무슨 일로 오셨냐며 까르르 웃는 여자 선후배, 동기들에게 그는 언제나처럼 짧게 일언반구 했다.

"모재은 밥 먹으러 왔지. 그렇지, 재은아?"

그렇게 화준은 매일같이 그녀에게 식사를 대접했다. 학교 앞 떡볶이 한 번 먹어 본 적 없는 그를 보며 재은은 유추했다. 일전에 그가 말했던 '도움'이란 게 혹시 일부러 만들어 낸 차화준과 모재은의 캠퍼스 스캔들은 아닐까, 하고. 어느 순간 모재은이 차화준의 여자 친구라는 소문이 캠퍼스에 횡행하게 나돌았다. 확실히 질척거리는 재민과 떨거지들의 간교한 수작도 그 이후로 뚝 끊겼다.

"재은아. 우리 비밀 연애한다고 소문났더라."

대신 무한 화준교의 질투는 하늘 무서운 줄 모르고 솟구쳤다. 그 시절, 얼마나 힘들었던가.

"어떻게, 계속 비밀 연애 유지할래. 공개하고 CC 할래."

1학년을 마치자마자 입대한 그는 제대 후 곧장 2학년으로 복학했다. 당시 그는 3학년 스물넷이었고, 재은은 햇병아리 1학년 스무 살이었다. 아마 선배는 모를 테다. 그가 졸업하고, 한동안 재은의 대학 생활은 가시밭길이었다. 울바자를 타고 보기 좋게 생장한 무한 화준교의 열등감이 종국에는 재은을 상처 입히는 덤불숲이 되어 그녀를 고통 속에 까무룩 잠겨 있게 만들었다.

그때 재은의 시간은 무척 더디 흘렀다. 지옥 같은 시간은 3학년 2학기까지 계속됐다. 그러던 어느 날, 질투의 덩굴이 무성하게 자라났던 무한 화준교의 가지가 홀연 뭉떵뭉떵 잘려 나갔다. 졸업을 앞둔 시기였기 때문인지, 눈만 마주쳐도 으르렁거리며 재은을 못살게 굴던 선배들의 파벌적 행태가 차츰차츰 줄어들었다.

기이한 일이었다. 다양한 방법으로 그녀를 괴롭히던 선배들이 뒤늦게 죄의식을 가지고, 반성의 기미를 보였으리라고는 생각하지 않았다. 지금껏 그녀에게 한 행동들로만 봐서 그들은 인간의 탈을 쓴 악마나 다름없었다. 특히 박태린과 홍미주가 악질이었다.

"너 신파 좋아하잖아."

옛일을 회억하는 그녀에게 그가 넌지시 물었다. 연어 같은 그녀는 하염없이 기억의 강을 거슬러 올라갔다. 어차피 다시 회귀할 거, 뭘 그리 힘겹게 과거 여행을 했는지 모르겠다.

"그럼 선배가 내 몸 책임져요, 뭐 이런 대사 한 번쯤은 쳐 줘야 듣는 사람 입장도 편하고 서로 좋잖아."

"저 신파 안 좋아해요."

"변했네, 모재은."

72

"그, 그럼요."

"그래서 먹튀 하다 딱 걸려서 식사 한 번으로 그날 사건을 퉁 치겠다?"

그와 함께 찾은 음식점. 잡다한 메뉴가 조리되는 이곳은 한식, 중식, 양식 할 것 없이 세계의 음식을 한꺼번에 맛볼 수 있는 뷔페였다.

"여기 나름 비싸요. 선배님네 호텔 레스토랑보단 아니지만."

"벼룩의 간 정도로 그날 사고를 없던 일로 하시겠다? 배짱도 좋네."

"우선 드시죠."

"너 많이 먹어."

"안 드세요?"

그녀가 동그랗게 눈을 뜨며 물었다. 혼자 먹기 무안해서 되물은 말에 그는 씩 웃으며 고개를 주억거렸다.

"그럼 대체 여긴 왜 오자고 하신 거예요?"

"그야 당연히 너 밥 먹이러."

"감사하긴 한데, 저 먹는 동안 선배는 뭐 하시……."

"맛있게 식사하는 모재은 훔쳐보는 거지, 뭐."

쿨럭. 물을 들이켜던 재은이 그대로 뱉었다. 물론 컵 안으로.

"그러고 계속 쳐다보시게요?"

의자 등받이에 몸을 기댄 그는 긴 다리를 꼬고 앉아 싱글거릴 뿐이었다.

"먹다가 체하겠어요."

"그러라고 한 말은 아니고."

재은은 경계를 늦추지 않았다. 예전부터 탱탱볼 같은 선배는 도치법 화술로 여러 번 그녀를 당황하게 했다. 9년 전 어느 날에 그랬듯이 듣는 이를 혼란스럽게 하는 말을 건넬지 모른다.

아아. 새록새록 기억의 꽃이 피어난다. 두 사람의 스캔들이 터치고 얼마 지나지 않아 그가 능청스럽게 고백을 했다지. 하마터면 능구렁이 같은 그의 말에 깜빡 속아 넘어갈 뻔했다.

"무슨, 누가 연애를 해요. 아니에요!"

"아하, 안 속네. 아쉽다. 눈치 좋다, 재은이."

아직도 기억이 생생하다. 포크를 쥔 그녀가 먼저 방울토마토 하나를 콕 집어먹었다.

"우아한 모재은이네. 방울토마토를 포크로 찍어 먹어?"

"선배랑 있으니까 특별히 신경 쓰는 거예요."

"왜?"

"선배가 우아하시니까."

"내가 우아해?"

"네, 고상하고, 기품 있어요. 의젓한 군자를 보는 것 같아요."

"군자? 아닐걸."

시, 시작됐다! 토마토를 꿀꺽 삼킨 재은의 긴장한 눈이 그를 똑바로 응시했다.

"군자 같은 사람이 친애하는 후배와 키스를……."

"어어! 토마토! 토마토요! 토마토 좀 더 주세요!"

놀란 재은이 몸을 반쯤 일으킨 상태에서 지나가는 직원의 옷깃을 붙잡았다. 직원의 눈길이 상당히 불편했다.

"뷔페는 셀프입니다, 손님."

정중하게 묵례하고 사라지는 직원을 보며 민망함에 배시시 웃던 재은이 아무렇지 않은 척 자리에 앉았다.

"성인군자 같은 사람도 남의 첩 노릇을 하면 변한다더라."

곧장 그가 다음 말을 이었다.

"앙큼하고 요사스럽게."

"그 말은 그럼……."

"모재은이 지나치게 앙큼해서 차화준이 그만 요사스럽게 변했지, 뭐야."

물론 요사스럽게 변할 뻔했지, 변한 건 아니었다. 재은 앞에서만큼은 불사의 인내력을 발휘해야 하는, 아니, 그럴 수밖에 없는 화준이기에 소란스런 사고가 일어난 그날에도 홀로 고군분투했다.

혼자 괴로워했던 그때만 생각하면 얼마나 억울한지 모른다. 속 좋은 모재은은 홀딱 젖은 채로 잘만 잤다. 그러다 감기 들까, 걱정되는 마음에 곁으로 다가가면 목을 끌어안은 채로 죽어도 놓아 주지 않더라. 또다시 입술 한 번 맞춰 보자며 성화를 부려 대는 그녀의 취기 오른 얼굴을 피해 이리저리 고개를 돌리느라 뒷목이 어찌나 뻐근했는지 모른다.

그러니까 결국 그날, 두 사람 사이에는 잠깐의 입맞춤, 그리고 화준이 피를 본 것 외에 그다지 불미스러운 사건은 일어나지 않았다. 그저 평소답지 않게 시끄럽고, 다사다난한 하루였을 뿐.

풀썩 쓰러졌던 그녀가 벗은 몸인 건 젖은 옷이 불편했는지, 스스로 탈의했던 거고. 그가 샤워 가운 차림으로 그녀를 맞이한 건 레드 와인 자국이 묻은 슈트를 라운드리 측에 맡겨 놓았기 때문이었다. 화준의 지시대로 그의 슈트와 그녀가 입을 만한 여벌옷이 객실에 도착하기 전까지는 별수 없이 음흉한 차림새를 하고 있을 수밖에 없었던 건데. 기억에 오류가 있었는지 잔뜩 당황하는 재은의 모습이 귀여워 부러 짓궂게 놀린 것도 사실이었다.

그녀에게 굳이 사건의 진실을 설명하지 않는 이유는 단 한 가지.

그 사고를 일종의 수단으로 활용해 달아나는 그녀를 꿰어 내기 위해서였다.

"군자가 아니시네요. 그 말 취소할게요."

일명 차화준의 모재은 토끼몰이라고나 할까.

"그래, 뭐. 좋을 대로."

그가 씩 웃으며 어서 먹으라는 듯 그녀의 오른손에 포크를 쥐여 주었다.

"젓가락이 편하면 말해."

"감사합니다."

"뭘, 네가 사는 건데."

층간 소음에 시달리는 기분이었다. 그녀의 가슴 위에 사뿐히 내려앉은 그가 자꾸만 쿵쾅거린다. 코로 밥을 먹는 불편한 식사 자리가 이어졌다. 후딱 먹고 자리를 벗어날 생각으로 재은은 허겁지겁 세 접시를 해치웠다.

"그래서, 그때 나 왜 찼어?"

슬그머니 자리에서 일어나려는 찰나, 그가 물었다.

"대답 꼭 해야 돼요?"

"뭐 싫으면 내 고백 받아 주든가."

"네?"

"지금 고백할 생각인데, 받아 줄 거야?"

"사실 그때……."

표정이 싹 바뀐 재은이 그의 말을 회피하며 대답했다.

"무한 화준교 선배들 눈치, 많이 봤거든요. 선배는 모르겠지만 제가 그때 괴롭힘을……."

"괴롭힘? 왜?"

왜긴요, 그게 다 선배가 너무 잘난 탓인걸요.

"그냥, 선배도 알잖아요. 여자들의 질투가 좀 심해야죠."

"아아. 나 때문에?"

"네."

"배주현인가? 너 걔랑 친하지 않았나?"

"아아. 주현이랑은 계속 연락하고 있고요. 주현이 말고, 그 외 동기들이나 선배들이 좀."

"못살게 굴었어?"

"뭐. 못살게 군 것까지는 아니고."

왜냐면 저는 이렇게 버젓이 살아 있으니까요.

"나 졸업하고 나서도 계속 그랬어?"

내심 궁금했는지, 그렇게 묻는 그의 눈이 제법 커다래졌다.

"아뇨, 그냥 한동안만……."

"모재은이 말하는 한동안의 기간이 얼마나 되는데?"

"3학년 2학기 때까지……."

"3학년 2학기면, 나 졸업한 지 얼마 안 됐을 때 아닌가?"

"네."

흠. 그가 자못 심각하게 한숨을 내쉬었다.

"명단 불러 봐."

진지한 얼굴을 말끔히 지우며 물었다.

"아니! 아니요! 안 그러셔도 돼요!"

"왜?"

"이미 시간도 지났고, 그리고 말씀드렸지만 계속 그랬던 것도 아니고!"

"그건 너 생각이지?"

"네! 네! 그렇죠!"

"내 생각은 너와 다른데, 어떡하지."

재은이 입술만 벙긋거리며 절망스러운 얼굴로 그를 바라보았다. 그의 의중을 헤아릴 수 없어 전전긍긍하는 그녀의 마음이 불안하게 흔들렸다. 차화준이라는 거대한 파도에 휩쓸리는 모재은은 나약한 조각배였다.

"억울하잖아, 첫사랑은 이루어지지 않는다는 말 때문에 내가 얼마나 힘들었는데."

"네……?"

그에게 이끌려 가지 않겠노라, 굳게 다짐했던 기억들이 잘게 바스러진다. 미간을 구깃거리는 것조차 근사한 남자의 덤덤한 고백에 심장이 벌렁거렸다. 맥박이 빨라지고, 고르지 못한다. 한증을 느낀 그녀 관자놀이에서 식은땀이 한 줄 흘러내렸다.

"그건 그렇고. 어떡할 거야?"

"뭐가요?"

"그날, 어떻게 책임질 거냐고."

하. 미치겠다.

"다시 말하지만 먹힌 건 나야."

"그럼 제가 도로 뱉으면……."

"한 번 삼킨 걸 무슨 수로 뱉어? 그런 재주도 있었어?"

"아뇨, 없는데……."

빈 접시를 차곡차곡 쌓아 테이블 끝으로 쓱 민 재은이 냉수를 들이켰다. 조심히 잔을 내려놓고, 큼큼 목울대를 정리한 그녀가 최대한 예쁘게 웃으며 그를 바라보았다.

"그럼 제가 어떻게 하면 될까요?"

"어떻게 하고 싶은데?"

"그걸…… 잘 모르겠어요."

"그럼 내가 말하면 들어는 주고?"

"아뇨!"

대답과 함께 고개를 젓는다. 화준은 격하게 반응하는 그녀의 태도에 내심 서운했다. 향도에서 우연히 재은을 만났을 때, 기쁜 건 그만의 일인 성싶었다. 대학 시절, 이놈이고, 저놈이고, 모재은만 보면 못 잡아먹어 안달이 났는지, 발정기인 수컷처럼 지저분하게 굴기에 깔끔한 걸 좋아하는 청렴한 화준이 난잡한 그녀의 주변을 깨끗하게 정리해 주었다.

덕분에 모재은이 차화준의 연인이라는 소문이 캠퍼스를 발칵 뒤집어 놓았으나 그는 나름대로 소문을 즐겼다. 뜬구름에 올라탄 채 옅은 구름 사이를 유유히 떠돌던 그는 그대로 낙조 하는 풍광처럼 아름다운 재은에게 다가갔다.

하지만 무슨 이유에선지 재은은 매번 그를 피하거나 밀어내기 일쑤였고, 그의 고백도 모르는 척 완강한 태도를 일관했다. 얼굴에 드러난 감정과 판이하게 다른 행동으로 보아 그녀는 화준을 몹시 불편하게 생각하는 게 분명했다. 덕분에 당시 화준은 몇 날 며칠을 사색에 잠겨 있었다. 묘하게 피어난 정이 모재은의 방공호, 그 이상을 갈망하기 시작할 때쯤 원인을 규명했다.

재은이 말한 대로 쌍심지가 돋아날 만큼 그녀에게 시기심을 품은 무한 화준교가 두 사람 사이에 해가 된다는 사실을 알게 되자, 터무니없는 일들을 자행하며 재은을 따돌리던 후배들이 괘씸하게 느껴졌다.

더불어 예쁘장하게 생긴 얼굴과는 다르게 어딘가 어수룩한 행동들, 그런데도 우수한 성적을 유지하는 재은이 사랑스러워서 계속 눈길을 주게 됐다. 종국에는 더할 나위 없이 귀여운 그녀에게 푹 빠져 버렸다.

간지러운 첫사랑이었다. 모재은의 곁에서 결코 철폐할 수 없는 장벽이 되어 공연히 재은을 감싸 주던 그는 그렇게 매시간을 그녀에게 투자했다. 의도적인 감정 표현이 겉으로 도드라질 때는 짓궂은 말장난으로 그녀에게 고백했다. 졸업이 며칠 남지 않은 날에도 그랬다. 그녀의 1학년 2학기에는 은근하게. 그녀의 2학년에는 당당하게. 그녀가 3학년을 앞둔 그 어느 날에는 솔직하게.

하지만 완고한 재은은 끝까지 그를 밀어냈고, 결국 화준은 그녀를 깔끔하게 포기하기로 했다. 미국으로 건너간 후에도 이따금 재은이 생각났다. 그때마다 그녀에게 전화를 걸었지만 결번이었다. 수차례 민수 선배에게 그녀의 연락처를 묻던 지난날이 떠올랐다. 방울토마토를 디저트 삼아 오물오물 먹는 그녀가 아무래도 타지 생활을 하는 그에게 지독한 상사병을 안겨 주었던 것 같다.

그러니 우연히 다시 만난 재은이 그토록 반가웠던 것이고, 생각지 못한 그녀와의 다사다난했던 하룻밤이 마약처럼 그를 중독시킨 것일 테다.

"재은아."

그러니까 차화준은.

"네?"

모든 수단과 방법을 총동원해서.

"나는 다시 만난 너, 놓아 줄 생각이 전혀 없는데 이해 좀 해 줘."

너와 뭐라도 좀 해야 할 것 같은데.

어쩌지, 재은아.

"모재은에게 부담이 되지 않는 선에서 접근 좀 해 볼 생각인데."

간교한 화준의 계략을 전혀 눈치채지 못한 순둥이 재은이 입술을 옴쪽거린다.

"괜찮지?"

"예전부터 선배가 절 너무 과대평가 하는 것 같은데, 선배가 접근할 만큼 저 뭐 없는 사람이에요."

"보석인지, 돌멩이인지는 내가 판단할 문제지."

"죄송하지만 딱 봐도 저는 보석이 아닌데요."

하다못해 그녀는 원석도 될 수 없는 사람이었다.

"그것도 내가 직접 채굴을 해 봐야지 아는 부분인 것 같은데."

"저를 채굴하신다구요?"

재은이 난감한지 관자놀이를 긁적거린다. 당황한 기색이 역력한 그녀의 의식은 점점 흐려지고 있었다. 이대로 실신해도 전혀 이상할 게 없을 지경이다.

"모재은이 광산이라면 그 광산의 이권은 오롯이 차화준이 가지고 싶거든."

"아뇨, 선배. 저 사실 광물 아니에요. 원석이에요, 원석! 그러니까 굳이 힘들게 채굴하실 필요 없어요."

"그래, 너 하고 싶은 거 다 해."

씩 웃으며 말한 그가 그녀와 눈을 맞췄다. 그녀가 광물이라면 냉큼 채굴하면 그만이고, 그녀가 원석이라면 값진 보석으로 아름답게 세공하면 그만이었다.

"그렇게 쳐다보니까 더 부담스러운 것 같아요."

"많이?"

"네."

대답을 마친 재은이 힐끔 그의 눈치를 살폈다. 생각해 보면 잘생긴 그의 얼굴을 지척에서 바라만 보아도 좋았던 시절이 분명 있었다. 만화에서 툭 튀어나온 듯한 이목구비로 사람을 홀리는 그는 언제나 타인의 이목을 끌었다. 성품마저 유연해서 모두의 존경을 받던 화준의 관심과 사랑 속에서 탈 없는 대학 시절을 이따금 그리워하는 것도 사실이었다.

하지만 청춘의 꽃처럼 해사한 지난날은 그의 졸업과 동시에 종지부를 찍게 됐다. 이제 그 기억들은 뾰족뾰족 모나게 날을 세워 그녀를 아프게 할퀴었고, 대단한 남자와의 소중한 추억은 그렇게 부질없이 퇴색되어 갔다. 한데 판도라의 상자 속에 고이 담아 두었던 그 시간이 그를 다시 만난 후로 예쁘게 도색되기 시작했다.

기이한 일이었다. 잊고 살았던 추억들은 하나둘씩 소생되어 그녀를 혼란스럽게 했다. 박한수와의 만남이 기억나지 않을 만큼 존재감이 충만한 그의 모습이 필름이 되어 머릿속에서 재생됐다. 좋았던 구간에서 반복적으로 되감기는 테이프는 풀기 힘들 만큼 뒤얽혀 재은의 마음을 쿵쿵 울렸다.

"그런 와중에 이것저것 캐물으면 가뜩이나 불편한 사람, 더 어렵게 느껴지겠네."

"뭐, 그렇긴 한데 선배는 잘생겼잖아요. 그런 잘생긴 얼굴 구경하는 것도 나쁘진 않아요."

말과 달리 불편해 죽겠는 재은이 은근슬쩍 엉덩이를 비볐다. 사리라도 났나, 온몸이 간질간질하다.

"그래, 그럼 당분간은 지척에 있어야겠네."

높낮이 없이 일정한 어조와 달리 그녀를 바라보는 화준의 눈빛이 더없이 따스해서, 말 한마디, 한마디가 그녀를 포화 상태에 이르게 할 만큼 뜨겁고, 강렬해서 마음이 주책맞게 흔들렸다.

"이 잘생긴 얼굴 매일 보여 줄 요량인데."

돌아 버리겠다. 그의 감미로운 목소리가 꿀샘같이 느껴졌다.

"계속 보면 정도 붙고, 좋지. 그렇지?"

"하. 우선, 우선 일어나요. 얼른 나가요!"

자리에서 일어난 재은이 먼저 핸드백을 챙겨 자리에서 일어났다. 부리나케 카운터로 달려간 그녀가 지갑을 꺼내 계산을 하는 동안 화준은 느긋하게 그녀를 지켜보며 걸음을 옮겼다.

출입문 앞에서 그가 오기를 기다리고 있는 재은이 점진적으로 가까워지는 그를 주시했다. 근사한 그의 모습을 보니 꿀꺽, 침이 절로 삼켜졌다. 인정할 건 인정해야 했다.

"잘 먹었어? 그새 살이 붙었네?"

선배는 눈을 뗄 수 없을 만큼 근사했다.

"포동포동하게."

그가 걷는 자리가 곧 런웨이가 되었다.

"모재은은 공기만 먹어도 살이 붙나 봐, 귀엽게."

chapter

<u>03</u>

자그마치 6년. 졸업 후 유학 생활을 하던 화준은 종종 재은에게 전화를 걸었다. 그때마다 결번으로 확인되는 번호를 보며 얼마나 실소했는지, 아마도 그녀는 모를 테다. 한 학년 선배인 민수가 아니었더라면 평생 모재은의 소식을 접하지 못한 채로 살았을 지도 모르겠다.

　재은의 절친한 친구, 주현을 통해 전달된 재은의 소식은 민수 선배를 거쳐 먼 나라에 있는 화준의 귀에 닿았다. 고작 한 달에 한 번이었지만 그 한 번이 외로운 그에게는 가장 큰 힘이 되었다. 귀여운 모재은이 무럭무럭 자라 사회 초년생이 되었다는 이야기. 상국 제강에 입사했다는 이야기. 그녀에게 새 남자 친구가 생겼다는 이야기.

　다시 만난 그녀에게 모르쇠를 일관하며 물었으나 그 사실을 화준은 진작 알고 있던 터였다. 그런데도 다시 물을 수밖에 없는 이유는 여전히 자신을 불편해하는 모재은의 마음을 순수하게 이해했기 때문이다. 그렇기에 귀국 후에도 화준은 선뜻 재은에게 연락할 수 없었다.

　단지 조금 억울하게 느껴지는 것은 차화준이라는 해악에 온갖 피해를 받으며 지낸 모재은의 어려움과 감히 비교할 순 없겠지만 그도 나름대로 힘든 시간을 보냈다는 것이다. 재은의 연애 소식을 접했을 당시 그는 백제 호텔의 부사장 직위에 있었다. 유능한 오너였지만 간헐적으로 잊고 살았던 첫사랑의 새 사랑에 방해를 놓을 수 없는 무능한 입장에서 그는 진심으로 그녀의 사랑을 응원했다.

그렇게 말하고 싶지만 실은 새빨간 거짓말이다. 그 시기에 문서희와 경쟁사 장남의 결혼식 논란이 불거졌기에 망정이지, 그렇지 않았다면 어쩌면 당시 화준은 바쁜 시간을 쪼개서라도 그녀를 만나러 갔을지도 모르겠다. 얼마나 대단한 남자의 연인이 되었는지, 묻지 못해 답답한 감정은 그를 수도 없이 들었다 놓았다.

계속되는 문서희의 자살 소동, 고조되는 감정을 제어하지 못해 화준을 죽음의 문턱으로 내몰고, 돌연히 결혼을 발표한 그녀의 치기 어린 행동에 처음으로 감사하는 바였다. 그녀의 사건 사고가 아니었다면 당장 재은을 찾아가 그도 몰랐던 은근한 소유욕과 독점욕을 여부없이 드러냈을 테니까. 아니, 아니지. 진작 돌아볼 걸 그랬다. 겁도 없이 다른 여자에게 눈길을 내어 준 치졸한 남자에게 허망한 시간을 내다 바친 재은을 찾아가 느닷없는 정복욕이라도 보여 줄 걸. 그렇게 해서라도 모재은의 머리 위를 군림하며 첫사랑은 이루어지지 않는다는 가슴 아픈 속설을 근거 없는 속론일 뿐이라며 당당히 밝혀 줄 걸.

공연히 마음이 싱숭생숭한 그가 눈물겨운 시간을 떠올렸다. 그런 탓에 그는 도통 운전에 집중하지 못했다. 힐끔힐끔 그녀를 곁눈질하는 그의 시야에 심각한 얼굴을 한 그녀가 가득 담겼다. 상념에 빠져 무언가를 골똘히 생각하고 있는 그녀는 간간히 입술을 깨물고, 혀로 아랫입술을 쓸고, 그 도톰한 입술로 한숨을 포옥 내쉬었다. 그 모습을 지켜보니 문득 허기가 졌다. 아까 그냥 배부른 모재은을 확 씹어 삼킬 걸 그랬나.

"그래서, 모재은은 아직도 차화준이 미운 거야?"

아쉬운 마음을 감추며 그녀를 돌아본 그가 진중하게 묻는다.

"……."

재은은 말이 없었다. 침묵은 곧 수긍이니, 아직도 그가 밉거나 어색하거나 하다는 뜻이 되겠다.

그가 들리지 않게 한숨을 내쉬었다. 졸업 후 하루에 한두 시간 자고 일어나 경영 수업을 받고, 해외 지사에서 경력을 쌓느라 바쁜 나날들을 보냈음에도 자양분 같은 재은의 소식을 곧잘 받아먹던 그였다. 덕분에 대학 시절, 그를 추종하던 몇몇 후배들을 화준은 아직도 기억하고 있었다. 정확히는 차화준의 사랑을 듬뿍 받는 모재은을 시기하고 괴롭히던 그녀들의 행태를 똑똑히 기억하고 있었다.

조별 과제 발표 시간에만 똑 부러지지, 평소 모재은은 비밀이 많아도 너무 많았다. 무한 화준교의 집요한 괴롭힘을 받으면서도 말 한마디 없던 걸 보면 그녀는 상투적인 말조차 기피하는 참 독특한 후배였다. 그런 재은을 대신해 그녀들을 징벌하는 것은 온전히 화준의 몫이었다. 교규에 의해 처벌을 내린 차화준의 대학교 4학년은, 그리고 미국으로 떠난 스물여섯은 오로지 모재은의 자유로운 대학 시절을 위해 희생된 시간이었다. 마음 같아선 질 나쁜 무한 화준교를 제대로 요절내고 싶었으나 당시 그는 어렸고, 무능력했다.

홀로 남은 모재은을 위해 차화준이 할 수 있는 일은 많지 않았다. 그녀를 괴롭히는 무한 화준교의 취업 지망 기업에 은근히 입김을 넣거나 형편이 어려운 재은의 교육비를 적극적으로 지원해 주는 것이 전부였다.

애석하게도 아둔한 재은은 제 곁에 있는 그의 존재를 전혀 인지하지 못했다. 뭐, 원통하지만 어쩌겠는가. 이미 시간은 6년이나 지난 후였고, 어쨌거나 화준은 긴 기다림 끝에 그녀와 뜻깊은 재회를 맞이했다. 그동안 높다랗게 곧추선 모재은의 해바라기는 시들었다.

긴 노정 끝, 다시 돌아온 차화준은 지지 않는 푸름이었다.

"……한 번이라도 날 좀 찾아 주지 그랬어, 그랬으면 냉큼 돌아왔을 텐데."

혼잣말을 중얼거리는 그의 목소리에 일말의 미안감이 묻어 있다. 일찍 찾아올 것을, 그러지 못해 안타까운 그가 스스로를 책망했다. 나약하게 흔들리는 마음을 어찌지 못해 괜히 입술을 깨물던 그가 흠칫했다.

잠깐, 내가 왜? 그의 표정이 돌연 달라졌다. 그의 고백에 퇴짜 놓기 일쑤인 그녀에게 대체 왜 내가 미안해해야 하는 건지 모르겠다. 알량한 마음이 그의 자존심을 에워싸고, 삼엄한 엄호를 시작했다. 하지만 곧 그의 치기 어린 마음은 모재은의 왼쪽 뺨으로 흘러내린 머리카락 한 올을 발견하고는 봄눈 녹듯 사르르 사라졌다. 무방비한 그녀의 자연스러운 모습이 그의 자존심과 자존감을 동시에 무너뜨렸다. 요새가 함락된 차화준의 패배였다.

그녀에게 미안한 화준이 겸연쩍은지 서둘러 고개를 돌렸다.

"선배."

그때, 그녀가 나직이 그를 불렀다.

"제가 곰곰이 생각해 봤는데요."

재은은 집 앞에 도착해서야 노트에 적은 필기처럼 정연하게 정리된 생각들을 입 밖으로 꺼냈다.

"그날 일…… 말인데요."

신파를 들먹이며 그녀를 압박하는 화준은 아마도 그것을 원하는 것 같다는 결론이 지어졌다. 그, 그것!

"그 일로 제게 책임을 묻는 거라면…… 책임질게요."

"어떻게?"

말과 함께 잽싸게 도망칠 요량인지, 그녀가 슬그머니 벨트를 풀었다. 그러기 전 그가 손을 뻗었다. 그의 커다란 손이 재은의 손등 위에 포개졌다. 흠칫한 재은이 찬찬히 그를 올려 보았다. 눈이 마주치자 그가 싱긋 웃으며 고개를 흔들었다. 쥐구멍도 허용하지 않겠다는 강한 의지가 엿보이는 그의 눈빛에 재은이 작게 한숨을 내쉬었다.

"말해."

"이러고요? 손은 좀……."

"궁금하다. 그 귀여운 머리로 얼마나 똑똑한 결론을 지었는지 빨리 듣고 싶은데."

모르겠다. 선배가 이러는 게 어디 한두 번도 아니고. 포기만이 살 길이라는 것을 잘 알고 있는 재은이 그에게 손이 잡힌 채 화두를 꺼냈다.

"그러니까 선배도, 저를……."

"너를?"

"저를……."

"너 뭐."

"저를 똑같이 드세요. 구워 먹든, 삶아 먹든, 다양한 방법을 강구해서 제가 그랬던 것처럼 똑같이 해 주세요."

눈에는 눈, 이에는 이였다.

"제가 눈 꼭 감고 먹힐게요. 그걸로 퉁 쳐요."

똑똑한 재은은 능구렁이 같은 그에게서 벗어나기 위해 도피처를 찾아 헤맸다. 비로소 그것만은 좋은 방법이 없다는 것을 깨닫게 되었다. 깨달음에 대한 갈망으로 말라 가던 그녀의 눈빛이 총기로 반짝였다. 이것만큼 현명한 방법도 없었다.

"괜찮네."

그런데 참 이상하지. 그가 그녀의 뜻을 순순히 받아들이자 뭔가 마음이 찜찜했다. 세 치 혀가 사람 잡는다더니. 그녀의 어리석은 혀뿌리가 그녀를 화준의 먹잇감으로 만들어 놓은 것 같아 순간 겁이 났다.

"기회는 한 번이야?"

"네, 네?"

"우리 그때 키스만 네 번 했잖아. 거기다 포옹까지……."

네 번은 무슨. 화준은 부러 횟수를 배로 늘려 툭 던지듯 말했다. 엄밀히 따지자면 두 번 중에 한 번은 입술 박치기 수준이었다. 나름의 계략이었다.

"하, 한 번이죠! 한 번!"

뭐라고? 네 번이라고? 네 번이나 주둥이를 들이댔단 말이야?! 재은의 머릿속에 다시 한번 혼란이 일었다.

"네 번인데? 넌 잘 모르겠지만 그날 내가 안겨 오는 모재은 때문에 얼마나……."

"악! 그, 그럼 두 번! 두 번으로 해요! 두 번!"

"나 디스카운트 되게 싫어해."

"제발요. 전 선배처럼 재벌이 아니라 디스카운트 없이는 살 수 없는 사람이에요."

"그건 모재은 사정이고."

그의 손에 아주 조금 힘이 실렸다. 재은의 손등에 제 온기를 도장처럼 찍어 대는 그의 엄지가 별안간 그녀의 부드러운 손등을 쓰다듬었다. 헉. 저절로 재은의 척추가 펴졌다. 덕분에 척추 옆굽음증은 피할 수 있을 것 같다.

"50%나 디스카운트를 해?"

"부탁드릴게요. 제발요."

"음."

"제발, 제발요. 제가 이렇게 부탁드릴게요. 정말요."

그녀가 간절하게 부탁했다.

"그래, 좋아."

애원이 통했는지, 화준이 순순히 허락하자 재은의 얼굴에 화색이 감돌았다. 좋아할 일이 아니라는 것을 아는 데도 천하의 차화준의 고집을 꺾었다는 생각에 마냥 기뻤다.

"대신."

기쁨도 잠시. 그가 오싹하게 웃으며 말을 이었다.

"천천히 해도 되지?"

"네……?"

"원래 맛있는 건 애가 탈 때까지 아끼고 아끼다가 한꺼번에 먹는 타입이라."

긴장한 나머지 재은이 침을 꿀꺽, 삼켰다.

"음, 그럼 오늘은 이것만 해야겠다."

재은의 손을 스르르 놓은 그가 긴 팔을 뻗어 그녀의 어깨를 끌어안았다. 힘주어 끌어당기자 바람에 날리는 낙엽처럼 가벼운 몸이 품 안으로 끌려왔다. 어리둥절한 재은이 앞이 보이지 않는 다음 순간을 예상하며 긴장의 끈을 놓지 못하는 가운데, 그가 고개를 낮췄다.

술에 취한 재은이 그토록 좋아하던 그의 입술이 꾹, 그녀의 입술을 내리눌렀다. 부드럽고 도톰한 입술이 도장을 찍듯 포개지자 재은의 동공이 확장되었다. 호수 위에 비친 달그림자처럼 교교한 그의 실루엣이 그녀의 눈동자 위에 떠올랐다. 쪽, 소리와 함께 이내 입술이 떨어졌다.

"……애피타이저 같은 거라고 생각해. 아직 남은 거 알지?"

"……"

"나 오늘 뽀뽀만 한 거다? 아직 키스는 남은 거야. 계산 확실히 해."

"……어."

"어는 반말이고."

화준의 태연함에 기절초풍할 지경에 이른 그녀의 가슴이 초토화가 되었다. 맨 정신에 나눈 그와의 짧은 입맞춤은 그녀의 혼을 쏙 빼놓았다. 충격과 설렘이 연달아 찾아왔다.

"얼른 들어가, 내일 출근해야지."

화준이 그녀의 벨트를 풀어 주며 말했다. 놀란 재은의 머리를 한 번 쓰다듬고, 볼에 붙은 머리카락을 귓바퀴 뒤로 다정하게 넘겨 주는 게 영락없는 애인이었다.

"전화할게."

그리고 전화한다는 그 말에 재은은 마치 수만 개의 폭죽이 눈앞에서 펑펑 터지는 기분이었다. 실연의 아픔을 감내할 틈도 내주지 않는 화준의 존재감이 가슴속에 스며들었다. 목부터 이마까지 빨개진 재은이 고개를 끄덕이며 재빨리 차에서 뛰어내렸다.

"조심해, 넘어지겠다."

걱정 어린 그의 목소리를 들었지만 당황한 그녀는 인사도 잊은 채 그대로 빌라 안으로 사라졌다. 화준은 깡충깡충 뛰어가는 아기 토끼를 보며 부드럽게 미소 짓다가 천천히 차를 움직였다. 폭이 좁은 동네를 벗어날 때 즈음 전화가 걸려 왔다. 민수 선배였다.

"네, 선배."

뭐가 그리 좋은지 그의 입매가 근육통을 일으킬 만큼 씰룩거린다.

"동문회? 마지막 주? 아, 재은이도 와요? 그럼 가야죠. 없는 시간 쪼개서라도."

눈을 떠도 아른거리고, 눈을 감으면 더욱 또렷하게 재은의 모습이 그려졌다. 화준은 수채화처럼 담백하고 투명한 그녀를 박동성 두통을 느낄 때까지 떠올렸다.

모재은에게 차화준이 해로운 게 아니라, 반대로 차화준에게 모재은이 해로운 존재였다. 그 잠깐의 입맞춤이 뭐라고, 아쉬운 마음이 꿈이 되어 결국 잠든 그를 모질게 괴롭혔다. 꿈속의 그녀는 자연 미인, 즉, 피륙 한 장 걸치지 않은 태고의 몸으로 슬그머니 그의 단단한 배 위에 걸터앉았다. 그리고 마약과도 같은 입술로 그를 탐했다. 술에 취해 비몽사몽 그에게 안겨 오던 그때와는 사뭇 다른 움직임이었다.

"선배."

관능적인 그녀는 원초적인 자태로 그를 유혹했고, 그의 오감을 감각적으로 소생시켰다.

"나 안아 줘요."

꿈속 화준은 몸 구석구석을 감각적으로 지분거리는 재은의 손길에 눈이 확 돌아 버렸다. 활자 그대로 환장했다. 가벼운 입맞춤만으로 뜨거운 열망이 일었다. 그녀의 몸에 당장 미쳐 버릴 지경이었다. 가벼운 접촉에도 이토록 흥분을 해 버리니 남자로서 자존심까지 상할 지경이었다.

네 살이나 어린 모재은이 뭐라고. 하지만 어쩌겠는가, 굴복해야지. 스무 살의 모재은도, 스물아홉의 모재은도 그에게는 너무 예뻤다. 눈에 담지 않고서는 견딜 수 없는 그녀의 얼굴을 하염없이 바라보고, 피부로 만끽하고, 사랑하는 순간이 달콤하다. 단맛은 딱 질색인데, 그게 모재은이라면 불만 없이 입에 담겠다.

"얼른…… 안아 줘요."

천사처럼 고결한 흰빛을 띠고 있는 그녀가 말했다. 망설임 없이 손을 뻗었다. 그 순간 어슴푸레한 어둠 속에 그녀의 모습이 잠식됐다. 그리고 현실처럼 생생한 꿈에서 깨어났다. 허탈함은 이루 말할 수 없을 정도였다. 몽정하는 사춘기도 아니고, 다른 누구도 아닌 모재은을 상대로 은밀한 꿈을 꾸었다.

"한심한 놈……."

이로서 확실해졌다. 여자에 목마른 놈은 아니지만 모재은을 갈급하는 그는 그녀로 하여 해갈이 필요했다. 뻐근한 어깨를 가볍게 스트레칭하며 화준이 침대에서 일어났다.

방을 걸어 나가는 찰나 협탁에 놓인 스크랩이 눈가에 스몄다. 사진으로 정리되어 있는 스크랩 파일 속 대원 물산 차 사장의 장남이라는 대목으로 캠퍼스 생활을 즐기는 그의 사진이 보인다. 그 옆에 그의 뒤를 좇는 어수룩한 재은이 있었다. 크기에 맞춰 오려 낸 기사 사진은 언젠가 그녀에게 말했던 두 사람의 첫 커플 사진이었다.

어젯밤, 잠이 들기 직전까지 그녀와의 추억을 회상했다. 보고 또 보고, 보고 또 보고. 그리운 그녀의 얼굴을 사진으로 보며 속절없이 어루만졌다. 아무렇지 않은 행동인 듯했으나 손길에는 사사로운 마음이 그득 담겨 있었다. 가까이에 두고도 실컷 사랑하지 못하는 그녀였으니 이렇게 애정 표현을 대신했다.

냉수 한 잔을 마시고, 다시 침실로 돌아온 화준이 곧장 휴대폰을 들었다. 어디론가 전화를 거는 그의 표정이 심오했다.

—아침부터 왜 전화질이야?

세 살 터울 누나, 화은의 목소리를 듣자 아주 조금 낯빛이 좋아진다.

"노처녀, 외롭지?"

—아침부터 내 히스테리 감당되겠어? 왜 사람 열 받게 다짜고짜 시비야?

"시비 아니고 걱정이 되니까. 슬슬 갈 때 되지 않았나? 서른여섯이면 많이 먹었지."

—그건 네 생각이고, 나 아직 안 꺾였거든?

"한 풀도 모자라 두세 풀은 꺾인 것 같은데, 아닌가?"

—헛소리할 거면 끊는다. 나 바쁘거든? 오늘 회의가 몇 개나 있는지 알아?

현재 대원 물산 상무이사로 재임 중인 그녀는 화준 못지않게 바쁜 몸이었다. 몸이 열 개라도 부족할 지경에 이른 그녀의 영혼은 아주 오래전 육체를 이탈해 구천을 떠도는 중이었다.

"아니라면 할 수 없지. 그 풀, 내가 먼저 꺾어도 돼?"

—끊어.

설마 정말 끊을까?

뚜뚜뚜뚜.

"끊겼네."

정말 끊겼다. 하여튼 성격 한 번 모났다. 재벌이라 해도 남매는 남매였다. 그가 누나를 생각하며 혀를 내둘렀다.

침대 위에 툭 휴대폰을 던져 놓고, 욕실을 찾는 그의 머릿속이 묵직했다. 꿈에까지 나타나 그를 괴롭히는 모재은을 하루 빨리 쟁취해야 하는데, 그놈의 토끼 굴은 깊어도 너무 깊다. 다가가면 멀어지고, 그렇다고 자리에서 지켜만 보자니 몸이 근질근질하단 말이지.

가벼운 차림을 한 그가 슥 상의를 탈의하자 꾸준한 운동으로 만들어진 가슴 근육이 드러났다. 세면대 앞에 선 화준이 잠시 거울을 들여다보는 것 같더니 피식 웃었다. 거울 속에 재은이 나타났다.

거울아, 거울아, 하고 부르면 금방이라도 튀어나올 것 같은 그녀의 잔상은 실제처럼 생동감 넘쳤다. 독사과라도 먹여야 하나. 그래야 잠든 그녀 입술에 마음껏 키스를 퍼부을 수 있으려나.

토끼몰이를 위해 동혈 근처에서 연기를 피운 차화준의 계략에 굴 밖으로 약출한 모재은을 간신히 붙잡긴 했는데, 도통 양토법을 모르겠단 말이지. 도망칠 수 없게 풀덤불이란 풀덤불은 다 치는 게 좋을 것 같기도 하고. 그가 확 잡아먹기 위해 기회를 엿보는 모재은은 귀여운 육용종 토끼였다.

"어느 세월에 잡지, 모재은 토끼."

안 되겠다. 그에게 느끼는 모재은의 불편한 부담감을 가지처럼 화드득화드득 태우든지, 전지가위로 싹둑 잘라 내든지 해야지.

"양토법을 다시 배워야 하나."

가득 찬 아쉬움을 해소하기 위해 2단계는 오늘 당장 밟는 게 좋을 것 같다는 생각을 하며 화준은 샤워를 하는 내내 콧노래를 흥얼거렸다.

싱그러운 재은의 얼굴이, 버찌 같은 귀여운 입술이 눈앞에 선했다.

〈너 차화준이랑 양다리 걸쳤냐?〉

〈아주 꽃뱀이구나? 그래서 차화준한테 얼마나 대 줬어? 돈은 얼마나 받아먹은 거야?〉

〈야, 모재은!〉

〈야!〉

구질구질해도 이렇게까지 구질구질할 수 없었다. 파리가 들끓는 하수구 도랑에서 툭 튀어나온 박한수는 헤어진 이후로 모재은이라는 청정 지역을 더럽히려 했다. 플러그처럼 질척거리는 박한수 덕분이랄까? 그에게 남은 정이 한 톨조차 없다. 외려 차화준이라는 사냥꾼이 궁핍한 모재은의 가슴에 세를 놓고 입주했다. 처, 천천히 한다니. 애피타이저라니! 우아한 선배가 왜 이렇게 무섭게 느껴질까.

―미친 새끼. 역시 찌질의 끝판왕이다.

남은 점심시간을 유익하게 활용하는 재은은 며칠째 접선하지 못한 주현에게 전화를 걸어 모든 사실을 실토했다. 화준 선배와의 일화도 빠짐없이 털어놓는 바람에 그녀의 말주머니는 홀쭉 가난해졌다.

―그 새끼 나중에 너 스토킹 하는 거 아니냐? 지금이야 그 계집애한테 미쳐 눈 돌아갔다지만, 사람 일 모르는 거다.

"에이, 설마."

―설마가 사람 잡는 법이지. 아, 맞네. 야, 재은아. 만에 하나라도 그 새끼가 너 스토킹 하잖아? 냉큼 선배 품으로 뛰어들어라.

"웃기지 마, 가뜩이나 코 꿰여 죽겠는데. 안 그래도 지금 아주 코가 닳아 없어질 지경이야."

―꿰인 김에 갈 때까지 가라, 이거지. 재은아, 언니가 한마디 하는데, 요새는 호랑이 굴인 걸 알면서 억지로 들어가는 토끼가 매력적인 법이야.

"그 말은 즉, 자진해서 화준 선배의 먹이가 되어라?"

―그게 싫으면 꽃뱀 하든가.

"뭐, 뭐?!"

드라마에 미쳐 사는 주현이 제대로 미친 모양이다.

―뜯어먹을 거 다 뜯어먹으라는 거지. 생각해 봐. 화준 선배 때문에 너랑 내가 꽃 같은 나이에 무슨 수모를 겪었냐? 홍미주, 박태린한테 허구한 날 맞고 산 것만 생각하면 나 아직도 자다가 벌떡 일어나.

끙. 재은이 대답 없이 앓는 소리를 냈다. 노발대발하는 주현의 목소리를 들으니 다시금 지난날이 상기된다. 홍미주와 박태린. 무한 화준교의 설립자나 다름없는 두 사람은 재은과 주현의 한 학년 선배였다. 두 사람은 화준의 사랑을 한 몸에 받는 재은을 시기하고, 질투했으며 순화시킬 수 없는 감정의 타락으로 손찌검을 하기도 했다.

재은이야, 늘 조용했으니 그렇다 치지만 주현은 불같은 성격의 소유자였다. 맞고도 가만히 있을 리 없는 주현은 그녀들에게 으르렁거렸다.

언제 한 번은 귀싸대기를 올리는 홍미주의 얼굴을 제대로 망가뜨렸고, 결국 5백만 원에 이른 합의금을 물었다. 그 뒤로 그녀의 매운 주먹이 영영 봉인되었다는 슬픈 전설은 아직도 후배들 사이에서 전해지고 있다. 주현은 그야말로 화끈한 의리녀였고, 극악한 투견이었다.

"아, 몰라."

―잘해 봐.

"장난치지 마."

―왜. 학교도 졸업했겠다, 방해꾼도 없겠다. 대체 뭐가 문제냐?

"……솔직히 말하면 그렇긴 하지."

―그렇긴 하지가 아니라, 이 멍청아. 엎드려 절을 올려도 모자랄 판국이야. 나였으면 엄청 감지덕지했을 것 같은데. 솔직히 선배 잘생겼잖아.

"그건 인정."

―인정했으면 말 다 했네, 수고. 전화 끊는다. 나 일 들어가야 돼. 우리 토실이 먹이 줄 시간이다.

아쉽지만 전화는 거기까지였다. 그녀가 말하는 토실이는 까다롭기가 시어머니 못지않은 부장이었고, 먹이는 곧 부서 실적을 좌지우지하는 무수한 사업 서류들이었다.

사내 옥외 공원에서 통화 중이던 재은이 천천히 자리에서 일어났다. 음울한 얼굴을 보니 밤새 화준 생각으로 잠을 설친 것이 분명하다. 내가 미친 소리를 했어. 나를 먹어 달라니. 이건 뭐, 당돌하다 못해 장유유서를 무시하는 일이나 다름없으니 자꾸만 스스로 책망하게 된다.

"악! 미치겠다!"

아무도 없는 공원을 나가는 길 그녀가 소리쳤고, 때마침 그에 대답하듯 전화가 울렸다. 잔뜩 찡그린 얼굴로 발신자를 확인한 재은의 안면 근육이 굳어졌다. 화준이었다.

"……무슨 일이세요?"

부들부들 떨리는 손으로 전화를 받은 재은의 목소리가 동혈 속에 숨어들었다.

─무슨 일 없는데?

"네?"

─무슨 일 없다고. 질문에 대답한 거야. 아무 일도 없어.

그런 의미는 아니었는데. 일부러 그러는 건지, 정말 모르는 건지, 당최 모르겠다.

"가, 감사합니다. 묻는 말에 대답도 해 주시고."

─밥은 먹었어?

"네."

─뭐?

"김치볶음밥이요."

─어디서?

"회사 앞이요."

─누구랑?

"재무팀 친한 직원분이랑요."

의무적으로 묻는 그에게 기계적으로 대답하는 재은은 상당히 단답이었다. 할 말 없게 하면 금방 전화를 끊겠거니 싶었는데.

─모재은 능력자야?

생각이 짧았다.

─밀당 하는 거지? 지금?

그는 차화준이었다. 일명 모재은 시식권을 두 장이나 소유한 대단한 남자였다.

─그럼 계속 밀어 주라. 나는 계속 당길 테니까.

"……네?"

─질문은 내가 할게, 궁금한 게 많거든. 모재은은 대답만 해.

당황한 그녀가 대충 둘러댈 말을 궁리하고 있을 때 그의 질문 공격이 쏟아졌고, 순진한 재은은 꼬박꼬박 대답했다. 대학 시절 PPT 조별 과제 발표 시간에 학점 A를 제 것처럼 휩쓸며 수집하던 그녀의 목소리는 낭창하다.

―이번 주말에 뭐 해?

"집에서 좀 쉴 생각입니다."

―각이 제대로 잡혔네?

"네, 제 모서리에 찍히면 엄청 아파요. 그러니까 살살 다뤄 주세요."

아님, 좀 천천히 오시든가…….

―한 번 선배는 영원한 선배다, 이건가?

"그럼요. 한 번 해병대, 영원한 해병대와 같은 맥락입니다."

―하긴, 사진 동아리 출신 동문들이 귀신 잘 잡기로 소문이 자자했지.

"네, 그렇습니다."

―거기에 차화준은 모재은도 잘 잡았고. 그렇지?

"네, 그렇습니다."

―그럼 우리 연애할까?

"네, 그렇습……. 제가 지금 바빠서 전화를 끊어야 할 것 같습니다."

하마터면 큰일 날 뻔했다. 청산유수 같은 그의 말에 흠뻑 취해 자칫 넘어갈 뻔했다. 재은이 꿀꺽 침을 삼켰다. 그때, 수화기 너머에서 그의 아쉬운 목소리가 들렸다.

―아, 잡을 수 있었는데. 아깝다. 나 지금 네 번 차인 거지?

"……음."

―그럼 앞으로 여섯 번 남았네.

"어, 정말 열 번 찍으시려고요?"

―아프게 찍을 생각 없어, 걱정 마.

참, 말은 쉽다. 말은 쉬워.

"아뇨, 그냥 걱정돼서요. 제가 열 번 찍어도 안 넘어가면 어쩌시려고 요?"

옥외 공원을 나와 복도를 걷는 그녀가 힐끔 손목시계를 확인했다. 업무 시간이 다가오고 있었다. 디링, 디링. 통화 중 메시지가 도착하고, 발신자가 박한수임을 확인한 그녀가 눈썹을 추켜세운다. 미간이 구겨지고, 짜증이 솟구치는 순간 화준이 말했다.

―어쩌긴.

달콤한 목소리가 그녀의 심금을 울렸다. 이러면 안 되지만 때때로 그의 무심한 한마디는 그녀의 완고스러운 마음을 가볍게 엎어뜨렸다. 집념파이자 노력파인 그를 대체 무슨 수로 꺾어야 한단 말인가.

―연애 제치고.

부담스러운 선배가 너무해서 재은은 잘근 입술을 물었다. 옛말에 그런 말이 있었다.

―확 결혼해야지.

말은 곧 씨가 되어 현실이라는 싹을 틔운다.

막 고등학교를 졸업하고 성인의 문턱에 오른 재은도 참 어렸다. 세상물정 모르는 새내기 대학생이 알면 뭘 안다고. 지극정성으로 그녀를 돌봐 주는 화준으로 하여 여자 선배들에게 미운털이 콕 박힌 재은의 대학생활은 그다지 순탄하지 않았다. 유치하지만 그들의 놀림거리가 되어 상처 받은 적도 더러 있었으며 주현과 함께 신랄하게 맞은 적도 있었다. 어깃장을 놓는 선배들은 어린 재은에게 무섭게 경고했다.

아마도 그때부터였던 것 같다. 재은은 잘생기고, 젠틀한 선배에게 보이지 않는 선을 그으며 조금씩 멀어지려 했다. 솔직한 말로 차화준 같은 남자가 자신을 신줏단지처럼 생각하며 보살펴 주는데 어떻게 마음이 안 가겠는가. 하지만 당시 재은은 자신의 첫사랑을 잔인하게 죽여 놓을 수밖에 없었다. 화준에 대한 마음보다 선배들에 대한 불안감이 더 컸던 어린 날의 재은은 정말이지 죽고 싶었다.

―화준 선배? 그 바쁜 사람이 한낱 모임 따위에 참석하시겠니.

하필이면 그 시기에 부모님이 이혼했고, 생계를 위해 대출을 선택한 모친은 빚더미에 올랐다. 화준의 졸업과 동시에 재은의 인생은 지옥의 불구덩이에 빠져 그야말로 바닥을 쳤다.

어후, 생각하기 싫어.

—걱정하지 마. 내가 알기로 화준 선배, 모임 때마다 회비만 보낸 걸로 기억해.

하긴. 대단히 훌륭하신 분이 그깟 동아리 모임에 참석할 리 없다. 그럴 시간이 있었다면 재벌 4세들의 사교 모임에 참여해 출석률을 높였겠지.

—우선 나 오늘 야근이거든.

"토실이 화났어?"

—어, 사료 부족. 좌우지간 나 꿀꿀이죽 좀 마저 끓이고 나서 전화할게. 이따 밤에 시간 나면 맥주나 먹자.

"그래, 연락할게."

전화를 끊고 회사를 나온 재은이 뒷길로 걸음을 옮겼다. 전쟁 같은 퇴근길에서 언제나 패배하는 재은은 북새통이나 다름없는 큰길가를 대신해 자못 음산한 뒷길을 질러갔다.

한참 걷고 있는데, 등 뒤에서 수상한 발소리가 들려왔다. 예사롭지 않은 시선으로 뒤를 힐끔거리던 재은이 걸음을 멈췄다. 슬쩍 뒤를 돌아보자 그림자처럼 따라다니던 구두 굽 소리가 그쳤다. 재은의 눈이 휘둥그레졌다. 소스라친 그녀의 입술이 벌어졌다.

"화준 선……!"

그리고 감탄사에 가까운 어조로 그의 이름을 부르려는 찰나였다. 머뭇거리는 그녀보다 바람처럼 나타난 화준의 행동이 조금 더 빨랐다. 갸름한 그녀의 얼굴을 부드럽게 감싸 쥔 그가 고개를 낮춰 그대로 입술을 집어삼켰다. 꼿꼿하게 선 채로 굳은 재은이 석상이 되어 버렸다.

머릿속에 총총 별이 떠올랐다. 낮과 밤의 경계선이나 다름없는 해 질 녘. 황혼의 시간에 불쑥 나타난 화준은 화마 같았다. 그의 등 뒤로 아름답게 펼쳐진 노을빛 하늘이 구름을 따라 출렁이는 듯하다.

재은은 눈만 멀뚱멀뚱 떴다. 달보드레한 입맞춤에 눈앞이 아찔했다. 예고 없이 침투해 들어온 그의 혀가 고집스러운 그녀의 혀를 빨아당기다가 놓아 주기를 반복했다. 씹어 삼킬 듯이 입술을 머금고, 고른 치아를 훑었다.

"읍, 흐읍."

화준이 선사한 감각에 아랫배가 찌르르 간지러웠다. 그는 작은 공간에서 자유롭게 유영하며 마음껏 활개를 쳤다. 여전히 재은은 얼음이었다. 얼굴을 감싼 그의 한 손이 그녀의 머리를 꽉 붙잡았다. 참을 수 없는 갈증을 해갈하듯 성수처럼 고인 그녀의 타액을 삼켰다. 어찌 된 영문인지, 맛을 보면 볼수록 욕망이 용솟음치며 그를 흔들게 했다. 화준은 당장 목울대가 꿀렁거릴 때까지 그녀를 마시고, 삼키고 싶었다. 이대로 모재은의 모든 것을 아작아작 부스러뜨려 먹고, 빨고 싶었다.

"이제 기회는 딱 한 번 남은 건가."

마지막까지 그녀의 입술을 부드럽게 혀로 쓸던 그가 아쉬운 입술을 떼어 내며 말했다. 멍한 재은의 시선은 타액으로 번들거리는 그의 입술에 박혀 떨어질 줄 몰랐다.

"서, 선배……."

"아쉽네."

씩 웃는 그의 얼굴 위로 붉은빛 노을이 드리워졌다. 반쯤 가려진 그의 얼굴을 보며 재은은 입을 꾹 다물었다. 예고 없는 적군의 공격에 함락된 가슴이 처절하게 울부짖었다.

"그나저나, 모재은 과즙이야? 달아 죽겠네."

단맛은 딱 질색이지만, 그게 재은이라면 좋아 미치는 화준이 그녀의 얼굴을 꼭 붙잡은 채 말했다.

"그렇게 놀랐어?"

언제부터 그녀를 기다리고 있었는지 감도 안 오는 그가 퇴근 중인 그녀의 뒷모습을 확인하곤 무작정 미행을 했단다.

"네, 말은 좀 해 주세요."

"말하면 도망갈 거잖아. 아니야?"

"아, 안 가요. 도망. 그리고 그…… 먹기 전에 먹을 거라고 예고도 좀 해 주세요."

용기 낸 그녀가 진심으로 부탁했다. 운전 중인 화준이 그녀를 곁눈으로 보며 피식 웃음을 터뜨렸다. 대체 누가 누구더러 예고해 달라는 건지 모르겠다. 그건 그가 하고 싶은 말이었다. 뼛속에 사무친 모재은의 살결만 닿아도 반응을 일으키는 욕망 때문에 놀란 건 외려 화준이었다. 미리 언질이라도 해 주면 좋으련만. 자비 없는 욕망은 화준을 인내하게 했다.

"그냥 아껴 먹지 말까?"

"헉."

"장난이야."

"그, 그렇죠?"

그가 대답 없이 부드럽게 미소 짓는다.

"그래서 뭐 한다고, 주말에? 쉰다고?"

"네. 피곤해서 그럴 예정이에요."

"예정이라는 건, 언제든 계획에 변경이 생길 수도 있다는 거네?"

"그럴 일은 없을 것 같아요."

"신기하네, 그런 것도 미리 점지해?"

재은이 조심스럽게 고개를 끄덕거렸다.

"아. 생각났다."

"뭐가요?"

"궁금한 거."

"아직 준비가 덜 돼서 그런데 제가 먼저 물어봐도 돼요? 저도 궁금한 게 있어요."

"뭐?"

그가 양보하며 되묻는다. 재은은 왼편의 그를 힐끔거리며 수줍게 질문을 건넸다.

"제가 그…… 선배 첫사랑이에요?"

"왜?"

"어제 그러셨잖아요. 첫사랑은 이루어지지 않는다는 말 때문에 힘들었다고."

"맞아."

"그렇다는 건 제가 선배의……."

"첫사랑이지."

"……."

"이루어지지 않은 첫사랑."

"그, 그럼 혹시 저한테 이러시는 게 그……."

"너 좋아하냐고?"

하, 이 남자 좀 봐라. 재은의 얼굴에 붉은빛이 스르르 번져 나갔다.

"네."

"그렇다고 말하면, 나 받아 줄래?"

"네?"

당최 대화의 흐름을 잡을 수가 없다. 시시각각 달라지는 분위기와 그의 질문에 재은은 헉 숨을 들이켰다.

"정말 저 좋아해요?"

"순순히 인정하고 고백하면 받아 주나?"

"아뇨! 자꾸 묻지 마시고 대답 좀 해 주세요."

"첫사랑은 이루어지지 않는다지."

"그래서 저와 이루어지지 않았다고 말씀하시는 거예요?"

"그럼 두 번째 사랑은 그럭저럭 평탄하지 않을까?"

재은은 혼란스러웠다. 아리송한 그의 말을 파악하기가 어려웠다.

"어떻게, 받아 줄 거야?"

"……."

"침묵은 긍정이지?"

"아니요."

"나 지금 다섯 번째 뺑 차였네."

"……."

"골키퍼 있는 골대에도 공은 잘만 들어가던데. 뭐 첩첩산중이야? 열때마다 철옹성이잖아."

"제 골대가 엄청 튼튼한 덕분이죠."

"그 튼튼한 거 확 다 부신다?"

"……죄송합니다."

차 안의 공기가 어쩐지 싸하게 느껴진다. 이목구비에 자극을 줄 정도로 아린 분위기에 재은이 괜히 헛기침을 터뜨렸다.

"그런데 그거 알지?"

집 앞에 가까워질 때쯤 그가 툭 말을 꺼냈다.

"앞으로 다섯 번 남은 거."

이럴 때만 눈치 좋은 재은의 안테나는 차화준을 중심으로 움직였다. 대번 그의 말뜻을 파악했다.

"계속 이런 식으로 나오면."

차가 정차했다. 브레이크를 밟고, 그녀를 돌아본 그가 핸들에 살며시 몸을 기대었다. 그녀의 얼굴 전체를 시야에 박아 넣으며 말했다.

"진짜 훔친다, 너."

"허……."

여전히 그는 핸들을 끌어안은 채였다. 천연덕스러운 농담으로 재은을 당황하게 한 그가 입가에 미소를 지었다.

"큰일이네, 흥분하면 곤란한데."

또 미쳐 날뛰는 거 아니야? 그의 덧붙임에 재은이 발끈했다.

"전혀요! 절대! 그때는 분명 술에 취했고! 저 평소에 불감증이거든요! 그거 때문에 남자 친구랑 헤어진 건데! 제가 설마요! 선배한테 이상한 걸 느낄 리가!"

"……불감증이야?"

새삼 놀랐다는 듯 그의 눈이 제법 커졌다. 내가 아는 모재은은 전혀 불감증과 거리가 먼 여자인데. 의외네.

"네! 절대로! 절대로 그럴 일 없어요!"

재은은 자부했다. 금세 후회하긴 했으나 그 순간만큼은 당당하게 호언장담했다.

"……사람 의욕 생기게 하는 재주가 있네."

뛰는 모재은 위에 나는 차화준이 있었다. 차화준의 열렬한 대시에 모재은 등 터지듯이.

"그럼 더 열심히 해야겠다."

핸들에서 떨어진 그의 몸이 점점 곁으로 다가왔다. 재은이 서둘러 고개를 숙였다. 그런 그녀가 마뜩찮은지 눈살을 찡그린 그가 확 상체를 낮췄다. 그녀의 얼굴 아래로 슥 얼굴을 들이밀며 화준이 말했다.

"기대해."

실패로 돌아간 첫사랑을 이루기 위한 남자의 두 번째 사랑 법은 맹렬했다. 극렬한 폭풍우처럼 그녀를 휘어잡는 그와 어쩔 수 없이 눈을 마주친 재은이 속삭였다.

"선배, 구렁이 같아요……."

"아닐걸?"

"맞는 것 같은데."

"차화준은 죽어도 모재은 담 못 넘어가거든."

그러니 결단코 구렁이가 될 수 없다.

"그리고 내 최고 장점이 깔끔한 일 처리라는 건데, 절대 구렁이일 수가 없지."

"정말 대단하시네요."

그가 씩 웃으며 고개를 끄덕였다. 그럴 때마다 흩날리는 머리카락이 그녀의 턱 끝을 간지럽힌다. 재은이 몸을 바르작거리자 그가 홱 고개를 추켜올렸다.

"그러게, 내가 봐도 나는 좀 대단한 것 같다."

빤히 그녀를 보며 말한다.

"물론 대단한 차화준 눈에 띈 모재은도 만만치 않게 대단하지, 그건 인정."

잇따라 발사되는 그의 달변에 재은이 숨넘어가기 직전에 이르렀다. 작은 차 안이 이토록 은밀하게 느껴질 줄이야. 그가 말을 할 때마다 불어오는 숨결과 은은한 체향이 재은을 구속했다. 그녀의 마음을 독재하는 지배자, 차화준은 무서운 사람이었다. 그녀의 마음을 사정없이 용솟음치게 했다.

"얼굴이 빨개져도 귀엽네."

레드카드를 준비할 필요가 없었다.

"반칙이야, 그거."

불덩이처럼 달아오른 그녀의 과열된 얼굴이 곧 레드카드였으니까.

"저 집에 보내 주실 생각은 있으신 거죠?"

"글쎄, 그건 생각 좀 해 봐야 할 문제 같은데."

"지금 농담 따먹자고 말한 거 아닌데……."

"천생연분인가 보다. 난 지금 막 모재은 따먹을 생각 하고 있었는데."

그 말에 재은의 얼굴이 화르륵 달아올랐다.

"아직 기회도 한 번 남았고, 50% 디스카운트까지 해 줬으니까 포도송이 같은 모재은 한 알, 한 알, 따먹는 건 내 마음 아닌가?"

청산유수 같은 말솜씨로 그녀를 당황하게 하는 화준이 테이블 위에 차례, 차례 차려지는 산해진미를 훑으며 말했다. 얼결에 그를 따라 북한 강 인근에 있는 한식집을 찾았다. 고즈넉한 분위기와 정취를 느끼게 하는 자연의 풍경이 예스럽다. 그를 처음 만난 향도와는 사뭇 다른 분위기. 오래된 다기와 은은한 지등. 고택이 올망졸망 모여 있는 한식당은 서울의 느낌보다 한국 본래의 느낌이 더욱 강하게 와닿는 곳이었다.

"네, 저 물 한 잔만 마실게요. 선배도 마실래요?"

재은이 잔을 잡을 때였다.

"아니, 난 모재은 마실래."

입안에 삼킨 물을 그대로 뱉어 낸 재은의 얼굴이 경악으로 물들었다. 능글맞은 그의 뛰어난 화술을 진작 알고 있었지만 이렇게까지 노골적이고 거침없을 줄이야.

당황한 재은이 조심히 컵을 내려놓았다. 계속 들고 있다간 언제 물을 엎지를지 모를 것 같았다. 그녀의 손이 미세하게 떨리고 있었다. 그만큼 긴장했다는 뜻이다.

"청정 수역이야?"

바들바들 손을 떠는 그녀와 다르게 그는 태연했다. 평상시와 다를 바 없는 그는 지금 순간에도 여유가 넘쳤다. 무덤덤한 표정을 짓고 있으면서도 그가 하는 말들은 순진한 재은에게 너무도 큰 충격을 안겨 주었다. 화준에게서 풍기는 분위기는 또 어찌나 고고한지, 그의 고집과 기세를 보여 주는 것 같았다.

"미네랄이 따로 없던데."

백제 호텔의 젊은 부사장답게 뛰어난 언변을 자랑하는 그는 별다른 표정 변화가 없었다. 재은은 포커페이스를 유지하면서도 적극적으로 대시하는 그에게 혼란스러운 눈빛을 드러냈다.

무려 6년이었다. 6년 동안 연락 한번 없던 그의 애정 공세를 어떻게 받아드려야 할지, 아직 재은은 생각을 정리하지 못한 터였다. 우왕좌왕 소란스러운 감정과 머리는 철저하게 분리되어 따로 놀았다.

"무기질은 다양하게 섭취해야 하는 거 알지?"

재은은 넌지시 그를 바라보았다. 6년 새 너무도 달라진 그는 그녀가 알던 화준 선배가 아니었다. 백제 호텔의 젊은 부사장의 모습을 한 그는 짙은 페로몬을 향수처럼 풀풀 풍기는 야성적인 남자였다.

향도에서 다시 만난 화준을 보고 놀란 이유도 그 때문이었다. 그녀가 기억하는 과거의 모습이 어렴풋이 보이긴 했으나 그는 누가 봐도 윤택한 집안의 자제였고, 경영 감각이 탁월한 오너의 모습을 갖추고 있었다.

"그래서 하는 말인데."

그런 남자의 관심과 적극적인 구애가 분에 넘치도록 감사하면서도 한편으로는 마냥 부담스럽기만 한 재은은 여전히 과거의 트라우마 속에 갇혀 있는 터였다.

"차화준 생체 유지는 시켜 줄 거지?"

"아니, 전 사실 선배. 지금 상황이 조금 당황스럽거든요."

"왜?"

"물론 선배에게 진 빚 갚는 건 당연하다고 생각해요. 그런데 아무리 생각해도…… 선배의 첫사랑이 저라는 게 좀 의문이에요."

아리송한 그녀의 얼굴을 보며 화준이 부드럽게 미소 지었다. 야살스럽게 휘어지는 눈매가 9년 전 처음 본 어느 날의 그처럼 유순하게 느껴졌다. 재은은 쌍꺼풀 없이 큰 그의 눈을 보며 은근히 감탄했다. 그러면 안 됐지만 6년 만에 다시 본 선배는 여전히 근사했다.

눈을 뗄 수 없을 만큼 매혹적이었다. 이러다 그녀의 가슴속에 완벽하게 안주하는 것은 아닐까, 내심 걱정이 됐다. 박한수와 비교조차 할 수 없게 잘난 그는 위험하게 느껴지는 매력의 소유자였고, 그녀의 첫사랑이었다. 그리고 대학 시절, 고립무원의 외톨이 같은 그녀 곁을 오매불망 지켜 주던 사람이기도 했다.

"그러는 너는?"

불안정한 그녀의 완전한 사랑.

"네?"

"네 첫사랑은 누군데."

본격적으로 취조할 생각인지 숟가락을 내려놓은 그가 대놓고 턱을 괴며 그녀에게 물었다.

"갑자기 그게 왜 궁금해요?"

"내 첫사랑은 모재은이니까."

"그러니까 그게 왜 궁금한 건데요?"

"모재은의 첫사랑도 나였으면 좋겠으니까?"

"그건 억지인 것 같은데."

"억지는 아니지."

대답과 함께 그가 씩 웃었다.

"네 첫사랑도 나잖아."

그리고 마치 잘 안다는 듯 다음 말을 이었다. 재은은 흠칫했다. 세상에. 놀랄 노자였다.

"아, 아닌데요……."

말은 그렇게 했지만 가늘게 떨리는 목소리와 새빨개진 얼굴이 사실을 증명했다.

"맞잖아, 다 알아."

"아녜요! 누가 그래요?"

순간 재은의 머릿속에 문득 주현이 스쳤다. 그가 그녀의 첫사랑이라는 걸 유일하게 알고 있는 인물. 설마, 배주현……?!

하지만 이상하다. 화준과 주현은 친근하게 연락을 주고받을 만큼 가까운 사이가 아니었다. 그녀가 알기로 주현은 화준의 연락처를 전혀 모르는 눈치였고, 화준 역시 긴 유학 생활과 호텔 경영으로 누구보다 바쁜 사람이었다.

그럼…… 뭐지?

"그냥 해 본 말인데."

맞은편의 그가 죽 한 숟가락을 뜨며 말했다. 때마침 그녀의 휴대폰이 울렸다. 주현이었다.

〈아무리 생각해도 민수 선배가 너 좀 좋아하는 거 같아. 만날 나한테 네 얘기만 묻는 다니까? 이상해, 이상해.〉

그녀의 문자 메시지를 슬쩍 확인한 재은이 작게 한숨을 내쉬었다.

또 오버한다. 배주현.

"딱 걸렸네?"

지적의 그는 계속 말을 이어 가고 있었다.

"내가 점지 능력이 좀 좋은가 보다."

휴대폰을 뒤집어 놓은 재은이 태연하게 그를 마주 보았다.

"그런가 봐요. 하긴 예전부터 선배는 감이 좋았죠. 제가 어디에 있든 기가 막히게 잘 찾아오셨잖아요."

110

"그건 내가 모재은과의 인연을 점지해 달라고 지성껏 기도했기 때문인 거고."

"허, 미치겠네."

매일 밤, 모재은과 다시 만나기를 간절하게 바라던 그의 치성이 하늘에 닿은 모양이다.

"다 거짓말 같은데, 잘 모르겠어요. 선배가 자꾸 그렇게 말하면 저도 혼란스러워요."

그가 가장 사랑하는 향도에서 우연처럼 그녀를 다시 만났다.

"기사 봤어요, 선배와 문서희 씨의 재결합 논란."

"아니라고 해명했는데, 그것까진 못 봤나 봐?"

"봐, 봤어요."

"몇 줄 안 되는 시시콜콜한 기사, 정독했으면 다 알 텐데."

"그렇긴 한데 문서희 씨가 선배의 옛 연인이잖아요."

"뭐, 판도라의 상자라도 열어 보자고?"

문서희의 이름만 들어도 예민하게 반응하던 화준이 어쩐지 덤덤했다. 그 이름을 거론하는 상대가 모재은인 탓에 그의 마음도 별다른 변화를 보이지 않았다. 호불호가 확실한 화준은 그녀에게 있어 아무도 모르는 약자였다.

"아뇨, 그렇다는 건 아니지만 며칠 전까지만 해도 그분과 재결합 논란이 상당했잖아요. 그랬던 선배가 이제 와 저에게 이런다는 게…… 이해가 되지 않아서요."

똑 부러진 그녀의 말에 화준이 설설 웃는다.

"충분한 설명으로 이해를 도와줄 순 있겠지만 괜찮겠어?"

"네?"

"내 판도라의 상자가 원자 폭탄이나 다름없을 텐데."

재은이 저도 모르게 꿀꺽 침을 삼켰다.

"늘 퇴짜 놓기 바쁘던 누구 덕분에 내가 좀 힘들었어야지."

마음의 준비가 덜 된 상태에서 그가 유려하게 말을 이었다. 재은은 쥐고 있던 숟가락을 조심히 내려놓고, 그의 말을 경청했다. 시선은 지척에 있는 그의 얼굴을 요모조모 뜯어보았다.

더욱 깊어진 눈매와 완성된 남자의 얼굴.

"하루 24시간이 부족할 만큼 바쁘게 살던 그날의 차화준에게 가끔 전해 듣는 모재은은 귀한 보약이나 다름없었지."

지그시 그를 바라보는 그녀의 눈동자가 아주 잠시 흔들렸다.

"모재은의 뒤를 따라다니던 기억은 이따금 잠이 부족한 내게 수면제가 되기도 했고."

"······."

"그렇게 모재은 밖에 모르고 살던 어느 날, 친구의 고백이 좀 위로처럼 들려야지."

어린 시절, 기업가 가족 동반 모임에서 처음 만난 서희의 오랜 짝사랑이 지극한 제 첫사랑처럼 가엾게 느껴져 그녀를 허락한 것은 두고두고 후회할 테다. 말을 하는 그의 미소가 왠지 모르게 씁쓸하게 느껴졌다. 재은은 말없이 그를 지켜보았다.

"어떤 이유에서건 문서희를 받아 준 건 내 실책이야. 좋아하는 마음과 동정하는 마음의 경계선이 불분명했으니까."

"그럼 선배 말은······ 친구였던 문서희 씨를 동정했었다는 거예요?"

"똑똑하네, 재은이."

"그럼요, 괜히 상국 제강 모 주임이 아니에요. 선배도 아시다시피 저제법 똑똑했어요. 선배만큼은 아니었지만."

"알아, 나 졸업하고 나서 모재은이 알아주는 장학금 킬러였잖아."

"네, 그렇죠. 그런데 그걸 선배가 어떻게 알아요?"

정확히 3학년이 되고서부터 재은은 학기마다 장학금을 쓸고 다녔다. 죽기 살기로 학업에 매진했던 그녀는 무한 화준교의 눈총을 받으면서도 장학금에 대한 욕심을 버릴 수 없었다. 이따금씩 도가 지나친 선배들의 괴롭힘에 지쳐 이대로 자퇴를 할까, 생각했었다. 그때마다 재은은 흔들리는 마음을 붙잡는 데 사력을 다했다. 모두 그가 졸업한 이후에 일어난 일들이었다.

"어떻게 아냐니까요?"

졸업 후 곧장 미국으로 떠난 그는 전혀 알 수 없는 그녀의 이야기.

"……감이 좋아서."

화준은 그렇게 말하며 싱긋 웃어 보였다. 그러고는 주머니 속에서 울리는 휴대폰을 꺼내 메시지를 확인하곤 다시금 재은의 얼굴을 바라보았다.

"그건 그렇고, 지금 그게 중요해? 판도라의 상자가 중요한 거 아니고?"

날을 세운 재은의 눈매가 유순하게 풀어졌다.

"아, 잠시 대화가 삼천포로 갈 뻔했네요. 그래서요? 계속 말씀해 주세요."

무릎 위에 가지런히 손을 모은 재은은 잠자코 그의 대답을 기다렸다. 그에게 집중하는 그녀의 눈망울이 총기로 빛난다. 대학 시절에도 그녀는 지금과 같은 표정으로 그를 바라보았다.

"……그렇게 차화준은 마음에도 없는 친구를 여자로 볼 수 없어 큰 재앙을 불러왔지."

지독한 애정 결핍으로 유독 자신의 것에 애착이 심하고, 병적인 집착 증세를 보이던 서희는 부모로 하여 몇 차례 정신병원 병동에 감금되기도 했다. 그런 그녀가 안쓰러워 눈길을 내준 것이 이토록 치명적인 해를 입힐 줄이야, 화준은 생각지도 못했다.

당시 대원 그룹과 JS 그룹의 관계는 언론에 공개될 만큼 완만했고, 경제적으로도 하나로 어우러지는 화합 양상을 보였다. 그룹의 앙상블을 이루며 기업 발전의 밑거름이 되던 시기였기에 더더욱 그녀에게서 헤어 나올 수 없던 화준은 점점 지쳤고, 그녀를 잘 부탁한다던 문 회장 내외의 애원과 부모님의 간절한 부탁에도 끝내 그녀에게 등을 보였다.

죽음을 무기로 그를 소유하려 했던 문서희의 고집이 그의 한계를 시험한 사건이었다. 화준은 건물 4층 아래로 뛰어내리려는 그녀를 제지하던 중에 큰 낙상 사고를 당했다. 잔풀이 난 곳으로 떨어져 운 좋게 살긴 했으나 부러진 팔다리를 교정하고, 재활 치료를 받는 데 꽤 긴 시간을 할 애했다. 그 사건 이후 문 회장은 문서희의 외부 활동을 철저하게 차단했고, 비로소 화준은 그녀와 공식적으로 이별할 수 있었다. 백제 호텔에서 발생한 미목회의 동영상 파문 사건은 유감스럽지만 어쨌든 그녀와 그렇게 헤어지고 나서 화준도 긴 시간 방황했다.

그리고 백제 호텔의 상무이사로 신임되던 서른. 첫사랑과 떨어져 지낸 6년의 시간 공백을 메우기 위해 재은의 소식을 양분처럼 받아먹던 그는 사무치는 그리움을 어쩌지 못해 머지않아 첫사랑의 곁으로 홀연히 사라져 가기를 소원했다. 문서희와 교제하던 4년 동안에도 차화준은 모재은의 그림자를 곧잘 따라다녔으니까.

"와, 그분이 그렇게까지 선배에게 집착했단 말이에요? 손목도 긋고? 자택에서 투신까지 했어요?"

화준의 말을 경청하던 재은이 놀란 얼굴을 하며 물었다.

"못 믿겠어?"

"어디서부터 어떻게 믿어야 할지 모르겠어요. 두 분, 약혼한 거 아니에요?"

"양가 사이에서 혼담이 오고 간 건 사실이지만 결정된 건 아니었지."

재은의 입이 떡 벌어졌다. 그저 놀라운 재벌 4세의 이야기는 평범한 그녀가 듣기에 상당히 신선했다. 혼담, 약혼, 정략결혼. 무엇보다 충격적인 건 대외적으로 널리 알려진 차화준 부사장과 JS 문서희의 관계가 별 볼 일 없는 재은으로 하여 시작되었다는 사실이었다. 문서희의 오랜 짝사랑이 마치 그녀를 마음에 품었던 제 모습 같았다는 이유로.

세상에. 6년 만에 다시 만난 선배와 불미스러운 재회를 맞이한 것도 모자라 대미지가 상당한 금시초문을 들으니 좀체 정신을 차릴 수가 없다. 자아가 사정없이 흔들렸다. 종국에는 내가 누군지조차 망각하게 됐다.

"내 상자는 여기까진데, 대답 괜찮았어?"

"괜찮은 정도가 아닌데요. 사람 놀라게 할 작정으로 말 꺼내신 거죠?"

"먼저 물은 건 너지, 내가 아니라."

"그렇긴 한데……."

"인정이 빨라서 좋네."

"그래서, 몸은 괜찮은 거예요?"

"재활 치료의 효과가 상당하더라. 몸 쓰는 데 무리는 없으니까."

숟가락을 내려놓은 화준이 좌식 의자 등받이에 몸을 기대었다. 느슨하게 몸을 푼 그가 부드러운 눈빛을 내며 그녀를 바라보았다.

재은이 빨갛게 달아오른 얼굴로 쳇, 혀를 찬다. 그는 온화하게 풀어진 얼굴을 하고 있었다.

"말 나온 김에 나도 좀 물어보자."

"네?"

"모재은의 판도라의 상자."

"아직 준비가 안 됐어요."

"준비할 필요 없어, 수위는 조절해서 물어볼 생각이니까."

"제 판도라의 상자는 전령가예요. 왜 그러세요."

"그것도 내가 판단할 문제 같은데."

말끝에 미소를 지은 그가 턱을 괸다.

"나 없는 동안에도 많이 괴롭힘 당했어?"

은근히 사람을 압박하는 그의 말씨에 재은이 끙, 소리를 냈다. 대답을 망설이는 그녀가 입술을 깨물고 놓기를 반복한다.

"뭐, 계속 그랬던 건 아니고 3학년 1학기 때까지는 조금 심한 편이었어요."

그러다가 대답했다. 어차피 차화준에게 코가 꿰인 상태였다. 꽉 잡힌 발목은 무슨 수를 써서라도 빼내지 못할 테다.

"취업 준비 때문에 바빠서 그런지, 2학기부터는 점점 나아지더라구요. 마주치면 모르는 척하는 일도 더러 있었고, 아주 가끔은 먼저 다가와 살갑게 인사도 해 주던데요."

그래, 그래야지. 주현과 민수를 거쳐 들려오는 그녀의 시간을 지켜 주기 위해 얼마나 많은 고생을 해 왔던가. 부친과 누나를 통해 연이 닿은 기업가 수장들과 꾸준히 연락하면서 압력을 가했던 화준은 그녀들의 취업을 은밀히 방해했다. 나름의 혹독한 엄벌이었다.

"주현이한테 듣자 하니 태린 선배랑 미주 선배, 취업에 실패한 후로 자영업을 시작했다던데. 그 이야기 들으니까 조금 안쓰럽기도 하고."

그녀는 모르겠지만 그 시기에 미국에 있던 화준은 수시로 그녀를 돌아보았다.

"그러다가도 인간사 인과응보라는 말이 생각나더라구요. 씨는 뿌린 대로 거두어 간다잖아요?"

"너 그거 이중적 잣대인 거 알지?"

"네?"

"9년 전부터 내가 모재은한테 뿌린 씨가 얼마나 되는데."

파종된 차화준과 비료 같은 모재은의 정착이 곤란했던 그 당시, 그는 첫사랑을 수확하기 위해 조속히 녹화 공법을 시공했다.

"네 말대로라면 이제 그만 나 좀 거둬 가."

적극적인 대시와 은은한 고백의 말을 그녀 가슴속에 씨처럼 뿌리고.

"9년이면 수확하고도 남지 않나?"

차화준의 발아가 완만히 진행되도록 거름주기 같은 관심을 꾸준히 그녀에게 주었다.

"알지? 차화준 재배 농사에는 수확기도 없다는 거."

재은은 벙한 얼굴로 그를 응시했다.

"그러니까 편할 대로 가져가."

협소한 그녀 마음에 텃밭을 꾸리고 한 떨기로 고립해 화사하게 피어난 첫사랑. 꽃 같은 남자의 에두른 고백에 재은이 토끼 눈을 한다.

"수확이야 하고 싶었죠. 부담스러워서 그렇지."

목련을 닮은 그의 우아한 풍모를 보며 재은이 말했다.

"아직도 그 시절이 트라우마로 남아 있는 것 같거든요."

"좋게 말하면 네 기억 속에 여전히 내가 살아 있다는 거네?"

"……네, 뭐."

"모재은의 가슴속에 있을지도 모르는 일이고."

왜? 그는 그녀의 첫사랑이었으니까. 6년간 첩자 같은 민수 선배를 통해 그녀의 소식을 전해 들은 그는 모재은이라면 하나부터 열까지 속속 꿰고 있었다.

"침묵은 곧 인정이고, 수긍인데."

"……."

"인정하는 거야? 솔직하네."

재은은 대답을 망설였다. 부정을 하자니 가슴이 욱신거리고, 인정을 하자니 새삼 분위기가 묘하게 느껴졌다. 알 수 없는 핑크빛 기류가 두 사람 사이를 떠도는지, 괜히 재은이 얼굴을 붉혔다. 그 당시 어린 그녀는 과분한 그의 사랑을 소화해 낼 재간이 없었다. 물론 지금도 마찬가지다. 그때보다 더 부담스러운 그는 백제 호텔의 부사장이었다. 같은 대학, 동아리 선배는 그녀의 추억 속에서나 잔존하는 사람이었다.

"전 남자 친구랑은 소개로 만났다고?"

"그걸 어떻게 아세요?"

"알면 안 돼?"

"보통은 모르는 게 정상이니까 묻는 말이에요. 설마…… 제 뒷조사했어요?"

재은이 정색한 표정으로 단호하게 물었다.

"뒷조사라는 건 상당히 실례가 되는 일이잖아."

분위기가 썰렁하게 식어 가는 찰나 그가 대답했다.

"뭐가 됐든 너한테 실례가 되고 싶지 않은데. 내 말 이해하지?"

"말씀을 너무 어렵게 하시네요. 그래서 안 했다는 거예요?"

그는 대답 대신 씩 입꼬리를 말아 올렸다.

"말 나온 김에 해도 돼? 뒷조사?"

"네?"

재은의 눈이 휘둥그레졌다.

"아뇨! 안 돼요!"

"왜?"

그가 물었지만 재은은 선뜻 대답할 수 없었다. 채무자의 가족으로서 빚 갚는 데 여념이 없던 시절이 있었다.

그때 재은은 본업과 아르바이트를 병행하며 수입을 벌어들였다. 평일에는 회사와 가까운 음식점에서 아르바이트를 했고, 주말에는 한남동의 고깃집에서 파트타임으로 근무했었다. 당시 재은은 취객들의 성희롱 피해자가 되어 사회적으로 문제가 되는 '갑질 논란'에 휩싸였다. 그 일이 떠오른 재은은 수치스러운 마음에 달아오른 얼굴로 고개를 저어댔다.

"저, 절대 안 돼요! 저 나름 클린한 사람이에요. 탈탈 털어도 먼지 하나 안 나올 정도로 깨끗하게 살았어요."

저 잘난 남자에게 그녀 인생의 오점 같은 시간을, 바닥을 쳤던 구질구질한 과거를 드러내고 싶지 않았다.

"알아, 청정 지역인 거."

"네, 맞아요. 저 청정 지역이에요. 정말 정직하게 살았다고요."

"그래, 불감증과 거리가 멀게 솔직하고, 정직하더라."

그의 음흉한 말에 재은이 비명을 질렀다.

"악! 내가 미쳐!"

"나는 이미 미쳤는데. 몰랐어?"

"몰라요! 몰라!"

남우세스러운 그의 발언에 재은은 두 귀를 틀어막았다. 들으면 들을수록 선명하게 떠오르는 그와의 첫 만남이 그녀를 민망하게 했다. 화준은 굶주린 짐승의 눈빛으로 그녀를 바라보았다.

"……아껴 먹다간 큰일 나겠어."

"갑자기 무슨…….."

"차화준이 모재은에게 좀 미쳐 있어야지."

긴장감 반, 설렘 반.

"눈에 보이는 게 모재은뿐이니 더 미치겠다."

상반되는 두 감정이 그녀 가슴속에서 버무려졌다. 씨처럼 뿌려지는 그의 존재가 움푹 패인 그녀의 가슴속 한가운데에 파종됐다.

모재은의 꽃처럼 차화준이 피어나기 시작했다.

그녀를 집까지 바래다주고 돌아가는 길. 화준은 까무룩 잊고 있던 선배, 민수에게 곧장 전화를 연결했다. 블루투스가 연결되어 있는 탓에 민수의 목소리가 차체를 가득 울렸다.

―뭐야, 너. 인마.

"연락이 늦었죠. 일 좀 보느라."

―그래서 내 문자는 확인했고?

"그럼요."

배주현을 통해 전달된 재은의 이별 소식을 조금 전 화준에게 냉큼 전해 준 민수가 위풍당당하게 말한다.

―나도 힘들었다. 6년 동안 차화준과 모재은의 오작교 역할을 하느라.

"안 그래도 재은이 만났는데."

―벌써?

"방금까지도 같이 있었어."

―뭐? 두 사람 언제 연락이 닿은 거야? 설마 그새 찾아간 거냐?

"따지고 보면 그쪽에서 먼저 날 찾아온 거지."

어쨌거나 향도에서 그의 눈에 띈 건 모재은이었으니까. 통화 중인 화준이 기분 좋은 미소를 흘렸다.

"재은이 더 예뻐졌던데. 잡아먹기 딱 좋을 만큼."

―너 아무리 그래도, 변호사 앞에서 그렇게 말하는 건 너무 위험하지 않냐?

대형 로펌 집안의 장남인 그가 단호하게 말했다.

―오작교가 법의 심판자가 될 수도 있어. 조심해.

"법의 심판은 같이 받아야죠. 배주현에게 날름 뺏어 먹은 정보를 내 쪽으로 공유한 게 누구더라."

―문서희 한 사람 어쩌지 못해 주구장창 가여운 사랑만 하던 건 누구고?

"내 사정 딱한 거 잘 아시는 분이 또 그렇게 말씀하시네."

결별한 후에도 서희는 좀처럼 화준을 놓지 못하고 욕심냈다. 그리고 습관처럼 첫사랑의 소식을 찾는 화준을 보며 재은은 심하게 질투했다. 아마도 그때쯤이었던 것 같다. 자살 소동을 무기 삼는 서희의 곁에 있으면서도 민수가 물어다 주는 소식을 듣던 화준은 귀여운 모재은이 장학금 킬러가 되었다는 이야기를 전해 들었다.

부모님이 이혼했다는 사실 역시 그 무렵에 접했다. 그의 사고 소식을 철저하게 은폐하는 언론계에 힘입어 미친 듯이 재활 치료에 집중하던 시기였으니까.

"내가 다시 전화할게, 선배. 잠깐 끊어요."

뚝, 전화를 끊은 그가 곧장 어디론가 전화를 연결했다. 긴 신호음 끝에 익숙한 누나의 목소리가 들렸다.

―왜.

살벌한 화은의 음성에 화준이 괜히 놀란 척하며 되묻는다.

"화났어? 오늘 회의가 어지간히 많았나 봐."

―용건만 말해.

"나……."

―끊는다?!

그가 긴장감을 조성하기 위해 괜히 말을 머뭇거리자 수화기 속 화은이 버럭 소리쳤다. 하여튼 성질하고는.

"……연애해."

구체적으로 말하자면 연애 시작 전 단계였지만 어차피 귀여운 모재은과의 연애는 예정된 일이었다.

―뭐야, 장난하는 거 아니지?

"말장난할 정도로 여유 넘치는 사람은 아니지, 내가."

―그렇지? 상대는? 누군데?

"차 상무도 잘 알걸?"

―뭐?

여러 번 누나를 놀라게 하는 동생의 목소리는 안온했다.

―설마, 너…… 그 장학금 그 애? 그 대학 후배라던 그 애야?!

간신히 인물을 유추하는 데 성공한 화은이 물었다. 그의 대답에 화은이 소스라쳤다.

―……미쳤네.

이따금 화준은 첫사랑은 이루어지지 않는다는 속설을 부정하며 추억 속 첫사랑을 그리워하곤 했다. 당시 문서희의 숱한 자살 시도와 가증스러운 눈물 연기에 이러지도, 저러지도 못하던 동생이 예고 없이 큰 사고를 겪으면서도 얼마나 마음앓이를 했는지, 누구보다 잘 알기에 화은은 대답을 망설였다. 무슨 말이 됐든 긴 시간 돌고 돌아 가까스로 첫사랑을 되찾은 그의 앞날을 축복해야겠지.

"미쳤지, 일도 손에 안 잡힐 지경이니까."

다시 만난 모재은을 낚아채기 위해 최선의 방안을 강구해야 하는 그에게 일도 뒷전이었다. 평생토록 잊을 수 없던 모재은의 눈앞에 당당히 설 어느 날을 홀로 기약하던 그의 눈가에 우연히 그녀가 붙어왔다. 그녀는 여전했다. 그의 가슴속에서 소생되는 감정처럼 영원불변했다.

"혼전 동거도 마다치 않을 생각이야."

유난히 밝고, 고결한 그녀는 칠흑같이 어두운 그의 가슴속에 달처럼 떠올라 달그림자 같은 추억을 아련하게 비춰 주었다.

"연애만 하기에는 아쉬워서 미치겠거든."

불로장생한 여신처럼 늙지 않은 어머니는 누가 봐도 아름다웠다. 그런 어머니의 모습을 오래도록 사진으로 남기고 싶은 마음이 그를 귀찮은 사진 동아리에 가입하게 했다. 굳이 동아리 활동이 아니더라도 여러모로 바쁜 그였다. 어릴 때부터 부모님의 손을 꼭 붙잡고 회동에 자주 참여할 수밖에 없는 그는 비운과 천운을 적당히 안고 태어난 재벌 4세였으니까. 사실 처음에는 귀찮게만 생각했다. 잦은 MT와 모임으로 아까운 시간이 쪽쪽 빨려 나가는 기분을 감출 수 없었으니까.

하지만 그것도 잠시. 재은이 사진 동아리에 가입한 후로는 언제 그랬냐는 듯 누구보다 열심히 동아리 활동에 임했다. 의욕이 불끈 샘솟았고, 강의실보다 동아리실을 찾아가는 일이 잦아졌다. 그러던 어느 날.

"이번 MT 때 진짜 모재은한테 고백할 거냐?"

1학년 새내기 후배들의 목소리가 닫힌 문 너머에서 졸졸 흘러나왔다.

"아, 당연하지."
"솔직히 말해, 고백이 중점인 거야, 따먹는 게 중점인 거야."
"아, 새끼. 당연히 전자지."
"구라치지 마, 새끼야."
"걸렸냐?"

수준 떨어지는 사내들의 대화에 그가 귀를 쫑긋 세웠다. 정확하게 말하자면 앞서 들었던 모재은 이름 석 자가 그를 흠칫하게 했다.

"하긴, 인정. 나는 조재민 마음 백 번 이해해. 모재은이 좀 꼴리게 생겼냐. 걔 일본 야동에 나올 것 같이 생겼잖아."

그리고 그의 일주일 플랜을 뒤죽박죽 엉망으로 만들어 놓았다.

"MT 다음 주 맞지?"

다음 주 일정이 어떻게 되더라. 부모님과 함께 JS 그룹에서 주최하는 가족 동반 모임에 참석하기로 이미 약속이 돼 있던 터였다.

아마 모재은은 평생토록 모를 터였다. 꽤 오래전부터 차화준은 모재은의 든든한 수호천사였다는 것을.

"용케 안 울었네?"

동아리실 문 앞에서 그녀와 마주했던 그날, 꼭 해 주고 싶었던 말이 있었다.

"울면 안 돼, 울면 너 신파 찍는 거야."

모재은의 뒤에는 언제나 항상 차화준이 있었다는 것.

"그럼 내가 도와줄게."

기업 회동도 뒤로한 채 가평으로 내려간 그는 제일 먼저 재은의 행방을 찾았다. 동시에 음흉한 속내를 품고 있는 조재민의 모습도 찾았다. 갑작스러운 그의 등장에 놀란 동아리 선후배, 동기들의 멍청한 얼굴을 보며 곧장 두 사람의 행방을 묻고, 이미 술에 취해 기절한 재은의 침실을 찾아갔다.

화준은 방금 막 자리를 이탈해 잠든 그녀를 찾아가던 재민과 2층으로 올라가는 계단에서 마주쳤다. 아마도 그때 화준은 어색하게 인사를 건네는 재민을 싸늘한 눈빛으로 보았던 것 같다. 그러니 지레 겁먹은 하룻강아지가 포효하는 범 앞에서 꽁무니를 빼듯 쏜살같이 달아났을 테지.

그렇게 용맹한 범 한 마리는 잠든 그녀의 침실 앞에서 삼엄하게 보초를 섰고, 이른 아침 먼저 펜션을 떠났다.

―차화준, 내 말 듣고 있어?

뭉클한 추억을 되돌아보던 중 화은의 방해를 받았다. 자못 소스라친 화준이 그제야 통화에 집중했다.

하나뿐인 누나와 통화를 하는 중에도 모재은을 생각하는 꼴이라니. 생각보다 마음이 깊은 모양이다. 그녀의 토끼 굴만큼이나.

"듣고 있어."

—정말 결혼 생각이 있긴 한 거니?

"물론."

—그래, 확인차 물어본 거야. 어제 네가 제정신이 아닌 것 같아서. 그럼 이만 끊는다.

매정한 누나가 뚝 전화를 끊고, 화준은 잠시 휴대폰을 내려다보다가 모니터로 시선을 옮겼다. 아침부터 소란스러운 언론은 장원 기업의 주원석과 문서희의 소식을 화제로 다루며 기사 보도에 힘쓰고 있었다.

일찍이 출근한 화준은 그러거나 말거나 나 혼자 사는 세상 속에 틀어박혀 초연한 모습을 하고 있었다. 머릿속은 온통 모재은으로 가득했다.

귀여운 모재은, 사랑스러운 모재은, 그의 첫사랑 고백에 볼을 붉히던 모재은. 눈에 보석처럼 박아 넣고 싶은 모재은은 그렇게 소리 없이 그의 감정을 좀먹었다.

chapter
04

헤어진 지 일주일이 지난 지금까지 쉴 틈 없는 박한수의 연락에 재은은 혀를 내둘렀다.

―너 진짜 차화준 부사장이랑 사귀는 거야?

그의 연락을 받아 주는 스스로가 얼마나 미련한지, 울리는 전화를 받고나서야 재은은 깨달았다.

"더 이상 네가 관여할 문제는 아닌 것 같은데?"

―솔직히 말해. 너 나랑 만나면서 그 사람이랑 바람이라도 핀 거냐?

"바람난 게 누군데 누구더러 바람이래!?"

―그럼 그 사람이 왜 네 남자 친구라는 건데?

"네가 알 바야? 내가 그 사람이랑 만나든 말든 네가 알아서 뭐 할 거냐고!"

흥분한 재은이 씩씩거리며 울분을 토했다. 1년 동안 그에게 투자한 시간이 아까워서라도 웬만하면 좋은 추억으로 간직하려고 했건만.

―너, 그 새끼랑 잤냐?

파렴치한 박한수의 적반하장 수준의 행태를 보니 그러기도 어려울 것 같다.

"잤다! 왜!"

―뭐, 뭐……?

"뭐!"

사내 옥외 공원을 찾은 재은이 빽 소리쳤다. 허공을 노려보는 재은의 눈시울이 붉게 충혈되어 있다. 그녀의 말간 눈동자 속에 서서히 눈물이 차오르기 시작했다.

"바람난 새끼가 뭐가 잘났다고! 전화 좀 하지 마!"

화준 선배의 갑작스러운 애정 공세에 잠시나마 잊고 있던 박한수가 상처 난 그녀의 마음을 들쑤셨다. 욱신거리는 마음이 이제야 실연의 아픔을 느끼기 시작했다. 따끔거리는 마음은 박한수와 함께했던 시간을 후회하게 하면서도 미련한 그녀를 책망하게 했다.

"자기 여자 두고 눈 돌리는 놈 만나 뭐 해. 훌륭해, 모재은."

불현듯 그렇게 말하던 화준의 목소리가 떠올랐다. 울컥한 마음이 삽시간에 눈물 바람을 불러일으켰다.

"더러운 새끼. 다신 전화하지 마! 다신!"

─재은아, 잠깐만. 재은아!

"내 이름 부르지도 마! 끊어."

─잠깐, 잠깐만! 얘기 좀 하자! 얼굴 보고 얘기 좀! 재은아!

"꺼져!"

신경질적으로 전화를 끊고는 재킷 주머니 속에 휴대폰을 밀어 넣는 재은의 어깨가 들썩였다. 토끼처럼 새빨개진 그녀의 눈에서 주르륵 눈물 한 방울이 흘러내렸다. 아닌 척, 괜찮은 척 했지만 1년이나 만난 남자 친구와의 이별은 역시나 감당하기 어려울 만큼 버거운 짐이 되었다.

천근만근 무거워진 마음속에 그동안 박한수와 함께했던 기억의 파편들이 날아들었다. 미운 정도 정이라고, 기어이 눈물을 터뜨린 재은이 하관이 저리도록 이를 악물었다. 참아 보려 했지만 마음과 달리 눈물이 멈추지 않는다. 복받친 감정이 눈물이 되어 한꺼번에 흘러내렸다.

좋았던 기억보다 나빴던 기억이 더 많았던 박한수는 어쨌거나 그녀에

게 첫 남자 친구였다. 선배들의 모진 괴롭힘에 포기할 수밖에 없던 첫사
랑 이후, 그녀가 긴 시간 방황하다가 어렵사리 만난 두 번째 인연. 그게
박한수였다.

가깝게 지내던 동료의 소개로 연이 닿은 박한수와는 공통적인 부분이
많아 마음을 여는데 그리 오래 걸리지 않았다. 한수 역시 순탄치 않은 대
학 생활을 보냈고, 그와 아픔을 나누었던 재은의 입장에서는 그의 외도
가 심히 충격적일 수밖에 없었다.

연애는커녕 결혼조차 꿈꿀 수 없게 하는 변심을 대체 어떻게 이해하
고 받아들여야 하나.

코를 훌쩍이는 재은이 벤치에 풀썩 앉으며 허탈한 듯 실소했다.

"박한수, 이 나쁜 새끼."

두고두고 용서할 수 없는 박한수의 외도를 천추의 한으로 남기며 바
득바득 이를 갈 때였다. 느닷없이 전화가 걸려 왔다. 화준이었다. 언제
그랬냐는 듯 눈물을 그친 재은의 눈이 휘둥그레졌다.

"여, 여보세요."

훌쩍이던 재은의 입에서 저도 모르게 코맹맹이 소리가 나왔다.

—울었어?

모재은도 모르는 모재은에 대해 아주 잘 알고 있는 그가 눈치 좋게 물
었다.

"아, 아뇨. 울긴요. 전혀요."

—울었는데?

"안 울었어요."

—거짓말도 잘하네.

"못하는 게 별로 없죠."

—그 점은 차화준을 쏙 빼닮았네. 더 좋다.

수화기 너머의 그가 작게 웃음을 터뜨렸다. 재은은 코를 훌쩍거리기
만 할 뿐, 별다른 대답을 하지 않았다.

"왜 전화하셨어요?"

—꼭 이유가 있어야지만 전화할 수 있는 거야?

"그런 건 아니지만 웬만하면 그랬으면 좋겠어요."

—정 그렇다면 따라 줘야지.

"……."

—내가 특정 상대 앞에선 한참 약한 거, 잘 알고 있지?

그 말에 재은이 풋 웃음을 터뜨렸다. 대체 누가 누구보다 약자라는 건지. 재은의 입장에서 차화준은 넘볼 수 없는 대단한 존재였고, 넘을 수 없는 거대한 산이었다. 그런 남자의 약한 소리에 웃음이 나는 건 당연한 일이었다.

—울다가 웃으면 엉덩이에 털 난다던데.

"그거 다 속설이에요."

—속설인지, 아닌지 한번 확인해 볼까.

단조로운 말투와 달리 의미심장한 그의 말에 재은의 얼굴이 붉게 달아올랐다.

—어때? 오늘 확인할 수 있는 기회를 주는 건.

"아뇨, 제가 시간이 안 돼요. 오늘 야근이거든요."

—야근 끝나는 대로 만나면 되지.

"그럼 제가 너무 피곤한걸요."

—그럼 더 잘됐네. 내가 직접 집까지 바래다주면 되니까.

그 말이 너무도 당연하게 느껴져 재은은 저도 모르게 탄성을 내지르고 말았다. 그의 화술은 진작 알고 있었지만, 이렇게 대단할 줄이야.

"선배, 참 저돌적이시네요."

—내가 저돌적이야?

그가 전혀 모르겠다는 목소리로 되물었다.

"네, 심각할 정도로 저돌적이에요. 예나 지금이나 변한 게 없어요."

—그건 칭찬이지? 변함없이 한결같다는 거잖아.

"뭐 그렇죠."

—고맙네. 맞아, 변함없이 한결같아. 한결같이 모재은 밖에 모르니까.

"사람 정신없게 하는 것도 여전해요."

―그야 차화준이 모재은 혼 빨아 먹는 거머리니까.

그렇게 말한 그의 웃음소리를 들었다. 재은은 멍한 표정을 지었다. 멀리 떨어져 있는 그가 마치 눈앞에 있는 듯한 착각이 들었다. 아주 잠깐이지만 모재은의 뒤를 쫓던 선배를 기억했다.

"모재은이 선수네."

학교 앞 분식점에서 그렇게 말하던 그는.

"차화준 휘어넘기는 선수."

생전 먹어 본 적 없는 떡볶이를 입안으로 밀어 넣으며 그렇게 말했었다.

"근데 그거 알지?"

씩 웃으며 말하던 그의 모습이 홀연 눈앞을 스쳤다.

"내가 그 선수 잡는 코치라는 거."

재은은 말을 삼켰다. 그러나 가슴은 주체하지 못할 정도로 뛰고 있었다. 아무래도 박한수의 열 마디보다 차화준의 한 마디가 상당한 파급력을 가지고 있는 것 같다.

―……모재은도 그랬으면 하는 건, 내 욕심인 거지?

화준과 함께했던 대학 시절의 어느 날을 떠올릴 때 즈음, 그가 침묵을 깨고 말문을 열었다.

"제가 어떻게 선배를 욕심내요."

—욕심내, 알다시피 내가 그만한 상품의 가치는 있는 사람이니까.

"제가 갖기엔 가치가 너무 커서 부담스러운 것도 없지 않아 있어요."

잊을 만하면 생각하는 무한 화준교의 행패가 문제가 되진 않을까. 문득 재은은 그런 생각을 했다. 한때는 화준이 내 남자였으면, 하는 꿈을 꿨다. 달콤한 캠퍼스 로맨스를 소원하며 그가 제 연인이 되는 상상을 밤새 하기도 했다. 스스럼없이 다가와 말을 붙여 주던 그에게 푹 빠져 학업도 뒤로하던 때가, 분명 재은에게도 있었다.

—그 부담 타파하는 게 내 몫인 거지?

"네?"

—네가 말한 거대한 벽을 내가 깨뜨리면 되는 거잖아.

재은은 할 말을 잃었다. 뭐라고 대답하면 좋을지 생각조차 할 수 없었다.

—그거 깨부수면.

적극적인 선배의 구애가 진심처럼 느껴져서.

—우리, 연애하나?

울었던 기억을 망각할 만큼 가슴이 뛰어 댔다.

—침묵은 곧 인정이고, 수긍인데.

문서희의 법정 다툼이 시작된 오늘.

—인정이 참 빠르네, 우리 재은이.

재결합 논란이 화두가 되어 다시금 언론에 떠올랐지만 그는 마치 다른 세상 사람 같았다. 홀로 초연한 그는 평상시와 다를 바 없는 행동력으로 재은의 마음을 널뛰게 했다. 재은은 방정맞은 이 감정을 어떻게 좀 하고 싶었다.

"인정 아니에요."

—강한 부정은 긍정이라더라.

"선배는 참 속설 좋아해요."

—아니. 모재은을 더 좋아할걸?

"……안 바쁘세요?"

—바쁜 시간 쪼개 너한테 투자할 정도의 여유는 돼.

이러면 안 되는데 피식피식 웃음이 났다. 얼결에 다시 만난 선배와 이렇게 연락을 주고받고 있다는 현실이 도무지 믿기지 않았다.

—울어?

"안 울어요."

—그래, 잘나가는 메르세데스가 모재은 옆에서 서행 중인데 울면 안 되지.

"메르세데스요? 메르세데스 벤츠?"

씩 웃는 그의 모습이 눈앞에 선연했다.

"그 말은, 선배가 벤츠라는 말이에요?"

만약 지금 화준이 곁에 있었더라면 버릇처럼 그녀의 머리를 쓰다듬으며 의기양양하게 어깨를 으쓱거렸을 테다.

—나밖에 더 있어?

"저 외제 차 안 좋아해요."

—조만간 국산으로 바꿀 생각이야, 아무래도 외제 차는 부담스럽지? 사치이기도 하고.

재은은 웃음이 나려는 걸 꾹 참았다. 화준의 주특기는 단조로운 어조로 우스갯소리를 하는 거였다. 9년 전, 재은은 간혹 의외의 면모를 보이는 그의 말장난에 배를 잡고 웃곤 했다. 그런 그녀를 보며 그 역시 부드럽게 미소 지었다. 웃는 모재은은 사람 눈을 못 떼게 하네, 하며 뛰어난 화술을 자랑하기도 했지.

"대단히 전지전능하시네요, 선배는."

—못하는 게 없는 게 유일한 단점이지.

"가끔 헷갈려서 그런데 선배 진심이에요?"

어느새 눈물을 뚝 그친 재은이 갑자기 결연한 목소리로 묻는다. 일관성 있는 의지로 밀고 나갈 작정인지, 허공을 응시하는 눈빛이 강렬했다.

"제가…… 정말 선배 첫사랑이에요?"

은연한 고백조차 장난스러운 투로 하던 그였다. 원체 화법이 독특하니, 전지적 모재은 시점에서는 그의 진심을 헤아리기가 어려웠다.

─진심이야, 네가 내 첫사랑인 것도 사실이고.

하지만 차화준은 예나 지금이나 지나칠 정도로 솔직했고, 지나칠 정도로 멋있었다.

─왜? 매번 장난 같아서 서운했어?

정도를 넘어선 설렘으로 사람을 들었다 놓는 그의 기교는 타의 추종을 불허했다.

"아뇨, 그건 아니고……."

─서운했네. 그럼 말하지 그랬어, 그랬으면 진작 진지하게 다가갔을 거 아냐.

삼십육계 줄행랑이라도 치고 싶은 심정이다. 고작 전화 한 통에도 눈앞에 있는 것만 같은 착각을 불러일으키는 그의 언변에.

─그런데 모재은, 모순적인 성향이 상당하네.

심장은 또 왜 이리도 빨리 뛰는지, 머리는 또 왜 이렇게 딩딩 울리는지 모르겠다.

─진심으로 다가가면 부담스럽다고 도망갈 거면서.

숨 쉬는 것도 잊은 재은은 그의 감미로운 목소리에 점점 매료됐다.

─아니야?

"솔직히…… 맞아요."

─그래, 이해해. 사실 나도 내가 이해가 안 가거든.

"……."

─궁금하더라, 왜 너에게 내가 이리도 맹목적인 건지.

그가 잠시 말을 멈췄다. 후, 숨을 불어 내쉬는 소리가 들렸다. 잔잔한 음성이 섞여 나온 것은 바로 그다음이었다.

─곰곰이 생각해 봤는데, 단념한 줄 알았던 첫사랑이 현재 진행형이었지 뭐야. 이루지 못한 데 남는 아쉬움이 큰 만큼 불도 빨리 붙는 거 알지?

6년이라는 시간 속에서도 첫사랑은 여전히 그와 공생하고 있었다.

"네, 그렇죠."

―네가 나한테 그래.

"……."

재은은 그의 비밀스러운 이야기에 귀를 기울였다. 전후곡절이 상당한 그의 이야기는 어쩐지 눈물겨웠다.

―그러니 어쩌겠어.

유들유들한 말씨, 부드러운 목소리.

―네가 좋든, 싫든 나는 어떻게든 널 가져야겠는데.

웬일인지, 순종적인 재은은 금세 그의 말에 도취되었다. 입체적이고 생생한 그의 환영이 그녀를 찾아왔다.

―그러니까…… 내 의견, 수렴 좀 해 줘.

이른 봄바람이, 살랑이는 나뭇잎이, 하물며 세상 모든 무정물이 차화준으로 느껴지는 기이한 착각에 빠졌다.

―물론 뭘 해도 예쁜 모재은을 위해서라면 열 번도 더 찍어 줄 순 있지만.

곁에 없는 그가 곁에 있는 것만 같은 망각은 생생했다.

―이제 네 번 남았지?

감각의 착오에 두근거리는 그녀의 떨림이 점점 강해졌다.

―네 번 정도야 금방 찍지. 그러니까 그땐 얌전히 잡혀 주자.

정신없이 업무량을 소화하다 보니 벌써 퇴근 시간이었다.

"내일 봐요. 대리님. 팀장님!"

나란히 걸어 나온 부원들과 본사 앞에서 헤어진 재은이 습관처럼 휴대폰을 꺼내들었다.

"응, 주현아."

퇴근할 때마다 주현과 통화하는 버릇은 예나 지금이나 변함없었다.

―박한수는 양심도 없다. 저가 뭐가 그렇게 잘났다고 화준 선배를 들먹여?

"그러게, 내 말이 그거야."

—미친놈. 너 다신 걔 연락받아 주지 마.

"당연하지."

집착에 가까운 그의 연락을 보고도 모르는 척하는 게 어려워 받아 주었건만. 오늘 일을 계기로 두 번 다시 그의 연락을 받지 않겠노라, 재은은 결의를 다졌다.

—그나저나 이번 주말에 뭐 해?

"글쎄, 딱히 약속은 없는데 왠지 바쁠 것 같아."

—다음 주는?

"워크숍."

—오, 어디로?

"제주도로 간다던데, 2박 3일 정도."

—회사 쉬겠네?

"그래 봤자 금요일 오후에 출발하는 거니까 쉬는 것도 아니지."

오늘 오전, 근무 환경 개선 및 직무능력 향상과 상호 간 정보 교류라는 주제로 워크숍이 잡힌 것을 확인했다.

워크숍 참여 일정이 죽기보다 싫은 재은은 마냥 부러워하는 주현이 이해되지 않았다. 술자리 참석을 강요하는 상사들의 압박과 부장님의 길어지는 건배사. 웬만한 회식에도 불참하는 그녀가 우시장에 팔려 가는 암소처럼 직장 동료들의 손아귀에 붙잡혀 제주도로 끌려가게 생겼으니, 원.

—잠깐만, 내가 다시 전화할게.

급하게 전화를 끊은 주현과의 통화가 허무하게 일단락되고, 버스 정류장을 찾아가는 재은의 발걸음에 속력이 붙었다. 터벅터벅, 길을 걷던 재은이 이어폰을 꺼내 귀에 꽂고, 즐겨 듣는 음악을 틀었다. 잔잔한 멜로디가 흘러나오자 재은이 자연스럽게 허밍을 이었다.

흥얼흥얼, 콧노래를 부르며 길을 걷던 중이었다. 무심결에 주위를 돌아본 재은이 힐끔거리는 사람들의 시선을 느꼈다. 가만 보니 걸음을 멈추고, 그녀를 돌아보는 사람들도 더러 있었다. 이상한 낌새를 느낀 재은이 걸음을 멈추고, 한쪽 이어폰을 뺐다. 뻥 뚫린 고막에 이내 익숙한 목소리가 박혀 들어왔다.

"모재은!"

가까운 곳에서 들려오는 음성과 헐근거리는 숨소리.

"얘기 좀 하자고!"

소름 끼치도록 차가운 감촉이 손목에서 느껴졌다.

"얘기, 허억, 얘기 좀 해……!"

놀란 그녀는 안중에도 없는지, 헉헉 거친 숨을 한꺼번에 몰아쉬는 박한수가 기어이 그녀의 눈에 밟혔다.

정탐에 능한 주현의 레이더가 바짝 섰다.

"재은이 이번 모임엔 무조건 참석한다고 했어요."

아무리 생각해도 이상하단 말이야.

"근데, 선배는 왜 자꾸 재은이한테 집착하시는 거예요?"

대학교 선후배 사이로 만나 9년 동안 꾸준하게 연락을 이어 온 주현은 민수에 대한 커지는 의심을 어쩌지 못해 결국 터뜨리고 말았다.

"재은이 좋아해요? 그럼 남자답게 고백하면 되잖아요."

―아니야, 인마.

"아니긴 뭐가 아니에요! 누가 봐도 딱 짝사랑이고만. 설마 저를 두 사람의 오작교라고 생각하는 거 아니죠?"

미안하지만 주현아.

"아님 쿨하게 재은이한테 연락해 봐요. 선배 원래 이렇게 자신감 없는 사람이었어요?"

오작교는 네가 아니라, 나다.

"변호사가 그래도 되는 거예요?"

―네가 오해하는 거라니까.

"오해는 무슨 오해요. 괜히 저 이용하려는 거잖아요. 재은이가 대학 동문들 연락 죄다 씹어 먹으니까. 안 그래요?"

―아니야! 내가 걔 좋아했으면 진작 집 앞으로 찾아갔겠지. 안 그래?

그녀는 탐탁지 않은 얼굴로 모니터를 훑었다. 해야 할 일은 태산인데, 존경하는 선배는 대체 무슨 꿍꿍이인지, 조금도 알 수가 없다.

주현이 생각하기에 민수는 누가 봐도 재은을 짝사랑하는 중이었다. 그러니 재은의 사사로운 하루 일과를 그녀에게 꼬박꼬박 묻는 거겠지. 이를테면 그녀와 박한수의 관계라던가. 그녀의 집안 형편이라던가.

―어, 주현아. 미안한데 내가 다시 전화할게. 나 전화 들어온다.

그녀 못지않게 바쁜 민수가 뚝 매정하게 전화를 끊자 주현도 남은 일거리를 해결하기 위해 곧장 업무에 집중했다. 모재은에 대한 민수의 진심은 여전히 미궁으로 남아 있었으나 주현의 마음은 홀가분했다.

단순한 주현은 뭐든 금방금방 잊는 버릇이 있었다. 내 살 길 찾아가기도 바쁜 와중에 누가 누구에게 관심을 준단 말인가.

무엇보다 현재 그녀의 곁에는 철옹 같은 차화준이 터를 놓고 있었다. 모재은이라는 부지 확보를 마친 화준의 거침없는 애정 공세가 예상되는 가운데, 아무리 민수라고 한들 차화준이라는 산허리를 쉽게 넘어가진 못할 테지.

"어휴, 부럽다. 누군 팔자에 남자 하나 없어 이러고 사는데."

투덜거리면서도 주현의 얼굴엔 미소가 번졌다.

"부지 확보 차 다음 주 주말은 어쩔 수 없이 반납하셔야겠습니다."

수두룩한 보고서를 집무 책상 위에 내려놓으며 조 실장이 말했다. 화준이 포옥 한숨을 쉰다.

"두 차례 반려 끝에 제주 백제스테이 프라이빗 비치 부지 추가 확보

승인이 떨어졌습니다."

차연지 사장과 차화준 부사장의 숙원 사업이나 다름없던 제주 백제스테이의 부지 추가 확보에 성공했으니, 부사장인 그가 직접 제주를 방문해야 하는 건 당연한 일이었다.

아울러 제주특별자치도와의 정합성, 건축 계획과 공공 기여 적정성 재검토로 그동안 보류됐던 문제가 속 시원히 해결됐으니, 이제 제주의 백제스테이는 효자 노릇을 하며 많은 수입을 안겨 줄 것이 분명했다.

"비즈니스호텔에 초점을 맞춰 활로를 모색한 성과과 좋아 염려 놓으셔도 되겠습니다. 면세 쪽 성적도 나쁘진 않습니다. 아시아 3대 면세점을 모두 확보하게 됐으니 내년 해외 면세점 매출 1조원을 가뿐히 넘보겠습니다."

백제 호텔은 겹경사를 누리고 있었다.

"그리고 물산 차 사장님과의 회동 일정은 미슐랭 스타를 거머쥐고 있는 장충동의 '고아'로 예약 잡아 두었습니다. 전통주와의 콜라보레이션을 중요시하는 한식당이라고 하니, 추후 백제 호텔의 두 번째 레스토랑이 미슐랭 가이드에 두 번 등재되는 영예를 얻는데 도움이 되지 않을까 합니다."

그럴싸한 조 실장의 말에 화준이 수긍하듯 고개를 주억거린다.

"무엇보다 SNS 광고 효과과 탁월하니 차 사장님께서도 무척 만족스러워하십니다."

"제주도 일정 보류하고, 남은 일정은 그대로 진행하죠."

씨익 웃으며 말하는 화준의 말씨는 은근한 명령조였다.

"어려울 것으로 예견됩니다. 부사장님도 아시다시피 내달까지 일정 조율이 불가능한 실정입니다."

끄떡없는 조 실장이 철벽으로 무장한 목소리로 단호하게 말했다.

"사람 참 딱딱하네."

투덜거리는 화준이 서운함을 피력하듯 인상을 구겼지만 조 실장은 일말의 반응도 보이지 않았다. 조 실장과 눈빛을 주고받으며 묘한 신경전을 벌이던 화준이 이내 포옥 한숨을 쉬며 자리에서 일어났다. 순순히 항복한 그가 재킷을 챙겨 들고 터벅터벅 집무실을 걸어 나간다.

누차 말하지만 눈을 뜨나, 감으나 생각나는 모재은의 실제를 찾아 떠나는 남자의 업무량은 폭발했다. 결재 승인을 기다리는 서류는 산더미처럼 쌓여 있는 터였고, 기업가 컨퍼런스를 시작으로 만찬 회동, 사교 모임까지 참석해야 할 행사는 손으로 셀 수 없을 지경이었다. 그럼에도 모재은을 찾아가는 차화준의 행보는 거침없었다.

우연히 다시 만난 그녀와의 인연을 운명이라 믿어 의심치 않는 화준의 입가에 스르륵 미소가 번졌다. 입꼬리는 내내 상승 곡선을 유지했다.

"놔! 이거 놓으라고!"

흥분한 재은의 입에서 연신 고함이 튀어나왔다. 두 번 다시 마주치고 싶지 않은 박한수의 얼굴을 보며 울분을 토하듯 고함치는 재은의 얼굴이 빨갛게 상기됐다.

"얘기 좀 하자고 그러니까!"

구질구질한 박한수는 뻔뻔했다. 뭐가 그리 당당한지, 외려 그녀의 손목을 잡아끌었다.

"진짜 왜 이러는데, 놓으라니까!"

버스 정류장에 다다라서 그를 대면한 재은은 필사적이었다. 그에게 잡힌 손목의 감촉이 끔찍해서 사력을 다해 저항했고, 그러다 안 되겠는지 고집을 부리는 박한수의 어깨를 사정없이 내려쳤다.

"바람난 놈하고 더 할 말 없거든? 놓으라고!"

"그러니까 내가 바람을 왜 폈는데!"

"내가 그거까지 알아야 하니? 이미 끝난 사이에!"

"아씨. 야, 얘기만 좀 하자고. 내가 붙잡는대? 너랑 다시 만나겠대? 아니잖아!"

"아니면 아닌 거지. 이거 놓으라니까! 사람 살려! 살려 주세요, 저기요!"

지나치는 행인들의 시선이 측은하게 느껴질 때쯤 재은이 발악을 했다. 한수는 난처한 표정을 지었다. 곁을 스쳐 가는 몇몇 사람들의 눈빛은 그를 파렴치범으로 보는 듯했다. 졸지에 범죄자가 되어 버린 한수가 거칠게 숨을 토해 냈다. 거북스러운 욕설도 한데 뒤섞여 있었다.

"씨발. 짜증나게."

"뭐?"

"야, 솔직한 말로 네가 여자 친구였냐?"

놀라 토끼 눈이 되어 버린 그녀의 동공 속에 한수의 눈부처가 섰다. 노골적으로 표정을 구긴 그가 신경질적으로 그녀의 손목을 놓으며 씩씩거렸다. 반면에 흔들리는 눈동자와 다르게 재은의 혼은 반쯤 빠져나가 있는 터였다. 주야장천 연락을 하던 것도 모자라 퇴근하는 그녀를 급습한 박한수의 말에 기가 차서 헛웃음만 나왔다.

"세상에 한 달에 한 번 외박할까 말까 하는 연인이 어디 있어?"

"여기 있다! 왜!"

"그러니까 그게 문제라는 거야! 너 우리 만남이 얼마나 비정상적인 만남인지, 알긴 아냐?"

수런수런하는 목소리가 커지고, 두 사람을 에워싸며 재잘거리는 행인들의 머릿수가 늘어난다.

"그래서 바람났냐? 니 말대로 정상적인 만남 가지려고 어린년이랑 바람났냐고!"

머리끝까지 화가 난 두 사람은 좀체 자리를 뜨지 못했다. 쪽팔린 건 두 번째 문제였다. 머릿속에 가득 찬 분기를 해소하기 전까지 재은은 먼저 돌아서지 않을 생각이었다.

차라리 잘됐다. 이렇게 만난 거, 속이 후련해질 때까지 할 말은 하고 깔끔하게 관계를 정리하겠다!

"넌 그래서 차화준이랑 바람난 거냐?"

한수의 반격에 재은이 눈을 치켜떴다.

"너보다 형이거든? 위아래가 없어도 정도껏 없어야지! 누구더러 차화준이래?"

"그래서 잤냐고! 그 새끼랑!"

"그래! 잤다! 왜, 어쩔 건데, 뭐! 그러는 너는 개랑 안 잤어? 그 계집애랑 안 잤냐고!"

"내가 누구 때문에 바람났는데. 네가 목석같이 굴지만 않았어도 애초에 내가 바람나는 일은 없었어!"

박한수의 강력한 한 방에 재은의 정신이 휘청였다. 안 돼, 안 돼, 모재은. 정신 차려.

"네가 오죽 형편없으면 내가 널 거부했겠니? 남자로서의 매력이 전혀 없는 너를 1년이나 만나 준 거에 고마워해도 모자랄 판국에. 뭐? 목석? 그러는 너는, 너 혼자 좋으려고 하는 게 스킨십이니? 그럴 거면 혼자 딸딸이나 치지 그러냐?"

"뭐, 뭐?"

"뭐!"

"그, 그래서. 그래서 차화준이랑 잤다고? 너 원래 그렇게 헤픈 년이었냐?"

"그래, 헤프다! 너 같은 새끼가 하도 지긋지긋해서 잘난 차화준한테 헤프게 몸 좀 굴렸다. 왜? 어쩔래!"

"뭐, 뭐!? 야!"

재은의 날카로운 응수에 울컥한 한수가 무의식적으로 손을 치켜들었다. 저를 조롱하는 것만 같은 행인들의 시선과 치욕스러운 그녀의 발언에 참을 수 없는 분노가 일었다.

경악한 행인들의 눈이 동그래지는 순간이었다. 슬로우 모션처럼 느리게 펼쳐지는 박한수의 모습을 멍하니 바라보는 재은의 허리를 누군가 단단하게 그러안았다. 날래게 내려친 그의 손이 허공을 가를 때, 그녀의 몸은 누군가의 완력에 힘없이 이끌려 갔다.

"모재은 연애 불능인 거 만천하에 소문나게 생겼네."

현실 감각이 떨어진 그녀의 귓전에 익숙한 누군가의 목소리가 먼저 떨어졌다. 수군거리는 행인들의 목소리와 그녀만큼이나 놀란 박한수의 표정을 올바르게 인지한 것은 다음이었다.

"덕분에 차화준 열애설도 같이 터지겠다."

화준의 목소리였다. 누가 들어도 이 부드러운 음성은 차화준의 것이다.

"여러모로 능력 좋아."

그리고 그녀의 허리를 강하게 끌어안은 이 손길도 분명 그였다. 그녀의 등에 맞닿아 있는 체온 역시. 어느 것 하나 그가 아닌 게 없다는 사실을 깨우친 재은이 눈을 크게 떴다.

"서, 선배!"

뒤늦게 현실을 자각한 그녀가 홱 뒤를 돌았다. 씩 웃으며 자신을 내려다보고 있던 화준과 곧장 눈이 마주쳤다. 그는 생글생글 미소를 유지한 채 그녀를 바라보고 있었다. 쌍꺼풀 없이 큰 눈이 활처럼 유려하게 휘어졌다. 잠시 재은과 눈을 마주치던 그가 시선을 돌려 맞은편의 한수를 지그시 바라보았다.

박한수의 표정이 어땠는지 확인할 수 없었지만 화준의 눈빛이 싸늘하게 식어 가는 것을 보니 퍽 유순하진 않았을 것으로 예상되었다.

"우리 그런 사이 맞잖아."

재은은 나긋나긋한 말투와 다르게 점점 웃음기를 잃어 가는 그의 얼굴을 물끄러미 올려 보았다. 그의 감정이 평소답지 않다는 것을 단번에 알아차렸다.

"눈 맞아 같이 잔 사이."

그렇게 말하는 그의 목소리가 한층 가라앉았다. 주위 시선을 의식해 목소리를 낮추긴 했으나 허리를 끌어안은 대담한 두 손은 좀체 떨어질 줄 몰랐다. 신사적인 매너가 온몸에 버릇처럼 배어 있는 남자의 손길은 고집스러웠다. 수군거리는 사람들의 말소리가 커졌다. 환호와 탄성이 뒤섞인 소리는 끊임없이 터져 나왔다.

"사랑만 하기에도 모자란 시간."

어안이 벙벙한 재은의 옆으로 그가 바로 서며 말했다. 허리에서 떨어진 손은 그대로 그녀의 어깨를 감싸 안았다.

"엄한 데 할애할 여유도 있고, 너무 안일한 거 아닌가."

적잖이 당황한 한수가 말을 채 잇지 못하고 헛웃음만 터뜨렸다. 반면 태생이 여유로운 화준은 언제 그랬냐는 듯 온화한 표정을 지으며 유순하게 웃고 있었다.

"돈으로 환산조차 못 하는 모재은의 시간을 내가 얼마나 소중하게 생각하는데."

"……."

"그렇지?"

되묻는 말과 함께 그의 시선이 그녀에게 떨어졌다. 내내 그를 올려 보고 있던 재은이 흠칫한다. 몰려든 행인들이 우왕좌왕하고, 차화준 부사장의 새로운 연애에 뜨거운 관심을 보이며 하나둘 휴대폰을 꺼내 들 때쯤이었다.

"그나저나 우리 재은이."

그와 눈이 마주친 재은이 대답 대신 탄성을 내질렀다.

"꼬리가 길어도 너무 길다."

다이아몬드가 촘촘히 박힌 그의 손목시계가 황혼의 붉은빛에 반사되어 휘황하게 반짝였다.

"아, 꼬리가 긴 게 아니라 지나치게 많은 건가?"

은근히 압박하는 그의 목소리는 심히 고압적이었다.

"꼬리 아홉 개 정도야 충분히 감당할 수 있으니까."

그러나 그녀를 바라보는 눈빛은 어둑한 표정과 달리 순순했다.

"그러니까, 그 꼬리 빠짐없이 다 줘."

침잠해 있는 바위처럼 속이 깊은 그는 사회적 지위와 다르게 장난기가 다분한 사람이었다. 그런 남자의 굳은 얼굴은 재은에게 어색하게 다가왔다. 그녀의 어깨를 잡은 그의 손에 일말의 악력이 실렸다.

"괜찮지?"

대답을 잊은 재은은 그저 입술만 옴죽거렸다. 소란스러운 행인들의 말소리에 파묻힌 그녀의 감정이 은연히 두근거렸다. 위풍 늠름한 그의 풍채가 강건해서 마음이 더 부산스럽다.

한심한 전 남자 친구와 비교조차 할 수 없을 만큼 위엄 있는 남자의 보호를 받으며 재은은 숨을 죽였다. 내 남자 친구라며 소개한 차화준이 정말로 모재은의 남자 친구가 된 기분은 생생했다.

"어우, 창피해! 흑, 으흐흑……."

수모도 이런 수모가 없다. 난데없이 등장한 화준의 도움이 없었더라면 박한수의 손찌검을 피할 길이 없었던 재은은 뭐가 그리 창피스러운지, 그의 차에 올라탄 후로 줄곧 울고 있었다.

창피해, 창피해! 자신의 첫사랑이자, 자신을 첫사랑이라고 하는 그의 앞에서 전 남자 친구와 목석이니, 뭐니 듣기에도 민망한 주제를 쟁점으로 언쟁을 벌였다. 길 한복판에서 온갖 추접한 모습을 다 보인 것이다.

하여튼, 박한수! 왜 긁어 부스럼을 만들어서는, 왜 공개적으로 잡음을 들려주느냔 말이야!

"선배……. 다 들었죠?"

"뭐? 차화준이랑 잤다는 거?"

"흐흑!"

"틀린 말도 아닌데, 뭘."

밀린 업무를 해결하기 위해 백제 호텔로 돌아가는 길.

"차화준에게 헤프게 몸을 굴린 건 아니지만."

"……으흐흑."

"뭐, 내 앞에서만큼은 헤프게 굴어 준다면 대환영이지."

화준은 소리 내어 우는 재은을 곁눈으로 확인하며 피식피식 웃음을 터뜨렸다.

"그래서, 잘난 차화준이랑 자서 좋았어?"

"제발! 그 말 좀 그만하세요. 안 그래도 창피하니까!"

"왜, 대체 뭐가 창피해?"

"그딴 자식이랑 길거리에서 그러고 있었다는 게! 흑! 말도 못 하게 창피하다고요!"

창밖으로 홱 고개를 돌린 재은이 코를 훌쩍였다. 화준은 그런 그녀의 뒷모습을 넌지시 바라보며 입꼬리를 씰룩거렸다.

"그런데 저, 거기 있는 건 어떻게 알고 오셨어요?"

코맹맹이 소리로 묻는 그녀의 어깨가 들썩였다. 간간이 딸꾹거리는 소리도 들렸다. 그저 모재은이 귀여워 죽겠는 차화준은 간신히 웃음을 삼켰다.

"데리러 오는 길에 보이더라. 한바탕 소란 피우는 모습도 예쁘던데. 그것도 재주지?"

"지금 저 웃으라고 하는 말이죠?"

"울다가 웃으면 엉덩이에 털 난다니까."

"늘 말하지만, 선배는…… 흑, 참 속설을 좋아하시네요."

"말 나온 김에 속설인지, 아닌지 확인 좀 해 봐도 돼?"

"으흑, 그런 말 좀 하지 말아요! 정말 변태예요?"

"변태야. 그러니까 확인 좀 해도 돼?"

신호가 걸린 틈을 타 그가 그녀에게 두 팔을 뻗었다. 화들짝 놀란 재은이 반사적으로 화준의 손을 잡았다. 작은 손으로 그의 손을 붙잡아 묶는 그녀의 행동에 그의 미소가 깊어졌다.

"저, 저…… 털 없어요!"

"그건 내가 확인해 볼 문제지."

"정말이에요. 자신할 수 있어요!"

"그래, 한 번 보자."

"아악. 하지 말아요!"

"그렇게 말하는 모습이 귀여워서라도 확인해 봐야겠다."

그가 장난스럽게 그녀의 허리를 잡아끌었다. 마침 신호가 바뀌었다. 초록불이 아니었다면 정말이지, 재은은 그 자리에서 하의를 탈의했을지도 모르겠다.

"신호 바뀌었거든요! 정신 차리시죠."

확 그를 밀쳐 낸 재은이 몸을 추스르며 외쳤다. 긴장한 몸은 그와 최대한 멀어지기 위해 창문에 바짝 밀착되어 있는 상태였다. 화준은 눈에 보일 정도로 굳은 그녀를 보며 실실 웃음을 터뜨렸다.

"왜, 차에서 확인하는 것도 나쁘지 않은데."

"확인해도 된다고 한 적 없거든요! 그건 일방적인 선배 생각이죠, 전 합의 안 했거든요?"

"그러는 난 뭐 합의해서 술 취한 너랑……."

"악! 그만, 그만요! 그때랑 지금이랑은 상황이 다르잖아요!"

"뭐가 달라? 위험에 처한 모재은 슈퍼맨 노릇 해 준 건 마찬가진데?"

"제, 제가 언제 구해 달라고 했어요?"

"그런가. 그냥 뺨 맞게 둘 걸 그랬나?"

직진 신호를 따라 액셀을 밟는 그가 심드렁하게 말했다.

"그래야 그 자리에서 그 새끼를 두들겨 패든가 했을 텐데."

태연하게 건네는 말들이 그녀를 움찔거리게 했다.

"아쉽긴 하네."

그는 진심으로 아쉬워했다. 사람들이 우르르 몰려 있는 보도 한복판에서 재은을 발견한 건 우연이었다. 붉으락푸르락한 얼굴로 그녀를 바라보는 박한수를 확인한 건 다음이었다.

적잖이 놀란 화준은 곧장 갓길에 차를 정차시켰다. 악에 받친 고함을 내지르며 그와 말다툼을 벌이는 그녀와 가까워지면 가까워질수록 이상하게 그의 심장 박동도 빨라졌다. 정신 나간 박한수가 그녀를 향해 손을 치켜들었을 때, 상황 파악이 덜 된 모재은은 모르겠지만 지켜보던 차화준의 이성은 깔끔하게 산화되었다.

본능적으로 그녀를 품에 안았고, 위험한 순간은 모면했지만 울컥한 감정은 아직도 현재 진행 중이었다. 시건방진 그녀의 옛 연인을 그 자리에서 흠씬 두들겨 패주는 거였는데. 그러지 못해 속이 타는 그의 마음은 까만 재가 되어 전신 곳곳으로 분분히 흩어졌다.

"그런데 선배……"

물기 어린 눈으로 차창 밖을 내다보던 재은이 넌지시 말한다.

"우리 지금 어디 가는 거예요?"

몰라서 물은 말은 아니었다. 이미 그녀의 눈앞에는 럭셔리한 백제 호텔의 건물 외벽이 있었고, 호텔 입구 앞에서 매끄럽게 정차한 그의 차량 쪽으로 대기 중인 도어맨이 부리나케 달려오는 중이었다.

재은의 가느다란 목에 개 목걸이가 채워진 기분이었다. 화준이 채운 일종의 족쇄였다. 질질 끌려오다시피 도착한 백제 호텔 17층, 비즈니스 외식가. 화준이 가장 사랑하는 향도에서 저녁 식사를 하는 두 남녀의 표정이 볼 만하다.

밥을 먹는 둥 마는 둥 하는 재은은 금세 사색에 잠겼다. 대체 내가 왜 여기 있는가. 박한수의 외도 현장을 검거하기 위해 긴 시간 잠복 중이던 향도는 그녀에게 있어 어렵고도 불편한 곳이었다.

화준과 함께 나타난 그녀를 대번에 알아본 지배인의 환영도 껄끄럽고, 진귀한 메뉴들을 차례, 차례 테이블에 올리며 소개하는 주방장의 격식화된 행동들도 어색했다.

침잠한 생각 속에 빠져 여러 가지를 생각하는 그녀의 표정이 혼란스럽다. 화준의 도움으로 온갖 부귀영화를 누리고 있는 현실이 서러웠다. 정 주고, 몸 주고, 영혼까지 바친 전 남자 친구는 한참 어린 여자와 바람이 난 마당에 부담스러운 선배는 그녀를 극진히 대접하고 있다.

말 그대로 똥차 가고, 벤츠 온 셈이었다. 하지만 폐차 수준에 이른 똥차는 연신 그녀 주변을 배회하고 있었고, 분에 넘치는 벤츠는 그에 뒤지지 않기 위해서인지 그녀를 향해 맹렬하게 질주하고 있었다.

"불도장 다 먹었네?"

"살이 찌려나 봐요."

"귀엽겠다. 데굴데굴 굴러다니는 모재은."

"제가 굴렁쇠는 아니잖아요? 암만 살이 쪄도 바닥을 구르는 일은 없을 거예요."

서호용정을 한 입 들이켠 재은이 툴툴거린다. 그는 부드럽게 미소 지었다.

"그래, 구르고 도는 건 차화준이 해야지."

재은은 은근히 화준을 힐끔거렸다. 시선을 안 주려야 안 줄 수 없는 남자의 근사한 모습이 그녀의 가슴 안에 녹아드는 기분이었다.

"모재은은 마음 편하게 천체해. 그 궤도 따라 도는 건 내가 할 테니까."

구질구질한 박한수를 혹처럼 달고 있는 모재은보다 모든 아름다움을 이목구비에 접목시킨 문서희가 더 잘 어울리는 사람.

그런데도 남다른 사랑으로 모재은을 꼼짝 못하게 하는 선배의 진심은 대체 뭘까. 그의 첫사랑이 모재은이라는 것, 그런 모재은이 여전히 그의 가슴에 살아 있다는 사실은 심히 놀라웠다. 예나 지금이나 장난기가 충만한 그는 탄탄하고 안정적인 미래가 예정된 사람이었다.

반면 온갖 산전수전, 육탄전을 벌이며 살아온 재은의 인생은 그것과 거리가 먼 협곡이었다. 공통된 분모를 찾아볼 수 없는 두 사람은 말 그대로 조화롭지 못한 관계였다. 그가 오죽 잘났으면 그녀가 치기스러운 무한 화준교의 희생양이 되어 갖은 수모를 당했을까.

모재은에게 콩깍지가 제대로 쓰인 차화준의 눈을 뜨게 하기 위해 당시 재은은 공양미 삼백 석을 마련하고 인당수에 몸을 던지고 싶었다. 그만큼 당시 재은은 첫사랑인 화준을 원망했었다. 그런데 참 우습기도 하지.

"어쩜 말을 그렇게 잘해요? 매번 느끼지만 선배는 참 대단한 것 같아요."

가슴에 묻어 둔 애증의 차화준을 마주 볼 때마다 마음속에서 양가감정이 들끓었다. 반반씩 나뉘는 마음은 그녀도 정의를 내릴 수 없었다. 선물처럼 나눠 가진 추억은 연기가 되어 실오라기처럼 피어올랐다.

생일이 하루 차인 두 사람은 한때 서로의 탄생일을 축하하며 수줍게 초를 불었다.

4월 26일, 이슥한 밤 11시 59분.

"모재은 생일까지 1분 남았네."

4월 27일, 자정까지 얼마 남지 않은 시간.

"선물은 차화준이야. 어때, 최고의 선물 아닌가?"

마침내 12시를 알리는 알람 소리가 울리고, 그의 생일날이 되었다.

"그래서 하는 말인데, 내 선물도 모재은으로 대신하려고. 괜찮지?"

우스갯소리로 말하던 화준의 모습이 불현듯이 떠올랐다.

"이렇게 말 잘하는 남자 앞에서 눈 한 번 깜빡 안 하는 네가 더 대단하다는 생각은 안 해 봤어?"

비슷한 맥락으로 회답하는 음성에 아련한 추억 속 그의 잔영이 스러졌다. 화들짝 놀란 재은이 부리나케 현실로 돌아왔다.

"그런 모재은한테 직진하는 차화준이 더 대단하죠."

그의 말투를 따라하며 최대한 자연스럽게 대답하려 했지만 가늘게 떨리는 목소리는 어떻게 숨길 재간이 없었다.

"아니. 차화준이 그렇게까지 하는 데도 안 잡히는 모재은이 더 대단한 것 같은데."

그녀와 눈높이를 맞추기 위해 턱을 괸 그의 눈매가 예쁘게 휘어졌다.

재은은 가까운 곳에서 미소 짓는 그의 얼굴을 지켜보다 슬그머니 고개를 피했다.

부담스러울 정도로 완벽한 그의 얼굴을 보고 있자니 괜스레 가슴이 쿵쿵거린다. 6년 전보다 한결 더 샤프해진 턱과 섹시한 눈매는 볼 때마다 그녀의 심금을 울렸다. 어떠한 미사여구를 덧붙여도 설명할 수 없을 만큼 치명적인 그의 외모는 완벽함을 넘어 이기적이기까지 했다.

"이번에 퇴짜 놓으면 일곱 번째지?"

흠잡을 데 없이 완전무결한 피조물의 물음에 재은이 꼴깍, 침을 삼켰다.

"정말 열 번 찍을 생각이세요?"

"열 번 찍기 전에 넘어올 거야?"

"……솔직히 생각 좀 해 봐야 할 것 같아요."

안 넘어갈 자신도 없을 뿐더러 넘어가고 싶은 의지가 없는 재은이 대답을 흐렸다.

"그래, 많이 해."

"네. 그래야죠."

"24시간이 모자라게 느껴질 때까지 계속해 줘."

말을 아낀 그의 입술이 곡선을 이룬다. 재은은 부드럽게 웃는 그를 보며 넋을 놓았다.

"억울하잖아."

동그란 다탁 위에 찻잔을 내려놓으며 화준이 말했다. 그의 말투는 애원조에 가까웠다.

"차화준의 6년은 모재은을 지척에 두고도 그리워만 하는 시간이었는데."

"……."

"모재은도 그런 시간을 가졌으면 좋겠는 건…… 내 욕심이야?"

"그런 시간 정도야, 마음만 먹으면 충분히 가질 수 있죠."

웬일인지, 재은이 진중하게 대답했다. 고자세로 경영하는 백제 호텔의 부사장이라고는 믿을 수 없을 만큼 애연한 그의 모습에 그녀의 마음이 움직였다. 그녀를 그리워하던 화준의 시간이 돌연 애틋하게 느껴졌다.

"가질 수 있는데, 선배와 함께했던 시간들이 제게 다 좋았던 건 아니거든요."

한 자, 한 자, 힘주어 말을 하는 재은의 목소리가 작은 폭으로 떨린다.

"그때 말씀드렸던 괴롭힘 말이에요. 지금이야 웃으면서 말할 수 있지만 당시에 전 엄청 절박했어요."

말과 함께 떠오르는 대학 시절의 기억이 면약한 재은을 아프게 한다. 천국과 지옥이 공존하던 그 시절, 그녀의 삶은 처절했고, 외로웠다.

"선배는 워낙 친절하고, 누구에게나 무장무애하지만 저는 그렇지를 못하잖아요."

한때는 유학길에 오른 화준을 많이도 원망했고, 추억에 사무쳐 오매불망 그를 그리워하기도 했다. 그가 다시 돌아오기를 학수고대하며 뜬눈으로 밤을 지새운 적도 더러 있었고, 밤새 주현과 회고담을 늘어놓으며 화준을 이야기하기도 했다. 그럴수록 부족한 모재은의 돌보미가 되어 주던 그의 모습이 선명해져 그녀를 애달프게 했다.

"덕분에 많이 힘들었어요. 가끔은 선배가 조금만 덜 잘났어도 좋았을 거라는 무상한 생각도 했었죠."

"잘난 차화준이 모재은에게 피해가 됐어?"

"처음엔 그렇게 생각했는데 아니더라구요. 선배라고 뭐 잘나고 싶어서 잘났겠어요."

그저 태어나 눈을 떠 보니 대원의 일원인 것을 감히 누구를 탓하랴.

"잘난 선배와 비교되는 모재은의 부족함이 문제지."

"누가 그래? 모재은의 부족함이 문제라고?"

일부러 화준의 시선을 피한 재은은 모르겠지만 그녀를 지켜보는 그의 눈동자는 탁했다. 부글부글 끓는 울화를 억지로 참는 그의 손은 원탁 아래에서 하염없이 말았다 펴졌다.

소심한 모재은이 놀라 확 달아나진 않을까, 노심초사하는 그가 단전에서부터 끌어올린 숨을 묵직하게 내쉬었다. 원치 않은 유학길이 이토록 원망스럽게 느껴질 줄이야. 그녀 곁에 있어 줄 것을, 하고 후회하는 마음이 부쩍 커졌다.

"다들 그랬어요. 선배는 모르겠지만."

재은의 목소리가 음울하게 가라앉고, 격양된 그의 감정은 뇌수로 차올라 머릿속을 뱅뱅 돈다.

"저 알고 있어요. 조재민 때문이잖아요, 저한테 잘해 주신 거. 혹시라도 조재민이 나쁜 짓 할까 봐, 그게 걱정돼서 일부러 더 친근하게 대해 주신 거잖아요."

우수에 찬 눈빛으로 그를 힐끔거리던 재은이 화들짝 놀랐다. 같은 인물이라고 믿을 수 없을 만큼 굳은 그의 얼굴은 싸늘함, 그 자체였다. 희로의 감정을 겉으로 드러내지 않는 사람이 무슨 이유에선지 화를 삭이고 있다.

"뭐, 그렇다구요. 저도 선배 한국으로 귀국하고 나서 종종 기사 찾아보곤 했거든요."

"……."

"문서희 씨와의 결별은 안타깝지만 일적으로 승승장구하는 선배를 보면 괜히 제가 다 뿌듯하던데요?"

후우. 착잡한 심경을 고스란히 드러내는 그의 숨소리를 들었다.

"선 긋는 건 좋은데."

흠칫한 재은의 몸이 그새 경직됐다.

"모재은이 책임질 게 참 많네."

"네?"

눈이 휘둥그레진 재은이 그게 무슨 말이냐며 대답을 종용하자 등받이 깊이 몸을 기댄 그가 찬연하게 미소 지었다. 재은은 얼굴을 찡그렸다. 경이로운 느낌을 불러일으키는 지적의 그가 부담스럽다. 이어지는 그의 말을 기다리며 살 떨리는 긴장감을 완화시키기 위해 무던히 노력했다.

"지저분한 전 남자 친구와 관련해서 차화준은 모재은의 명백한 슈퍼맨이지?"

"어, 음……."

"게다가 문서희와의 시작도, 끝도, 다 모재은 때문이지?"

"무, 무슨……. 그건 억지죠!"

"그래, 모재은이 억지라면 억지지."

"뭐, 뭐!"

"그런데 나는 그 억지, 앞으로도 계속 부릴 생각이야. 그러니 어느 정도 적응해 두는 게 좋을 거야."

"아니, 선배! 왜 그걸 제 탓으로 돌려……."

"대신 내가 너의 그 절박한 시간을 보상해 주면 되는 거잖아."

말이 좋아야 보상이지, 넘쳐 나는 분기를 해소하지 못해 답답한 그의 머릿속에는 오만 가지 생각들이 전술적으로 펼쳐지고 있었다.

"열이 확 뻗쳐 참을 수가 있어야지."

그녀가 말하는 무한 화준교의 몇몇 인물들과 잊으려야 잊을 수 없는 박한수의 낯짝이 눈앞에서 너풀거린다. 모재은이 생각하는 다정한 차화준의 껍데기를 쓰고, 온화하게 웃고 있으나 그의 안광은 서늘하기 그지없었다.

"나를 향한 그 부담감이 네가 말한 시간 때문이라면, 피차 할 말은 없지만 해 줄 수 있는 건 많지."

졸업식 이후 연락 한 번 없던 섬약한 모재은의 마음은 무한 화준교라는 미명에 온갖 억압을 받아 왔다. 그녀의 첫사랑마저 포기하게 한 그들을 용서하기 어려운 화준의 마음이 새까맣게 타들어 갔다.

"내가 그 부담."

언젠가 민수 선배를 통해 전해 들었던 모재은의 수줍은 첫사랑 이야기가 신약처럼 느껴졌던 시간이 있었다.

"하나씩, 하나씩 다 제거하면 되는 거 아니야?"

그녀의 소식을 날름 받아먹으며 갈증을 해갈하던 그 시절. 마음조차 가난해서 기댈 곳이 절실했던 그 시절. 누군가의 강압이 아니었다면 그의 6년이 애처로운 순애보가 되는 일은 없었을 텐데.

　재은은 지난 시간을 비탄하는 그를 물끄러미 바라보았다. 사뭇 달라진 분위기가 위압적으로 느껴졌다. 웃음기가 털끝만큼도 없는 목소리는 짜증스러웠고, 설핏설핏 드러나는 굳은 얼굴은 극악한 그의 심기를 짐작하게 했다.

　이 순간이 겸연쩍은 재은은 애먼 허공을 바라보며 마른 입술을 혀로 쓸었다.

　"모재은은 혀도 예쁘네."

　그때 턱을 괴고 있는 그가 넌지시 그녀를 바라보며 말한다.

　"다 훔치고 싶게."

　고개를 좌로 움직였다가 다시 우로 꺾는 그는 눈앞의 그녀를 다방면으로 살펴보았다. 재은은 부담스러운 그의 시선을 피해 이리저리 고개를 저었다.

　"디스카운트 싫어하시는 분이 훔친다는 게 웬 말이에요?"

　"그게 싫으면 정가 판매라도 해 줘, 바겐세일은 바라지도 않으니까."

　"저, 저요?"

　"어, 너."

　"……어."

　"어는 반말이라니까."

　당황한 재은이 쩝 입맛을 다시며 입술을 삐죽거린다. 그 모습을 유심히 바라보는 그의 입꼬리가 씩 말아 올라갔다. 그녀를 바라보는 것만으로도 당연하게 미소가 번지니.

　"그래서 정가 판매, 가능해?"

　조금 전의 분노가 봄눈 녹듯 사르르 사라지는 것도 당연했다.

　"부족함 많은 모재은이 어떻게 정찰제를 실시해요?"

　"뭐, 파격 세일이라도 하겠다고?"

　"아뇨. 제가 뭐라고요."

　말과 함께 그녀의 시선이 화준을 향했다. 긴 시간 염증처럼 달고 있던 트라우마가 홍로점설같이 사라지는 건 아니지만 그의 눈빛에 일순간 그녀의 마음이 편안해졌다.

"인간관계에 조예가 없는 모재은은 덤핑 세일이 맞는 말이겠죠."

"그 말은 모재은이 부도라는 건가?"

한 떨기 목련꽃처럼 순백한 모재은의 가슴속에서 계절의 순리처럼 돋아나는 차화준은 움싹이었다. 한겨울처럼 시린 그녀의 마음에 완연한 봄기운을 불어넣는다.

"잘됐네."

미적지근한 살바람이 불어온다.

"차화준이 또 알아주는 건실 기업이잖아."

재은은 가슴속에서 꿈틀거리는 뜨거운 무언가를 느꼈다.

"그럼 부실 기업 같은 모재은, 내가 인수 합병하면 되겠네?"

아물었다고 생각했던 지난날의 상흔이 채 가시지 않은 모양이다.

"괜찮지 않나?"

부담스러운 화준의 태도에 마음이 욱신거렸다.

chapter
05

한 번은 입고 있던 속옷을 선배들에게 빼앗긴 적이 있었다. 그들은 억지로 벗겨 낸 그녀의 속옷을 조재민에게 넘겨 주며 음란한 소문을 퍼뜨리고 다녔다. 아직도 재은은 잊으려야 잊을 수 없는 박태린과 홍미주의 이름 석 자를 주현의 입을 통해 듣곤 했다.

박태린은 몇 달 전 남자 친구와 약혼식을 올렸고, 그럭저럭 평탄하게 살아가던 홍미주는 최근 자신의 이름을 건 카페를 오픈했다고 했다.

"화났어요?"

집으로 돌아가는 길. 자세한 설명을 원하는 그에게 모재은의 수난 시절을 용기 내서 털어놓았다.

"나?"

듣는 내내 말이 없던 그가 외려 놀라 하며 물었다.

"네, 선배요."

"아니. 화 안 났는데."

거짓말. 재은의 의심스러운 눈초리가 그를 향했다. 난폭 운전을 하는 것도 모자라 거칠게 클랙슨을 내리치는 화준은 차에 오른 뒤로 곧잘 신경질을 냈다.

"네, 화내지 마세요."

안 그래도 충분히 무서우니까.

"내가 화를 내? 미쳤다고, 모재은 앞에서?"

토끼몰이가 한창인데, 설마 차화준이 화를 낼까.

"욱한 거지, 아주 잠깐."

그녀를 안심시키는 그의 표정은 아주 조금 얼어 있었다. 아주 오래 전 민수를 통해 들었던 그녀의 이야기가 신기하게도 생소하게 들렸다. 마치 처음 듣는 이야기처럼 듣는 내내 화가 끓어 도통 참기가 어려웠다.

"모재은도 알지? 차화준이 모재은 한정 알아주는 구원 투수라는 거."

다 잡은 토끼를 이제 와 허무하게 놓칠 수는 없었으니까.

"그, 그랬죠……."

"그랬던 게 아니라 여전히 그런 거지. 그렇지?"

"네. 뭐 그렇죠."

"알면 다행이네. 그래서 계속 말해 봐."

취조 받는 범인처럼 재은은 술술 사실을 실토했다. 집 앞에 도착할 때까지 박태린과 홍미주의 만행은 하나도 빠짐없이 화준의 귀에 흘러들어 갔다. 깊은 사색에 침잠해 있던 그는 침묵했다.

"됐고, 그럼 그 새끼는 왜 만난 거야?"

한참 뒤, 대답 없던 그가 질문을 꺼냈다.

"왜, 그 새끼가 널 석 달이나 쫓아다녀서?"

눈에 넣어도 아프지 않을 재은이 왜 그런 파렴치범과 만남을 지속해 왔는지, 문득 궁금해져 단도직입적으로 묻자 그녀의 눈이 휘둥그레졌다.

"……그걸 선배가 어떻게 알아요?"

"내가 또 모재은 잡는 귀신이니까."

"장난치지 말고요! 그걸 어떻게 알아요?"

혼란스러운 재은의 눈동자가 흔들렸다.

"설마 정말, 제 뒷조사했어요?"

"전에도 말했잖아. 난 실례하고 싶지 않은 사람이라니까."

"지금 그게 중요한 게 아니잖아요! 그리고 실례는 충분히 많이 했거든요!"

"무슨 소리야? 실례는 네가 더 했지. 술에 취해 멀쩡한 사람한테 입맞추……."

"악! 그만! 대화가 왜 그렇게 이어지는 건데요?"

그녀의 집 앞에 도착해서 멈춘 차체가 흔들린다. 대지를 꿰뚫는 재은의 목청에 화준이 놀란 얼굴을 한다.

"왜, 과거 회상. 좋잖아."

"선배한테나 아름다운 기억이지, 저한텐……."

"그럼 모재은도 아름다운 기억으로 남겨 두면 되겠네."

"하, 선배!"

"정 껄끄러우면 이 자리에서 아름다운 기억으로 다시 채색하는 것도 나쁘진 않겠다."

화준의 간명한 말에 재은이 경악했다. 짓궂은 말에 재은의 얼굴이 순식간에 달아올랐다. 안 돼, 말리지 마. 안 돼, 모재은!

"아, 알았어요! 다 알겠는데…… 대체 그건 어떻게 알고 있는 거예요?"

믿을 수 없는 그녀의 시선이 다시금 그를 향했다. 이상하다. 주현이 아니고서야 인간관계의 교류가 전혀 없는 그녀의 이야기를 놀랍게도 그가 알고 있다. 생각해 보니 전에도 그랬다. 박한수와의 만남이 소개팅으로 시작됐다는 것을 잘 알고 있다는 듯 말하던 그가 떠올랐다. 가뜩이나 혼돈에 빠진 그녀에게 어려움이 가중됐다.

"싫어, 말 안 할 거야."

이중 첩자 같은 민수 선배의 신변 보호를 위해 그가 작정하고 입에 지퍼를 채웠다.

"너무하신 거 아니에요? 맛보기라도 주세요, 그래야 추측이라도 하지!"

속이 바짝바짝 말라 가는 재은이 날카롭게 소리쳤다. 의심을 증폭시키는 화준으로 말미암아 애타는 그녀 마음이 때아닌 가뭄에 시달렸다. 단비라도 좋았다. 해갈이 다급한 재은이 앙칼진 음성과 달리 처절한 눈빛으로 그를 바라보았다.

"맛보기?"

화준이 그녀를 돌아보았다. 눈이 마주치자 흠칫한 재은이 홱 고개를 피했다. 그녀의 턱 끝을 가볍게 잡아 억지로 눈을 맞춘 그가 자못 심각한 얼굴로 말했다.

"내가 맛보기 주면."

더없이 진중한 그의 눈빛에 가슴이 열대야를 이뤘다.

"그럼 모재은은?"

한낮의 폭염을 닮은 시선은 뜨겁고, 강렬했다. 재은은 모르려야 모를 수 없는 그 눈빛 속에서 다시 한번 그동안 도외시하던 그의 마음을 보았다.

"평생 맛볼 수 있는 기회라도 주나?"

짙은 시선 속에 진심이 가득했다.

"홍미주랑 박태린은 도저히 용서를 못 하겠다."

일도 뒷전으로 하는 남자는 다시 찾은 첫사랑을 위해 곰곰이 생각하고, 또 생각했다. 충분한 대가를 치르게 했음에도 성에 차지 않는 그는 출근과 동시에 그녀들의 행적을 조사할 것을 조 실장에게 지시했다. 그의 명령이 떨어지고 얼마 지나지 않아 조 실장은 일목요연한 보고서를 제출했다. 그런 조 실장의 능력에 감탄할 새도 없이 화준은 까무룩 수심에 잠겼다.

결혼을 앞둔 박태린의 약혼자와 바람난 홍미주. 심지어 파렴치한 홍미주는 최근 자신의 이름을 간판으로 내세우며 작은 카페를 개업했다고 한다. 확, 그 건물을 사들일까 싶던 화준을 수화기 너머의 민수는 부지런히 달래 주었다.

─그만하면 됐지, 뭘. 너 때문에 걔들 취업도 못 하고 변변찮게 사는

거 뻔히 알면서.

"인과응보야, 뿌린 대로 거둔 것뿐인데 엄살은."

─됐어, 네가 굳이 안 그래도 걔들 이미 파국이다. 파국. 참, 그건 그렇고 너 이렇게 여유 부리고 있어도 되는 거냐?

"음?"

─기사는 봤어? 지금 난리 났다. 백제 호텔 차화준 부사장의 삼류 로맨스라고, 사진도 뿌려졌던데. 얼굴은 모자이크 처리됐다지만 암만 봐도 차화준과 모재은이란 말이지.

잠자코 민수의 말을 듣던 화준이 눈썹을 꿈틀거린다. 듣기 거북한 단어가 그의 심기를 불편하게 했다.

"일류면 일류지, 삼류는 뭐야?"

6년 만에 재회한 재은과의 연애 시작까지 얼마 남지 않았음을 믿어 의심치 않는 그가 불만을 토로한다.

─지금 그걸 따질 때야?

"그걸 따지지, 뭘 더 따질 게 있나?"

─됐고, 정신 차려라. 너야 뭐 심심할 때마다 언론에 오르내리는 인사라지만 재은이는 아니야. 많이 놀랐을 텐데, 네가 좀 잘 달래 줘. 전처럼 어쭙잖은 말장난으로 애 속 긁어 놓지 말고.

무슨 소리? 지금 순간을 기회 삼아 모재은의 속을 더 긁었으면 긁었지, 이대로 물러날 순 없다. 토끼몰이에 힘쓰는 그의 포획망에 순진한 모재은이 제 발로 걸어 들어오기를 손꼽아 기다리는 화준의 입매가 예쁘게 휘어졌다.

"선배도 알다시피 재은이가 좀 복권이야? 긁는 재미 쏠쏠한 복권이지."

─로또 시대에 복권이 웬 말이야.

"내가 좀 아날로그 해, 좌우지간 다시 전화할게."

서둘러 대화를 갈무리한 그가 집무 책상 위에 휴대폰을 내려놓자 기다렸던 조 실장이 그 앞으로 다가와 묵례했다.

"······모든 언론사의 기사는 사장님께서 막은 상태입니다. 부사장님 관련 이야기가 더 이상 기사화되는 일은 없을 테니 염려 놓으시죠."

듬직한 비서실장의 말에 그가 투덜거렸다.

"그게 문제야, 그게 가장 큰 염려고. 멀쩡한 기사는 왜 통제하는 거야?"

모재은을 대번에 낚을 기회가 그룹의 이미지로 하여 소실됐다.

"대원가의 보수적인 이미지에 맞지 않는 행실은 철저하게 금하라는 회장님과 물산 차 사장님의 지시가 있었습니다."

"보수적인 가풍을 중요시하는 분들께서 정략결혼을 강요하니 그거, 참 문제가 심각하네. 조 실장도 그렇게 생각하지?"

완벽한 언행 불일치. 정실 주의를 기피한다는 대원의 오너들은 협력 관계에 있는 JS 그룹과 꾸준히 교류하며 그와 문서희의 혼담을 기정사실로 굳혔다. 탐욕스러운 문 회장의 걸태질에 도움이 되고자 그러는 것인지 전부터 부모님은 문서희에게 꼼짝도 못했다.

물론 그녀로 하여 벌어진 불상사를 겪은 후 깔끔하게 정리된 그녀와의 관계이니 아무렴.

화준은 생각했다. 만약 민수를 통해 전해 듣는 재은의 소식이 아니었다면 어땠을까. 상상만으로도 끔찍한 화준이 부르르 어깨를 떨며 포털 사이트를 확인했다.

누리꾼 제보, 백제 호텔 차화준 부사장의 삼류 로맨스
속보 — 희비 엇갈린 옛 연인 문서희 법정 싸움, 차화준 부사장 꽃길

방금까지 재은과 관련된 기사를 꼼꼼하게 확인하던 그가 고요히 미소 짓는다.

"백제 면세점 신규 광고 모델로 발탁된 신보라 씨와 미팅 건, 오늘 저녁입니다."

조 실장의 사무적인 보고에 그가 유유히 고개를 끄덕였다.

"적당한 곳으로 예약해 두었습니다."

"수고가 많아요. 참, 조 실장. 하나만 더 부탁하자."

시선을 화면에 고정시킨 채 말하는 그가 의미심장한 미소를 흘렸다.

"사람 좀 알아봐요."

억울한 시간을 보상받기 위한 상사의 눈빛이 예사롭지 않아 조 실장은 고개를 갸웃거렸다.

"홍미주 쪽에 사람 붙여 감시하라는 거지. 불륜 현장을 적나라하게 잡을 수 있는 최고의 한 컷이 가장 중요하니까, 되도록 그 바닥에서 오래 종횡한 사람으로 투입시키고. 웬만하면 빨리 끝내죠."

그래야만 공들인 토끼몰이가 끝나고, 모재은을 방목하는 날이 찾아올 테니까. 얼마 남지 않은 토끼몰이에 박차를 가하려는 계획은 치밀하고, 전략적으로 준비되고 있었다.

모자이크 처리가 된 채로 떠도는 재은의 사진을 보며 웃음을 감추지 못하는 그의 가슴은 기대감으로 물들어 갔다. 빈틈없는 공격 전술은 오직 모재은을 쟁취하기 위한 목적이었다.

실속 없는 한수는 항시 겉치레를 중요시했고, 배보다 더 큰 배꼽으로 명품을 수집하는 취미를 가졌다. 허무하게 헤어진 재은은 모르겠지만 오렌지푸디스트 임직원들이 출자한 '대한 금고' 운영 담당자로 근무 중인 그는 나은을 만날 때 즈음부터 그 자금을 횡령해 개인적으로 유용했다.

대한 금고 계좌에서 100만 원을 빼내 쓴 것을 시작으로 지금까지 열다섯 차례에 걸쳐 1억 원을 빼돌렸다. 그는 직원들이 상부상조 정신에 입각해 마련한 자금을 나은과의 데이트 비용으로 흥청망청 뿌리고 다녔다. 평소 가깝게 지내는 직원 동료들의 시선을 피해 범죄를 저지른 한수는 근무 중에는 내내 마음을 졸이다가도 나은을 보면 언제 그랬냐는 듯 안정을 되찾곤 했다.

그는 1년을 만난 재은보다 이제 만난 지 한 달 남짓 된 나은이 훨씬 좋았다. 감정적인 교류는 확실히 재은보다 적었으나 육체적인 교감에 있어 나은은 재은과 비교할 수 없을 정도였다. 목석같은 재은은 남녀 간의 성적 행위를 병적 수준으로 기피했다. 대학 시절, 괴롭힘을 당했던 그녀의 아픈 과거를 알기에 처음에는 이해하고 넘어갔다.

그렇게 3개월이 지나고, 4개월이 지났다. 얼음 같은 재은은 좀체 한수에게 녹아들지 않았다. 몇 번이나 애걸복걸하는 그에게 끝까지 재은은 매정하게 굴었다. 그때 한수는 생각했다. 그에 대한 그녀의 마음은 사랑이 아니었다. 긴 시간 겉돌던 그녀는 단지 외로움을 해소할 상대가 필요했을 뿐이다. 그 시기에 지인의 소개를 받아 연이 닿은 한수는 그녀에게 더할 나위 없는 맞춤형 말동무였다. 재은과 마찬가지로 사람들의 미움을 받아 팔방색을 면치 못하던 한수도 학창 시절 내내 고독한 시간을 보냈고, 사회생활을 시작하기 전까지 패배감에 찌들어 살았다.

"하, 어이가 없네."

그래도 여자 친구라고 고상하게 대해 주었더니. 이제 와 이런 식으로 뒤통수를 휘갈겨? 애초부터 두 사람 사이에 간극을 만든 건 자신이 아닌, 그녀였다.

"뭐? 차화준의 여자 친구?"

그녀와 차화준 부사장의 관계를 묻기 위해 찾아간 상국 제강의 본사 인근에서 한수는 수치심을 느꼈다. 자신을 업신여기던 재은의 태도와 차화준 부사장의 경멸 어린 눈초리가 생각하면 할수록 그를 치욕스럽게 했다. 더욱 열이 받는 건 결국 그날 그녀에게 자초지종을 물을 수 없었다는 것이다. 신출귀몰하게 나타난 차화준 부사장 때문에 다 망했다. 다 망했어.

"돈 많은 차화준이 뭐가 아쉬워서 너 같은 걸 만나겠니, 모자란 재은아. 하여튼 둘 다 한심해서는."

유부녀가 된 옛 연인과의 치정으로 백제 호텔의 이미지를 더럽힌 무능한 차화준 부사장이 한수는 혐오스러웠다. 그런 그와 만남을 갖고 있는 모재은은 두말할 것도 없었다. 그녀와 나누었던 1년간의 정이 잘게 바스러진다. 남은 것이라곤 상대에 대한 분노와 속절없는 증오심뿐이었다.

"이 사진 속 여자가 모 주임이라는 소문, 사내에 횡행한 거 알지?"

"어머! 이 옷, 어제 모 주임이 입은 옷이 맞는 것 같은데."

엊저녁, 그녀와 박한수의 치정 싸움을 화제로 다루는 언론은 도떼기 시장을 방불했다.

시끌벅적한 언론사는 모 사이트에 게재된 두 남녀와 차화준 부사장의 도촬 사진을 기사 사진으로 띄우며 세 사람의 관계를 1면 머리기사로 보도했다. '백제 호텔 차화준 부사장의 열애설'이라는 대목과 이혼 소송을 밟고 있는 문서희와 희비가 엇갈린다는 헤드라인이 어찌나 인상 깊던지, 졸음이 채 가시지 않은 재은의 의식을 강렬하게 일깨워 주었다.

옛 연인의 갈라진 행보에 언론사 및 각계각층 인사들의 관심이 주목되었다는 보도 기사. 기상과 동시에 버릇처럼 휴대폰을 확인한 재은은 '차화준 부사장의 열애설'을 직접 확인한 후 탁, 소리 나게 무릎을 쳤다.

차화준 부사장 영접 글을 비롯해 그의 새 연인으로 유추되는 일반인과 그녀의 전 남자 친구의 치정 싸움 일화까지 게시글이 우후죽순으로 쏟아졌다. 결국 모든 포털 사이트를 휩쓸며 검색어 1위에 등극했다. 얼마 전 JS 문서희의 음란 동영상 파문으로 구설수에 올랐던 화준은 두 번째 곤욕을 치르게 됐다.

게시글이 업데이트 된 지 고작 3분 만에 세 사람의 사진이 비공개 처리되는 놀라운 현상을 눈으로 확인한 재은은 절망했다. 분명 백제 호텔 측에서 동분서주하며 기사화를 막았을 테지.

"정말 아니야? 누가 봐도 모 주임인 것 같은데?"

누구를 탓해야 할지 모르겠다. 이번 논란에 대해 시시비비를 가리자면 물론 화준이 받은 피해가 어마어마할 테다. 호텔 측에서 직접 그의 열애설을 물으려 하는 것을 보면 간과할 수 없는 사고인 게 분명했다.

미치고 팔짝 뛰겠다. 정의로운 차화준을 탓해야 하나, 구질구질한 박한수에게 모든 책임을 전가해야 하나. 박한수와의 더러운 치정 문제가 또 다른 연인을 낳은 꼴이나 진배없는 상황을 대체 어떻게 해결하면 좋을까?

재은은 차화준과의 기막힌 열애설로 둔갑한 어제 일을 생각하며 포옥 한숨을 내쉬었다.

"아네요, 절대 아니에요."

그녀를 추궁하는 박 팀장을 달래 놓고, 매무새를 다듬는 재은은 간만에 외근으로 사뭇 긴장한 기색을 보였다.

재은이 근무 중인 상국 제강은 내달 기관 투자자를 대상으로 기업 설명회를 열고, 중기 성장 전략 및 사업 계획을 발표한다. 관리부 소속인 재은은 대외적인 의전 업무까지 담당하고 있었다.

글로벌스태프들이 한자리에 모이는 이번 기업 설명회는 상당한 규모를 자랑했다. 영업부 사원 및 해외 바이어까지 총출동할 예정이니 어느 때보다 신경 써서 준비해야 하는 게 맞았다.

의전 준비를 위해 여의도 워스트 호텔을 찾은 재은은 의전 업무에 성실히 임하면서도 집요하게 묻는 박 팀장에게 성실히 대답해 주었다. 네, 아니요, 네, 아니요, 가 전부인 대답인 데도 속이 타고, 입이 바짝바짝 말랐다.

"그 남자 친구랑 헤어진 거야?"

회계팀 최 주임의 소개로 만난 박한수를 익히 알고 있는 박 팀장의 말에 재은이 콧잔등을 찡긋거렸다.

"맞네, 헤어진 거. 그럼 그 사진 속 다른 남자는 그이야? 한수 씨?"

"씨라고 붙이지도 말아요, 팀장님. 그리고 그 사진, 저 아니래도……."

"어머, 두 사람 사이가 그 정도로 각박해졌어?"

다시 생각해도 속이 쓰라리도록 끓고, 또 끓는다. 쇠도 녹일 기세로 솟구치는 그녀의 분노는 맹렬했다.

"어후, 괜히 덥다. 이제 완연한 봄인가 봐."

박 팀장의 말에 화준의 얼굴이 문득 눈앞을 스쳤다.

"얼른 끝내고 퇴근하자."

시시각각 요변하는 그의 존재가 때때로 바람이 되어 그녀의 곁을 찾아오는 것은 아닐까. 꼭 그가 곁에 있는 것만 같은 착각을 느꼈다.

"모 주임은 여기서 바로 퇴근할 거지? 난 회사 들려야 해서 의전 차량 타고 돌아가야겠다."

"네, 그러려고요. 팀장님은 왜 바로 안 가시고요?"

"장학 재단에 처리해야 할 업무가 남아 있거든."

웨스트 호텔 측 인사 담당자를 만나 연회장 대여부터 성대한 의전 준비를 마친 재은은 전쟁과 같은 하루를 끝내고, 안도의 한숨을 내쉬었다. 일에 집중하지 못해 간혹 실수를 했으나 업무적 고비는 무사히 넘겼으니, 다행이긴 하다.

하지만 걱정을 놓기는 일렀다. 그녀에게 닥친 현실의 장벽은 첩첩산중이었다. 문제 하나를 해결하면 다른 문제가 앞을 가로막으니 어떻게 하면 좋을지 모르겠다. 열애설 논란과 관련해 화준과 긴히 나눌 말도 있는 터였다. 그에게 연락해 보는 게 좋으려나. 내심 그가 걱정되면서도 원망스러운 재은의 마음이 오리무중에 빠졌다.

"오찬까지 확인하고 퇴근하자."

박 팀장의 지시가 떨어지고, 재은이 죽어 가는 목소리로 대답했다.

"네, 팀장님."

"허억, 헉, 나은아. 너무 좋다……."

웨스트 호텔 고층에 위치한 스위트 룸. 꿀단지 같은 여자의 몸을 허겁지겁 탐식하는 한수의 숨소리와 나은의 교성이 어지럽게 뒤섞여 침실을 가득 메운다. 천장에 매달린 샹들리에의 불빛이 은은하게 비춰지는 킹

사이즈 베드 위에 헐벗은 두 남녀의 몸이 하나인 양 얽혀 절정을 향해 내달렸다. 허리에 휘감긴 나은의 다리를 쓸어내리며 한수가 그르렁거린다.

"오빠……!"

미성에 가까운 나은의 음성에서 사그라들지 않은 욕망을 느꼈다. 한수가 빙그레 웃는 얼굴을 추켜들자 나은이 덩달아 미소 짓는다.

"정말 그 여자랑 끝난 거야?"

"그렇다니까. 나 못 믿어?"

"그럼 인터넷에 나도는 사진은 뭐야? 오빠 아니야?"

나은의 어깨를 꽉 끌어안은 한수가 그녀의 어깨 위로 바짝 몸을 포갰다.

"그럴 리가! 절대 아니지! 나은이도 알겠지만 난 너밖에 없어. 애초부터 그 여자한텐 마음도 없었거든."

"흥. 정말이야?"

"그럼, 그럼. 정말이지."

쪽, 그녀의 뺨에 입을 맞춘 그를 흘겨보는 나은은 부러 뾰로통한 얼굴을 하다가 이내 표정을 풀었다. 불만을 지운 그녀의 눈매가 상글거리며 휘어진다. 세련된 마스크와 유혹적이고, 도발적인 눈매는 언제 봐도 관능적이었다.

"으응, 오빠……."

나은은 그윽한 눈빛으로 그를 내려다보며 상체를 낮췄다. 저절로 벌어진 그의 입안에 탄력적인 가슴을 밀어 넣으며 그녀가 속삭였다.

"내가 오빠 많이 사랑하는 거 알지?"

극심한 욕망을 느끼며 나은이 야릇한 목소리로 말했다. 몸을 낮춘 그녀의 둔부가 꼿꼿이 선 그를 꽉 물었다. 한수는 연거푸 쾌감을 토해 냈고, 나은은 찢어질 듯한 교성을 내질렀다.

"하아, 오빠, 나, 가지고 싶은 게 있어……."

야릇한 신음에 파묻힌 물욕이 추악했다.

"그럼, 나은아, 조금만……. 조금만 더!"

한수는 굴곡이 도드라진 그녀의 허리를 잡고, 사정없이 몸을 튕겼다. 충만한 결합을 위한 움직임이 점진적으로 격렬해졌다. 물고기처럼 유연하게 움직이는 나은의 몸놀림이 과감해지고, 율동성을 가진 교합 부위를 가볍고 경쾌하게 흔들 때마다 명치가 뜨거워졌다.

"아, 아앙! 사 줄, 흐응, 거야?"

살이 격렬하게 맞물리는 소리가 침실 가득 퍼지고, 은밀하게 묻는 나은의 간교한 목소리가 뒤이어 번졌다. 향락적 쾌락의 세계로 인도하는 그녀의 테크닉에 한수가 무작정 고개를 끄덕거렸다. 뭐든, 뭐든 다 내어 주겠다. 간이고 쓸개고 구분 짓는 법 없는 멍청한 남자의 승낙에 나은의 붉은 입술이 씩 말려 올라갔다.

세 차례의 관계 후 완전히 탈진한 두 사람이 서로를 끌어안은 채 여유를 만끽했다. 저녁 8시가 되자 자연스레 허기가 졌다. 옷을 갖춰 입고 룸을 나선 두 사람의 입가에 웃음꽃이 만개했다. 한수는 나은과 정담을 나누며 로비를 지나쳤다.

백제 면세점 신규 모델로 발탁돼 사업차 연을 이어 온 보라와 화준이 가볍게 인사치레를 나누며 의례적인 대화를 나누었다.

"예전에 그런 소문, 있었잖아요."

한참 사무적인 대화를 주고받는데 느닷없이 그녀가 화두를 꺼냈다.

"어느 기업가 회장님께서 말씀해 주시기를, 문서희 씨의 집착이 굉장하다면서요?"

싱긋 웃으며 말하는 그녀와 달리 화준은 일말의 표정 변화도 없었다. 신사적인 남자이면서도 냉철하고 시니컬한 경영인답게 그는 공사를 철저하게 구분 지었다.

"두 분, 그렇게 헤어지고 부사장님께 접근하려던 여자들 가지처럼 쳐내던 게 문서희 씨라는 말도 돌고."

화준은 한시라도 빨리 이 시간이 끝나기를 바랐다.

"그 말이 정말 사실이에요?"

신보라의 방정맞은 말은 일방적으로 계속되었고, 대답 없는 그의 눈은 초조하게 손목시계를 힐끔거렸다. 감으로 때려 맞춘 모재은의 퇴근 시간은 7시쯤이었다. 벌써 시곗바늘은 8시를 향해 달리고 있었다.

어딜 가도 차화준의 열애설로 시끄러웠다. 이 사실을 알면서도 연락한 통이 없는 토끼를 사냥하기 위해 그가 돌연히 자리에서 일어났다. 의아한 빛을 띤 눈빛으로 자신을 올려 보는 신보라에게 짧게 인사하고 돌아선 그가 다음 미팅을 기약하며 그대로 외식가를 떠났다.

신보라를 독대하고, 1층으로 내려온 화준이 자연스럽게 휴대폰을 꺼냈다. 너무도 당연하게 재은의 번호를 찾아 누르는 순간이었다. 부정하고 싶은 현실에서 도망쳐 제 발로 밀렵을 찾아온 섬약한 그녀의 뒷모습이 눈에 들어왔다. 인연은 어떻게든 다시 만나게 돼 있다. 향도에서의 첫 번째 우연이 워스트 호텔로 이어질 줄이야.

"미치겠다, 모재은."

그녀의 빼어난 형상을 찾아가는 그의 입가에 스르르 미소가 번졌다.

"하, 세상에……."

로비를 가로지르던 재은은 익숙한 두 남녀의 실루엣을 확인하곤 경악했다. 박한수와 그의 새 연인이었다. 악연도 이런 악연이 없다고 생각했다. 애초부터 박한수와는 인연이 아니었던 모양이다. 긴 따돌림 끝에 스스로 외톨이가 되기를 자처했던 재은은 알게 모르게 자신을 가두었다. 그나마 박한수를 대하는 태도는 달랐다. 콕 집어 그를 좋아한다 말하기는 어려웠으나 재은은 자신과 같은 아픔이 있는 그에게 묘한 동정을 느꼈다.

박한수를 보면 꼭 저를 보는 것 같았다. 조금 다른 점이 있다면 그는 사랑에 목마른 사람이었다는 것이다. 과분한 선배의 사랑이 부담스러워 자꾸만 도망치는 그녀와 다르게 그는 외려 사랑을 갈구했다. 어쩌면 한

수도 어쩌면 누군가의 생산적인 사랑과 관심이 필요했던 건지 모르겠다. 때때로 그것은 동물적 섹스가 되기도 했고, 물질적 행복이 되기도 했다. 하지만 그의 말대로 목석같은 모재은은 그런 박한수의 마음을 온전히 충족시켜 줄 수 없는 사람이었다.

"열애설은 차화준이랑 났는데."

혼란스러운 눈빛으로 두 남녀를 지켜보던 재은이 소스라친다. 거칠게 뒤를 돌아보자 생글생글 웃고 있는 화준이 보였다.

"뭐, 뭐야! 뭐예요!?"

"다른 놈한테 눈길 주는 성미, 고약한 거 알지?"

오늘 새벽에 막 터진 뜨끈뜨끈한 열애설도 잊고, 맞붙은 두 사람이 각기 다른 얼굴을 하며 서로를 바라보았다.

"지나친 우연은 인연이라더라. 우리 인연인가 봐."

"거짓말! 우연 아니잖아요! 나 여기 있는 건 어떻게 알았어요?"

두 사람을 힐끔거리는 사람들의 시선도 잊은 채 재은이 빽! 소리쳤다.

"설마 저 미행하신 거예요?"

지금까지 보여 준 화준의 모습을 보면 가능성이 있는 말이었다. 그리고 그녀가 아는 차화준이라면 충분히 그러고도 남을 사람이었다. 어쩌면 그녀의 일거수일투족을 모두 꿰고 있는지도 모르지.

"위치 추적기라도 달아 놓은 거예요? 어, 어떻게 여, 여기서……."

경악한 재은이 입을 틀어막았다.

"뭐, 마음만 먹으면 지뢰 같은 모재은 탐색하는 것 정도야 금방이지."

부드럽게 미소 지으며 그녀 앞에 선 그가 말했다.

"그런데 말은 바로 하자."

"……."

"매번 내 눈에 띈 건 너잖아."

"무슨!"

"이 정도면 '인연' 아닌가?"

"거짓말! 거짓말이죠?"

"정 싫으면 '운명' 하든가."

두 사람을 지켜보는 사람들의 시선이 늘어나고, 웅성거리는 목소리가 커졌다. 열애설을 언급하는 사람들의 대화가 깊어 갈 때쯤 재은이 현실을 자각했다.

"아니면 '숙명' 할까?"

긴장한 재은의 이마에 송골송골 땀이 맺혔다.

"그런데 어떡해, 사람 인연이 그물이라면 모재은은 차화준에게 딱 걸렸는데."

거북스러운 사람들에 재은의 어깨가 움츠러든다. 소란스러운 호텔 로비가 북새통을 이루고, 홀로 여유로운 화준이 그녀의 굽은 어깨에 자연스럽게 팔을 둘렀다.

"내가 그물도 없이 고기만 탐내는 형편없는 놈은 아니거든."

그의 운명에 끼어든 모재은은 팽팽하게 켕기는 대어였다.

"모재은, 제대로 월척이네."

말과 함께 그가 슥 그녀의 어깨를 잡아끌었다. 어머! 까무러친 사람들의 눈이 누가 먼저랄 것 없이 휘둥그레지고 기함한 얼굴은 오간 데 없이 사라졌다. 잔풍에 떠밀린 한낱 열애설이 단순한 소문이 아님이 증명되는 순간이었다.

"또 도망갈 건 아니지?"

지켜보는 관전자들이 일제히 휴대폰을 꺼내 들었다.

"아뇨, 선배. 말이 오묘하신데 제가……."

"네가 책임져야 할 게 한두 가지가 아닌 건 잘 알겠고. 우선은 도피부터 하자."

"뭐, 뭐……."

"여기저기로 네 얼굴이 팔려 나가는 건 나도 싫다."

은연히 주위 시선을 의식하고 있던 화준은 상황 파악을 마치는 대로 걸음을 서둘렀다. 마음 같아선 차화준의 모재은을 대외적으로 공개하고 싶었으나 논란이 불거져 난감해하는 그녀의 얼굴을 굳이 보고 싶지는 않았다. 평범한 모재은의 보통의 날을 존중하는 화준이 돌아서 그녀의 오른편에 섰다. 그는 공격적으로 희번덕거리는 카메라 렌즈로부터 재은을 보호하기 위해 비스듬히 어깨를 틀었다.

재은은 자신을 내려다보는 화준의 시선에 어쩔 줄 몰라 손가락만 꼼지락거렸다. 내 얼굴이 여기저기로 팔려 나가는 게 싫다면서, 이게 뭐야. 이 뻥쟁이! 말과 다른 화준의 언행 불일치에 불안감을 느낀 그녀가 난감한 표정을 지었다.

은은히 들려오는 카메라 셔터 소리가 커지고, 걱정도 더욱 커졌다. 도통 놓아 줄 생각이 없는 그의 손은 여전히 어깨를 감싸 안은 채였고, 사람들의 탄성은 폭죽처럼 여기저기서 터져 올랐다.

재은은 질끈 눈을 감았다. 일찍이 출차 되어 있던 차량 앞에 다다르자 그가 자연스럽게 조수석의 문을 열었다. 얼결에 차에 오른 그녀를 보며 픽 웃음을 터뜨린 화준은 그대로 운전석으로 돌아갔다. 차는 금세 호텔 앞을 떠났다.

"어떻게 하실 거예요?"

"뭐가?"

"또 사진 찍혔다고요. 선배, 일부러 그랬죠?"

"그래서 모재은 얼굴은 블라인드 처리했잖아."

"그럼 뭐 해요. 방금 호텔에서 또 도촬 당했는데!"

소주라면 치를 떠는 재은이 웬일인지, 소주 한 잔을 시원하게 들이켰다. 어차피 내일은 주말이었고, 지금 상태로는 술을 먹지 않고 견딜 수가 없었다.

"봤죠. 지금 또 올라온 거 봤죠! 이거 어쩔 거예요. 어쩔 거야."

한남동의 인적 드문 선술집. 그곳을 찾은 두 사람은 한 시간째 언쟁을 벌였다. 붉으락푸르락한 그녀의 얼굴과 달리 화준은 초연했다.

"제대로 좀 봐요. 이것 좀, 좀!"

호텔을 떠난 지 채 10분도 지나지 않아 워스트 호텔에서 두 사람을 목격한 누리꾼들의 일화가 게시됐다. 함께 첨부된 사진 속에는 꼭 붙어 있는 두 사람의 뒷모습이 적나라하게 담겨 있었다. 화질은 또 어쩜 그리 좋은지.

"내가 장담하는데 그 사진 찍은 휴대폰, 대원 전자에서 이번에 출시한 신제품이다. 확실해."

마음 같아선 그가 말하는 대원 전자를 통째로 폭파시키고 싶은 심정이었다. 그의 말대로 그녀는 살아 있는 지뢰였으니까.

"화질이 깨끗하네. 모공 하나 없는 모재은 얼굴이 아주 제대로 담겼잖아."

그런 모재은을 추적하는 탐지기가 그녀 곁을 서성거리는 중이니, 성공 가능성은 현저히 낮으나 도전이라도 해 볼까 싶다.

"아, 그런 거 보지 말구요! 지금은 제 말 좀 경청해 주세요. 이 사태, 어떻게 처리하실 건데요?"

"눈앞에 있는 모재은이랑 똑같아. 기술력 한번 대단하군."

하. 머리가 지끈거린다.

"선배, 여기. 연이어 터진 차화준 부사장의 열애설! 이거 어쩔 생각이냐고요. 이 헤드라인 어떡할 거냐니까!"

"재은아. 나 좀 봐봐."

순진한 재은이 고개를 추켜들었다. 곧장 그의 손이 날아와 그녀의 도톰한 아랫입술을 어루만졌다.

"입술도 탱탱하네. 모재은의 젊음은 영원불변해?"

"한 떨기 들꽃 같은 젊음이에요. 언젠가는 시들……. 아니, 선배. 제발 좀. 우리 얘기 좀 해요."

"해, 듣고 있어."

"거짓말!"

그는 턱을 괸 채 그녀를 지그시 바라보았다. 그녀의 다채로운 표정 변화를 지켜보는 재미가 제법 쏠쏠했다. 혼자 안절부절못하는 모습이 귀엽기도 하고. 모재은의 머리카락마저 씹어 삼킬 것만 같은 그는 눈앞의 그녀의 모습을 빠짐없이 눈에 담았다.

"그래서, 이제 정말 어떡해요……."

속속 눈에 들어오는 그녀를 물끄러미 바라보던 그가 어깨를 으쓱였다.

"진지하긴 해요?"

"진지하게 모재은 구경하는 중인데."

"왜 이렇게 태연해요?"

"이러지도 저러지도 못하는 모재은이 귀여워 죽겠어서."

"내가 귀여운 거랑 선배가 태연한 거랑 대체 무슨 상관이에요?"

"차화준과 모재은의 인연이 운명이고, 숙명이니까 상관 정도야 있지."

무슨 말을 못 하겠다. 묻는 족족 대답하는 그의 화술이 지나치게 대단해서 도저히 말로는 그를 이길 수 없을 것 같았다. 흡뜬 눈으로 그를 노려보던 재은이 빈 잔에 술을 채운다.

"잘 마시네."

시원하게 잔을 비운 그녀를 보며 그가 감탄조로 말한다.

"예전의 모재은이 아니에요."

"그래서 더 매력적인가 봐."

"그건 선배 콩깍지가 엄청 두꺼워서 그런 거예요."

"전 남자 친구에게 씐 모재은 콩깍지보다는 낫지."

"무슨 말이에요, 그 말? 지금 저 한심하게 보는 거 맞죠."

"무슨 소리, 고마워서 그렇지."

애초부터 한심한 그녀의 옛 연인이 아니었다면 두 사람의 열애설이 꼬리를 대며 보도되는 일은 없었을 테다.

"여러모로 쓸 만하던데, 그 친구."

아무래도 그녀의 옛 연인에게 평생 감사하며 살아야 할 것 같다. 토끼몰이의 대미를 장식해 주었으니 그의 은혜에 어떻게 보답하면 좋을까.

"이렇게 된 거 우리도 그냥 연애할까?"

"아, 선배."

"어? 뭐야, 나 지금 여덟 번째 차인 거야?"

"그게 중요한 게 아니래도요."

"그게 중요한 거야."

"그래요, 알았어요. 다 좋아요. 선배 입장 충분히 이해해요. 그래서 선배한테 중요한 게 뭔데요?"

작전을 바꾼 재은이 자포자기 심정으로 물었다. 뭔가 근사한 대답이 돌아오진 않을까, 내심 기대하던 재은의 표정이 확 일그러졌다.

"모재은이 빼도 박도 못하고 있는 게 중요하지."

"……갑자기 불안한 생각이 들었어요. 선배, 설마 그때 그 자리에 나선 거 일부러 그러신 거예요? 물론 제가 위험했다고는 하지만 모르는 척했어도 되는 부분이잖아요. 그 핑계 삼아 등장한 거예요?"

모든 순간이 신중할 수밖에 없는 그는 한 호텔의 부사장이었다. 기하급수로 늘어난 직원들을 거느리며 기업을 경영하는 그가 설마 뒷일도 생각 않고 무작정 그녀 곁에 섰을까, 의심이 불거졌다.

재은을 위해 설치한 치명적인 덫에 그가 자진해서 걸려들었는지도 모른다는 생각도 연달아 솟구쳤다. 모재은이라는 자욱한 안개가 그의 시야를 흐리고, 마음을 홀린 결과물이 혹 이번 열애설은 아닐까.

"굉장히 신사적이고 지극히 인간적인 방법으로 모재은을 쟁취하려는 속셈인데, 들켰네?"

괜스레 불안한 재은의 '설마'가 '역시나'가 되어 버렸다.

"쟁취는 무슨 쟁취요! 사람 한순간 슈퍼스타로 만들어 놓고는 무슨! 신사적인 사람이 나를 언론에 그렇게 공개해요?"

"어쩔 수 없지. 차화준의 여자라고 못을 박아 뒀어야 하니까. 그렇다고 널 내 집에 데려다 놓고 망치질할 순 없잖아. 내가 목수는 아니라서 톱질이나 망치질은 서툴거든."

"……."

"물론 다른 쪽으로는 선수 급이지. 잘 알다시피."

"……와, 말 진짜 잘해."

화준이 습관처럼 그녀의 머리를 쓰다듬었다. 머리를 묶으면 귀엽고, 풀면 예쁘고. 눈을 못 떼게 하네. 은은하게 사랑을 속삭이며 말하는 그가 씩 웃었다.

"어쩌겠어."

머리에서 내려온 그의 손이 마디조차 사랑스러워 씹어 삼키고 싶은 그녀의 손을 맞잡았다. 또 한 손은 그녀의 손에 들린 휴대폰을 뺏어 쥐었다.

"이미 물은 엎질러졌는데."

시선은 차화준 부사장의 열렬한 사랑이라는 헤드라인으로 보도된 화면 속 기사를 살펴보고 있다. 두 번째 열애설이 보도되기 무섭게 회사 측에서 잽싸게 손을 쓴 모양이다. 일파만파 퍼진 두 사람의 사진이 일각에 삭제 처리되었다. 눈 깜짝할 사이에 일어난 일이라 언론의 동향을 살피는 그조차 어안이 벙벙할 지경이었다.

뭐, 아무렴. 흥미진진한 일화는 여전히 포털 사이트를 떠돌아다니고 있으니 크게 상관은 없겠다. 그중에는 워스트 호텔에서 두 사람의 모습을 포착한 누리꾼들의 목격담도 포함되어 있었다. 보고 그냥 지나칠 수 없는 쇼윈도의 진열 상품처럼 목격자들의 시선을 확 잡아끌었다는 생생한 후기와 차화준 부사장 실물 영접 게시글은 장본인인 화준을 웃음 짓게 했다.

연인을 바라보는 차화준 부사장의 눈빛이 더없이 자상하고 애틋했다는 한 문장은 스스로 행동을 돌아보며 깊이 생각하게 했다. 목격자들의 마음에 춘풍을 불고, 아지랑이가 피어오른 그들의 가슴을 송두리째 흔들어 놓은 차화준 부사장의 색다른 모습이 인상적이었다는 말에는 인정한다는 듯 조용히 고개를 주억거리기도 했다. 일반인 여자 친구에 대한 차화준 부사장의 남다른 사랑이라는 대목이 그는 퍽 마음에 드는 모양이다.

"이건…… 반칙이에요."

그새 소주 반병을 해치운 재은이 게슴츠레 풀린 눈을 깜빡이며 말한다. 그에게 잡힌 손을 빼내고, 냉큼 휴대폰을 빼앗는 그녀의 얼굴이 불퉁하다.

"제가 선배의 첫사랑이라는 거 잘 알겠는데, 순 억지잖아요."

"일전에 말하지 않았나? 나는 그 억지라도 부릴 생각이라니까."

그녀와 떨어진 6년, 그 시간을 보상받길 원하는 남자와 그런 남자를 멀리하는 여자의 탐색적 대화가 시작됐다.

"아뇨, 정정할게요. 이건 억지가 아니라 강압이에요. 선배는 지금 저를 무력적으로 갈취하려는 거라고요."

"좋지, 갈취. 그렇게라도 해서 모재은이 마음 주면 더할 나위 없이 황송하겠는데."

"선배. 진짜 고집……."

"재벌들이 제일 잘하는 게 힘쓰는 거야."

그녀의 말을 가로챈 화준이 다시금 턱을 괸다. 은은하게 미소를 흘리는 그의 표정이 안연하다.

"모재은의 말대로 무력 과시를 가장 좋아하지."

"그 말은 곧 재벌 4세인 선배가 무력 과시를 가장 좋아한다는 그 말인 건가요? 그렇게라도 해서 저를……."

"그렇지, 선량한 모재은에게는 미안하지만 열 번 찍어 안 되면 훔칠 생각인데."

재은은 기가 찼다. 일단은 코웃음을 치긴 했는데, 적당한 취기가 감돌기 때문인지 그렇게 말하는 그가 도무지 밉지 않았다.

"이제 두 번 남았네."

한때는 그의 과단성을 마냥 부러워했다.

"모재은도 알지? 통통 튀는 모재은 휘어잡는데 차화준이 선수인 거."

과감한 추진력과 행동력이 누구도 흉내 낼 수 없을 만큼 대단해서 볼 때마다 감탄을 했더라지. 지금도 마찬가지다. 호텔 측에서 적극적으로 그의 열애설을 묻으려 하는 심각한 상황에서도 정작 장본인은 여유로웠다.

재은은 할 말을 잃었다. 그의 미소에 화답하는 심장은 멋대로 부산을 떨고 있고, 다물지 못하는 입술 밖으로는 거푸 탄성이 흘러나왔다. 이번 열애설의 또 다른 피해자인 그녀는 고민했다. 그녀보다 더한 상황에 놓인 화준조차 태연한 마당에 제가 뭐라고 화를 낼 수 있을까.

군이 따지자면 정의로운 의식 구조를 가진 그는 사회의 바람직한 선도자였고, 공공 정신이 뛰어난 사람이었다. 노블레스 오블리주를 실천하고, 솔선수범하는 그는 위험에 처한 그녀를 구원해 준 사자였다. 은인이라면 은인이겠다. 그가 아니었다면 박한수의 보복 같은 손찌검을 피할 재량이 없어 멍청하게 맞고만 있었겠지.

재은이 포옥 한숨을 쉰다. 쉴 틈 없는 그의 휴대폰은 연달아 진동을 울리고 있었다. 가족, 친지는 물론 언론사의 연락을 끊임없이 받고 있는 탓에 화준의 휴대폰은 불이 날 터였다.

난감했다. 여기저기서 걸려 오는 연락을 일절 모른 체하면서까지 그녀에게 집중하는 그를 대체 어떡하면 좋을지 모르겠다.

"그래요, 좋아요. 이번 열애설로 선배가 더 큰 피해를 받는 건 사실이니까."

문득 열애설 보도 기사에 남발되던 댓글들이 떠올랐다. 문서희의 옛 연인의 새 사랑을 축하하는 누리꾼들이 있는가 하면, 음란한 댓글을 악의적으로 게시하는 누리꾼들도 더러 있었다. 그와 문서희를 하나로 묶어 행실을 지적하는 공격적 댓글이 대다수인 악성 글을 보며 재은은 괜히 미안함을 느꼈다. 애초부터 박한수만 아니었다면 그가 지금과 같은 논란에 휩쓸릴 일도, 괜한 욕을 먹는 일도 없었겠지.

"저…… 정말 궁금해서 물어보는 거예요."

기세를 누그러뜨린 재은이 표정을 풀었다. 발음이 어눌해진 그녀가 반 정도 채운 잔을 들이켜며 쓴 소리를 냈다.

"일전에 말했지만 선배는 상품 가치가 뛰어난 사람이잖아요. 반면 저는 아니거든요. 선배가 잘 몰라서 그러는데, 저는 집안 살림부터 차이가 나요. 근본적인 문제부터가 확연히 다른 사람인데 왜 자꾸 저를 고집하시는 거예요?"

알코올 맛을 지우기 위해 물 한잔을 들이마신 그녀가 돌아올 그의 대답을 기다리며 숨을 죽였다.

"상품 가치가 있으니 차화준이 미쳐 구애하는 거 아닌가?"

서서히 눈앞의 그의 실루엣이 흐려졌다.

"반대로 없었다면 그 가치를 높이기 위해 갖가지 방안을 모색하면 된다고 보는데."

고작 소주 한 병에 무너질 수 없는 그녀가 눈을 부릅떴다.

"내 말이 정 그러면 상품 안내라도 해 주든가."

"……."

"체험할 기회라도 제공해 주면 소비자의 입장에서 거시적인 안목으로 판단해 주지, 뭐."

"거짓말."

그래 놓고 냉큼 모재은을 훔쳐 갈 위인이 바로 눈앞의 차화준이었다. 의심의 눈초리로 그를 바라보는 재은이 또다시 잔을 채운다.

"오늘 과음하네?"

술집에 입장한 후로 술 한 모금 입에 대지 않은 그가 점점 붉어지는 그녀의 얼굴을 보며 말했다. 양쪽 볼이 발그레한 그녀를 걱정스레 살펴보던 그가 팔을 풀고, 등받이에 깊이 몸을 묻는다. 게슴츠레한 눈을 보니 적잖이 취기가 오른 것 같기는 한데.

"과음을 안 할 수가 없죠. 바람난 전 남자 친구는 초저녁부터 새 여자 친구와 호텔을 드나들고, 전 유명 호텔 부사장님과 뜬금없는 열애설에 휩싸였는데 술을 안 먹고 버틸 수가 있을까요."

미치겠다.

"저 되게 한심하죠."

취한 모재은의 무방비한 모습이 이토록 무섭게 느껴질 줄이야.

"……생각해 보면 선배한테는 늘 도움만 받는 것 같아요. 선배가 워낙 잘나서 저 같은 애 하나 돌봐 주는 건 일도 아니겠지만."

하얀 블라우스 속 가슴이 그녀가 숨을 쉴 때마다 오르내렸다. 아래로 묶은 머리끈이 느슨하게 풀어져 삐져나온 한두 가닥의 잔머리가 미치게 유혹적이다. 앞머리를 정리하는 가느다란 손가락은 또 어찌나 아찔하게 느껴지는지 모르겠다.

"그런데 선배."

느닷없이 정염이 엄습했다. 관능적인 모재은을 보는 내내 가슴 밑뿌리에서부터 탐욕스런 감정들이 한꺼번에 차올랐다.

"저는…… 선배가 정말 너무너무 부담스러워요."

쾌락을 추구하는 마음은 분명 눈앞의 모재은과 깊이 관계되어 있었다.

"너무너무."

돌아 버리겠다.

"그래도 박한수보다는 나아요. 바람은 안 피우잖아요. 9년 전부터 모재은을 짝사랑했다니."

모바라기네요, 모바라기.

"그래, 그러니까 모재은 기억에서 폐차는 빨리 치워 버리고, 대기 중인 외제 차 몰자."

"오."

"디스카운트는 어려워도 할부는 가능하니까. 개월 상관없이 무이자."

"오, 무이자! 무이자 좋죠. 안 그래도 제가 대출금 이자 때문에 미쳐 죽는 줄 알았거든요."

"그래, 그러니까 빨리 운전대 좀 잡아 줘."

애가 타는 남자의 마음을 전혀 모르는 모재은의 뇌가 흐물거린다. 깔끔하게 소주 두 병을 비웠을 때, 거나하게 취한 재은이 비틀비틀 자리에서 일어났다.

"좋아요, 가요. 운전대 잡으러."

취기에 달아오른 얼굴로 배시시 웃는 그녀가 손뼉을 치며 목청 높여 말했다.

"대신 나도 몰라요. 그 외제 차도 폐차로 만들지. 저 사실 장롱 면허거든요."

터벅터벅 계산대로 향하는 여자의 헛발질은 계속되고, 걱정스러운 남자의 손은 알게 모르게 그녀의 허리를 지탱해 주고 있었다. 둔감한 그녀도 모르게. 지켜보는 사람들의 시선도 잊은 채 차에 오른 재은의 의식은 그렇게 까무룩 암전됐다.

사진부 가입 동기가 셀카를 잘 찍기 위해서라는 모재은의 허무맹랑한 이야기는 다시 생각해도 어이가 없었다. 그렇게 말하던 그녀의 수줍은 얼굴은 또 얼마나 웃기던지, 그날의 모습이 끊임없이 떠올라 그를 난처하게 했다.

4학년 1학기의 어느 날. 동아리실을 찾은 화준은 그곳에서 우연히 재민을 만났다. 차화준과 모재은의 열애설이 한바탕 북새를 떨며 캠퍼스를 뒤집어 놓았기 때문인지, 모재은에 대한 조재민의 관심은 현저히 줄어든 상태였다.

그런데도 그가 눈엣가시처럼 느껴지는 건 지난번 MT 사건이 있었기 때문일 테다. 고약한 박태린과 홍미주의 충실한 '개'처럼 행동하는 것도 물론 마음에 들지 않았다. 아니, 없는 이유를 제조해 갖다 붙일 만큼 화준은 그냥 조재민이 싫었다.

"재민이 안녕."

친근하게 인사하며 입장한 그에게 재민은 90도로 허리를 숙였다. 화준은 당연하게 그의 인사를 받으며 문 앞 소파에 몸을 앉혔다. 모재은의 교양 수업이 끝나기를 손꼽아 기다리는 그는 앙숙 같은 재민을 차가운 시선으로 응시했다. 흠 잡을 데 없는 대단한 남자는 늘 유한 인상을 하고 있었다. 부친을 닮아 배타적인 성향이 있었지만 그렇다고 낯을 심하게 가리지 않았다. 그런 그가 한낱 조재민을 적대시한다는 건 그가 자신의 사람이 아니라는 얘기였다.

"아직도 재은이 좋아해?"

그렇게 묻는 그의 얼굴이 퍽 어둡다. 혹한일수록 더욱 선연한 성에꽃 한 송이가 그의 만면에서 피어올랐다. 화준의 서늘한 눈빛에 긴장한 재민이 꼴깍 마른침을 삼켰다. 어쩐지 싸늘한 전율이 온몸을 감도는 기분이다.

"아, 아뇨······."
"그래?"
"네."
"그래, 안 그래도 네가 태린이 좋아한다는 소문 자자하더라."
"아······."

화준이 부드럽게 미소 지었다.

"태린이가 재은이를 많이 미워하나 봐."
"네?"
"아닌가?"
"······."
"그냥, 그런 얘기들이 많이 돌길래. 인프라가 다양하니 뭐 없는 얘기가 사실처럼 나도는 것도 당연하지."

185

낮말은 새가 듣고 밤 말은 쥐가 듣는다지만, 그들이 하는 낮말도, 밤 말도 모조리 차화준의 귀에 솔솔 들어가는 터였다.

"조심해."

"······네, 죄송합니다."

주눅 든 재민이 고개 숙여 사과하기 무섭게 벌컥 문이 열렸다. 재은이 벙싯벙싯 웃으며 등장했다. 입장과 동시에 흠칫한 재은의 웃음기가 지워 진다. 불편한 두 남자의 존재가 심히 당황스러웠던 모양이다.

"끝났어?"

그러거나 말거나. 능청스러운 화준은 자리에서 일어나 스스럼없이 그 녀 곁으로 다가갔다. 그녀는 웬일인지, 머리를 길게 풀고 있었다. 자연스 럽게 웨이브 진 머리카락이 허리춤에서 찰랑거린다.

"계속 봐도 예쁘고, 다시 봐도 예쁘고, 매일 봐도 예쁘네."

진심 어린 그의 말에 재은의 얼굴이 새빨갛게 달아올랐다. 우스꽝스 러운 얼굴을 하고 있는데 그녀의 이목구비는 참 예쁘기만 하다. 동그란 눈과 영롱한 수정체처럼 말간 눈동자. 귀여운 콧방울, 탐스러운 입술.

"모재은 매력은 서른한 가지야? 통 질리지를 않네."

멋쩍은 듯 고개를 피하는 재민을 알면서도 당당한 그의 애정 공세에 재은은 어쩔 줄 몰라 했다. 계속되는 선배의 직언에 홍조가 번진 얼굴을 쓰다듬던 재은이 난처한 표정을 지으며 그의 소매를 슥 잡아끌었다. 순 순히 그녀의 뜻을 따라 문턱을 나선 그가 씨익 웃었다. 재은은 문이 닫히기 무섭게 그를 데리고 복도를 걸었다.

"서, 선배. 그렇게 말하면 조재민이 오해해요."

힐끔힐끔 그를 돌아볼 때마다 한숨만 나온다. 그는 짓궂게 웃고 있었다.

"뭘 오해해? 내가 모재은한테 관심 있는 거?"
"으······!"
"그건 오해가 아닌데."
"저 못 살겠어요."
"어? 같이 살자고?"
"아뇨, 아뇨! 아휴, 몰라. 얼른 이리 와요."

불안한 재은이 계단 쪽으로 걸어간다. 힘없이 이끌리는 그가 설설히 웃으며 그녀의 손을 잡았다. 흠칫한 재은이 그를 돌아보았다. 동시에 그녀의 동그란 눈과 그의 시선이 맞물렸다. 그 순간 심장이 훅 내려앉았다. 벅찰 정도로 뛰는 심장이 주책맞게 쿵쿵거렸다.

"잡아 줄 거면 확실히 잡아야지."
"아, 아니."
"그나저나 머리를 풀어도 예쁘네."

걸음을 멈춘 재은의 시선이 세차게 흔들린다. 그러면 안 되는데 의지와 다른 입꼬리가 자꾸만 실룩거린다.

"내일은 머리 묶고 와. 그래도 예쁘겠지만 푼 것보단 덜 예쁜 게 좋잖아."

달착지근한 말 한마디가 당분 가득한 사탕처럼 느껴졌다. 달콤한 선배의 관심을 과중 되게 섭취하는 그녀가 결국 웃음을 터뜨렸다.

"오늘 엄청 예뻐서 내 눈이 너무 힘들어."

그녀를 근심하게 하면서도 화려한 화술은 어떻게 당해 낼 방법이 없으니, 그만 소리 내어 웃고 또 웃는다. 노래를 부르듯 예쁘다, 예쁘다, 말해 주던 모재은은 변함없이 예뻤다. 한결같은 미모는 볼 때마다 그를 놀라게 했다.

먼저 일어나 준비를 마친 화준은 잠든 그녀를 바라보며 조용히 미소 지었다. 누구는 토끼잠으로 밤새 몸을 뒤척였는데, 소주 두 병에 쓰러진 모재은은 제집처럼 편히 숙면을 취하고 있다. 어째 주객이 전도된 기분이다.

화준은 새벽녘보다 한결 나아진 그녀의 안색을 끝까지 살피다가 시간을 확인했다. 숨 돌릴 틈 없는 일정을 소화하기 위해 주말을 반납한 지 오래였지만 오늘 따라 몸이 무겁다. 잠든 그녀를 두고 돌아서자니 그의 모든 시간을 그녀에게 상납하고 싶은 마음이 굴뚝같았다.

하루빨리 그런 날이 오기를 바라며 돌아선 그의 시선이 자꾸만 그녀를 돌아보았다.

연이은 차화준 부사장의 열애설에 대원가는 경악을 금치 못했다. 문서희 이후로 별다른 소식이 없던 오너의 핑크빛 소식은 그들에게 충격이나 다름없었다.

"화준이, 이 아이는 누구라니?"
"대학 후배라는 것 같아요."
"어머, 어머!"

놀란 김 여사와 다르게 화은은 태연했다. 진작부터 예견하고 있던 일이니 그다지 놀랄 필요가 없더라.

아주 오래전, 미국에서 유학 생활을 하던 화준이 느닷없이 전화를 걸어 왔다. 화은의 입장에서는 이름도 모르는 그의 여자 후배 이야기를 듣는다는 것이 심히 불쾌했다. 뭐, 어쩌라는 건지 툴툴거리는 화은에게 화준은 돌연 그녀의 교육비 및 장학금 지원을 부탁했다.

그때까지만 해도 화은은 그와 후배의 관계를 전혀 모르고 있는 상태였다. 당시 화준은 독살스러운 문서희의 실체도 모른 채 무작정 교제를 시작하던 중이었으니까. 그 후배가 화준의 첫사랑이자 그를 극심한 상사병에 앓아눕게 한 대단한 여자라는 사실을 그로부터 2년 정도 지나 알게 됐던 것 같다.

"지고지순하죠. 그 애가 화준이 첫사랑이거든요."

문서희의 자살을 막기 위해 희생한 착한 동생의 순애. 늘 그와 투덕거리기 일쑤지만 누나는 누나였다. 그는 화준이 누구보다 소중했다.

"엄마도 기억하죠? 화준이 미국 있을 때, 한참 자기 후배 장학금 문제로 속 썩일 때 있었잖아."

화은의 말에 김 여사가 호기심 어린 눈빛을 쏟아 냈다.

"그때 그 애래요, 글쎄."

비밀 얘기를 전하듯 소곤거리는 그녀의 말에 김 여사가 입을 막았다.

"어머……!"

그녀의 덧붙임에 까무룩 잠겨 있던 기억이 떠올랐다. 그가 미국 유학 길에 오른 지 얼마 되지 않아서였다. 같은 학교 후배의 장학금 수혜를 요구하던 화준은 당시 대학 총장과 호형호제할 만큼 친분이 두터운 남편에게까지 연락해 후배의 교육을 기탁했다. 그때 얼마나 까무러쳤는지 모르겠다. 갈수록 깊어지는 향수병과 고독한 불면증에 시름시름 마음의 병을 앓던 아들의 다급한 목소리.

"그래, 기억난다. 기억나."

거듭 부탁하던 절절한 목소리가 아직도 김 여사의 귓가에 생생하다.

굳이 남편의 도움이 아니더라도 성적이 우수했던 그 후배는 곧잘 장학금 수혜 대상자가 되어 남은 대학 교육을 문제없이 받아 왔던 것 같다.

중간중간 화준의 입김이 있었지만 크게 문제가 될 만한 일은 없었기에 김 여사도 모르는 척 넘어 갔더라지. 화준은 영락없는 제 아버지였다. 부전자전. 그 말이 생각나는 아들의 사랑은 놀라울 정도로 대단했다.

미슐랭 가이드에 등재된 한식당 고아의 분위기는 상당히 예스럽고 고즈넉했다. 고전적인 아름다움이 인상적인 실내 인테리어와 어우러지는 전통적 공예품은 고아의 전통 한옥 분위기를 물씬 풍기게 했다.

화준은 격식적인 지배인의 안내를 받아 룸 안으로 발을 들였다. 먼저 도착한 부친이 기다렸다는 듯 그를 환영하고, 인사를 마친 그가 자연스레 맞은편에 자리했다. 본격적인 일정의 시작이었다.

"백제 호텔의 젊은 주인은 누가 뭐래도 부사장이다. 면세 사업의 독점권을 획득하는데 조금 더 신경 쓰도록 해."

"네, 알겠습니다."

"그나저나 이번 열애설은 어떻게 된 게냐?"

자연스레 화두를 꺼낸 차 사장이 표정을 고쳤다. 아들 녀석의 열애설이 예기치 못하게 터진 이후 제대로 연락 한 번 닿은 적이 없으니 아버지로서 얼마나 답답했는지 모르겠다. 사실 여부 확인이 어려운 상황에서 무작정 기사를 막아내긴 했지만 차 사장의 마음은 영 께름칙했다.

지금껏 이렇다 할 소식이 없던 아드님이 느닷없이 반란을 일으켰으니 그럴 만도 하다. 사고 한 번 없이 잘 자라 준 화준이었으니 차 사장은 그의 이번 열애설이 심히 충격적이었다.

"말 그대로 열애 중입니다."

안연한 얼굴을 한 그가 대답했다. 차 사장은 놀란 기색을 숨김없이 드러냈다. 그의 얼굴에는 묘한 화색이 감돈다. 적잖이 당황한 아버지 앞에서도 태연한 그는 보란 듯이 미소를 지었다. 무슨 생각을 하는지 좀체 파악이 어려운 그가 차 사장은 퍽 의심스럽다. 부친의 권유로 몇 번 재벌 규수들과 맞선 자리를 가졌으나 그때 그녀들과도 3일 이상 만남을 잇지 못하던 화준이었다.

낙상 사고를 겪은 후 재활 치료를 받았던 화준이 지치고 힘든 시간을 보냈다는 것을 모르지 않기에 이해는 한다만, 일언반구의 언질도 없이 열애설 논란을 터뜨린 그가 도통 무슨 꿍꿍이속인지 차 사장으로선 알 턱이 없기에 애꿎은 마음만 타들어 갔다.

매순간 언행에 신중한 화준이 대체 무슨 생각으로.

"결혼까지 생각 중입니다."

차 사장의 소리 없는 질문에 대답이라도 하듯 그가 불쑥 말문을 열었다.

"뭐……?"

폭탄 발언에 차 사장이 입까지 가져다 댄 찻잔을 도로 내려놓았다. 초연한 화준은 그의 침실에서 잠든 재은을 떠올리며 피식피식 웃음을 터뜨린다. 혹여나 잠에서 깬 토끼가 놀라 확 달아나진 않을까.

"가볍게 연애만 하고 말 사이였다면 애초부터 논란을 만들지 않았을 겁니다."

은근히 불안한 그는 한시라도 빨리 이 자리를 벗어나고 싶었다. 차 사장은 헛기침만 터뜨렸다. 다시 봐도 그의 호방한 기질은 저를 꼭 빼닮아 거침없었다. 평범한 삶을 살던 김 여사를 그룹의 작은 주인으로 받아들인 자신과 일반인 여성과의 열애설을 순순히 인정하는 아들이라.

"그렇기 때문에 입장 정리가 필요한 거겠죠."

화준은 가부장적인 대원가의 소박하고, 수수한 재은을 생각했다. 상상만 했을 뿐인데 당장 눈이 돌아가 버릴 것만 같았다.

"노선 정리도 확실히 해야 하고."

그가 공표했다.

"남자 인생, 여자 만나 달라지잖습니까. 그 여자가 딱 그런 여자입니다. 아버지."

내 여자가 없는 자리에서 내 여자를 소개하는 자리는 꽤나 멋쩍었다. 그렇게 자못 어색한 분위기가 이어졌다.

급격히 서먹해진 자리는 그로부터 한 시간가량이 지난 후에 해산됐다.

chapter
06

현실 감각이 현저히 떨어진 재은은 눈을 뜨자마자 두리번두리번 주변을 살폈다.

　"미, 미친."

　어색한 공기와 낯선 침구, 쓸데없이 넓은 침실과 지나치게 품격 있는 실내 인테리어.

　"……실화냐."

　그리고 간헐적으로 떠오르는 어제의 기억. 재은은 이곳이 어디인지, 금세 파악했다. 분명했다. 이곳은 차화준의 침실이었다. 술집을 나와 차에 오른 그녀는 얼마 지나지 않아 까무룩 잠이 들었다.

　"정신 좀 차리자, 재은아. 물 줄까?"

　그녀의 집 앞에 도착해 그렇게 묻던 그의 모습이 아스라이 눈앞을 스치고.

　"아니, 됐고. 빨리 진행해요. 얼른! 한 번 남은 거, 깔끔하게 해치우고 끝냅시다!"

하. 당황스러움이 말도 못 하는 재은이 양손으로 입을 틀어막았다. 그놈의 거래가 뭐라고 겁도 없이!

"모재은, 미쳤어……."

할 말을 잃은 그녀를 놀라게 하는 건 단편적인 기억뿐만이 아니었다. 몸을 덮고 있는 시트를 걷어 보니, 세상에 입고 있던 스커트가 없다. 없다, 없어!

"뭐야!"

소스라친 재은이 벌떡 자리에서 일어났다. 그러고 보니 브래지어도 오간데 없이 사라졌다. 레이스가 풍성한 하얀 블라우스도 없다. 대신 화준의 것으로 유추되는 커다란 티셔츠 한 장이 가녀린 그녀의 몸을 감춰 주고 있다. 왜일까.

"아니, 나는 선배가 부담스럽다니까. 말도 안 되는 열애설로 사람 잡아먹을 생각하지 말아요. 나 그렇게 물러터진 여자 아니라고요!"

헛소리를 지껄이며 그를 위협하던 어제의 모재은이 자꾸만 상기된다.

"내가 선배를 잡아먹겠어! 얼른. 얼른 하자니까! 먼저 벗을까요?"

대체 무슨 생각으로 그런 말을 지껄인 거니. 재은아.

"하……."

죽고 싶다. 아니, 죽어야겠다. 애초에 화준에게 거래라며 제안했던, 일명 '모재은 시식권'은 그저 입맞춤에 불과했다. 그런데 자신은 대체 무슨 생각으로 그를 잡아먹겠다고, 옷을 벗겠다며 난리를 친 건지. 충격에 빠진 재은의 얼굴이 하얗게 질렸다. 그녀가 넓은 침실을 뒤집으며 잃어버린 선녀의 옷가지를 찾아 헤매는 순간이었다.

"악!"

느닷없이 문이 열렸다. 미세한 소리에도 까무러치는 재은이 외마디

비명을 내질렀다. 기우뚱거린 몸이 침대 위로 쓰러지고, 주말 오전 중의 일정을 마치고 곧장 귀가한 화준이 화려한 아우라를 뿜내며 등장했다.

"어, 어억……."

할 말이 없는 죄인 앞으로 다가온 화준이 부드럽게 미소 짓는다. 그래서 재은은 더 미칠 것 같았다.

"일어났어?"

당연하게 묻는 아침 인사가 낯설어 입만 뻥긋거리는 그녀에게 그는 언제나처럼 예쁘게 웃어 주었다. 당황한 재은의 동공은 이 와중에도 그의 차림새를 훑어보고 있었다. 모던하면서도 심플한 진회색 슈트 차림을 한 그의 가슴에는 독특한 패턴의 행커치프가 꽂혀 있었다.

깔끔하게 정리된 헤어스타일과 따뜻한 미소.

"속은?"

침대 맡에 걸터앉으며 당연하게 묻는 그의 음성은 한없이 상냥했다.

"아니, 아니……."

가까이 다가온 그를 보자 저절로 울상이 지어졌다. 아랫도리가 실종돼 속옷 차림을 하고 있는 재은이 서둘러 시트를 끌어당겼다. 노골적으로 드러난 하체를 가리려고 했으나 그마저 화준으로 하여 제지당했다.

"왜?"

그녀의 발목을 잡아당기며 화준이 되려 물었다. 힘없이 끌려간 그녀의 오른쪽 다리가 그의 단단한 허벅지 위에 놓이고, 기겁하는 재은이 금방이라도 울 것처럼 눈꼬리를 축 늘어뜨렸다.

"아니, 선배……."

복잡한 머릿속은 온통 어제의 기억으로 가득했다. 한 번도 모자라 두 번씩이나 그에게 실수를 저지르고 말았다. 그에게 책잡히는 일 따위 두 번 다시 하지 않겠노라, 다짐했건만. 그놈의 술이 원수였다.

"기억이 남아 있긴 한가 보다."

"죄, 죄송해요."

"그 사과 꼭 받아 줘야 돼?"

"아, 아뇨. 꼭 그런 건 아닌데……."

"꼭 그런 게 아니라면 못 들은 셈 쳐야겠네."

그가 밉살스레 웃으며 그녀의 허리를 끌어안았다.

"아니, 선배. 잠시만요!"

당황스러움이 말도 못 하는 그녀의 몸이 그의 다리 위에 안착했다. 까무러친 재은이 본능적으로 그를 밀어내려 했으나 돌덩이처럼 단단한 그의 몸은 일말의 미동도 없었다.

"군침도 잘 흘리던데, 어제의 모재은."

아아악! 재은이 질끈 눈을 감았다.

"유혹하는 솜씨가 상당해서 하마터면 넘어갈 뻔했지 뭐야."

대체 뭐부터 감춰야 하는지 모르겠다. 귀를 먼저 막아야 하는지, 훤히 드러난 하체를 숨겨야 하는지, 재은은 갈팡질팡했다.

화준은 파르르 경련이 일어난 그녀의 속눈썹을 보며 짓궂은 말장난을 이었다. 그의 품에 안긴 채 어쩔 줄 몰라 하는 그녀가 귀여워서 이 순간을 오래도록 지키고 싶었다.

물론 그녀를 끌어안은 시간이 길어지면 길어질수록 곤란한 건 그였다. 겉으로는 괜찮은 척 시치미를 떼지만 그녀의 부드러운 살결이 바짝 밀착되어 있는 하체는 본능에 의해 서서히 팽창하고 있는 터였다.

"죄, 죄송해요. 죄송해요. 제가 입이 열 개라도 할 말이 없어요."

"그럼 나야 더 좋지, 그 입 열 개 다 나 줘. 돌아가면서 입 좀 맞추게."

능글맞은 그의 회답에 재은이 감은 눈을 부릅떴다.

"아뇨! 선배!"

차마 다음 말을 이을 수 없었다. 내내 그녀를 지켜보던 그와 정면으로 눈이 마주쳤다.

"……죄, 죄송해요."

"그만 말해, 들어 줄 생각 없으니까."

"아아, 정말 죄송해요. 제가 정말…… 미쳤나 봐요."

바르작거리는 그녀가 은근슬쩍 그의 몸을 밀어낸다. 이쯤 되면 순순히 그녀를 놓아줄 법도 한데 고집스러운 화준은 좀체 풀어 주지 않았다.

"그런데 제 옷은……?"

"선녀 아니었어? 그런 줄 알았는데."

"네?"

당황한 재은의 동공이 크게 뜨였다. 이건 또 무슨 소리람.

"애 셋 낳아 주기 전까지는 날개 같은 옷, 돌려줄 생각이 추호도 없다는 말이야."

모재은을 지척에 두고도 인내할 수밖에 없던 6년. 기다림이 익숙한 화준의 말에 재은이 경악했다.

"물론 지금의 모재은이라면 벗은 몸으로 도망치고도 남겠지만, 그럼 나야 더 좋지."

밤사이 포악한 사냥꾼의 코털을 제대로 건드리고 말았다. 자진해서 밀렵을 찾은 토끼의 최후는 보나마나 비극적일 테다. 결과는 뻔했다.

"매일같이 모재은을 물고, 빨고, 핥으면 되는 거잖아."

육용 토끼로 길러지거나, 애완용 토끼로 호사를 누리거나.

차화준 부사장의 새 사랑 ― 일반인 여자 친구

여의도 워스트 호텔 출몰, 공개 연애 중인 차화준 부사장

옛 연인과는 확연히 다른 행보, 이른 봄기운 완연 차화준 부사장의 열애설

한수는 왠지 속이 뒤틀렸다. 어딜 가나 차화준 부사장과 옛 연인 모재은의 열애가 이슈로 떠오르니 알 수 없는 질투심이 폭발할 지경에 이르러 지켜보는 그를 미치게 했다. 대원 측의 빠른 대처로 두 사람의 사진은 금세 사라졌지만 그들의 일화는 여전히 포털 사이트에 도배되어 있었다.

대체로 차화준 부사장의 로맨틱한 모습을 찬양하는 여성들의 게시글이었다. 일반인 여자 친구를 바라보는 차화준 부사장의 표정과 눈빛, 다

정다감한 행동에 녹아드는 누리꾼들의 일화를 보며 한수는 부르르 몸을 떨었다. 이유 없이 배알이 뒤틀렸다. 두 사람의 두 번째 열애설이 터진 장소가 하필이면 워스트 호텔이렷다.

심지어 그들의 목격담이 게시된 시간은 한참 나은과 찐한 시간을 보내고 호텔을 나설 때 즈음이었다. 비슷한 시간, 같은 공간에 그들과 함께 있었을 거라 생각하니 한수는 상당한 분개심에 어쩔 줄 몰라 했다.

무엇보다 화가 나는 것은 목석같은 모재은과 몸을 섞었을 차화준을 상상하는 자신의 머리통이었다. 어차피 끝난 사이였다. 1년 동안 이렇다 할 추억도 없는 그녀는 실상 친구나 다름없었다. 그런 여자이거늘.

대체 왜일까. 미련한 한수는 자꾸만 두 사람의 애정 행각을 떠올리며 주먹을 쥐었다. 저절로 힘이 들어가는 뒷목이 뻣뻣해지고, 종국에는 영문을 알 수 없는 현기증을 느꼈다.

한참 두 사람의 열애설 기사를 확인하고 있는데, 도어록이 열리는 소리가 들렸다. 13평 남짓 단칸방에 홀로 사는 한수는 직감했다. 방문자는 나은이 분명했다.

"오빠……."

평상시와 달리 차분하게 가라앉은 나은의 목소리가 들리고, 뒤이어 방문이 열렸다.

"어, 나은아."

황급히 모니터를 끈 한수가 자리에서 일어났다. 뒤를 돌아보기 무섭게 침울한 얼굴을 한 나은이 곧장 그의 품에 안겨들었다.

"무슨 일 있어? 왜 그래, 나은아."

금세 재은과 화준을 잊은 한수가 걱정스러운 목소리로 말을 하며 그녀의 어깨를 끌어안았다.

금세 훌쩍거리는 나은의 울음소리가 목울대 아래에서 들려왔다. 흐느끼는 그녀의 어깨가 세차게 들썩였다. 심상치 않은 분위기를 감지한 한수의 낯빛이 어둡게 가라앉았다.

"왜, 나은아. 무슨 일이야. 응?"

살며시 나은을 떼어 놓은 그가 오열하는 그녀의 눈물을 닦아 주며 다정하게 되물었다.

"엄마가……. 엄마가 쓰러졌어."

정신없이 흐느끼던 그녀의 말에 한수는 놀란 마음을 고스란히 만면에 드러냈다.

"뭐?!"

안 그래도 나은의 모친이 몇 달째 병석에 앓아누워 있다는 말을 들었다. 꽤 오랜 시간 암 투병 중인 그녀의 모친은 터무니없는 수술비를 감당하지 못해 퇴원 후 자택에서 요양 중이라고.

"어, 어떡……. 어떡해, 나은아."

"오빠."

"하, 나은아……."

"제발, 제발 부탁이야."

달리해 줄 말이 없는 한수는 그녀의 슬픔을 제 몫인 양 끌어안으며 비통함을 느꼈다.

"나 돈 좀 빌려 줘. 우리 엄마 수술할 수 있게 나 좀 도와줘, 제발. 오빠. 흑!"

"물론이지, 그럼! 나은아. 얼마면 돼. 얼마면 되겠어?!"

드라마를 방불케 하는 대사가 자연스럽게 터졌다. 세상 멋짐을 폭발시키는 그는 진정 지고지순한 남자였다. 정확히는 순애하는 남자를 흉내 내는 복제판이었다.

"2천만 원, 으흐흑."

애원에 가까운 그녀의 부탁에 잠시 고민에 빠진 한수가 대답을 망설였다. 나은이 부른 액수가 터무니없이 느껴진 한수가 머뭇거리는 사이 그녀의 울음 소리가 한층 거세졌다.

"제발, 제발 우리 엄마 좀 살려 줘. 오빠. 제발……."

나은의 처절한 애원에 마음이 흔들린 한수가 끝내 입을 열었다.

"……그래, 그럼. 그럼 오빠가 도와줘야지. 그럼."

"저 납치당한 거예요? 그런 건 아니죠?"

그가 손수 준비한 상차림은 놀라울 정도로 대단했다. 사실 그보다 놀라운 건 그의 부엌이었다. 남자 혼자 사는 집치고 상당한 평수를 자랑하는 펜트하우스는 몇 번을 훑어보았는데도 적응이 되질 않았다.

특히 과하게 느껴질 정도로 훌륭한 부엌이 그녀를 까무러치게 했다. 쓸데없이 많은 냉장고는 무려 세 개나 됐다. 거기다 김치 냉장고까지 더하면 다섯 개…….

"납치뿐이겠어?"

끝내 그에게 옷을 돌려받지 못한 재은은 그가 던져 준 그의 팬츠를 입은 채로 엉거주춤 부엌으로 나왔다. 헐거워도 이렇게 헐거울 수 없다. 언제 바지가 홀라당 벗겨질지 모르는 불안감을 안고 재은이 되물었다.

"그럼 뭐가 더 있을까요?"

"납치 올리고 감금 더하자."

"나, 납치, 감금……?"

"기왕 수위 높이는 거 제대로 높여 가면 좋잖아. 아니야?"

"네, 아닌 것 같아요. 자꾸 이러시면 저 경찰 부를 거예요."

"모재은이 잘 모르나 본데, 그 경찰이 나야."

"네?"

"차화준이 또 알아주는 모재은의 112잖아."

"어, 거절하고 싶은데 가능할까요."

"스톡홀름 증후군이라고 알아?"

"아뇨, 제 말에 대답부터 해 주셨으면 좋겠는데요."

"신드롬 한번 일으켜 보자."

습관처럼 숟가락을 잡은 재은이 한 수저 뜨기 무섭게 경직됐다. 그가 말하는 스톡홀름 증후군을 모르려야 모를 수 없었기 때문에 놀라 굳어질 수밖에 없었다. 심리학적으로 밝혀진 스톡홀름은 범죄자와 사랑에 빠지는……! 어, 그러니까 눈앞의 차화준이 범죄자라면 그에게 납치, 감금된 모재은은 욕심 많은 나무꾼에게 옷을 빼앗긴 선녀였다. 애 셋을 낳아 주기 전까지는 회귀할 수 없는 안타까운 존재.

"속은 괜찮고?"

혹은 사냥꾼에게 포획된 불쌍한 야생 토끼.

"너무 괜찮아서 탈이에요."

"그래, 그렇겠지."

"무, 무슨 말이에요?"

이렇게 쉽게 인정할 사람이 아닌데, 괜히 이상한 기분이 들었다.

"훌렁훌렁 옷 벗을 정신이 남아 있었던 걸 보면 그 정도로 취하진 않았겠지."

"아니에요, 저 분명 기억 안 나요."

"내가 기억하니 됐지, 뭐."

"그 기억. 지워 주시면 안 되겠죠?"

"무덤까지 가져갈 생각이야, 그만큼 황홀했거든."

"그 무덤 앞에서 삽질할 생각인데, 괜찮죠?"

"그럼 삽질하는 모재은 데리고 가는 수밖에 더 있나."

"……네?"

이건 또 웬 섬뜩한 소리람. 그가 손수 끓여 준 얼큰한 콩나물국을 떠먹다 말고 재은이 멈칫했다.

"모재은은 죽어서도 차화준의 사랑을 받아 마땅하거든."

"첫사랑이 참 많이 소중하신가 봐요."

"말로 형언할 수가 없지."

"정말 감사하네요. 제가 누군가의 극진한 사랑을 받을 거라곤 생각도 못 했는데."

"그럼 지금부터 잘 생각해 봐. 더 큰 사랑을 받아 마땅하니까."

재은은 속으로 감탄했다. 어쩜 저런 능글맞은 말을 아무렇지 않게 술

술 내뱉을 수가 있는 걸까. 무엇보다 기름기 가득한 대사를 담백하게 말하는 그의 표정과 화법이 놀라울 만큼 대단해서 탄성을 지르지 않을 수가 없었다.

"저 집은 보내 주실 거죠?"

"감금이라니까."

"내일 출근……."

"데려다줄게."

"대원 제철의 경쟁사가 상국 제강인 걸로 알고 있는데……."

"괜찮아, 내가 대원 제철 소속이 아니잖아."

노글노글하게 대꾸하는 그의 말솜씨를 당해 낼 재간이 없는 재은이 꾹 입을 다물었다.

"선배."

밥을 반 그릇 정도 해치웠을 때쯤 그녀가 나직한 목소리로 그를 불렀다.

"어제, 그 호텔에는 왜 있었던 거예요?"

화준은 그저 턱을 괸 채 미소를 지으며 그녀를 바라보았다. 버릇처럼 웃는 그의 입꼬리는 내려올 기미를 전혀 보이지 않았다. 모재은만 보면 자동 반사적으로 말려 올라가는 입매가 남자치고 곱다. 재은은 그의 웃는 얼굴을 홀린 듯 빤히 쳐다보았다. 입매를 조금씩 비틀며 희미한 웃음을 머금는 그녀도 어이가 없는 모양인지, 이윽고 불퉁한 표정을 허물어뜨렸다.

"왜 있었냐니까요?"

보나마나 사업 차원에서 방문했을 것이 분명한데도 한편으론 의심을 지울 수 없는 재은이 재차 질문하며 대답을 종용했다.

"정말 저 미행한 거 아니에요?"

충분히 그러고도 남을 사람이라 의구심은 점점 커졌다.

"그러는 너는?"

"저는 당연히……."

"폐차 쫓아 달려온 거 아니고?"

그의 물음에 재은이 인상을 구겼다. 기분 나쁜 그의 회답에 한마디 하려는 순간, 호텔 로비에서 마주쳤던 박한수와 나은의 모습이 떠올랐다. 그가 그렇게 생각하는 것도 당연하다는 생각이 들자 저절로 표정이 풀어졌다.

"네, 제대로 압쇄되고 있나 궁금해서 쫓아왔죠."

하지만 감정과 어긋난 말은 제 멋대로 터져나가 그를 자극했다. 무슨 수를 써서라도 그를 제압하고 싶은 여자의 마음은 그대로 화준에게 전해졌다.

"정말?"

그가 웃는 얼굴을 하며 되물었다.

"네. 정말이에요. 저 거짓말 안 해요."

"거짓말을 기피하는 사람치고 비밀이 많아서 말이지."

"그, 그게 무슨 말이에요?"

"방금 모재은이 말한 그 말을 곧이곧대로 믿어도 되느냐는 말이야."

"그럼요! 저 거짓말 안 한다니까요."

발끈한 재은이 목청을 높여 대꾸했다. 그가 피식 웃으며 알겠다는 듯 고개를 주억거렸다.

"그래, 알았어."

이내 불쾌한 기색을 적나라하게 드러낸 얼굴로 그녀를 응시했다.

"알았으니까 모재은의 예쁜 입에 그 새끼 이름 그만 올리자."

그렇게 말하면서도 화를 가라앉히기 위해 다분히 노력하는 그의 마음이 웅성거린다.

"내가 샘이 좀 많아."

사랑스러운 모재은의 입으로 옛 연인이 거론되는 것 자체가 죽을 만큼 싫은 그는 그녀에 대한 질투심과 소유욕을 적당하게 드러냈다.

"그 샘, 솟구치면 모재은 수재민 되는 거 시간문제일 텐데. 괜찮겠어?"

그렇게 되면 거칠고 요란하게 넘실거리는 차화준의 독점욕은 모재은의 한 오라기의 불복도 용납하지 않으려 할 텐데.

"……사실 전 일 때문에."

그의 덧붙임에 당황한 재은이 저도 모르게 사실을 실토했다. 언제 봐도 그의 싸늘한 얼굴은 익숙지 않았다. 대학 시절 간혹 그의 굳은 얼굴을 보곤 했었다. 늘 웃음 짓고 있는 남자의 간헐적인 차가운 얼굴은 어색했고, 섬뜩했다. 따뜻한 인간미가 느껴질 만큼 후배들을 세심하게 배려하던 그는 평상시 사려 깊고, 상냥했다. 그러니 그 충격이 배로 느껴질 수밖에 없었다. 다른 사람은 모르겠으나 특히 재은은 그랬다.

"알아."

이따금 화를 내는 그를 심히 어렵게 생각했다.

"장난친 건데, 당황했구나?"

그 사실을 잘 알기 때문인지, 웬만하면 그녀 앞에서 감정을 드러내는 일이 극히 드문 화준이었다.

"장난이 심했네, 미안."

"아, 아뇨. 괜찮아요."

"화 안 났어. 알지?"

그가 확인차 물었다. 재은은 세차게 고개를 끄덕거렸다.

"그래, 얼른 먹어. 국 식겠다."

"……네."

대답과 함께 재은이 국을 떴다. 와중에 밥맛은 끝내줬다. 새삼 그의 요리 실력에 감탄하게 됐다. 흠잡을 데 없이 완벽한 이 남자에게 결함이 있긴 할까. 문득 궁금했다. 9년째 짝사랑 중인 지고지순한 마음도 사실 놀랍기 이를 데 없었다. 대단한 차화준과 비교하자면 모자람 투성인 모재은이 대체 뭐라고 그의 과분한 사랑을 받는 걸까. 늘 퇴짜 놓기 바쁜 모재은이 대체 뭐가 좋아서.

차화준이 좋아 죽는 모재은의 장점을 속출하기 위해 고민을 거듭하던 그때였다. 식탁에 올려 둔 그녀의 휴대폰이 울렸다. 힐끔 액정을 살폈다.

맞은편에 앉은 그의 시선도 덩달아 그녀의 휴대폰으로 향했다. 발신자를 확인한 재은의 표정이 먼저 굳어졌다. 박한수였다.

"내가 받아도 돼?"

넘치는 권력과 충분한 자격을 가진 그가 말했다. 그녀의 대답이 떨어지기도 전에 휴대폰을 낚아챈 그가 불만스러운 눈빛으로 휴대폰을 내려다보았다. 당장 휴대폰을 던져 박살 낼 것 같은 기세로 한수의 연락을 거절한 그가 곧장 그녀에게 휴대폰을 넘겨 주었다.

"비밀번호 풀어 봐."

명령에 따라 재은이 비밀번호 네 자리를 눌렀다.

"이 친구 차단하자."

네, 그냥 저도 같이 차단해 주세요. 선배. 섬뜩한 그의 표정을 보며 재은이 폭 한숨을 내쉬었다. 양반은 못 되는 자식. 죽을 때까지 도움이라곤 전혀 안 될 놈.

"휴대폰 버려도 돼?"

"헉. 아, 안 돼요!"

"그럼 부셔도 돼?"

"그건 더 안 돼요!"

"왜?"

……아직 할부금이 30만 원이나 남았단 말이에요.

"밥 다 먹었어?"

"네? 네."

"그럼 저쪽에 가 있어."

턱짓으로 거실을 가리킨 그가 무심한 투로 말했다.

"왜요?"

"테이블 엎을 거야, 멀리 가 있어."

"네……?!"

"갑자기 울컥하네."

그가 다소 심드렁한 얼굴을 하곤 그녀를 바라보았다. 놀란 기색이 역력한 그녀를 보며 그가 이내 정색을 지우곤 웃는다. 언제 그래냐는 듯이 놀랐어? 하고 묻는 그의 음색이 매력적이다. 청중 같은 모재은을 거침없이 사로잡는 그의 목소리가 귀청에 오래도록 남았다.

어둡고 낮은 편의 음성이 이토록 부드럽게 느껴질 수 있다는 것을 사실 그를 통해 처음 알게 됐다. 모재은의 음성이 플루트를 닮아 곱고 청아하다면, 그는 현묘하고, 윤기 있는 바리톤의 음색이었다.

"왜요……?"

긴장감을 털어 낸 재은이 가볍고 단조로운 투로 물었다.

"모재은에 대한 옛 연인의 마음이 상당히 백열적이라서."

뻔히 알고 있는데도 그의 입을 통해 듣는 말은 그녀를 괜히 죄인으로 만들었다. 바람난 박한수가 형량이 무기징역이라면 모재은은 단두대의 이슬로 사라진 사형수였다. 왜, 왜 내가 이런 기분을 느껴야 해!

"뜨거운 건 차화준도 옛 연인 못지않을 텐데."

차화준이라는 거물급 유명 인사의 과한 사랑과 관심이 만들어 낸 그녀의 비정상적인 심리 상태는 활자 그대로 비정상적이었다. 가슴이 괴이하게 쿵쾅거린다.

말도 안 되는 현상이었다. 그의 관심으로 비롯된 무한 화준교의 시기심. 눈칫밥을 얻으며 보낼 수밖에 없던 처량한 대학 시절. 원망스러운 그에게 지옥 같은 시간을 보상받길 원하던 피해 의식. 그 시절의 기억들이 트라우마로 남아 있는 그녀로서는 그에게 반응하는 감정을 용납할 수 없었다.

그런데 대놓고 박한수를 질투하는 그를 보니 만념이 머리를 스쳤다. 그녀가 응축시킨 대학 시절의 추억이 차화준이기 때문이라는 생각이 제일 크게 들었다. 사려와 분별력을 키워 압축시킨 기억들을 다시 하나씩 펼쳐 보았다. 첫정이 무섭다더니. 그가 졸업한 후로 그의 공백을 절감하던 시간이 있었다. 1년 정도, 원망보다는 그리움에 사무쳐 지냈던 시간은 화준이 그녀의 첫사랑임을 명명백백 알려 주었다.

며칠 전 한식당에서 화준이 털어놓은 6년의 이야기가 귓전을 맴돌고,

그가 없던 그녀의 시간을 고스란히 기억하고 있는 듯한 말들이 가슴에서 반복되었다. 결국 도돌이표였다.

"저는…… 잘 모르겠어요. 분명 저도 선배를 그리워했던 시간은 있었는데, 선배의 지금 마음을 받아 줄 만큼 용기도 없을 뿐더러…… 여전히 혼란스럽거든요."

여러 차례 구애하던 차화준과 끝내 거절했던 모재은의 시간이 반시 기호처럼 지난날로 되돌아갔다.

"이해해."

다시 돌아보며 서투른 부분을 확인하는 과정.

"차화준의 열의와 의욕이 좀 높아야지."

틀어진 부분을 바로잡기 위해 그는 수시로 과거를 돌아보았다.

"그런데 어쩌겠어? 내 서투른 첫사랑이 큰 피해를 줬는데. 그러니까 그 책임은 내가 져야지."

현재를 위해 과거에 사는 그의 진심이 더없이 크게 느껴져서 재은은 그만 인정해 버리고 말았다. 그를 향한 그녀의 마음은 생각보다 더 애틋했다. 첫사랑 화준이 너무나 좋았다.

"부족한 내가 더 노력할게. 그러니까 모자람 없는 네가 협력 좀 해 줘."

어쩌면 마음의 문은 생각보다 빨리 열릴지도 모르겠다.

시간을 두고 다가오는 그는 아무래도 과거의 기억에 움츠러든 그녀를 배려하는 듯했다. 장난스럽게 애 셋을 낳아 달라던 그에게서 순순히 옷을 돌려받은 재은은 무사히 집에 도착했다. 그와 헤어지고 계단을 밟는 그 경각에 잊고 있던 추억이 꽃봉오리처럼 톡, 벌어졌다.

박태린과 홍미주에게 뺏긴 속옷을 결국 되찾지 못한 그날의 재은은 셔츠에 스치는 아픈 가슴을 양손으로 끌어안은 채 캠퍼스를 벗어났다.

북받쳐 오르는 설움을 참느라 입술을 지그시 깨물던 재은은 길을 걷는 동안 끝내 오열하고 말았다. 화준과의 관계를 집요하게 캐묻던 선배들은 차마 입에 담을 수 없는 수치스러운 말들로 그녀를 비하했다. 재은이 화준과 어울릴 수 없는 이유 100가지를 나열하며, 그와의 관계적 발전을 회유하던 말들이 어쩐지 그녀를 더 아프게 했던 것 같다.

치기 어린 마음에 그 순간을 화준의 탓으로 돌려 버린 건 단순히 그녀가 어렸기 때문이다. 그의 과분한 사랑을 가진 대가가 여린 그녀가 감당하기에는 너무도 크고 혹독해서 현실을 회피하고 싶었던 재은은 모든 상황의 책임을 그에게 전가했다. 그렇게 목 놓아 울며 대학로를 지나치는데 우연처럼 화준과 마주쳤다.

"재은이 왜 울어?"

자초지종을 묻기보다 특유의 장난기로 스스럼없이 말을 걸어오던 그는 예나 지금이나 한결같았다.

변함없는 건 재은도 마찬가지였다. 그가 묻는 말에 대답을 삼갔고, 인내하고 극기하는 화준은 그녀에게 더 묻지 않았다. 그날 화준은 어딘가 불편해 보이는 그녀의 어깨에 자신의 재킷을 걸쳐 주며 손을 잡았다. 눈치가 퍽 좋은 사람이니 대충 알고 있었으리라.

생각해 보면 그 일이 있고 며칠 지나지 않아 처음으로 화를 감추지 못하는 그를 보았다. 자꾸만 한숨짓는 그가 어찌나 무섭던지, 재은은 평소 알고 지내던 화준과 사뭇 다른 모습에 심히 놀란 기색을 엿보였다. 그러고 보니.

"……알고 있었나?"

인간관계에 아둔한 편이어서 지금처럼 하나하나 되짚어 보지 않는 이상 모른 채 간과하는 일들이 태반이었다.

"정말 알고 있었던 거 아냐?"

어쩌면 박태린과 홍미주의 만행을 전부터 그가 잘 알고 있을지도 모른다는 생각이 퍼뜩 들었다.

"헐."

만약 그렇다면 그는 대체 어디서부터 어디까지 알고 있는 거야? 박한 수와의 시작조차 꿰고 있던 그의 예리함이 경영인으로서 타고난 감각 중 하나일 것이라고는 전혀 생각 들지 않았다. 꼬리의 꼬리를 무는 의심이 깊어지고, 현관 앞에 도착한 재은이 자연스럽게 도어록을 열었다. 문을 열고 입장하는 재은을 모친인 박정희 여사가 폭압으로 반긴다. 훅 날아 드는 쿠션을 가뿐하게 피한 재은이 픽 웃었다.

"저, 쯧쯧."

"왜? 오늘도 원숭이 같아?"

"원숭이 새끼가 낫지. 난 바깥으로 새어 나가는 바가지 키운 기억 없다."

"안에서는 안 새어 나가면 된 거지, 뭐."

딸애의 한심한 모습에 정희가 실소를 터뜨렸다.

"왜, 한수랑 헤어져서 이별 여행이라도 다녀왔냐? 웬 놈이랑?"

"어? 엄마가 그걸 어떻게 알아?!"

방으로 돌아가던 재은이 소스라치며 뒤를 돌아본다.

"전화 왔었다. 너 전화 안 받는다고 아주 나를 달달 볶는데, 군대까지 다녀온 놈이 어찌나 한심한지. 쯧쯧."

"뭐? 걔가 엄마한테까지 전화했어?"

순간 울화가 치밀었다. 방귀 뀐 놈이 성낸다고, 대체 왜 구질구질하게 연락하는지 모르겠다.

"엄마! 걔 연락받아 주지 마. 알았지?"

"그럼, 그놈 구린내가 오죽해야지. 엄만 꽃 같은 남자가 좋지, 악취 나는 오물은 딱 질색이야."

이혼 후 홀로 재은을 키운 정희는 저는 몰라도 딸애의 연애는 끔찍하게 생각했다. 재은은 이성 문제에 관대한 듯하면서도 간섭하던 엄마의 말을 깊이 새겨들을 것을 이제 와 후회했다.

"어디 괜찮은 꽃 없니?"

"이제 봄이야, 금방 피어나겠지."

"그래, 개화하면 냉큼 한 송이 꺾어 와."

"안 돼. 금방 시들어."

"그럼 뿌리 통째로 뽑아 오든지."

사뭇 진지하게 말하는 엄마를 보며 재은이 품, 웃음을 터뜨렸다. 괜찮은 남자 낚아채는 게 그리 쉬운 일이라면 버려진 쓰레기라도 주섬주섬 주워 왔겠지.

"우선 나 좀 쉴게, 엄마."

방으로 돌아온 재은이 문을 닫고, 침대에 몸을 쓰러뜨렸다. 베개에 얼굴을 묻고 가만히 명상했다. 그의 품에 긴밀히 안겨 있던 지난밤의 모습과 더불어 케케묵은 과거의 기억들이 일제히 떠올랐다.

가물거리는 의식이 흐려지기 전까지, 재은은 차화준의 이데올로기에 빠져 과거와 현재를 혼동했다.

이틀 뒤. 화준은 조 실장이 건네준 사진을 살폈다. 박태린의 약혼자로 추정되는 사내와 홍미주의 은밀한 만남부터 두 사람이 모텔로 들어서는 것까지. 용의주도한 조 실장은 모텔 문밖으로 들려오는 두 남녀의 적나라한 신음이 담긴 녹취록까지 완벽하게 준비했다.

내내 굳어 있던 그의 입가에 그제야 흡족한 미소가 떠올랐다. 오랜 친우의 우정이 산산이 조각나는 순간, 파국으로 귀결될 여러 장의 사진은 곧 박태린의 자택으로 송부될 예정이었다.

만족스러운지 웃음을 감추지 못하는 화준이 마지막 지시를 내렸다. 하달받은 명령을 실천하기 위해 사진과 녹음기를 챙긴 조 실장이 집무실을 나서고, 홀로 남은 그는 여유롭게 민수와 통화를 했다.

―술 한잔하자.

"오늘?"

—왜, 바빠?

이른 봄 같은 차화준의 적극적인 대시에도 채 녹지 않은 모재은의 유빙을 깨부수느라 바쁘긴 한데.

—재은이 때문에?

"뭐, 한 잔 정도는 괜찮지."

그사이 모재은이 달아날 일도 없을 테고. 흔쾌히 만남을 받아들인 화준은 그로부터 10여 분가량 민수와 통화를 이어 나갔다.

전화를 끊기 무섭게 업무에 집중하는 그의 머릿속에 퇴근 후의 일정이 빽빽하게 짜인다. 가볍게 한잔하고 나서 재은을 만나러 갈 생각뿐인 그의 집념이 상당하다. 순식간에 결재 서류를 확인헤 처리하는 그의 손이 쉴 틈 없이 움직였다.

열애설 이후 관리팀에서 각광 받는 주임으로 떠오른 재은은 부담스러운 회사 사람들의 눈길을 받으며 근무 시간을 버텼다. 일각이 여삼추라더니 9시간밖에 되지 않는 업무 시간이 끝없이 길게 느껴졌다.

—그런데 그 열애설 너 맞잖아.

퇴근길에 주현에게서 전화가 왔다. 이런저런 이야기가 나왔지만 도돌이표처럼 결국 화두는 화준과의 열애설이었다.

"나 맞는데, 내가 어떻게 그 사람들한테 그 여자가 나라고 밝힐 수 있겠어. 안 그래?"

—뭐 어때, 내 남자가 그 남자다, 라고 밝히면 되지.

"됐거든."

—너도 참 성격 모났다.

"동그란 성격은 아니지."

—그렇겠지, 그러니까 화준 선배를 그렇게 밀어내는 거 아니야.

그런가? 내가 조금 동그랬으면 그가 굴리는 대로 잘도 굴러갔을까?

―정신 차려, 모재은.

"어?"

―네 마음을 내 마음대로 재단하는 게 좀 미안하긴 한데, 내가 보기엔 너도 선배를 완전히 잘라 낼 만큼 싫어하는 건 아니란 말이지.

"아, 그렇지. 물론."

굴곡은 심했으나 과정이 어떻든 그는 그녀의 첫사랑이었다.

―그럼 문제 될 게 없지 않냐? 우리가 애도 아니고. 그리고 튕기는 것도 적당히 해야 돼. 화준 선배도 사람이야. 그렇게 튕기는데 선배라고 안 지치겠어?

"몰라."

―그런 대답이 어디 있냐?

"여기 있다. 왜."

―너 아직도 선배가 부담스러워?

"심해, 예전보다 더."

번듯한 경영인이 되어 버린 지금의 차화준은 부담, 그 자체였다.

―그런데 어쩌겠어, 열애설까지 터졌는데.

"……하, 그래서 미치겠어."

―인터넷에서 난리도 아니더라.

"나도 안다니까."

―네가 웬만한 여배우들보다 핫해. 알지?

"창피하니까 그만 말해."

―그래, 그래야겠다. 나 민수 선배한테 전화 들어와. 잠깐 끊어 봐. 금방 전화할게.

"어?"

당황한 재은이 채 말을 하기도 전에 뚝 전화가 끊겼다. 재은은 허무하게 끊긴 휴대폰을 가만히 내려다보다가 의아한 얼굴을 했다. 전두엽의 활동이 왕성해지고, 잊고 있던 민수 선배의 이름에 불가항력의 의문들이 홀연히 가슴속에 날아들었다. 모재은과 박한수의 만남을 꿰고 있는 것도, 그녀가 장학금 킬러가 되어 남은 대학 생활에 충실했던 것도. 차화준이 모재은의 첫사랑이라는 것도.

어쩌면 도민수 선배와 내통 중이던 배주현으로 하여 차화준의 귀에 닿은 것은 아닐까? 충분히 그럴싸한 추측이었다. 듣기로 그보다 한 학번 선배인 민수와 화준은 같은 사교 모임 환열회 소속이라고 했다. 대형 로펌 집안의 장남인 그와는 고교 시절부터 잘 알고 지냈다고 했다는 이야기도 언젠가 주현으로부터 전해 들었던 기억이 난다.

그렇다면 가능성은 높아졌다. 평소 그와 가깝게 지낸 배주현이 채신없이 그에게 재은의 사정을 귀띔해 주었을 것이다. 이따금 민수는 동아리 활동과 모임 참석률이 높은 주현의 성실성을 인정하며 장래가 촉망된다고 농담 삼아 말하곤 했었다.

그녀에게 차화준이 있었다면 배주현에게는 도민수가 있다고 해도 과언이 아니었다. 그만큼 두 사람의 선후배 관계는 돈독했다. 마침 두 사람은 같은 법학과 출신이기도 했다.

"설마 배주현……."

만약 모재은의 하나부터 열까지, 미주알고주알 알고 있는 차화준에게 주현이 정보를 제공한 거라면.

"내가 못 산다."

차화준과 모재은의 결합을 그토록 지지하던 배주현이 긴 시간 어기뚱하게 수작을 부린 게 분명했다.

새빨간 립스틱으로 색을 더한 붉은 입술이 씰룩거린다. 외주사 사장을 내알하고 이제 막 집으로 돌아온 그녀는 박태린이었다. 전화를 끊고, 빌라 입구로 들어온 그녀가 버릇처럼 우편함을 살폈다. 세금 고지서부터 카드 대금 고지서가 가득 쌓인 우편물을 일일이 확인하던 그녀가 홀연

눈살을 찌푸렸다.

홍미주의 이름으로 송부된 우체물이 의아스러운지 고개를 기웃거리는 그녀의 손이 성급하게 우편물을 살피고, 느긋하게 움직이는 다리는 계단을 밟고 오른다. 2층을 지날 무렵이었다. 하얗게 질린 그녀의 손이 바들거리며 들고 있던 것들을 그대로 떨어뜨렸다. 둔탁한 소리와 함께 핸드백이 계단 위를 나뒹굴고, 와르르 쏟아지듯 바닥에 펼쳐진 충격적 사진들이 그녀의 나쁜 상상을 적극적으로 도왔다.

"……하!"

말을 잇지 못하는 태린이 입을 틀어막고, 간신히 비명을 삼켰다. 분노로 일렁이는 눈빛은 사진 속 두 남녀를 보고 있었다. 마치 연인처럼, 모텔을 드나드는 두 남녀는 그녀의 약혼자 김민혁과 홍미주였다. 사진 사이로 고개를 내민 녹음기를 보았다. 경직된 무릎을 힘겹게 굽혀 앉은 그녀가 손을 뻗어 그것을 손아귀에 잡았다.

이윽고 두 남녀의 추잡한 정사 현장을 눈앞에서 지켜보는 것만 같은 신음이 작은 기계 안에서 우렁차게 새어 나왔다. 하얗게 질린 태린이 힘없이 주저앉았다. 바들거리는 몸이 안쓰러울 정도로 경련을 일으켰다. 거짓말 같은 현실에 눈물도 말랐다. 사랑과 우정을 동시에 잃은 궁핍한 그녀 마음이 증오를 잉태했고, 신인공노한 두 사람에게 곧 복수와 발광적 질시를 품게 했다.

되는 일이 없어도 이렇게 없을 수가 있나. 번호를 완전히 차단한 건지, 연락이 없는 모재은은 묵묵부답이다. 답답함을 견디지 못해 결국 그녀의 모친에게까지 전화를 걸었지만 어머님조차 그를 냉대하니 그의 입장에선 속이 타들어 갔다.

차화준 부사장과의 열애설에 왈가왈부 떠드는 누리꾼들의 의견은 다양하게 게재되고, 정작 장본인인 두 사람에게서는 이렇다 할 말이 없으니 한수는 내심 기대했다. 재은이 그의 여자가 아니기를 은연하게 기도했다. 단순히 자신에게 보복하기 위한 억지 논란이기를. 그녀가 잘되는 꼴은 곧 죽어도 보고 싶지 않은 한수가 모니터 속 열애 기사를 보며 비소를 날린다.

"네가 그럼 그렇지."

어쩌면 재은의 마음이 아직 제게 있을지도 모른다는 오만한 생각을 하며 한수가 시원하게 웃음을 터뜨렸다. 그러다 확, 인상을 구긴 그가 잠잠한 휴대폰을 확인하며 고개를 기웃거렸다.

모친의 병원비가 간절했던 나은에게 거금 2천만 원을 송금해 준 이후로 함흥차사인 그녀가 걱정스러웠다. 한수는 서둘러 휴대폰을 잡았다.

〈연락이 없네. 어머니 많이 안 좋으시니? 조만간 병원으로 찾아갈게. 정선 병원이라고 했지?〉

〈시간 나는 대로 연락 좀 줘. 나은아. 걱정된다.〉

두 통의 메시지가 전송되고, 그녀의 답장을 기다리는 시간이 영원처럼 길게 느껴졌다.

―재은이는 괜찮아? 열애설에 대해 왈가왈부하는 사람들 꽤나 많던데.

"자꾸 저한테 재은이에 대해 물어보는 이유가 뭐예요?"

―뭐가 됐든 짝사랑은 아니니까 걱정 마라.

"당연히 그래야죠, 화준 선배와 열애설까지 난 내 친구는 이제 만인이 아는 화준 선배의 연인인데."

―그러기 전부터 관심 없었어.

"그런데 왜 자꾸 저한테 묻는 거예요?"

—주현이, 네가 오해하는 것 같은데 그럴 거면 재은이 번호 좀 나한테 넘겨 줄래?

수화기 너머에서 민수의 한숨 소리가 들렸다.

"안 돼요, 선배도 알다시피 갠 저랑 다르게 대학 시절을 끔찍하게 생각하는 애라서 멋대로 뿌렸다가 걸리면 또 번호 바꿀 걸요? 저 지금 전화번호부에 모재은 바뀐 연락처만 열 개가 넘어요."

그러거나 말거나 강단 있는 여자, 배주현은 꿋꿋이 제 할 말을 무더기처럼 쏟아 냈다.

—그래, 아니까 주현이 너를 통해 간간히 재은이 소식이라도 전해 듣고 사는 거 아니겠냐.

묘하게 설득력 있는 그의 말을 주현은 대수롭지 않게 생각했다. 그와 화준의 관계를 알면서도 이 사소한 대화들이 그쪽으로 줄줄 새어 들어갈 것이라고는 전혀 모르는 눈치다.

—참, 재은이는 뭐래?

"뭐가요?"

—이번 열애설 말이야.

"아아. 제대로 얘기해 본 적은 없는데 많이 부담스러운가 봐요."

—아직도? 차화준이 싫은 거 아니냐? 그 정도면?

"그건 또 아닌 것 같던데요."

—휴, 정말 모르겠다.

남자인 민수의 입장에선 좋고, 싫음이 분명했다. 그러니 재은의 미적지근한 태도가 이해 안 가는 것도 당연했다. 과거는 과거일 뿐이라고 생각하는 그에게는 더더욱. 물론 박태린과 홍미주에게 호되게 당한 재은의 입장에서는 모든 사건의 발단과 같은 화준이 원망스러울 테다.

하지만 민수가 아는 당시의 화준은 최선을 다해 그녀를 보호했고, 그녀에게 해악이 될 만한 인물들은 사전에 깔끔하게 처리했다. 정작 가장 걸림돌인 문서희를 해결하지 못해 6년의 시간을 허무하게 흘려보냈지.

"여자들이 원래 그래요. 잘 튕기거든요. 그래도 조만간 좋은 소식이 있지 않을까 기대할 만한 것 같은데요?"

―그래?

"네, 두 사람 목격담 보니 화준 선배가 영웅처럼 짠하고 나타났다던데. 세상에 그런 벤츠한테 반하지 않을 여자가 어디 있겠어요?"

―거기 있네, 배주현 친구 모재은.

"어휴, 제가 말했잖아요. 재은이 첫사랑이 화준 선배라니까!"

―그 말에 신빙성이 없는데 어떡하냐.

"걔가 둔해서 그래요, 둔해서. 자기도 모르는 거지."

그래도 주현에게만큼은 솔직했던 재은은 화준이 졸업한 후로 종종 그의 이야기를 하며 눈물을 짓곤 했다. 뼈저리게 느끼는 공허함을 형언하지 못해 에둘러 말하던 그녀를 주현은 아직도 기억한다. 때문에 이번 선배와의 우연찮은 만남이 재은의 힘겨웠던 대학 시절을 보상받는 시간이 틀림없노라, 주현은 믿어 의심치 않았다.

그렇다면 나는? 한평생 그녀의 친구로 살아온 배주현의 짝지는?

―화준이, 너무 적극적인가?

"그럼 좋죠. 직진하는 벤츠, 완벽하잖아요."

통통 튀는 모재은을 잡기 위해선 과속 질주를 일삼는 스피드광이 제격이었다. 생각해 보면 구질구질한 박한수는 석 달 동안 재은의 꽁무니를 따라다녔다.

―듣는 아우디 서운하다. 주현아.

"그럼요. 선배도 외제 차죠. 제가 또 잘 알죠."

유독 그의 사랑을 받으며 새내기 1학년을 보냈던 주현이 그를 치세우며 웃는다. 지금은 동문회의 총무로, 대학 시절에는 같은 학과 선배로 친분을 쌓은 민수도 나름대로 괜찮은 사람이었다.

―엎드려 절 받는 기분인데.

"절은 원래 엎드려 받는 거예요."

―말 잘하네, 전직 변호사라 그런가?

"그런가 봅니다."

대답하는 그녀의 목소리가 왠지 시원찮다. 한때는 잘나가는 법무법인 화중 소속의 유명한 변호사였던 그녀였다. 불과 2년 전까지만 해도. 지금은 뭐 변변찮은 중소기업 재무팀의 말단 직원으로 근무 중이지만 분명 그녀에게도 꽃처럼 아름답고 화사한 시절이 있었다.

어둡고 침침한 대학 시절이 가시고, 호천후 같은 시간이 찾아왔다. 더럽고 치사한 재벌가들의 행태만 아니었다면 지금쯤 그녀는 대한민국에서 으뜸가는 변호사로 성공 가도를 달리고 있었겠다. 눈앞에 펼쳐진 탄탄대로를 보고서도 돌아설 수밖에 없던 주현은 부도덕한 기업가 임원들과 회사 측 대표의 태도에 치를 떨며 사직서를 제출했다.

모 기업 임원들에게 겁탈 당한 상대 여성 측에서 회사를 상대로 소송을 걸었던 2년 전 어느 날, 당시 화중에서 촉망 받던 주현이 그 사건을 전담 맡아 담당했다. 여성 강간 및 희롱죄가 엄연히 성립되는 임원들을 변호하며 같은 여자로서 피해자 측 상대 여성을 차마 무고죄로 역고소할 수 없던 주현은 결국 모든 것을 내려놓았다.

—다시 복귀할 의향 있으면 나랑 같이 일하자.

"낙하산은 싫어요."

—행글라이더라고 생각해.

"그건 더 싫어요. 제가 은근히 겁이 많아서 고소 공포증이 있거든요."

—웬일이야, 배주현도 여자였네?

"생물학적으론 그렇죠. 어, 선배. 잠시만. 저 재은이한테 전화 들어와요. 다시 연락드릴게요."

통화를 종료한 주현이 곧장 재은이 연락을 수락했다.

"어, 모재. 응? 맥주? 콜! 나 지금 퇴근. 집 들려서 씻고 연락할게. 어, 알았어."

심상치 않은 재은의 목소리에 주현이 음흉하게 미소 짓는다. 보나마나 화준 선배를 이야기하려는 거겠지. 친구의 사랑을 응원하는 주현이 벙싯벙싯 웃는다.

힘들었던 대학 시절을 이제 와 보상받는 재은이 행복했으면 참 좋겠다.

"재은이, 이번 주말에 제주도로 워크숍 간다더라. 내가 말했던가?"

화준이 고개를 가로저으며 언더록 잔에 얼음 하나를 채웠다. 희석된 독주를 한 입 삼키는 그의 입매가 씨익 말려 올라갔다.

정말 인연인가 싶었다. 아니면 6년 동안 애타게 그리워하던 그의 마음을 하늘이 잘 알고 도와주려는 생각인 건지. 마침 그도 이번 주 주말에 제주 스테이 추가 부지 확인차 제주도 일정이 잡혀 있는 터였다.

"그나저나 재은이 알면 까무러치는 거 아니냐?"

잔을 내려놓은 화준이 맞은편의 민수에게 눈으로 묻는다.

"6년 동안 네가 자기 뒤를 캐고 다닌 거 알면 걔 입장에서도 기겁할 텐데. 가뜩이나 재은이, 너 심하게 부담스러워 하잖아."

"그런가?"

"태린이랑 미주, 골로 보낸 것도 너지?"

"왜 나라고 생각해?"

"단순한 차화준은 하나밖에 모를 테니까."

다르게 말하자면 지고지순한 차화준은 전부터 모재은밖에 몰랐으니까.

"재은이가 널 멀리 하는 이유가 걔들 때문이라고 생각하잖아."

"선배 똑똑하네."

"네가 멍청한 거야, 자식아. 여자는 하나만 생각해서 되는 동물이 아니다."

"선배도 알겠지만 나는 모재은의 둘도 알고, 셋도 알지."

"그건 네 생각이고."

한마디 쏘아 대려던 민수가 조용히 입을 다문다.

"됐다. 더 얘기해서 뭐하냐. 노총각 마음만 적적하지."

"……."

"그나저나 여기도 많이 바뀌었다."

세련된 실내 인테리어를 유심히 살펴보며 민수가 말했다. 화준의 시선도 잠시 모던한 룸 내부를 훑었다.

"확실히 고깃집보다는 모던 바로 바뀌고 더 흥했지, 여기도."

인정한다는 듯 화준이 고개를 끄덕였다. 한남동의 어느 모던 바를 찾은 화준은 회심의 미소를 지으며 어제처럼 생생한 2년 전 어느 날을 떠올렸다. 민수로부터 재은이 대출금 변제를 위해 취업 후에도 주말엔 고깃집 파트타이머로 근무한다는 사실을 전해 들었다. 당시 문서희의 자살극이 한창일 때라 선뜻 그녀 곁을 지켜 줄 수 없던 화준은 조 실장을 통해 고깃집 사장에게 연락을 취했다.

고작 파트타이머의 해고를 강력하게 촉구하는데 얼마를 쏟아부었는지, 아마 모재은은 죽었다 깨어나도 모를 테다. 그녀에게 치근대던 술 취한 남성 고객들을 당장 찢어 죽이고 싶었던 화준의 마음도 전혀 알 리 없겠지. 사회적으로 논란이 일었던 갑질 문화의 피해자가 되어 안타까운 상황에 당면한 그녀를 보며, 자괴감에 빠져 있던 백제 호텔의 차화준 부사장을 너는 결코 모르겠지.

열 번 찍기까지 남은 기회는 이제 고작 두 번. 모재은의 세상을 갖기 위해 고군분투하는 그의 가슴속에서 기대감이 풍겼다. 그녀는 곧 그의 삶의 주체였다.

왜 몰랐을까. 사는 데 급급해 동문회 모임의 총무가 도민수 선배라는 사실을 까맣게 잊고 있었다. 주현과 선배의 사이도 모르는 사람처럼 대수롭지 않게 간과하며 지냈다. 털털한 주현과 달리 대학 시절의 트라우마가 그대로 남아 있는 재은은 지금까지 열 번이나 전화번호를 바꾸었다. 종종 걸려 오는 동기들의 연락도 치가 떨릴 만큼 싫었고, 이따금씩 그들을 통해 듣는 화준 선배의 소식도 듣기 거북스러울 만큼 힘들었다.

생각해 보니 그랬다. 주현을 붙잡고, 미국으로 떠난 그를 오매불망 그리워하던 시간들이 있었다. 그때서야 재은은 그녀의 품에 안겨 그가 첫사랑임을 고백했다.

어린 재은은 무한 화준교의 폭력적인 행태를 모두 그의 탓으로 떠넘겼다. 그녀가 괴로운 시간을 겪은 부분에 있어서도 모조리 그에게 책임을 전가했다. 죽기보다 싫은 차화준이라며 좋았던 기억마저 나쁘게 둔갑시킨 재은은 그 뒤로 같은 대학 출신 동문들과 연을 끊었다.

반대로 주현은 아니었다. 누구에게나 살가운 주현은 강했다. 상처 입은 마음을 금방 훌훌 털어 내고 일어난 그녀는 줄곧 민수와 연락을 주고받고 있었다. 따지고 보면 모재은에게 차화준이 있었던 것처럼 배주현에게는 도민수 선배가 있었다.

심지어 같은 과, 같은 동아리 출신인 두 사람은 화준과 재은보다 더 가까운 사이였다. 이따금씩 그는 졸업 후 함께 일하자며 주현에게 스카웃 제의를 하곤 했다. 화준이 너무 잘나 그렇지 사실 민수도 나쁘지 않은 집안의 자제였다. 대형 로펌의 장남인 그 역시 어엿한 재벌 4세였다.

주현이 2년 전 법무법인 화중에서 뛰쳐나왔을 때에도 자신의 회사로 이직을 권유했다. 그래, 그래서 다 알고 있었구나. 그렇게 내통 중이었구나. 배주현에서 도민수로. 도민수에서 차화준으로! 그녀의 생각이 맞다면 지금까지 의미심장했던 화준의 말들이 이해가 간다.

"왜, 그 새끼가 널 석 달이나 쫓아다녀서?"
"모재은이 알아주는 장학금 킬러였잖아."
"뒷조사라는 건 상당히 실례가 되는 일이잖아."
"부족한 내가 더 노력할게. 그러니까 모자람 없는 네가 협력 좀 해 줘."

그가 말하던 6년의 공백. 연락 한 번 없던 그 시간 동안에도 차화준의 첫사랑으로 그와 공생 중이던 모재은. 그런 그의 말을 도무지 믿을 수 없어 외면하기 바빴던 재은은 이제 와 깨달음을 얻었다. 그렇다면 이해가 간다. 그가 말했던 문서희의 이야기. 멀리서 지켜볼 수밖에 없던 상황.

〈대박 사건! 홍미주가 박태린 약혼자랑 1년 동안 불륜이었대! 완전 대박이지?〉

와중에 도착한 주현의 메시지가 그녀를 혼란스럽게 만들었다. 하필 그때 그녀의 부담을 한 겹, 한 겹 벗겨 내 주겠다던 화준의 목소리가 귀청에서 울려 퍼졌다.

재은은 주현을 만나 자주 가던 골목 어귀의 선술집을 찾았다.
"정말 대박 아니냐? 홍미주가, 박태린 약혼자랑 1년 동안 불륜을 저질렀다는 게."
표독스러운 두 선배들의 파국을 좋아라 떠드는 주현을 물끄러미 바라보며 재은은 눈빛을 풀지 않았다. 재은의 앞에는 맥주가 채워진 소주잔이 놓여 있었다.
"어쩜 친구라는 것들이 그럴 수가 있대? 내가 걔들 그럴 줄 알았다. 그 피보다 뜨거운 우정, 얼마나 오래가나 했더니 역시나."
"그래, 너도 피보다 진한 우리 우정 오래 지속하고 싶으면 묻는 말에 대답이나 잘 해라."
"응?"
수현이 순진무구한 얼굴을 하며 거침없이 소주를 들이켰다.
"너, 그 선배들 얘기는 누구한테 들었어?"
"당연히 민수 선배."
"너 민수 선배랑 그런 얘기까지 나눌 만큼 친해?"
"질문이 뭐 그렇게 진부해? 나 선배랑 친한 거, 잘 알고 있잖아."
"그래, 잘 알지. 나 사는 데 바빠 깜빡 잊고 있었던 게 문제지."
재은도 소주잔에 가득 따른 맥주를 단숨에 비웠다.
"너 민수 선배랑 내 얘기도 해? 그래서 그때 나한테 민수 선배 소개시켜 주겠다는 거야?"

"어. 안 그래도 선배가 자꾸 네 얘기 물어보는데, 난 선배가 너 짝사랑하는 줄 알았잖아."

"……."

"그런데 딱 좋은 타이밍에 네가 화준 선배랑 열애설을 터뜨렸는데, 보는 내가 얼마나 뿌듯한지."

"왜?"

빈 잔에 맥주를 채우며 재은이 물었다.

"왜긴. 누가 봐도 화준 선배가 너 좋아하는 게 눈에 보이는데, 잘되면 좋잖아."

"내가 안 좋아해."

"싫은 건 아니잖아."

"그렇긴 하지만 좋은 건 아니니까."

"싫은 게 아니잖아. 그리고 좋은 게 아니라는 확신은 뭐 때문에 하는 거야?"

"너도 알다시피 선배가 내 첫사랑인 건 맞지만, 딱 거기까지야."

"그래서 그렇게 술 취해서 추태를 부렸냐? 선배 화술에 넘어가 이리저리 휘어 잡히는 거고?"

다소 공격적인 그녀의 어투에 재은이 눈썹을 찡긋거렸다.

"그러는 넌! 그래서 민수 선배한테 내 얘기 곧이곧대로 일러바쳤어?"

"누가 일러바쳐?"

"솔직히 말해. 민수 선배한테 내 얘기 어디까지 했어?"

분노와 원망이 적당히 섞인 재은의 눈빛이 강렬했다. 주현은 고분고분하지 않은 그녀의 태도에 뭔가 이상한 기운을 느꼈다.

"굳이 따지자면 내가 먼저 말한 게 아니지. 나 입 무거운 거 알잖아."

"그럼 민수 선배가 먼저 물었어?"

주현이 고개를 끄덕거리고 재은이 탄식한다. 그럴 줄 알았다. 민수가 그녀를 좋아하는 것 같다며 오해하던 그녀의 문자 메시지가 불현듯이 생

225

각났다. 아무것도 모르는 순진한 배주현도 그렇게 차화준과 도민수의 덫에 걸려든 건지 모르겠다.

"그래서 무슨 얘기했어? 우리 부모님 이혼한 것도 말했겠네?"

"어, 선배가 물어보던데."

"못 산다. 그럼 내가 선배 생각나서 밤마다 울었던 것도?"

"어, 그것도 선배가 물어보던데."

"뭐라고!"

흥분한 재은이 빽 소리쳤다.

"화준 선배에 대한 재은이의 마음은 뭐냐고."

"그래서…… 내 첫사랑이 화준 선배라고 말했냐?"

"어, 사실이잖아."

미안한 주현이 애먼 곳으로 시선을 돌리고, 씩씩거리는 재은이 기가 찬지 헛웃음 치며 머리를 쓸어 넘긴다. 못 살겠다. 잘나가는 차화준의 구애를 자존심 세워 가며 거절했건만. 득의양양한 그는 지금까지 그녀를 보며 무슨 생각을 했을까. 눈앞에 없는 화준이 선연하게 떠올랐다.

재은은 부끄러움에 몸 둘 바를 몰라 했다. 어쩐지 이상하다 했다. 느닷없이 그녀에게 첫사랑을 묻던 그의 낯빛이, 말투가, 목소리가 지나치게 다정하다 했었다. 다 알고 있었구나.

"그럼…… 내가 설마해서 물어보는 건데."

꼴깍꼴깍 맥주를 마신 재은이 번들거리는 입가를 슥 닦으며 말했다.

"나 고깃집에서 알바 하던 것도 말했냐?"

흠칫한 주현의 시선이 쭈뼛쭈뼛 재은을 향했다. 그녀와 눈이 마주친 순간 진실의 거울을 마주한 기분을 느꼈다. 결국 주현이 천천히 고개를 내렸다 들었다.

"야!"

"……미안."

"그걸 왜! 왜 말했어?!"

"그게 사실……."

주현이 미안한 얼굴을 하며 배시시 웃는다. 말하려고 했던 건 아닌데 하필 그날 민수와 통화하던 주현은 만취 상태였다. 부모님의 이혼 후 생계가 어려워진 재은은 대기업 연봉으로도 메울 수 없는 대출금을 변제하느라 온몸을 혹사시켰다.

그녀의 모친인 정희는 근처 동네 고깃집에서 12시간씩 근무하는가 하면 돈에 눈 먼 재은은 이것저것 가리지 않고 닥치는 대로 아르바이트를 병행했다. 평일에는 근처 호프집에서, 주말에는 벌이가 쏠쏠한 만큼 육체적 피로가 상당한 고깃집에서.

그때 재은은 큰 낭패를 보았다. 인사불성이 된 취객에게 노골적으로 성희롱을 당하기 일쑤였지만, 앞당겨 받은 임금만 150만 원이 넘어 쉽게 일을 그만둘 수도 없었다. 노예 계약이나 다름없는 가지급금에 이러지도 저러지도 못하는 그녀의 상황도 문제였지만 그런 그녀의 처지를 알고 악질적으로 노동력을 착취한 악덕 사장도 문제였다.

때문에 곁에서 재은을 지켜보던 주현은 마음을 앓을 수밖에 없었다. 해 줄 수 있는 게 달리 없다는 사실은 고역이었다. 그리고 그녀는 재은에 대한 우애적인 마음을 결국 민수에게 사실을 실토하고 말았다.

물론 그녀의 입장에서 대화의 '주'는 모재은에 대한 배주현의 우정이었다. 하지만 차화준과 내통하는 도민수에게 '주'는 모재은의 형편이었을 테다.

"미안. 왜? 화준 선배가 그거 가지고 뭐라 했어?"

재은은 지금 느끼는 수치심을 말로 표현할 수가 없었다.

"내가 미쳐……."

늘 부담스러운 선배였다. 그럼에도 며칠 전에는 그가 내 첫사랑이라며 순순히 인정했다. 원망한 만큼 그리웠고, 그리운 만큼 생각나서 어쩔 줄 몰랐던 그때만 생각하면 트라우마가 되어 버린 상처도 잊은 채 그를 보며 마음을 울렸다.

"미치겠다고."

하지만 분명한 건 지금의 차화준이 9년 전의 차화준보다 더 부담스러

227

운 존재가 되어 버렸다는 것이다.

"그럼 다 알 거 아냐."

어려움 없이 살아왔을 것만 같은 그와 두 번의 열애설에 휩싸인 지금. 돈 때문에 성희롱 논란이 끊임없는 고깃집에서 고집스럽게 근무했던 그녀의 과거를 화준이 다 알고 있을 거라는 생각이 들었다.

"꾸역꾸역 참고 일하다가 결국 잘린 거…… 다 알 거 아니냐고."

인생에 오점으로 남아 있는 그날의 과거가 미치도록 싫은 재은의 입장에선 미치고 팔짝 뛸 노릇이었다.

"네가 민수 선배한테 한 말이 고스란히 화준 선배한테 들어갔을 거 아냐. 내가 미쳐."

그래도 첫사랑이었다. 잘 사는 모습을 보여 주기는커녕 다시 만난 재회부터 최악이었다. 전 남자 친구의 외도 현장을 그와 나란히 지켜봤고, 구질구질한 전 남자 친구로 하여 열애설 논란이 불가피하게 됐다.

그것만 해도 미안하고 창피해서 죽고 싶은 심정인데, 취객이나 다름없는 단골 고객의 잦은 성희롱에도 돈 때문에 꾹 참을 수밖에 없었던 그녀의 옛일을 그가 낱낱이 꿰고 있다고 생각하니 미칠 지경이었다. 잘 살고 있는 모습을 보여도 부족할 판에 처음부터 끝까지 바닥만 보여 주었다. 구질구질한 제 과거가 저주스럽다. 자괴감마저 느껴졌다.

"어?"

"화준 선배가 다 알고 있던데?"

"뭘?"

"박한수가 나 석 달이나 쫓아다닌 거!"

"헉."

주현이 입을 틀어막았다.

"내가 장학금 킬러라는 거!"

헉. 그래, 그것도 기억이 나.

"내 첫사랑이 차화준이라는 거!"

헉! 어. 거기까지 말했어.

"그럼 구질구질했던 내 인생, 불쌍하다고 동정 받아도 이상하지 않을 과거! 전부 다 알고 있을 거 아니냐고."

미안함에 더 말이 없는 주현이 소주 한 잔을 비우고, 재은은 붉으락푸르락 변한 낯빛으로 모질음을 쓴다. 파도에 뭉그러진 모래성처럼 재은의 자존심이 와르르 무너졌다. 적어도 무소불위한 차화준에게 모난 모습을 보여 주고 싶지 않았다.

"그 사람이…… 날 얼마나 한심하게 보겠어. 박태린과 홍미주도 모자라서, 이름도 모르는 남자들에게 희롱 당하면서도 멍청하게 굴던 나를 얼마나 우습게 생각하겠어!"

보통의 재벌 4세와는 사뭇 다른 그는 그의 말대로 '못하는 게 없는 게 단점'인 사람이었다. 결함이 되는 부분을 눈 씻고도 찾아볼 수 없는 그와 어울리며 그녀의 감정은 수순 밟듯 달라졌다. 선망에서 존경으로. 존경에서 열등감으로. 마침내 그 모든 것들을 청산했을 때 비로소 첫사랑의 감정을 생생하게 느꼈다.

"미치겠다……."

주현과 민수의 두터운 관계가 재은의 허물을 차례차례 벗겨 주었다.

"이건 뭐, 모재은에 관한 낮말도, 밤말도 차화준이 듣는 격이잖아."

"오! 그런가 보다. 선배가 능력이 좋네. 동물에 의인화해서 전래 동화 한 편 집필해도 되겠는데?"

"넌 지금 장난이 나와?"

"에이, 뭘 그렇게 화를 내고 그래. 선배가 알면 뭐 어때. 어차피 열애설까지……."

"그게 중요한 게 아니잖아. 난 선배가 아직도 부담스럽단 말이야! 그리고…… 창피하다고!"

"그래, 모재. 난 네 마음 충분히 이해해. 그래도 옹고집은 적당히 부려야 한다."

재은이 눈을 홉뜬다.

"뭐!?"

"솔직히 그렇잖아."

미안함을 싹 지운 주현이 잔을 채우며 말한다. 분위기에 취한 그녀의 음성에 재은의 귀가 쟁쟁했다.

"네 말대로 내가 민수 선배와 나눈 이야기들이 고스란히 화준 선배의 귀에 들어갔다면, 지금까지 선배는 너를 지켜보고 있었다는 말 아니야?"

맞다. 너무도 맞는 말이다. 반박할 수 없는 재은이 억울한 표정을 지으며 입을 꾹 다물었다.

"또 네 말대로라면 재계의 기라성 같은 선배가 너에게 질리도록 추파를 던지고 있다는 건데. 너도 알다시피 선배 그러는 거 하루 이틀 아니잖아."

"그래, 벌써 며칠째인지 모르겠다."

"9년이지, 정확하게 짚고 넘어가자면."

순순히 인정하는 재은이 한숨 소리를 내며 잔을 든다.

"결과적으로 선배는 너를 잊은 듯 지냈던 6년 동안 민수 선배를 통해 간간히 네 소식을 전해 들었을 텐데. 그 말을 달리 하자면…… 한순간도 널 생각하지 않은 시간이 없었다는 거 아니야?"

"너 정말 전직 변호사구나."

"한때는 진지하게 로맨스 소설 작가를 꿈 꿨었지."

예부터 주현은 남성의 심리를 잘 파악하고 분석했으며 이해했다. 그렇기 때문인지, 묘하게 설득력 있는 그녀의 말에 재은은 금세 휘둘렸다.

모재은을 지척에 두고도 그리워 할 수밖에 없던 차화준의 시간. 재앙이나 다름없던 문서희의 집착과 미련이 두 사람의 관계를 좀먹던 시간. 혼란스러워하는 재은에게 알게 모르게 해답을 제시했던 그의 말들이 귀청을 울리고, 재은은 산란함을 느낀 채 한 모금 남은 맥주를 들이켰다.

"근데 화준 선배 말이야."

호출 벨을 눌러 맥주 한 병을 추가 주문한 재은이 오프너를 손에 쥘 때쯤 주현이 추리를 시작했다.

"이건 내 생각인데. 네가 자기를 되게 어렵게 생각하는 걸 알아서 일부러 모르는 척하고 있었던 거 아닐까?"

일리 있는 말에 재은의 눈이 동그래졌다. 그런가? 그래서 그렇게 말했던 걸까? 매번 그의 눈에 띈 건 모재은이었다는 말. 가까운 듯 먼 거리에 있는 모재은의 그림자였던 차화준은 그래서 우연히 만난 그녀에게 최선을 다 하는 거야?

"만약 그런 거면 JS 그룹 문서희랑 열애설 낸 것도 다 너 보라고 그런 거 아니야?"

제 일이라 된 듯 흥분한 주현이 재잘거리는 동안 재은은 사색에 잠겼다. 침잠에 빠진 그녀의 표정이 퍽 진중하다. 9년 전부터 시작된 차화준의 사랑에 과연 쉬는 시간은 있었을까. 쉴 틈 없이 모재은의 뒤를 쫓아오던 차화준의 마음은 괜찮을까. 모재은과의 인연을 위해 지성껏 기도했던 차화준이 그녀에게 일말의 죄책감을 가지고 있는 건 아닐까.

"……아."

만약 그렇다면 그를 원망하며 보낸 시간들이 무척 죄스러울 것만 같은 재은이 머리를 부여잡는다. 모르겠다. 정말 아무것도 모르겠다.

재은은 집으로 돌아가는 내내 몇 차례 롤러코스터를 탔다.

구한말의 격변기나 다름없는 대학교 3학년. 그제야 깨달은 화준의 공백에 재은은 난생처음 사랑의 열병을 앓았다. 두서없이 꺼내 놓은 말들로 그의 빈자리를 꾸역꾸역 채우던 재은은 그가 남기고 간 외로움을 잊기 위해 처절하게 몸부림쳤다. 첫사랑을 원망의 대상으로 둔갑시키고, 좋았던 기억을 억지로 망각하고, 그렇게 그를 떠올리게 하는 모든 것들을 빈틈없이 차단했다.

사실은 그가 없는 시간들이 못 견디게 울적했다.

그때 깨달았다. 대단히 시샘이 많은 선배들의 눈총에도 재은은 암암리에 그를 믿고 의지했다는 것을. 그의 감언이설과 술수에 넘어가지 않겠노라 다짐했던 그녀도 결국 화준에게 빠져들었다는 것을.

영웅처럼 나타나는 우연 같은 남자의 그림자가 그저 좋았었다.

"어?"

제 암울한 인생에 유일한 빛처럼 느껴졌다.

"왜…… 거기 계세요?"

차화준도 양반은 못 된다. 방금까지 화준을 생각하고 있던 재은은 홀연히 모습을 드러낸 그를 보며 질겁했다.

"어."

그녀의 번지수를 꿰고 있는 화준이 줄곧 기다리고 있던 그녀의 등장에 반색했다.

"모재은이다."

재은은 비틀거리며 다가오는 그를 보며 직감했다.

"그물이라도 준비해 올 걸."

좀처럼 익숙하지 않은 그의 취기가 오른 모습이었다.

"그래야 토끼 같은 모재은을 확 낚아챌 수 있잖아. 그렇지?"

알싸하게 풍기는 술 냄새와 제법 발그레한 얼굴. 활시위에서 놓인 화살처럼 그녀 앞으로 빠르게 다가온 그가 미소 짓는다.

"왜 열애설……. 부인 안 해요?"

술 취한 그를 데리고 인근 놀이터를 찾았다. 대단히 잘난 부사장님을 데리고 기껏 찾아온 곳이 힌산한 동네 놀이터라는 사실이 자못 창피했다. 하지만 무심코 돌아본 그의 모습에 재은은 마음의 안정을 되찾았다. 정재계 유명 인사들과 회동을 갖는 젊은 부사장은 허름한 벤치조차 귀빈실 소파처럼 품위가 느껴지게 하는 능력을 가졌다. 볼수록 놀라운 화준이었다.

"해야 돼?"

"해야 되지 않아요?"

"왜?"

"그냥 선배를 생각해서라도……."

"생각해 주는 건 고마운데 그건 내가 알아서 할 문제지."

"저한테도 책임은 있는 걸요."

그녀의 말에 그가 씨익 웃으며 말했다.

"여전히 신파 좋아한다니까. 재은이."

냉철한 카리스마로 임원들을 진두지휘하는 부사장을 대신해 흐트러진 모습을 보이는 그가 인간적으로 느껴졌다.

"좋아하는 건 좋은데 말은 바로 해야지."

모재은의 모든 것을 속속들이 알고 있을 그를 의식하고 있기 때문일까.

"네가 책임질 건 그쪽이 아니잖아."

"……그럼 어느 쪽일까요?"

"정면."

말과 함께 그가 손끝으로 자신의 얼굴을 가리켰다.

"그만하고, 나 좀 책임져."

"으음……."

"아홉 번 퇴짜 놓은 거지?"

"……."

"남의 입술 먹고 버리려는 것도 모자라, 아홉 번씩이나 퇴짜 놓은 모재은의 죄질이 상당히 나쁘네."

"그래요? 제가 원래 좀 나빠요."

"그래서 더 고마워, 나쁜 걸로 말 못할 정도라 어떻게 형량을 줄일 수가 없겠다. 참작은 물론이고."

그의 말을 이해함과 동시에 가슴이 벅찰 만큼 두근거렸다. 정의로운 차화준에게 모재은은 '죄'였다. 출옥이 허가되지 않는 수감 생활 동안 시난고난 마음의 열병을 앓지 싶다. 차화준이 모재은에게 그러하듯, 그녀 역시 그에게 눈과 귀가 먹고, 그를 바라보는 얼굴에는 늘 열꽃이 피어 있겠지. 주현의 말대로 그의 마음을 모르는 척 외면할 수밖에 없었던 재은은 머지않아 회한의 정에 깊이 빠져들 테다.

난감한 재은이 괜히 주위를 둘러보았다. 어두운 밤하늘을 밝히는 외로운 가로등과 조용한 노래처럼 들리는 바람 소리. 도회적인 평상시와 달리 훈훈하게 느껴지는 차화준과 수줍은 모재은. 이보다 더 찰떡궁합이 있을까, 싶은 재은은 힐끔힐끔 그를 훔쳐보았다. 머릿속은 온통 그의 생각으로 가득했다.

"여, 열 번 안 찍어요······?"

포화 상태에 이른 재은이 마음과 다른 질문을 건넸다.

"찍어 줘?"

멀찍이 떨어져 있는 그녀의 손을 잡아당기며 그가 되물었다.

"찍으면 넘어는 오고?"

"그럴······지도 몰라요. 제가 또 의뭉한 구렁이니까."

"그렇게 해서 뭐, 차화준 담이라도 넘어가겠다고?"

대놓고 그녀를 보며 돌아앉은 그가 이죽거렸다.

"가능하다면요. 그런데 불가능하지 않아요?"

"아니. 가능할걸?"

"제 신념이 사실, '불가능을 가능케 하라' 거든요. 아무래도 생각 좀 해 봐야 될 것 같아요."

"그렇네, 차화준 문제가 좀 많은 게 아니니까."

씨익 웃는 화준이 길고 매끄럽게 뻗은 손가락으로 그녀의 손등을 가볍게 두드렸다. 건반을 두드리듯 부드럽고 감각적인 손짓에 재은의 목덜미가 간질거린다. 그가 숨을 쉴 때마다 옅은 숨결이 드러난 재은의 목을 스쳤다. 바야흐로 무르익은 술기운과 열감이 섞인 숨 한 줌은 그의 정열처럼 뜨거웠다.

"······취했죠?"

신경이 올올이 곤두서는 느낌이었다. 솜털마저 바짝 일어나 손에서 전해지는 그의 맥동에, 불이 난 듯 강렬한 시선에 재은이 부러 뾰로통하게 물었다.

"취한 지 오래지."

바람직한 선배는 동아리 모임이나 회의에 곧잘 참여하면서도 거의 술을 입에 대지 않았다. 그때, 그가 의외로 술자리를 즐기지 않는다는 걸 처음 알았다. 재은은 화준이 술을 좋아하지 않을 뿐, 쉽게 취하지 않는다는 것을 알면서도 부러 물었다. 화준의 말 한마디에 속절없이 흔들리는 마음을 감추기 위해서.

재은의 손을 꼭 움켜잡은 채 그가 답답하게 느껴지는 타이를 살짝 풀었다.

"모재은한테 취했지."

또 시작이다. 그의 말에 재은이 배시시 웃었다. 딱히 할 말이 없었다. 아니, 묻고 싶은 말은 많았지만 대답할 말은 없었다. 회답이 궁색한 그녀가 부러 퉁명스러운 표정을 지으며 슬쩍 말을 꺼냈다.

"저…… 궁금한 거 있어요."

화준이 가볍게 고개를 끄덕였다. 재은은 취기가 돌아 반쯤 감긴 그의 눈을 직시했다. 금방이라도 내려앉을 것만 같은 눈꺼풀 아래로 그의 속눈썹 그림자가 어룽졌다. 한 폭의 수채화처럼 담담하게 시야에 담기는 그의 모습이 서정적이다. 표현을 풍부하게 하는 그의 표정은 보는 이로 하여금 감흥을 불러 일으켰다.

"문서희 씨, 좋아했어요?"

머리와 감정과 입이 따로 움직였다. 감성적인 가슴은 그의 인상에 깊이 감탄하고 있었고, 주현을 통해 들은 사실들을 알은체하는 머리는 냉철하게 굴러가고 있었다. 그와 다르게 입은 낭만적인 그에게 공상적인 생각을 말로 풀이하고 있었다.

"그러는 모재은은, 나 좋아했어?"

술보다 강력한 모재은의 체향에 취해 그가 반대로 물었다. 이쯤 되면 고분고분 실토할 만도 한데 재은은 끝까지 모르쇠로 일관했다.

"제가 먼저 질문했어요."

재은이 슬쩍 말을 돌렸지만 그는 집요했다. 단 한 순간도 솔직한 적 없던 모재은의 진심을 알고 싶은 그가 그녀의 손목을 꽉 붙잡았다. 말수가 적은 것도 아닌데 뭔 놈의 비밀이 그리도 많은지, 탈탈 털어도 말 한마디 않는 그녀가 가끔은 독종처럼 느껴졌다. 여간한 악바리가 아니고서야 차화준의 마음을 알면서도 모른 체할 수 없지.

"대답, 먼저 해 주세요."

"대답할 가치가 없는 질문에 굳이 대답해야 돼?"

해와 달처럼 멀게 느껴지는 모재은의 해그림자가 되어 지냈던 시간, 모재은의 달그림자에 잠겨 살아온 세월, 오직 모재은이었던 화준이 담담하게 대답하곤 그녀의 손을 슥 잡아끌었다.

"알고도 물은 거예요, 전에 선배가 말해 줬잖아요. 그런데도 굳이 물었던 건…… 확인하고 싶어서……."

재은도 손등에 포개진 그의 온기를 피부로 느꼈다. 힘없이 끌려간 몸이 그의 옆에 바짝 밀착됐을 때, 달빛을 받는 두 사람의 모습이 더없이 찬연하게 반짝거렸다. 벤치 위에 몽롱하게 흘러 있는 어스름한 달빛을 보다가 재은이 넌지시 말을 꺼냈다.

"야금야금 모재은 소식 받아먹는 재미는 어땠어요?"

다 알고 있다는 투로 말하는 그녀를 보며 화준이 고개를 갸웃거린다.

"모르는 척하지 말아요. 민수 선배한테 제 이야기 다 들었을 거 아녜요."

"모르는 척이라니, 모재은에 대한 상식이 너무 많아서 도저히 모르는 척할 수가 없겠는데. 걸렸어?"

그녀의 묻는 말에 당황하기는커녕 외려 가지런한 이를 드러내며 웃는 그가 사글사글하게 눈매를 접었다.

"그런데 어쩜 눈 하나 깜빡 않고 거짓말을 해요?"

도민수가 사법 고시보다 어렵게 생각하는 모재은은 이른바 비밀의 숲이었다. 우거진 잡목 사이에 숨겨진 진심을, 대체 어떻게 꺼내 놓으면 좋을까. 차라리 그녀의 마음이 황무지였다면 수월했겠다. 얼싸절싸 씨를 뿌리고, 넝쿨같이 줄기찬 마음으로 창울한 숲을 이루고, 사랑스러운 모재은을 향유하며 그렇게 탈 없이 살아왔을 텐데.

"다 알고 있었잖아요. 왜 모르는 척 물었어요?"

"뭐, 어디서 일하는지, 첫사랑은 누군지, 모재은의 대학 시절은 어땠는지. 왜 다시 물었냐는 거야?"

"네."

"뻔히 알고 있으면서 왜 모르는 척 시치미 뗐냐고, 그걸 묻는 거지?"

"네."

"그야…… 당연히 놀란 모재은이 도망갈까 봐 그랬지."

가뜩이나 부담스러운 그가 6년 동안 스토커처럼 모재은의 뒤를 따라다녔다고 이실직고를 한다면 분명 재은은 까무러치며 그를 밀어냈을 테다. 지금 당장 그녀가 그의 손을 뿌리치고 자리를 박차도 이상할 건 없었다.

"모재은도 알다시피, 차화준이 좀 다정해?"

"많이 다정하긴 하죠. 장난기가 다분해서 그렇지."

"그래, 그렇게까지 했는데도 대단한 모재은은 불쾌해할 게 뻔하니까."

"……."

"아는 데도 참을 수가 있어야지, 모재은의 시간 궁금해 미치는 줄 알았거든."

하지만 웬일인지 재은은 가만히 그의 곁을 지키고 있었다.

"그래서 또 뭐가 있어요?"

"뭐가?"

"저에 대해 아는 거 또 뭐가 있냐구요."

"글쎄."

"발뺌하지 말아요. 저 다 알고 있으니까."

"뭘 말하는지 모르겠네."

재은이 콧잔등을 찡긋거린다.

"저 투잡 하던 것도 다 알잖아요."

"아아. 취업 후에?"

"네."

"그렇지."

웃는 그의 얼굴에 침 한 번 뱉을 수는 있을까. 와중에 재은은 그걸 고민했다.

"그럼…… 알겠네요."

"음?"

"그거요, 그거."

고깃집 말이에요. 재은의 눈동자가 불안하게 흔들렸다. 몰랐으면 하는 사실이 들통 나 어쩔 줄 몰라 하는 그녀의 가슴은 굉장히 큰일을 겪고 있었다. 그 시절의 기억이 또렷하게 상기될수록 양심에 거리낌이 강해졌다. 빚 청산에 눈이 멀어 닥치는 대로 돈을 벌어야 했던 안타까운 시간이 누군가의 위로를 받진 못할망정 외려 그녀가 그의 눈치를 보고 있다.

그는 나를 대체 어떻게 생각하려나. 온갖 폼 다 잡아가며 그에게 퇴짜를 놓던 모재은을 얼마나 우습게, 그리고 불쌍하게 생각할까. 지금까지 온갖 추잡스러운 모습을 그에게 낱낱이 보여 주었다.

"왜."

"모르는 척하지 말아요."

"그러니까, 그게 왜?"

"알면서 모르는 척 그만하라니까요?"

"안 해, 그래서 되묻는 거잖아. 그게 왜, 하고."

재은은 혼란스러웠다. 뭘 알고 묻는 건지, 무작정 그녀의 질문에 왜라고 대답하는 건지.

수준급 연기력을 뽐내는 그의 표정으로는 좀체 유추하기가 어렵다.

"저…… 잘린 거요."

차마 있는 그대로 털어놓을 수가 없었다. 재은이 은연히 말을 돌려 했다.

"뭐가 잘려?"

야살스러운 그는 끝까지 모르쇠로 잡아뗐다.

"정말 몰라요?"

아닌데, 분명 주현이 말했다고 그랬는데.

"정말?"

재은이 시뜻한 표정을 지으며 그를 추궁했다.

"몰라, 기억 안 나."

술기운이 얼큰하게 올라왔음에도 이성적인 판단력으로 말을 아낀 화준이 천천히 자리에서 일어났다. 덩달아 재은도 몸을 세웠다.

"우리 최 비서님, 퇴근시켜야지."

의아한 얼굴을 한 재은을 돌아보며 그가 말했다. 재은이 작게 감탄사를 흘렸다. 그러고 보니 집 앞을 서성이던 화준의 곁에 절제된 격식미가 느껴지는 남성이 있었다.

"모재은 구경하느라 시간 가는 줄도 모르고 있었네."

"가만 보니, 선배는 모르는 게 참 많은 것 같아요."

"알 건 아니까 문제 될 건 없지."

"네?"

"예를 들어 모재은의 주사……."

"아악! 그 말 좀 하지 말아요!"

예상치 못한 그의 발언에 재은의 얼굴이 불덩이처럼 달아올랐다. 얄밉게도 조잘거리는 그의 입을 틀어막기 위해 손을 뻗었다. 키가 한참이나 큰 그에게 채 닿기도 전에 스르르 팔이 떨어졌다.

"안 돼, 안 돼."

가볍게 그녀를 제지한 그가 오히려 그녀의 입을 막았다.

"한밤중에 고성방가는 차화준 침실에서만 허용되는데."

빙긋이 웃는 그의 말에 재은이 긴장을 역력히 드러냈다.

"정 그러면 우리 집 갈래?"

아, 안 돼. 말리지 마, 모재은.

"저 이만 들어가 볼게요."

집 앞에 다다르자 기다리고 있던 최 비서가 냉큼 운전석에서 뛰어 내렸다. 상사를 모시기 위해 대기 중인 그를 힐끔거리다 돌아선 재은이 성큼성큼 계단을 밟았다.

문을 열고, 들어서기 전 밀려오는 아쉬움에 쫓겨 화준을 돌아보았다.

"전화해도 안 받을 거예요."

"김칫국을 사발로 마시네, 재은이."

"마, 맛있네요. 간이 잘 됐어요."

"나도 좋아해, 김칫국. 잘됐네."

그녀도 나와 같은 마음일 거라는 착각. 시작부터 불공평한 관계였다. 그녀에게 더 큰 사랑을 내어 주는 그는 약자였으니까.

"조심히 가세요."

고요하게 미소 짓는 그를 바라보다가 흥 코웃음을 치며 돌아선 재은은 순간의 제 감정을 검진했다.

나는 대체, 뭐가 그리도 걱정스러운 걸까.

chapter

0<u>7</u>

한수는 등골을 섬뜩하게 하는 한기를 느꼈다. 목덜미가 오싹하고, 불안함이 엄습했다.

"설마……."

며칠째 연락이 없는 나은의 행방이 묘연했다. 아니겠지, 아닐 거야. 애써 현실을 부정하며 그녀의 번호를 찾아 눌렀지만 차가운 여자의 목소리만이 수화기를 타고 나와 귀청을 때릴 뿐이었다.

─지금 거신 번호는 없는 번호이오니, 다시 확인하시고 걸어 주시길 바랍니다.

"마, 말도 안 돼……."

한수의 마음을 사정없이 짓밟는 안내 음성에 기어이 그가 쓰러지고 말았다. 끔찍한 현실이었다. 눈앞에 펼쳐진 불행에 그는 바들바들 손을 떨었다. 날았다. 백나은이 바스러진 한 줌의 재가 되어 날아갔다. 감쪽같이 사라진 그녀의 번호가 인정하고 싶지 않은 현실을 일깨워 주었다.

"먹고 튀었어……?"

사랑한다는 이유로 아무런 의심 없이 그녀에게 내어 준 2천만 원이 눈앞에서 왔다 갔다 한다.

"아아악! 백나은!"

왜일까. 하필 그 순간 미련하게도 재은의 얼굴이 눈앞을 스쳤다.

그로부터 3일 뒤.

"그레이스아트빌라로 확인 됐습니다."

상사의 명령을 받들어 곧장 실행에 옮긴 조 실장이 보고한다. 그는 제주의 신축 리조트로 알려진 그레이스아트빌라에 대해 낱낱이 털어놓았다. 리조트를 해부했다고 해도 과언이 아니었다.

조 실장은 그레이스아트빌라가 제주 백제 스테이와 도보 10분 거리에 있는 신축 리조트로 카테고리별 분석을 통해 알아본 바로는 제주 호텔 2위에 올랐다고 운을 뗐다. 관광이 포함된 상품을 통해 수요가 높은 여행지의 메카 '제주'를 타깃으로 삼은 그레이스는 최근 도내 주요 관광 시설과 계약을 맺어 상생 협력 관계를 유지하고 있었다.

테마파크를 비롯해 분야별 맞춤형 서비스를 제공하기도 하는 그레이스는 백제 스테이와 자연스럽게 경쟁 구도를 이루었다.

"그만, 그만."

재은의 제주 워크숍 위치 장소를 조사하라고 했더니, 이건 뭐 뜬금없이 남의 집 연혁과 경영 동향을 보고 있으니 듣다 못한 화준이 그의 말을 싹둑 잘랐다. 몇 년 동안 조 실장과 함께했지만 여전히 익숙하지 않은 그는 심각할 정도로 용의주도했고, 주도면밀했다.

"그래서, 주말 동안 제주 일정 외 별다른 변경 사항은 없고?"

"현재로선 그렇습니다."

"확실하게 하자, 이랬다가 저랬다가 말 바뀌면 내 계획에도 차질이 생기니까."

모처럼 휴식 같은 일정을 선물로 받았다. 그곳에서 재은을 만날 생각인 화준이 그 속내를 철저하게 감추며 부사장으로서의 카리스마를 드러냈다.

"별다른 변경 사항은 없습니다."

"좋습니다. 이대로 진행하시죠."

"그것보다 부사장님."

"음?"

다시 업무에 열중하려던 화준이 고개를 들고 싱긋 미소 지었다.

"열애설에 대해 일언반구의 해명이라도 하셔야 되는 것 아니겠습니까? 사장님께서도 그 부분에 꽤나 걱정이 많으신 모양입니다."

"조만간."

아직은 이렇다 할 관계의 발전이 없으니, 차분히 기회를 엿보는 화준이 조 실장이 바라는 대로 일언반구 했다.

"조치를 취할 생각이야."

몇 번을 거듭 생각해도 차화준은 모재은에게 약자였다. 슬기와 꾀로 강자를 굴복시킬 뿐, 실질적으로 막강한 재은에게 화준의 힘은 전혀 미치지 못했다. 부사장의 확실한 의사 표현에 조 실장이 묵례와 함께 돌아섰다.

그가 집무실을 나가고, 곧바로 화준은 업무에 집중했다. 그러다 불쑥불쑥 생각나는 재은의 얼굴은 어떻게 지워 낼 여력이 없다. 달빛이 교교한 지난 밤. 당황한 기색을 드러냈던 재은은 말로 형언할 수 없을 만큼 사랑스러웠다. 기다리는 수행 기사만 아니었다면 주저 없이 그녀를 가졌을 것이다. 불사의 인내를 끌어모아 참고 또 견뎌 낸 화준은 말을 듣지 않는 몸과 이성을 완벽하게 분리시켜 놓았다.

물론 상상 속 화준은 몇 번이고 재은을 굴복시켰다. 긴 기다림과 그리움을 몸짓으로 털어놓으며 사정없이 그녀를 탐닉했다. 순결한 몸 곳곳에 타락의 표식 같은 타액을 묻히고, 차화준의 체취를 강렬하게 새겨 박았다. 그래도, 그럼에도, 나는 너뿐이었다며 은연히 남아 있는 설움과 애틋함을 번갈아 쏟아 냈다.

"미치겠네."

상상이 지나쳤다. 멀쩡했던 앞섶이 불끈거리는 걸 느꼈다. 처방약이 필요하다. 슬슬 입질이 오는 모재은이 벌써부터 보고 싶어 미치겠다.

오전 업무를 마치는 대로 관리팀 직원 일동이 의전 차량을 타고 공항으로 이동했다. 대망의 워크숍. 워크숍에 참석하느니 차라리 죽겠다. 그렇게까지 생각하던 재은이 웬일로 잠잠하다. 워크숍은 두 번째였다. 가장 큰 문제는 차화준이었다.

벌써 며칠째 그녀는 화준만 생각하고 있었다. 풀리지 않는 해답이 필요한데 도통 머리가 돌아가지 않아 미치겠다. 표정이 퍽 거북살스러운 재은이 길게 숨을 불어 쉬었다. 그만할까 싶으면 생생히 떠오르고, 이쯤 했음 됐다 싶으면서도 떠오르고.

한 번 시작한 화준의 생각은 밑도 끝도 없이 이어졌다. 꽤 괜찮은 성적을 유지했음에도 취업에 실패한 박태주와 홍미주의 인생을 달리 설명할 수 없는 재은은 만념에 사로잡혀 현실에 집중도가 떨어졌다.

정말 알고 있었을까? 두 선배의 눈칫밥을 먹으며 억척스럽게 대학 생활을 하던 당시 그녀의 마음을 그는 알고 있었을까? 만약 그렇다면 이번 박태린과 홍미주의 파국도 그녀를 대신한 징벌인지도 모르겠다.

박태린의 약혼자와 불륜을 저지른 반도덕적인 홍미주의 작태. 그 사실을 알고 분개한 박태린이 그녀의 카페를 찾아가 풍비박산 내주었다는 뒷이야기는 주현을 만난 그다음 날 그녀에게 전해졌다.

"……세상에."

탑승권을 쥔 손에 힘이 들어갔다. 추측의 가능성이 높아지자 머릿속에 백열등이 켜졌다. 애초부터 모든 걸 꿰고 있던 그가 알게 모르게 그녀를 지켜 주고 있었던 거라면 딱딱 말이 맞아 떨어진다. 떨어져 지낸 6년 동안에도 모재은의 소식을 솔래솔래 뺏어 먹던 그는 그동안에도 은근히 그녀를 감싸 주었을지 모를 일이다. 그렇다면 고깃집 해고 건도 그와 밀접한 관련이 있는 건 아닐까.

"대체 어디서부터 시작인 건데."

9년 전, 조재민의 엉큼한 궁량을 고맙게 생각해야 할 판국이었다. 그가 아니었다면 화준과 진한 유대를 맺는 일이 없었을 테지.

"하, 내가 지금 무슨 생각을 하는 거야. 미쳤어."

아차, 싶은 재은이 아프게 허벅지를 내려쳤다. 정신 차리자, 재은아. 정신 차려. 공항에 들어서기 무섭게 눈앞에 펼쳐진 근사한 백제 면세점의 간판 앞에서 재은은 입을 다물지 못했다.

술에 취해 배시시 웃던 지난날의 차화준이 말끔하게 산화되었다. 부와 명예를 체화한 그는 대한민국 경제와 단단히 얽혀 있는 남자였다.

"참, 이번에 백제 면세점 신규 모델로 신보라가 발탁됐다더라."

"어머. 신보라 잘나가네? 광고 CF 섭렵도 모자라 면세점까지?"

"한창때 잘 벌어 둬야지. 지금이 제일 예쁠 때 아니야?"

"한 달에 몇 백억씩 벌어들이면 무슨 기분일까?"

줄 맞춰 게이트를 지나가는 사람들 사이에 재은이 있다.

〈올 때 감귤 초콜릿.〉

주현의 메시지를 끝으로 휴대폰 전원을 껐다. 1시간가량 비행 끝에 제주 공항에 도착했다. 간신히 비워 놓은 머릿속에서 차화준이 소생됐다. 죽지도 않는 각설이도 이보다 끈질기진 않을 테다.

"어머, 이번에 제주 면세까지 장악했다더니 정말이네."

게이트를 나오기 무섭게 제주 공항 백제 면세점이 눈에 띄었다. 어딜 가나 세상은 온통 차화준으로 가득했다. 정이 안 붙으려야 안 붙을 수가 없었다.

"그런데 모 주임, 정말 그 열애설 A양, 모 주임 아니야?"

대답하기도 지치는 질문은 계속됐다. 화준의 말대로 침묵은 곧 수긍이었지만, 아니라고 반박할 여력이 없는 재은은 터 없이 맑게 웃음만 지을 뿐, 알면서도 굳이 대답하지 않았다.

그레이스아트빌라에 도착한 직원들은 각자 배정 받은 객실에 짐을 풀고, 지하 1층 대관에서 모였다. 컨퍼런스 식으로 진행된 소규모의 회의가 끝나고 사기를 높인 그들은 곧장 다음 스케줄을 소화했다.

다소 쌀쌀한 기운이 감도는 리조트의 야외 수영장은 온수로 개장 중이었다. 재은은 멀찍이 떨어진 선 베드에 누워 물장구를 치는 직원들을 관망했다. 소경이나 다름없는 세상살이에 음울한 건 재은뿐이었다. 근심, 걱정 다 내려놓고 활개를 치는 직장 동료들은 물에 몸을 담근 채 혼자 동떨어진 재은을 향해 손을 흔들었다.

"모 주임! 얼른 와! 얼른!"

역시나, 재은은 부드럽게 미소 지었다. 재은은 몸 상태가 퍽 좋지 않음을 저녁 식사 후에 알았다. 속이 왈각거리며 먹은 것들을 그대로 토해 낸 재은은 한참 술자리를 즐기는 직원들을 뒤로한 채 객실로 돌아왔다.

이불보에 싸여 끙끙거리던 그녀가 안 되겠는지, 스멀스멀 자리에서 일어났다. 간단한 소지품만 챙겨 객실을 나온 재은은 부어라, 마셔라 음주 가무를 즐기는 박 팀장에게 간단한 메시지를 남겨 놓곤 황급히 리조트를 나왔다. 휴대폰으로 지도를 검색한 그녀는 낙심했다. 지도상 약국은 코 닿을 거리에 있는 것 같은데, 실상 거리를 따져 보니 도보로 20분이나 걸렸다.

"……아, 미치겠네."

당장 속이 터질 것 같았다. 울컥거리는 속은 빈 공간을 쓰라리게 했다. 숨을 쉴 때마다 식도를 타고 내려가는 공기 한 줌이 온몸에 상처를 내는 기분이었다. 위염이 분명했다. 요 며칠 극심했던 스트레스가 악화된 병세의 궁극적인 이유겠지.

재은은 택시는커녕 개미 한 마리조차 보이지 않는 침침칠야의 도로를 걸었다. 가슴 부근을 꼭 움켜쥔 그녀의 손이 바들거렸다. 배배 뒤틀린 속은 이루 말할 수 없을 만큼 울렁거렸다. 눈꽃처럼 하얀 얼굴은 더욱 창백해졌다. 시름맞은 그녀가 기진맥진 어깨를 축 늘어뜨렸다.

그때 그녀의 등 뒤에서 차량의 헤드라이트가 비춰졌다. 슬그머니 뒤를 돌아보자 깜깜한 길을 서행하는 외제 차가 보였다. 차량이 점점 가까워지자 시야가 환하게 번졌다. 잠시간 눈을 감았다 뜬 재은이 흠칫했다. 그대로 지나칠 것 같던 차량이 정확히 그녀의 곁에서 정차했다. 뭔가 석연찮은 재은이 고개를 기웃거렸다.

운전석의 창문이 내려가고.

"인연 맞다니까."

만병의 근원, 차화준이 모습을 드러냈다.

"또 아니라고 우기기만 해."

그녀를 만념에 빠트린 차화준이 우연처럼, 기적처럼 다시 재은의 앞에 나타났다. 재은은 내심 놀랐지만 너무 아픈 나머지 그 기분을 몸소 보여 주지 못했다.

"왜 그래?"

화준은 상태가 메롱인 그녀를 보며 대뜸 벨트를 풀었다.

"아파?"

놀라움 반, 반가운 마음 반. 적당하게 버무려진 감정 중 뭐가 더 큰지 모르겠다.

"뭐야, 왜 그래?"

평상시 같았으면 그저 부담스러웠을 선배의 행동이 재은은 특별하게 느껴졌다. 단단히 미친 모양이다. 그는 눈만 멀뚱멀뚱 뜰 뿐, 달리 말이 없는 그녀를 곧장 차에 태웠다. 똑똑한 남자는 언제나 냉철하게 상황을 분석했다. 그러나 오늘은 그럴 새가 없었다. 그는 제법 먼 거리에 있는 종합 병원을 찾아 빠르게 달렸다.

그가 바라온 오붓한 시간은 철썩철썩 바위틈에 부딪쳤다 물러나는 파도에 휩쓸려 표류 중이었다. 그녀보다 먼저 제주에 도착해 모든 일정을 무리 없이 소화한 화준은 맞은편 리조트를 뚫어져라 지켜보고 있었다.

리조트를 찾는 관광객들을 예의 주시하며 언제 나타날지 모르는 재은을 기다리다가 막 그레이스아트빌라에 입장한 그녀를 발견했다. 첨예한 시선으로 그녀의 표정, 차림새까지 완벽하게 파악한 화준은 잠자코 지켜 보았다.

안 그러는 척해도 민수의 말이 마음에 돌뿌리로 남아 있었다. 가뜩이나 부담스럽게 생각하는 차화준의 거침없는 맹공격에 겁먹은 그녀가 내심 걱정스러워 연락없이 기다리고 있었거늘.

답답한 기분을 잊고자 호텔 측에서 제공해 준 차량을 타고 무작정 도로로 나오기 무섭게 익숙한 모습을 발견했다. 쓰러지기 일보 직전의 모재은이었다.

귀신처럼 하얗게 질린 얼굴과 이마를 흥건히 적신 식은땀. 움켜잡은 손목에서 느껴지는 열감. 시름거리는 모재은의 상태가 심히 이상했다. 큰 병은 아니겠지만 어떤 병명이든 그에게는 크게 느껴질 테다.

"……무슨 대학 병원이에요. 저 단순한 위염이에요."

아픈 내색 않던 그녀였기에 화준의 입장에서는 그럴 수밖에 없었다. 그녀가 말하는 위염이, 그에게는 위암처럼 느껴졌으니까. 무작정 제주 대학 병원을 찾은 화준은 끄응, 앓는 소리를 내는 그녀를 번쩍 안아들고 곧장 응급실로 들어섰다.

누구나 다 알아보는 유명 인사의 등장에 응급실 야간 의사들이 경악했다. 화준의 품 안에는 앙당그린 채 헐근거리는 여자가 있었다. 그들은 생각했다. 기사로만 보던 차화준의 연인이 틀림없노라고.

"접수는 마쳤습니다. 기다릴 시간 없으니 곧장 진료 부탁드리죠."

재은은 정신이 하나도 없었다. 차화준 부사장의 등장에 우왕좌왕하는 의료진들이 벌떼처럼 그녀 곁으로 몰려들었다. 예상했던 대로 병명은 신경성 위염이었다.

"뭐가 문제인지 모르겠네."

내내 곁을 지키던 화준은 의료진이 사라지기 무섭게 그녀의 손을 잡으며 말했다.

"앞뒤, 물불 안 가리는 차화준이 문제인가 싶기도 하고."

정신이 몽롱한 재은은 뭐라고 대답할 수 없었다. 입은 뻐끔거리는데 좀체 목소리가 나오지 않았다. 흐리멍덩하게 풀린 눈은 보호자 신분으로 침상 앞에 앉은 화준을 바라보고 있지만 그의 실루엣은 점점 흐려졌다. 약에 취한 재은은 그렇게 의식을 잃었다.

"내가 그렇게 부담스러운가."

좋다고 달려든 화준의 마음은 잠든 그녀에게 닿지 못했다.

다음 날. 스르륵 눈을 뜬 재은은 낯선 천장을 보고 어제 일을 기억했다. 곧 죽을 사람처럼 앓던 그녀는 무작정 약국을 찾아 도로를 걸었다. 그러다가 우연찮게 화준을 마주쳤다. 그것도 서울과 멀리 떨어진 제주도에서. 경황이 없어 그럭저럭 넘겼지만 다시 생각하니 그저 놀라울 따름이었다. 세상에, 어떻게 제주도에서……. 이쯤 되면 그의 말대로 인연이 맞지 싶다.

"괜찮아?"

뻐근한 몸을 반쯤 일으켜 세우자마자 익숙한 목소리가 모로 들려왔다. 휘둥그레진 재은의 눈이 소리가 들리는 쪽으로 움직였다.

"안색은 괜찮은 것 같고."

바로 보이는 화준의 깔끔한 모습에 어제 못다 보여 준 놀라움이 오늘 한꺼번에 터졌다.

"왜, 왜 여기 계세요?"

그가 성큼 그녀 곁으로 다가왔다.

"기억 안 나?"

사실 그의 품에 안긴 채로 응급실을 찾은 것까지는 기억이 나는데 그 이후로는 잘 모르겠다. 까무룩 잠이 들었다가 눈을 뜨니 1인실 병상에 누워 있는 터였다. 고작 위염 가지고 온갖 청승은 다 떤 것 같아 부끄러운데 정작 그녀를 지켜보는 화준은 그렇지 않은 모양이다.

"아뇨, 기억나요. 기억나는데…… 선배가 왜 여기 계세요?"

어리둥절한 그녀가 주위를 살피며 물었다. 출장 차 제주도를 찾은 그가 왜 아직도 여기 있는지 모르겠다.

"보호자니까."

6년을 떨어져 있었지만 어느 정도 화준에 대해 잘 알고 있는 재은은 장담했다. 간의 의자에 몸을 앉히며 턱이 높은 침상 위 그녀를 바라보는 그의 마음은 걱정으로 가득할 테다.

"뭐, 신분이 배우자로 격상하면 더 좋겠지만."

가벼운 말장난을 하지만 표정에 드러난 감정만큼은 진심이라는 걸 느꼈다.

"왜?"

"……."

"아파?"

"……."

"왜. 왜 그러는데. 어디 안 좋아?"

재은은 대답할 수 없었다. 온종일 그의 생각으로 벅찬 감동과 슬픔을 교차하며 느끼던 그녀였다. 그가 지금껏 그녀를 지켜봐 주고 있었더라면 재은은 이를 데 없는 죄인이었다. 스스로 불러들인 대재앙에 그녀 곁을 맴돌 수밖에 없다던 그의 말이 불식간 떠올랐다. 잘 짜인 시나리오의 일부분처럼 추상적이고, 허구성이 강한 화준의 이야기를 가볍게 흘려듣던 재은이 탄식을 잇는다.

"저…… 따라왔어요?"

어렴풋이 휴대폰 벨소리를 들었지만 재은은 멍하니 눈앞의 그만 바라보았다. 밤새 그녀를 걱정하던 동료 직원들은 뒷전이었다.

"아니죠?"

"모재은이 그렇게 생각하면 그런 거겠지만, 어젯밤에도 말했듯이 이 정도면 인연이지."

"……."

"마침 나도 제주도 일정이 잡혀 있는 터였고, 모재은도 제주에서 워크숍이 있는 터였고."

"내가 여기로 워크숍 온 건 어떻게 알았어요? 저 말 안 했는데."

"묵비권 행사해도 돼?"

"주현이구나."

화준이 입을 꾹 다물자 재은이 포옥 한숨을 내쉰다.

"몸은 괜찮고?"

이내 그가 천연덕스럽게 웃는다.

"요새 이것저것 신경 쓰이는 게 많은가?"

"그냥, 뭐. 다들 그렇죠."

"그중에 차화준도 있고?"

대답을 뜸 들이는 재은이 그를 물끄러미 바라보았다. 우습게도 그와 떨어져 있는 동안 막연하게 고민하고, 걱정하고, 생각하고, 헤아리던 부분들이 그를 보는 순간 기억에서 사라졌다. 이것저것 물어보고 싶은 말은 많지만 이른 아침임에도 불구하고 말끔한 차림새를 하고 있는 그를 보니 할 말이 생각나지 않았다. 그에게 말 한마디 붙이는 것조차 황송하게 느껴졌다.

"대답, 해야지."

"아. 네, 뭐."

재은이 고개를 떨어뜨리며 대답했다. 밤새 어떤 극약 처방이 있었는지 모르겠지만 고작 하루 사이에 그녀의 몸은 거짓말처럼 호전됐다. 묻지 않았지만 화준의 덕이 크다는 걸 그녀도 알고 있었다. 밤새 곁에 붙어 있던 화준은 재은의 숨소리가 작아지기만 해도 소스라쳤다. 이대로 사라져 버리는 것은 아닐지, 막연히 걱정돼서 도저히 눈을 뗄 수 없었다.

작고 가냘픈 체구의 그녀의 팔목에는 날카로운 주사 바늘이 몇 개나 꽂혀 있었다. 박박 우기는 화준의 고집에 못 이겨 1인실 병실로 이동된 재은에게 간호사들은 곧장 링거를 주사했다. 잠시 잠든 것뿐이거늘, 의료진들은 새벽 내내 볼 만한 영화를 관람하는 기분이었을 테다. 대단하신 부사장님께서 어찌나 안절부절못했는지.

"24시간이 부족하도록 생각해 달라면서요."

"다 좋은데 앓아누울 정도로 과분하게 생각할 필요는 없어."

"어떻게 그래요, 한 번 생각하면 밑도 끝도 없이 빠져드는데."

"아직도 차화준은 모재은에게 해악이야?"

그가 자못 진지하게 물었다. 심한 스트레스가 반복되어 결국 앓아누운 그녀의 파리한 얼굴을 보니 괜히 미안해졌다. 모재은에게 너무 어려운 걸 바랐던 모양이다.

"때에 따라 다르죠."

"부정은 안 하는 걸 보니 맞는 모양이다."

"발암까진 아니니 괜찮지 않을까요?"

"뭐가 됐든 좋은 것만 주고 싶은 내 입장에선 씁쓸하지."

재은은 퍽 당황스러웠다. 약한 소리 한 번 해 본 적 없을 것만 같은 갑 오브 갑, 차화준이 씁쓰레한 미소를 짓는다. 사회 지배구조 최상위에 있는 그는 결코 죽는 소리 한 번 않는 대단한 사람이었다.

그런 그를 절절하게 만드는 모재은의 재주는 대체 어디까지인가. 한결 몸이 나아진 재은이 침상 아래로 내려와 섰다.

"조, 좋은 거 많이 주셨죠."

얼결에 그의 앞에 선 꼴이 돼 버렸다.

"태린 선배랑 미주 선배 일, 그거 선배가 하신 거죠?"

그와 눈이 마주친 재은이 할 말을 고민하다 툭 생각 없이 질문했다. 화준은 어깨를 으쓱이며 그녀의 허리를 끌어안았다.

"우, 우선 저 옷 좀 갈아입고……."

민망한 재은이 천일홍처럼 붉게 볼을 물들였다.

"걸을 만해?"

"괜찮아요, 다리가 아픈 게 아니니까."

"이것저것 이유를 갖다 붙여야 이해하는 어려운 모재은, 갈수록 더 어려워지네."

그녀를 단단하게 붙잡고 있는 악력에 힘이 들어갔다.

"적당히 어려워도 될 것 같은데."

그의 손이 풀리고.

"정답풀이 좀 제공해 줘. 길 헤매지 않게."

허둥지둥 호출 벨을 누른 재은이 곧 입장할 간호사를 기다리며 부산스럽게 병실을 돌아다녔다. 고작 위염으로 엄청난 호사를 누렸구나. 공항 곳곳에 있는 백제 면세점도 놀랍지만 딱 봐도 비싸 보이는 1인실 스케일에 재은은 더 놀랐다.

"바로 돌아가려고?"

재킷 주머니에서 휴대폰을 꺼낸 재은은 부재중 전화 목록을 확인하며 고개를 끄덕거렸다. 대부분 직장 동료들이었다. 간간히 엄마와 낯선 번호의 연락도 남아 있었다.

"정말?"

무심코 고개를 돌렸다. 내내 그녀를 지켜보고 있던 그와 눈이 마주쳤다.

"바로 갈 거야?"

그녀의 동공에 지진이 일어났다.

"음……."

돌아가고 싶지 않은 마음이 드는 건 그때부터였다. 그의 휘어지는 입매가 덩달아 재은의 마음도 휘어 넘겼다. 동료들의 연락이 폭주했다. 재은은 밤사이 쌓인 메시지에 일일이 응했다. 걱정하는 직장 동료들에게 대충 말을 둘러댄 재은은 그렇게 가까스로 화준과의 시간을 구했다.

'내가 왜? 대체 왜?'라는 생각은 그때부터 꼬리를 물었다. 유혹하는 듯했던 그의 시선에 홀라당 넘어간 모재은의 '무리 이탈'을 어떻게 받아들여야 할까. 당장 병원으로 찾아올 기세를 보이는 박 팀장을 잘 달래는 동안에도 재은은 그 생각뿐이었다. 나는 왜 그에게 한없이 약한 걸까.

병원을 나온 재은은 그가 아낌없이 내어 주는 차량 조수석에 올랐다. 접수부터 수납까지, 모두 차화준 부사장의 이름으로 마쳤다. 새삼 가슴이 벌렁거렸다. 돈 많은 남자가 돈 조금 썼을 뿐인데, 그 모습이 누구와는 상반되게 달라 더 크게 보였다. 작은 일에도 곧잘 토라지는 밴댕이 소갈머리, 박한수와 비교조차 할 수 없는 사람이니 지켜보는 그녀의 마음이 두근거리는 것도 당연하지.

"몸은."

병원을 나와 한산한 도로를 달리며 그가 물었다.

"괜찮아요."

암, 그래야지. 밤새 생난리를 친 차화준 부사장의 극성에 못 이겨서라도 모재은의 몸 상태는 쾌적해야 했다. 정밀 검사가 시급하다며 난처해하는 의료진들에게 성화를 부려대던 자신의 모습이 얼핏 생각났다. 웃음이 날 뻔했다. 휴식과 안정이 최우선인 신경성 위염에 곧 죽을 사람처럼 재은의 진료를 강요했으니, 그럴 만도.

"선배 때문에 아픈 거 아니니까 괜히 오해 하지 말아요."

두툼한 약 봉투를 손에 들고 있는 그녀가 심드렁하게 말했다. 그는 대답 없이 그녀를 곁눈질했다.

"선배 생각을 열심히 한 건 맞지만 스트레스 받을 만큼은 아니었어요."

자신 없는 얼굴을 돌려 감추며 웅얼거리는 그녀의 목소리가 작게 흔들렸다. 말씨는 다소 퉁명스러웠지만 듣는 화준에게는 더없이 상냥했다.

"이 대목에서 모재은한테 입 맞추면…… 내가 미친 거지?"

모재은이 평생 아팠으면 좋겠다. 두고두고 곁에서 보살피며, 그때그때 용기 낸 그녀의 고백을 선물처럼 받을 수 있을 테니까.

"미친 거죠, 아픈 사람한테 그러고 싶어요?"

그답지 않게 진행 속도가 더뎌 재은도 모르게 깜빡 잊고 있었다. 거래는 아직 현재 진행 중이었다.

"아파도 예쁜 모재은을 보니 정신이 해이해져서 큰일이다."

"오늘은 일 없어요?"

차에 오른 뒤 처음으로 그를 돌아본 재은이 눈을 동그랗게 뜬다. 화준도 고개를 돌려 그녀를 마주 보았다. 안색은 여전히 창백했지만 점점 살아나는 목소리가 청아해 걱정이 한 줌 사라졌다.

"일이야 있지."

많지. 넘쳐 나지. 언제부턴가 그에게 주말은 업무의 연장선이었다.

"일보다 중요한 게 옆에 있어서 문제지."

"말씀 감사해요, 마음도 알겠고. 정 그러시면 그냥 숙소로 돌아갈게요."

"그럴래? 몸도 안 좋은데."

이상하다. 내내 창밖을 내다보던 재은이 슬쩍 고개를 돌렸다. 두 동공 위로 물음표가 떠올랐다.

"왜 그래요?"

"뭐가?"

"저 보내 주실 거예요?"

원래 알던 차화준과 사뭇 다른 행동은 그녀의 예상 밖이었다. 지금 그는 모재은이라면 좋아 죽던 차화준이 아닌 것 같았다.

"그게 낫지 않나?"

"왜, 왜요?"

"뭐가?"

"왜 절 그냥 보내 주시는 거예요?"

"그럼 뭐 어디에 가둬 두고 묶어 놓을까? 그래도 돼?"

"원래 제 의사 상관없이 행동하시는 분이잖아요, 선배는."

"그렇긴 하지, 그럴 때마다 당황하는 모재은이 귀여우니까."

"……."

"모재은을 통해 나도 몰랐던 가학성을 느끼는 게 퍽 이색적이야."

그는 대학 시절의 트라우마로 차화준에게 벽을 세워 놓은 모재은의 마음을 독재자처럼 강하게 몰아붙였다. 지금도 그런 충동이 들었다. 겁 먹은 얼굴로 할 말 다 하는 모재은이 사랑스러워서 그 모습을 쉴 틈 없이 눈에 담고 싶었다. 그러다가도.

"내가 너무 했지?"

이렇게까지 그를 어렵게 생각하는 재은을 보면 견딜 수 없는 회의감이 들곤 했다. 모재은을 가져야 한다는 사명감, 그녀의 시간을 치유해 한다는 의무감, 반드시 네 곁에 있어야 한다는 책임감. 투철한 마음이 그의 감정을 교란시켰다. 차화준을 기피하는 그녀에게 차화준은 독이 될 텐데.

"그래서…… 이대로 포기하시겠다는 거예요?"

그런데 어떡하지. 그는 이대로 순순히 물러날 생각이 없었다.

"제가 선배의 첫사랑이라면서요."

24시간이 부족하도록 그를 생각했을 모재은을 교묘한 꾀를 써서라도 낚아채야겠다.

"태린 선배와 미주 선배 취업에 방해 둔 것도 선배잖아요."

"거기까지 추리했어? 정탐 능력이 상당하네."

그런데 왜 차화준 마음은 모를까. 아니, 지금 그녀의 표정을 보면 알면서도 부러 등 돌리는 척하는 건지도 모르겠다. 가만 보니 토끼가 아니라 여우다.

"이번에 두 선배 틀어지게 한 것도 선배죠?"

"그게 중요해?"

그가 대수롭지 않은 투로 반문했다.

"중요해요! 엄청!"

"왜?"

"선배가 그렇게까지 할 수밖에 없던 이유가 저 때문이잖아요. 아네요?"

"몸을 버릴 정도로 뭘 그렇게 열심히 생각했나 했더니."

괜히 기업 총수가 아니었다. 시니컬한 오너답게 표정을 지은 그가 쌀쌀한 음성으로 말한다.

"모재은의 각성인가?"

심장은 당연하고, 머리까지 저릿하다. 쿵쿵쿵, 둥둥둥. 머릿속이 어질어질하다.

"가, 각성은 아니구요. 선배가 바라는 대로 따라 줬을 뿐이에요. 생각해 달라면서요."

입장이 바뀐 기분이었다. 맹렬하게 질주하던 외제 차의 속도감이 줄어들자 앞서 도망가던 재은이 거칠게 브레이크를 밟았다.

"그리고 멀쩡한 사람 피학적으로 만들어 놓고서는 이제 와 발 빼시겠다는 거예요?"

뭔데, 지금 이 감정 대체 뭐냐고.

"뭐가?"

두 사람이 타고 있는 차는 목장을 지나 시원하게 뚫린 도로를 종횡하며 그대로 커브 구간을 달렸다. 아름다운 제주 들녘의, 바다 한가운데 우뚝이 소스라져 있는 듯한 한라산의 바람과 여자, 돌의 고장의 정취가 사라졌다.

"뭐긴요! 선배 존재 자체가 그래요. 내가 왜 이상해졌는데. 누구 때문에 통각이 강해졌는데! 왜!"

왜 분한 건지도 모른 채 목에 핏대를 세운 그녀가 고함쳤다.

"잘난 선배 좋다며 온 마음, 온몸 마지않고 내어 줄 것 같은 선배들 때문이잖아요!"

울분을 토하는 그녀의 눈가에 일시적으로 물기가 어렸다.

"매일 생각했어요. 다른 선배들의 시기심에 지쳐 갈 때마다 주문을 걸었다고요."

대단한 화준 선배의 관심을 받는데 이 정도쯤이야 감내해야지. 그런 생각들이 깊어질 때마다 저도 모르는 사이 스스로에게 상처를 주고 있었다. 재은은 그렇게 말하고 싶었다.

"그래서."

"그래서는 무슨 그래서예요. 그렇다구요. 그렇게 종일 선배만 원망했다구요, 나!"

"그래, 그러니까 그래서 뭐."

순식간에 욱한 재은은 그의 말을 전혀 받아들이지 못했다.

"그런데 그렇게까지 증오하는 선배가…… 결국 제 첫사랑인 걸 어떡해요. 이쯤 되면 선배 때문에 제가 그런 성향의 사람이 돼 버린 게 맞는 거 아니에요?"

부담스럽다며 성벽을 세우고, 멀어지기 바빴던 재은은 성큼성큼 다가올 때마다 무섭게 느껴지는 화준이 그래도 싫지 않았다.

"나라고 그렇게 얻어맞으면서 선배 옆에 있고 싶었겠어요?"

우습기도 하지. 다가오면 다가올수록 멀어지고 싶은 그녀의 마음은 수시로 그를 돌아보고 있었다. 어디쯤 와 있을까.

"무, 물론 지금도 그렇다는 건 아니구요……."

돌아보면 늘 그는 그녀 뒤에 있었다.

"절대 아니구……."

재은은 말이 없는 그를 힐끔 돌아보았다. 뭘 하고 있나 했더니 쿡쿡거리며 웃고 있었다. 어깨까지 떨며 웃는 그를 보니 민망함에 목덜미까지 빨개졌다.

"수치로 따지면 어느 정도야, 70%?"

끅끅 숨을 토하며 웃던 그가 비스듬히 고개를 꺾어 그녀를 바라보았다.

"뭐, 뭐가요."

"모재은이 굳이 말 안 해도 알지, 내가 그 정도 눈치도 없겠어?"

그가 그녀의 정수리 위에 턱, 손을 얹었다. 불퉁한 얼굴로 입술을 삐죽거리던 재은이 수줍게 얼굴을 붉혔다. 이것보다 더한 것도 몇 번 경험했는데, 가벼운 쓰담쓰담이 뭐라고 그녀의 심장을 송두리째 흔들어 놓는다. 아무렇지 않게 취하는 그의 행동에 몸살 앓겠다. 새삼스럽게 심장에 진동이 일고, 골수가 짜릿했다. 화준은 정면으로 시선을 돌렸음에도 그녀에게서 손을 떼지 않았다. 그는 손가락 끝에 걸려 허무하게 사라지는 그녀의 머리카락을 몇 번이고 부드럽게 쓸어내렸다.

"모재은 첫사랑이 차화준이라는 건 이미 다 아는 사실이고."

시선을 돌린 재은이 흡뜬 눈으로 차창 밖을 내다보았다.

"……선배 첫사랑이 저인 것도 이미 다 아는 사실이에요."

"그래, 인정하는 바야."

속이 훤히 보이는 제주도의 푸른 바다를 관망하던 재은의 머릿속에 섬광이 터졌다. 심장이 덜컹 내려앉았다.

"뭐야. 설마, 저 떠본 거예요?"

거칠게 그를 돌아본 재은이 경악한 표정을 짓는다. 그녀의 입술이 천천히 벌어졌다.

"열 번 찍기 전에 나도 기회는 좀 봐야 되지 싶은데, 아니야?"

콧잔등을 찡긋거리는 그녀의 눈이 휘둥그레졌다.

"이번이 마지막인데, 나 그 정도로 언행에 경각심 없는 사람 아니야. 그건 모재은이 더 잘 알 텐데."

"……허."

"항상 신중한 차화준, 알지?"

차화준 부사장의 광폭한 행보라는 머리기사는 다 뻥이다. 내가 얼마나 조심성 많은 남자인데. 혹, 토끼몰이가 실패로 돌아가는 것은 아닐까 잠시 쉬었다 상황을 살피는 그는 진정 주도면밀한 전략가였다.

"떠본 거 맞죠?!"

다 죽어 가는 모재은을 소생시키기 무섭게 들었다 놓는다.

"모재은이 잡힐까, 아닐까 정도는 파악해야지."

"와……."

"그래야 작전상 후퇴를 할지, 돌격을 할지, 알 거 아니야. 아니야?"

아니야! 재은의 얼굴이 사과가 되어 버렸다. 빨개진 얼굴과 코로 흥흥 숨을 쉴 때마다 뿜어지는 콧김이 상당히 뜨거웠다.

화준은 그런 그녀를 수시로 돌아보며 부드럽게 미소 지었다. 아무래도 계획을 변경해야겠다. 모재은을 쟁취하기 위해선 탁월한 작전술이 필요했다. 위험한 도발도 좋다. 지금의 모재은이라면 충분히 가능성 있는 일이었다.

"내가 이대로 포기할까 봐 무서웠어?"

지략이 뛰어나고 용병술에 능한 그가 장난스럽지만 중후한 목소리로 물었다.

"열 번 찍을 필요 없겠는데."

얼굴이 새빨개진 재은은 그를 외면했다.

"준비도 다 마친 것 같고."

좁은 차 안에서 도망칠 곳은 없었다. 내다보는 창밖 너머의 제주 바다가 온통 화준의 얼굴로 보였다.

"기왕 이렇게 된 거 아낌없이 다 주지, 그래."

"당최 이해를 못 하겠어요. 뭐가 이렇게 됐다는 건지. 원."

고집스러운 재은이 모르쇠를 부리고, 운전 중인 그가 스르륵 손을 내려 그녀의 손등 위에 포갰다.

흠칫 놀란 그녀 몸이 작은 폭으로 떨렸다. 훈훈한 차내 분위기의 빛깔은 곱디고운 핑크빛이었다. 못 견디게 가슴이 두근거린다. 이러다 펑 터지는 건 아닐까, 두려울 지경이었다.

"뭐긴, 고백 성사지. 모재은이 방금 차화준한테 고백한 거잖아."

그와 눈도 못 마주치는 그녀는 끝까지 부정했다. 강한 부정은 긍정이라는 말도 잊은 채 어떻게든 상황을 모면하려고 했다. 그녀의 속내를 훤히 꿰고 있는 그는 사랑에 바지런한 사람이었다. 몇 년을 지켜봐 온 그녀에 대해 모르는 부분이 있을까.

"목적지 도착하는데 20분 정도 걸릴 거야."

절대, 절대 모르는 게 없을 테다. 모재은에 대한 차화준의 사랑은 충직하니까.

"그동안 내 생각 좀 실컷 해 줘."

그녀의 손가락 사이를 파고든 그가 슬그머니 깍지를 끼며 재은을 돌아보았다. 불덩이가 되어 버린 그녀의 얼굴이 어찌나 빨간지, 지켜보는 것만으로도 그 열기가 고스란히 전해졌다.

"기분 좋더라, 내 생각하는 모재은 상상하는 재미도 상당하고."

그가 손에 힘을 실었다. 경직된 그녀의 손이 미세하게 떨린다. 화준은 풋 웃으며 그녀에게서 시선을 거두었다.

지금까지 백제 호텔은 제주 영세 식당을 선정해 메뉴 개발, 조리법 전수, 주방 설비 개선 등 사회 공헌 활동을 활발히 했다. 화준을 따라온 애월읍의 음식점 '고기 짓는 집'도 백제 측에서 선별한 맛집 중 하나였다. 제주의 먹거리로 알려진 이곳은 주 메뉴가 제주산 흑돼지 구이로 밑반찬이 무려 20가지나 된다.

"네, 계장님. 아뇨, 저 지금 여기가 그러니까……."

맞은편에 앉은 그가 식사하는 동안 재은은 슬그머니 가게를 둘러보았다. 갑작스럽게 전화를 걸어온 계장은 불청객이었다. 분명 박 팀장에게 상황 전달을 했는데, 꼭 전화해서 두 번씩 말하게 한다. 사람 피곤하게 하는 데 재주도 좋다.

"고, 고모님이랑 있어요."

룸 벽면에 걸려 있는 사진을 보았다. 액자 속에는 식당 주인과 나란히 서서 환히 웃고 있는 백제 호텔의 차연지 사장이 있었다. 그의 고모이자 포브스에서 선정한 한국 여성 기업인 1위에 오른 그녀를 보자 무작정 말이 튀어 나갔다.

"네, 저희 고모님이 제주도에서 농장을 하시거든요."

세상에. 내가 이렇게 말 둘러대는 데 재주가 있었을 줄이야. 재은은 새삼 놀랐다. 눈 한 번 깜빡 않고 거짓말을 하는 그녀의 실력은 수준급이었다. 오죽하면 맞은편에 앉은 그가 의외라는 듯 눈을 크게 떴을까.

"네네, 저녁에 돌아갈게요. 식사하고, 얘기만 나누다……. 아. 몸이요? 링거 맞고 하루 푹 잤더니 괜찮아졌어요. 감사합니다. 네, 금방 돌아갈게요."

전화를 끊은 재은이 휴대폰을 내려놓고 포옥 한숨을 내쉬었다. 한시름 놓았다고 생각이 든 모양인지, 근심으로 어둡던 낯빛이 사뭇 밝아졌다.

"계장님이 뭐라고 하셔?"

그가 물었다. 뭔가 이상했다.

"잘나가는 부사장님께서 계장님을 찾으시니 좀 낯설게 들리네요."

"뭐, 우리 식구는 아니니까."

"남의 식구 존중하시는 거예요?"

"경쟁 기업이라 해도 인권은 존중해 줘야지."

말과 함께 그가 그녀를 직시했다. 눈이 마주친 재은은 위험을 감지했다. 그의 꿍꿍이속을 확인할 수 없으니 불안감의 수치는 높아지고, 마음은 인정사정 볼 것 없이 무섭게 흔들렸다.

"계장님 승낙도 받았으니, 이제부터 모재은 시간 다 차화준 거야?"

"제 시간이 왜 선배 거예요? 말도 안 돼."

"어느 곳 하나 차화준 거 아닌 게 있나?"

"있어요, 많아요. 다 선배 거 아니에요."

미치겠다. 도무지 정신을 차릴 수 없다. 어디로 튈지 모르는 그의 대답이 자꾸만 멋대로 그녀의 혼을 빼놓는다. 무엇보다 싫은 건 그의 말에 휩쓸려 두근거리는 감정이었다. 기계 장치 같은 심장의 오작동으로 눈앞의 그가 달리 보이는 사태가 벌어진 건 그다음이었다.

"아니라면 어쩔 수 없지, 뭐."

툭 던진 말이 폭탄이 되어 그녀의 가슴속에서 펑 터졌다.

"하나하나 다 뺏어야지. 그 수밖에 없잖아."

설렘이 진해졌다.

"일전에도 말했지만 재벌들이 제일 잘하는 게 힘쓰는 거거든."

이윽고 천지가 진동하듯 엄청난 굉음이 울렸다.

"그리고 내가 그걸 제일 잘하는데, 어떻게 확인시켜 줄까?"

환장하겠다.

"아뇨, 우선 밥부터 먹고요. 저 약도 먹어야 되고, 밥상 앞에 두고 수다 떠는 거 아니랬어요."

"그래, 그럼 모재은 시간 다 차화준이 갖는 걸로 하고 밥부터 먹자."

"솔직히 말해요, 애초부터 나 괴롭히려고 데리고 온 거죠?"

밥 대신 주문한 흑임자죽을 그녀 앞에 놓아 주며 그가 고개를 갸웃거린다.

"선배 때문에 아픈 건 아니지만 선배 덕분에 더 아파질 것 같은 기분이에요. 느낌 왔어요."

"잘 아네, 그 느낌. 그래서 어디서부터 아플 예정이야?"

"네?"

"위? 아래? 뭐."

돌아 버리겠다! 정말! 숟가락을 들다 만 그녀의 손이 허공에서 굳었다.

"제대로 작정했네요. 나 괴롭히려고 이미 계획까지 다 짜놓은 거 아니죠?"

선뜩한 재은이 소름 돋은 몸을 부르르 떨자 그가 가볍게 웃음을 터뜨렸다. 그의 웃는 얼굴이 사악하게 보이는 건 오직 그녀의 관점일 테다.

"맞아, 모재은 통각이 특출나다며?"

재은은 심사숙고했다. 세상에 둘도 없을 '어렵고 불편한 선배'를 고찰하는 그녀의 표정이 퍽 살벌하다. 그러다 어리둥절한 얼굴을 했다.

"그래서 그런가, 가만히 둘 수가 없겠더라. 반대로 차화준 성향은 지나치게 짓궂거든."

말미에 가슴이 뛰었다. 묵묵히 레이스를 펼치는 심장 박동은 홀로 쾌활했다.

"이런 부분에 있어서도 찰떡궁합이네."

뭐가 그리 신나는지, 그의 말 한마디를 촉매제로 삼아 파동을 더했다.

"우선 죽부터 먹자. 잘 먹고, 빨리 나아야 내 생각 실컷 할 거 아니야."

불현듯 언젠가 단념한 줄 알았던 첫사랑이 현재 진행형이었다던 그의 말이 떠올랐다. 그건 그녀에게도 해당되는 말이었다. 이런 비밀스러운 생각들이 행여 그에게 들키지 않을까, 가슴 졸이는 재은이 대답과 함께

죽 한 숟가락을 떠먹었다.

"약 잘 챙겨 먹고."

무덤덤한 말씨와 달리 그의 표정은 더없이 다사로웠다.

"그런데도 아프면, 그 아픔 반 떼서 나 줘."

"왜 반이에요?"

"앓아눕지 않을 정도로 아파야지, 모재은 뒤를 놓치지 않고 따라다닐 거 아니야?"

"……."

"죽을 정도로 아프면 모재은의 행로를 놓칠 수도 있으니까."

"거짓말. 제 6년이 어땠는지 낱낱이 꿰고 있는 분이 할 말은 아닌 것 같아요."

"그런가?"

그가 머쓱한지 어깨를 으쓱거린다. 재은은 그런 그를 물끄러미 바라보았다. 질리지 않는 얼굴은 볼 때마다 색달라서 그녀를 당황하게 했다. 콩깍지라도 씌었는지, 눈앞의 그가 새삼 달라보였다. 어렵고 불편했던 선배에서…… 나를 사랑하는 남자로.

"선배."

대낮의 허깨비는 생시처럼 생생했다.

"제 뒤 따라다니는 게 재미있어요?"

자못 진지한 얼굴로 그녀가 물었다. 핏기 없는 얼굴과 부러질 것처럼 가느다란 뼈대. 잔풍에도 떠밀려 갈 것만 같은 새은의 단호한 질문에 화준도 퍽 심각한 얼굴을 했다.

"응, 재밌어."

말려 올라가는 입꼬리를 어찌지 못한 그의 입매가 자꾸만 씰룩거린다.

"왜요?"

"그러는 너는 왜. 지치지도 않는 내가 신기해?"

"죽지도 않는 각설이와 같은 맥락인 것 같아요."

"걔보단 내가 낫지. 부와 명예, 거기다 수려한 외모까지."

"……."

"아. 비슷한 게 하나 있네."

사랑 구걸. 그의 눈매와 입매가 동시에 휘어졌다. 재은은 유려한 곡선을 내며 미소 짓는 그를 멍하니 응시했다. 두근두근. 가슴이 크게 뛰고 스르르 웃음이 번졌다.

"차가운 모재은이라도 좋더라."

당최 정의 내릴 수 없는 감정이었다. 좋아하나? 안 좋아하나? 좋아하나? 꽃 한 송이 꺾어다 마음을 시험해 보면 알 수 있으려나.

"뒤따라가는 차화준, 간간이 돌아봐 주는 모재은의 밀당이 어지간히 사람을 애태워야지."

몇 술 뜨지 않은 탓에 죽은 그대로였으나 포만감은 충분하게 느꼈다. 마음을 한껏 부풀게 하는 그의 말이 빈속을 가득 채웠다. 평소답지 않게 불편하고, 긴장되는 시간이 재깍재깍 빠르게도 지나갔다. 다른 의미에서 어려운 식사 시간은 그녀를 깊은 자아 성찰에 빠지게 했다.

이른 봄인데도 불구하고 가게 뒤편에는 유채꽃이 노랗게 출렁거리고 있었다. 들판처럼 넓은 꽃밭 머리로 달려간 재은은 감탄을 아끼지 않았다.

"우와."

활짝 핀 유채꽃을 배경으로 사진을 찍고, 소망스레 피어난 색색의 꽃밭을 보며 눈빛을 내기도 했다. 바람결에 일렁이는 노란 물결의 풍경은 진정 효과가 상당했다. 그저 지켜보는 것만으로 재은은 마음이 차분해지는 걸 느꼈다.

내내 고조되어 있던 감정이었다. 애써 아닌 척했지만 그를 힐끔거리는 동안 가슴은 이유 없이 두근거렸다. 제주도의 아열대 바람처럼 훈훈한 잔풍이 자꾸만 그녀에게 불어왔다. 아느작아느작 춤사위를 벌이는 유채꽃처럼 종일 마음이 울렁울렁 파도를 쳤다. 아직도 잔물결은 남아 있었다.

"안 가?"

그녀의 등 뒤로 다가온 화준이 물었다.

"조금만 더 구경하다 가면 안 돼요?"

"그럴 시간이 되나?"

나야 뭐, 상관없지만.

"계장님께 조금 쉬다 돌아간다고 했으니까 아직 시간은 널널해요. 안 돼요?"

재은이 초롱초롱 눈을 밝혔다.

"몸은?"

"약 먹었더니 괜찮아요."

"회복력이 뭐 그렇게 빨라? 무서울 정도네."

"변심하는 여자 마음보다는 아닐 걸요?"

말미에 걸음을 뗀 재은이 샛노란 유채꽃을 바라본다. 그 곁을 화준이 따랐다. 오르막길에 오르는 그의 손이 그녀의 등허리를 받쳤다. 꽃구경에 여념 없는 재은은 은근히 닿은 그의 손길을 채 느끼지 못하곤 연신 감탄을 발사했다.

"모재은의 변심하는 속도는 얼마나 되나, 궁금하네."

언덕으로 올라온 두 사람이 노란 유채꽃 들판을 내려다보았다.

"마하까지는 아니더라도, 속도감은 있는 편이에요."

"상대에 따라 다른 것 같은데. 아니야?"

"그 상대는 누구를 지칭하는 말이에요?"

재은이 그를 돌아보았다.

"글쎄."

"선배 말하는 거죠?"

"그럴 수도 있고."

웃으며 말하는 그를 보자 고요한 가슴이 착해졌다. 확실히 그의 요구대로 밤낮없이 화준을 생각한 결과는 좋았다. 물론 그의 입장에서만. 쉴 틈 없이 팽창하는 감정은 하루에도 몇 번씩 수축과 이완을 반복했다.

"……이, 인정해요."

차화준에게 변심하는 속도가 유독 더디다. 마음의 의지가 강해서인지, 쉽게 돌아설 수가 없더라. 지금도 갈팡질팡하는 마음은 그의 곁을 서성이고 있었다.

"뭐……."

이제는 아니야, 아니야, 차화준은 아니야, 하고 거는 주문의 효력도 없어졌다. 부적이라도 한 장 사는 게 좋겠다.

"반은 성공했네요."

퉁명스레 말한 재은이 유채꽃 한 송이를 꺾었다. 죄는 다음 생에 받도록 할게, 미안해. 꽃아.

"선배가 말한 대로 요새 저 틈틈이…… 선배 생각해요."

틈틈이는 무슨. 그의 말대로 하루 24시간이 부족하게 느껴질 만큼 전두엽을 회전시키는 중이었다. 하루의 처음부터 끝까지, 모두 차화준이었다.

"그래, 늦은 결과 발표 좀 들어보자."

눈은 그를 보는데, 손은 유채꽃 꽃잎을 하나, 하나씩 뜯고 있다. 속으로는 좋아한다, 안 좋아한다, 유치한 말을 되뇌었다.

"브리핑 부탁할게."

"꼭 해야 돼요? 별 내용 없는데."

꽃잎 하나를 더 떼며 좋아한다, 속삭인 재은이 대꾸했다.

"판단은 내 몫이지."

"선배 몫은 참 많네요."

꽃잎 한 장이 바람결에 흩날리고, 안 좋아한다, 중얼거리는 그녀의 입 속말이 혀끝을 맴돌았다.

"모재은이 다 내 몫이니까."

"가끔 보면…… 선배 정말 무서운 거 아시죠?"

6년 동안 그녀의 뒤를 밟아 온 것도 모자라 말 한마디를 할 때마다 그녀의 가슴을 펑펑 울린다. 두고두고 기억될 마음의 소리는 시원했다. 이따금 애연하기도 했고.

"그럼 무서운 사람답게 모재은 훔쳐서 달아나도 돼?"

화준이 장난스럽게 몸을 기울이며 그녀의 손을 잡았다.

재은이 고개를 내렸다. 그의 손이 닿은 손목에 적당한 체온이 느껴졌다. 점점 빨라지는 맥동이 즉각 반응을 보였다. 역류한 피가 그의 온기가 부여된 손목으로 몰렸다.

"안 돼요."

어느새 꽃잎은 세 장 남았다. 눈으로 수를 센 순간 심장이 쿵, 떨어졌다.

"사실 선배한테…… 은근히 열등 의식을 느꼈던 것 같아요."

좋아한다, 안 좋아한다. 빠르게 두 장이 지워지고…….

"다시 만난 후에 솔직한 선배를 보니 조금은 알겠더라구요."

마침내 마지막 한 장이 남았다.

"태생이 다르니 선배처럼 대단한 집안의 규수가 될 순 없겠지만 적어도 부족함만큼은 없는 사람이고 싶었는데, 현실적으로 어렵다는 걸."

답은 정해져 있었다.

……좋아한다. 조마조마했던 마음이 쿵쾅거린다. 강심제가 필요하다. 불완전한 심장이 멋대로 뛰기 시작했다.

"태린 선배와 미주 선배도 아마 그것 때문에 제가 미웠을 거예요."

재은은 자신이 무슨 말을 하는지도 모른 채 대화를 이었다.

"선배의 곁에는 문서희 씨와 같은 사람이 서 있는 게 맞다고 생각했을 테니까요."

머릿속은 온통 좋아한다, 좋아한다, 좋아한다……. 유채꽃 한 송이가 남긴 말로 가득했다.

"물론 저도 그렇게 생각하구요."

"이것저것 따져 보고, 재단하는 건 좋은데 너무 멀리 갔다."

그가 괜히 허공에 팔을 휘둘렀다.

"다시 잡아와도 돼? 내 특기가 모재은 발목 잡고 늘어지는 거라는 거, 알잖아."

"알죠, 아는데…… 어릴 때는 그랬던 것 같아요. 자신이 없었던 거죠."

손에서 놓친 유채꽃 가지가 바람결 따라 너울거리다 이내 발치에 툭 떨어졌다.

"선배가 좋았던 건 사실이지만, 그 마음보다는 자괴감이 더 컸거든요. 좋은데, 밉고, 미운데 자신 없고, 자신이 없지만…… 그러면서도 또 좋았던 거죠."

그의 사랑을 받아 마땅한 여자가 아니라는 사실에 혼자 눈물짓던 밤이 있었다.

"지금도 그래요."

냉정한 어조로 스스로 책망하던 그 시간이 얼마나 고독했던지. 그가 유학길에 오른 뒤로 홀연히 사라진 그의 그림자를 찾아 많이도 헤맸다. 그의 충만한 존재감이 알게 모르게 그녀에게 주입됐던 모양이다.

"알죠? 저 말이에요, 선배가 주는 사랑 받아먹는 데 재주 좋은 거. 그 버릇 어디 못 가고 아직도 가지고 있는 모양이에요. 아니면 습관이 무서운 건가?"

그 버릇은 고치려야 고칠 수 없는 고질병이나 다름없었다. 그의 말 한마디에 설레고, 그의 사소한 행동에 아직도 심장이 널을 뛴다. 그리고 그의 모습이 눈가를 스칠 때마다 자연히 회억되는 과거의 시간이 그녀를 뭉클하게 했다.

"그래서."

"네?"

"열 번 찍어 넘어오겠다는 건가?"

"자신은 없지만…… 저도 선배 닮아 구렁이는 아니거든요."

"……."

"확실한 건 선배 담을 타고 넘어갈 재간은 없다는 거죠."

신기한 현상이었다. 한마디 했을 뿐인데 온몸이 바들바들 떨렸다. 그가 옆에 없었다면 바닥에 철퍼덕 주저앉았을지도 모르겠다.

"선배 마음은 뭐예요? 정말 진심이에요?"

내리막길을 밟으며 재은이 물었다. 긴 시간 떨어져 지냈는데도 불구하고 견고한 그의 마음이 의심스럽다.

"뭐든 처음이 어렵고, 두 번째는 쉽다고 하던데."

다른 세상에 사는 남자의 마음은 분명 나무랄 데 없었다. 알면서도 재은은 확인 받고 싶었다. 주제 넘는 질문이었지만 확실하게 하고 싶었다.

"같은 맥락 아닌가?"

"그 말은 뭐예요, 첫사랑은 어려웠지만 두 번째는 쉽다 이거예요?"

"굳이 따지자면 그렇지?"

"그럼 두 번째 모재은은 쉬운 여자라는 거예요?"

왠지 불쾌했다. 첩첩산중 같은 모재은이 쉬운 여자 취급을 받다니. 대단히 잘난 남자의 눈에 모재은은 참 쉽고 가벼운 여자였던 모양이다. 그러니 앞뒤 안 가리고, 불 같이 덤벼들었겠지. 그렇게 하면 날 휘어넘길 수 있을 줄 알고? 흥. 괜히 자존심이 상한 재은이 불퉁한 얼굴을 한다. 그러는 동안 주차장을 찾은 그는 키를 꺼내 차 문을 열었다.

"안타까운 첫사랑이 어려웠던 것만큼 두 번째는 수월했으면 했거든."

사전에 방해가 될 만한 요소들은 철저하게 쳐냈으니까. 당연히 그렇게 생각했거늘. 꽉 막힌 모재은은 밀폐였다. 혼자 벽을 세운 터라 차화준에게 전혀 감흥이 없었다. 사실 어제까지만 해도 그렇게 생각했으나, 다행스럽게도 오늘의 모재은은 어제와 사뭇 달랐다.

지금 그녀가 이 말을 하기까지 얼마나 깊은 고찰을 했는지, 화준은 잘 알고 있었다. 24시간이 모자라 아마 밤을 꼴딱 지새웠을 테다. 먼저 조수석 문을 연 그가 뾰로통한 그녀를 차에 태우며 말했다. 재은은 멍한 얼굴이었다.

"그 두 번째도 모재은이니까 순탄해야 하는 게 맞지 싶은데."

퉁명스러운 얼굴은 오간 데 없이 사라지고, 정신을 잠깐 잃은 듯 황홀한 표정을 하고 있었다.

"뭐, 모재은이 어려워도 너무 어려워서 전보다 더한 수고와 노력이 필요하겠지만."

문을 닫고, 운전석에 올라탄 그가 시동을 켰다. 재은은 자동적으로 그를 돌아보았다.

"왜 저한테 이렇게까지 해요? 내가 계속 선배 싫다고 하면 어쩌려구요? 열 번 찍어 안 넘어가면 어쩌려구요?"

물론 지금 상황에서 보면 열 번 찍어 안 넘어가는 일은 없을 것 같다.

"그럴 일은 없을 것 같은데."

그가 자신만만하게 말했다.

"설령 싫다고 하면 좋다고 할 때까지 괴롭히면 그만이잖아."

"괴, 괴롭혀……."

"모재은, 통각이 강한 편이라며. 계속 괴롭히다 보면 자진해서 포기하지 않을까 싶고. 그런 거 좋아하는 거 아니야?"

"잔악한 건 싫어해요."

"그럼 건전하게 괴롭히면 되겠다."

벌써 건전하게 괴롭힐 차화준이 기대되는 건 왜일까. 그의 말대로 스톡홀름 증후군이라도 앓고 있는 건 아닐까?

"그만큼 간절해."

어느새 차가 출발했다.

"모재은이 불안한 것도, 인정하기까지 오래 걸리는 것도 잘 알겠는데, 부탁이니까 기다리는 시간은 조금만 줄여 줘."

시원하게 트인 차가 거침없이 질주했다. 재은의 시선은 운전 중인 그의 옆모습을 지그시 바라보고 있었다. 시선을 빼앗겼다. 정성스레 빚어놓은 조각처럼 흠잡을 데 없는 모습에 혼까지 빠져나갔다.

"계속 그러면…… 나도 도망갈지 모르니까."

벗어날 수 있는 거리는 한정됐다.

"어디로 도망치게요? 갈 곳은 있어요?"

그럴 리가. 그녀가 아니고서야 줄 곳 없는 마음은 자유로운 방랑자였다.

"모재은 반경 10m?"

"뭐예요……."

재은이 작게 웃음을 터뜨렸다.

"정정, 9m."

"왜 9m예요?"

"모재은이 1m 다가와 줬으면 하니까."

멋쩍은 재은이 차 창문을 조금 열었다. 시원한 봄바람이 창문 너머로 들어왔다.

"오늘 하루만 벌써 50cm 다가왔네."

바람 소리가 멜로디가 되고, 리드미컬하게 흔들리는 이른 봄날의 유채꽃이 아름다운 배경이 되었다.

"이제 50cm 남았네?"

차 안에서 들려오는 그의 나긋나긋한 목소리는 더없이 아름다운 순간과 조화를 이루었다. 이를 데 없이 완벽한 화음이었다.

"못 가면? 못 가면 어떡해요?"

겁 많은 여자는 확인이 필요했다. 그의 진심을 증거로 수사하는 마음은 9년 전부터 계속됐다. 과연, 내 마음조차 모르는 그녀가 화주의 과분한 사랑을 받아 마땅할까.

"억지로 잡아당겨야지."

재은은 스스로 자격 미달이라고 생각했다.

"50cm 정도야, 먼 거리는 아니니까."

하지만 요즘 들어 그녀는 조금이라도 용기를 내보면 어떨까. 그랬다면 그 시절 우리는 어땠을까. 홀로 상상하곤 했다.

"죄송해요."

어쩌면 나는.

"진심이에요."

처음보다 더 그를 좋아했을지 모르겠다.

"뭐가?"

"멀지 않은 거리도 혼자 갈 생각 못 하는 제가 너무 어린애 같아서. 선배는 6년 동안 저만 생각했을 텐데, 나는 그러지 못해 더 죄송하기도 해요."

"음……."

"물론 떨어져 있는 동안 서로에겐 각자의 연인이 있었으니까. 그건 퉁쳐요. 쌤쌤이잖아요."

그가 고개를 주억거린다. 재은은 그의 눈치를 살피며 기어들어 가는 목소리로 말했다.

"아무튼 정말 죄송해요."

"괜찮아, 육아 좋아해."

"애 좋아해요?"

"굳이 따지자면 자식 농사짓는 걸 더 좋아해. 장담하는데 실농할 일은 없을걸."

"좋겠네요, 못하는 게 없으셔서."

그가 인정하며 작게 웃음을 터뜨린다.

"그리고 또 고마워요."

"또 뭐가."

"병원에 데려다주셔서."

언제나 우연처럼 나타나는 그는 그녀의 든든한 지원군이 되었다. 이번에도 마찬가지였다. 그가 아니었다면 무사히 병원을 찾아가는 일은 없었을 테다.

"병원비는 따로 청구해 주세요. 갚을게요."

"그래. 모재은은 빚지는 거 싫어하니까."

"네, 감사합……."

"그런데 모재은도 알겠지만 내가 돈이 오죽 많아야지."

"네?"

"돈 말고 다른 거로 갚아."

막힘없이 질주하던 차량이 점점 속도를 줄였다. 텅 빈 도로 한복판에 차를 세운 그가 슥 그녀를 돌아보았다.

"남은 50cm 중에 10cm만 줘, 오늘."

"네?"

"아니, 지금."

순식간에 일어난 일이었다. 그녀를 돌아본 그가 그녀의 뒷덜미를 감쌌다. 힘을 주어 그녀를 끌어당긴 그가 곧장 입을 맞췄다. 반쯤 열린 창문 안으로 훈훈한 바람이 넘실넘실 춤을 추듯 새어 들어왔다.

"으읍……!"

봄바람을 타고 흘러들어 온 꽃향기가 물씬거리고, 그녀의 입술을 찾아온 그의 시원시원한 체향은 그녀 가슴에 불을 지폈다. 용기 있는 그녀의 말에 힘입은 듯 주체하지 못할 그의 감정도 솟구쳤다. 합을 이룬 마음의 선율이 강렬했다.

화준은 부드럽게 그녀의 머리를 쓰다듬었다. 작은 얼굴을 감싸던 손을 내려 그녀의 왼손을 움켜잡았다. 그에 화답하듯 조금씩, 조금씩, 그녀가 틈을 내어 주었다. 마음처럼 열린 입안으로 그가 파고들었을 때 재은은 역량을 발휘해 그를 받아 냈다. 놀라울 따름이었다. 술에 취해 그의 입술을 탐했던 지난날과는 확연히 다른 감각이 전신에서 일어났다. 항복하듯 백기를 들고 일어선 감성이 일제히 그를 지지했다.

좋아한다, 마지막 유채꽃 꽃잎 한 장이 떠올랐다. 맞물린 입술 사이에서 그 한마디가 끊임없이 되풀이됐다. 좋아한다, 좋아한다, 좋아한다. 장난스러운 고백과 다르게 진솔한 입맞춤이 그녀의 마음을 수면 위로 이끌었다. 재은이 질끈 감은 눈을 떴다.

"……병원비는 받은 거로."

그때 그가 슥 입을 떼며 말했다. 번들거리는 그녀의 입가를 엄지로 닦아 주며 웃는 화준의 모습이 운전석 창문 너머로 보이는 청량한 제주 바다의 절경에 녹아들었다.

"10cm."

재은은 멍하니 그를 바라보았다.

"더 가까워졌네, 우리."

눈 깜짝할 사이에 끝난 입맞춤이 이토록 아쉽게 느껴질 줄이야. 마음을 들킬까 노심초사하는 그녀가 주먹을 꾹 말아 쥐며 고개를 돌렸다. 머리카락 사이로 어렴풋이 보이는 그녀의 귓불은 장미처럼 붉게 물들어 있었다.

"……아쉬워?"

확실히 오감을 자극하는 그와의 입맞춤은 깊이 키스하던 어느 날과 사뭇 다른 느낌이었다.

"아쉬우면 말해."

진하게 한 번 더 하게.

딸이 벌어다 준 돈으로 어느 정도 빚을 탕감했다. 자택과 가까운 고깃집에서 12시간씩 근무하던 재은의 모친, 박정희 여사는 몇 차례 허리 수술을 받았다. 이후 집에서 요양 생활을 하다시피 했던 그녀는 근래 들어 동네 어귀에 있는 시장가 과일 가게에서 일을 도와주고 있었다. 무보수로 시작했으나 평소 잘 알고 지내던 옆 동네 호연 엄마가 굳이 돈 봉투를 손에 쥐어 주더라.

"재은이도 이제 시집가야지?"

넉살 좋은 호연 엄마가 김칫국을 통째로 들이켰다.

"무슨 결혼이야, 우래 애 이제 막 헤어졌다니까."

"어머, 어머! 그 총각이랑 헤어졌어?"

"끝난 지 꽤 됐어."

"잘됐네. 안 그래도 자기, 그 총각 탐탁지 않게 생각했잖아."

가끔 재은에게 전해 들었던 한수의 작은 그릇이 영 마음에 들지 않았던 정희는 사실 여러 차례 기회를 보고 있었다. 그러던 중에 반가운 소식을 전해 들은 것이다.

"그렇지, 다행이지."

두 사람의 이별 소식이었다. 딸애보다 먼저 연락을 걸어온 한수의 이야기에 정희는 아닌 척했지만 내심 기뻤다. 눈에 넣어도 아프질 않을 내 딸애가 드디어 그 못난 놈과 헤어졌단다.

"호연 엄마. 난 그래. 어쭙잖은 놈 만나 불행하게 사느니 애초부터 시작도 안 하는 게 낫다고 봐."

이혼 생활 7년 차에 접어든 정희는 단호했다. 나처럼 사느니 죽는 게 낫다고 본다.

"어디 괜찮은 놈 물어 올 거 아니면 그러는 게 나아."

"재은이가 제비도 아니고, 물어 오긴 뭘 물어 와?"

"말이 그렇다는 거지, 말이."

"정 그러면 우리 호연이는 어때?"

호연이? 일순간 정희의 눈이 짐승처럼 붉게 번뜩거렸다. 분명한 위험 신호였다.

"어휴, 그냥 해 본 말이야. 자기도 참. 오호호!"

괜히 민망한 호연 엄마가 자리를 피하고, 정희가 흡뜬 눈으로 돌아선 그녀를 본다. 어디 감히, 내 딸애와 견주어도 뒤지지 않을 놈이면 모를까. 친구의 빚보증을 섰다가 왕창 뒤집어쓴 호연이가 우리 딸한테 가당키나 하나.

이혼 후, 엄마를 위해 밤이고 낮이고 고생하던 딸을 알기에 정희는 호연을 용납할 수 없었다. 고생길 훤한 그와 화촉지전이란 있어서는 안 될 일이었다.

뭐, 젊은 나이에 승승장구하는 백제 호텔의 차화준 부사장 정도라면 모를까. 때마침 TV에는 제주 면세 사업과 중국인 여행객 유치에 앞장 선 화준의 소식이 전해지고 있었다.

"어쩜 저리 잘생겼담. 이름도 화준이 뭐야, 화준이. 볼 때마다 꽃 같네."

참을 수 없는 웃음이 비집고 나왔다. 정희는 허리에 두른 앞치마 끈을 동여매며 깔깔 웃음을 터뜨렸다. 총력전에 나선 차화준 부사장의 경영 행로를 보도하는 앵커의 말에 열띤 환호를 쏟아 내던 정희의 낯빛이 이내 어두워졌다.

"어머님."

집요하게 연락을 걸어온 박한수가 난데없이 눈앞에 나타난 것이다.

"저, 재은이를 꼭 좀 만나고 싶어서 찾아왔습니다."

한수는 그야말로 멘탈이 붕괴된 상태였다. 연락이 닿지 않는 나은의 실종 사건을 접수하기 위해 경찰서를 찾았으나 확인된 사실이 심히 충격적인지라, 도무지 정신을 차릴 수 없었다. 이름도, 나이도, 모두가 거짓이었다. 신원 확인이 불가능한 그녀는 진정한 꽃뱀이었다.

당했다. 그 생각이 제일 먼저 머리에 떨어졌다. 바위처럼 무거운 생각은 곧 가슴으로 내려와 속을 답답하게 틀어막았다. 그렇게 후회의 밤이 지나고, 이틀째 되는 날에는 이유 없이 눈물을 흘렸다. 아마 나은에 대한 배신감과 차화준의 여자라며 당돌하게 고백하던 재은과 확연히 엇갈린 희비에 울화가 치밀어 차오른 눈물이겠지.

나흘이 되던 날, 비로소 한수는 각성했다.

"하……!"

그의 연락처를 차단한 재은에게 몇 번이나 전화를 걸었지만 도통 연결이 되지 않았다. 결국 한수는 그녀의 모친인 박정희 여사에게 도움을 청하기로 마음먹었다. 간교한 백나은의 유혹에 홀라당 넘어간 자신의 죄를 사하기는커녕 재은에 대한 묘한 열등의식을 잠재우기 위해서였다.

"내가 너만 잘되게 둘 것 같아?"

모재은의 하나부터 열까지, 차화준 못지않게 꿰고 있는 한수는 바득바득 이를 갈았다. 자신을 만나기 전, 재은이 한남동의 어느 고깃집에서 큰 소동을 일으켰다는 사실 또한 소개팅 주선자를 통해 전해 들었다.

성희롱을 일삼는 취객들과의 마찰로 업장 내에서 물의를 일으킨 그녀의 이야기. 따지고 보면 그녀와 백나은은 별반 다를 게 없다고 생각했다. 모재은도 결국 돈에 눈 먼 탐욕적인 인간이라고, 그러니 수모를 빈번하게 겪으면서도 그곳에서 일을 했던 거라고.

"……한심한 년."

문득 차화준 부사장과 나란히 선 그녀의 모습이 시야에 감겼다. 그를 남자 친구라며 소개하던 지난날의 모재은과 자신이 지켜보는 앞에서 그녀의 허리를 끌어안던 부사장의 행동이 눈앞에서 아지랑이처럼 피어올랐다.

그 순간 잘못된 욕망이 집착으로 점철되었다. 한수가 붉으락푸르락한 얼굴로 어디론가 급히 달려갔다. 동네 어귀에 있는 시장가였다. 길머리 가장 처음에 있는 과일 가게를 찾아간 한수는 그렇게 성난 정희와 마주한 것이다.

"재은이한테 듣자 하니, 두 사람 끝났다면서? 끝난 사이에 뭘 이렇게 질질 끌어! 이 녀석아."

"어머니, 한 번만 만나게 해 주세요. 제발요. 저 재은이한테 할 말 많아요!"

정희는 골이 다 지끈거렸다. 천지가 개벽한 이래 한수처럼 눈엣가시 같은 놈은 처음이었다. 이혼 당시 애 아빠도 녀석처럼 구질구질하진 않았으니까! 헤어진 이유가 어떻든 정희는 결사반대였다. 그동안 화려한 말발과 고집을 무기 삼던 그녀는 한수 역시 가볍게 제압했다.

"가. 다시는 볼 일 없으니까 재은이한테 연락하지 말고."

"아니, 어, 어머니……! 잠시만요!"

"가라니까!"

울컥한 박 여사가 손에 잡을 것을 찾는 동안 한수는 뒤로 한 걸음 물러났다.

"나이도 먹을 만큼 먹은 녀석이 그깟 여자에 미련을 못 버려서 여기까지 쫓아와?"

지켜보는 사람들이 늘어나고, 박 여사의 노여움을 산 한수는 제대로 된 밥상을 차리기도 전에 쫓겨나는 신세가 됐다.

"어머니, 제발 제 얘기 한 번만 들어 주세요! 어머니!"

"듣기 싫으니까 당장 가라고!"

그야말로 모전여전을 실감케 하는 순간이었다.

"호연 엄마, 가서 소금 가져와. 소금!"

밤낮없이 전화를 걸던 한수 때문에 요 근래 몇 번이나 잠을 설쳤는지 모르겠다. 쌓인 분노를 한데 모아 그대로 폭발시킬 생각인지 정희가 주변일 두리번거리다가 잘 익은 사과 하나를 손에 잡았다.

"오냐, 그래. 너 잘 만났다."

딸애가 워크숍을 떠난 주말. 오늘은 제 발로 찾아온 한수의 제삿날이었다.

"하는 짓을 보니 연애 중에도 우리 재은이 속 어지간하게 썩였겠다!"

사과를 야구공 삼아 강속구를 던진 정희가 소리쳤다.

"어, 어억! 어머니!"

날아오는 사과를 피하던 한수는 스텝이 꼬여 우스꽝스럽게 넘어지고, 박 여사가 쏘아올린 사과는 정확히 그의 옆에 떨어졌다.

"또 오기만 해 봐라!"

그녀의 고함에 겁을 먹은 한수가 울상을 지으며 부리나케 자리를 떴다.

"어머! 이게 다 무슨 일이야, 재은 엄마!"

가게 안에서 여유를 부리던 호연 엄마가 부랴부랴 그녀 곁으로 달려왔다. 흥분한 박 여사는 숨을 몰아쉬며 한수가 밟고 간 자리를 넌지시 바라보았다. 호연 엄마는 바닥에 나뒹구는 사과와 그녀를 번갈아 보며 발을 동동 굴렀다. 호랑이 어멈으로 소문이 자자한 박정희 여사가 무슨 이유에선지 성난 얼굴을 하고 있었다.

"사과 네 개만 포장해 줘."

별안간 침착하게 마음을 가라앉힌 박 여사가 단전에서 끌어올린 숨을 내뱉으며 말했다.

"응? 다섯 개에 만 원인데 왜 네 개만 사?"

호연 엄마의 물음에 손부채질을 하고 있던 정희가 그녀를 돌아보며 외쳤다.

"저 속 터진 놈까지 포함해서 다섯 개!"

눈빛은 이글이글 타올랐다.

"만 원 어치!"

chapter
08

화준은 토요일 늦은 저녁에 서울로 올라갔다. 재은은 남은 일정을 무사히 소화한 후 일요일 정오에 서울행 항공기에 탑승했다. 얼마 지나지 않아 활주로를 달리던 비행기가 이륙했다. 동시에 재은의 마음도 하늘에 붕 떴다. 유채꽃 앞에 서서 웃으며 이야기를 주고받던 두 사람의 모습이 고작 이틀 만에 추억이 되었다. 꿈을 꾸는 것만 같았다. 지난날의 차화준을 되새긴다는 게 이토록 가슴 떨릴 줄이야. 아픈 과거의 기억 위로 꽃처럼 화사한 차화준이 덮어 씌어졌다. 이쯤 되면 순순히 인정해야 싶다.

　"……맙소사."

　나는, 차화준이 좋은 건가? 여전히 마음은 오리무중에 빠져 있지만 한 가지는 확실했다. 그의 부탁이 아니더라도 요즘 재은은 곧잘 그를 생각했다. 그의 얼굴, 그의 목소리, 그의 손길. 현실의 차화준을 토대로 마음껏 그를 상상했고, 창조했다.

　공항을 나온 재은은 회사 동료들과 주차장 쪽으로 걸어갔다. 대기 중인 의전 차량을 찾아 주차장을 한참 돌아보고 있는데, 누군가 반갑게 그녀에게 말을 붙여 왔다.

　"재은아!"

　익숙한 목소리였다. 아리송한 얼굴을 한 재은이 고개를 돌렸다. 캐리어를 끌고 걷던 재은이 그 자리에서 굳었다.

"맞네! 모재은!"

그녀의 인생에 오점으로 남은 한남동 고깃집 사장님이었다. 재은은 까무러쳤다. 벌써 2년이나 지났는데 용케도 자신을 알아본 그의 눈썰미가 놀라워 감탄하다가 주위 사람들의 눈치를 살폈다.

"사, 사장님……."

"여전하구나."

"아, 안녕하세요. 사장님도 여전하시네요……."

"그동안 잘 지냈고?"

"네, 뭐."

사장이 넉살 좋게 웃으며 그녀의 어깨를 두드렸다.

"살이 더 빠진 것 같다? 하긴 연애도 체력 소모가 어마어마하지."

"네?"

2년 만에 만난 것도 모자라 자신이 해고시킨 아르바이트생에게 이토록 친근하게 말을 걸어오는 고용주가 또 어디 있을까. 아무래도 그의 염치는 안드로메다행을 타고 멀리 떠나 버린 모양이다. 노동 착취를 일삼던 지난날을 후회하는 것 같기도 했으나 재은은 탐탁지 않았다.

"이렇게 만났으니 하는 말인데, 예전에는 내가 미안했다."

이제 와 반성한다 해도 그의 죄악이 사라지는 건 아니었다.

"2년이나 지나 할 말은 아니지만……. 그때, 업장에서 생긴 논란으로 괜히 너한테 화풀이를 했던 것 같아. 그러니 차화준 부사장에게 혼쭐이 난 거지."

"네? 그게 무슨……."

"사람은 뿌린 대로 거둔다고, 내가 그대로 뿌린 씨, 그 사람 통해 그대로 거두어 들였거든."

전혀 이해할 수 없는 말을 늘어놓는 사장이 허허, 하고 웃었다. 재은은 점점 멀어지는 동료들을 돌아보며 초조함을 드러냈다.

"그때, 그 일로 한바탕 소란스러웠던 날, 사실 차화준 부사장에게서 연락이 왔었거든. 가게를 매수하겠다고 당당하게 말을 하는데, 괜히 화가 나더라. 너 때문에 오만 가지 피해를 본 건 난데 이제 와 어렵게 자리 잡은 가게를 그 사람에게 빼앗긴다고 생각하니 서러워서 고집을 부렸지."

"네?"

"그러니까 그쪽도 말을 바꾸더라고. 보상은 얼마든지 줄 테니 너를 해고하라는데, 참……. 그 부사장 기세가 오죽했어야지. 당장 널 해고 안 시키면 가게를 아주 통째로 날려 버릴 기세였다니까."

재은은 놀란 얼굴을 감추지 못했다. 이런 이야기는 금시초문이기에 무슨 말을 할 수 없었다.

"왜."

"모르는 척하지 말아요."

"그러니까, 그게 왜?"

"알면서 모르는 척 그만하라니까요?"

"안 해, 그래서 되묻는 거잖아. 그게 왜, 하고."

술 취한 그를 데리고 집 앞 놀이터를 찾았던 어느 날. 치욕스러운 과거에 전전긍긍하던 그녀를 곁에 두고 모르는 척 되묻던 그가 주마등처럼 눈앞을 스쳤다. 모재은보다 모재은을 더 잘 아는 차화준은 알고 있었다.

"뭐가 잘려?"

차화준에 대한 열등감을 감추지 못하던 모재은도.

"몰라, 기억 안 나."

마음에 남아 있는 과거의 조각에 심리적으로 불안해하던 모재은도.

"모재은 구경하느라 시간 가는 줄도 모르고 있었네."

무엇보다 자신에게 실망했을 그가 걱정돼서 또 하나의 비밀을 간직하고 있을 모재은도. 어쩌면 그는 전부 알고 있었는지 모른다.

"논란을 키우거나, 너를 해고시키거나 두 가지 중에 고민하라는데 내 입장에선 어쩔 수 없었지."

대체 어디서부터 어디까지.

"아마 알고 있었던 같아. 내가 너한테 못되게 굴었던 거."

생각이 깊어지면 병이 된다. 잡념이 많은 모재은은 병약한 사람이었다. 그러나 우려했던 것보다 덜 창피했고, 덜 수치스러웠다.

"그러니 너의 해고를 종용했던 거겠지."

결과적으로 화준이 생활이 어려웠던 자신의 처지를 다 알고 있었다는 확신이 들었지만 전과 달리, 부끄럽거나 자존심 상하지 않았다.

"세상에 자기 여자를 위험에 노출 시키는 남자가 어디 있겠어?"

오히려 긴 시간 얼마나 외로웠을까. 모재은을 중심으로 공전하는 차화준의 해와 달은 얼마나 쓸쓸했을까.

"뭐, 옛날 일이기는 하지만 그래도 미안했다."

재은은 그를 이해하게 됐다.

"그나저나 번호 안 바뀌었지?"

"네? 아, 네."

"그래, 연락할게. 조만간 밥 한 끼 하자."

그가 부드럽게 미소 짓자 재은도 유순하게 입꼬리를 당겨 웃었다. 먼저 돌아선 그가 반대 방향으로 걸어갈 때쯤 재은도 캐리어를 끌고 움직였다.

"모 주임, 얼른 와! 얼른!"

알뜰살뜰 그녀를 챙기는 박 팀장이 멀찍이 떨어진 곳에서 목청을 높였다.

"네! 지금 가요!"

헐레벌떡 그들 곁으로 뒤따르는 재은이 큰 목소리로 대답했다. 그러나 그녀의 낯빛은 퍽 좋지 않았다. 미래를 향해 걸어가는 현재에서 과거를 보았다. 화준 생각으로 가득한 전신의 감각이 되살아나면서, 풋풋한 첫사랑의 설렘을 느끼던 9년 전으로 되돌아간 기분이었다.

직원들을 태운 차량은 회사 앞에서 정차했다.

"네, 다들 고생 많으셨어요. 내일 봬요."

인사 후 돌아선 재은은 곧장 길가에서 대기 중인 택시에 올라탔다.

"구의동이요."

차 시트에 몸을 깊이 묻으니 온몸이 노곤했다. 부쩍 늘어난 피로감을 감당하지 못해 축 늘어진 재은은 와중에도 휴대폰을 손에서 놓지 못했다. 가시눈으로 액정을 쏘아보는 눈은 피곤하지도 않은 모양이다.

"대체 왜……?"

없다. 연락이 없다. 차화준이 아니고서야 조용한 휴대폰이 그가 서울로 돌아간 후로부터 내내 잠잠했다. 연락 한 통 없는 그가 왜 이리 야속한지 모르겠다. 아니, 내가 그를 미워해도 될까? 과연 내게 그만한 자격이 있을까? 그런 자격 따위 알면서도 서운함을 느끼는 건 인간의 이중적인 감정이었다. 싫다고, 부담스럽다고, 그를 뒤로하던 때는 언제고, 이제 와서 못내 쌀쌀한 그를 원망하다니.

"몰라. 나도 안 해."

끝까지 그에 대한 마음을 부정하는 그녀가 짜증스러운 손으로 휴대폰을 주머니에 넣고, 눈을 감았다. 이윽고 휴대폰이 울렸다. 재은이 자동반사적으로 눈을 떠 액정을 확인했다.

"응, 엄마……."

대놓고 나 힘들다고 말하는 그녀의 목소리가 어둡다.

"어? 뭐?!"

엄마의 청천벽력 같은 말에 정신이 깼다. 온몸을 지배했던 근육통도 순식간에 사라졌다.

"박한수가 또?"

대신 가눌 수 없는 격정이 찾아와 그녀를 분노에 몸부림치게 했다.

"다 왔어. 응, 얼른 갈게."

박한수, 이 찌질함의 정도를 넘는 자식! 오라는 차화준의 연락은 함흥 차사요, 모재은의 분노는 결국 폭발하고 말았다. 재은은 택시에서 내린 뒤 곧장 내달렸다. 무거운 캐리어를 끌어안다시피 하며 찾아온 집 앞에서 재은은 볼 만한 광경을 목격했다.

"어머니, 제발 재은이 좀 만나게 해 주세요."

애원 중인 박한수와 그 앞에서 호통을 치는 엄마를 보는 순간, 재은의 인내심이 제대로 터졌다. 말 그대로 뚜껑이 열린 것이다.

"야! 박한수!"

하다못해 엄마한테까지 연락한 그의 찌질함을 어떻게 이해하면 좋을까. 아니, 이해할 필요도 없었다.

"모, 모재은……."

박 여사 앞에서 무릎 꿇고 싹싹 빌던 한수가 천천히 몸을 일으켰다. 반가운 재은의 등장에 울상 지은 얼굴로 힘겹게 다가온 그가 그녀에게로 손을 뻗었다. 재은은 날카롭게 손을 쳐냈다.

"대체 여기서 뭐 하는 거야? 진짜 끝까지 이럴래?"

"아니, 내 말 좀 들어 봐."

"내가 네 얘기를 왜 들어! 우리 이미 끝났다고 했지? 그런데 왜 자꾸 이러는 건데! 네가 뭔데 우리 엄마를 만나."

흥분을 감추지 못하는 그녀가 고래고래 소리치며 말했다. 손에서 놓은 캐리어는 이미 저만치 떨어진 곳에서 덜컹 쓰러진 지 오래였다.

"재은아, 우선 내 말부터 들어봐. 언성 좀 낮추고……."

"내가 말했지? 그 더러운 입으로 내 이름 부르지 말라고!"

"아니, 너 아니잖아. 차화준이랑 만나는 거 아니잖아! 나 때문에 일부러 그러는 거잖아! 아니라고 해!"

응? 차화준? 재은의 곁으로 다가가던 박 여사가 흠칫했다. 저게 대체 무슨 소리람?

"만나! 만난다고! 몇 번을 말했던 것 같은데? 그 사람, 내 남자 친구 맞거든?"

"아니. 너 일부러 나 약 올리려고 그런 거잖아. 전부 다 안 다니까?"

가뜩이나 울화가 치밀어 어쩔 줄 몰라 하던 재은이었다. 한수의 어처구니없는 한마디에 재은의 눈빛이 서슬 퍼렇게 식었다.

"……내가 고작 그런 이유로 차화준과 만났을까 봐?"

"재, 재은아."

"착각은 자유라지만, 너무한 거 아냐? 이 정신 나간 놈아!"

"야! 모재은!"

"나한테 소리 지르지 마!"

재은은 자신의 곁으로 다가온 엄마 앞에 서서 버럭버럭 소리를 질렀다. 어느새 동네 주민들이 모녀와 한심한 남자의 곁을 에워쌌다.

"후……."

재은이 한 템포 쉬어 가듯 한숨을 쉬었고, 곁에 있던 박 여사가 기다렸다는 듯 소리쳤다.

"그래, 그만 좀 해라! 너희 부모님도 아들놈이 이러고 있는 거 알면 얼마나 속상하겠어? 이제 찾아오지도 말고, 한수 너도 좋은 사람 만나."

한수는 심히 충격을 받은 듯했다.

"잘 키운 원숭이 열 사람 안 부럽다더니. 우리 딸이 누굴 만나? 차화준을 만나고 있었어?!"

잘 키운 원숭이. 비유치고 전혀 아름답지 못했지만 왠지 엄마는 신나 보였다. 마치, 내 딸이 차화준의 여자라고 공표하듯 그의 이름을 들먹거렸다. 세상에, 내가 살며 이런 식으로 엄마한테 효도하게 될 줄이야. 졸지에 엄마가 말했던 꽃 한 송이를 제비처럼 물어 온 느낌이다. 만개하는 봄꽃처럼 해사하고, 찬연한 차화준 꽃은 그 어떤 자연 경관보다 아름다울 테다.

잠시 후, 엄마의 신고를 받고 출동한 경찰들이 대거로 몰려왔다. 그들은 난동을 부리는 박한수를 차에 태우고, 순식간에 사라졌다. 젊은 남녀의 치정 싸움 구경에 여념 없던 주민들이 하나둘 돌아서고, 엄마의 손을 잡고 집으로 돌아온 재은은 그 뒤로 시작된 취조 심문에 열심히 응했다.

"어머, 차화준이 우리 딸 선배였어?"

너무 기쁜 모양이다. 친절한 정희 씨는 여느 때와 다르게 그녀를 우리 딸로 취급했다. 원숭이에서 사람으로. 인류의 진화는 전광석화였다. 모재은의 신분이 인간으로 상승한 것처럼.

"진작 말하지 그랬어! 내가 밥이라도 대접했을 텐데! 오호호."

재은은 엄마를 따라 웃었다. 부러 밝게 웃지만 속은 썩은 가지처럼 문드러지고 있었다.

이틀째 그에게서 어떤 연락도 없었다.

평일보다 휴일이 더 바쁜 성싶다. 재은보다 먼저 서울로 돌아온 화준은 정신없이 서류를 검토했다. 중국 면세 사업에 큰 공을 들인 고모님의 뜻을 따라 일을 진행하다 보니 재은을 생각할 틈이 안 났다.

거짓말이다. 불가항력이나 다름없는 모재은은 틈틈이 그의 머릿속에 스며들었다. 그렇게 그와 한 몸처럼 녹아든 그녀의 기억은 시도 때도 없이 떠올라 화준을 곤혹스럽게 했다. 제멋대로 과거와 현재를 테이프처럼 되감기 일쑤였다. 지금도 마찬가지다. 불현듯이 떠오른 그녀 생각에 한창 결재 서류를 확인하던 화준이 조용한 휴대폰을 꺼내들었다.

외주사 대표, 계열사 사장단이 아니고서야 그의 부재 목록을 채운 인물은 달리 없었다. 이쯤 되면 반 이상 넘어온 것 같은데도 고집스러운 모재은은 이렇다 할 반응을 보이지 않았다. 자존심이 무쇠처럼 단단한 건지, 고집이 불통인 건지, 감도 안 온다.

어차피 열 번 찍어 넘어올 거, 순순히 잡혀 주지.

"음……."

화준은 연락 없는 그녀의 번호를 물끄러미 바라보았다. 마치 2년은 못 본 것처럼 가슴속에 물큰한 그리움이 퍼졌다. 벌써부터 애가 타기 시작했다. 어떻게 6년을 버티며 견뎌 온 건지, 기억이 가물가물해지고, 당장 그녀를 찾아가 품에 안고 싶은 충동이 광폭하게 치받는다.

가까스로 감정을 억누른 화준이 길게 숨을 불어 쉬며 시선을 내렸다. 다이아가 촘촘히 박힌 손목시계를 힐끔 확인한 그는 또다시 무궁무진한 생각을 펼쳤다.

차화준이 저자가 되는 한편의 로맨스는 모재은을 중심으로 전개 됐다. 점심쯤 출발한다 했으니 아마 지금쯤 서울에 도착했을 테지.

밥은 먹었으려나? 그럼 몸은? 약은? 자나 깨나 모재은, 오매불망 모재은을 잊지 못하는 그가 픽 웃음을 터뜨렸다.

"미쳤다, 차화준."

못 말리는 차화준의 사랑은 스스로 생각해도 도가 지나쳤다. 마음 주고 돌아서면 더 커지는 감정은 불사했으니 그럴 만도 하다. 애초부터 적당히 주고 정리할 생각 따위 추호도 없었으니까. 파일을 덮고, PC 화면으로 시선을 옮긴 그가 혼잣말을 웅얼거렸다.

"그래. 기왕 준 거, 모재은이 다 가져가."

닿지 않는 목소리는 그의 적요한 자택 집무실에 진동을 울렸다. 모재은이 아니고서야 건넬 수 없는 그의 마음은 까다롭기 이를 데 없었다. 그런 그의 범주 밖으로 이탈하는 모재은도 까칠하기는 마찬가지였다. 뭐, 그 부분에 있어서는 차화준이 조금만 더 심혈을 기울여 다듬고, 윤기 내면 그만이긴 한데.

"조금 억울하긴 하네."

내 마음도 몰라주는 그녀에게 이따금 섭섭함을 느끼는 건 어쩔 수 없는 노릇이었다. 마우스에서 손을 떼고, 집무 의자 뒤로 깊이 등을 묻은 그가 이내 골몰히 생각에 잠겼다. 연락 없는 그녀가 스스로 다가올 때까지, 거리를 두는 것도 나쁘진 않겠지. 마치 여지를 남기듯.

상체를 곧추세운 화준이 뻐근한 목을 가볍게 스트레칭 했다. 열 번 찍기까지 남은 기회는 이제 한 번. 지금까지 팽팽하게 지속되던 모재은과의 신경전은 결국 연장전으로 이어졌다. 머지않아 승부가 갈릴 테다.

화준은 얼마 남지 않은 서류에 꼼꼼히 사인을 적으면서도 부지런히 재은을 생각했다. 다시 만난 차화준을 보며 많이도 혼란스러울 그녀를 너무도 잘 알아서 배려를 가장한 뒷걸음질을 쳐 볼까 한다.

한 치 예상할 수 없는 모재은의 반응을 상상하며, 피식피식 웃는 중에 전화가 울렸다.

고모님이었다.

대원의 여자들이 한 자리에 모였다. 우아한 다이닝 테이블 위 크리스털 촛대와 화병에서 조차 품격이 느껴지니, 재벌은 숨길 수 없는 재벌이었다.

"가는 데 순서 없다더니 이러다 현서보다 먼저 가는 거 아니야?"

현서는 그룹 차 회장의 장남이었다. 화은과 동갑내기 친척이니 화준보다는 세 살 많은 형이 되겠다.

"열애설까지 터트린 마당에 냉큼 가야지? 안 그래요?"

차 사장이 웃으며 묻자 김 여사가 가볍게 고개를 끄덕였다.

"나도 그랬으면 좋겠는데, 우리 화준이 속이 어떤지를 모르니 저도 혼란스럽네요."

"아니, 화준이 속을 왜 몰라요?"

차 사장이 놀란 투로 되물었다. 열애설에 대응 한 번 않던 그를 보면 답이 뻔한 것을 어떻게 모를 수가 있단 말인가. 그가 열애설을 방관한 이유는 오직 한 가지, 묻고 싶지 않았던 거다. 차 사장은 믿어 의심치 않았다. 그럴 만도 한 게 자기 관리를 엄격히 하는 화준이 불발한 열애설을 보고도 가만히 손 놓고 있을 리 없었다.

그녀가 아는 화준은 신중하고, 꼼꼼하고, 냉철했다. 작은 일 하나 간과하지 않는 그라면 분명 사전에 수를 썼을 테다. 차 사장이 직접 나서

기 전에 자기 선에서 알아서 상황을 정리했겠지. 그럼에도 이번 열애설을 두고 화준은 두 손, 두 발 놓고 있었다. 확실히 문서희의 동영상 파문이 이렇을 때와는 상반되게 다른 반응이었다. 그렇다는 것은 곧 열애설의 '그녀'가 정말 그의 여자라는 걸 테지.

"……그건 그렇고, 화은이 넌 대체 언제 갈 생각이니?"

고모의 화살이 가만히 있던 화은에게 날아갔다.

"그러게요. 가는 데 순서 없다니 화준이 먼저 보내고, 현서까지 성공하면 그 뒤에 갈까 싶은데. 너무 늦으려나요?"

화은은 화답과 함께 방긋 웃었다. 사나운 눈매와 달리 조신하게 스테이크를 써는 그녀에게서 흉내 낼 수 없는 기품이 흐른다. 차 사장은 아직도 혼자인 조카를 걱정스레 지켜보며 김 여사에게 시선을 돌렸다. 그때 가만히 있던 대원의 큰 사모가 화두를 꺼냈다.

"그나저나 이번 화준과 열애설 난 그 여자는 누구래요?"

"안 그래도 내가 몇 가지 좀 알아봤어요. 우리 화준이랑 겹치는 게 하나 없는 젊은 아가씨더군요."

"그래요?"

"누가 됐든 문서희보단 나을 거라는 생각이 드네요."

차 사장이 단호하게 말했다.

"입에 담기도 민망한 동영상 파문을 일으킨 그 애에게 우리 화준이 가당키나 해요?"

"그렇죠, 제 생각도 그래요."

김 여사가 온화하게 미소 지으며 대답했다.

"그래서 화준이의 이번 여자는 어떻게, 마음에 드시나요?"

그녀의 물음에 차 사장이 가볍게 고개를 주억거렸다. 썩 내키지 않은 듯했으나 노골적으로 싫은 티를 드러내진 않았으니 그럭저럭 마음에 드는 모양이다.

"나쁘진 않네요."

이후 차 사장은 모재은에 대해 빠짐없이 이야기했다. 그와 같은 대학 동문이라는 첫머리를 시작으로 그녀의 살림살이까지, 마치 잘 알고 지낸 사람처럼 그녀를 소개했다. 화은을 비롯한 그룹의 두 사모가 까무러칠 정도로 그녀에 대해 잘 알고 있는 고모님은 상당히 열정적이었다.

상품을 소개하듯 모재은을 설명하는 그녀는 나 홀로 브리핑을 진행 중이었다. 청중들은 귀를 모았다. 과거 화준의 '등록금 그녀'로 알고 있던 재은의 새로운 소식은 모두의 흥미를 끌었다. 화준이 등장한 건 얼마 지나지 않아서였다.

"뒷조사하셨습니까?"

문을 열기 무섭게 고모님의 목소리를 들었다. 그녀 입에서 거론되는 재은의 이름도 귓전에 닿았다. 고모님의 부름을 받고 한달음에 달려온 그가 입장하기 무섭게 대원가 여자들이 말을 쏙 삼켰다.

화준은 심드렁한 얼굴을 한 채 상석의 큰어머니에게 먼저 인사 올렸다. 차례대로 고모님과 어머니에게 묵례한 후 테이블을 돌아 화은의 옆에 자리했다.

"굳이 안 그러셔도 알아서 잘하고 있습니다."

"알아서 잘 하겠다는 녀석이 괜한 열애설로 국민들의 입에 오르내리니 고모님께서도 얼마나 걱정이 크시겠니."

김 여사가 나서서 한마디 거들었다.

"그래서 앞으로 어떻게 할 생각이니?"

애초부터 저녁 생각은 없었는지, 그의 두 손은 테이블 아래 놓인 터였다.

"아직 기초 계획 검토 중입니다."

이대로 연애를 하느냐, 확 모재은을 보쌈하느냐. 화준은 죽느냐, 사느냐, 그보다 심각한 문제 앞에 당도했다. 선뜻 답을 찾을 수 없는 질문은 곧 '연애냐, 결혼이냐'로 귀결 됐다.

"뭐가 됐든 뜬 구름 같은 열애설로 마무리 지을 생각은 없습니다."

품격 있는 손짓으로 찻잔을 든 집안의 세 여자가 흠칫했다. 태연한 건 화은과 화준 남매뿐이었다. 익히 알고 있던 화은은 전혀 감흥이 없어 보였다.

"결혼까지 생각 중입니다."

그 자리에서 신난 건 밀고 당기기에 천부적인 소질을 가지고 있는 화준뿐이었다. 가는 데 순서 없다고 했다. 이를 데 없는 속도위반이었다. 세 살이나 많은 형, 누나보다 먼저 화촉을 밝힐 테니까.

차화준과 연락이 두절된 재은의 불편한 심기와 달리 기고만장한 박한수는 물 만난 고기처럼 신나서 팔딱거렸다. 밥 먹듯이 그녀를 찾아와 울고불고 매달리는 그를 걷어차고 퇴근하는 그녀의 몸은 남아나질 않았다.

"그래! 차화준 거 맞아! 맞다고!"

질척거리는 한수에게 말은 그렇게 했지만 정작 화준은 연락이 없었다. 박한수의 끈질긴 구애에 시들어 가는 모재은을 전혀 모르는 차화준이 원망스럽다. 이럴 거였으면 처음부터 다가오지나 말던가.

다시 만난 첫날을 떠올리며 재은은 눈물을 삼켰다. 먼저 다가온 게 누군데! 그렇게 성을 부리다가도 돌아서면 생각나는 고깃집 사장님의 말이었다. 공항 주차장에서 우연찮게 만난 그의 고백은 몇 번을 거듭 생각해도 충격이었고, 은근한 감동이었다.

"하아……."

한수를 따돌리고 집 앞 정류장에서 하차한 재은이 땅이 꺼져라 숨을 쉬었다. 구두 굽을 질질 끌며 걸어가는 중이었다. 차화준을 관련해 오만 가지 생각들이 머릿속을 유영하고, 복잡한 감정들이 혼재한 가슴은 의기소침해져 자신감을 잃었다.

적극적으로 애정 공세를 펼치던 차화준의 사랑은 기간제였던 모양이다. 그래도, 그래도 잠시나마 그의 방부제 같은 마음을 믿었다.

"그럴 줄 알았어."

바람난 박한수보다는 나을 거라고 호언장담하던 어느 날이 떠올랐다.

"다르긴 개뿔."

결국 그놈이 그놈이고, 저놈이 저놈이었다. 어쩌면 화준은 처음부터 그녀에게 맞지 않는 사람이었는지 모르겠다. 모재은에게 차화준은 맞지 않는 유리 구두였으니까. 이제 막 환상 같은 12시가 지났을 뿐이다. 집에 도착한 그녀는 방으로 돌아오기 무섭게 마지막 일과를 시작했다. 묵묵부답인 차화준의 연락을 기다리고 또 기다렸다.

〈뭐 해요?〉

하루에도 몇 번씩 쓰고 지우기를 반복하는 메시지는 끝내 전송되지 않았다.

그렇게 이틀이 지났다. 껄끄러운 감정은 여전히 남아 있는 터였다. 연락 없는 차화준이 그리워서 종국에는 그의 번호를 찾아 눌렀다. 미쳤지 싶으면서도 전화를 끊을 수 없었다. 중독성 강한 신호 연결음은 꼭 그녀의 심장 박동 같았다. 알람 소리가 길어지면 길어질수록 재은의 마음도 초조했다. 받지 않는 전화가 되어 버릴까 봐, 무서워서 차마 전화를 포기할 수도 없었다.

어쩌지, 어쩌지. 불안하게 입술을 뜯으며 걸어가던 그때였다. 원망할 수 없게 하는 그의 목소리를 들었다.

―그래, 재은아.

태연하고, 뻔뻔하게 그녀의 이름을 부르는 그 목소리! 재은은 허, 하고 코웃음을 쳤다. 내내 연락 없던 사람이라고는 믿을 수 없을 만큼 다정하고 익숙한 목소리에 왜일까.

넘쳐 나는 뿌듯함을 느꼈다. 고집 한 풀 꺾어 먼저 전화를 건 보상은 황홀했다. 드디어 그의 목소리를 들었으니까.

"……뭐해요?"

좋아 죽겠는 마음을 꽁꽁 감춘 재은이 다소 퉁명스러운 말씨로 물었다.

―일하지.

"허, 일이 손에 잡혀요?"

나를 두고, 그깟 일이 손에 잡히느냔 말이에요!

―모재은 잡는 생각으로 집중하니 그럭저럭.

"선배, 저랑 장난 하는 거 아니죠?"

―뭐가?

"왜 연라……."

순간 재은의 머릿속에 섬광이 터졌다. 있는 그대로 묻는 자신이 치졸하게 느껴질까 봐, 차마 그렇게는 못 하겠다. 잠시 말을 멈춘 재은이 괜히 툴툴거리듯 말했다.

"갑자기 왜 그래요?"

―응? 뭐가?

이상하게도 그에게 버림받은 기분을 감출 수 없었다. 억울함에 화가 치솟았고, 유순하던 얼굴이 저절로 일그러졌다. 불쾌감이 커서 쉽사리 떨칠 수 없었다. 차화준의 사랑에 익숙해진 그녀는 알게 모르게 그의 관심이 체화되어 있었다. 고작 며칠 사이에 깨달았다.

―대답해야지, 뭐가.

그의 열렬한 구애 없이는 못 살겠다. 아무도 없는 황량한 사막 한가운데에 덩그러니 놓인 기분이었다. 차화준이 공급하는 연료 부족으로 삭막한 공간에 불시착한 재은은 엎친 데 덮친 격으로 몰려온 감정의 악천후에 이러지도, 저러지도 못하는 상황이었다. 불볕의 용광로 같은 곳에서 그저 오아시스 같은 차화준을 환각할 뿐이다.

"……우리 안 만나요? 거래, 아직 안 끝났잖아요."

―아아.

"달리 생각 없으시면 없던 일로 해요. 저도 더 이상 선배의 시간에 맞춰 기다릴 수 없어요."

―그건 안 되지.

"왜요? 왜 안 되는데요?"

말씨는 퍽 거치나 그렇게 말하는 재은의 입가는 삐죽삐죽 웃음이 새어 나오고 있었다. 안 그러는 척해도 좋았다.

—모재은 뒤를 따라다니며 간신히 얻은 기회를 내가 그렇게 허무하게 버릴까 봐?

아무렇지 않게 툭툭 던지는 그의 말 속에 그녀가 아는 차화준의 마음이 그득 담겨 있었기 때문이다.

—죽어도 그렇게는 못 하지.

문득 입안에 사탕처럼 달콤한 말이 데굴데굴 굴러다니는 걸 느꼈다. 그가, 보고 싶다.

"저 시간 그렇게 많지 않아요."

부러 곤란한 투로 말했다.

—내 시간이 더 없을걸?

"우, 웃기지 말아요. 그런 사람이 밥 먹듯이 날 찾아와서 사람 귀찮게 해요?"

—내가 말하지 않았나? 없는 시간 쪼개가며 모재은에게 투자하는 건……

그만큼 모재은이 좋으니까. 그가 덧붙인 말에 재은의 가슴이 콩닥콩 닥 발짓을 시작했다.

"그럼 지금은 안 좋은가 봐요?"

—왜?

"뭐가요?"

—왜 그렇게 생각이 드는 거야? 궁금하네.

수화기 너머에서 그의 웃음소리가 건너 왔다. 그 소리에 재은이 괜히 얼굴을 붉혔다. 안달난 사람처럼 그를 몰아붙이는 자신이 못마땅한데 멈추고 싶지 않았다. 그녀 나름대로의 표현 방식이니 그도 이해할 것이다.

—모재은은 매번 귀여운 생각만 하니까, 이번에도 그렇겠지?

귀여운 머리로 잘도 귀여운 생각을, 궁리를 하고 있을 게 분명해. 그의 호언에 재은이 코웃음을 쳤다.

"아니거든요?!"

―맞아.

"아니에요!"

―맞아, 모재은은 반어법 좋아하잖아.

"안 좋아해요!"

―맞아, 모재은은 거짓말도 좋아하니까.

"안 좋아한다니까요? 저 거짓말 싫어하는 거 누구보다 선배가 잘 알잖아요!"

―알지, 아는데 모순투성이 모재은은 웃기게도 잘 하더라.

속이 훤히 보이는 거짓말.

―……보고 싶지?

여우 같은 남자는 알면서도 모르는 척 말을 아꼈다. 재은이 어떤 마음으로, 어떤 심경으로 그에게 연락했는지, 아마도 화준은 알고 있을 것이다. 그가 없는 시간에 동화되어 있던 그녀에게 다시금 찾아온 그의 시간은 귀물스러운 보물이었다.

"뭐가요? 누가요? 설마 제가, 선배를?"

때로는 현전하는 오아시스처럼, 망각의 늪처럼 그녀를 헤어 나올 수 없게 했다. 아닌 척 물었지만 마음을 들킨 사람처럼 흠칫한 재은은 가던 걸음을 멈춰 세우곤 수화기에 바짝 귀를 붙였다.

―아니야?

"아, 아니에요!"

곧 죽어도 인정하기 싫은 재은이 버럭 소리를 쳤다.

―맞는데?

대답 끝에는 그의 웃음소리가 대롱대롱 걸려 있었다.

―아니야?

그가 대답을 종용했다. 재은은 대답하기까지의 순간이 최후의 심판처럼 느껴졌다. 말대로 모순적인 성향이 강한 모재은은 와중에도 끝까지 고집을 부렸다. 그러나 기울어진 마음은 자꾸만 그의 앞에서 고개를 숙였다. 의문스러웠던 6년의 시간이 활연하고, 애원에 가까운 그의 말을, 마음을 체득했기 때문에.

—아니면, 뭐.

나도 모르게 흔들리는 거야.

—어쩔 수 없지.

그럴 거야.

—모재은이 아닌 게 아니라는 걸 말할 때까지 그 뒤, 차화준이 죽어라 따라다녀야지. 내 지성이 많이 부족했나 보다. 그렇지?

그 말의 파급력은 어마어마했다.

—그런데, 재은아.

잰걸음으로 움직이기 시작한 재은의 마음이 욱신거린다.

—그렇게 따라가다가 혹시라도 모재은을 지나치게 되면.

왜일까, 그의 단조로운 목소리에 누그러뜨릴 수 없는 불안감을 가졌다.

—그때 우리 재은이 어떡하지.

그렇게 지나친 그의 그림자를 찾아 헤매겠지. 그렇게 이 시간을 두고두고 후회하며 그리움으로 물들이겠지.

"아, 아직 한 번 남았잖아요. 열 번 찍는다면서요!"

—찍고, 안 찍고는 내 마음이지.

"그렇긴 한데…… 그래도 그건 아니죠!"

—뭐가?

"야, 약속은 지켜야죠. 열 번 찍는다면서요?"

9년의 짝사랑, 6년의 그리운 시간을 보상받기 위해서라도 모재은에게 열성이었으면 좋겠는데 어쩐지 그의 불씨는 차게 식은 듯했다. 서운한 게 당연한데 그러면 안 될 입장인 것 같아 재은은 입술을 깨물었다.

—찍으면 넘어는 오고?

"……몰라요."

토라진 그녀가 지껄이는 대로 대답했다. 갈 길이 다른 마음은 퍽 쌀쌀

한 차화준을 간 보고 있었다.

—그럼 나도 곤란하지. 모재은도 알다시피 가능성 없는 데 투자할 만큼 내가 멍청한 경영인은 아니잖아.

"그, 그건 잘 아는데……!"

—뭐, 멍청한 차화준은 알면서도 모재은에게 도끼질을 하겠지만.

"……."

—초부 같은 차화준에게 모재은이 박달나무라면 포기할까 싶기도 하네.

집 앞에 도착한 재은이 그대로 얼어붙었다. 미지근한 바람이 불어왔지만 그녀의 마음은 차디찼다.

—물론 차화준이 이렇게 말해도 모재은은 눈 하나 깜빡 안 하겠지만.

말처럼 그러고 싶지만 그러기가 어려웠다. 이미 재은은 두 눈을 깜빡이고 있었다. 이대로 홀연히 사라질 그가 무서워서 잘게 바스라지고 싶었다.

바람이 되어 멀어지는 그의 곁으로 불어 가고 싶은 마음이 만조처럼 차오르고, 차화준으로 인한 온난화 현상에 빙하 같은 그녀의 마음이 녹아내린다. 해일 같은 그를 따라 그녀의 마음도 해면처럼 높아졌다. 여러 마음들이 밀물처럼 밀려왔다.

—의미 없는 곳에 투자하는 시간은 9년이면 족하잖아.

마음이 울렁거렸다. 돌연히 달라진 그의 태도에 빈 공간이 커진 기분이었다. 휑하니, 차가운 바람이 불어왔다. 절망스러운 바람이었다.

화준은 웃음을 감추지 못했다. 확 당길 때마다 악다구니를 쓰는 모재은 훈육을 위해 친절하게 밀어 주기 스킬을 시전 중인 그는 내심 놀랐다.

철옹 같은 모재은을 진작부터 알고는 있었지만 이렇게까지 고집을 부릴 줄이야. 끝까지 보고 싶다는 말 한마디 않는 그녀가 고약해서 이에 질세라 화준도 마지막까지 고집을 부렸다. 어디 그뿐인가. 그에 맞서 일침을 가하기까지 했다.

"포기할까?"

설마, 그럴 리가. 무엇보다 쉬운 포기가 유독 그에게는 어려웠다. 애매모호한 재은의 태도에 더욱 그녀를 놓을 수 없었다. 그에게 그녀는 누구보다 예쁜 꽃이었으니까.

물론 그렇다고 해서 평생 양분만 줄 순 없는 법이었다. 9년 전의 애석한 이별과 6년의 긴 기다림을 보상받기 위해 화준은 차근차근 계획을 실천했다. 분명 그녀에게도 고난이 필요로 됐다. 마음을 인정하는 게 서투른 그녀에게 역경 같은 시간을 친히 내어 준 그가 휴대폰을 내려놓고, 짧게 웃었다.

안절부절못하는 모재은.

"……귀여운 모재은."

흐뭇하게 웃는 그의 입매가 유려하게 휘어졌다. 조금씩 가까워지는 그녀를 기다리며 다시금 업무에 집중하는 그의 마음이 설렘으로 붕 떠올랐다. 제 발로 사냥꾼을 찾아온 토끼 한 마리가 멀지 않은 곳에서 서성이고 있다.

얼마 남지 않던 관계의 거리가 좁혀졌다. 내 삶이 시간처럼 성실했다면 지금처럼 살고 있진 않겠지. 시간은 늘 부지런했으니까.

얼마 남지 않은 동문회를 신경 쓸 겨를이 없었다. 최근 들어 눈코 뜰 새 없이 바쁜 재은은 차화준을 제외한 모든 것들을 도외시했다. 일과 친구는 물론 지겨울 정도로 따라다니는 박한수까지도. 그렇게 재은은 주야장천 화준만 생각했다.

몰라보게 달라진 그에게서 며칠 전 심상치 않은 말을 전해 들었다. 모재은을 포기할까 싶다던 그의 목소리에는 지독하리만큼 쓸쓸함이 묻어

304

있었다. 그렇기 때문인지, 전화를 끊고 한참이 지났는데도 불구 재은은 선뜻 정신을 차릴 수 없었다. 지친 그의 마음을 알기 때문일까. 이대로 멀어질 것만 같은 화준이 벌써부터 그리운 느낌이었다.

6년 전, 어느 날로 돌아간 것만 같은 착각을 생생하게 느꼈다. 미국으로 홀연히 떠난 그를 간절하게 열망하던 지난날. 화준의 시선을, 손길을, 감정을, 그리고 곁의 그를 당연하게 생각했던 재은은 어느 날 갑자기 사라진 그의 빈 자리를 실감하며 허한 마음을 감추지 못했다.

그때 뼈저리게 실감했다. 통속적인 모재은은 그의 말대로 신파극을 좋아했다. 차마 성공 가도를 달리는 화준의 발목을 붙잡고 늘어질 순 없었다. 그저 아련한 첫사랑으로 간직할 참이었다. 제 처지를, 입장을 생각하면 그로 인해 행복했고, 그로 인해 아팠던 시간들은 그저 추억으로 그러안을 수밖에 없었으니까.

"후……."

재은은 아련히 피어오르는 대학 시절의 추억을 떠올리다 말고 폭, 한숨을 내쉬었다. 처음 겪는 일도 아닌데 마음이 미어졌다. 그를 두 번 잃는 마음은 심히 괴로웠다.

"모르겠다."

점심시간을 틈 타 옥외 공원으로 올라온 재은이 답답함을 해소하기 위해 휴대폰을 꺼냈다. 자연스럽게 화준의 번호를 찾아 누른 그녀는 신호음이 울리는 동안 몇 번이나 숨을 가다듬었다. 그의 목소리를 듣기도 전에 부풀어 오른 감정이 사정없이 두근거렸다.

―무슨 일이야?

관계의 선을 긋듯 차갑게 묻는 그의 목소리를 들었을 때에는 가슴이 쿵 소리를 내며 곤두박질치는 것만 같았다.

"……바빠요?"

아무렇지 않은 척 물었으나 그녀의 목소리는 가늘게 떨렸다.

―조금?

"아. 그럼 이따 다시 전화할게요."

그의 냉담한 반응에 더 이상의 할 말을 잃은 그녀가 서둘러 대화를 갈무리했다.

—아냐, 이따 더 바빠질 것 같으니까 지금 얘기하자.

"괜찮은데."

—내가 안 괜찮아.

"지금 바쁘다면서요?"

—말했지만 이따 더 바빠질 것 같거든.

"없는 시간 쪼개 모재은에게 주려던 의지는 어디 갔어요?"

내심 서운한 재은이 토라진 투로 물었다. 변심한 차화준을 알기 때문일까. 마음과 달리 말투에 가시가 돋쳤다. 이대로 끝나 버릴까, 그게 가장 무서운 재은은 필사적으로 자신을 보호했다. 마음 주고 갈 곳 잃은 방랑자가 되고 싶지 않았기 때문에 꼭꼭 마음을 감췄다.

—의지야, 아직 남아 있지.

하지만 그러다가도 이렇게 순순히 대답하는 그의 솔직한 말에 벙싯벙싯 웃고야 만다. 간사한 그녀의 마음은 그녀도 모르는 사이 그에게 이리저리 휘둘리고 있었다.

—차화준이 그렇게 의지 박약은 아니니까.

그래도 좋았다. 뭐든 좋았다.

"……알아요."

—고맙네, 알아주고.

"뭐가 고마워요, 당연한 건데."

—더 고맙네. 모재은에게 차화준이 당연시된다는 게.

기분이 좋은지, 설설 웃는 그의 목소리가 부드럽다. 재은은 괜히 두 귀를 붉혔다. 그녀의 말 한마디에도 이렇게 좋아하는 그가 물욕 없는 사람처럼 느껴졌다. 모재은이 아니고서야 더 바랄 것 없을 게 분명한 남자.

—그래서, 오늘은 왜 전화했어?

"꼭 이유가 있어야겠죠?"

—모재은이 가장 좋아하는 게 뭐든 갖다 붙이는 거 아니었나.

"그렇진 않은데, 선배에게 제가 한 게 있으니 뭐라도 갖다 붙여 볼까 싶어요."

─기대되네, 뭘 얼마나 예쁘게 갖다 붙일지.

"말 재주도 없고, 손 재주도 없어서 예쁘게 붙일 자신은 없어요."

─뭐, 이해해. 모재은에게 눈 먼 차화준은 뭘 하든 예뻐할 자신 있으니까.

말끝에 재은의 입꼬리가 씩 말려 올라갔다. 몰라보게 달라진 그의 냉소적인 반응에 잔뜩 긴장하던 모습은 온데 없이 사라지고, 그의 사소한 말 한마디에 안도하며 기뻐하는 그녀가 몸소 감정을 표현했다. 수화기 너머 그의 목소리에 집중하고, 실없이 웃는다.

"네, 뭐, 감사하지만……. 우리 거래는 이대로 끝인가요?"

─끝내고 싶어?

"그런 건 아닌데요."

그 핑계로 그를 다시 한번 볼 수만 있다면. 불쑥불쑥 집 앞으로 찾아오던 그가 그립다. 예쁘게 웃으며 장난스럽게 말하던 화준의 모습이 아스라이 눈앞을 스쳤다.

"보고…… 싶어서요."

그 순간 머리에서 뚝 떨어진 말 한마디가 입 밖으로 툭 터져 나왔다. 뱉고 나서 스스로 놀랐다.

─뭐?

어리둥절한 화준의 목소리를 들은 직후 재은은 깨달았다. 내가 미친 소리를 하고 말았구나.

"네?"

─뭐라고 했어, 방금?

"……네?!"

─묻는 건 내가 했는데? 모재은은 대답만 해 봐. 뭐라고?

다시 묻는 그에게 할 말을 잃었다. 마땅히 해 줄 말이 없었다. 화준만큼 경황이 없는 재은은 크게 당황했다. 정신없이 쿵쾅대는 마음을 따라

허둥지둥하던 그녀는 입만 뻥긋하며 어쩔 줄 몰라 했다. 그러니까 조금 전 그녀는.

—누가 보고 싶어? 내가?

웃으며 되묻는 그가 보고 싶어 꼭꼭 숨겨 왔던 진심을 꺼냈다. 그리고 영롱히 맺힌 물방울처럼 신비로운 그녀의 마음은 그의 귓전에서 툭 터졌을 테다.

—대답 안 할 거야?

"……아, 안 하면 어떻게 하시려고요?"

—아쉽긴 한데 여기까지 온 모재은이 기특해서라도 대답은 들은 걸로 해야지 어쩌겠어.

화준의 말에 재은은 꿀꺽 침을 삼켰다.

—나도 그래.

그리고 그녀보다 그녀를 더 잘 아는 화준이 감성적인 목소리로 말했다. 눈앞에 없는데도 불구하고, 눈앞에 있는 것만 같은 착각을 불러일으킨 그가 감미로운 목소리로 그렇게 말했다. 적당히 섞여 있는 웃음기가 불안에 떨던 그녀의 마음을 꼭 감싸 안아 주는 것만 같았다.

—나도 모재은이 보고 싶긴 해.

화준의 다정한 목소리가 그의 사랑에 익숙한 그녀의 마음을 다독였다. 쿵쿵쿵. 그제야 심장 박동이 다시 제 속도를 되찾기 시작했다.

—모재은 그림자 따라다니는 재미는 좋아도 추억을 헤집는 재미는 영 꽝이더라.

재은은 말을 아꼈다. 소심한 그녀는 화준처럼 감정에 솔직하지 못했다. 아니, 않았다.

—뭐가 잡혀야 말이지.

말로 표현할 수 없는 이 마음을 꺼내는 것 자체가 난관처럼 어렵고 힘들어서 해 주고 싶은 말을 아끼고, 삼키고, 종국에는 지울 수밖에 없었다. 나도, 나도 선배가 보고 싶어. 그 한마디가 어려워 입 가장자리를 여민 재은은 조용히 그의 말에 귀를 기울였다.

—그나저나…….

어려운 말도 쉽게 풀어 하는 그에게서 절절함을 느꼈다.

—이 정도면 공식은 성립된 거 아닌가? 차화준에게 모재은이 정답이 듯이 모재은에게도 차화준이 정답일 텐데.

그 순간 그녀의 눈이 휘둥그레졌다. 차화준의 변심 앞에서 불안에 떨던 모습이 눈가를 스치고, 괘씸한 생각이 머릿속에서 섬광을 터뜨렸다.

—감정의 교집합, 좋지?

큰 파동을 일으킨 그의 계략.

—그래도 고생했네, 우리 재은이. 첩첩산중 같은 문 하나를 열어 주기도 하고.

설마, 차화준.

—앞으로 얼마나 남았으려나. 거리로 따지면 40cm 정도 남은 것 같은데.

일부러 그랬던 거야?

"뭐, 뭐예요!"

연락 한 번 않는 내가 얄미워서?!

—뭐긴, 모재은이 보고 싶어 하는 차화준이지.

여상한 척 대답하는 그의 목소리가 유들유들했다.

"그거 말고요! 내가 그걸 몰라서 물어요?"

—몰라서 물었으면 좋겠다. 알고 대답해 주게.

"선배, 일부러 그랬죠?"

—글쎄.

"말 똑바로 해요! 일부러 그런 거죠, 일부러!"

억울함이 턱 끝까지 차올랐다. 말을 할 수가 없었다. 그동안의 설움과 불안이 한데 뒤섞여 그녀의 목울대를 꽉 틀어막았다.

하고 싶은 말은 많았지만 꺼내 놓을 수가 없었다. 떠나는 그의 뒷모습을 다시 보게 될까 봐, 노심초사하던 간밤의 뒤척임을. 변심한 차화준의 냉담한 태도에 울먹울먹 눈물을 토하던 모재은을. 후회와 회한으로 한

숨을 푹푹 내뱉는 비참한 심경을. 영악한 차화준의 꾀에 홀라당 넘어가 뼈에 사무치도록 느낄 수밖에 없었다고 생각하니 원통함이 커졌다.

"너무하잖아요!"

―아홉 번 찍어도 끄떡없는 모재은이 더 너무하지.

"아니죠, 너무한 건 선배죠. 부담스럽다는 사람한테 그런데도 밀어붙이는 성미는 뭐예요?"

―뭐긴, 고약한 거지.

"진짜 사람 억울하게 만들기 있어요?"

―뭐가 억울해? 네가 날 보고 싶어 하는 거? 그게 억울한 건가?

"그런 건 아니지만 어쨌든! 그렇게 말하게 유도한 것 자체가 너무해. 정말 못됐어⋯⋯."

―그럼 어쩔 수 없지.

서류를 검토하는 중인지, 수화기 너머에서 서걱서걱 종이가 스치는 소리가 났다. 민감한 재은은 그 소리마저 놓치지 않고 귀에 담았다.

―내가 더 보고 싶은 거로.

이어지는 그의 말은 두말할 것 없이 그녀의 귀청을 쟁쟁하게 울렸다.

산울림처럼 퍼지는 목소리는 귓속으로 스며들어 그녀의 신경을 예민하게 자극했다.

―보고 싶다, 재은아.

목소리만으로 가슴에 진동이 일었다.

감정의 분화구나 다름없는 가슴속에서 정의를 내릴 수 없는 사랑이 분출했다. 종국에는 지각처럼 심각한 변동을 일으킨 가슴속에서 불온했던 그간의 감정들이 한꺼번에 침몰했다.

―보고 싶어 죽기 직전이야.

그 대신 그녀도 자각하지 못한 생소한 감정들이 일제히 솟구쳤다.

―죽어서도 다시 만날까? 어때, 영혼의 공동체.

그것조차 숙명이었으면 좋겠다. 인연은 약하고, 운명은 아쉬운. 처음부터 우리는 이렇게 될 숙명이었다. 차화준과 더불어 살아갈 모재은의 인생은 시작부터 예견된 일이었다. 그렇게 말하는 그의 목소리가 동요 없이 차분해서 재은은 저도 모르게 그의 말에 동의했다.

─괜찮지?

괜찮다고.

─침묵은 곧 수긍인데 잘됐네.

나도 그렇다고.

─열 번 찍으면 순순히 넘어 오겠는데, 기대해도 되나?

뭐가 됐든.

─얼른 와.

그럴지도 모른다는 생각이 뇌간을 채웠다. 빈틈없이 꽉 찬 그의 존재가 마음까지 흔들었다.

─많이 안 남았으니까.

오래 기다렸으니까.

정신을 차리고 보니 어느덧 동문회가 있는 주말이 찾아왔다. 오랜만에 만난 주현과 일상적 대화를 나누고, 그녀가 그토록 바라던 감귤 초콜릿을 선물로 건네준 재은이 호방하게 웃었다.

운전석에 있는 민수 선배가 어색하고 불편해서 억지로 마음에도 없는 웃음을 만면에 꺼내 놓은 것이다. 직접 차를 몰고, 주현을 데리러 온 민수의 등장에 처음 재은은 경악한 얼굴을 감추지 못했다.

저, 저 선배가 대체 여긴 왜. 두 사람의 사이가 각별하다는 건 알고 있었지만 술자리나 다름없는 동문회에 차를, 그것도 호들갑스러운 배주현과 모재은을 직접 태우러 온 아우디를 보며 재은은 하릴없이 묵례했다.

"선배, 밀당하는 거 아니냐?"

민수가 도착하기 전까지 화준을 주제로 신랄하게 떠들던 재은의 말수가 급격히 줄었다. 눈치 없는 조수석의 주현은 힐끔힐끔 그녀를 돌아보며 채 끝나지 않은 대화를 이어 갔다.

"아니지, 기사 보면 선배 요즘 많이 바쁜 것 같던데. 아니에요, 선배?"

저 눈치 없는 것. 내가 몇 번이고 사인을 보냈건만 본체만체, 꿋꿋이 저 할 말을 하고 있다.

"너무 걱정하지 마."

"걱정 안 하니까 좀 조용히 해."

"모재, 너 지금 목소리 되게 안 좋은 거 알지?"

그게 너 때문이라는 생각은 안 해 봤지? 두 사람의 대화에 피식피식 웃는 민수가 그저 하늘처럼 느껴지는 재은은 선뜻 대답할 수 없었다.

"정 그러면 사랑한다고 말이라도 해 보든가."

"조용히 하라고 했다."

"왜? 혹시 모르잖아. 네 고백에 선배가 냉큼 간이고, 쓸개고 빼다 줄지."

그녀의 말에 가만히 있던 민수가 맞장구를 치며 나섰다.

"그래, 그거 좋네. 내가 아는 차화준은 이미 재은이한테 간이고, 쓸개고, 영혼이고 다 줬을 테지만 아직 줄 게 더 남았다면 재은이 네가 먼저 고백해 보는 것도 나쁘진 않겠다."

"무슨 말이에요, 선배. 며칠 전에 재은이 고백했어요."

"그래? 정말?"

"네, 생각지도 못했는데 고백했더라고요."

보고 싶어요. 사소한 한마디가 재은을 제외한 모두에게 놀라울 정도로 커다란 말이었던 모양이다. 정작 말한 사람은 아무렇지도 않은데, 듣는 앞좌석의 두 남녀는 신이 나서 까르르, 웃기 바쁘다. 남 일을 내 일처럼 생각하는 두 사람의 공감 능력은 상당했다.

"화준이 쓰러졌겠는데?"

"아뇨, 선배. 그런 말이 아니고……."

"뭐가 됐든 재은이 네가 한 말이라면 안 봐도 비디오겠다."

혼이 쏙 빠져 있을 게 분명했다. 중국 사업 문제와 전시회 준비로 눈코 뜰 새 없이 바쁜 와중에도 감격에 겨워했을 테고, 이제야 비로소 그녀에게 인정받았다는 자부심과 긴 시간을 할애한 결과의 보람 때문에라도 크게 감동했을 테지.

"궁금하긴 하다."

사랑에 빠진 남자의 의지적이고 강인한 사랑은 결국 뜻을 이루었다.

"그 비디오 분량은 얼마나 돼?"

"아뇨! 고백 안 했어요! 아, 배주현! 너 무슨 말을 그렇게 해서……."

사람을 난처하게 하는 거야.

"아니야, 재은아. 주현이 별말 안 했어."

그나저나 6년 만에 만난 민수는 여전했다. 대형 로펌 소속 변호사가 되었음에도 한결같았다.

"자꾸 그러면 고소장 접수한다."

법률계의 존 왓슨이나 다름없는 그는 다정하게 웃는 가면 뒤로 언제나 냉정한 속내를 감추고 있었다.

"재은이 너 알지? 무고죄가 얼마나 무서운 죄인지."

대학 시절, 그녀를 비롯한 몇몇 후배들은 하늘처럼 높은 민수를 우러러 보며 농담처럼 말했다.

"10년 이하의 징역 또는 1천 5백만 원 이하의 벌금형에 처할 수 있는데. 괜찮겠어?"

그는 법학과의 다정다감한 염라대왕이라고. 배주현은 그런 민수의 충직, 월직 차사였다. 사악하기 이를 데 없는 성미가 똑 닮은 두 사람은 바퀴벌레 한 쌍처럼 참 잘 어울렸다.

재은은 6년 만에 보는 두 사람의 모습에 남다른 감회를 느꼈다.

"……괜찮지 않아요."

가난한 그녀에게 1천 5백만 원의 돈이 있을 리 없다. 수중에 가진 거라곤 만 원짜리 네 장이 고작인 그녀가 어색하게 입꼬리를 끌어올린다. 곧잘 미러를 힐끔거리던 민수가 부드럽게 웃음을 지으며 가볍게 상황을 갈무리했다.

"축하해, 모재. 얼마 안 남았구나. 화준 선배와의 결실."

끝나지 않은 주현의 말장난은 약속 장소에 도착할 때까지 계속됐다.

"이제 그만 잡혀 줘라. 선배가 불쌍하지도 않냐?"

재은은 끓어오르는 분노를 삭이느라 여념이 없었다.

"하긴, 그런 것까지 신경 쓸 화준 선배였다면 애초부터 모재은한테 집적거리는 일이 없었겠지."

좋겠다, 모재은. 뭘 해도 예뻐해 주는 선배도 있고. 눈을 흡뜬 재은이 조수석의 주현을 무섭게 쏘아보는 그때였다.

무심코 확인한 민수의 콧잔등 위로 주름이 졌다. 누가 봐도 불만스러운 얼굴이었다. 그리고 언짢은 기색이 역력한 그를 곁눈질하던 재은이 또 한 번 당황한 건 이어지는 그의 말을 우연히 듣고 나서였다.

"듣는 아우디 서운하다니까."

퉁명스러운 어조와 탐탁지 않은 눈빛. 묘한 감정이 뒤숭숭하게 떠오른 민수의 낯빛을 훔쳐보던 재은의 머릿속에 섬광이 터졌다. 정의를 내릴 수 없는 기류가 차 내를 떠돌았다. 심상치 않은 선배의 목소리에 귀를 쫑긋 세운 재은이 세차게 눈을 깜빡였다.

"그런데 나 왜 이렇게 떨리냐. 화준 선배 볼 생각에 긴장해서 그런가?"

뒷좌석에 가만히 앉아 있던 재은이 흠칫했다.

"어? 오늘 화준 선배도 와?"

"응, 민수 선배 말로는 그렇다던데. 그렇죠, 선배?"

주현의 물음에 운전 중인 그가 고갯짓으로 대답을 대신했다. 재은의 눈은 똥그랗게 뜨였다.

"뭐야. 선배 모임에 참석 잘 안 한다며!"

무의식적으로 소리친 재은이 말을 하고나서 당황한 듯 입을 막았다.

"나도 그런 줄 알았지, 근데 웬일인지 이번에는 참석한다더라. 너 오는 거 알아서 그런가?"

미치겠다. 주현의 말에 재은의 가슴이 널을 뛰기 시작했다. 재은은 홀로 추리를 시작했다. 오랜만에 그를 볼 생각에? 아니면 부담스러운 그를 마주하는 게 여전히 어색하고 어려워서? 대체 이 마음은 뭐 때문에 이토록 흔들리는 건지 모르겠다. 확실한 대답을 찾을 순 없었으나 가능성은 전자가 더 크다는 걸 재은도 알고 있었다. 정확히 일주일 만에 보는 그였으니 숨기려 해도 숨길 수 없는 마음이 자연히 동했을 테다.

몇 번 생각해도 이율배반적인 감정이었다. 머리는 아니라고 하는데 가슴은 저도 모르게 화준을 따르고 있었으니까. 무조건적인 그의 감정에 동화되어 버린 재은의 마음은 더 이상 그녀의 것이 아닌 모양이다. 그녀도 모르는 사이 오롯이 차화준이 다 가져가 버렸다.

"어, 저기 화준 선배 아니야?"

주현의 외침에 창문 밖을 내다 보았다. 차창 너머의 화준의 모습을 보는 순간 가슴이 요동쳤다. 조금씩 거리가 가까워지고, 흐릿하던 그의 실루엣이 또렷해지자 마음의 울림이 한층 강해졌다. 미치겠다.

"와, 스케일이 남다르네. 따르는 비서가 두 명씩이나 돼. 역시 재벌 클래스!"

감탄을 아끼지 않는 주현의 목소리가 차 안을 가득 채우고, 정차 중인 그의 차량 뒤에 차를 세운 민수는 가시눈으로 주현을 흘겨보았다. 뒷좌석의 재은은 마침내 코앞으로 다가온 화준을 물끄러미 지켜보며 꿀꺽 침을 삼켰다.

"미쳤다. 왜 차화준이, 차화준인지 알 것 같아."

그의 후광에 눈 못 뜨는 주현이 연거푸 탄성을 내질렀다. 태양의 후예임이 분명하다며 화준을 칭송하는 주현의 말은 끊임없었다.

"아……."

가만히 앉아 창문 밖의 그를 바라보는 재은은 주현의 말대로 쉬이 눈을 뗄 수 없는 그에게 시선을 못 박아 둔 채 조용히 탄식했다. 호가의 슈트 차림에 강렬한 색상의 행커치프로 포인트를 준 그는 어느 슈트 카테고리에서 툭 튀어나온 모델인 듯했다.

모델의 정석, 재벌의 표본. 경영 일선에서 최선을 다 하고 있는 그의 소식을 일주일 동안 뉴스 기사로 접했다. 연락이 두절된 화면 속 그는 완전히 다른 세상에서 사는 사람이었다. 이질적인 분위기가 물씬거리는 그를 보며 얼마나 가슴을 떨었는지 모르겠다. 그저 PC 화면인데도 금방이라도 모니터를 뚫고 나올 것만 같은 그는 재은의 눈앞에서 생생하게 살아 움직였다.

사진 속에서도 재은과 눈맞춤을 하고 있는 그 때문에 사실 그날 재은은 몇 번이나 표정을 고쳤다. 최대한 예뻐 보이고 싶은 여자의 마음은 엉큼했다. 화면 속 그와 시선을 주고받는 동안 네가 나의 첫사랑이라며 담백하게 고백하던 그의 목소리를 들었다. 재은의 기억을 헤집어 놓는 유순한 목소리는 아둔한 그녀를 고뇌하게 했다. 누군가의 마음을 알면서도 모르는 척할 수밖에 없는 그녀의 입장과 대등하게 맞서는 그의 마음은 어땠을까. 그녀에게 몇 차례 짓밟힌 마음은 과연 괜찮을까.

그의 연락을 기다리는 시간을 허송처럼 흘려보내며 생각했다. 일종의 후회였다. 진작 그가 꺼내 준 마음을 열어 보았다면 감정의 재해쯤 거뜬하게 이겨 낼 수 있지 않았을까. 무능력한 모재은의 곁에는 언제나처럼 차화준이 있었으니까. 내 마음도 모르는 모재은을 치켜세우는 차화준이 있었으니까. 인내의 시간을 보낸 결과 깨달음을 얻었다. 어수룩한 모재은은 밉살스러운 차화준을 단 한 순간도 싫어하지 않았다. 인정하기 무섭게 회한에 잠겼다.

모든 것을 감내할 용기가 있었더라면 지금의 우리는 어땠을까.

생각은 거기까지였다. 차창 밖의 그와 눈이 마주치자 화들짝 놀란 재은이 죄인처럼 고개를 돌렸다. 먼저 시선을 피한 그녀가 우물쭈물거리는 사이 앞좌석의 두 남녀가 먼저 차에서 하차했다.

"선배! 안녕하세요!"

오랜만에 보는 화준과 가볍게 인사를 나누는 주현의 목소리가 먼저 들려왔다. 그녀의 알은체에 반색을 표하는 화준의 목소리를 들은 재은이 슬그머니 고개를 돌렸다. 어떤 표정으로 주현을 대할지, 내심 궁금한 그녀가 차창 밖을 내다보던 그 순간 차 문이 열렸다.

"몰래 훔쳐보는 걸로 성에 차겠어?"

동시에 그녀를 에스코트하듯 문 앞에 선 화준의 음성이 그녀의 귓전에 날아들었다. 시원시원한 그의 향취도 함께였다. 적극적이고 대담한 그와 잘 어울리는 향내가 코로 스몄다.

"모재은은 몰라도 나는 그러기가 어려울 것 같은데."

이유 없이 눈물이 날 것 같았다.

"내 성이 좀 커야지."

그의 변심에 큰 충격을 받았던 지난날의 우려와 달리 그의 마음은 여전히 제자리에 있었다. 모재은의 눈앞에, 등 뒤에. 그의 유수한 눈동자 속에 선명하게 떠오른 그녀의 모습에 그제야 마음이 안도했다.

부드럽게 미소 짓는 화준에게 그녀에 대한 고집스러운 마음이 투영되어 있어서 재은은 저도 모르게 평안한 얼굴을 했다. 사실 그동안 재은은 뭐가 그리 불안한지 가슴을 졸였다. 그때 깨달았다. 이기적인 그녀는 그와의 간극을 조금도 용납하지 못했다. 이미 6년 전에 관용적인 이별을 겪은 터였다. 우연히 다시 만난 그와 두 번 헤어지고 싶지 않았던 거다. 첫사랑의 지형이 아주 복잡한 협곡이었다면 두 번째 사랑 길은 막힘없는 일직선이지 싶으니까.

"얼른 나와, 얼굴 좀 보게."

그가 손을 뻗었다. 먼저 들어간 주현과 민수의 모습이 사라졌다. 머뭇거리던 재은이 수줍게 손을 건넸다. 그의 손바닥 위에 가볍게 손을 올렸을 뿐인데, 곧장 악력이 실렸다. 더 이상 도망칠 수 없도록 꽉 힘을 주는 그가 그녀의 몸을 문 밖으로 끌어냈다.

"얼굴, 안 보여 줄 거야?"

얼결에 차에서 내린 재은이 그의 옆에 우두커니 서서 하염없이 신발코만 내려다보았다.

"그건 아니고…… 그냥 좀 부끄러워서."

"뭐가, 손잡은 게?"

"말 나온 김에 손 좀 놓아 주시면 안 되겠죠?"

"얼굴 보여 주면 놓아 줄게."

"그 말을 믿으라구요?"

주차 요원이 민수의 차량에 올라탈 때쯤 화준이 그녀를 데리고 가게 입구 쪽으로 걸어갔다.

"어떻게 알았어?"

신사적인 그가 문을 열어 그녀를 먼저 안으로 안내했다. 쭈뼛거리던 재은이 그의 눈치를 보며 가게 안으로 발을 들였다. 그때 그가 지나쳐 가는 그녀의 걸음을 가로막듯 상체를 낮췄다. 키가 훤칠하게 큰 화준이 고개를 숙이자 흠잡을 데 없는 그의 얼굴이 그녀의 코앞으로 내려왔다.

"일주일 만에 보는 얼굴, 보기만 하면 아쉬우니까 입이라도 한 번 맞춰 볼까 싶었는데. 눈치도 좋네, 재은이는."

놀란 재은이 까무러치는 순간 그의 목소리가 은은하게 들려왔다. 시선 처리가 어려워서 괜히 허공을 올려 보던 재은이 천천히 눈동자를 움직였다.

"그런 김에 모재은이 차화준 좀 가져가."

그와 정면으로 눈이 마주쳤다. 일각에 일어난 일이었다. 씩 웃는 그의 얼굴에 눈이 멀어 버리고 말았다. 차화준의 마법에 푹 빠진 성싶다.

"너만큼 날 잘 아는 사람도 없을 텐데."

그에게서 눈을 뗄 수 없었다. 그와 다시 만나기를 은연히 고대했던 시간들이 떠올라서일까. 아쉬움을 남기지 않고 털어 내려는 속셈이 분명한 그녀의 시선이 멍하니 그를 올려다보았다. 그러다 황급히 정신을 깨운 재은이 눈매를 치켜세웠다.

"아뇨, 전 선배에 대해 잘 몰라요. 반대로 선배가 저에 대해 잘 알면 잘 알았겠죠."

이러면 안 되는데 가만히 그를 보고 있으니 마음이 울컥했다. 그의 연락을 기다리던 나흘 동안 재은은 하루도 빠짐없이 잠을 설쳤다. 지긋지긋한 박한수의 구애에도 오직 화준 생각뿐이었던 재은은 자신을 능욕한 차화준의 발칙한 행동에 살짝 약이 올라 있었다. 인정사정 볼 것 없이 모재은을 당길 때는 언제고, 느닷없이 그녀를 밀어내는 그가 얼마나 얄궂던지. 담고 있던 한 줌의 설움과 억울함이 숨처럼 차올랐다.

"아니, 잘 아니까 그랬겠죠. 밀당, 뭐 그런 거예요?"

다시 만난 그에게 울분을 하소연하는 재은이 새침한 말투로 쏘아 댔다.

"뭐, 그런 거라고 생각해도 좋고."

그녀의 등을 밀며 말한 그가 손잡이에서 손을 뗐다.

"안 그래도 그렇게 생각하고 있어요."

화준은 불퉁한 얼굴로 시큰둥하게 말하는 그녀의 등 뒤에 바짝 섰다.

"그래서 그런가. 모재은의 반가움이 평소보다 강렬하네."

"저 장난 칠 기분 아니거든요."

"그래, 말은 내가 할게. 모재은은 그 예쁜 얼굴 좀 계속 보여 줘."

그녀 곁에 선 그가 그녀와 나란히 계단을 밟으며 말했다. 재은이 작게 실소를 터뜨린다.

"장난칠 기분 아니라니까요? 모르겠어요? 저 지금 심기 되게 불편해요."

"많이 속상했구나?"

"허. 무슨 근거로 그렇게 말씀하시는 건지……."

내가 왜? 왜 속이 상해요? 별안간 모르쇠를 고집하는 재은의 앞을 그가 가로 막았다. 장벽처럼 선 그는 그녀보다 두 칸 앞서 있었다. 가뜩이나 크고 길쭉해서 한참 고개를 꺾어야 보이는 그의 얼굴이었다. 재은은 평소보다 얼굴을 더 뒤로 젖혔다.

"토라진 모재은도 귀엽네."

"비켜요."

쳇, 혀를 찬 재은이 모로 고개를 돌렸다. 그는 길을 내어 줄 생각이 전혀 없는 듯했다. 벽처럼 서서 그녀를 물끄러미 내려다보았다. 그의 시선이 닿는 두 볼이 화끈하다.

"그래서, 그게 모재은의 반가움 표시야?"

"무슨 말을 하는지 모르겠어요."

"속 많이 탔나 보다. 모재은이 화를 다 내고, 신기하네."

"비켜요."

"많이 보고 싶었어?"

"제 말, 듣고는 있는 거죠?"

"모재은도 알겠지만 일이 많이 바빴어."

하. 재은이 자조적인 웃음을 흘렸다. 와중에도 멍청한 두 귀는 곧잘 그의 말을 받아들이고 있었다.

"그래도 틈틈이 연락을 해 줬어야 했는데. 차화준이 너무했지?"

"우, 웃겨. 사람이 바쁘면 그럴 수도 있지. 그리고 제가 뭐라고 선배가 틈틈이 연락을 해요?"

"그야 모재은이 가장 보고 싶어 하는 사람이니까."

싫다. 그의 말 한마디에 두근거리는 감정은 솔직한데 겉으로 드러나는 표정은 진실되지 않으니 미치겠다.

"많이 서운했어?"

그가 자연스럽게 손을 뻗었다. 그의 긴 손가락 사이에 그녀의 손이 얽혔다. 청실홍실처럼 엉킨 손을 보자, 순간 가슴이 달싹거렸다.

"차화준이 잘못했지?"

"……아뇨."

"뭐라고?"

"선배, 잘못 없다구요."

누가 들어도 지금 상황에서 잘못된 건 괜히 툴툴거리는 재은이었다.

"그리고 안 서운했어요."

자격 미달인 그녀는 욕심만 많았다. 화준을 감당할 자신도 없는 주제에 우위에 올라 그의 사랑을 탐닉하는 그녀의 심성이 고약한 거다.

"그래, 그럼 어쩔 수 없지."

안타까운 건 그녀의 마음을 알면서도 모르는 척하는 여우 같은 남자였다.

"김칫국 마신 셈 쳐야지, 뭐."

그는 끝까지 아닌 척하는 새침데기 같은 여자의 마음을 당연하게 이해했다.

"갈 길이 머네."

그가 멈춰 선 그녀의 손을 슥 잡아당겼다. 계단을 밟고 올라온 재은이 그의 손에 붙잡힌 채 걸음을 옮기는 동안 그는 쉼없이 고백했다.

"모재은 뒤따라가는 재미는 매일이 연장전인 것 같은데."

재은은 푹 고개를 숙였다. 지치지도 않는 그의 사랑에 웃음이 날 것 같았다.

"목적지까지 남은 거리는 얼마나 돼?"

그의 큰 손에서 전해지는 온기가 반쯤 넘어오다 만 그녀의 마음을 훈훈하게 휘어넘겼다.

"멀지 않았으면 좋겠다."

그녀의 등 뒤에 그와의 거리는 이제 고작 40cm 남았다. 정말, 얼마 남지 않았음을 재은은 예감했다. 그를 따라 걷던 그녀가 닫힌 룸 앞에서 멈췄다. 문을 열기 전, 재은의 귀에 대고 화준이 작게 속삭였다.

"술, 적당히 마셔."

손잡이를 잡은 그가 미닫이문을 스르륵 열 때쯤 기다리고 있던 선후배와 동문들의 얼굴을 보았다. 나란히 등장한 두 사람을 보며 환호하는 동문들의 목소리가 천장을 뚫을 듯 거대하다. 환성 소리에 묻혔음에도 또렷한 그의 목소리가 귓전을 울렸다.

"오늘 거래 마무리합시다."

단호한 말씨에 재은이 그를 돌아보았다. 그는 먼저 룸 안으로 발을 들이며 환호하는 동문들에게 인사를 하고 있었다. 재벌과 일반인의 경계선을 흐리는 그는 누가 봐도 평범한 남자였다. 동문회에 참석한 선배였고, 성공 가도를 달리는 유능한 직장인이었다.

물론 재은에게만 해당되지 않는 사항이었다. 번듯하게 떨어지는 그의 슈트 핏을 빠르게 스캔한 재은에게 차화준은 늑대보다 무서운 포수였다.

두 손, 두 발, 다 써서라도 어떻게든 모재은을 포획할 무시무시한 무법자.

"하고 싶다."

아무도 모르게, 은밀히 시선을 주고받던 그가 입속말로 중얼거렸다. 우레와 같은 박수 소리가 폭죽처럼 터지고, 동시에 까무러친 재은의 마음도 폭발했다. 저, 저 남자, 방금 뭐라고……! 기겁한 재은이 뜨악한 얼굴을 했다. 그러거나 말거나, 초연한 화준은 쉽게 발을 떼지 못하는 그녀의 손목을 친절하게 잡아끌어 주었다.

"뭐야, 화준 선배 아직도 재은이 좋아해요? 뭐야! 아직도 다정한 건 반칙이잖아!"

동문들이 열광하기 시작했다. 평소 잘 볼 수 없는 화준과 재은은 보석처럼 진귀했다. 그런 두 사람이 어쨌거나 동시에 나타났으니 지켜보던 동문들은 놀라워하면서도 예나 지금이나 다를 바 없는 두 사람을 진심으로 반겨 주었다.

오오! 선후배, 동기들이 반색하며 탄성을 내질렀다. 꼭 결혼을 앞둔 예비 부부의 환영식 또는 결혼식 피로연을 연상케 하는 그들의 반응에 민망한 재은이 볼을 밝히며 주현 옆에 착석했다. 피식 웃으며 걸어가는 화준은 저기 저 끝, 상석과 가까운 민수 옆에 자리했다. 제법 거리감이 느껴졌지만 아무렴. 재은의 얼굴은 아주 잘 보이니 상관없었다.

"자자! 한 잔 해야지! 잔 들자! 잔!"

민수 선배가 우렁차게 외치자 모두가 잔을 채워 올렸다. 쟁강거리는 소리가 이내 룸 안을 가득 메웠다.

동문회의 시작이었다.

chapter

09

오랜만에 만난 선배들도 많이 늙었다. 신혼을 즐길 새도 없이 불쑥 태어난 아기를 돌보느라 참석하지 못한 동기들도 더러 있었다. 새삼 세월이 많이 흘렀음을 실감했다. 화준이 졸업한 후로는 우는 날이 더 많았었지만 돌이켜 보면 그마저도 청춘이자 추억의 일부였다.

 철없는 시절이었기에 많이도 울고, 많이도 웃었다지. 이 좋은 인연을 그동안 무심하게 생각했던 스스로를 책망하며 재은은 음주를 즐겼다. 잔을 부딪치는 횟수가 늘어나고, 얼큰하게 취기가 돌 때쯤 동아리 선배들의 영웅담이 시작됐다.

 졸업 후 취업난을 겪었던 이야기, 재벌 4세인 차화준은 죽었다 깨어나도 모를 고충들을 주거니 받거니 하며 하하 호호 입을 모아 웃는 사람들 속에 재은도 있었다.

 한참 대화를 이어 가는 데 누군가 느닷없이 박태린과 홍미주의 이름을 언급했다. 기승전결이 빠른 이야기의 흐름은 금세 그녀들의 파국으로 이어졌다. 주현에게 전해 들었던 대로 두 사람은 남보다 못한 사이가 되었다고 했다. 박태린의 약혼자와 불륜을 저지른 홍미주의 간악한 성미를 지탄하는 몇몇 선배들은 어느 때보다 신랄하게 그녀를 씹어 댔다.

 과연 박태린이 어떤 여자인가. 제법 예쁘장하게 생긴 얼굴로 선배들의 사랑을 듬뿍 받던 여자 아니겠는가. 대학 시절 미모를 고스란히 유지한 채 성장한 그녀는 재은이 봐도 아름다웠다. 한때 알아주는 셀럽으로 인터넷에서 인기몰이를 하던 그녀는 몇 차례 로드 캐스팅을 받기도 했다. 그만큼 잘난 여자의 남자를 감히 홍미주가 넘보았단다. 미쳐도 단단히 미쳤지.

구시렁구시렁 떠드는 선배들의 말이 속속 귀에 박힌다. 재은은 불편했다. 알다가도 모를 화준의 꿍꿍이를 꿰고 있기 때문일까. 갈라선 두 선배의 간극 사이에 차화준과 모재은이 자리하고 있다는 생각을 접을 수 없었다. 어쩐지 속이 탄다. 끝나지 않은 시간 속을 여행하는 기분을 떨칠 수 없었기 때문이다. 화준과 재회한 후로 다시 되풀이되는 이야기의 시작점은 9년 전이었다.

"주현아, 박한수 있잖아."

답답함을 떨쳐 내기 위해 재은이 시원하게 술을 들이켰다. 그리고 주현에게 넌지시 말했다. 달리 할 말이 없었기에 무작정 박한수를 들먹거렸다.

"며칠 전까지 회사 앞으로 나 찾아오고 난리도 아니더라."

"미친. 그러게, 내가 그 새끼랑 진작 헤어지라고 했지?"

"늦은 감이 없지 않아 있지만 어쨌든 헤어졌잖아."

"늦은 감이 없지 않은 게 아니라, 늦은 감이 너무 많아. 헤어졌어도 한참 전에 헤어졌어야지."

그녀의 반박에 재은이 배시시 웃었다.

"정이 원수인 거지."

"너도 원수야."

주현의 차가운 응수에 그녀가 빈 잔에 술을 채우며 히죽거렸다.

"그렇긴 해, 인정."

주현은 웃으며 말하는 재은을 한심스러운 눈초리로 보았다가 이내 포옥 한숨을 쉬며 충고했다.

"알면 그 떼어 낸 정, 빨리 화준 선배한테 붙여 줘. 선배도 애타겠다."

"왜 기승전결이 화준 선배로 이어지는 거야?"

재은의 볼멘소리에 안 그래도 큰 주현의 눈이 더욱 커다래졌다. 그걸 몰라서 하는 말이냐는 듯한 그녀의 표정에 재은이 고개를 갸웃거렸다.

"그야 선배가 아까부터 너만 보고 있으니까."

그 말에 재은의 시선이 멀리 있는 그를 찾아갔다. 그는 아닌 척 그녀를 지켜보고 있었다. 그러다가 주현에게 딱 걸렸지만, 그럼에도 당당한 화준은 고집스럽게 재은을 바라보고 있었다. 겁도 없이 술잔을 비우는 그녀가 걱정스러운지, 그런 기색을 은연중에 내비치는 것도 모자라 대놓고 활짝 웃고 있었다.

뭐랄까. 그와 비밀 연애라도 하는 기분이었다. 당연하게 받아들이던 그의 시선이 오늘 따라 특별하게 느껴졌다. 무엇으로도 빗댈 수 없는 대단한 남자의 두 눈 속에는 예나 지금이나 오로지 모재은뿐이었다.

그래서 더 부담스러웠던 선배의 시선이, 9년이 지난 지금은 조금 다르게 느껴진다. 마치 당연한 권리처럼. 언젠가 그가 말했던 것처럼 모재은은 차화준의 또 다른 세상이었다.

"빨리 정 안 주면 어디 야산에 너 묻을 기세야, 선배 눈빛 보이지? 아주 강렬하다 못해 사람 태워 죽이겠다."

응, 안 그래도 지금 타고 있는 중이야. 머리끝부터 발끝까지 감시하는 듯한 그의 시선을 확인한 순간 재은의 몸이 후끈 달아올랐다.

그 눈빛이 상당히 야릇하게 느껴진 탓이다. 그와의 달콤했던 입맞춤이 떠올랐다. 오직 나만 아는 그의 부드러운 입술이.

"켁, 켁!"

"뭐야, 모재. 너 왜 그래."

"어억……!"

술을 들이켜다 말고 사레에 들리고 말았다. 헛기침을 하는데 와자지껄한 분위기를 뚫고 짓궂은 어느 선배의 목소리가 우렁차게 울려 퍼졌다.

"재은이, 또 화준이 생각했구나!"

그의 시선이 대각선의 재은을 향해 있었음을 파악한 선배의 말에 그녀가 푹 익은 얼굴로 고개를 저었다.

"다 알아, 인마!"

호탕하게 웃는 선배를 보며 재은이 어색하게 웃음 지었다.

"설마 아직도 튕기는 거야? 화준이도 힘들겠다. 그쯤 했으면 이제 받아 줄 때 되지 않았냐?"

얼큰하게 취기가 도는지 그의 눈은 게슴츠레 풀려 있었다. 재은이 멋쩍은 듯 뒷머리를 긁적이며 어색하게 웃자 옆에 있던 주현이 발끈해서 한마디 했다.

"화준이가 뭐가 부족하다고 퇴짜를 놓는 거야? 내가 여자였으면 고마워서 엎드려 절이라도 했겠다."

"선배, 말이 너무한 거 아니에요?"

붉으락푸르락한 얼굴을 보니 제대로 격분한 모양이다.

"그러는 재은이는 뭐가 부족해서 화준 선배한테 엎드려 절해야 하는 건데요? 그리고 사랑에 기회가 어디 있어요?"

그렇게 말하는 주현이 노골적으로 콧잔등을 찌푸렸다. 아무도 모르게 주먹을 말아 쥔 그녀의 손이 바들거린다. 그도 그럴 것이 화준의 동기인 그는 주현의 눈 밖에 난 몇 안 되는 선배들 중 한 사람이었다. 그러니 화준의 편에 서서 재은의 태도를 지탄하는 그가 마음에 안 들 수밖에 없었다.

"내가 뭐 틀린 말이라도 했어? 화준이도 많이 힘들었지. 벌써 9년이야, 9년. 세상에 9년 동안 짝사랑하는 지고지순한 남자가 요즘 시대에 또 어디 있냐?"

"뭐라고요?"

"그리고 화준이가 재은이를 좀 아꼈어? 누가 봐도 차화준이 모재은 소중하게 생각하는 건 다 알 텐데."

주현이 헛웃음을 터뜨렸다. 두 사람의 이야기를 마치 제 이야기처럼 늘어놓는 오지랖이 끔찍했다.

"알면서도 모르는 척하는 재은이가 나쁜 거 아니야?"

"화준 선배가 아직까지 재은이를 짝사랑한다는 증거 있어요? 그거 다 옛말 아니에요?"

"어?"

"재은이가 왜 나빠요? 아니까 모르는 척하는 거지. 몰랐는데 모르는 척하는 사람이 세상에 어디 있어요?"

다시 만난 화준과 재은의 관계를 잘 알면서 모르는 척 말하는 그녀의 연기력은 수준급이었다. 지켜보는 재은조차 감탄할 정도로 배우 못지않은 뛰어난 연기를 보여 주었다.

"아니야, 주현아."

그때였다. 잠자코 두 사람을 지켜보던 화준이 난데없이 대화에 끼어들었다.

예고 없는 그의 등장에 모두의 눈이 휘둥그레졌다. 대화의 주인공인 재은은 달리 말할 필요가 없을 정도였다. 얼마나 놀랐는지, 저절로 딸꾹질이 터졌다.

"옛말 아니야, 나 아직도 재은이 짝사랑하는 중이야."

그의 발언에 누가 먼저랄 것 없이 다들 입을 틀어막았다. 서로 말은 안 했지만 이번 차화준 부사장의 열애설에 대해 왈가왈부 말이 많았던 터였다. 특히 그녀 곁에 둘러앉은 몇몇 선배들은 불과 30분 전까지만 해도 화준의 열애설 상대가 누구인지, 눈에 불을 켜고 찾아 헤맸다.

하지만 온갖 포털 사이트를 뒤적거려도 블라인드 처리된 사진 속 여성의 정체는 찾을 수 없었다. 그게 재은이라는 걸 전혀 모르는 그들은 답답함에 몇 번이고 혀를 내둘렀다.

"그리고 내가 좀 지고지순하긴 해."

그랬던 그들의 눈에 일순간 생기가 돌았다.

"그렇다고 멍청한 건 아니고."

설마……!

"물론 주현이 말도 맞아."

그 사람이 모재은? 충격에 빠진 모두의 시선이 일제히 재은을 향했다.

"아니까 모르는 척하는 거겠지?"

화준도 마찬가지였다. 멀찍이 떨어진 곳에 있는 그는 여느 때처럼 부드럽게 미소 지으며 당황스러워 하는 그녀를 바라보고 있었다.

"그런데 내가 아는 모재은은 그 정도로 성미 고약한 여자가 아니라서."

겁이 많은 모재은이 혹, 놀라 도망치는 건 아닐까.

"아는데, 아는 걸 받아들이는 게 어려워서 망설이는 거겠지."

심히 걱정스러운 화준이 서둘러 재은에게 안도의 눈빛을 건넸다.

"그렇지, 재은아?"

멀리 떨어져 있는 그가 꼭 곁에 있는 것만 같은 착각이 들었다.

"너도 알잖아."

가까이에 있는 것처럼 존재감이 뚜렷한 그의 목소리가 묵직했다. 은연히 대답을 종용하는 그의 말에 재은이 흠칫했다.

"내 마음."

이제 그녀가 대답할 차례였다.

"……네."

잠깐의 머뭇거림 끝에 재은이 말했다.

"화준 선배 말대로 받아들이는 게 어려워서……."

머리를 거치지 않은.

"노력 중이에요."

온전히 감정에 의한 회답이었다. 그녀의 말이 끝나기 무섭게 룸 안에 정적이 흘렀다. 차화준과 모재은의 알다가도 모를 관계가 여전히 현재 진행 중이라는 사실에 놀란 동문들이 이내 하나둘 헛기침을 터뜨렸다.

재은만큼이나 멋쩍은 모양인지, 괜히 술잔을 비우고, 실없는 농언을 주고받는다. 그 자리에서 태연한 건 오직 네 사람뿐이었다. 주현과 그런 그녀를 주시하며 고개를 가로젓는 민수.

그리고 이야기의 주인공, 화준과 재은뿐이었다.

"다들 그만. 이 얘기는 여기까지 하고, 한잔하자!"

머쓱한 분위기를 타파하기 위해 민수가 말을 꺼냈다. 화준은 그가 따라 주는 술잔을 겸허히 받았다. 그러나 그의 맹목적인 시선은 테이블 끝에 있는 재은을 물끄러미 바라보고 있는 터였다.

"참, 차화준. 나 너한테 궁금한 게 엄청 많다. 오늘 이 자리에서 물어보면 시원하게 대답해 주냐?"

그때였다. 얼큰하게 취기가 오른 선배 한 명이 어눌한 발음으로 그에게 질문을 건넸다.

"잘나신 재벌 4세 취조하는 것 같아 미안한데 사람 대 사람으로서 답변은 해 줘라."

모두의 시선이 두 사람에게 집중됐다. 술잔을 든 재은이 술 한 모금을 들이킬 때쯤 두 사람의 대화가 질의문답식으로 진행됐다. 머지않아 재은은 먹은 술을 그대로 뱉어 냈다. 사레가 들려 캑캑 기침하자 놀란 주현이 황급히 그녀의 등을 두드렸다.

재은은 이 자리에 참석한 자신을 처음으로 후회했다. 동문회의 주제가 '차화준과 모재은의 관계'가 되고, 이 자리의 화제가 '차화준과 모재은의 과거'라는 걸 진작 알았더라면 애초부터 참여하지 않았을 텐데.

"너, 그날 있잖아, 가평 MT 때. 불참한다던 녀석이 갑자기 나타나서 사람 여럿 놀라게 했던 거 기억해?"

얼큰하게 취한 선배의 취조가 시작됐다.

"갑자기 와서는 다짜고짜 재민이랑 재은이 찾았잖아. 기억나지?"

아니, 취재였다. 백제 호텔의 출입 기자도 밝히지 못한 차화준 부사장의 첫사랑을, 짝사랑을 지금 그가 낱낱이 조사하고 있었다.

"바로 재은이 있는 2층으로 올라가고, 얼마 안 돼서 재민이 내려왔던 것도 기억하지?"

화준이 당연하다는 듯 고개를 주억거렸다.

"그래서 묻는데, 그날 재은이랑 무슨 얘기했냐? 고백했냐?"

모두가 차화준의 대답을 기다렸다. 대기 시간은 짧았지만 그동안에도 사람들은 일각을 다투었다.

"그럼."

이윽고 그가 태연하게 대답했고, 놀란 건 오직 그녀뿐이었다. 다들 그럴 줄 알았다며 능글맞은 그에게 야유를 퍼부었다. 가뜩이나 두 사람의 오묘한 관계에 대해 말이 많았던 터였다.

탈이 많은 만큼 소문도 무성했던 차화준과 모재은의 알 수 없는 관계. 그 일이 있고 두 사람이 연인이라는 소문은 거의 기정사실화 됐다.

"그래서 차였냐?"

"그럼."

"역시 모재은. 모재은이 얼음 공주네, 얼음 공주야."

모두의 시선이 자연스럽게 재은을 향했다.

"야, 재은아. 너는 좀 따뜻해질 필요가 있어. 내가 그러니까 네가 너무 하다는 거야."

"화준이 이 정도 했으면 받아 줄 때도 되지 않았냐?"

멋쩍은 재은이 볼을 밝히며 고개를 떨어뜨렸다.

"그게 매력이지, 뭐. 그래도 재미는 있으니까."

모재은 따라다니는 재미. 그가 고개를 외면한 그녀를 바라보았다. 손가락을 꼼지락거리다가 술잔을 채우는 그녀를 보니 부끄러워 몸 둘 바를 모르겠는 모양이다.

"재은이 부담스럽겠다. 그만 얘기하자."

오직 모재은을 위하는 그가 서둘러 대화를 갈무리한다. 차화준에 대한 부담이 근육처럼 뭉쳐 있는 그녀를 난처하게 하고 싶은 생각은 추호도 없으니까. 아마 모두의 이목을 받고 있는 재은은 전혀 모르겠지.

"미안해, 재은아."

싱긋 웃으며 말하는 그로 인해 대화는 처음으로 돌아가 각자의 일상을 공유하고, 울고 웃었던 추억을 떠올렸다. 오늘 모임의 주제는 기억을 역행하는 타임 리프였다. 재은도 마찬가지였다. 그들과 동떨어진 그녀는 조금 전의 질문과 화준의 대답을 곰곰이 생각해 보았다.

선배가 말했던 가평 MT와 예고 없는 차화준의 등장.

가만, 그러고 보니 그날 그가 왔었던가? 대학 시절에도 바쁜 일정을 소화하던 그는 동아리 모임이나 MT에 늘 불참했다. 대학 생활이 아니더라도 바깥일에 치여 살 수밖에 없는 비운을 안고 태어난 그가, 뭐? 출석률의 평균화를 위하는 것처럼 MT에 참여했다니?

아무리 기억을 되짚어도 그날 재은은 화준의 모습을 코빼기도 보지 못했다. 재은이 기억하기로 자신은 일찍이 취해 먼저 잠자리에 들었다.

만약 그 이후로 재민이 그녀가 있는 침실을 찾아 2층으로 올라왔다면……!

순간 머릿속에 백열등이 켜졌다. 동시에 줄곧 모르고 지냈던 진실을 환히 밝히는 깨달음을 얻게 됐다.

"조재민, 너 저번 MT 때 잠든 모재은 가슴 만지려다 실패했다고 하지 않았냐?"

어느 날 우연히 들은 동기의 말. 다시 생각해 보면 그날은 가평 MT가 있고 한참이 지난 때였다. 그 말은 곧…….

"그런데 화준 선배는 연애 안 해요?"

그의 계획이 부질없는 물거품이 되어 사라졌다는 말이 된다.

누군가로 인해.

"해야지."

"그 상대가 재은이구나? 맞죠? 재은이 맞죠?"

그렇다면 그 누군가는 차화준이 된다는 말인데.

화준이 부러 자신에게 친절하게 대해 주었다는 건 알고 있었다. 문 앞에서 자신을 두고 음담패설을 나누던 동기들의 목소리를 그도 함께 들었으니까. 그 동기들 중에는 재민도 있었다. 어쩌면 화준은 조재민의 계략을 이미 알고 있었던 건지도 모르겠다.

그래서 MT에 온 거라면, 자신을 지켜 주기 위해서…….

"……헐."

"왜?"

놀란 재은을 돌아보며 주현이 물었다. 기함할 지경에 이른 재은은 주현의 말에 대답도 잊은 채 빤히 화준을 바라보았다. 사람들 사이에 섞여 있어도 한눈에 보이는 그를 느끼며 재은은 입을 꾹 다물었다.

꿀꺽, 마른침과 함께 놀라운 사실이 삼켜졌다. 소화되지 않은 충격적 진실은 동문회가 끝날 때까지 그녀의 속을 울렁거리게 했다.

차화준, 이름 석 자는 모재은의 곁에 평생 남아 있을 모양이다. 문신처럼 새겨진 그의 기억이 그녀를 흔들리게 만들었다.

"잠깐만."

"뭐야, 차화준 어디 가냐?"

"먼저 도망가는 건 아니겠지?"

술자리가 길어지는 가운데 그가 초연하게 자리에서 일어났다. 재은은 우아하게 걸어 나가는 화준을 주시했다. 그러다 모두가 인사불성이 되어 버린 자리를 덩달아 박찼다.

왜일까, 혀끝에서 맴도는 말을 묻기 위해 룸을 나서는 그를 무의식적으로 따라갔다. 묻고 싶었고, 물어봐야 했다. 알고 싶었고, 알아야 했다. 그래야만 아프게 남아 있는 대학 시절의 트라우마와 그로 인해 생겨 버린 부담을 완전하게 덜어낼 수 있지 않을까.

그를 쫓는 재은의 걸음에 서서히 속도가 붙었다.

애초부터 재은이 아니었다면 참석하지 않았을 테다. 밖으로 나와 빈 테이블에 걸터앉은 그가 인테리어가 깔끔한 주변을 쭉 둘러보았다.

그때, 귀여운 토끼 한 마리가 모습을 드러냈다. 귀엽고 사랑스러운 차화준의 모재은이었다.

하얀 블라우스와 연한 그레이 컬러의 스커트 차림을 한 그녀는 어느 때보다 그의 눈길을 사로잡았다. 매혹적인 몸매와 스커트 아래로 드러난

매끈한 종아리는 그의 머릿속에 불온한 생각을 심어 주었다.

제 발로 포수를 찾아온 먹잇감이 반가운 그가 천천히 몸을 일으켰다. 잠시 혼자만의 시간을 가질까 싶던 그의 계획이 방향을 틀었다.

"모재은이 무슨 일이야?"

무엇보다 재은이 우선인 그가 씩 웃으며 곁으로 다가와 자연스럽게 손을 뻗었다.

"매번 모재은 뒤만 따라다녀서 그런가? 반대로 모재은이 내 뒤를 따라 주니 좋아 죽겠네."

그의 두 손은 허락도 없이 그녀를 번쩍 안아 올렸다. 가까운 테이블 위에 그녀를 앉혀 놓고, 제 포위망에 가두듯 그녀의 다리 옆에 손을 짚은 화준이 상체를 낮추며 미소 지었다.

"저, 선배……."

"'궁금한 게 있는데요' 라고 말하려 했지?"

"어, 그건 어떻게! 그리고 자세가……."

괜히 민망한 재은이 고개를 떨어뜨렸다. 그런데 하필이면 푹 숙인 그녀의 이마가 그의 너른 어깨에 닿았다. 품에 안겨 있는 것처럼 오해하기 충분한 그림이 연출됐다. 놀란 재은이 상체를 뒤로 쭉 빼려는 찰나, 그의 긴 팔이 허리를 둘러 안았다.

"어, 안 되지. 올 때는 마음대로 왔다지만 갈 때는 마음대로 못 가."

"아뇨! 전 묻고 싶은 게 있어서……."

"물어. 실컷 물어봐. 대답할 준비는 한참 전에 끝났으니까."

"무, 물어볼 수 있게끔 자리를 마련해 주시면 참 감사할 것 같아요."

이대로는 불편해서 하려던 말도 까먹을 지경이었다.

"감사해하지 마. 안 해도 돼. 내가 더 고마우니까."

"선배. 저 묻고 싶은 게 있다니까요……."

재은의 목소리가 점점 작아졌다. 거침없는 그의 애정 표현에 점점 할 말을 잃게 되고, 대신 감정의 소용돌이는 거세진다. 가까이에 있는 그가 숨을 쉴 때마다 알싸한 술 냄새가 풍겼다.

"뭔데?"

"묻기 전에 조금만 뒤로 물러나 주시면 안 돼요?"

"안 돼."

"왜, 왜요?"

"일주일 동안 못 본 얼굴, 오늘 가까이에서 실컷 봐두려고."

"……음."

"잊을 뻔했어. 이러다 기억에서 사라지는 게 아닐까 걱정도 됐고."

하루라도 안 보면 가시가 돋는 남자의 절절한 말에 재은이 어색하게 웃어 보였다.

"고작 일주일……."

말을 하다 말고 입을 다물었다. 차마 말을 할 수가 없었다. 고작 일주일이 재은은 1년처럼, 아니, 영겁처럼 느껴졌다. 아마 그도 그녀와 같은 마음이었겠지. 재은 역시 이대로 그가 잊혀지는 건 아닐까 두려움을 느꼈으니까. 잊고 싶지 않은 사람을 억지로 잊을 수밖에 없는 일이란 무척 힘에 부치는 일이었다.

"그러게 누가 밀당을……."

"그렇게까지 안 하면, 모재은이 순순히 잡혀 줬을까?"

"설마 그 이유 때문에 일부러 연락을 하는 둥, 마는 둥 했던 거예요?"

"물론."

"고작 일주일인데, 그동안 내가 보고 싶어 죽을 뻔했던 서 아니에요?"

"그렇지?"

"고작 일주일 만에 내가 잊혀지는 건 아닐까 걱정스러웠던 거 아니고요?"

"그럼."

허……! 재은이 기가 막혀 실소했다.

"그런데도 그 모든 걸 다 감수한 거예요? 내가 순순히 잡혀 주길 바라서 연락을 안 했던 거라고?"

"그건 반말이고."

그가 그녀의 이마에 박치기를 시전했다. 아프지는 않았지만 콩 소리는 제법 컸다.

"아니, 아니!"

"맞아, 아닌 거 아니야. 그렇게 해야지만 모재은이 각성할 테니까."

놀란 얼굴을 지우기가 어려웠다. 그의 마음이 어떤지, 정확히 헤아릴 순 없었지만 무언가를 감수한다는 것 자체가 어려운 일이라는 걸 잘 알고 있다. 인간관계에 있어서는 더더욱. 공정한 듯하나 불공평한 인간관계에서 둘 중 하나는 약자가 될 수밖에 없다. 시작은 동일한 선상에서 시작하겠지만 그 끝은 틀어지기 마련이니까.

어쩌면 그와의 관계에서 재은은 그보다 조금 더 높은 위치에 있는지도 모르겠다. 더 좋아하는 쪽이 불리할 수밖에 없는 게 남녀 사이였다. 더 많이 이해해야 했고, 더 많이 고찰해야 했다. 그러다 보면 더 많이 아플 테지.

"말도 안 돼."

믿고 싶지 않았다. 그의 말에 혹하는 순간 저도 모르게 그의 목덜미를 끌어안을 것만 같았다. 그 어렵고, 힘든 일을 별 볼 일 없는 모재은 한 사람 때문에 감내하며 버텼을 그의 마음도 편치 않았을 거란 생각을 접어야 했다.

"꼭 그렇게까지 해야 됐어요?"

그렇지 않으면 눈앞에 보이는 이 남자의 유수한 품에 포옥 안길지도 모르겠다.

"그럼. 가능성이 보이지도 않는 곳에 투자하는 멍청한 투자자는 세상 어디에도 없지 않나?"

술기운이 오른 모양이다. 그를 보고도 아무렇지 않을 정도의 대범함을 가진 그녀가 점점 약해진다. 화준에게만 천하제일이었던 모재은이 그에게 절절 매는 것도 시간문제였다.

"확률이 높으니 믿고 저지른 거지."

"미쳤어."

"그런데 막상 연락 않던 일주일이 영원처럼 길게 느껴지더라."

"……."

묻고 싶은 말이 쌓였다.

"그래도 어쩌겠어. 차화준이 감수할 만큼 모재은은 가치가 있는 여잔데."

내가 그만한 가치가 있는 사람일까.

"6년을 어렵게 살았는데, 일주일은 아무 것도 아니지."

6년을 그리워하며 살았다면서. 일주일은 버틸 만했어요?

"……라고 말하고 싶지만 아니더라."

나는, 나는 아니었어요.

"그런데 어쩌겠어. 차화준만 보면 숨기 바쁜 모재은을 잡기 위해선 그 수밖에 없는데."

그녀의 허리를 바짝 끌어안은 화준이 취기에 달아오른 얼굴로 씨익 웃는다. 그렇게라도 할 수밖에 없는 그의 뜻에 적극적으로 따른 결과물을 얻었으니, 그녀의 입장에서도 나쁠 건 없었다. 덕분에 생각 이상으로 큰 그의 마음을 알게 됐다. 자처해서 고생길에 접어든 화준도 큰 수확물을 얻었다.

"보고 싶더라. 많이."

보고 싶다. 흔한 말 한마디가 그에게는 원동력이 됐다는 걸 과연 순진한 모재은이 알기나 할까. 외롭고 괴로운 6년의 시산을 보상받는 기분은 이루 말할 수 없을 정도였다.

"하루라도 안 보면 못 견딜 만큼. 우리, 같이 일할래?"

"네?"

"아니면 같이 살아도 되고."

"무, 무슨! 안 돼요! 싫어요! 그리고 좀 비켜요. 누가 보면 어쩌려고!"

화준은 함박웃음을 터뜨리며 그녀에게서 한 걸음 물러났다. 이렇게 가까이서 보고 있으니 좋아서 미치겠다.

"저, 적어도 1m는 떨어져 있어요. 우리."

"그게 될까? 모재은이 N극이라면 차화준이 S극인 건 당연한 공식인 것 같은데."

"공식은 깨라고 있는 거예요. 그리고 무슨 인간관계에 그런 말을 갖다 붙여요? 절대 안 돼요."

그녀가 똑 부러지게 선을 그으며 테이블 아래로 살포시 내려왔다. 막상 바닥을 딛고 서니 그와 확연히 키 차이가 났다. 180cm가 훌쩍 넘는 그와 달리 그녀의 키는 고작 160cm 초반대였다. 작아도 한참 작은 그녀가 빳빳한 뒷목을 젖혀 그를 빤히 올려 보았다.

"뭐가 궁금해? 뭐, 내 살림살이? 은밀한 취향?"

"그, 그런 거 아니고요."

경건하게 선 재은이 질문하기 전에 앞서 헛기침을 하며 목울대를 다듬었다. 다시 말하지만 그녀는 용의주도했다. 그를 다시 만난 어느 날에 그랬듯이.

"……조재민 일이요."

마음은 눈앞의 차화준을 향해 신이 나서 내달렸지만, 겉으로 보이는 모양새만큼은 말쑥한 재은이 공손하게 두 손을 모으며 말했다. 이상하게 그의 앞에만 서면 저절로 몸이 겸손해졌다.

"그때, 9년 전 가평 MT 일 말이에요. 선배는 알고 있었죠?"

"질의응답인가? '예, 아니오'로만 대답이 가능한 거야?"

"선배는 시원시원한 사람이니까, 그렇게 대답해 줬으면 좋겠어요."

"그렇게 대답하면. 뒷감당은 잘할 수 있고?"

뭐가 됐든 해야 하는 게 맞겠지. 그런데 도리어 묻는 그의 눈빛이 왜 번뜩거리는 걸까. 다시 본 그는 포수가 아니라 짐승이었다. 모재은의 살을 보며 군침 흘리는 맹수.

"응."

언제 그녀를 습격할지 모르는 사나운 야수가 말했다.

"네?"

"대답한 거야. 응."

"아……."

"질문 안 해?"

"네, 해요. 해!"

정신을 바짝 차린 재은이 다시 그와 시선을 맞췄다.

"그럼 그걸 알고 제게 접근한 거죠?"

"응."

"그때부터 제가 좋았던 거죠?"

"응."

그가 씨익 웃었다. 하나씩, 하나씩 질문을 건네는 횟수가 늘어나고, 대답하는 속도가 빨라진다.

"그럼 제가 사진부 동아리에 가입한 후로부터……."

"응."

네가 좋았던 거야. 그가 눈웃음을 치며 말했다.

"……허!"

"왜? 내 대답에 무슨 문제 있나?"

휘청이는 그녀의 허리를 든든하게 받쳐 주며 그가 물었다. 재은이 이마를 짚으며 고개를 저었다.

"아뇨, 그냥 취기가 돌아서요."

말은 그렇게 했지만 주사를 부릴 만큼 인사불성이 된 건 아니었다. 단지 지금까지 그의 마음이 단순한 풋사랑이 아니었다는, 새삼스럽고도 강렬한 충격에 몸과 마음이 너덜너덜해졌을 뿐이다.

"그럼 선배는 왜 늘 장난식이었던 거예요?"

"뭐가?"

"단 한 번도 진지하게 고백한 적이 없잖아요."

"음……."

질문을 받은 그가 어리둥절한 얼굴을 하며 고개를 갸웃거린다. 이내 품 안의 그녀를 내려다보며 다소 진지한 투로 물었다.

"그건 모재은의 주관적인 생각이고 판단인 거지?"

"네?"

"누가 그래? 내 고백이 장난스럽다고."

"누, 누가 말한 건 아니고요."

"그럼 그렇게 생각이 든 건 전적으로 모재은의 주관적인 이견인 거잖아. 그렇지?"

"네. 뭐."

할 말을 잃은 그녀가 한 걸음 뒷걸음질 쳤다. 그러자 그가 거리를 좁히듯 한 보 앞으로 다가왔다. 더 멀리 달아났으면 좋겠건만. 우두커니 놓인 테이블이 그녀의 탈출로를 원천 봉쇄했다.

"내 입장에서는 단 한 번도 장난스러웠던 적이 없는데. 모르겠지?"

"네?"

"차라리 장난이었으면 좋겠더라."

"……"

"그럼 그렇게 힘들어 하지도 않았을 텐데."

씁쓸하게 웃으며 두 팔을 뻗은 그가 그녀를 가볍게 안았다. 턱에 걸린 그녀의 몸을 테이블 위에 앉혀 놓고, 비스듬히 고개를 꺾었다.

"이렇게 보나, 저렇게 보나 모재은 생각뿐이던데."

"아……."

"나는 모재은이 마법이라도 걸어 놓은 줄 알았어."

아니, 아니지. 차라리 마법이었으면 좋겠다고 생각했다. 그랬다면 이 세상 어딘가에 모재은의 지독한 마법을 풀 수 있는 술법이라도 있었을 테니까.

"차화준이 모재은 밖에 몰라줬으면 하는 마법."

그런데 이건 뭐.

"기왕 이렇게 된 거 모재은 마음 한 조각이라도 좋으니까 꺼내 보자."

결계가 상당해서 어떻게 헤어 나올 수 있는 방도가 달리 없었다.

"아니라고 도망치는 모재은을 뒤따라가는 재미도 좋지만."

숨을 쉬는 법은 잊어도 사랑스러운 모재은은 잊을 수가 없겠더라.

졸지에 불효자가 돼 버리고 말았다. 타국에서조차 가족이 아닌 그녀를 그리워하는 시간이 숱했으니까.

"구동력 좋은 외제 차도 한계가 있는 법이지."

그가 손을 뻗었다.

"수시로 연료도 공급해 줘야 하고, 오일도 갈아 줘야 하니까."

화준의 눈빛이 어쩐지 애잔하다.

"보고 싶다는 그 말이 연료 충족이라면 오일은 뭐야? 어떻게 줄 생각이야?"

그의 손끝에 걸려 부서지는 그녀의 머리카락이 허공에서 흩어지고, 멍하니 그를 바라보는 재은은 이내 마음을 다 보여 주지 못해 미안함을 느꼈다.

무슨 말이 하고 싶은 건지조차 알 수 없었다. 뒤죽박죽이 되어 버린 머릿속은 목울대마저 차단했다. 말이 나오지 않았다.

"음?"

"……어."

"어는 반말이고."

"그, 그게 아니구요."

갑자기 몸속이 뜨거워졌다. 아까 먹은 술이 이제 올라오는 모양이다. 후, 짧게 숨을 내쉰 재은이 그의 손이 닿은 오른편으로 고개를 기울였다.

"뭐 하는 거야?"

"꼬리 하나 주는 거예요."

그가 대답을 종용하는 눈빛으로 빤히 그녀를 보자, 우물쭈물거리던 재은이 질끈 눈을 감으며 말했다.

"꼬리 아홉 개 다 달라면서요. 그중에 하나 주는 거예요."

잠시간 정적이 흘렀다. 그의 웃음소리가 들려온 건 얼마 지나지 않아서였다. 쿡쿡, 작게 웃음을 터뜨린 그의 손이 그녀의 오른쪽 뺨으로 미끄러졌다.

"그래, 꼬리 많아 좋을 거 하나 없어."

"······알아요."

"알면 살랑거리는 건 내 앞에서만 하자."

그녀는 모르겠지만 주변 사람들의 눈치를 살살 보며 잔을 채우는 그 모습조차 화준에게는 더없이 사랑스럽게 느껴졌다. 소심함의 극치를 달리는 모재은이 유일하게 큰소리 펑펑 칠 수 있는 인물이 차화준이라는 걸 아무도 모르겠지.

"여덟 개 남았네?"

그 또한 그녀의 무수한 매력 중 하나라는 사실을.

"그 여덟 개."

오직 나만 알고 싶은 건 화준의 과한 욕심이었다.

"마지막 거래할 때 한꺼번에 줘."

"네? 무, 무슨! 절대 안 돼요!"

"안 되면 되게 하는 게 모재은의 신조 아니야? 아, 신념인가?"

"바꼈어요! 절대 아녜요!"

"모재은은 모르겠지만 차화준의 신념이 그거야. 안 되면 되게 하는 신념을 수시로 뒤바꾸는 거."

"거짓말!"

"거짓말 같아? 그럼 어떡하지. 눈앞에서 확인을 시켜 주는 게 좋겠지? 어떻게, 여기서 할래? 지금?"

가까이 다가오는 그의 얼굴을 재은이 살짝 밀어냈다. 밀어내는 그 손을 다시 화준이 움켜잡았다.

"장난이야. 모재은 하고 싶은 대로 다 해."

고사리 같은 손을 큰 손에 가둬 두고, 그녀 앞으로 바짝 다가간 그가 유순하게 미소 지었다.

"안 될 것 같으면 안 될 것 같은 대로 있어."

그의 말은 단정적이었다. 목소리는 한없이 유들유들했다. 형상 없는 음성이었지만 한 번쯤 만져 보고 싶은 목소리는 퍽 부드러워서 재은의 마음을 울렁거리게 했다. 멋있다. 눈을 뗄 수 없을 만큼.

저돌적인 성격과 다르게 차근차근 다가오는 그의 사랑은 오늘도 부지런했다. 이쯤 되면 그의 마음을 마중하러 한 걸음 나서도 되지 싶다. 가까이에 있는 그를 두 팔 벌려 환영하고 싶은 심정이다.

"뭐든 되게 하는 건 내가 할 테니까."

어정쩡한 그녀의 마음을 차화준에게로 확 뒤집어 놓는 것조차 그의 역할이라면 역할이겠지.

"재은아."

황급히 다시 룸으로 돌아가려는 그녀의 손목을 붙잡으며 그가 말했다.

"네?"

순진한 재은은 아무런 의심 없이 그를 돌아보았다.

"입 벌려 봐."

야성적인 눈빛과 엉큼한 미소. 뭔가 께름칙하긴 했으나 재은은 입을 뗐다.

일말의 틈을 내며 공간을 드러낸 그녀에게 그가 다짜고짜 입을 맞춰 왔다. 그대로 두툼한 혀를 잡아챈 화준은 도망치려는 그녀를 꽉꽉 물고 놓아 주지 않았다.

어디 그뿐인가. 과일즙처럼 단맛이 느껴지는 혀를 빨아 당기고, 새들대는 입술에 윤기를 불어 넣어 주었다. 본능에 의해 그를 제지하는 손을 가볍게 움켜잡고, 마지막까지 어린 공간을 담닉하고 나서야 입을 뗀 그가 씩 웃으며 그녀의 머리를 쓰다듬었다.

"벌리라고 또 벌리네."

"뭐, 뭐!"

"모재은, 귀여운 걸로 사람 죽이려고?"

"무슨! 멋대로 입 맞춰 놓고 그게 할 소리예요?"

"멋대로라니, 쌍방 합의에 이루어진 스킨십이잖아."

천연덕스러운 얼굴로 무던하게 말을 하는 그에게 재은이 버럭 소리쳤다.

"뭐가 쌍방이에요! 내 의사는 전혀 상관없이 벌어진 일이잖아요! 세상에 남의 입술을 이렇게 예고도 없이 훔쳐 가는 사람이 어디 있어요!"

크게 놀란 재은이 그의 손을 뿌리치며 거칠게 항의했다.

"어디 있긴, 여기 있지. 아, 이건 거래하곤 별개야. 계산 잘 해."

그는 부정적인 입맞춤에 대해 강경히 항변하는 그녀를 여유롭게 진압했다.

"하, 기가 막혀!"

"그리고."

"왜, 또 뭐요!"

"예고하면 도망갈 거잖아. 아니야?"

"……아니라고는 말 못 하겠는데 사람 일은 모르는 거잖아요! 도망갈지, 안 갈지, 내 의사와 선택을 왜 선배 마음대로 판단해요? 그건 아니죠! 아무리 도둑질을 잘 한다지만 계속 이러면 저도 곤란해요!"

"곤란하면 연애하자. 그럼 덜 곤란하고 좋잖아."

"뭐!?"

재은의 얼굴이 불덩이가 되었다. 기승전결이 빠른 그의 이야기의 결말은 언제나 그녀를 당황하게 한다.

"마음을 인정하고 받아들이는 게 많이 어려운가?"

그 말에 재은이 조금씩 풀어지는 얼굴로 그를 바라보았다.

"아님, 자존심 싸움이라도 해 보자고?"

그는 유순한 말씨와 어우러지는 온화한 얼굴을 하고 있었다.

"차화준의 자존심은 모재은에게 버린 지 오래인데."

그 버린 자존심, 주운 기억이 전혀 없는 재은이 아리송한 얼굴을 했다.

"뭐, 감정적 다툼을 계기로 각성할 의지가 충만하다면 가벼운 언쟁 정도야 해 줄 순 있겠지만."

"뭐, 뭐라고요?"

"말싸움해서 이기면."

"……."

"가여운 데가 너무 많은 차화준, 인정해 줄 거야?"

"와!"

가만히 듣고 있던 재은이 기가 찬지 탄식을 내질렀다.

"열 번 찍을 거라면서요? 아직 기회 한 번 남았거든요? 세상에, 열 번 찍겠다고 당당하게 말할 땐 언제고 이제 와 말싸움으로 우리 관계를 판가름해요?"

"그 말은 열 번 찍으면 넘어오겠다는 말이야?"

"어, 음……."

"얼버무리는 걸 보니 그럴 생각은 전혀 없는 것 같은데. 그럼 나도 곤란하지."

그가 축 늘어진 그녀의 손을 잡았다.

"모재은이 고백한 후로 욕심이 더 생겼거든."

안 그래도 그녀에 대한 과욕은 차고 넘쳤다. 보고 싶다는 말 한마디에 열의를 활활 태운 그가 자신의 포부를 노골적으로 드러냈다.

"뭐든 해 보려고. 말싸움도 좋고, 몸싸움도 좋고, 사랑싸움은 더 좋고."

그 순간 재은의 주책맞은 심장이 달음질을 시작했다. 코 닿을 거리에 있는 그를 향해 뜀박질하는 고동 소리가 짙어졌다.

"더럽고 치사한 치정 싸움은 달리 말할 것도 없지."

"……."

"그렇게 싸워서 이기면 우리 관계의 정의가 명백해질 테니까."

맥박은 빨라지고, 귓가에서는 한 자, 한 자 힘주어 말하는 그의 목소리가 귀울음이 되어 연신 울려 댔다.

"어떻게, 해 볼래?"

그가 물었다. 살아 있음을 증명하는 맥박이 생동감 넘치게 팔딱거린다.

"……제가 질 게 뻔하잖아요."

혈관이 도드라진 재은의 손목을 지분거리며 화준이 얄궂게 눈썹을 꿈틀거렸다.

"승패 결과가 뻔한 게임에 흥미 없어요."

"그렇게 말하는 모재은이 진 거 확실하지?"

"제가 아등바등해도 어차피 선배가 이길 게임이잖아요. 애초부터 불공평한 승부인데, 뭘요."

말하는 투는 까칠했고, 목소리는 시큰둥했지만 표정은 수더분했다. 민망한 재은의 시선이 애먼 곳으로 흘러갔다.

"그래, 따지고 보면 이미 시작했지. 뭐."

그게 무슨 말이야? 어리둥절한 재은이 그에게 시선을 전한 순간 그가 그녀를 데리고 걸음을 옮겼다.

"우리 연애."

그리고 말했다.

"내가 보고 싶어 죽겠다고 고백한 그날이 첫날 아닌가?"

이내 동문들이 있는 룸 앞에 도착한 그가 당연스럽게 그녀에게 길을 내어 준다.

"그러니 열 번 찍을 필요가 없지. 이미 넘어왔는데."

"네?"

어리둥절한 재은은 그를 멍하니 올려 보았다. 그는 여전히 웃고 있었다. 적요하고 조용한 눈빛, 그러나 부드럽게 휘어진 눈매가 심히 매혹적이라서 재은은 금방 그의 눈웃음에 홀리고 말았다.

"지척에 있는 차화준 보니 좋지?"

그 물음에 망설이던 재은이 이내 수줍게 고개를 끄덕이며 미닫이문을 열고 들어갔다. 화준은 그녀의 뒷모습을 지켜보다가 다시 혼자만의 시간을 위해 걸음을 옮겼다.

잠시 바깥 공기를 마시며 몇 번이나 타이를 풀어 거푸 크게 숨을 내쉬었다. 묵직한 숨 자락에서도 모재은이 보이니 아주 돌아 버릴 지경이었다.

그녀가 룸으로 돌아왔을 때 동문들은 이미 연체동물이 되어 있었다. 뼈가 녹아내린 것처럼 흐물흐물해진 그들은 테이블 위에 고개를 처박고 혼잣말을 하고 있었다.

주현도 예외는 아니었다. 반쯤 눈이 풀린 그녀는 느지막이 돌아온 재은을 가리키며 욕설을 퍼부었다.

"모재, 화준 선배랑 어디서 뭐 하다가 왔어!? 당장 불어!"

"불어는 프랑스고."

"으, 완전 노잼이야. 용서할 수 없다!"

드르륵, 의자를 끌며 일어난 주현이 장난스레 재은에게 헤드락을 건다. 못이기는 척 그녀에게 끌려 자리에 앉은 재은이 미안한 표정을 지으며 술잔을 들었다.

그때쯤 화준이 돌아왔다. 아무 일도 없었던 사람처럼 놀라울 정도로 포커페이스를 유지하고 있는 그는 너저분한 테이블을 둘러보더니 이내 재은의 옆자리에 몸을 앉혔다.

화준의 은은한 향수 냄새가 코로 스며들어 예민한 감각을 자극했다. 마치 그의 아름답고 섬세한 손이 몸을 어루만지는 듯한 착각이 들었다.

"술, 그만 마시자."

"관리해 주는 거죠?"

"응. 잘 알아둬, 다정한 차화준도 한 집착해."

"알아요. 그러니 9년 동안 나를 짝사랑한 거잖아요. 그것도 일종의 집착인 거 아시죠?"

"무슨 소리야, 그건 그냥 사랑이지."

두근두근. 가슴이 진동을 울렸다.

"알지? 차화준이 모재은한테 죽고 못 사는 거."

"그게 집착 아니에요?"

"아니지, 엄연히 다른데?"

"……."

"재은이가 잘 모르나 보다. 가르쳐 줄까?"

그가 묻기에 재은이 무작정 고개를 저었다. 뭐가 뭔지 모르겠지만 심히 위험하다는 걸 육감적으로 깨달았다. 뭐가 됐든 차화준이 하는 건 다 어렵고 위험천만했다.

"궁금하면 말해."

커다란 손이 자연스럽게 머리를 쓰다듬는다.

"가르쳐 줄 테니까."

그 손길에 대답하듯 그녀가 고개를 끄덕거렸다. 그때 그가 웅얼거렸다.

"맛보기 좋아하는 모재은에게 약간의 소스를 주자면."

가까운 곳에서 울리는 목소리는 작고 무던했지만, 말투는 상당히 극악했다.

"나는 하다못해 모재은이 민수 선배를 눈에 담는 것조차 싫은 사람이야."

그런 사람이 박한수의 행태는 대체 어떻게 이해하고 넘어갔을까. 내심 궁금했다.

"모재은의 옛 연인은 두말할 것도 없지."

그녀의 표정을 읽은 그가 척척 말했다.

"어떻게 손 봐주고 싶은데 달리 트집 잡을 게 없어서 아쉽더라."

눈치까지 빠른 그는 말처럼 못하는 게 없는 게 단점인 사람이었다.

차화준의 울타리 안에 갇힌 모재은은 그 뒤로 술 한 모금 편히 마시지 못 했다. 그녀가 술잔을 들기 무섭게 느껴지는 시선이 암묵적으로 행동을 구속했다. 속박 당하는 기분이란 썩 좋지 않았다.

하지만 어쩌겠는가. 그녀는 약자였다. 약자는 늘 강자 앞에서 굽힐 수밖에 없는 법.

한참 술자리가 이어지는 가운데 재은이 자리에서 일어났다.

"어디 가?"

은밀하게 그녀의 손을 잡은 화준이 물었다. 이렇게 대놓고, 뻔뻔하게 스킨십을 시전하다니.

"화장실이요."

"같이 가 줄까?"

"집착이 심하시네요."

"그럼, 타의 추종을 불허할 수준이니까."

그의 말끝에 재은이 어색하게 웃었다.

"혼자 다녀올게요."

꾸벅 고개 숙여 인사한 재은이 그대로 룸을 나왔다. 화장실을 찾아가는 동안 이상하게 속이 아팠다. 술 때문은 아닌 성싶었다.

차화준, 차화준, 차화준! 은근한 집착과 질투심을 드러내며 감정을 드러낸 차화준이 문제였다.

"……정말 답도 없다."

그녀를 구석으로 내몰면서까지 강인하게 사랑을 고백하는 그를 더는 모르는 척할 수 없는 지경에 이르렀다.

과연 학자금 대출금에도 허덕거리던 내가 차화준이라는 남자를 감당할 수 있을까? 9년 전 끝내지 못한 숙제를 이제 와 해결하게 되니, 화장실을 가다 말고 멈춰 선 재은은 유수한 만념에 푹 빠져들었다.

혼란스러운 감정을 잠재우는 데 어력을 다 하는 그녀의 표정은 퍽 암울했다. 솔직한 말로 차화준의 연인으로서의 삶이 싫은 건 아니었다. 어디 한 군데 흠 잡을 데 없는 남자를 마다할 여자가 세상에 어디 있겠는가? 반대로 그런 그의 삶에 동화된다는 것이 재은은 두려웠다.

모재은에게 차화준이 가당키나 하나? 뭐 하나 제대로 어우러진 구석이 있어야지. 그러나 그녀는 차화준의 포획물이었고, 그는 모재은의 지독한 사냥꾼이었다.

한참 화준과의 관계 진전에 대해 고찰하는 시간을 보내고 있는데, 누군가 친근하게 그녀의 이름을 불렀다.

"어? 모재은."

모로 고개를 돌리니 느지막이 등장한 조재민의 얼굴이 보였다. 대학 졸업 후 처음 만나는 그는 한껏 성숙해진 모습이었다. 각진 얼굴선과 사회인의 노고를 반영한 듯 아무렇게나 풀어 헤친 넥타이.

"어, 조재민⋯⋯."

"되게 오랜만이다. 이게 얼마만이야. 그동안 잘 지냈어?"

"사는 게 다 똑같지. 너는?"

재은은 몰라보게 달라진 재민이 낯설었다. 얘가 원래 키가 이렇게 컸던가?

"나도 그렇지, 뭐. 결혼 준비하느라 어째 평소보다 더 바빠진 것 같다. 아, 나 곧 결혼하는데 소식 들었어?"

"응, 들었어. 결혼 축하해."

"청첩장 주면 올 거냐?"

"⋯⋯."

"미안, 내가 너무 급했다."

그가 멋쩍게 웃으며 뒷머리를 긁적거린다. 얼결에 그와 함께 룸으로 돌아가는 재은이 만만치 않게 어색한 미소를 지어 보였다.

"참, 화준 선배 이번 열애설. 너 맞지?"

재은의 눈이 동그래졌다.

"너 아니야? 난 기사 보고 바로 너인 줄 알았는데. 안 그래도 민수 선배한테 얘기 들었거든. 화준 선배도 와 있다며."

"어? 어어."

"둘 사이에 핑크빛 장난 아니라던데. 그 기류 타고 너도 곧 결혼하는 거 아니냐?"

"뭐⋯⋯?"

"선배가 너 많이 좋아했잖아."

연이은 강타에 재은의 골수가 흔들렸다.

"너는 모르겠지만 그 시기에 선배가 너 많이 챙겼지. 알뜰살뜰."

"······."

"다 가진 사람이 너 한 사람 못 가져서 많이 불안해하는데, 그 모습이 어찌나 낯설게 느껴지던지 모르겠더라."

눈앞이 핑그르르 돌았다. 그녀의 의사와 상관없이 참여할 수밖에 없던 동문회에서 뜻하지 않은 소식을 연달아 접하니 정신이 다 흔들렸다.

"이제 와 할 말은 아닌 것 같은데, 내내 마음에 걸렸었거든."

"아······."

"미안했다. 그래도 좋아했던 마음은 진심이었어. 그땐 나도 표현 방식이 서툴렀고, 또 어쩔 수 없는 남자니까 짓궂게 행동할 수밖에 없더라고."

"어, 그래."

"그리고 그 소문은 나도 어쩔 수 없었어. 태린 선배와 미주 선배 등살이 오죽해야지. 변명하자면 나도 등 떠밀린 처지였거든."

재은은 벙해졌다. 지금까지 먹은 술이 그대로 소화되는 기분이었다. 정신이 말끔해졌다.

"어쨌거나 미안하다."

재민의 목소리가 또렷하게 귓전에 닿았다.

"종종 연락하자, 친구 좋다는 게 뭐겠어."

재은은 그저 눈만 꿈뻑꿈뻑 감았다 떴다.

기억 속 재민과 확연히 달라진 그는 성장한 어른이었다. 환골탈태한 그는 꼭 다른 사람 같았다. 사춘기라는 허물을 벗고, 마침내 의젓하게 자란 성숙한 재민을 올려 보던 재은이 종국에 살며시 미소 지었다. 대학 시절의 괴로운 기억의 일부가 댕강 잘려 나가는 기분이었다.

"어, 그래."

그가 화답을 대신해 드르륵 문을 열었다. 문 너머에서 환호하는 선배들의 목소리가 들렸다.

"와! 조재민이다! 조재민! 예비 신랑 조재민!"

고열에 이른 동문회의 분위기는 최고였다.

아쉬운 동문회가 끝났다. 가게 입구 앞에서 뿔뿔이 흩어지는 동문들이 회귀 본능으로 하나둘 택시를 잡아탔다.

마지막에 남은 사람은 민수와 주현, 그리고 화준과 재은이었다.

대기 중이던 수행 기사가 차량을 출차 시켰다. 재은은 녹다운된 주현을 걱정스레 지켜보다가 화준의 차량에 떠밀려 올라탔다. 주현을 부축하는 일은 온전히 민수의 몫이었다.

"얘가 남다르네, 남달라. 물 먹은 솜도 이만큼 무겁진 않겠다."

구시렁거리면서도 주현의 어깨를 감싸 안은 민수의 손은 조심스러웠다. 조심히 그녀를 뒷좌석에 태운 그가 휘휘 손 인사를 한다.

"조만간 연락할게. 따로 술 한잔하자. 재은이도 조심히 가고!"

먼저 차에 오른 재은이 창문을 열어 꾸벅 고개 인사를 했다. 민수의 차량이 출발하자 문 밖에 선 화준도 그녀의 옆에 올라탔다.

"집으로 갈래, 호텔로 갈래?"

"가, 가긴 어딜 가요? 전 제 집으로 가고, 선배도 선배 집으로 가야죠!"

운전 중인 수행 기사의 존재를 까맣게 잊은 재은이 큰 목소리로 대답했다.

"바로 돌아가기는 좀 아쉽지 않나?"

"전혀요. 전혀 아쉽지 않은데요?"

"그래? 난 몰랐지."

대놓고 그녀를 돌아본 그가 싱긋 미소 짓는다.

"모재은이 우리 거래에 대해 하도 자주 언급하길래."

"무, 무슨! 그건 전화로도 말씀드렸다시피 선배가 보고 싶어서!"

"그래, 그러니까 지척에 있는 선배와 단둘이 더 있자는 건데. 싫어?"

"네, 싫어요. 그리고 아까 뽀……."

"뽀?"

이걸 뭐라고 말한담. 얼굴을 붉힌 재은이 말을 얼버무렸다.

분명 그와 입맞춤을 했다. 입 좀 벌려 보라던 그의 말에 무턱대고 입을 벌렸다가 달콤한 봉변을 당했다. 짧게 끝난 입맞춤이었지만 그것은 뽀뽀라고 하기에는 무거웠고, 키스라고 하기에는 아쉬웠다. 대체 뭐라고 말하면 좋을까.

"……뽀뽀."

"뽀뽀? 누가? 내가?"

순진무구한 얼굴로 모르쇠를 고집하는 그가 심히 얄궂었다. 재은이 눈을 치켜세웠다.

"분명 말했을 텐데, 그건 거래와는 별개라고."

"그, 그렇긴 한데 아무튼 오늘은 아닌 것 같아요."

"왜?"

그와 눈이 마주친 재은의 동공이 지진을 일으켰다.

"그야 당연히……."

화준은 대답을 기대하는 눈치였다. 눈꼬리를 접으며 환히 웃는 그의 낯빛이 대낮처럼 밝다.

"천천히 할……."

토끼 굴을 파고드는 그녀의 목소리가 작아졌다.

"자신이 없어요. 천천히 먹겠다면서요?"

간신히 말을 놓은 재은이 부끄러움을 감추기 위해 창밖으로 시선을 돌렸다.

잠시간 당황한 기색을 드러내던 그는 이내 웃음을 터뜨리며 돌아선 그녀의 뒷모습을 물끄러미 바라보았다. 미끼 같은 농담을 툭 던졌을 뿐인데, 화끈한 반응으로 그를 웃음 나게 하는 모재은은 꿀 덩어리였다.

다 죽어 가는 목소리는 어떻고, 홍조가 번진 얼굴은 또 어떠한가. 바라만 보는 걸로는 충족되지 않을 만큼 사랑스러운 그녀는 그의 마음을 유지하고 작동 시키는 에너지원이었다.

"차화준 아사하게 할 요량인 거지?"

미네랄 같은 모재은이 정말로 물이었으면 좋겠다는 생각이 뇌리를 스쳤다.

"작정하고 그러는 거면 성공했다."

하루도 빠짐없이 그녀를 삼키고 싶은 그에게 모재은은 과부족 없이 풍부한 영양소였다.

"예뻐서 눈을 못 떼겠어."

짓궂은 그의 말에 차창을 보던 재은이 괜히 투덜거렸다. 낯부끄러운 말을 서슴없이 내놓는 화준은 등 돌린 그녀를 전혀 개의치 않아 했다. 사랑 앞에서 유아독존의 태도를 보이는 그는 부지런히 직진했다.

재은은 말려 올라가는 입꼬리를 어떻게 좀 하고 싶었다. 다른 곳으로 신경을 분산 시켜야 하는데 자꾸만 온 관심이 옆자리의 화준에게 쏠린다.

형체가 없는 체향마저 잘생긴 차화준의 이목구비. 그녀의 등 뒤에서 느껴지는 차화준의 기척. 모재은에 대한 차화준의 철학적인 사랑.

차화준, 차화준, 차화준. 온통 차화준!

넌지시 창밖을 내다보던 재은이 전전긍긍한다.

아니야, 정신 차리자. 정신 차리자, 재은아. 의식하지 마, 의식하지 마. 차화준은 인간의 형상을 갖춘 조각이다. 잘생긴 조각이다. 차화준에게서 한눈팔기에 사력을 다하는 재은은 눈앞에 펼쳐진 주색 야경을 집중해서 관망했다.

주홍빛 불빛이 물결을 이루며 출렁거리는 서울의 밤.

도시는 생각 이상으로 아름다웠다. 고층 빌딩 사이로 뿌려지는 휘황한 달빛이 어찌나 교교하고, 인상적인지 화준을 잠시 잊고 말았다. 계획의 성공이었다.

재은은 자연과 인간이 만들어 낸 첨단 과학 도시의 인위적인 야경에 푹 녹아들었다. 무감한 여자의 가슴을 쿡쿡 찌르며 감흥을 돋우는 밤 야경이 이토록 아름다울 줄이야.

잠시 후, 넋 놓고 야경을 구경하던 재은의 뒤통수에 그의 음성이 박혔다.

"재은아."

평소답지 않은 목소리는 낮게 가라앉았다. 술을 마신 탓에 쉬지근한 목소리가 어찌나 관능적인지, 재은은 저도 모르게 이 다음 상황을 상상했다.

입맞춤. 야릇한 생각이 이성을 마비시킨 순간 수행 기사의 존재가 가물가물 잊혀졌다. 좁은 차 안의 분위기는 농밀해졌다.

"많이 좋아해."

여느 때와 다른 그의 진실한 고백에 흠칫한 재은이 반사적으로 그를 돌아보았다. 눈이 마주치자 해사하게 웃는 그의 얼굴이 곧장 시야를 장악했다.

그 순간 도심의 휘황한 불빛들이 암전된 것만 같은 착각이 들었다. 그래서인지 캄캄한 세상 속에서 도회적인 그의 모습이 유독 도드라졌다. 그가 아닌 모든 것들이 그녀의 눈밖에 나는 일은 너무도 쉬웠다. 무엇으로도 빗댈 수 없는 눈앞의 그가 지나치게 찬연했으니까.

"남녀의 감정적 변화를 단계별로 나눈다는 게 우습지?"

감상적인 서울의 밤경치가 시시하게 느껴졌다.

"호감이 생기고, 좋아하고, 사랑하고, 정이 생기는 순차적 변화를……
나는 이해를 못하겠더라."

지루하지 않은, 진부하지 않은 그의 고백에 흥미가 생기고 감사함은 넘쳐난다.

"좋아하는 마음으로 시작한 감정이라 이기적인 것도 사실인데 어쩌겠어."

수순을 무시하고, 단계를 저버리고 무턱대고 커져 버린 마음인 것을.

"나는 그냥 네가 좋아 죽겠는데."

사실 열 번 찍어 훔칠 마음은 추호도 없었다. 소심한 모재은이 스스로 마음을 열 때까지, 기약 없는 그날을 오매불망 기다릴 생각이었다. 차분한 마음으로 인내하며 허송으로 보낸 시간을 보상받으려 했거늘. 며칠 전에 들은 그녀의 보고 싶단 한마디가 촉매제가 되어 욕망을 자극했다.

너는 분명한 내 여자라는 독점욕.

가까운 곳에 묶어 두고, 실컷 눈에 박아 넣고 싶은 소유욕.

보상 심리에 의해 네 마음을 굴복시키고 말겠다는 어리석은 정복욕.

"장난 같아?"

그가 그녀의 눈을 보며 물었다. 갑작스러운 분위기 전환에 어색해하는 것 같으면서도 순응하는 재은이 세차게 고개를 저었다. 아니, 그럴 리가. 장난 같을 리가.

"그래, 장난 아니야."

그의 고백을 단칼에 거절한 모재은의 차가운 모습에 지친 것만 같은 그에게서는 평소 찾아볼 수 없는 진중함이 진하게 묻어 있었다.

"매순간이 진심이니까."

그는 시트에 편히 몸을 기댄 채 그녀를 바라보았다. 그윽한 시선 속에는 바라보는 것만으로 닳아 없어질까 그를 노심초사하게 하는 그녀가 자리하고 있었다.

9년 전, 처음 만난 앳된 모재은의 얼굴이 만감처럼 교차했다. 그 시기, 멀고도 가까운 거리에서 너를 지켜만 보던 나는 장난스러운 고백으로 네 마음을 엿보곤 했었다.

"진심이 아니기를 바라고 싶을 정도로 진심이야."

깊게 상처 입은 네 마음이 절대적이던 나는.

"미칠 것 같더라."

이따금, 지금처럼 술기운에 의존해 퍽 진솔한 이야기를 감성적으로 늘어놓곤 했다.

"모재은이 너무 예뻐서."

내 마음에 대한 평. 혹은 지나치게 과열된 내 마음을 스스로 확인하기 위해 주저리주저리 떠드는 독백.

"이렇게 나만 보는 두 눈은 두말할 것 없지. 최고야."

하지만 구슬픈 혼잣말은 유일한 청중인 모재은의 귀에 닿는 순간 의미가 강한 둘만의 비밀이 되었다.

"코는 또 얼마나 예쁜데."

네 말대로 의미 부여를 좋아하는 내가 네게 한 잔잔한 고백은.

"아, 정정. 입술이 제일 예쁘지. 얼굴선은 말할 것도 없고, 귓불조차 사랑스럽던데."

네 마음의 거울이 되었다.

"머리를 푼 것도 예뻐, 묶은 것도 예뻐."

너도 나를 좋아한다는 믿음. 그 희망은 결코 고문이 아니었다. 그게 사실이었으니까.

"선배 눈에 제가 안 예쁜 구석이 있긴 해요?"

지금은 그저 모재은의 진심을 캐내기 위한 차화준의 계획을 차근히 실천에 옮기고 있을 뿐.

"그러는 모재은 눈에는 내가 안 멋있던 적 있었고?"

"질문은 제가 했는데 대답도 없이 반문하면 어떡해요?"

"이렇게 해서라도 말싸움을 이기고 싶으니까. 이겨야 하니까?"

"왜냐고 물어볼 필요가 없겠네요."

답이 뻔하니까.

"맞아."

그가 씨익 웃는다.

"내가 모재은이 갖고 싶어서 억지 부리는 거야."

조금 침전돼 있던 분위기가 서서히 살아나기 시작했다.

"선배는 말 바꾸기 선수예요?"

"모재은 휘어잡는 종목이 있었다면 올림픽에서 금메달 3관왕은 거뜬했을 텐데. 아쉽다."

"아쉬움이 많이 큰가 봐요. 어떻게, 금 한 돈이라도 마련해서 드릴까요?"

"아니, 그냥 널 줘."

그가 짓궂게 말하며 작게 웃음을 터뜨린다. 재은은 달리 말이 없었다. 평소처럼 반박을 하지도, 그렇다고 수긍을 하지도 않았다. 가만히 그를 보며 마음을 정리했다.

잊고 있던 그의 말이, 시간이, 감정이 한꺼번에 떠올랐다. 매일이 연장전이라던 그의 여정은 얼마나 힘든지, 가늠하기가 어려워서 처연하게 웃는 그의 얼굴에서 눈을 뗄 수 없었다.

"……하지 말아요."

"음?"

차 안을 울리는 고요한 음성에 화준이 웃음을 그쳤다.

"밀당 같은 거 하지 말라구요."

망설이는 것 같던 재은이 똑부러진 목소리로 말했다. 간신히 용기를 낸 그녀의 목소리는 흔들림 없이 일정했다.

"밀당이라는 것 자체가 그다지 좋은 것만은 아니라고 생각해요. 힘들잖아요. 선배처럼."

벙어리 같은 그녀의 마음을 일깨우기 위해 희생한 그의 마음은 연락 없는 그를 기다리며 조바심을 느끼고, 초조함을 느끼던 재은과 별반 다르지 않았을 테다.

"자신을 힘들게 하면서까지 그럴 필요는 없는 것 같아요."

그를 이해하기 무섭게 동화되었다.

"밀리는 건 모르겠고, 계속해서 당겨질 것 같긴 하거든요."

차화준의 불가항력을 이겨 내지 못하는 그녀의 운명은 풍전등화와 같았다. 폭풍처럼 몰아치는 그에 비해 그녀의 등불은 너무도 미약했다.

"선배도 성공했어요."

사거리에서 정차한 차량이 신호대기중이다.

"모재은의 판도라의 상자, 열람했잖아요."

좌측 차선을 밟고 달리는 차량은 금세 그녀의 집 앞에 도착했다.

"연락 없는 선배 기다리는 시간이 너무 길었어요."

익숙한 빌라를 보자 부끄러움이 들었다. 정신이 온전한 수행 기사를 두고, 이게 웬 신파냐.

"음……."

발그레 볼을 붉힌 재은이 헛기침을 터뜨렸다.

"버릇이 제대로 들었나 봐요. 선배가…… 정말 보고 싶었어요."

이제 그만 해도 될 법한데 봇물 터진 말은 쉬이 멈추지 않았다.

"꼭 9년 전으로 되돌아간 기분이었어요. 가끔 생각했거든요. 만약 그 때로 다시 돌아간다면 어떨까."

그땐 내 감정에 조금 더 솔직해지기로.

"만약 다시 그때로 돌아간다면 아마도 저는 선배의 고백을 받아들였을 거예요."

독백에 가까운 그녀의 고백 시간이 끝났다. 그녀의 감정적 브리핑에 화준은 찬사를 보내고 싶었다. 분위기에 맞지 않는 수행 기사만 아니었다면 냉큼 그녀를 끌어안고 깊게 입을 맞췄을 텐데.

"근데, 정말 왜 열 번 안 찍어요? 내가 안 넘어갈 것 같아서?"

재은의 물음에 그게 의아한 얼굴을 했다.

"무슨 소리야, 난 분명 열 번 다 채운 걸로 기억하는데."

"네? 언제요?"

"아까."

아까? 아까 언제? 기억을 더듬어 보니 대놓고 연애하자던 그의 말이 생각났다.

"헉!"

사실 재은은 열 번째 고백 없는 그를 기다리며 조바심을 느꼈다. 이대로 나를 포기하려는 모양인지, 좀체 말이 없는 그가 어찌나 걱정되던지.

참 다행이다. 어쭙잖은 밀당으로 재은의 속을 태운 그는 여전히 그대로였다.

"그런데 왜 아, 안 훔쳐요?"

스스로 묻고 기가 찼다. 이건 뭐 꼭 나를 훔쳐 주길 기대하고 고대하는 사람 같으니 성향이 독특한 것 같기도 하고.

"제3자의 시각적 심상까지 책임질 자신이 없다."

"네?"

"관전자 취향까지 고려해 줄 마음이 없다는 거지."

도통 무슨 말인지 모르겠다. 화준은 어리둥절한 재은의 귓가에 대고 조용히 속삭였다.

"머리끝부터 발끝까지, 구석구석, 샅샅이 훔쳐야 하는데 지금 상황에서는 그러기가 힘들지 않나?"

구, 구석구석! 샅샅이……! 말뜻을 파악한 재은이 헉, 숨을 삼켰다. 훔치겠다는 뜻이 그런 뜻이었다니.

"뭐, 모재은 취향이 그런 쪽이라면 응해 줄 의향은 있고."

웅얼거리는 그의 목소리가 귓전을 간지럽힌다.

"어떻게, 여기서 훔쳐 줄까?"

덩달아 마음까지 울렁거렸다. 신경 세포 하나하나까지 자극하는 그의 음성에 감각이 올올이 살아났다.

"그래도 돼?"

그의 말에 순간 눈앞에 그의 벗은 몸이, 능숙한 몸짓이 그림처럼 그려졌다. 어, 어떡하지, 나 변탠가 봐! 불감증은 다 뻥이었다.

마찬가지로 장소가 탐탁지 않은 재은이 도망치듯 차에서 내렸다.

"후우……."

가방을 끌어안은 채 헐레벌떡 집으로 돌아온 재은은 방에 들어가자마자 침대 위에 몸을 쓰러트리며 깊은 숨을 내쉬었다.

술기운이 적당하게 오른 탓에 예상치 못한 고백을 하고야 말았다. 부끄러움은 이루 말할 수 없을 만큼 컸지만 속은 시원했다. 염증처럼 품고 살았던 숨은 진심을 이제야 뒤늦게 표현했으니까.

더는 감추기 어려웠던 마음이었기에 후회도 없었다. 다만 당황스러울 뿐이다.

얼음성이나 다름없던 모재은의 마음이 드디어 붕락되는구나.

다른 누구도 아닌 차화준에게 함락되고 말았구나.

그랬구나. 결국은 이렇게 될 운명이었구나.

……나는 당신이었구나.

인정 후에야 깨달은 마음은 절실했다.

나는, 그가, 좋았다.

그의 진심 어린 고백처럼, 나 역시 그를 많이 좋아하고 있었다.

Chapter

10

무슨 정신으로 일을 했는지 모르겠다. 정신없이 업무 일과를 마치고 퇴근길에 올랐다. 종일 한 일이라고는 화준의 기사를 찾아보는 것뿐이었다.

―선배랑 사귀냐? 연애해?

버릇처럼 주현과 통화 중인 재은은 대답 대신 질문을 내놓았다.

"그러는 넌 뭐 좋은 소식 없고?"

동문회 전후로 의심스러운 민수와 주현이었다. 누가 봐도 그의 마음은 눈치 없는 배주현을 향해 직진하는 중이었는데.

―토실이 사료양이 부쩍 늘었다는 것 말고는 딱히.

"그거 말고. 개인적인 일말이야. 이렇다 할 희보는 없는 거야?"

―애인이라도 있었으면 임신 소식이라도 알려줬을 텐데, 애석하게도 그다지 좋은 소식은 없는 것 같다.

"민수 선배랑은 연락 안 해?"

―하는 둥 마는 둥 하지. 뭐.

이상하다. 분명 주현에게 마음이 있는 것 같았는데. 술 취한 그녀를 대하던 태도는 물론, 민수의 따사로운 눈빛을 재은은 잊을 수 없었다.

―그러는 넌. 넌 뭐 좋은 소식 없고?

"화준 선배 얘기만 아니면 그다지 없을 것 같은데."

—박한수는? 연락 없어?

"엄마도 달리 말이 없는 걸 보면 잠잠한가 봐."

—잘됐네. 너, 내가 누차 말하지만 혹시라도 그 새끼가 허튼 짓하면 바로 화준 선배한테 고자질하란 말이야. 알겠지?

"됐어, 선배가 무슨 내 119야?"

정의로운 차화준은 112에 가까웠다. 그녀 마음에 방화를 저지르는 그의 죄질은 상당히 고약해서 결코 119가 될 수 없었다. 야근 중인 주현과 통화를 갈무리한 재은은 따분함에 콧노래를 흥얼거렸다.

그때였다. 정류장을 향해 걸어가는 그녀를 따라 천천히 서행 중인 외제 차 한 대를 발견했다. 외제 차는 사치라며, 조만간 국산차로 갈아타겠다던 화준의 차였다. 놀란 재은의 눈이 동그래지고, 길을 따라 나아가던 걸음이 우뚝 멈춰 섰다. 그녀를 따라 그의 차도 갓길에 매끄럽게 정차되었다. 천천히 창문이 열리고, 흠잡을 데 없는 화준의 얼굴이 후광을 뽐내며 모습을 드러냈다.

"타."

웃는 그의 얼굴을 보는 순간 재은의 눈이 휘둥그레졌다.

"바쁜 거 아니에요?"

"바쁘지. 그래도 어쩌겠어. 내가 당장 모재은이 보고 싶어 죽을 것 같은데."

농담인 걸 알면서도 기분이 좋았다. 일도 뒷전으로 하는 남자라. 역시 사랑은 위대했다. 일밖에 모르는 호텔 부사장을 나태하게 만들었다.

"솔직한 말로 모재은의 고백까지 받은 몸인데 가만히 있을 순 없잖아. 아니야?"

더 잘해 줬으면 잘해 줬지, 이대로 가만히 있기가 어렵더라. 용기 내어 고백한 여자를 혼자 둘 수 없어 고민하던 마음을 재은은 모를 것이다.

"내가 고백했어요?"

재은이 모르는 척 되물었다. 그녀가 꺼내 놓은 마음을 낚은 그는 기세등등했다. 모재은의 마음이 온전히 제 것인 줄 아는 올바른 착각 속에 빠져 득의양양하게 굴었다.

"그거 고백 아니야?"

"아니라고 하면 또 사람 할 말 없게 할 거죠?"

"그건 생각 좀 해 봐야 할 것 같은데. 나 보고 싶었다며?"

"네, 그렇죠."

"좋아한다는 말을 에둘러한 건 아니고? 난 그렇게 들었는데."

"나, 난청이 심하시네요."

"그러는 모재은도 난독증 심하더라."

은은한 웃음소리, 무던한 목소리.

"버릇처럼 고백하는 차화준 마음 몰라주는 거 보면 도긴개긴이지."

목소리만 들어도 마음이 두근거리니 얼굴을 마주보면 어떨까. 모르겠
다. 예상하는 것조차 어렵다.

"그렇지?"

가슴속에서 잔잔한 파동이 일었다. 잊을 만하면 떠오르는 그와의 입
맞춤에 진종일 기억만 더듬는다. 좋아하는 마음을 인정하는 순간부터 삶
이 달라진 기분이었다. 채 정리되지 않은 관계였지만.

"큰일 났다."

누가 봐도 두 사람은 연인이었다.

"모재은 얼굴이 벌써 가물가물하네."

옆에 앉은 그녀를 돌아보며 그가 말했다. 홱 고개를 외면한 그녀는 꽁
꽁 얼굴을 숨기고 있었다.

"얼굴 좀 보여 주라, 재은아."

밀당이랍시고 일주일 동안 고집을 부리던 그가 말했다. 재은은 대답
하지 않았다.

"고개 좀 돌려 봐."

침묵은 곧 수긍이었다.

"지금 안 보여 주면 덮친다."

차라리 영혼이었으면. 그렇게 바람처럼 네 곁으로 불어갈 수만 있다

면 애타는 마음이 조금은 꺼질 수 있지 않을까. 그의 소망 같은 말에 재은이 느릿하게 고개를 돌렸다.

그녀보다 확 뻗어온 그의 손짓이 더 빨랐다. 턱 끝을 잡아 고개를 정면으로 맞춰 세운 화준이 이제야 보이는 재은의 얼굴을 향해 환히 미소 짓는다. 붉게 물든 두 뺨에 수줍음이 가득했다.

"부끄러워?"

"그런 건 모르는 척해 주세요. 알아서 좋을 거 없잖아요."

"알아서 좋을 게 왜 없어?"

그 부끄러운 것마저 차화준이 준 선물 같은 마음이라는 걸 알기에 그는 지금 이 자리에서 확 입을 맞추고 싶었다.

"뭐, 진단이라도 내리게요?"

재은이 힐끔힐끔 차창 밖을 살피며 물었다. 아직 빨간불이었다.

"진단 내리면, 내 소견대로 따라 주긴 하고?"

"억지스러운 진단만 아니라면 뭐……."

"약물 치료는 어때?"

"약물 치료요? 그건 어떻게 하는 건데요?"

"뭐, 말 들을 때까지 잡아다 키스를 하든지, 다른 걸 하든지 해야지."

술기운에 덥석 마음을 드러낸 이후 달라진 건 화준뿐만이 아니었다. 어느 정도 차화준의 거침없는 행동력에 익숙해진 탓에 재은 역시 많이 유순해졌다. 고성을 지르며 그의 말에 반발하기는커녕 외려 수긍하게 됐다. 그나저나 신호 한 번 참 길다. 좁은 차 안은 세상과 단절된 기분이 들었다.

"……다음 주는 더 바쁘시겠네요?"

미룬 일정들을 소화하느라 잠시간 떨어져 있을 생각을 하니 마음이 산란하다.

"바쁜 걸로 따지면 이번 주도 못지않지."

이번 주 주말, 그동안 그가 착실히 준비해 온 랑데부 전시회가 백제 호텔에서 개최된다. 명품 브랜드의 회장들이 대거 참석하는 그곳에 화준은 종일 자리하고 있어야 했다. 면세 사업의 우위에 오르기 위해서였다.

"더 이상 쪼갤 시간조차 없으니까."

그렇다면 오직 내 사랑을 위해서는 어떻게 하면 좋을까.

"그래서 하는 말인데, 이번에는 모재은이 와 주나?"

때마침 신호가 바뀌었다. 차를 움직이며 그가 물었다.

"전시회요?"

재은의 큰 눈에 기대와 불안이 적절히 떠올랐다. 생전 명품 전시회는 처음인지라 기대가 되면서도 자신이 그런 곳에 어울릴지 걱정 되었다. 백제 호텔에서 직접 개최하는 명품 전시회라하면 평범한 브랜드는 아니겠지. 1년 연봉으로도 손에 넣을 수 없을 만큼 억 소리 나는 명품 브랜드들이 머릿속에 두둥실 떠다녔다.

"제, 제가요?"

그가 대답하려는 찰나 전화가 울렸다. 가방에서 전화를 꺼낸 재은은 발신자를 확인하곤 서둘러 통화를 넘겼다. 미안, 주현아. 지금은 너보다 곁의 차화준이 더 중요하다. 재은이 조용한 휴대폰을 손에서 놓았다.

"왜, 싫어?"

"싫다기보다 감히 제가……."

"제가?"

"전시회도 뭘 알아야 즐기죠. 명품의 '명' 도 모르는데……."

"모재은이 그 전시회를 즐길 필요는 없지."

"네?"

"전시회에 참석하는 목적이 명품은 아니잖아."

그가 씩 웃으며 말했다. 순간 아차 싶었다.

"그렇죠, 애초부터 목적은 선배니까."

어디서도 흔히 볼 수 없는 그도 명품이라면 명품이겠지만.

"물론 차화준이 알아주는 명품이긴 해."

"……그렇죠."

어쩜 잘난 체도 무덤덤하게 잘 할까. 그를 곁눈질한 재은이 조용히 한

숨을 내쉰다.

"걱정 마, 터무니없는 가격에 판매할 생각은 없으니까."

"설마 해서 묻는데, 제 형편과는 전혀 관계없는 부분인 거죠? 그렇죠?"

"차화준과 모재은의 유대는 피보다 진하지 않나?"

"그럴 리가요. 우리가 가족도 아니고……."

피보다 진하긴 개뿔.

"그럼 뭐 가족하든가. 이도저도 아닌 관계 유지에 딱히 힘 쓸 필요 없지."

혼잣말에 가까운 화준의 말에 어안이 벙벙하다. 말 한마디, 한마디가 아닌 듯하면서도 쐐기처럼 박혀 들어왔다. 그의 지배력은 상당했다.

"먼 길 돌아온 보상으로 연애는 부족하다고 생각하는데. 안 그래?"

화준이 지배력을 행사할 수 있는 유일한 영역, 모재은을 다스리는 말에 재은은 마리오네트처럼 복종했다. 반박할 수 없는 그의 말은 옳았다.

"내 꿈이 너무 야무진 거야?"

더 이상은 외로운 시간 속에 그를 홀로 남겨둘 수 없었다.

"전화할게."

웃으며 말하는 그를 넌지시 바라보던 재은이 황급히 차에서 뛰어내렸다. 차 문을 닫고 그대로 집까지 전력질주했다.

집 앞에 다다라서 뜀박질을 멈춘 재은이 헐근거리는 숨을 정리했다. 그러는 동안에도 그녀는 머릿속에 빼곡히 찬 화준을 생각하고 있었다.

내가 어쩌다 이렇게까지 돼 버렸을까. 곧 죽어도 차화준은 아니라고 호언장담했던 시간들이 무색했다. 마음은 예정이라도 돼 있던 듯 처음으로 돌아가 그를 품고 있다. 모든 걸 내려놓고 순순히 인정한 가슴속에 그가 기다렸다는 듯 밀어 닥쳤다.

우스운 말장난을 해도 그저 근사한 그 남자가…… 너무 좋다.

"모재은!"

생각만으로도 미소가 번지는 그의 이름을 곱씹으며 빌라 안으로 들어서는 찰나였다. 너무도 익숙한 목소리가 등 뒤에서 날아 박혔다.

"야! 안 들려?"

박한수의 목소리였다. 소리가 나는 대로 고개를 돌린 재은은 한수의 얼굴을 확인하곤 폭 한숨을 내쉬었다. 위치 추적기라도 달아 놓은 건지, 잘도 나타나는 그는 질리다 못해 물리는 얼굴로 그녀를 노려보고 있었다.

불쾌감은 재은도 만만치 않았다. 폭발을 앞둔 압력 밥솥처럼 뜸 들이는 그녀는 분노가 터지기까지 3초 남짓 남겨 놓은 상태였다.

"나랑 얘기 좀 하자."

"할 얘기가 없는데 무슨 얘기를 해? 그리고 내가 말했지? 이제 좀 그만하라고."

결국 터지고야 말았다. 분개심을 감추지 못하는 재은이 핏발 선 눈으로 그를 노려보았다. 기어이 집 앞까지 찾아와 사람 속을 뒤집어 놓는다.

"아무리 생각해도 난 네가 차화준 여자라는 걸 이해 못 하겠거든. 날 잊기 위해 일부러 조작하는 거라면, 너야말로 그만하라는 거야."

우습기도 하지. 당당해도 너무 당돌한 한수의 말에 재은이 코웃음을 쳤다.

"네가 이해 못 하면 어쩔 건데? 그리고 이제 와서 이런 얘기 나누는 거 우습지도 않니?"

"확실히 하자는 거지."

"뭘 확실히 해, 이미 끝난 지가 언제인데. 적당히 좀 해라. 진짜 지긋지긋하니까!"

"그러니까 확실히 하자고! 너 일부러 거짓말하는 거잖아! 너랑 차화준, 같은 대학 출신인 거 내가 모를 것 같냐?"

"그게 뭐! 그래서 뭐 어쩌라고? 그리고 그걸 네가 왜 신경 써. 남 이사 같은 대학 동문이든, 말든!"

이쯤 되면 박한수의 시비는 그녀를 갖지 못해 안달 난 데에서 비롯된 마음이라고 생각해야 했다. 그렇지 않고서야 이렇게까지 못 살게 굴 이유가 없다. 잊을 만하면 나타나서 사람 신경을 자극하니.

"내가 네 첫 남자니까!"

그에게 정 한 톨 남지 않은 재은은 뭐 이런 또라이가 다 있어, 하는 얼굴로 그를 쏘아 보았다. 잔풍에 떠밀려 다른 여자 곁을 서성이던 놈이 이제 와 정착지를 모재은으로 정한 것도 우스워 죽겠는데, 적반하장도 유분수지.

"네가 나를 그렇게 쉽게 잊을 리가 없잖아!"

"박한수. 네가 무슨 대단한 로맨틱 가이라도 되는 줄 아나 본데, 착각하지 마."

복장이 터질 지경에 이르렀다. 마음 같아선 그를 흠씬 두들겨 패주고 싶은데, 자고로 사람이 덜 된 짐승은 거두는 게 아니라고 했다. 상대할 가치도 없는 놈이었다. 휙 돌아선 재은은 서슬 퍼런 독기를 뿜으며 마지막까지 그를 노려보았다.

"내 얘기 안 끝났잖아!"

붉으락푸르락한 얼굴로 소리친 한수가 신경질적으로 그녀의 손목을 붙잡았다. 갑작스러운 악력에 재은의 몸이 휙 돌아가 다시 한수를 마주하게 됐다.

"난 할 얘기 없다고. 쪽팔리니까 말 걸지 마. 만지지도 말고!"

그의 손을 뿌리친 재은이 고성을 지르자 한수가 씨발, 하고 낮게 욕을 읊조렸다. 클라이맥스를 향해 내달리는 옛 연인의 치정 싸움은 고조된 분위기를 유지했다. 눈에 보이는 게 없는 한수는 숨을 헐근거리며 주먹을 쥐었다. 대화조차 거부하는 매정한 태도에 치가 다 떨릴 지경이었다.

우리에게 1년의 시간이 존재하긴 했던가. 그녀의 차가움에 화가 치밀어 오른다. 누구는 자존심도 없냐고! 항상 너만 잘났지, 너만 대단하지!

한수는 화준과 만나는 재은이 못마땅했다. 결국 너도 돈이구나. 그깟 돈! 백나은과 다를 바 없는 그녀도 탐욕스러운 사람이었던 모양이다.

"나쁜 년."

표독스러운 눈빛으로 그녀를 내려다보던 한수가 중얼거렸다.

뭐? 나쁜 년? 재은은 기가 찬지 실소를 터뜨렸다.

"누가 누구더러 나쁜 년이래? 너 미쳤니, 정신 나갔어?"

재은이 앙칼지게 응수했다.

"모재은이 돈 밖에 모르는 년인 거, 차화준은 알고 있냐?"

"뭐?"

"내가 모를 줄 알았지? 2년 전, 한남동 고깃집에서 갑질 논란 일으켜서 언론에 문제 만든 게 너잖아."

"뭐……?"

"성추행이니, 뭐니 해서 업장에 온갖 물의는 다 일으켜 놓고, **뻔뻔하**게 근무하던 거 보면 사실 너도 좋았던 거 아니야? 말은 성희롱이지만 너도 즐긴 거 아니냐고!"

"개소리도 적당히 해야 하울링으로 취급하지. 이건 뭐 분류도 안 되니 할 말이 없다. 할 말이."

"뭐?"

"네가 그 모양이니 주변에 사람이 없는 거야."

"뭐라고?!"

정곡을 찌르는 재은의 말에 한수의 얼굴이 종잇장처럼 구겨졌다. 콧방귀를 끼며 그를 업신여기는 그녀는 고자세를 취하고 있었다. 한수는 자존심이 상해 참을 수 없었다.

"뭐가 됐든 내가 너보단 나은 것 같은데? 난 적어도 당당했으니까."

저가 뭐라고 나를 하대한단 말인가?

"지금의 너처럼 구질구질하진 않으니까. 너 이러는 거 그 계집애도 아니? 나은인가, 뭔가 하는!"

울컥 감정이 복받쳤다. 재은은 전혀 아랑곳 않으며 그의 역린을 건드렸다.

"하긴. 남자 구실도 제대로 못 하는 너를 어느 여자가 좋아하겠냐."

바들바들 주먹을 떨던 한수가 분에 못 이겨 결국 손을 추켜들었다. 다음 상황이 예상되는 가운데 재은은 어떠한 방어 태세도 없이 눈앞의 한수를 노려보았다.

짜악! 이내 묵직한 그의 손이 재은의 뺨을 날래게 후려쳤다. 얼마나 힘을 실었는지, 그녀의 왼뺨이 금세 부어올랐다.

"너…… 지금 나 쳤어?"

주제에 남자라고 비리비리한 그녀와 달리 힘은 넘쳐 났다. 재은의 눈앞에 별이 떴다. 퉁퉁 부어올랐는지, 그의 손매가 닿았다 떨어진 곳에 후끈후끈 열감이 느껴졌다. 뒤이어 아릿하고, 따끔한 통증이 따라왔다. 입안이 터졌는지 비릿한 피 맛이 혀끝에서 느껴졌다.

"제대로 미쳤구나."

재은은 조소했다. 한수를 보는 눈빛은 분노로 이글이글 타오르고 있었다. 욱신거리는 뺨에 손을 대고 실성한 사람처럼 웃고 있는데 등 뒤에서 홀연 대답이 돌아왔다.

"미친 거지, 모재은 건드린 거면 말 다 한 거 아닌가?"

목소리와 말투만으로도 그가 누군지 유추가 가능했다. 낯선 이의 등장에 한수의 표정이 경직됐다.

"서, 선배……."

그녀를 바래다주고 곧장 회사로 돌아간다던 화준이었다. 왜 그가 다시 돌아왔는지는 묻지 않아도 알 수 있었다.

"호칭 바꾸자, 내가 모재은 선배는 아니지. 차라리 물건 취급을 해 줘. 판매 가격 인하 시킬 의향 넘쳐 나니까."

그의 손에는 익숙한 휴대폰이 들려 있었다. 그녀의 휴대폰이었다. 주현의 전화에 잠시 꺼냈었던 휴대폰을 차에 두고 내린 모양이다. 꼭 챙긴다는 게 그만, 환상적인 화술에 껌뻑 넘어가 잊고 말았다. 바쁜 와중에 다시 돌아온 화준의 등장이 반가운 반면 본의 아니게 초라한 모습을 보여 주게 되어 이루 말할 수 없는 당황함을 느꼈다.

그에게만큼은 떳떳하고 싶은 그녀가 진땀을 뺐다. 박한수에게 맞은 뺨보다 그가 쳐다보는 시선이 더 아프게 느껴졌다. 지금까지 박한수와 나누었던 이야기를 모두 들었을 거라고 생각하니 마음이 천길만길 나락으로 쿵 떨어졌다.

송곳처럼 콕콕 쑤시는 그의 눈빛은 재은의 얼굴을 전체적으로 살펴보고 있었다. 세상에서 가장 비참한 여자의 모습을 공개하고 말았다. 억장이 무너지는 기분이었다. 박태린과 홍미주의 손찌검에도 일언반구의 언질도 없던 재은으로선 지금 상황이 그저 수치스러웠다.

굳이 몰라도 될 옛 연인과의 치정 싸움이 다른 누구도 아닌 화준에게 발각되었다. 역시, 세상에 비밀은 없는 모양이다. 아니, 모재은 밖에 모르는 차화준이 그녀에 대해 모르는 일은 전혀 없는 성싶다.

성큼성큼 두 사람 곁으로 다가오는 화준의 숱 많은 눈썹은 반듯했고, 가뜩이나 차가운 눈매는 매섭게 날을 세웠다. 동공은 무서우리만큼 짙고, 탁했다. 그리고 늘 생글생글 웃는 입술은 굳게 다물려 있었다. 미소 잃은 그의 얼굴은 살얼음이었다.

화준은 재은의 앞으로 다가와 그녀의 턱을 가볍게 붙잡았다. 요리조리 얼굴을 살펴보는 그의 표정이 싸늘하게 굳어 가는 모습을 보며 재은은 긴장감을 가졌다.

"상품 훼손이 심하네."

간신히 화를 참고 말한 그의 목소리가 심히 낯설었다. 재은은 박한수의 앞날을 대번에 예상했다.

"모재은 꼬리는 길어도 너무 긴 것 같고."

비아냥거리는 듯한 말씨와 불규칙한 호흡. 그는 지금 매우 화가 난 상태였다. 세상에, 직접 보면서도 믿을 수가 없었다. 늘 평정한 사람이 감정 조절에 난항을 겪고 있다니.

믿을 수 없는 일은 계속되었다. 그녀에게서 돌아서자마자 화준이 얼빠진 박한수에게 주먹을 휘두른 것이다. 정말 순식간에 벌어진 일이었다. 말릴 새도 없이 직통으로 날아간 그의 주먹이 퍽, 하고 한수의 얼굴을 가격했다.

"으윽……!"

비틀거리던 박한수가 바닥 위에 힘없이 고꾸라지고, 지켜보던 재은은 충격에 입을 다물지 못했다.

홀로 초연한 화준은 화가 안 풀린 듯 쓰러진 박한수의 멱살을 잡아 억지로 일으켜 세웠다. 그러고는 갑자기 휴대폰을 꺼내 어디론가 전화를 걸었다.

"조 실장, 난데."

재은은 눈앞의 상황에 올 게 왔구나 싶었다.

"이쪽으로 경찰 불러요. 변호사 선임하고."

온화한 남자의 돌변한 모습은.

"아, 구급차도 부탁합니다."

지켜보는 재은조차 막을 수 없었다. 격분한 그를 보며 재은은 질끈 눈을 감았다. 때마침 분개한 그의 주먹이 멀뚱히 선 한수에게 날아들었다. 폭력적인 모습조차 백조의 날갯짓처럼 우아한 그는 피떡이 된 박한수를 사정없이 두들겨 패는 데도 근사한 모습을 연출했다.

그조차 멋있어 보이는 건 차화준에 대한 콩깍지가 제대로 씌었기 때문일까. 슈트가 구겨지는 것을 용납지 않는 듯 간간히 커프스를 정리하는 깔끔한 면모를 보이면서도 시원하게 주먹을 뻗는 그의 모습에 재은은 입을 다물지 못했다.

"윽!"

가끔 엉망이 된 박한수의 얼굴에 놀라 질끈 눈을 감았지만 청각적인 자극이 어찌나 강렬한지, 신랄하게 얻어지는 박한수의 모습이 눈앞에 선연하게 그려졌다. 그림자가 어룽지도록 긴 그녀의 속눈썹이 바르르 떨렸다. 아닌 척했으나 사내들의 싸움은 살며 처음 보는 것이라 적잖이 무섭기도 했다.

재은이 감았던 눈을 살며시 떴을 때, 모든 상황은 종료되어 있었다. 땀 한 방울 흘리지 않은 화준은 손목에 채운 시계와 커프스를 정리하고 있었다. 바닥에 널브러진 박한수는 미약하게 호흡하고 있었다.

이윽고 앰뷸런스와 경찰차 한 대가 요란한 사이렌 소리를 울리며 그들 앞에 나타났다. 사건을 접수하고 곧장 현장으로 출동한 경찰들 사이에는 화준의 비서실장으로 추정되는 반듯한 차림새의 남자도 함께였다.

누가 먼저랄 것 없이 화준을 맞닥뜨린 모두가 기함했다. 흉측한 몰골로 숨을 헐떡이는 한수와 그 곁에 선 화준을 본 그들은 약속이라도 한 듯 머뭇거렸다.

굳이 묻지 않아도 상황 파악이 가능했다. 피해자로 보이는 남성의 신원이 불분명할 뿐.

"뭐 합니까."

짜증스러운 투로 사태를 마무리 짓는 그는 누가 봐도 백제 호텔의 부사장이었다.

"나를 싣든, 저 새끼를 싣든 둘 중 하나는 해야지."

무슨 일이 있었냐는 듯 매무새를 정리하고, 바들바들 떠는 여자의 곁으로 다가선 그가 말했다.

"빨리 해결 합시다."

누가 봐도 재은은 그의 여자였다. 화준의 꿍꿍이속을 전혀 알 수 없는 경찰들이 사건의 주요 인물로 보이는 그를 체포하지 못해 머뭇거리는 사이, 화준이 재은의 어깨를 부드럽게 끌어안았다. 경찰은 함부로 대할 수 없는 그의 앞에 경건히 서서 엄숙하게 묵례했다. 그리고 나서 두 남녀를 차량 뒷좌석에 나란히 태웠다.

조 실장은 연행되어 가는 상사의 뒷모습을 보며 푹푹 한숨을 내쉬었다. 심상치 않은 일을 예견하는 듯한 전화를 받았지만 이렇게 큰 사고를 터뜨릴 줄이야. 앞날이 캄캄했다. 두 번의 열애설 후 이렇다 할 대응 없던 상사께서 예고도 없이 폭행 사건을 일으켰다.

설마……

조 실장은 오싹했다. 일전에 그가 말했던 열애설에 대한 '조치'가 오늘 일은 아니겠지.

잠시 후, 두 남녀를 태운 경찰차가, 그리고 피해자를 실은 앰뷸런스가 각자의 길을 찾아 빌라 앞을 떠났다.

조 실장은 불안함을 감추지 못한 채 경찰차를 뒤따랐다.

토끼몰이를 채 끝내기도 전에 자진해서 걸려든 모재은을 두 팔 벌려 환영했다. 하지만 이대로 끝날 것만 같던 사랑 전쟁은 그녀의 옛 연인, 한수로 하여 다시금 시작됐다.

은인 같은 그의 도움으로 예상치 못한 열애설이 펑펑 터졌다. 화제를 모으며 실시간 검색 순위 1위에 등극한 차화준 부사장의 열애설로 어느 정도 그녀와의 간극을 좁혔다. 그러나 딱 거기까지였다. 의도하지 않은 한수의 보은은 첫 번째 열애설이 보도된 그날까지였으니까.

눈으로 지켜보는 것만으로도 마음을 애타게 하는 재은의 얼굴에 생긴 붉은 자국을 보는 순간, 화준은 평소답지 않게 울컥했다. 이성적으로 판단하기가 어려웠다. 거시적인 안목으로 상황을 분석하기도 전에 본능은 당장 눈앞의 옛 연인을 찢어 죽일 것을 명령했다.

사랑스러운 얼굴에 손찌검을 한 그를 어떻게 용서할 수 있을까. 누구에게나 관용을 베푸는 취미 따위야 애초부터 없었다.

경찰서로 연행된 화준은 조사를 받는 내내 태연했다.

"괜찮으십니까?"

"뭐가?"

"오늘 일이 부사장님께 오점이 되는 건 아닌가 싶습니다."

"오점이라니, 오늘로서 제대로 마침표를 찍는 거지."

이 또한 모재은 폭행 가해자에서 차화준 부사장에게 구타당한 피해자 신분의 박한수 덕이라면 덕이겠다.

"기자 인터뷰는 다음으로 미루죠."

열 번 찍기도 전에 홀라당 넘어온 모재은을 제대로 휘어잡는 순간이 찾아왔다.

"우선은."

피해자 신분으로 조사에 응하는 재은을 돌아본 그가 말했다.

"안정부터."

퉁퉁 부은 얼굴과 한껏 움츠린 어깨. 겁먹은 기색이 역력한 그녀를 보며 그가 작게 한숨을 쉬었다. 잘못된 감정이 자꾸만 입 밖으로 튀어 올랐다. 엉망이 된 얼굴이 영 마음에 안 드는지, 미간에 잔줄이 생겼다.

조사를 마치고 경찰서를 나왔을 때, 그 앞은 기자들로 장사진을 이루고 있었다. 어디서 어떻게 냄새를 맡고 쫓아왔는지, 북새통을 방불케 하는 기자들은 취재 열기를 불태우며 나란히 등장한 화준과 재은을 카메라에 담았다. 그녀의 어깨를 감싸 안은 차화준 부사장의 사진이 내일 아침이면 조간신문 1면을 장식할 테다. 그리고 세 번째 열애설이 화려하게 보도될 테지.

화준은 쭈뼛거리는 그녀를 당연하게 에스코트했다. 조 실장이 두 사람이 탄 차의 조수석에 오르자 곧 구동력 좋은 외제 차가 북적거리는 경찰서 앞을 홀연히 떠났다.

목적지는 가까운 곳에 있는 대원 병원이었다. 그는 유명한 인사들이 대거 입원 중인 VIP 병동으로 친히 재은을 모셨다.

"아뇨, 저 괜찮은……."

고작 뺨 한 대에 이 무슨 호강인가 싶었다. 병원장이 직접 내려와 그의 앞에서 굽실거리고, 침상에 오른 재은은 지극정성으로 자신을 돌보는 간호사의 성의를 받았다. 어울리지 않는 호사를 누리며 재은은 힐끔힐끔 그의 눈치를 살폈다.

간단한 진료가 끝나고, 병원장이 돌아갔다. 숨 돌릴 틈 없이 바쁜 그는 몇 시간째 통화를 이었다. 언론과 관련된 이야기가 오고가는 걸 엿들은 후 직감했다. 그는 이번 폭행 사건에 대한 이야기를 진중하게 나누는 중이었다.

잠시 후, 통화를 마친 화준이 그녀의 앞으로 다가왔다. 재은을 넌지시 바라보던 그가 답답한 듯 긴 숨을 내쉬었다.

"멀쩡한 외제 차, 어떻게 분리 좀 시켜 줘?"

"네?"

"직접 손에 핸들을 쥐여 줘야 직성이 풀리나?"

"무슨 말인지 잘⋯⋯."

"온갖 산해진미로 가득한 밥상 앞에 밀어 주는 것도 성에 안 차서 그러는 거지?"

재은은 도통 그의 말을 이해할 수 없었다. 죄 지은 사람처럼 얼굴에 냉찜질 팩을 붙이고 있던 그녀가 스르르 손을 내려놓았다. 그러자 통통하게 부어오른 얼굴이 적나라하게 드러났다.

화준의 표정이 한층 어두워졌다.

"뭐, 숟가락까지 손에 쥐여 달라는 거야, 뭐야."

"무슨 말씀이세요?"

알면서도 모르는 척. 대역죄인은 모르쇠를 고집했다. 아마 지금쯤 그의 폭행 사건 이야기로 언론은 떠들썩할 테다. 열애설보다 더한 오너의 폭행 사건은 평생 인생의 오점이 되어 그를 곤란하게 할 것이다.

그조차 재은은 미안했다. 박한수와의 치정 싸움으로 예기치 못한 열애설이 터진 것도 모자라 경영인으로 살아가는 그의 삶을 어지럽혀 놓았으니, 입이 열 개라도 할 말이 없는 게 당연했다.

그보다 더 죄스러운 건.

"구질구질한 옛 연인이 취향인가? 그쪽으로 구미가 더 당기는 거야? 모재은 입맛이 그쪽이었던 거지?"

박한수와의 관계를 확실히 정리하시 못한 자신의 행동이었다.

"입장 정리는 확실히 해야 할 거 아니야."

물론 그녀는 할 만큼 다 했다. 분명히 자신의 의사를 표현했고, 화준과의 관계를 말하면서까지 그를 떼어놓으려 했다. 중요한 건 문제는 전적으로 한수에게 있었지만, 그 사실을 화준이 전혀 모른다는 것이다.

"부담스러운 차화준은 밀어내기 급급하면서, 부서뜨려도 모자랄 옛 연인은 좋아 미치겠다는 건가?"

"무슨 말이 그래요. 그런 거 아니에요!"

좋아 미치긴 누가 좋아서 미친단 말인가.

"전혀 아니에요. 박한수와는 이미 끝났어요. 오래 전에 끝났다구요!"

"그건 모재은 생각이고, 그쪽은 그런 마음이 전혀 없어 보이던데."

"아니에요! 정말 끝났어요. 선배도 알다시피 그날 향도에서 이미……."

"그래, 그것부터가 열이 뻗쳐서 미치겠다는 거야. 내 말 이해해?"

그가 답답한 듯 타이를 풀었다. 와중에 재은의 시선은 흉한 곳 하나 없는 그의 얼굴을, 셔츠 사이로 어렴풋이 보이는 탄탄한 근육을 훔쳐보고 있었다.

나, 정말 변태 맞나 봐.

"나더러 힘겨루기라도 해 보라는 건 아닐 거고."

"설마요. 제가 뭐라고……."

"아직도 몰라?"

그가 후, 하고 한숨을 내쉰다. 무어라 한마디 하려던 그가 다시 입을 다물곤 거푸 숨을 불었다. 끊어 내쉬는 호흡이 불규칙한 걸 보니 아직 화가 가시지 않은 모양이다.

"그래, 모를 수 있어."

"……."

"내가 말했지. 모르면 몸으로 가르쳐 주겠다고."

"네?"

재은의 동공에 지진이 일어났다.

"가르쳐 줄게."

"무, 무슨."

말과 함께 휴대폰을 꺼낸 그가 슥 재은의 앞으로 액정을 밀었다. 재은의 시선이 화면 위로 떨어졌다. 그의 휴대폰 속에는 오늘 사건과 관련된 기사가 우후죽순으로 보도되고 있는 중이었다. 온갖 질타를 받고 있는 차화준 부사장의 경솔한 행동으로 회사의 주가마저 들쑥날쑥한 상태였다.

국민들의 공분보다 더 무서운 건 대원의 반응이었다. 이번 사건을 결코 조용히 넘어가지 않겠다는 백제 호텔 최대 주주인 그의 부친, 차노익 사장의 입장 표명에 재은은 큰 충격에 휩싸였다.

"어, 어떡해⋯⋯."

재은이 입을 틀어막았다. 그에게 보기 좋게 얻어터진 박한수는 현재 대학 병원에서 치료를 받고 있는 중이었다. 화준은 경찰 수사를 받고 있는 그에게 변호사를 선임할 것을 전했다. 머리끝에서 화가 뱅뱅 도는지, 그는 강경했다. 갈 때까지 가 보자는 거다.

해 볼 만큼 해 보자는 그의 뜻에 아마도 겁 많은 박한수는 두려움에 바들바들 떨고 있을 테지. 그럴 만도 했다. 화준은 끝까지 고집을 피운 박한수를 완전히 박살낼 생각이었다.

"드라마 한 번 찍자."

"네? 저 드라마 안 좋아해요. 예능 프로나 시사 프로를 자주 보는데⋯⋯."

"말 잘 돌리네."

"네, 말 돌리기 선수거든요."

"내가 그 선수 잡는 코치인 거 알지?"

다시 말하지만 뛰는 모재은 위에 나는 차화준이 있었다. 그녀가 외제 차라면 그는 제트기였다.

"그러게 그때 왜 내 눈에 띄었어."

빌어먹을 박한수의 계략이 그녀에게 차화준이라는 덫을 놓았다. 재은은 혼란스러웠다.

"이쯤 했으면 됐잖아, 아니야?"

"그게 무슨⋯⋯."

"얌전히 잡혀 달라는 말인데. 어려운가?"

재은이 아리송한 얼굴을 했다. 일순간 그의 입가에 어렴풋이 미소가 떠올랐다 스러졌다.

"나도 뭐, 그렇게 되면 가만히 있을 생각은 없는데."

그가 하는 말을 이해하기 어려웠다. 갑자기 씨익 입꼬리를 말아 웃는

데 대체 뭐가 어떻게 되고 있는 건지.

"법적으로 해결 보겠다는 말이야."

"네?"

"그러니까 결정하자."

미소를 거두고 정색한 그가 무언의 압박을 가하며 대답을 종용했다. 재은은 벙한 채 입만 옴쭉거렸다. 왜일까, 지금 눈앞에 있는 그가 사업가의 면모를 여실히 드러내며 이득을 취하려는 뛰어난 전략가처럼 보였다.

그녀가 아는 차화준은 그가 가진 천의 얼굴 중 하나인 것만 같은 생각이 들었다. 귓바퀴를 간지럽히는 음성은 엄청난 중독성과 세뇌 효과를 일으키는지, 재은을 묵언하게 했다. 다시 말하지만 침묵은 곧 수긍이었다.

"난 모재은과 손 맞잡고 버진 로드를 걸었으면 걸었지. 불길 같은 법정 오가며 괜한 시간, 버리고 싶지 않아."

깔끔하고, 계획적인 성격을 투영한 슈트와 달리 성마른 손이 재은의 머리카락을 쓰다듬었다.

"어떡할래?"

천천히 얼굴로 내려온 큰 손은 그녀의 작은 얼굴을 아프지 않게 감쌌다.

"대답해야지."

그의 해임을 촉구하는 누리꾼의 된서리 속에서도 초연한 그를 보며 재은이 눈망울을 적셨다.

"이렇게까지 할 만큼…… 내가 대단한 위인은 아니잖아요."

살갗이 찢어져 발갛게 부어오른 오른손은 그가 종전까지 얼마나 흥분해 날뛰었는지를 여실히 보여 주었다.

문득 긴 시간 재활 치료로 보내 왔다던 그의 말이 생각났다. 고아스러운 한식당에서 재회 후 처음으로 진솔한 대화를 나누었다. 그때 들었던 과거의 사고가 불현듯이 떠올라 마음을 울컥거리게 했다.

아프지는 않을까. 하나부터 열까지 묻고 싶은 게 태산이었다.

"위인이야."

화준은 그녀의 얼굴을 조심스레 지분거리며 고백 같은 말을 늘어놓는다.

"그런 말이 있더라."

눈빛 속에 잠긴 진심이 서서히 표면 위로 드러나고.

"다른 사람을 평가한다면 그를 사랑할 시간이 없다고."

자포자기 심정으로 화준을 받아들인 재은의 가슴속으로 그의 진중한 마음이 스며들었다.

"그 말은, 내가 긴 시간 선배를 평가했기 때문에 선배를 사랑할 시간이 없었다는 건가요?"

"똑똑하네."

다정한 목소리로 부르는 제 이름이 이토록 사랑스러웠던가. 웃는 그의 미소가 이토록 감미로웠던가.

재은은 달관의 눈빛으로 그를 올려 보았다. 피부에 닿은 온기는 봄날의 햇볕처럼 따뜻했다. 시리도록 차가운 새하얀 병실이 금세 낭만적인 공간으로 탈바꿈하고, 현실에 무감한 그의 눈빛이 불안함을 송두리째 날려 버렸다.

"이제 그만하자."

고로 남은 것은 그의 염원대로 사랑할 시간뿐이었다.

"모재은도 알잖아."

차화준의 연인이 될 수밖에 없는 상황을 장벽처럼 세워 둔 그녀의 곁에는 언제든 그가 있었다.

"차화준의 감정이 생산적이라는 거."

그가 싱긋 웃는다.

"침묵은 곧 수긍이니까 이제 차화준의 연인으로 살자."

말과 함께 화준이 어디론가 전화를 걸었다.

"기자 인터뷰, 오늘 바로 들어가죠."

재은은 직감했다. 앞전에 그가 말한 드라마의 주제는.

"차화준 부사장의 첫사랑."

틀림없이 그의 순애보일 테다.

"있는 그대로 고백합시다. 자세한 건 다음으로 미루고. 치정 싸움은 너무 없어 보이지 않나? 명색이 부사장인데. 아, 그리고."

그가 시선을 돌려 그녀를 곁눈질했다.

"하나도 빠짐없이 조사해요. 흠이 될 건 먼지 한 톨조차 아끼지 말고 쓸어 모으라는 말이야."

얼빠진 얼굴조차 사랑스러운 그녀를 보며 부드럽게 미소 짓는다.

"쓰레기는 뭘 하든 쓰레기야."

열감이 느껴지는 그녀의 뺨을 지분거린다.

"애초부터 싹을 자르는 게 좋겠지. 구제불능은 재기조차 불가능하게 만들어 놓는 수밖에."

불현듯이 뇌리를 스친 박한수의 행태에 울컥했다. 부기가 가라앉지 않은 그녀의 얼굴에서 눈을 떼지 않는 이상 불같은 충동은 고집스럽게 일어날 테다.

"지금 바로 부탁합니다."

재은은 그가 무엇을 하려는지 통화 내용으로 유추했다. 그는 형편없는 악역을 정의롭게 처단하려 했다. 알기 때문에 재은은 달리 할 말이 없었다.

"……미안해요. 선배."

병원 밖에선 화준을 기다리는 기자들이 고성을 지르며 취재 열기를 불태우고 있었다.

소란스러운 하루가 유난히 길었다.

수행 기사를 일찍 퇴근시키고, 직접 운전대를 잡은 그의 차량이 병원 앞에 나타나자 대기 중이던 기자들이 일제히 몰려왔다. 해일 같은 그들은 쉴 새 없이 플래시를 터뜨리며 차 안의 두 사람에게 질문을 쏟아 냈다. 이 상황이 낯설어 어쩔 줄 몰라 하는 건 그녀뿐인 성싶었다. 그는 묵묵히 운전했고, 이내 거칠게 도로를 질주했다.

화준의 심경을 투영한 난폭 운전에 재은은 침묵했다. 붓기 말고는 달리 상처가 없었기에 그와 몇 차례 대화를 나눈 후 곧장 병실을 나섰다. 그때쯤 조 실장에게서 전화가 걸려 왔다. 통화하는 화준의 안면 근육이 천천히 굳어지는 것을 보며 재은은 또다시 긴장했다.

전화를 끊은 그는 머릿속에서 뱅뱅 도는 화를 어쩌지 못해 거푸 숨만 내쉬었다. 그러는 중에도 다정했다. 화준은 주눅이 들어 움츠러든 그녀를 조수석에 태우고 재은의 집으로 향했다. 차량 라디오에서, 건물 외벽에 설치된 대형 스크린에서, 인터넷 포털 사이트에서, 세상 모든 곳에서 차화준 부사장의 일반인 폭행 사건이 보도되고 있었다.

더불어 그의 명령을 하달 받은 조 실장의 솜씨로 두 번의 열애설 끝에 차화준 부사장의 일반인 연인에 대한 기사가 우후죽순으로 쏟아졌다. 안면을 가격 당한 피해자의 상태를 보면 두 사람의 로맨스는 영락없는 호러물이었다. 화준과 그의 일반인 연인, 그리고 폭행 사건은 그가 준비한 각본대로 전개되었다.

박한수와 모재은의 치정 싸움을 반전 있게 각색한 기사에 그는 부사장의 옛 연인을 긴 시간 스토킹 한 파렴치범이 되어 있었다.

"미안해요."

당최 뭐가 뭔지 모르겠다. 그렇지만 한 가지는 확실히 알 수 있었다. 그에게 몇 번이고 사죄해도 모자랄 상황의 심각성이 예사롭지 않다는 것이다.

할복도 마다치 않을 심정으로 중얼거린 그녀를 살피며 화준이 잘 알겠다는 듯 고개를 주억거렸다. 재은의 입장에서도 난감하기는 마찬가지일 테다. 고래 싸움에 새우 등 터진 꼴이나 다름없으니까.

옛 연인과 첫사랑의 주먹 다툼에 마음이 뒤숭숭한 그녀는 돌연히 벌어진 난처한 상황에 어쩔 줄 몰라 했다. 호텔 주가의 폭락, 그리고 그의 사퇴를 촉구하는 국민들의 원성. 그의 시나리오가 어떠한들 누리꾼들의 공분을 산 그는 된서리를 피할 수 없었다.

"왜 하필 만나도 그런 새끼를 만났어."

때문에 재은은 모든 게 제 탓인 것만 같은 죄책감을 느끼고 있을 테지. 하지만 화준은 달랐다. 곤혹스러운 상황에 당면했음에도 아랑곳 않는 그의 머릿속은 온통 박한수로 가득했다. 질투심에 눈 먼 그 역시 감정적인 사람이었다. 내 여자의 과거를 이해하는 것 같으면서도 받아들이기 어려운 속 좁은 밴댕이는 그를 위한 말이었다.

"액땜한 거죠. 저도 박한수가 이렇게까지 나올 줄은 몰랐어요."

마음 씀씀이가 깊고 크지 못해 외려 미안한 그가 너털웃음을 터뜨렸다.

"그래."

너라고 다 알았을까.

"그럼 그 액땜, 나로 하자."

나 역시 이렇게까지 질투할 줄은 전혀 몰랐으니까.

무던한 모재은은 모르겠지만 이따금 나란히 선 그녀와 옛 연인을 상상하곤 했다. 다른 남자의 곁에 선 재은을 상상한다는 건 말 그대로 고문이었다.

"잘난 남자 좀 만나지 그랬어."

언제 그랬냐는 듯 화준이 다시 웃기 시작했다. 재은은 그런 그를 가만히 지켜보았다. 영 파악하기가 어려운 감정 기복은 시어머니 입맛처럼 예민했다.

"내가 꼭 그런 새끼한테 질투해야 돼?"

"……"

"숨 쉬듯이 당연한 거야. 모재은과 관련된 남자한테 질투하는 건 남자의 육체적 본능과 같은 이치야."

"……이해해요."

"얼굴만 봐도 아주 불끈했어."

종전의 일을 떠올리며 그가 답답한 속을 비워내듯 길게 숨을 내쉬었다.

"아, 물론 주먹이."

"다행이네요."

"뭐 모재은을 보면 다른 쪽……."

"달! 달 떴어요! 선배, 저기 좀 봐요!"

툭툭, 그의 어깨를 두드리며 창밖을 척 가리키는 재은의 태세가 튼튼하다. 그래 봤자 강력한 차화준에게는 씨알도 안 먹히는 전투력이지만.

"달 떴네."

슥 그녀의 어깨에 기댄 그가 그녀와 같이 창밖의 교교한 초승달을 올려 보았다. 두근두근, 재은의 심장이 뛰기 시작했다. 피가 역류하는 기분이었다. 그의 얼굴이 닿은 왼쪽 어깨에서부터 시작된 떨림이 삽시간에 전신으로 퍼져 나갔다.

"달이 예쁘네."

"그렇죠."

"모재은처럼."

재은이 혼란스러운 눈으로 그를 돌아보았다. 방금까지 무섭게 화를 내던 사람은 오간 데 없이 사라졌다. 대신 그녀의 손을 슥 잡아끄는 남자가 곁에 자리했다.

화준은 그녀의 손을 단단한 제 가슴팍으로 이끌었다.

"상황이 이렇게 됐으니 하는 말인데, 우리 남은 거래는 언제 끝낼까?"

"……네?"

"모재은도 알다시피 상황이 상황인 만큼 속전속결하게 거래 완료하고, 성황리에 결혼까지."

"네? 결혼이요? 웬 결혼이요?"

"그럼 뭐, 연애만 하고 끝내자고?"

"아니, 기승전결에 맥이 없어도 너무 없는 거 아니에요?"

"굳이 맥이 있어야 돼?"

"당연히 있어야죠! 말이 되⋯⋯."

그때였다. 쉼 없이 진동을 울리는 화준의 휴대폰을 보았다. 좌우 2.0의 시력을 자랑하는 재은의 두 동공은 그의 휴대폰을 내려다보며 그대로 말문을 잘랐다.

그의 부모님은 물론 누나인 물산의 차화은 상무와 대원 전자의 대표로 알려진 그의 친인척 차현서 대표, 그리고 그의 비서실장의 이름을 재은은 두 눈으로 똑똑히 확인했다.

"치사해도 어쩔 수 없다."

화준은 무수한 부재 목록을 대수롭지 않게 생각하며 말했다.

"모재은도 알다시피 기업의 주가는 기사 한 장에도 들쑥날쑥하지. 때문에 기업인은 언제나 신중하고 현명해야 하는데."

그런 걸 다 저버릴 만큼 모재은이 더 소중한 차화준의 순애는 애틋했다.

"그런 내가 모재은 한 사람 때문에 엄청난 피해를 입었지."

"우, 웃겨!"

"그럼 그건 당연히 모재은이 책임져야 할 부분 아닌가?"

"무슨! 박한수를 죽도 밥도 안 되게 만들어 놓은 건 선배잖아요! 맞은 건 난데! 왜 선배가 대신 나서서!"

"그럼. 그 자리에서 가만히 있을까?"

그가 되물었다. 재은은 흠칫했다. 아니, 나였어도 그 상황에서 넋 놓고 있진 않았을 테다.

"그냥 좋은 말로 설득하고 상황 정리했으면 좋잖아요. 왜 저 때문에 그런 일을 저지르신 거예요. 왜⋯⋯."

"뭐, 너무 감동 받진 말고."

"세상에! 사람을 반 죽여 놓은 사람한테 감동은 무슨 감동이요!"

"그러게 진작 넘어 왔으면 좋았잖아. 진작 마음 인정하고, 받아 줬으면 상황이 지금처럼 복잡해지는 일도 없었을 텐데."

자분자분 말하는 그가 싱그러운 미소를 입가에 머금었다.

"후회 안 해요?"

"이성과 본능 사이에서 냉정하게 판단한 거야. 고로 후회하지 않는다는 말이지."

"이성과 본능이요?"

"이성적으로 생각했다면 털 끝 하나 건드리지 않았겠지?"

"그렇죠."

"반대로 본능적으로 행동했다면, 그 자식 오늘 관 짜고도 남았어."

"그, 그것도 그러네요."

"그래. 그러니까 적당한 선에서 제대로 손 봤다는 말인데. 후회를 할까, 내가?"

그가 되물었다. 재은이 고개를 저었다.

"무엇보다 우리가 언론에 둘도 없는 정인이라고 알려진 게 굉장히 만족스러워서 후회할 시간이 없어."

"그게 무슨 말이에요?"

"공개적이고 대대적인 프러포즈라고 생각해."

한참 앞서 가는 그의 말에 머릿속이 뒤죽박죽이다.

"네?! 그게 무슨 말이냐니까요?"

당황한 재은이 운전 중인 그의 오른팔을 잡아 흔들었다. 위험한 상황인 걸 알면서도 몸이 멋대로 움직였다. 그가 그녀의 손을 움켜잡으며 말했다.

"꽃은 됐어."

미치겠다.

"모재은 한 송이면 충분하니까."

그의 환상적인 화술에 맞받아칠 말이 도무지 생각나질 않는다. 화준은 울상을 지은 재은의 얼굴을 돌아보며 짓궂게 웃었다.

"재은이 얼굴이 시들시들하네, 양분이 부족한 거야?"

영양학적 가치가 매우 높은 모재은은 차화준의 식용 꽃이었다.

"입맞춤으로는 만족이 안 되지?"

절화한 그녀를 한 입에 꿀꺽 삼키고 싶은 화준이 능글맞게 웃었다.

"불감증이라는 말, 그거 다 뻥이잖아."

열매를 생식 기관이라고 가정한다면, 능글맞은 그는 모재은의 수정부터 당즙까지, 모조리 집어삼킬 테다.

"뭐 하나 솔직한 게 없는 모재은한테, 차화준이 선물 같은 사람이었으면 좋겠다."

관능적인 입술로 유희적이고 본능적인 사랑을 속삭이며 그녀의 마음을 서서히 좀먹을 테다.

"재은아."

해로운 차화준은 극약이었다.

"나는 너와 유희적인 연애만 하고 말 사이로 끝낼 생각, 추호도 없어."

유해한 그에게 그녀는 새로운 식민지였다.

"그러니까 내 의견, 수렴 좀 해 줘."

경제적으로도, 언어적 군사력으로도, 무분별한 감정의 통치력 앞에서도 굴복할 수밖에 없는 재은은 묵묵부답이었다. 침묵은 곧 수긍이었다.

"불장난은 여기까지만 하자."

화혼의 촉대에 불이 붙었다. 백년가약의 불씨였다.

호들갑스러운 엄마의 질문에도 재은은 침묵을 유지했다. 빌라 앞에서 벌어진 차화준 부사장의 폭력 사건에 혹시 제 딸도 연루되어 있는 건 아닌지, 박 여사는 걱정스러운 낯빛을 하면서도 내심 그와 재은의 관계를 기대하고 있는 듯했다.

눈치 좋은 모친은 부사장의 열애설 주인공이 재은임을 대번에 알아차렸다. 폭행 사건의 피해자가 한수라는 것도 알고 있는 듯했으나 흥분한 그녀에게 한수는 열외 대상자였다. 눈 밖에 난 한수보다 멋지게 그를 두들겨 팬 화준이 중요한 박 여사의 눈빛이 반짝거렸다.

"재은아."

박한수에게 얻어터진 얼굴을 감추기 위해 긴 머리를 풀어헤친 딸애를 보며 그녀가 말했다.

"절화는 안 돼."

언젠가 그녀가 말했던 꽃 한 송이가 계절을 타고 재은에게 불어왔다.

"뿌리째 뽑았으면 뽑았지, 엉성하게 가지만 꺾어서는 안 된다. 엄마 말 이해하지?"

모재은의 차화준 꽃이었다.

"확! 휘어잡으란 말이야."

꽃말은 9년의 첫사랑이었다.

Chapter

11

백제 호텔 임원진들은 긴급 회의를 소집했다. 논란이 된 폭력 사건으로 차화준 부사장의 해임을 촉구하는 누리꾼들이 대동단결하며 탄원서를 준비한 탓이었다. 1만 명에 이른 국민들이 그의 해임에 찬성했고, 목소리를 높여 차화준 부사장의 사퇴를 촉구했다.

　말 그대로 비상 사태였다. 화준의 경솔한 언행이 빚은 여파로 백제 호텔의 주가가 급격히 폭락하고 있었다. 결국 백제 호텔의 최대 주주인 물산의 사장이자 부사장의 부친인 차노익 사장이 장녀인 차화은 상무와 함께 회의장에 회동했다.

　야심한 시각. 철부지 아들, 동생 때문에 골머리를 앓는 두 부녀의 표정이 심각하다. 진지하게 그의 해임을 고려하는 부녀는 서로를 보며 끊임없이 눈짓했다. 착잡한 심경이 고스란히 드러난 부녀가 상심의 한숨을 내쉰다.

　한편 호텔 앞은 취재 열기를 몰고 온 기자들이 장사진을 이루고 있었다. 태평하게 개인 일정을 소화하고 있는 화준을 기다리는 그들은 밤을 꼬박 샐 요량인지 자리에서 꼼짝도 않았다. 본가에서 이 상황을 예의 주시하고 있는 모친 김 여사의 마음은 그저 염려스럽다.

　청렴 경영, 투명 경영을 원칙으로 하는 부친과 그룹의 수장이자 큰아버지인 차 회장의 뜻에 반역하는 행위를 저질렀으니, 정말 아들이 사퇴를 해야 하는 건지도 모르겠다.

그나저나 며칠 전 딸애에게 들은 대로라면 그녀의 귀한 아드님은 현재 연애 중이렷다. 그런데 폭력 사건이라니. 그것도 평범한 일반인을 폭행했다니! 잊지 못할 9년 전 첫사랑과 두 번째 열애설을 터뜨린 아드님의 마음을 전혀 알 틱이 없는 김 여사가 결국 이마를 짚었다.

"내가 못 살아, 내가!"

내내 그녀 곁을 서성이던 임 비서가 황급히 곁으로 달려왔다.

"사모님. 괜찮으십니까?"

불안한 시선으로 그녀를 지켜보는 임 비서의 마음도 까맣게 타들어가고 있었다. 효자가 따로 없는 도련님께서 뒤늦은 사춘기를 겪는 모양이다. 사고 한 번 없이 잘 자라 준 아드님께서 이제 와 맹렬한 폭풍우를 치신다. 하지만 인간사 비온 뒤 맑음이라 하였다. 폭풍우 후에 청천이 있는 것처럼 머지않아 집안에 경사가 있지는 않을까. 임 비서는 감히 추측해 본다.

재은은 당황했다. 인터넷 기사에 부화뇌동하여 휩쓸리고 있는 누리꾼들은 재계 4세의 폭행 사건에 분노를 감추지 못했다. 그 기세를 몰아 언론은 차화준 부사장의 지난 행보를 깎아내리고, 맹렬하게 비난하고 있었다. 벼랑 끝에 내몰린 그의 해임은 시간문제였다. 거대 기업과 친화적인 언론마저 차화준 부사장에게서 등을 돌리기 시작했으니까.

폭행 사건이 발생한지 3일이 지났다. 듬직한 그는 이번 사건에서 재은을 완전히 배제 시켰다. 온전히 피해자인 그녀를 골치 아픈 사건에 개입시킬 생각이 애초부터 없었는지, 형사들도 달리 연락이 없었다.

마치 이번 사건은 차화준 부사장과 피해자 박한수의 문제였다는 듯 사건의 원인 제공자인 재은은 없는 사람처럼 쏙 빠졌다. 그 대가로 그녀는 그와 결혼을 전제로 교제 중인 어여쁜 일반인 연인이 되어 누리꾼들의 입에 오르내렸다.

"하, 선배……."

죄스러운 마음이 불쑥 고개를 들었다. 평범한 그녀와 다르게 그는 특별한 사람이었다. 기라성 같은 기업인들 중에서도 단연 돋보이는 그는 글로벌 기업으로 명성을 떨친 대원의 일원이었고, 한 주식회사의 오너였다. 항상 매사에 진중하고, 언행에 경각성을 높일 수밖에 없는 그가 다른 누구도 아닌 첫사랑을 위해 자신의 지위를 내버리려 한다.

드라마 같은 현실의 엔딩은 과연 행복할까? 당장은 불안감에 휩싸여 아무것도 할 수 없었다.

"어, 어떡하면 좋아……!"

쏟아지는 그의 기사를 차마 확인할 수 없는 재은이 미안한 얼굴을 하며 시선을 돌렸다. 화면 속 그의 기사 사진을 보면 볼수록 걱정스러워 미치겠다. 일도 손에 잡히지 않았다. 신경은 온통 화준에게 쏠려 있었다.

드문드문 걸려 오는 그의 연락을 보며 안도하다가도 일정 시간이 초과하면 자연히 불안해지는 마음이었다. 미안한 건 두 번째 문제였다. 지금 재은은 눈에 보이지 않는 그를 막연히 그리워하고 있었다. 수란한 마음속에도 그의 자리는 남아 있었다.

화준이 걱정 되어 미치겠다.

박한수를 어떻게 요리하면 좋을까. 그는 가장 현실적인 방법을 궁리하기 시작했다. 모재은에게 해악이 되는 박한수가 다신 얼씬 않는 선으로 책임지고 해결을 봐야겠다.

누리꾼의 비난이 쇄도하는 중에도 그는 어김없이 호텔 집무실을 찾았다. 출근과 동시에 조 실장이 건네준 보고서를 재차 확인한 화준이 의미심장한 미소를 흘렸다.

그가 재은을 스토킹한 영상은 이미 조 실장을 통해 경찰 측에 전달한 상태였다. 그녀의 자택 인근에서. 상국 제강 인근에서. 집요하게 재은의 뒤를 따라다니는 행적은 녹화 영상에 낱낱이 기록되어 있는 터였다.

조 실장의 뛰어난 정탐 능력을 칭찬해야 할지, 뻔뻔하게 회사 자금에 손을 댄 박한수의 용기를 높이 평가해야 할지 난감한 상황에서 그가 실소했다.

"공금 횡령이라."

오렌지푸디스트에서 자금 출자 업무를 담당하고 있는 박한수의 고약한 성미를 보여 주는 듯한 보고서의 한 문장에 기가 차서 거푸 비소했다. 박한수는 법의 심판을 피하기가 어려운 저질 중 저질이었다.

"기자 영입해요. 기왕 찍는 드라마, 스릴과 서스펜스가 넘치는 반전 드라마로 가는 게 좋잖아."

"부사장님의 열애설보다 더한 스펙터클 드라마는 없을 겁니다."

"그건 로맨스고, 이번 건 범죄자 잡는 스릴러물이지."

"호러물인 줄 알았는데, 그새 장르가 바뀐 모양입니다."

보고서를 살펴보는 내내 상사의 표정은 운기가 드리워진 잿빛 하늘처럼 어두웠다. 간혹 그의 미간에 실금이 그어졌다.

"그나저나 오늘 조사는 잘 마치고 오셨습니까?"

조 실장이 걱정스러운 투로 물었다.

"그럼, 얼마나 열성인지 연애할 시간이 반 토막이 났어. 어떻게 생각해?"

"어쩔 도리 없다는 거 잘 아시잖습니까. 부사장님께서도 아시다시피 언론의 분위기가 예사롭진 않습니다. 물산의 차 사장님께서도 이렇다 할 말씀이 없으시니 백제 사장님께서도 불안해하십니다."

잘 알다마다. 폭행 사건 이후 긴급히 이사회가 소집됐다. 그 자리에는 화준을 제외한 호텔의 이사들과 주주, 그리고 대원가 일원이 참석했다. 결코 가볍게 생각할 수 없는 문제를 두고 심도 있게 의견을 나눈 그들의 행보를 전혀 모를 리 없는 화준이 무던한 얼굴로 고개를 끄덕였다.

"뭐, 어쩔 수 없지."

"······."

"우선은 인사팀에 사항 전달하고, 바로 기자 소집하죠."

어떻게든 박한수를 응징해야 하는 상사가 말했다.

"아. 그리고 조 실장도 이참에 본직을 바꾸지 그래. 정탐 능력이 상당한 걸 보니 뭘 해도 잘할 것 같은데."

출근과 동시에 조 실장의 정탐 능력에 아낌없이 찬사를 보낸 그가 퍽 진중한 얼굴로 말했다. 호러물에서 스릴러물로 장르 변경에 나선 상사를 위해 사건 담당 형사와 긴히 대화를 나눈 조 실장은 피해자 A씨와 부사장의 일반인 연인으로 알려진 재은이 접촉한 CCTV 녹화본을 확보했다.

영상 속 피해자 A씨의 행동은 명백한 범죄였다. 상국 제강 앞에서 강제적으로 그녀를 잡아끌던 영상 속 한수를 보며 상사는 끊임없이 마른세수를 했다. 더 때려놓을 것을 후회하는 화준을 달래는데 여념 없던 조 실장이 오전 중과는 확연히 다른 얼굴로 미소 짓는다.

"글쎄요, 부사장님께서도 아시다시피 저는 평생 부사장님의 수석 비서로 남아 있을 생각입니다."

"조 실장, 솔로지?"

"현재까지는요."

"내 밑에 있는 한 미래에도 그럴 것 같은데, 더 늦기 전에 이직 준비해."

"섭섭한 말씀입니다."

"다 조 실장 좋으라고 하는 소리야. 믿고 의지했던 상사가 하루아침에 해임되고, 그것도 모자라 선수 쳐서 장가까지 가 버리면 남은 조 실장의 인생, 억울해서 어떻게 살 의지라도 있겠어?"

조 실장은 애가 탔다. 그의 해임을 촉구하는 누리꾼들의 반응이 심상치 않은 와중에도 뭐가 그리 태연한지, 화준은 평소와 다름없이 말장난을 한다. 그리고 여느 때처럼 금세 업무에 빠져들었다. 습관처럼 결재 서류를 살피고, 사인을 작성한다.

이번 주말에 있을 랑데부 전시회를 성공리에 마무리 짓기 위해 심혈을 기울이는 그가, 조 실장은 무척 염려스럽다.

정말 이대로 그가 해임되는 건 아닌지. 작정하고 대형 사고를 터뜨린 그가 이대로 화혼식을 성사하는 건 아닌지. 한치 앞도 내다볼 수 없는 미래를 그리며 조 실장은 불안함을 느꼈다. 그러다 생각을 고쳤다.

긴 시간, 가장 가까운 곳에서 화준을 지켜봐 온 조 실장은 누구보다 그를 잘 알았다. 차화준 부사장은 결코 이대로 물러날 사내가 아니었다.

분명 비책이 있겠지.

잠시 후, 그의 고요한 집무실에 벨소리가 울렸다. 휴대폰을 확인한 화준이 처음으로 표정을 일그러뜨렸다. 발신자는 아버지였다.

노여워하는 차노익 사장과 안절부절못하는 백제 호텔의 차연지 사장, 그리고 물산의 차화은 상무가 머리를 맞대고 고민을 거듭했다. 태연한 화준과 달리 그들은 수심에 잠겨 어두운 낯빛을 하고 있었다.

"피해자는."

침묵하던 부친의 물음에 화은이 대답했다.

"오늘 오전 중 합의 의사를 밝힌 것으로 확인됐습니다. 어쨌거나 먼저 폭행을 가한 건 그쪽이니 합의 절차 없이는 곤란할 수밖에요."

차 사장의 얼굴에 노기가 떠올랐다. 화은과 차연지 사장은 모르는 척 다탁 위 찻잔을 바라보았다.

"화은이 넌 알고 있는 거냐?"

머뭇머뭇 잔을 잡은 화은이 차를 한 모금 마시려는 찰나 그가 물었다.

"그 아이 말이다. 화준 녀석과 어울려 지낸다는."

"아, 네. 일면식은 없지만 화준에게 들은 얘기가 있으니 어느 정도 알고는 있지요."

그녀의 말에 차연지 사장도 궁금한 내색을 비췄다.

"누구냐, 그 아이."

차 사장은 간신히 화를 억눌렀다. 자고로 남자 인생, 여자하기 나름이라고 하였다. 그가 지금의 아내를 만나 평온한 삶을 살아온 것처럼 화준역시 그를 훌륭하게4 내조하며 바로 세워 줄 아내를 맞이해야 할 텐데.

공인의 신분으로 일반인을 폭행한 화준이 차 사장은 이해가 가지 않을 뿐더러 마음에 들지도 않았다. 그의 연인으로 알려진 재은은 두말할 것 없었다. 아들의 아내로, 대원가의 일원으로 그녀는 이미 오래 전 낙오되었다.

"화준이 첫사랑이에요, 아버지."

화은의 말에 그의 눈이 동그래졌다.

"9년 전, 기억하시죠?"

물론 잘 알고 있다. 화준의 첫사랑으로 알려진 인물이 정확히 누구인지는 모르나 한때 그녀의 존재는 집안을 발칵 뒤집어 놓을 만큼 대단했다.

"화준이 장학금 문제로 한참 속 썩일 때 있었잖아요."

말썽 한 번 부린 적 없는 그가 미국으로 떠난 지 얼마 지나지 않아 부친과 누나의 속을 박박 긁어 놓은 때가 있었다. 고모님조차 기억할 만큼고집을 부리던 화준은 멀리 떨어진 첫사랑의 키다리 아저씨가 되어 그녀의 일거수일투족을 감시하고, 보호했다.

학비 부족으로 대학을 포기할 수밖에 없다던 첫사랑의 안타까운 이야기를 전하며 조급함을 여부없이 드러낸 건 물론, 당시 대학 총장에게 청탁까지 했다. 그때 부친은 진종일 한숨만 내쉬었다.

멀쩡하던 아드님께서 느닷없이 사랑에 눈을 떴다. 그것도 모자라 그녀에게 영혼까지 팔아넘길 기세를 보이니 부모 입장에서 미칠 노릇이었겠지.

"난 그 아이, 반대다."

차 사장이 냉정한 어조로 말했다. 예나 지금이나 그의 첫사랑은 무능력했다. 그의 인생에 훼방을 놓고, 방해만 될 뿐이었다. 이번 일만 봐도 그랬다. 아직 화준의 공개적인 입장 표명이 없었기에 함부로 재단할 순 없었지만 차 사장은 믿어 의심치 않았다.

이번 사건의 피해자는 명백한 차화준 부사장이었다. 그렇다고 해서 그의 폭행 사건을 눈 감아 줄 마음은 없었다. 한낱 여자에게 취해 제 지위를 격하시키고, 신분을 망각한 그를 차 사장은 아버지 된 도리로 냉정하게 나무랄 생각이었다.

"오라버니, 아무리 그래도 해임 문제는 피해 가는 게 좋지 않겠어요?"

아마 이 자리를 찾은 차연지 사장은 둘째 오빠인 차 사장의 뜻을 알고 있을 테다. 그래서 직접 그를 찾아왔을 테지.

소중한 조카이기 전에 훌륭한 부사장을 잃고 싶지 않은 맹목적인 마음을 안은 그녀에게 화준은 귀한 인력이었다.

백제 호텔에서 부사장의 입지는 생각 이상으로 뛰어났기에 그녀의 말대로 당장 화준을 해임시키는 것은 무리였다. 경영인의 시각에서는 그랬다. 회사의 사정상, 무리해서 그의 공백을 만들 순 없었다.

하지만 지금 차 사장은 온전한 부모의 입장이었다.

"차 사장의 마음을 모르는 건 아니지만, 자네 뜻을 수용하기는 어려울 것 같네."

그는 어리석은 아들을 결코 용서할 수 없었다.

"말 안 듣는 놈은 매가 약이야."

때때로 아버지는 가장 좋은 선생님이었다.

"주주 총회 소집하지."

연달아 네 번의 회의를 거친 화준은 남은 시간을 차연지 사장에게 할애했다. 머지않아 주주 총회가 소집된다며 사건의 심각성을 일러 주는 고모님의 표정은 상당히 어두웠다.

해임을 피할 순 없을 것이라며 그에게 겁까지 주었지만 어찌된 모양인지, 소중한 조카의 표정은 그저 싱글벙글이다.

"너, 내 말 듣고 있니?"

"그럼요."

"차화준 부사장의 공식 입장 표명이 있기 전까지 국민과 언론은 너를 지탄할 테지. 폭행 사건에 대한 내막이 공개된다 해도 이미 실추된 이미지와 경영인으로서의 자격을 되찾는 데에 어려움도 따를 거야. 무엇보다 이번 일에 있어 네 아버지도 조용히 넘어가질 않을 거다. 그래도 괜찮은 거니?"

"죄를 지었으면 벌을 받아야겠죠. 뭐든 달게 받을 생각입니다."

죄 지은 놈이 응당 받아야 할 천벌을 신을 대신해 주었으니 뒷일쯤이야.

"그래서 입장 표명은 언제쯤 할 생각이야?"

"뭐든 전시회 개최 전까지 해결 볼 생각입니다. 지금도 틈틈이 언론 공략에 힘쓰고 있으니 너무 염려치 마시죠."

"당장 3일 남았다. 랑데부 전시회도 문제야. 부사장의 해임에 대해 왈가왈부하는 언론이 얼마나 시끄러운지, 알긴 하니?"

"모를 리가요."

"그래, 잘 아는 네가 태연하게 이러고 있으니 보는 내가 당황스럽구나."

모친 못지않게 화준을 생각하는 고모님이 심드렁하게 말했다. 그녀의 낯빛은 퍽 시들했다. 화준에 대한 걱정을 감추지 못한 그녀가 포옥 한숨을 내쉬었다.

"간단한 인터뷰에는 응할 생각입니다."

"열애설에 대해 전면 부인할 생각은 전혀 없는 거지?"

폭행 사고가 벌어진 당일 오후 9시경, 느닷없이 그의 열애설이 언론에 보도됐다.

재은과 대원 병원을 찾은 그날, 열애설을 인정한 부사장의 무던한 태도에 사회적 논란이 한층 거세졌고, 세 남녀의 치정 싸움이 아니냐는 의혹이 제기되었다. 아울러 그녀의 걱정과 근심도 커졌고, 차노익 사장의 원망과 분노도 걷잡을 수 없어졌다.

"속도 좋구나, 넌."

"아침을 든든하게 먹어서 그런가 봅니다. 아님 이게 바로 사랑의 힘인 가?"

"화준이 너도 참……."

할 말을 잃었다. 대체 무슨 꿍꿍이인지 출근하기 전부터 그는 웃음을 숨기지 못했다. 모두가 살얼음판 위를 걷고 있을 때, 정작 사건의 당사자는 혼자서만 봄기운을 살랑거리고 있으니, 지켜보는 그녀는 복장이 터져 쓰러질 지경이었다.

"먼저 가 보겠습니다. 하루 일정이 빠듯해서 1분 1초도 금 같이 느껴지네요."

"넌 네 하나뿐인 고모한테 금도 투자 못하니?"

"서운한 말씀이십니다. 굳이 제가 아니더라도 고모님 알아주는 금 부자 아닙니까?"

취미 삼아 금으로 재테크를 하는 차 사장이 할 말은 아닌 것 같다며 덧붙인 그가 깍듯하게 인사하며 사장실을 걸어 나왔다.

슬쩍 시간을 확인했다. 귀여운 모재은은 한창 근무 중일 테다. 이것도 미칠 노릇이다. 생각만으로도 웃음이 나니, 시니컬하고 냉철한 부사장의 이미지가 감쪽같이 사라진다. 콧노래를 흥얼거리는 것은 물론, 어울리지 않게 허밍까지 잇는 그를 보며 조 실장은 기겁했다.

아무래도 그의 상사는 갈 때가 다 된 모양이다.

화준이 호텔을 나오자 대기 중인 그의 차량 운전석에서 부리나케 수행 기사가 뛰어 나왔다. 뒷문을 열고 그를 에스코트하는 그때였다. 회사 앞에 등장한 차화준 부사장에게 카메라 플래시가 쏟아졌다. 기다리고 있던 기자들이 우르르 그의 곁을 에워쌌다.

평소대로라면 밀착 취재를 위해 바짝 따라붙는 기자들을 가볍게 제지하며 차에 올랐을 그가 웬일인지 기자들의 물음에 순순히 응한다.

"이번 폭행 사건에 대해 소상한 답변 부탁드립니다."

"현재 인터넷 포털 사이트에 게재된 부사장 폭행 사건 관련으로 호텔 경영에 난항을 겪고 있는데요. 그에 대한 소신의 답변 부탁드립니다."

순순히 응수하는 그의 표정은 싸늘하게 굳어 있었지만 입매는 온화스러운 미소를 띠고 있었다.

"큰 사람은 비리에 부화뇌동하지 않는다죠. 불미스러운 논란으로 국민 여러분께 심려를 끼쳐 드려 죄송합니다. 재차 말씀 드리지만 이번 폭행 사건은 제게 있어 평생의 오점으로 남을 것이 확실합니다만, 이 시간 이후 이번 사건과 관련한 악성 기사에 강경히 대응할 것을 알리는 바입니다. 사건에 대한 이야기는 공식적인 자리에서 당당히 표명할 생각입니다."

"파면을 피할 수 없을 것으로 예견됩니다만, 어떻게 생각하시는지요?"

"대가를 치러야 한다면 기꺼이 치를 생각입니다. 아쉬움 없이 물러나도록 하죠."

"피해자에게 한 말씀 부탁드립니다!"

그때, 그와 가장 근접한 거리에 있는 기자가 기다리던 질문을 폭탄처럼 터뜨리며 화준의 시선을 받았다.

"이번 사건이 일반인 연인을 스토킹한 피해자를 응징하기 위한 의도적 행동이었는지, 그에 대한 답변 부탁드립니다."

찰칵, 찰칵. 눈부신 플래시가 연달아 터지고, 웅성거리는 기자들의 목소리가 커져갈 때쯤 화준이 씩 미소 지었다.

그날, 그의 기사 사진과 발언은 대서특필로 보도돼 국내외를 흔들어 놓았다. 모든 신문사의 일면을 장식한 그의 핑크빛 열애설.

"여러분들이 생각하는 바와 일맥상통하다고 말씀 드리고 싶습니다."

셔터를 누르는 카메라 기자도, 마이크를 쥔 손을 벌벌 떠는 취재 기자도.

"변호인단을 통해 전달했지만 두 번의 열애설에 달리 대응하지 않은 것은 현재 저와 교제 중인 여성이 일반인이기 때문입니다. 평범한 직장인인 그분과는 결혼을 전제로 교제 중에 있습니다. 이번 사건을 관련해서 저, 차화준 부사장과 연인의 관계를 부적절하게 왜곡시키는 발언은 철저하게 삼가 주시기를 바랍니다."

모두가 한마음, 한뜻으로 숨을 죽였다.

"무엇보다 이번 사건의 피해자로 알려진 그분과는 명명백백하게 합의 절차를 진행하기로 했습니다. 상호 합의하에 결정된 일이 분명하며, 예민한 부분이기에 지금껏 조심할 수밖에 없었던 점, 양해 부탁드립니다."

잠자코 그의 말에 귀를 기울인 기자들의 기절초풍을 한다.

"그리고 폭행은 죄가 되지만 연인을 생각하는 마음은 결코 범법이 될 수 없다는 말을 남깁니다."

그동안, 그 누구도 밝히지 못했던 차화장 부사장의 열애설.

"긴 시간 연인을 스토킹한 그분께 앞으로의 시간이 깊이 반성하는 회한의 시간이 되기를 소원합니다."

그동안 이렇다 할 소식이 없던 그가 청천벽력 같은 발언으로 천지를 무너뜨렸다. 그렇게 그를 태운 차량이 호텔 앞을 떠났다.

잠시 후, 언론을 발칵 뒤집어 놓은 소식이 언론에 보도됐다.

폭행 사건의 피해자로 알려진 A씨는 현재 신촌 테레사 병원에서 입원 치료 중에 있다. 경찰 조사를 피할 수 없는 A씨는 광대뼈 함몰로 수술을 앞둔 상태에서 여러 차례 검사를 진행했으며 차 부사장 측에서 제출한 영상이 증거물로 채택되면서 사건의 규모는 상당해질 것으로 예견된다.

한편 누리꾼들은 A씨의 잘못된 사랑이 끝내 폭력 사건으로 귀결되었고, 지금과 같은 파국에 이르렀다며 희비가 엇갈린 반응을 보였다. 차 부사장의 사퇴를 촉구하는 누리꾼들의 반응이 열성적인 반면 긴 시간 차 부사장의 일반인 여성을 스토킹 한 A씨에게 원성을 지르는 누리꾼들도 있었다.

우리는 냉정하게 판가름해야 했다.

공인으로서의 신분을 망각하고, 경솔하게 생각한 차 부사장의 정당화된 폭력과 잠정적 범죄나 다름없는 스토커 행위.

현 시대를 살아가는 우리가 비판해야 할 점은 무엇인가.

회사는 북새통이었다. 잠깐 쉬는 틈을 타 동그랗게 모여 앉은 직원들이 가장 이슈가 되고 있는 차화준 부사장의 소식을 화두로 호들갑을 떨고 있다.

"누나랑 아빠는 무슨 죄야? 역시 차남은 차남인가 봐. 가족들 등골 빼먹는 데 선수라니까."

"난 그래도 좋은데, 잘생겼잖아."

"나도! 나도!"

"그나저나 이번 폭행 사건. 정말 치정 싸움일까?"

"설마. 능력 좋기로 소문 자자한 부사장이 그 정도로 한심할까?"

"혹시 몰라, 사랑에 빠진 남자는 다 똑같거든. 설 때 못 서고, 안 설 때서는. 어쨌든 치정 문제라는 헤드라인도 떴고. 이러다 부사장 갑자기 확장가는 거 아니야?"

"어어. 그러네."

날개 단 소문은 아득한 곳으로 멀리 날아갔다. 그렇게 사람들의 입을 타고 오르내리는 차화준 부사장의 폭행 사건은 몇 번의 수정 절차를 겪은 끝에 와전된 이야기를 새로이 창조했다. 몰래몰래 그들의 이야기를 훔쳐 듣던 재은은 직원들의 창의력에 박수갈채를 보냈다.

"헐, 대박."

그렇게 10여 분이 지나서였다.

"팀장님, 이것 좀 보세요!"

수런수런하는 목소리에 재은이 슬쩍 고개를 돌렸다. 작은 휴대폰 액정을 나눠 보며 입을 다물지 못하는 그들을 보자 괜한 호기심이 생겼다.

뭔데 저래? 궁금증이 폭발하기에 이른 재은이 슬쩍 파일을 닫고, 인터넷을 켰다.

1. 차화준 부사장 결혼

2. 백제 호텔

3. 차화준 부사장 폭행사건

4. 차화준 치정 싸움

5. 차화준 부사장 일반인 연인

6. 차화준 부사장 열애설

7. 스토킹 잠재적 범죄

8. 스토커 응징 차화준

실시간 검색창 1위부터 10위까지 차지하며 인기를 독식 중인 화제의 주인공이 제일 먼저 그녀의 눈에 띄었다.

"왜, 대체 뭔데. 뭐가 이렇게 불안한 건데."

마우스를 끌어 움직인 재은이 실시간 검색 1위를 장식한 화준의 결혼 관련 소식을 확인했다.

"설마 치정 싸움이라는 게 그 열애설 난 일반인 여자 친구 문제 아니냐? 와! 세상에. 반전이다. 차화준 부사장이 그 정도로 지고지순한 사람이라고?"

"헐! 이것 봐요. 그 열애설 난 여자가 부사장 첫사랑이래요. 그것도 9년 묵은!"

"미친, 진짜야?"

귀에 속속 담기는 박 팀장의 목소리와 더불어 모니터 화면을 가득 채운 뉴스 기사에 재은은 그만 무릎을 치고 말았다.

"허······."

믿을 수 없는 마음에 눈을 세차게 감았다 떴다. 달라질 건 없었다. 눈앞엔 방금 전에 보았던 그 제목 그대로가 굵직하게 쓰여 있었다.

다시 한번 느꼈다. 순진한 모재은은 대단한 차화준에게 제대로 코 꿰인 게 분명하다고. 벗어날 수 없는 차화준의 올가미에 갇혀 평생의 시간을 내바칠 수밖에 없게 됐다고.

호랑이에게 제물로 바쳐진 그녀는 이를 데 없는 호랑이의 신부였다.

때마침 전화가 울렸다. 주현의 전화였지만 받을 수 없었다. 그녀만큼 사건의 심각성을 깨달은 재은은 잘근 아랫입술을 깨물며 현실을 받아들이는 데 노력했다.

여전히 눈앞은 아찔했고, 머릿속은 백지장이었다. 하얀 도화지 위에 인터넷 기사의 헤드라인을 장식 중인 제목들이 작성되었다.

차화준 부사장 충동 고백 '결혼 전제로 교제 중, 폭행 사건 논란 사죄'

차화준 부사장 '빠르면 3개월, 늦으면 내년 초 식 거행'

차화준 부사장 '치정 싸움 인정, 일반인 여자 친구 스토킹 남성 폭행'

차화준 부사장 '일반인 예비 신부, 평범한 직장인'

폭행 사건으로 이어진 9년 첫사랑 머지않아 결실, 축복 부탁

고개 숙여 사과, 행실 문란 인정 — 사랑에 빠진 남자의 선택

차화준 부사장 폭행 쟁점 — 입장 표명 머지않아

재은은 불필다언했다. 많은 말은 필요하지 않았으니까.

"와, 부러워 미치겠다. 여자 친구가 일반인이라서 그런가? 공개해서 좋을 게 없으니까? 만약 그런 거라면 부사장, 상당히 매너남 아니냐? 미치겠다. 다 가진 남자를 가진 여자라니. 진짜 낯짝 한 번 보고 싶다."

그 여자 낯짝 여기 있습니다. 재은은 비명을 삼켰다.

일반인 신분의 여성과 교제 중에 있는 차화준 부사장은 결혼을 전제로 긴 시간 만남을 지속해 왔다고 운을 뗐다. 그는 시일 내로 결혼식을 거행하기로 약조했으며 일찍이 상견례를 마친 두 사람은 결혼 준비에 앞서 발생한 논란으로 유감을 표현했다. 침잠한 바위처럼 속이 깊은 차 부사장은 파면을 앞두고 수연한 태도를 보였다.

머지않은 정기 주주 총회에서 의결권에 따라 결정되는 해임이 불가피한 상황에서도 차 부사장은 연인에 대한 사랑을 여실히 드러냈다. 한편 폭행

사건 피해자로 알려진 일반인 A씨의 파렴치한 행실이 낱낱이 공개되면서 A씨를 지탄하는 누리꾼들이 돌연히 차 부사장을 옹호하기 시작했다. 그의 폭행은 정당했다며 목소리를 높였다.

끝내 입에 거품을 문 재은의 몸이 의자 뒤로 쓰러졌다.
"어? 모 주임, 왜 그래? 모 주임!"

대형 사고를 터뜨려 가족들을 걱정과 근심 속에서 살게 하는 남동생은 대체 무슨 생각인 건지 홀로 신선놀음을 즐기고 있었다. 해임이 불가피한 상황인데도 여유로운 그는 엎친 데 덮친 격으로 '결혼' 논란을 야기시켜 국민들을 혼란에 빠트렸다.

과연 차화준 부사장의 그녀는 누구인가. 국민들은 그것을 쟁점으로 다루며 치열한 공방전을 펼쳤다.

"가는 데 순서 없다더니, 화준이가 너보다 먼저 가는 거 아니야?"

속 타는 그녀의 마음을 잘 아는 현민이 웬일인지, 화은의 집무실을 찾았다. 그는 오랜 죽마고우였다. 현민의 말에 화은이 손을 저었다.

"걔 얘긴 꺼내지도 마. 안 그래도 지금 골치 아파 죽겠으니까."

"골치 아플 게 뭐 있어? 동생 결혼 축하해 주는 게 그리 어려운 일인가?"

"지금 그게 중요해?"

"중요하지, 화준이가 장가간다는데."

"그래, 듣고 보니 그러네. 천하의 차화준이가 결혼을 한다는데 축하 정도는 해 줘야지. 그런데 도저히 웃으면서 해 줄 자신은 없다."

"왜?"

뿔난 누나의 마음은 마녀처럼 사악했다. 화은은 천연덕스러운 얼굴을 한 현민을 쏘아보았다.

"내 나이가 벌써 서른여섯이야. 가도 내가 먼저 가야지. 어디 위아래도 없이."

"으흠……."

별안간 그녀가 서슬 퍼런 눈빛으로 독기를 뿜으며 자신의 심경을 일축한 한마디를 던졌다.

"무엇보다 이번 일로 화준이 정말 사퇴라도 하게 된다면 내 인생도 버진 로드 급행 열차에 실려야 할지도 모른다는 생각이 확 드네."

애매모호한 화은의 말에 현민이 오리무중에 빠졌다.

"그게 너일지도 모른다는 말이야."

친구에서 부부로. 관계의 전광석화 진화에 현민이 얼빠진 얼굴을 했다.

"우리 관계 말이야. 서로에게 있어 적어도 피해는 주지 않을 테니까."

차화준과 함께 미친 차화은의 눈빛이 예사롭지 않다.

"안 그래?"

화은은 이 불길한 예감을 감출 수 없었다. 긴 시간 돌고 돌아 이제 와 결실을 맺은 동생의 첫사랑이 실패로 돌아가는 일은 없을 테다.

아버지의 반대에도 자신의 의견을 주야불사 밀고 나갈 동생의 고집을 알기에 화은은 미리 준비 중에 있었다. 그의 해임 이후 상황들을 경영인의 입장에서 냉철하게 파악하고 분석하고, 예상했다.

그 끝에 그녀의 혼사가 있었다.

많이도 놀랐을 내 여자를 달래 주기 위해 상국 제강을 찾은 그는 창문 밖을 힐끔거리며 재은이 나오기를 기다리고 있었다. 억울한 누명을 푸는 것보다 놀란 토끼 벼랑 바위 쳐다보듯 기사를 확인했을 그녀가 우선인 그의 귓가에 별안간 아버지의 목소리가 쟁쟁하게 울렸다.

"입장 표명 이후 언론의 분위기가 달라질 것으로 예견됩니다."

대기 중인 차 안에서 통화 중인 그의 눈이 상국 제강 본사 앞을 주시했다.

"인터뷰에서 공개했던 대로입니다."

목표물을 쫓는 호랑이의 시선은 예리했다. 저 멀리서부터 힘없이 걸어오는 재은을 대번 알아봤다.

"네, 다시 전화 드리겠습니다. 아버지."

서서히 가까워지는 그녀가 차량 앞을 지나칠 때쯤 서둘러 통화를 마친 화준이 운전석을 박찼다.

영혼 빠진 사람처럼 비틀거리던 재은의 손목을 확 잡아당겼다. 힘없이 이끌리는 몸은 바라진 화준의 가슴에 쏙 파묻혔다. 가슴팍에 콩, 머리를 박은 재은이 천천히 고개를 올려들었다.

화준과 눈이 마주치자 재은은 노골적으로 인상을 구겼다.

"뭐예요!"

역시 예상대로 그녀가 따지듯 말했다.

"한마디 상의도 없이!"

그럼에도 씩 웃는 그의 미소가 점점 깊어졌다. 뚱한 얼굴로 화를 내도 사랑스러우니 대체 어떡하면 좋을까.

폭행 사건에서 스토킹 사건으로 이어진 탓에 법적 처벌이 불가피한 박한수는 비참한 최후를 맞이했다. 선악이 보응된 결과에 누리꾼들은 환성했고, 추악한 박한수를 맹비난했다. 정탐에 능한 몇몇의 누리꾼들은 그의 신상 정보를 낱낱이 파헤쳤고, 끝내 파렴치범 박한수의 근무지를 확인한 그들은 오렌지푸디스트 인사 측에 그의 퇴사를 강력하게 항의했다.

회사 측은 기꺼이 그들의 의견을 수렴했다. 그런 중에 엎친 데 덮친 격으로 그가 1억 원에 달하는 공금을 횡령한 사실이 드러났다.

최초의 언론사는 언론계의 거목으로 알려진 대한 일보였다. 백제 호텔의 차연지 사장과 친분이 깊은 언론사였기에 쉬이 믿음이 가지 않았으나 이내 오렌지푸디스트 측에서 발 빠르게 그의 혐의를 인정했다.

그렇게 그의 범죄가 사실로 성립되었다. 박한수의 행로는 두말할 것 없는 가시밭길이었다. 차화준 부사장의 연인을 스토킹 한 그를 성범죄자로 몰아가는 몇몇 누리꾼들은 신인공노하며 경찰 측에 강력한 처벌을 요구했다. 솜방망이 처벌은 용납할 수 없다는 누리꾼들은 너 나 할 것 없는 한마음으로 박한수의 징역살이를 지성스럽게 바랐다.

그뿐인가. 같은 날, 경찰 측에서 공개한 그의 스토킹 영상 화면이 포털 사이트에 게재되면서 부사장의 인터뷰 내용이 사실임이 증명되었다. 공개된 영상 속 어렴풋이 보이는 상국 제강의 본사 외벽을 본 몇몇 누리꾼들은 그녀가 상국 제강 소속 직원임을 유추했다.

덕분에 박 팀장과 이 대리에게 빼도 박도 못하게 된 재은은 진종일 해명하기 바빴다. 몇 번이나 그들에게 아니라고 말했지만 믿어 주지 않았다.

"너무하잖아요!"

"뭐가 너무해?"

"허!"

"그날 내가 너의 구세주였던 것처럼 고마우면 너도 내게 도움이 돼야지. 안 그래?"

"그래도……!"

재은이 노발대발한다. 그럴 만도 한 게 그의 망상이 만들어 낸 박한수의 스토킹으로 하여 긴 시간 불안에 떨던 '일반인 여성'은 다른 누구도 아닌 그 곁의 모재은이었다. 그리고 그 모재은은 이제 전 국민이 다 아는 차화준 부사장의 예비 신부가 되었다.

"검은 머리 가진 짐승은 구제를 말라더니. 모재은도 그 과야?"

"아니요! 절대 아니지만 적어도 한마디 언질은 해 줄 수 있었잖아요!"

"그럴 겨를이 어디 있어? 다짜고짜 들이닥치는 기자들 기세가 얼마나 좋은데."

"그것도 그렇긴 하지만……."

"모재은이 뭘 걱정하는지 아주 잘 알아서 하는 말인데, 정말 우리가 결혼이라도 할까 봐?"

"네."

"눈치가 좋네."

차화준이 누군데, 어떤 사람인데 그렇게 순순히 말을 번복할까.

"뭐, 기사는 그렇게 뿌렸지만 난 모재은의 의사를 존중해."

"그, 그런데요."

"선택해."

"뭘요?"

"긴 시간 차화준의 일반인 연인을 스토킹한 박한수와 합의금을 목적
으로 차화준을 곤경에 빠트린 악역으로 살지. 이대로 버진 로드 급행열
차 타고 여 주인공으로 윤택하게 살지."

"허……."

"왜. 내가 너무해?"

"아, 아니. 선배!"

"그럼 뭐 별수 없나. 처음으로 돌아가야지."

"네?"

"향도에서 벌어진 사건부터 지금까지. 솔직하게 진술하고 법정에서
심문 다툼이라도 할까?"

"아뇨. 그런 게 아니구요, 선배."

"처사가 가볍진 않을 텐데. 기업을 상대로 싸워 이길 자신 있나?"

"아니……."

"물론 모재은 뒤에 차화준이 있다면 어느 정도 승산은 있겠지."

"아니, 잠깐만요. 선배. 지금 너무 못된 거 알죠?"

"응. 나 역시 인정하는 부분이야."

내가 생각해도 나는 너무 못됐단 말이지. 그래도 전혀 미안감은 없다.

"혹시나 해서 물어보는데 이번 사건, 일부러 그러신 건 아니죠?"

"뭐가?"

"아무리 생각해도 해임 위기에 놓인 사람 같지 않아요. 어쩜 이렇게

태연해요?"

천천히 차를 출발하며 그가 어깨를 으쓱였다.

"지금 난리도 아니에요. 선배 해임되게 생겼다구요. 아무리 그런 기사를 보도했다고 해도 여전히 선배를 탐탁지 않게 생각하는 사람들이 있어요."

"그래?"

"네. 선배 기사 보고 쓰러지고, 박한수의 최후에 쓰러지고. 저 오늘은 달리 말을 못할 것 같아요. 몸도 마음도 말이 아니에요. 아주 만신창이가 따로 없어요."

"몸이 말이 아니야? 그럼 진단 차 한 번 만져 봐도 돼?"

화준은 언론의 조명을 받고 있는 장본인이라고는 믿을 수 없을 만큼 초연했다. 그러니 스스럼없이 그녀에게로 팔을 뻗은 것일 테다.

당황한 재은이 황급히 그의 손을 잡아챘다.

"어? 손잡고 운전하라는 거야?"

"그게 아니고, 선배."

"일신의 안위와 안전을 가장 중요시하는 모재은이 웬일이야? 불안전한 재미에 푹 빠진 거야? 뭐야?"

"이상한 말 좀 하지 말아요!"

"하면 좀 어때. 그렇게 말한다고 해서 흥분하는 것도 아니잖아."

"네? 뭐라고요?!"

"불감증이라며?"

재은의 얼굴이 순식간에 달아올랐다. 이상야릇한 장면들이 주마등처럼 눈앞을 스치고, 어안이 벙벙해져 하합하는 그녀의 입은 다물 생각을 않았다.

쪽. 그런 화준이 잠깐 사이 신호가 바뀐 것을 틈 타 잽싸게 재은의 입술을 훔치고 달아났다. 다시 운전에 집중하던 그에게 재은이 무어라 하려는 찰나 기가 막히게 벨소리가 울렸다.

발신자는 조 실장이었다. 재은은 그가 통화를 끊을 때까지 얌전히 기다렸다.

"결혼 얘기, 마저 하러 가야지."

잠깐의 시간을 배려한 것에 후회막심했다.

"프러포즈하면 받아 줄 거야?"

차선을 바꾸며 말을 하는 그가 너무도 쉽게 그녀의 말문을 막았다.

"이번에는 기회 열 번 줄 생각 전혀 없으니까 잘 알아 두고."

뿌리칠 수 없을 만큼 유혹적인 악마의 미소에 시선을 빼앗긴 재은이 저도 모르게 입을 헤벌쭉 벌렸다. 아주 가끔, 사람의 혼을 쏙 빼놓는 그의 미소를 볼 때면 지금처럼 정신을 못 차리곤 했다.

"어차피 배필은 다 정해져 있는 법이야."

차화준 부사장의 결혼 논란 여파에 시달린 탓이 크기 때문일까.

"차화준의 천상배필은 곧 모재은이고."

오늘 따라 유독 그에게서 눈을 뗄 수 없다.

"모재은도 그렇게 생각해 주길 바랄게."

로열 호텔 앞에 도착한 차량을 극진히 대접하는 도어맨이 운전석의 문을 여는 순간 까무러쳤다.

차화준 부사장? 눈으로 보고도 못 믿을 유명 인사의 등장에 당황하던 것도 잠깐. 그와 함께 차에서 내린 여자의 얼굴을 확인한 도어맨은 저도 모르게 헉, 소리를 냈다.

부사장의 일반인 신분 연인이 드디어 모습을 드러냈다.

저 여자다. 두 번의 열애설도 모자라 청천 벽력같은 결혼 소식을 차화준 부사장이 직접 발표한 그 여자! 무궁무진한 소문 속 그 여자!

화준은 당황한 도어맨을 뒤로한 채 곧장 재은의 곁에 섰다. 재은은 뭔가 께름칙했다.

"여긴 왜 왔어요?"

차화준 부사장의 등장에 놀란 호텔 컨시어지들의 표정을 보고도 태연한 그에게 재은이 물었다. 엘리베이터에 올라 탄 그가 버튼을 누르고, 문이 닫힐 때쯤 대답했다.

"아까 말했잖아. 결혼 얘기는 마저 해야지."

"폭행 사건으로 해임이 불가피한 사람이 이렇게 태평해도 돼요?"

"뭐, 그건 어쩔 수 없는 부분이지."

"제대로 미쳤네요."

"다 모재은 덕이야. 사람이 이렇게까지 미칠 수 있다는 거 덕분에 깨달았어. 고마워."

"제가 그런 말 들을 입장은 아닌 것 같아요. 그리고 선배가 말하는 그 결혼……."

말을 채 잇기도 전에 엘리베이터가 도착했다. 젠장. 재은이 속으로 욕설을 읊었다.

"남은 얘기는 이따 다시 하자."

그가 씩 웃으며 그녀의 손을 잡아끌었다. 고객 맞이에 열성인 지배인이 나란히 등장한 부사장과 그의 연인으로 추정되는 재은의 등장에 기함한다.

"안내해 주시죠."

그런 지배인에게 경쟁사 부사장은 안연하게 웃으며 말했다. 재은은 불안했다. 그는 스카이라운지를 지나 가장 구석지고 은밀한 룸 안으로 그녀를 떠밀었다. 재은이 먼저 자리에 착석했고, 그는 맞은편에 자리했다. 화준은 능숙하게 메뉴를 주문했다. 그를 극진히 대접하는 지배인이 묵례와 함께 돌아섰다.

잠시 후, 그의 요청대로 테이블 위에 메뉴가 놓였다. 즐비한 음식과 곁들여 마시는 와인을 보며 재은은 입을 다물지 못했다. 그녀 역시 감성적인 여자였다. 낭만적인 분위기가 물씬거리는 룸의 분위기는 난리법석이 되어 버린 언론과 다르게 차분했고, 고요했다.

"데이트라고 생각해."

서정적인 분위기와 어우러지는 그의 음성은 더할 나위 없이 매력적이었다. 어찌나 나긋나긋한지 마음이 편안해졌다.

　"생각해 보니 그동안 이렇다 할 추억이 전혀 없었더라고."

　재은은 동그란 눈을 깜빡였다.

　"아쉬운 생각, 더는 못 하게 시간 좀 가져 보자고."

　"상황에 맞지 않은 취지인 것 같아요."

　"사랑에 빠진 남자는 죄다 장님이라더라."

　"보이는 게 없죠?"

　"아니, 그 말 다 뻥이라고."

　그가 씩 웃으며 재은의 와인 잔을 채운다. 시선은 눈앞의 재은을 올곧이 바라보고 있었다.

　"이렇게 잘 보이는데, 장님이라니."

　오직 너만 보여 큰일인 남자가 넉살 좋게 웃음을 터뜨렸다. 재은은 그의 말에 동요하는 마음이 요동을 쳐서, 은은한 고백에 설렘이 고개를 쳐들어서 마음에도 없는 표정을 짓고 말았다.

　"확실히 분별력이 떨어진 건 사실이지."

　"다시 주워요. 이렇게 여유 부릴 때 아니에요."

　재은은 진심을 다해 말했다. 온 마음을 다 끌어모아 그를 걱정하는 그녀의 낯빛이 시무룩하다. 모든 게 내 탓 같은 죄책감과 자괴감이 가슴속에서 공존하고 있었다. 치열하게 맞부딪치는 감정은 어느 한 곳에 정착할 수 없었다. 어떻게 생각하나 큰 사고를 겪고 있는 그에게 죄스러운 건 사실이었으니까.

　"이렇게 할 수밖에 없는 선배의 상황을 모르는 건 아니에요. 하지만 섣부르게 결혼을 발표하다니, 선배답지 않은 행동이에요."

　"하긴, 나답게 행동했으면 냉큼 혼인 신고서에 지장 찍었겠지. 소심하긴 했어. 그건 나도 인정하는 부분이야."

　"선배, 결혼이란 평생의 동반자를 결정하는 신중한 일이에요."

　"신중했지, 9년이면 충분하잖아."

"알아요, 내가 선배의 첫사랑인 거."

"그리고?"

"내 첫사랑도 선배인 건 마찬가지죠."

재은의 볼이 수줍은 붉은빛을 띠운다. 망설임 없는 그녀의 대답에 화준이 만족스러운 듯 미소 짓는다. 흡족한 대답에 성취감 비슷한 희열을 느꼈다.

"연애를 시작하기도 전에, 그리고 내 마음을 고백하기도 전에 결혼이라니요."

"선 결혼, 후 연애. 좋지 않아?"

"여자들의 로망은 선 연애, 후 결혼이죠."

말끝에 재은이 잔을 들었다. 바싹 마른입을 축이기 위해 와인 한 모금을 마신 그녀가 막 입을 뗀 그의 입모양을 주시했다.

"모재은 감각이 확실히 떨어졌네."

"네?"

"이미 우리가 연애 중이라고 생각했는데. 아니야?"

"그, 그게 무슨⋯⋯."

"난 또 그런 줄 알았지."

재은이 또 한 번 와인을 한 모금 마셨다. 타는 속은 어떻게 축여야 하는지 모르겠다. 온몸이 바짝바짝 말라 가는 기분이다.

"내가 보고 싶다던 모재은의 그 말이 사랑 고백인 줄 알았는데. 내가 김칫국을 사발로 들이켰나 보다."

그는 천연덕스럽게 미소 지으며 그녀를 바라보고 있었다. 턱까지 괴며 자연스러운 모습을 연출하는 화준은 심히 자연 친환경적이었다.

"역시 고백은 남자가 했어야 했는데."

광고주들이 극찬해 마지않을 포즈로 웃는 그의 손목에는 다이아가 박힌 시계가 채워져 있었다. 압도적인 우월감, 해임을 앞둔 상황에서도 엽렵히 행동하는 여유로움.

"그런데 모재은, 건망증이 상당하네."

연애로 종지부를 찍을 마음이 추호도 없는 그의 눈빛이 비장했다.

"열 번 찍어 안 되면 내 마음대로 훔치겠다는 말. 그거 진짜야."

"……."

"그리고 지금 난 너를 대놓고 훔친 꼴인데, 자각이 안 돼?"

"아뇨, 돼요. 너무 잘 돼요."

눈 깜짝할 사이에 와인 한 잔을 비운 재은이 작은 목소리로 대답했다.

"……그래서 탈이에요."

"그래, 탈 날 정도로 차화준 좀 가져 줘."

"안 그래도 그렇게 될까 봐 지레 겁먹은 상태라고요."

이쯤 되니 무조건적인 그의 사랑 없이는 못 살 것 같은 기분이다.

"선배 말대로 누군가를 평가하는 시간과 사랑하는 시간은 반비례한 것 같아요."

어느 위인의 명언은 그녀의 경험담과 일치했다.

"선배를 부담스럽게 생각한 건 핑계였던 거죠. 장난스러운 선배를 진심으로 받아들이기가 무서워서 괜히 이런저런 핑계를 둘러댔으니까."

그녀의 독백에 그의 무던한 목소리가 끼어들었다.

"모재은은 각성을 해도 예쁘네."

흡족하게 웃는 얼굴로 그가 속삭였다.

"걱정 많이 됐어요."

재은은 다시 채워진 아인 진을 기울이며 중얼거렸다.

"오늘만 해도 그래요. 이대로 선배가 해임되면 나는 어떡하나."

나를 이렇게까지 생각하는 당신의 보은에 어떻게 행동해야 하나.

"어떡하긴."

"……."

"모재은의 평생을 차화준이 책임질 수 있게만 해 줘."

"정말 성능 좋은 외제 차가 따로 없네요."

"조만간 국산차로 바꿀 생각이야."

"치, 웃겨."

재은이 피식, 바람 빠진 소리를 냈다.

"잡을 때 쉽게 안 잡히는 모재은 취향대로 살 생각인데. 어떻게 만족도가 좀 상향됐나?"

"립 서비스가 강화돼서 정신을 못 차릴 것 같아요."

"뿌듯하네."

"저도 만족스럽네요. 그래서 한마디만 더 하려구요."

용기를 낸 재은이 그와 시선을 맞춘다. 이 순간에도 애틋하고 절실한 그의 눈빛에 멍하니 홀리고 말았다.

"손은, 괜찮아요?"

맞물린 네 개의 눈동자는 각기 다른 감정을 시선으로 공유했다. 그녀가 필요한 화준과, 그런 그를 인정한 재은의 눈빛은 연애의 설렘으로 반짝였다.

"괜찮아. 걱정해 주는 모재은의 마음만큼 좋은 치유책도 없더라."

"그럼 다행이에요. 내내 신경 쓰였거든요."

힘주어 말한 재은이 와인을 한 모금 더 마신다. 긴장한 기색이 설핏 보이는 그녀는 늘 외면하기 바빴던 그에게 생애 처음으로 진심을 고백했다. 대학교에 입학했을 때보다도, 그를 처음 만났을 때보다도 더 긴장되는 순간이 그에게는 무척 경이로울 테다. 기쁘게 웃는 화준의 얼굴만 봐도 알 수 있었다.

"나도, 그러니까 나도 선배가 좋아요."

그런 그를 지켜보는 그녀도 덩달아 행복했다.

"결혼까지는 잘 모르겠어요."

"……."

"그렇지만 앞으로의 우리 연애에 내 시간도, 감정도 아낌없이 투자할 수 있을 것 같아요."

"돈은?"

"돈 많은 남자 만나는데 돈까지 투자해야 돼요?"

뻔뻔함이 극에 달한 재은의 말에 그가 어렵지 않게 대꾸했다.

"상부상조해야 되는 거 아닌가? 내가 한 노력의 대가를 돈으로 환산하면 얼만 줄 알고."

"그런 말을 할 거면 뇌물이라도 바친 후에 하시죠. 나는 선배가 내게 준 시간과 마음을 고스란히 돌려줄 생각이에요. 그러니까 돈이 받고 싶으면 돈을 투자해요."

참 모재은다운 발언이었다.

"그럼 신혼집은 내가 마련하지, 뭐. 그 정도면 꽤 괜찮은 투자지?"

"해임되면 어쩌려구요? 실직자로 이직 준비 중인 분이 돈이 그렇게 많아요?"

"웬만한 직장인보다는 내가 나을걸?"

"됐어요, 자산 따질 시간 아껴서 이번 논란에 대해 깊이 생각해 봐요. 혹시 모르잖아요. 해임을 피할 수 있는 방법이 있을지도."

예를 들어 아버지라거나, 아버지라거나, 아버지라거나. 드라마에서 본 재벌들은 대다수 부모님의 손을 빌리곤 했다. 그도 그런 재벌 중 한 사람이니 능력 좋은 부모님의 도움을 받아 해임을 면할 수 있을지도 모른다.

"됐고, 집은 어떻게 생각해. 전원주택? 빌라? 펜트하우스?"

"음. 전 개인적으로 전원주택이요."

그의 물음에 순진한 재은은 이상한 낌새도 전혀 못 느낀 채 술술 대답했다.

"좋네. 전원주택에서 살림 꾸리는 모재은."

결혼은 부담스럽다던 내 연인의 결혼 이야기에 집중하며 화준이 웃음을 터뜨렸다.

"근데, 그거 알아요? 선배가 한다면 하는 사람인 걸 잘 알아서 그런지, 대수롭지 않게 하는 말들도 저는 다 진심처럼 느껴져요."

"잘 봤어, 다 진심이야."

고작 와인 두 잔에 취기가 도는 듯 재은의 얼굴이 발그레하다. 반면 와인은 입에 한방울도 대지 않은 화준의 안색은 평온, 그 자체였다.

"그렇게 치면, 지구 정복도 어렵진 않겠네요. 선배."

"그럴걸?"

"해 봐요. 그럼."

"그러기 전에 먼저 모재은 정복부터."

말과 함께 곁으로 다가온 그가 말했다.

"재은아, 나 봐봐."

옆에서 들려오는 화준의 목소리가 놀라울 정도로 다정해서 재은이 명령대로 그를 돌아보았다.

"말도 잘 듣네."

순순히 고개를 돌린 그녀를 보며 화준이 웃음을 흘린다. 그 미소를 홀린 듯 바라보는 재은의 목덜미를 확 잡아당긴 그가 입을 맞췄다.

"웃······!"

달보드레한 입술이 그녀의 입술 위에 포개졌다.

"상이야."

금세 입술을 떼어 낸 그가 볼에 달라붙은 그녀의 머리카락을 세심하게 정리해 주며 보조개가 패도록 웃는다. 재은의 시선은 아주 잠깐, 씩 말려 올라간 그의 입술에 닿았다.

붉은빛이 매혹적인 화준의 입술을 빤히 바라보다가 퍼뜩 정신을 차린 재은이 황급히 그와 시선을 나눈다.

"그래서 하는 말이고."

따뜻한 눈빛으로 교감을 대신하고.

"많이 좋아해."

재은은 말을 아꼈다. 진심 어린 그의 눈빛에 어떠한 회답도 할 수 없는 그녀가 입술을 깨물었다.

"아직도 줄 게 많은 차화준 마음, 모재은이 다 가져가."

호시탐탐 기회를 엿보던 남자의 뒤늦은 고백은 진솔했다.

"이만하면 다 가져갈 만하잖아."

그녀의 진심에 대한 그의 화답에 재은은 묵언했다.

"서로 상부상조해야지. 나는 모재은을 위해 내 인생의 전부 같은 부사장 직책을 놓을 생각인데."

어느 로맨스 소설처럼. 감미로운 노랫말처럼. 은유적인 시처럼.

"다른 건 필요 없으니까 실직자로 이직할 차화준 좀 모재은이 책임져
줘."

흔한 듯 특별한 그의 고백에 재은이 함박웃음을 터뜨렸다.

이런 남자, 어디 또 있을까. 아니, 없다. 눈을 씻고 찾아봐도 없을 테
다. 회사 동료들이 말했던 것처럼 다 가진 남자를 가진 여자는 감정의 포
만감에 웃음을 멈출 수 없었다. 키득대는 재은의 머리를 하염없이 쓰다
듬으며 화준 역시 미소 지었다.

그날 밤, 로얄 호텔을 찾은 그녀의 얼굴이 대외적으로 널리 알려졌다.
전 국민의 관심을 받으며 실시간 1위에 오른 차화준 부사장과 그의 일반
인 연인의 사진은 언론에 빠르게 퍼져 나갔다.

"이것 봐요! 또 사진 떴어요, 또!"

"잘됐네."

"일부러 그랬죠?!"

"고의는 아닌데, 고의적인 느낌이 약간 가미된 것 같기도 하고."

"하, 정말 내가 못 살아요!"

"나도 못 살겠다. 모재은 생각에 숨이 멎을 지경이야."

"무, 무슨……."

그러고 보니 이상하다. 호텔을 나와 그의 차량에 올라탄 후로 그가 그
녀의 집과 반대 방향으로 달리고 있었다.

"거래는 확실하게. 인정하지?"

"이, 인정하는데……."

그때부터 섬뜩한 기분을 느꼈다.

"저, 저 내일 출근인데요?"

"뭐, 그래서 이대로 무르겠다고?"

"아뇨! 무르다니요. 그럴 리가요."

어설픈 고백을 늘어놓은 후로 정식으로 그의 연인이 됐다. 무르려야 무를 수 없고, 설령 그녀가 무른다 해도 그의 옹고집이 결코 허락하지 않을 테다.

"그렇지? 모재은은 양심적인 사람이잖아."

"그럼요!"

그녀의 씩씩한 대답에 그의 입꼬리가 위로 말려 올라갔다.

"그래, 남은 경사는 깔끔하게 치르는 게 좋지."

"아니, 그런데 아까 우리 입맞춤 하지 않았어요?"

"그건 가벼운 인사지."

"선배는 인사를 입으로 하나 봐요. 눈인사도 있고, 손 인사도 있는데."

때마침 신호가 바뀌었다. 부드럽게 브레이크를 밟은 그가 그녀를 돌아보며 씩 웃었다.

"어, 그래서 다른 인사도 해 보려고."

"네?"

"내가 또 지덕체의 조화를 추구하는 사람이잖아."

"그, 그 말은…… 그럼……!"

재은이 말을 끝내기도 전에 화준이 그녀의 목덜미를 잡아끌었다. 가까이 다가온 그녀의 눈두덩이에, 콧방울에, 입술에 순차적으로 입을 맞춘 그의 입술이 이어 그녀의 작은 손등에, 마디에, 바닥에 체취를 남겼다. 쪽, 소리와 함께 입을 뗀 화준이 입꼬리를 씰룩거렸다.

"허, 정말 지덕체의 표본이 따로 없네요."

어쩜 가벼운 입맞춤에서도 잘 배운 티가 역력할까. 도덕 의식이 상당한 그는 상대의 기분이 불쾌하지 않은 선에서 달콤하게 키스했다. 약간의 술기운이 돌아서일까, 그가 유난히 잘생겨 보였다. 본판이 남다른 사람이니, 무얼 하든 태가 나는 게 사실이지만 오늘은 유독 그랬다.

해임을 앞둔 그를 물끄러미 바라보며 넋을 놓는 자신이 한심스럽지만 시선을 거둘 수 없었다. 블랙홀 같은 그의 얼굴은 보는 이로 하여금 눈을 뗄 수 없게 했다.

"큰일 났다."

차는 금세 화준의 펜트하우스 앞에 도착했다. 대기 중인 기자들이 그의 차량을 발견하곤 일제히 고성을 질렀다.

"몸이 마음 같지 않아."

그건 재은도 마찬가지였다.

"어머님한테 말씀 드려."

지금까지 그는 거래가 성사되었음에도 함부로 적정선을 넘지 않는 인내를 보이며 그녀를 배려했다.

"사랑에 눈이 멀어 갈 곳을 잃었다고."

하지만 오늘은 아니었다. 열망 어린 시선이 맞닿으면서 묘한 분위기가 조성된 것이다. 서로를 바라보는 눈빛은 이미 두 사람이 같은 생각을 하고 있음을 여실히 드러내고 있었다.

재은은 긴장감으로 목이 타면서도 저도 모르게 펜트하우스에서 보낼 시간을 기대했다. 기자들을 따돌리고 지하 주차장으로 들어온 그가 차를 주차한 후, 빠르게 엘리베이터에 올랐다.

"그러니 오늘은 귀가가 어려울 것 같다고."

승강기에 갇힌 그의 목소리가 마수 같았다. 그녀를 유혹하고, 나약한 마음을 손쉽게 다루고 있었다.

일전에 와 봤기 때문인지, 어색함은 크게 와닿지 않았다. 텅 빈 공간에 인기척이 느껴지지 않아 분위기가 을씨년스러웠지만 개의치 않아 했다. 집에 도착한 화준은 제일 먼저 욕실을 찾았다.

기다리는 동안 재은은 그의 집을 샅샅이 구경했다. 없는 게 없는 그의 집은 궁궐 같았다. 방은 또 얼마나 많은지, 남자 혼자 살기에는 상당히 과분해 보였다. 응접실이 따로 있는 집은 처음 봤다. 심지어 집무실도 따로 있더라.

도우미라도 있는지, 집안은 먼지 한 톨 찾아볼 수 없을 만큼 깨끗했다. 마치 청정 지역처럼 그녀가 살고 있는 집과 공기부터가 달랐다.

"……정말 대단하다."

"뭐가 대단해?"

"아, 깜짝이야!"

"놀랐어?"

"네. 진짜 놀랐어요."

집 안 구경에 여념없는 그녀를 별안간 화준이 등 뒤에서 덥석 끌어안 았다. 놀라 까무러친 재은을 가볍게 안아 올리고는 침실을 찾았다.

화준은 싱긋 웃으며 그녀에게 입을 맞췄다. 잔뜩 꿀을 발라 놓은 달콤 한 입술을 혀끝으로 핥자, 재은이 먼저 입을 열고 그의 말캉한 혀를 옭아 맸다.

츕, 추웁. 타액이 엉켜 음란한 소리가 울렸다. 화준은 제 타액을 삼키 고, 그의 혀를 제 것처럼 빨아올리는 데 집중하는 그녀에게 맞추듯 가만 히 입술을 벌렸다.

한동안 평소보다 더 농밀하고 진한, 깊이가 느껴지는 입맞춤이 계속 되었다.

"차화준 애인 된 거 진심으로 축하해. 모재은 사냥하느라 진땀 뺀 거 오늘 보상받아야겠어."

"선배……."

서로의 끈적한 숨결을 나눈 뒤, 입술을 뗀 화준이 말했다. 재은은 묘 한 긴장감과 기대감에 그의 목소리를 듣는 것만으로도 몸속에 가득한 수 분이 모조리 단전 아래로 흘러 나가는 기분이었다.

오늘은 경이로운 날이자, 사랑스러운 포획물이 온전히 그의 것이 되 는 거룩한 밤이었다. 화준이 허리를 바짝 끌어안자 재은은 움찔 몸을 떨 었다. 그는 달콤한 사탕을 맛보듯 재은의 손가락을 하나하나 정성스레 빨아 당기며 압박했다.

"웃, 간지러워요……."

그러자 그녀에게서 연약한 신음이 새어 나왔다. 커다란 손은 재은의 상의 속으로 침투해 브래지어 위에 머물렀다. 악력을 가하며 손을 모으자 동그란 모양으로 빚어진 그녀의 가슴이 그대로 잡혀 들었다. 재은의 간드러진 신음성이 가냘픈 숨소리와 뒤섞여 터져 나왔다.

"하아, 아!"

몸은 자꾸만 뒤틀렸고, 알 수 없는 욕망에 굴복해 숨이 거칠어졌다. 제 신음에 당황한 그녀가 잠시 머뭇거리는 사이, 그의 손이 블라우스의 단추를 하나씩 풀었다. 어느새 브래지어까지 밀어올리고, 침대에 쓰러지듯 드러누운 그녀의 몸을 본 화준은 여체에 감격한 듯 깊은 탄성을 내질렀다.

지금 눈앞에 재은이 벗은 듯 만 듯 분홍빛 복사꽃 꽃잎을 펼쳐 놓은 채 쓰러져 있었다. 그의 시선이 호흡과 동시에 오르내리는 그녀의 가슴에 닿았다 떨어졌다. 꿀샘을 품은 선홍빛 돌기가 오뚝하고, 골이 팬 가슴은 그 무엇보다 아름다웠다. 참을 수 없는 본능에 턱이 아리도록 입을 물었다.

"아주 잠시만 불감한 모재은에게 집중 좀 할게."

자신의 타액으로 번들거리는 손등에 가볍게 입을 맞춘 화준이 그녀의 뺨에 입술을 문지르며 속삭였다. 블라우스와 브래지어를 마저 벗긴 후 그의 손아귀에 잡힌 가슴이 손짓에 따라 춤을 추듯 움직였다.

우유처럼 뽀얀 피부가 달콤한 즙을 짜마시듯 빨아 당기는 그의 입안에 함께 빨려 들어왔다. 화준은 여물지 않은 그녀의 정점을 혀로 부드럽게 쓸고 아프지 않게 깨물었다.

"선, 선배……!"

재은은 야릇한 기분에 눈앞이 하얘지는 것을 느꼈다. 머릿속은 어지러웠고, 차화준이라는 안개가 자욱하게 낀 이성은 점점 기능을 상실했다. 턱 끝까지 차오른 숨을 헐떡거렸다. 생각 이상의 짜릿함에 형언할 수 없는 쾌락이 뇌수를 찔러 댔다.

"재은아."

그가 그윽한 시선으로 그녀를 보며 근사한 미소를 지었다. 씩 웃는 입가에 보조개를 닮은 주름이 예쁘게 팼다. 재은은 떨리는 눈빛으로 화준을 올려보았다.

"너는 봄이야, 향긋하고 달아. 따뜻하고, 뜨겁고…… 나를 미치게 해."

나른한 눈빛의 그가 더없이 위험하게 느껴지는 건 왜일까.

재은의 스커트를 벗긴 화준은 느릿하면서도 정확한 손길로 그녀의 팬티와 스타킹을 단번에 벗겨 냈다. 멍하니 그 모습을 바라보던 재은은 그가 입고 있던 샤워 가운을 벗자 눈을 크게 벌렸다. 난폭성을 드러내는 크고 건장하고 굵은 중심이 마침내 모습을 드러낸 것이다.

그가 다시금 몸을 겹쳐 그녀의 속살을 구석구석 빨고, 핥았다. 달콤한 즙을 짜 마시듯 가슴을 세게 빨고, 물고, 혀로 맛을 음미하듯 유륜을 느릿하게 핥았다. 상상했던 것 이상으로 달콤한 그녀는 향락, 그 자체였다.

몸 위에서 움직이는 그의 혀뿌리가 소름끼치도록 다정했다. 재은은 눈에 보이지 않는 잔털마저 곤두서는 기분이었다.

"아, 하읏! 거긴……!"

온몸이 짓무른 것 같았다. 입에선 쉼 없이 신음이 터졌고, 물크러진 몸이 그의 환상적인 가슴 근육과 도드라진 팔 근육 사이사이의 아름다운 음영에 감탄한 듯 들썩거렸다.

고개 숙인 그의 입술이 벌어진 그녀의 다리 사이로 내려갔다. 뜨거운 숨을 내뱉던 화준이 여린 속살의 온도를 혀끝으로 느낀 순간, 전신으로 퍼져 나가는 쾌감에 재은은 몸이 박살나는 것 같았다.

"반칙이야, 왜 이렇게 젖었어."

"하, 그런 말하지, 흐응, 말아요……."

허무감이 느껴지도록 슥 빠져나온 혀가 이내 도톰한 진주를 찾아 굴리듯 핥았다. 순수한 반응으로 흘러내린 체액이 혀끝에 닿자, 혀를 말아 올린 그가 음미하듯 입맛을 다셨다.

재은은 낯설면서도 거부할 수 없는 감각의 포로가 되어 그가 주는 짜릿함에 몸을 내려놓았다. 부드러운 음성과 달리 거친 몸짓에 기겁을 해도 모자랄 판국이었다. 그의 혀와 손길이 닿는 곳마다 전기가 통하는 듯 온몸이 떨려 왔다. 손짓만으로도 하늘 위로 붕 뜨는 기분이었다. 간지러운 몸을 어떻게 좀 하고 싶었다.

화준은 고개를 들고 그녀의 다리 사이에 자리를 잡아 부자연스럽게 뻗은 다리를 제 허리에 감게끔 했다. 매끈한 허벅지의 살결이 손에 닿아 오감을 자극하자 눈이 돌아갈 것만 같았다. 아니, 당장 이성을 상실해도 모자랄 판국이었다.

그의 단단한 허벅지가 오므린 그녀의 가랑이 사이로 밀려 들어왔다. 그녀의 온몸을 끌어안으며 아래가 맞닿았다. 동시에 참았던 화준의 인내도 함께 폭발했다.

최상위의 경도를 더한 화준의 중심이 험준한 바위라면 그녀는 그 바위 속 깊은 골짜기에서 자라난 여린 생명이었다. 꽃처럼 아름답고, 성수처럼 고귀한 꿀물을 품고 있을 것만 같은 붉은 속살이 그의 눈앞에서 집요하게 어른거렸다.

"아!"

놀란 그녀가 아기의 딸꾹질처럼 귀여운 소리를 토하자 그가 참을 수 없는 열망에 휩싸였다. 퍽 숫스러운 얼굴과 여리여리한 뼈대, 투명한 살색. 뽀송뽀송한 솜털이 고스란히 보이는 여체 구석구석에 자신의 흔적을 남기고 싶었다.

그는 움켜잡은 자신의 것을 그녀의 아래에 문질렀다. 이내 아래를 밀고 들어온 이물감의 생경한 느낌에 재은이 교성을 질렀다. 삽입과 동시에 육감적인 쾌감이 뇌수를 울렸다. 천천히 허리를 움직이자, 그녀의 몸이 점점 더 달아올랐다. 재은은 눈물이 찔끔 흘러 젖은 눈으로 그를 올려 보았다.

"너무 좋아. 하, 어떡하지."

"제, 제발. 으……!"

목울대를 간질이는 숨 한 줌이 목구멍에 걸려 연약하게 헐떡거린다. 처억, 처억. 체액이 철벅거리는 소리가 야하게 울렸다. 재은을 흥건하게 적신 화준이 움직임에 속력을 더했다.

안쪽에 숨겨진 성역 같은 공간에 다다를 때까지 뛰고 싶었다. 맹렬하게 질주하는 화준과 자연히 합을 맞추는 재은의 가슴이 크게 들썩였다. 출렁거리는 그녀의 상체가 무용수의 춤사위처럼 고고하고 빚어 놓은 듯 정갈한 몸의 윤곽이 사정을 유발했다. 눈을 뗄 수 없을 만큼 매혹적이다.

더 이상 버틸 수 없는 쾌감에 온몸이 산산이 부서질 것 같다는 생각이 들 때, 고지가 찾아왔다.

사정감을 위해 좁다란 안을 가차 없이 들이박았다. 두 남녀의 체액이 섞이고, 은밀한 부위가 맞물린다. 음란한 소리가 가득 울리는 순간 화준의 움직임이 정점에 올랐다.

"하아, 하……."

그제야 참아 왔던 숨을 몰아쉬는 재은이 고개를 젖힌 상태에서 헐떡거린다. 천고의 여신처럼 숭고한 그녀의 가슴을 아래에서부터 잡아 주물거리는 화준의 손길이 조심스러웠다. 숭배하는 것만 같은 자분자분한 손짓에 재은은 이제야 모든 것이 끝났다는 생각에 몸의 힘을 풀었다.

늘어진 그녀의 몸을 화준이 와락 끌어안았다. 희고 보드라운 피부에 표식처럼 남겨진 흔적을 시선으로 훑고, 꼼지락거리는 발가락을 보던 그가 희미하게 미소 지으며 재은의 다리를 잡았다. 그러고는 앙증맞은 발가락을 집어삼킬 듯이 입으로 빨고 핥았다.

"헉! 아, 안 돼요. 그, 그건 싫……!"

거부하는 목소리가 점점 작아졌다. 복사뼈를 타고 올라오는 그의 입술이 이내 그녀의 입술을 덮쳤다. 몇 번을 맛 봐도 부족한 달콤함에 화준의 이성이 송두리째 사라졌다.

쾌감의 여운이 체액이 되어 주륵 흘러나왔다. 재은은 어느새 눈앞에 가까이에 있는 그의 얼굴이 꿈 자락처럼 느껴졌다.

기억할 수 없을 만큼 그에게 안기고, 또 안기고.

재은은 넘쳐 나는 정욕을 어쩌지 못해 저를 안으며 감정을 앓았던 화준의 품에서 녹초가 되었다. 그가 시름시름 참았던 열망을 쏟아 낼 때쯤 재은은 방전이 되었다.

"애인, 자?"

놀림조로 말을 하는 그의 목소리는 금세 아득해졌다.

"진짜 외박하게 생겼네."

새근새근 숨소리를 내며 잠든 그녀의 곁을 아마도 화준은 밤새 지켜 주었던 것 같다. 큰일을 여러 번이나 겪었으니 몸이 남아나질 않을 테지. 게다가 술도 마셨고, 그의 기습 인터뷰로 많이 놀랐을 테니까.

"재은아."

어슴푸레한 불빛이 새어 나오는 스탠드를 바라보다 다시 그녀를 내려 다본 그가 나그네처럼 안식을 취하고 있는 그녀의 머리를 부드러운 손길 로 쓰다듬었다.

"네가 너무 좋아서 미치겠다."

계획적인 남자의 목표가 성공리에 마무리 되었다.

"뭐, 합의까지 끝냈으니 더 문제 될 건 없잖습니까?"

어렴풋이 들려오는 화준의 목소리에 잠에서 깬 재은이 욱신거리는 몸 을 힘겹게 뒤척였다. 그때마다 피부에 닿았던 손이 떨어졌다 다시 보드 라운 그녀 머리카락을 어루만졌다.

"차화준 부사장의 해임 건에 대한 찬반양론이 아니고서야 쟁점으로 다룰 만한 건 없죠. 아버지 생각도 제 생각과 상통할 거라고 생각합니 다."

그 안온한 손길에 게슴츠레 눈을 뜬 재은이 몸을 반대편으로 돌렸다. 반쯤 감긴 눈에 억지로 힘을 준 그녀가 시선을 조금 높이자 침대 맡에 걸 터앉아 막 깨어난 그녀를 반겨 주듯 웃고 있는 그가 보였다.

전화를 붙잡고 있던 그가 통화를 갈무리 하고는 잠깐만, 하고 아리아 의 아름다운 선율처럼 감미로운 목소리로 말했다. 재은은 새삼스러운 어 제 일을 떠올렸다.

"그래, 휴대폰이 불통이야."

어젯밤, 비로소 토끼몰이에 성공한 그가 다소 기고만장하게 말했다지.

"아버지와 청심환담을 나누는 건 그다음 일이지. 우선은 공개적인 입장 표명부터. 그래, 그래요."

모재은의 평생을 차화준이 책임지겠노라고.

"피해자 측 비리가 공개되었으니 언론도 어느 정도 쉬쉬할 겁니다."

그 말은 곧 내가 그의 연인…….

"잘 잤어?"

"헐."

"정말 헐이다. 모재은이 사람 미치게 하는 재주가 좋은가 봐."

그 말을 헤아린 것은 그의 품에 꼭 안기고 난 후였다. 언제 일어났는지, 깔끔한 차림새를 하고 있는 그의 셔츠에 그녀의 맨살이 닿았다.

정확하게 말하자면 가슴이 닿았다. 오똑한 젖꼭지가 빳빳한 셔츠를 스치자 따끔한 통증이 느껴졌다. 밤새 그가 얼마나 물고, 빨아 댔는지, 뜯길 것처럼 상처가 난 듯했다. 제대로 짓물린 모양이다.

"언제 일어났어요? 이건 너무 반칙인데."

버거울 정도로 크고 건장한 그를 밤새 받아들이며 감내한 탓에 하체에 마비 증세가 일어났다.

앉은 자리에서 꼼짝도 할 수 없는 그녀가 그의 어깨에 가만히 손을 얹은 채 투덜거렸다. 그를 밀어내야 하는데, 그럴 만한 힘이 없다. 이미 전희를 소화해 내느라 전력을 다 했기 때문이다.

"전 언제 잠든 거예요?"

"네 번째 섹…….""

"어! 기억났어요! 갑자기 확 났어요!"

화들짝 놀란 그녀가 품 안에서 소리쳤다. 그의 웃음소리가 들려왔다. 잔잔하게 들려오는 클래식과 어우러지는 그의 음성이 어찌나 달콤한지, 섹시한 그 입술에서 당즙이 흘러나오는 건 아닐까 싶었다. 그래서인지 심장이 쿵쾅거리고 두근두근하여 손끝이 떨렸다.

그리고 그녀 못지않게 눈치 좋은 화준이 그녀의 마음을 대번에 알아차렸다.

"어, 모재은, 설레나 보네."

일할 때 빼고 매 순간 장난스러운 그가 이불이 흘러내린 탓에 적나라하게 드러난 그녀의 허리 곡선을 따라 손을 움직였다. 그러다가 천천히 그녀의 가슴을 간질였다.

"훗!"

"피는 꽃만 봐도 설렘을 느낄 나이는 지난 것 같은데."

화르륵, 불에 탄 그녀 얼굴에서 후끈한 열기가 느껴졌다.

"아무래도 그 꽃은 나인가 보다. 그렇지?"

"하, 선배……."

"어떡해. 앞으로 이 얼굴 매일 볼 텐데."

그의 농조와 함께 가슴을 지분거리는 손길 역시 점점 짙어졌다.

재은은 차화준이라는 바람결에 꺾인 가지처럼 고개를 떨궜다. 한껏 예민해진 몸이 다시금 그에게 반응하고 있었다.

"볼 때마다 지금처럼 설레면 곤란한데."

머지않아 넘어갈 테다. 주체성을 잃어 가는 마음은 꽃같은 차화준의 주변을 나비처럼 맴돌았다.

"그런 모재은 지켜보는 차화준 마음이 보잘 나위 없어서."

모순적인, 그러나 아름다운 나빌레라.

"춘풍에도 연파를 일으킬 텐데, 큰일이네."

그는 씻지 않아 꾀죄죄한 재은을 데리고 부엌을 찾았다. 덕분에 재은은 식탁 앞에서 그와 마주보고 있었다. 처음에는 심드렁한 것 같던 그녀는 곧 입을 다물지 못했다. 그의 펜트하우스 가사도우미로 근무 중인 김 비서의 음식 솜씨는 가히 수준급이었다.

가사 일에 타고난 손방이니 흠 잡을 데 없는 그녀를 왜 화준이 신뢰하는지 아주 조금은 알 것 같기도 하다. 굵은 주름이 하나둘 잡힌 그녀는 어린 시절 그의 유모였다고 한다.

그러니 손발이 그리 척척 맞고, 그의 입맛을 기가 막히게 파악하고 있는 거겠지.

"오늘 간이 조금 싱겁죠? 호호호, 이제 다 늙어서 양 조절도 힘들더라고요."

살갑게 웃는 김 비서를 참 넉살 좋은 사람이라고, 정의 내린 재은은 버릇처럼 착잡한 만념에 잠겼다. 차화준 부사장의 해임 문제를 대체 어떻게 마무리 지을 생각인지 모르겠다.

문득 코웃음이 났다. 우습게도 재은은 인간의 기본적인 생리 욕구 앞에서 벨을 잃었다. 왜냐하면 김 비서의 밥맛은 최고였으니까.

"김 비서."

주방으로 돌아가려는 김 비서에게 화준이 넌지시 말을 붙였다.

"내 애인입니다. 예쁘죠?"

"어머, 그렇습니까?"

"한 송이 꽃처럼 아름답지 않습니까?"

"그러게요. 참 고우시네. 김 사모님 젊었을 적 모습 보는 기분이랄까요?"

"사람 비교하는 건 실례라니까, 글쎄."

"어머! 죄송해요. 도련님. 제가 실수했네요. 그건 그렇고, 어디 화병이라도 구해 올까요?"

한순간 재은은 동물원 원숭이가 돼 버렸다.

"정말 예쁘시네요, 호호."

쏟아지는 과찬에 몸 둘 바 모르던 그녀가 엄지를 척 추켜올렸다.

"마, 맛있어요. 산해진미가 아주 품위 있고, 맛도 좋아요!"

말을 하고 후회했다. 근사한 다이닝 테이블 어디에도 산에서 난 것과 관련된 반찬은 없었다. 어! 아니다! 찾았다! 김치, 찾았다!

"임금님 용미봉탕 못지않아요!"

"호호, 감사합니다. 사모님."

"아하하, 사, 사모님……. 아하하."

기품이 느껴지는 김 비서가 싱긋 웃으며 돌아섰다.

"어, 사모 괜찮네."

그녀가 돌아서고, 숟가락을 든 화준이 깨달음을 얻은 사람처럼 감탄하며 말했다.

"모재은이 정해. 애인할래, 사모할래?"

"이렇게 태평해도 돼요?"

"능력이야, 모재은도 알겠지만 급할수록 천천히."

"대단한 능력이긴 한데 이래도 되는 거예요?"

재은은 막연히 걱정이 됐다. 그의 사퇴를 촉구하는 국민들은 처음보다 줄었지만 여전히 화력을 보이고 있었고, 급락한 백제 호텔의 주가는 별다른 상승세를 보이지 않았다. 그렇기 때문에 재은은 지금처럼 태연한 그의 행동을 이해할 수 없었다.

귀빈 호텔로 명실상부한 백제 호텔의 위상이 떨어지고, 대원 그룹 오너 일가는 머릿속에서 빙빙 도는 화를 어쩌지 못해 수시로 그에게 연락을 하고 있었다.

대단한 부사장님은 그들의 연락을 본체만체하며 가진 시간을 오롯이 그녀에게 내주었다. 과분한 그의 사랑에 차화준 부담이 수수료처럼 10% 증가되었다.

"이대로 해임되면 어쩌시려고……."

"뭐가 걱정이야? 부사장의 사모 소리 못 들을까 봐?"

"제가 그렇게 속물처럼 보여요?"

"돈을 받고 싶으면 돈으로 투자하라는 말을 했던 걸 보면, 뭐 금욕주의는 아닌 것 같고."

말끝에 그가 씩 미소 지었다. 재은은 복장이 터졌다. 대체 저 여유로움을 어떻게 설명할 것인가! 왜 불안하고, 걱정하는 것은 그를 지켜보는 재은의 몫이 되어 버린 건가!

"그거 알지?"

화준에게 코가 꿰인 재은은 해임 위기에 놓인 그를 보며 설설 고개를 저었다. 백제 호텔의 작은 주인이라는 타이틀을 잃게 생긴 와중에도 어쩜 그는 이토록 느긋한 것인지, 묻고 싶은 마음이 굴뚝같았다.

"모재은 차화준이 찜한 거."

재은은 그의 말뜻을 단박에 이해했다. 안 그래도 오늘 아침 박한수의 비참한 최후에 대해 언론이 소란스러웠다.

"아니, 선배!"

"왜? 부족해? 콩까지 해야 되는 거야? 찜콩?"

"말장난 좀 그만하시고요."

"그러는 너는 고집 좀 그만 부려."

그가 다소 퉁명스러운 어조로 말했다.

"다 알았으니까 내 걱정 그만하고 우리 앞날만 생각하자는 말이야."

하. 재은은 기가 찼다. 대체 세상에 이런 남자가 또 있을까?

"그나저나 모재은은 꾀죄죄한 얼굴도 눈 못 떼게 예쁘네."

신이 만든 가장 이상적이고 완벽에 가까운 피조물은 대체 부족한 게 뭐란 말인가. 박한수를 박살낼 수 있는 한 컷을 회사 측 법무팀을 통해 공개한 것도 모자라 위기의 상황에서도 신선처럼 유유자적하다.

"그렇게 말씀해 주시니 몸 둘 바를 모르겠네요."

"몸 둘 데를 왜 몰라? 네 앞에 내가 버젓이 있는데. 이쪽으로 올래?"

숟가락을 내려놓은 그가 태연하게 두 팔을 벌리며 말했다.

"뭐 어때, 애인 사이에 이 정도도 못 하나? 그보다 더한 것도 했는데."

"밥 먹을 땐 밥만 먹어요, 우리."

다시 느끼지만 차화준 같은 남자는 이 세상 어디에도 없을 테다. 눈 씻고 찾으려야 찾을 수 없는 남자를 대체 무슨 수로 월척으로 낚았을까.

굳이 따지자면 그에게 낚인 건 그녀였다.

하지만 가진 것보다 없는 게 많은 그녀에게 화준은 선물이나 다름없었다. 크리스마스의 기적처럼, 5월에 내리는 눈처럼 말도 안 되는 선물은 너무도 과분할 정도였다.

재은에 대한 마음은 어찌나 뜨거운지, 잠 못 이루는 열대야를 방불했다.

"새삼 알겠어요."

"뭐, 차화준이 모재은한테 죽고 못 사는 거?"

"……네."

"표정이 말이 아니네. 왜 내가 보여 준 마음이 부족했어? 어떻게 더 보여 줘야 돼?"

"그게 아니라 제가 열 번 찍어 안 넘어가면 어쩌려고 그랬어요?"

물론 그럴 일은 없었다. 차화준의 노림수나 다름없는 '박한수 도발'이 어떻게든 그녀를 탈취할 수 있게끔 도움을 주었을 테니까.

"뭘 어쩌려고 그래. 모재은 대단한 거 인정하고, 내 마음대로 혼인 신고서 작성해야지."

무엇보다 내가 이미 눈앞의 이 남자에게 흠뻑 취해 버렸다.

"네?"

"연애 건너뛰고 결혼. 요샌 그게 추세라며?"

"죄송한데 전 보수적인 풍조를 중시해서요."

"나도 그래. 그러니까 죽기 살기로 모재은 쟁탈전을 벌인 거고."

"이게 무슨 쟁탈전이에요? 약탈전이죠! 연애까진 쌍방 합의하에 이루어졌다지만 결혼은 아니잖아요!"

"어감이 좀 그렇다. 정정해, 탈취전으로."

살며 처음으로 재은이 그의 앞에서 인상을 구겼다.

"싫어? 그럼 보여 줄게, 차화준 질투가 하늘도 무서워하는 수준……."

"그런 건 차차 알아가면서 배우도록 할게요."

밥 한 숟가락을 입안으로 밀어 넣은 재은이 언제나처럼 웃는 그를 흘겼다. 별안간 그가 턱을 괴고, 가만히 그녀를 지켜본다.

"그런데 정말 괜찮아요?"

"뭐가?"

"박한수와 저 때문에 피해 입으셨잖아요."

"그런데?"

"고작 저와 연애하는 걸로 퉁 치셔도 괜찮냐고 묻는 거예요."

"괜찮을 거야, 내가 입은 피해, 모재은이 허물 벗듯 한 겹, 한 겹 도로 벗겨 줄 거 아니야. 그리고 말은 바로 해야지. 일전에도 말했지만 난 모재은과 고작 연애 따위로 끝낼 마음 추호도 없다니까."

영겁의 시간을 함께 하며 인생의 희로애락을 아낌없이 나누어 줄 생각이다. 그런 의미에서 이번 논란에 대한 대가를 그녀의 인생으로 보답받아야지.

"어쩐지 말이 야시시하네요?"

사회적 지위와 맞바꾼 모재은의 인생을 이 시간 이후 전적으로 책임져야 한다는 생각에 그의 마음이 울렁거린다.

"그렇게 말하는 모재은이 더."

말끝에 화준이 손을 뻗었다. 재은의 입가에 묻은 밥풀을 떼어 주며 씩 웃던 그의 손이 그대로 입안에 삼켜졌다.

"더, 더러워요! 그러지 좀 말아요!"

청결을 중요시 할 것 같은 사람의 지저분한 행동에 재은이 기겁했다.

"뭐가 더러워, 어젠 더한 것도 먹었는데. 예를 들면 모재은의……."

"악! 좀! 제발! 그런 말 좀 하지 마요!"

"듣기 거북해서 그런 거면 서둘러 익혀 둬."

"싫어요."

"싫으면 노력하고."

"그것도 싫어요."

"그럼 어쩔 수 없고."

등받이에 상체를 기댄 그가 관찰하는 눈빛으로 그녀의 얼굴을 살폈다.

"좋아질 때까지 몸으로 훈육하는 수밖에."

깔끔하게 정리되어 있는 눈썹과 우쭐하며 솟은 콧대, 영롱한 수정 구슬을 박아 놓은 것처럼 크고 동그란 눈.

"아뇨! 그것도 싫어요!"

청량한 목소리.

"제가 지금까지는 검은 고양이 눈감은 듯해서 선배를 파악하는 데까지 오래 걸렸는데."

발길이, 손길이 닿는 곳곳에 박제하고 싶은 애인이 시야에 가득 담겼다.

"선배, 가끔 보면 변태 같아요."

너무도 쉽게 가슴에 잠겼다.

"그러니까 노골적인 말은 삼가……."

끝 모를 심연 속에 빠진 그녀는 아로롱다로롱 찬연한 물방울이 되어 그의 가슴속에 영롱히 맺혔다.

"아니, 순화시켜서."

"순화?"

그가 의자를 조금 당겨 앉았다. 얼굴이 제법 가까워졌다.

"말을 좀 예쁘게……."

재은은 점점 다가오는 그의 얼굴을 뻥하니 바라보았다.

뚜렷한 눈매가 시야를 채우고, 이어 거만하게 솟은 콧대와 종일 그녀의 몸을 탐닉했던 짓궂은 입술이 동공을 유난스럽게 메웠다.

"노력은 해 볼게. 당장은 어렵겠지만."

말끝에 그녀의 입술을 찾은 그의 입술이 벌어진 아랫입술을 훑고, 입꼬리에 닿았다.

쪽, 입을 맞춘 그가 소소한 고백으로 그녀의 마음을 덜컹거리게 한다.

"모재은의 눈, 코, 입은 물론 사랑스러운 솜털까지 관능적이라 잘 할진 모르겠다."

완벽한 남자의 한마디는 연애 전초전에서부터 그녀에게 통쾌한 한방을 먹였다. 차화준의 명백한 KO 승이었다.

출근 시간에 맞춰 집을 나온 재은은 그의 차량을 타고 편히 출근길에 올랐다. 주차장을 빠져나오자 부사장 취재 열기가 팽팽한 기자 무리가 바로 시선을 장악했다.

　"헉……!"

　까무러친 재은이 비명에 가까운 소리를 질렀다. 어쩐지, 그가 어제와 다른 차량에 그녀를 태우더라.

　화준은 입을 다물지 못하는 그녀를 곁눈질하며 피식 웃었다.

　"이게 현실이야."

　"네?"

　"부담스럽지?"

　재은은 대답을 아꼈다. 신중할 수밖에 없는 그의 삶과 달리 재은의 삶은 확연하게 달랐으니, 그런 그의 일상에 맞춰 나갈 자신이 없었다. 그에 대한 부담감이 묵직한 것도 사실이었으나 그와의 만남을 거부하지 못하는 데 이유는 딱 한 가지였다.

　"이것저것 부담스러워 하는 것도 많은데, 더 부담 주는 것 같아 미안하네."

　번지르르한 그의 화술이.

　"그래도 어쩔 수 없어."

　난공불락의 보루처럼 견고한 그녀의 마음을 알게 모르게 점령하고 있었다.

　"모재은 생각이 어떻든 수용해 줄 생각 전혀 없으니까 뭐 하나라도 내려 놔."

　매력적이고 독특한 그의 화법이.

　"모재은의 짐 같은 부담은 돌쇠가 새끼줄로 엮어 옮길 테니까 마님은 마음 편하게 해."

그녀에게 결혼에 대한 기대감을 갖게 했다.

피할 수 없으면 즐겨라. 그리고 누려라.

"내 해임과 맞바꾼 모재은이 그만큼 소중한 사람이라는 걸 자각해 주면 고맙겠지만."

차화준의 연인. 차화준의 모재은.

재은은 운전 중인 그를 물끄러미 바라보았다. 가슴이 떨렸다. 처음 보는 사람처럼 다르게 느껴지는 그에게서 재은은 쉬이 눈을 뗄 수 없었다.

궤도처럼 그녀를 돌고 돌던 차화준의 9년이란 시간은 마침내 사랑의 종지부를 찍었다.

Chapter

<u>12</u>

백제 호텔 차화준 부사장의 폭행 사건에 대해 국민들은 왈가왈부 논쟁을 벌였다.

　하지만 그의 폭탄 같은 결혼 발표와 폭행 사건의 피해자로 알려진 A씨 박한수의 범죄 행각이 언론에 낱낱이 공개된 후부터는 언제 그랬냐는 듯 자분자분해졌다.

　때마침 차화준 부사장의 시원시원한 인터뷰와 지난 밤, 로열 호텔 앞에서 찍힌 두 사람의 사진이 여기저기로 삽시간에 확산되어 세간의 관심을 끌었다. 이후 누리꾼들은 언론의 이목을 집중시킨 그들 사진을 보며 차화준 부사장을 적극적으로 옹호하기 시작했다.

　몇몇 누리꾼들은 부사장이 피해자 신분의 A씨와 치정 싸움을 벌인 게 아니냐는 의혹을 제기했으나 그마저 얼마 지나지 않아 묻혔다.

　부사장의 연인으로 알려진 일반인 여성의 자택 인근에서 확인된 피해자 A씨의 녹화 영상이 언론에 공개되면서 그의 스토킹 범죄가 성립되었고, 그 기세를 몰아 언론은 그의 폭력이 정당성을 입증하기 위해 사건을 토대로 한 탄원서를 작성했다.

　일각에서는 지금과 같은 현상을 차화준 신드롬이라고 설명했다. 파파라치 컷 한 장으로 돌연히 '지고지순한 남자'가 되어 버린 그에게 열광하는 누리꾼들이 부쩍 늘어났기 때문이다.

그들은 모든 걸 다 가진 몽환적인 남자로 하여 현실 감각은 나날이 떨어지고, 사막의 오아시스처럼 환상 같은 부사장의 실물 근접 사진, 그리고 9년 동안 한 여자를 짝사랑해 온 그의 순애보가 감명 깊다며 현재의 감정을 일축했다.

이후 그들은 하나 된 마음으로 '차화준 부사장 사퇴 반대'를 외치기 시작했다. 모든 게 차화준 부사장의 계략인지, 아닌지, 파악이 불가능한 상황에서 백제 호텔의 최대 주주 차노익 사장이 침묵을 깼다.

"차화준 부사장의 경솔한 언행을 결코 용서하지 않을 것."

세간에 공연히 알려진 그의 단호한 뜻에도 부사장은 아랑곳하지 않았다. 모든 상황은 토끼 같은 모재은을 몰아넣기 위한 차화준의 치밀한 계획대로 움직였으니까. 일련의 공식 입장 표명을 통해 연인과의 백년가약을 암시한 화준은 세상을 다 가진 기분이었다. 부친의 호출이 있기 전까지는 더없이 만족스러운 삶을 영위했다.

그로부터 이틀 뒤.

"네 놈이 이런 식으로 내 이름에 먹칠을 할 줄이야, 생각도 못 했던 부분이다."

부사장의 해임을 반대하는 국민들의 목소리는 커져 가고.

"입이 열 개라도 할 말이 없습니다, 아버지."

아버지의 노여움은 날로 거세어졌다. 그럴 만도 한 게 법과 윤리를 중요시하는 대원 그룹에 다른 누구도 아닌 믿었던 화준이 해악을 끼쳤으니 용서할 수 없는 게 사실이었다.

고객과 주주와 직원들을 존중해야 하는 오너가 감히 준수해야 할 경영 원칙을 저버렸다.

호텔 측에 막대한 손실을 입히고, 최초의 상장 호텔이라는 명성이 무색해졌으니 언론의 뜻이 어떠한들 차 사장은 임원으로서 부당한 행위를 저지른 화준을 온당하게 처사하여 해임할 생각이었다.

구태의연한 윤리 의식을 가지고 경영에 힘 써야 할 그가 자신의 위치에 안주하다니. 결코 있어서는 안 될 일이었다.

"이번 일을 쉽게 넘어갈 생각은 없다."

"각오하고 있습니다."

"그렇게 말하는 놈치고 표정은 좋아 보이는구나."

"아. 그렇습니까?"

뒤늦게 자각한 화준이 잽싸게 미소를 지웠다. 부친이 한심스런 눈길로 그를 흘기며 혀를 찬다. 안사람만 아니었다면 당장 그를 죽이고도 남았을 부친이 가까스로 호흡을 가라앉혔다.

"그래서 네 멋대로 결혼을 공개한 거냐? 부모 가족과 일말의 상의도 없이 그렇게 일을 벌인 이유가 대체 뭐야. 일손을 놓겠다는 뜻이라면 순순히 받아들이겠다만 그 불손한 언행은 어디서 배워 먹은 거지? 내가 널 그렇게 가르친 기억은 없는 것 같은데?"

"미리 말씀 드리지 못해 죄송합니다."

언행불일치였다. 입은 연신 사과하지만 표정은 한없이 밝은 화준은 자꾸만 입술을 비집는 웃음을 참느라 힘들었다.

뇌물 공여 혐의로 경찰 수사를 마치는 대로 본가를 찾은 그는 몇 시간째 부친과 신경전을 벌이고 있다. 예상은 했다만 돌아가신 대원 그룹 명예 회장의 차남답게 그의 부친은 고집스러운 남자였다. 죄인의 신분으로 본가를 찾은 화준을 꽉꽉 물고 놓아 주지 않는다.

"기사를 통해 확인하셨겠지만 헤드라인 그대로 제 배필입니다."

"이런 미친!"

마누라, 미안하오. 이 정도면 손을 안 드려야 안 들 수가 없겠소.

"신분에 귀천 없다는 말씀. 아버지가 돌아가신 할아버님께 입버릇처럼 말씀하셨다는 것쯤은 저도 잘 압니다. 무엇보다 기성세대의 구태의연한 방식을 대물림하듯 이어 갈 필요는 없다고 봅니다. 그러니 아버지도 평사원인 어머니를 고집하셨잖습니까."

팔을 추켜 올린 차 사장이 그대로 손을 내렸다. 할 말이 없는 그가 괜히 헛기침을 하며 시선을 모로 돌린다.

"물론 멋대로 행동한 데 무척 죄송하게 생각하고 있습니다. 하지만 어쩌겠습니까, 아버지."

"……."

"그 짚신이 제 짝인 운명을 무슨 수로 거역하겠습니까."

씩 웃으며 말하는 화준에게 재은을 내칠 여력 따위 애초부터 없었다. 숨 가쁘게 그녀를 잡아당기는 그가 미치지 않고서야 그녀를 밀어낼까. 설령 미친다 해도 그녀를 저버릴 일은 없을 것이다.

"내가 반대한다면?"

여러모로 바쁜 나날들을 보내고 있는 화준이 자리에서 일어나려다 멈칫한다.

"그 아이가 네 놈의 첫사랑이라는 말은 익히 들어 알고 있다만. 과연 네게 맞는 짝이라고 생각하는 게냐?"

냉담한 아버지의 말에 화준도 표정을 굳혔다.

"물론입니다."

"한낱 여자에 눈이 멀어 사태를 이 지경까지 만들어 놓은 네 놈도 제정신은 아니구나."

"온전한 정신이었다면 애초부터 이런 상황을 빚진 않았을 겁니다."

"알기에 더더욱 용납 못 하겠구나."

부친의 단호한 말에 화준이 다시 자리에 착석했다. 차가운 한기가 목덜미를 스쳤다. 아버지 못지않게 싸늘한 그의 얼굴도 굳어졌다.

본가를 찾아오는 동안 완강한 아버지의 뜻을 쉽게 굽힐 수 있을 거라고 생각하지 않았다. 자만한 화준에게 아버지는 너무도 큰 산이었으니까. 물산의 주인이 되기까지, 많은 것을 일군 그는 결코 호락호락한 사람이 아니었다.

"9년 전, 네 놈이 교육을 기탁하던 그 애가 이 아이라는 걸 내 모를 것 같았더냐?"

화준은 노기의 빛이 떠오른 아버지를 마주보며 잠시 침묵을 유지했다.

"그때야 철없을 시절이니 여차저차 넘어갔다지만 이번 일은 그리 너

그러이 이해할 마음 없다."

"아버지."

"도움이 되지는 못할망정 해를 끼치지는 말아야지. 도대체가 말이야!"

모난 곳 하나 없는 아들의 사랑이 퍽 불만스러운 그가 대놓고 반대 의지를 보이자 화준이 작게 한숨을 내쉬었다. 엄격한 아버지를 이해하기에 할 말이 없었다.

9년 전, 부모님의 이혼으로 생계가 막연해진 재은을 위해 총장에게 직접 청탁하던 화준을 아버지는 탐탁지 않게 생각했다. 첫사랑에 눈 먼 한심한 아들도, 무능력한 그의 사랑도.

"결혼은 안 돼."

엄격한 부친의 말에 화준이 그제야 말문을 열었다.

"저도 안 됩니다."

"정말 제정신이 아닌가 보구나."

"앞전에 말씀드렸다시피 제정신이었다면 상황이 이렇게까지 되진 않았을 겁니다."

"기성세대의 구태의연한 방식을 탓하던 놈이 할 말은 아닐 텐데?"

"그 또한 아버지를 닮은 것을 어쩌겠습니까."

"뭐, 뭐야?"

"여자에 눈이 멀어 물불 가리지 않는 것도 어쩌면 집안 내력이지 싶습니다."

혹은 대물림이라거나. 모친을 그룹의 작은 주인으로 받아들인 아버지의 이야기를 익히 들어 알고 있다.

당시 돌아가신 조부님의 반대에도 아버지는 지금의 어머니를 고집하며 독불장군처럼 행동했다. 직접 사표를 낼 만큼 그녀를 사랑했던 그의 빛바랜 이야기가 지금, 피붙이로 하여 채색되고 있다.

"그 시절의 아버지와 지금의 저는 조금도 다를 것 없다고 생각합니다만."

"……."

449

"그리고 어차피 제 해임은 예견된 일 아니겠습니까?"

화준이 단엄한 목소리로 말했다. 눈빛은 비장했다.

"윤리 의식이 강한 아버지께서 저를 순순히 용서할 것이라고는 단 한 번도 생각해 본 적 없습니다만, 아버지께서 그 여자를 반대하는 이유가 제 해임과 깊은 관련이 있는 거라면 걱정은 덜어 놓으셔도 되겠습니다."

다소 권위적인 투로 말하는 그를 보며 차 사장이 눈을 치떴다. 끝까지 고집부리는 그가 못마땅한지, 이내 시선을 외면하며 묵직하게 한숨을 내쉬었다.

"뒷감당 정도야 충분히 해낼 능력 됩니다."

화준은 차근차근 말을 이었다.

"그리고 그 여자 말입니다. 제 곁에 있는 것만으로도 큰 도움이 되는 사람입니다."

공격적인 어투로 직언하는 그의 표정은 어느 때보다 진중했다. 모재은이 걸린 문제는 그 어떠한 사안보다 어려웠다. 먼저 자리에서 일어난 화준이 응접실을 나오자, 기다리고 있던 어머니가 걱정스러운 낯빛을 하며 그의 앞에 섰다.

화준은 근심이 깊은 어머니에게 아버지를 부탁했다. 뒷일은 어머니의 몫이었다.

차화준 부사장의 입장 표명이 있던 그날, 경찰 측에서 연락이 왔다. 박한수의 스토킹 사실 확인을 위해 몇 가지 질문을 한 형사들은 곁에서 노발대발하는 박 여사의 성화에 못 이겨 직접 그녀의 자택을 찾았다.

진작 그녀에게 자초지종을 설명한 재은은 조사 차 방문한 형사들과 긴히 대화를 나누는 엄마를 보며 작게 한숨을 내쉬었다. 박한수의 파멸을 간곡히 부탁하는 엄마의 푼수기가 심각할 정도에 이르렀기 때문이다.

감히 그 놈이 귀한 내 딸애를 폭행했다고 운을 뗀 박 여사는 차화준 부사장과 딸애의 관계를 에둘러 말하며 은연히 신분을 과시했다. 그러면서 악질 스토커로 알려진 박한수가 '호연이네 과일 가게'를 찾아와 난동을 부린 사연을 고백했다.

그렇게 긴 시간, 박 여사에게 발목이 붙잡혀 있던 형사들은 난감한 얼굴을 하며 돌아섰다.

"엄마도 참. 그렇게까지 할 필요가 있어?"

옥상 한편에 자리를 잡은 나무오리 평상에 앉아 캔 맥주를 한 모금 마신 재은이 말했다.

"그렇게까지 해야지. 그래야 그 천벌 받을 놈이 다신 우리 딸 곁에 얼씬도 안 하지."

"나 이제 엄마 딸이야?"

재은이 놀란 얼굴을 하며 되물었다.

"언제는 내 딸 아니었고?"

"아니, 그냥. 늘 원숭이 취급만 하길래 그런 줄 알았지."

뭔 말도 안 되는 소리야, 웅얼거리는 엄마의 목소리와 시원하게 맥주를 넘기는 소리가 연이어 들렸다.

"원수 같은 놈 밑에서 태어난 자식도 소중한 자식인 것을 어쩌겠니."

"……."

"그렇다고 널 그런 놈 밑에 둘 수도 없고."

외간 여자와의 불온한 관계를 꾸준하게 이어 온 남편의 파렴치한 행태에 질리고, 습관처럼 폭력을 휘두르는 그의 모습에 숨이 턱 막혀 왔다. 그녀에게 이혼 후 하나뿐인 딸애는 숨이었고, 삶의 주체였다.

"엄마도 참 힘들게 살았다. 그러게 진작 이혼하라니까."

하늘이 두 쪽으로 갈라지는 한이 있더라도 그녀의 편에 설 것이 분명한 딸이 말했다. 박 여사가 희미하게 미소 짓는다.

"지금이야 이혼이 쉽지, 그 시절에 그랬다간 뼈도 못 추스렸어. 이 철없는 것아."

"이 철없는 것 낳은 게 엄마야. 그리고 이 철없는 것도 다 유전이야."

박 여사가 눈을 홉뜨자 재은이 개구지게 혀를 낼름 내밀었다. 재은은 이혼 후, 외로운 엄마와 친구처럼 지냈다. 바야흐로 신문명 시대에 잘 어우러져 사는 엄마는 나름 신세대였다. 유명한 아이돌 그룹과 멤버 이름을 정확하게 외고 있는 것을 보면 분명하다.

"그러는 너야말로 철없이 부사장한테 확 시집가 버려. 이것저것 잴 필요 없으니까."

"……."

"공식적인 자리에서 나 임자 있다고 고백한 배짱만으로도 사윗감 합격이야."

맥주 한 캔을 비운 박 여사가 두 번째 캔을 따며 말한다.

"그래도 좋은 놈 만나 참 다행이다."

해꼬리가 길어진 탓에 이제야 하늘이 노을빛으로 물들었다.

"난 모자란 내 딸이 어디 가서 네 아빠 같은 놈 만나 뒤집어지는 거 아닌가 했는데."

황혼의 시간.

"물어도 대단한 남잘 물어 왔으니 이 엄마도 기쁘다."

붉은빛으로 물든 석양을 보며 재은이 고개를 끄덕거렸다.

"잘 물긴 했는데, 정확하게 말하자면 내가 물린 거야."

"어머, 그래?"

"내가 선배 첫사랑이잖아. 내가 너무 좋아 미치겠대."

"부사장이 그러디?"

"응, 그러더라. 내가 너무 예뻐서 눈을 못 떼겠대."

"그래. 너 가졌을 때 엄마가 태교에 좀 신경 썼니? 뭐든 좋은 건 배 속의 너에게 주려고 얼마나 노력을 했는데. 낳고 보니 그게 다 우리 딸 얼굴로 갔지 뭐야. 오호호."

"응, 그런데 나 아빠 닮았다고……."

빠직. 빈 맥주캔이 형편없이 구겨진다. 눈을 부릅뜬 엄마를 힐끔거리며 재은이 배시시 웃었다.

"장난인 거 알잖아. 엄마 닮아 예쁜 얼굴 덕분에 선배한테 사랑 듬뿍 받는 거야."

"그래, 얼굴까지 모났으면 부사장이 널 데려가겠니. 뭐가 아쉬워서."

"아직 데려간 거 아닌데 너무 기정사실처럼 말하지 마. 누가 오해라도 하면 어쩌려고."

재은이 부끄러운 듯 볼을 붉히며 말했다. 말만 들어도 상상이 되는 그와의 결혼식이었다. 버진 로드를 행진하는 두 사람은 모두의 축복 속에서 언약을 맺고, 사랑을 맹세했다. 멀지 않은 미래의 그림인 것 같으면서도 멀게 느껴지는 그림은 낯설었다.

"딸."

박 여사가 나직이 그녀를 불렀다. 상념에서 헤어 나온 재은이 그녀를 돌아보며 눈을 동그랗게 떴다.

"부사장이 암만 잘났어도 한 번쯤 엄마한테 소개는 시켜 줄 거지?"

재은이 대답을 망설였다. 해임 위기에 처해 있는 중에도 맡은 일에 최선을 다 하는 그는 숨 돌릴 틈 없이 바쁜 일정을 소화하고 있었다.

그런 그에게 시간이 남아 있기는 할까. 무엇보다 축구장을 방불케 하는 그의 펜트하우스에 비하면 박 여사와 옹기종기 붙어 사는 그녀의 집은 아담하다고 하기에도 부족할 만큼 현저히 작았다.

대단히 잘나신 부사장에게 형편없는 살림살이를 보여 주고 싶지 않았다. 열등의식 때문이 아니었다. 그녀를 생각할 그의 마음이 그저 불안했다. 그에 대한 믿음이 부족한 걸까? 아니, 아니다. 그녀가 아는 화준은 절대 그런 사람이 아니었다.

문제는 그녀 스스로에게 있었다. 무한 화준교의 도를 넘은 괴롭힘, 불륜을 저지른 부친, 화제를 일으킨 성희롱 사건, 그리고 최악의 박한수.

지금까지의 사건 사고를 토대로 생각했을 때 그녀는 저도 모르게 지쳐 있었다. 어쩌면 지나치게 큰일들을 여러 번 겪은 탓에 해탈한 걸지도 모른다. 10만 자 이상의 리포트를 작성하는 것보다 어려운 게 이성 문제였으니까.

뭐, 이제 와 이런 생각을 한다는 게 우습긴 하다. 이미 그는 모재은의 속을 속속들이 알고 있는데.

"그럼, 당연히 그래야지."

말과 함께 재은이 희미하게 미소 지었다. 이렇게 엄마와 정담을 나누니 돈독에 올라 닥치는 대로 일을 강행하던 지난 시간이 떠오른다.

파산 신청을 한 부친에게서 위자료 한 푼 받지 못하고 돌아선 엄마는 아픈 몸을 이끌고 골목 어귀를 찾았다. 동네에 있는 식당을 전전하며 대출금을 변제하던 엄마를 보며 얼마나 눈물을 삼켰는지 모르겠다.

생각해 보면 그때도 아주 잠깐이지만 화준을 생각했다. 언론에 심심치 않게 보도되는 그를 사진으로 보며 막연히 부러워했다. 저 남자의 고백을 받았던 여자가 나라는 사실이 믿기지 않아 모든 게 꿈처럼 허무하게 느껴지기도 했다.

한남동 고깃집에서 근무하던 중 벌어진 불미스러운 성희롱 사건과 고객과 종업원의 갑질 논란에 휘말려 난처한 상황에 처했을 때도 곁에 그가 있었다는 생각을 하니 더더욱 현실을 받아들이기가 어려웠다. 은연중 느끼는 뭉클한 미시감은 9년 전부터 현재까지 일각도 허투루 하지 않은 그가 한결같이 제 곁을 지켜 주고 있었음을 알려 주고 있었다.

칭송해 마지않을 첫사랑. 그리고 두 번째 사랑 역시…… 당신이었다.

생각하면 할수록 점점 또렷해지는 지난 기억에 재은이 살풋 웃음을 터뜨렸다.

그때 엄마가 왜 웃냐며 핀잔을 줬고, 때맞춰 전화가 울렸다. 화준이었다.

"엄마, 잠깐만. 나 선배 전화 왔다."

네, 선배. 하며 말하는 그녀의 목소리가 이루 말할 수 없을 만큼 곰살갑다.

"네 아버지 연락 왔다."

잘 알고 있다는 듯 화준이 고개를 끄덕였다. 주주 총회까지 얼마 남지 않았으니 백제 호텔의 최대 주주인 부친이 고모님을 찾아가는 것도 당연한 일이다. 어제부터 부친의 경영 행보가 활발해졌다. 귀찮아하던 오찬 회동과 기업인들의 잦은 교류를 보면 알 수 있었다.

그는 화준의 해임을 예견하고 있었다. 소주주들과도 자주 회합하는 부친은 작정한 듯 보였다.

"네 아버지가 그러더라. 이번 랑데부 전시회를 마지막으로 당분간 일선에서 물러나라는데 내가 미치겠다. 화준아."

어머니와 같은 마음으로 그를 대하던 차 사장, 아니, 고모님께서 안타까운 표정을 짓는다. 호텔의 앞날보다도 화준의 미래가 염려스러운 차 사장이 근심 가득한 숨 한 자락을 내뱉는다.

"그래서, 그 애는 괜찮은 애야?"

"괜찮은 점이 한두 가지가 아니라서 말씀 드리기가 어렵네요."

배짱 좋은 그의 회답에 차 사장이 헛웃음을 터뜨렸다. 가끔 보면 그는 대체 누굴 닮아 저리 여유로운지 모르겠다. 대원 그룹의 창업주, 그러니까 돌아가신 친조부도 화준처럼 천연덕스럽진 않았다.

"그래, 잘됐다. 누가 됐든 서희 그 애보단 나을 테지."

그 말에 화준이 크게 웃음을 터뜨렸다. 든든한 지원군이 내 여자를 인정해 주니 형언할 수 없는 감정이 가슴속에서 넘쳐흘렀다.

"사진 보니 인상이 좋더구나."

"보수적인 대원가의 가풍과 조화로운 사람입니다."

"그래, 소박하니 그래 보이더라."

"네, 검소한 사람입니다."

대답은 그리 했으나 돈독에 올라 닥치는 대로 투잡을 병행했던 재은의 지난날을 생각하면 마냥 그런 것 같지는 않다. 이따금 생각나는 지난날. 그녀를 우롱하고, 성적으로 모욕하던 그들을 생각하면 화준은 후회했다. 흠씬 두들겨 패줬어야 했는데.

당시 그는 저에 대한 재은의 부담감에 압박을 받아 이도저도 할 수 없는 상황이었다. 뭐, 고깃집 사장과의 타협으로 논란을 일으킨 상대 남성들을 사회적으로 매장시켰으니 큰 문제는 없겠다. 무엇보다.

〈저 지금 전시회 가는 길이에요. 주현이랑 민수 선배도 같이 가요. 이따 봐요.〉

모재은이라는 천군만마를 얻었으니 아무럼 무엇도 두렵지 않았다.

재은은 당황했다. 원래는 주현과 단둘이 랑데부 전시회를 관람할 생각이었는데, 어쩌다 보니 민수도 두 사람의 동행길에 동참하게 됐다. 그때 재은은 생각했다.

"오늘은 아우디가 아니네요?"

SUV를 몰고 온 민수와 주현의 관계가 보통이 아니라는 것을.

"그래서, 너 선배랑 진짜 결혼해?"

전시회장으로 향하는 차 안에서 주현이 물었다.

"어떻게 된 거야? 주현이 말이 사실이야?"

민수도 합세해 난감한 질문을 던졌다.

"네, 뭐⋯⋯."

앞전과 사뭇 달라진 재은은 전혀 당황하지 않았다. 떳떳하게 두 사람의 질문을 받아들였고, 긍정적인 대답을 내놓았다.

"결혼까지는 모르겠지만⋯⋯ 연애는 시작했어요."

용기를 낸 그녀의 말에 어쩐지 두 사람은 시큰둥했다.

"뭐야, 결혼까지 가야 제대로 된 해피엔딩 아니야?"

쿨한 주현이 쿨내를 풀풀 풍기며 대답했다.

"그러게. 화준이 한 게 있는데 연애로 끝내기엔 아쉽지 않나?"

민수도 마찬가지였다. 두 사람은 죽이 척척 맞았다. 입이라도 맞췄는지, 한편이 되어 재은을 공략했다.

"뭐, 그건 시간이 지나야 아는 문제구요. 우, 우선은 연애부터."

그제야 당황한 재은이 평소처럼 더듬더듬 대답했다. 차 안은 민수와 주현의 웃음소리로 가득 찼다. 분위기는 왁자지껄했다. 재은을 골려 주는데 재미 들린 두 사람은 호텔에 도착할 때까지 그녀를 놀리기 바빴다.

같은 시간. 차 사장 내외와 화은이 오랜만에 성찬을 가졌다.

"화준이 녀석 해임은 이미 예견되어 있는 일이야."

묵묵히 식사 중이던 차 사장이 근엄한 투로 말했다. 적요한 분위기를 가르며 날아든 음성은 차디찼다. 달리 할 말이 없는 김 여사가 폭 한숨을 내쉬었다. 일전에 아가씨와 화준의 해임 건에 대해 긴히 이야기를 나눈 적이 있었다.

화준의 사퇴를 결사 반대하는 그녀와 뜻이 일맥상통한 김 여사는 안 그래도 오늘 이 자리에서 남편을 설득하려 했다. 그런 그녀의 마음을 꿰고 있는지, 돌연히 그가 직언했다.

"무엇보다."

화준의 불찰로 하여 발생한 불미스러운 일이라는 걸 알았기에 김 여사는 머뭇거렸다. 이유가 어떻든 그는 함부로 감정을 드러내서는 안 될 위치에 있었다. 또한 일언반구의 상의도 없이 무턱대고 결혼을 발표한 그의 경거망동은 성품이 올곧은 김 여사의 이해 범위 밖이었다.

대원의 권세를 빌려 호가호위한 그의 행동은 분명 경솔했고, 오만했다. 그렇게 냉철하게 생각하다가도 한순간 우르르 무너졌다.

"결혼은 절대 용납할 수 없으니 당신도 그렇게 알고 있어."

그녀 역시 모성애가 강한 어머니였다. 팔은 안으로 굽는다고 하였다. 첫사랑에 대한 마음이 여전히 살아 있는 아들의 마음을 알기에 한편으론 그를 나무랄 수 없었다. 공식적인 입장 표명이 있은 후로 김 여사의 마음은 더 흔들렸다.

이번 사건에 대해 몇 번이고 시시비비를 가렸지만 다시 생각해도 화준에게 죄는 없었다. 치정 싸움이나 다름없는 이번 일을 철저하게 해부하기 위해 작정하고 나선 아들의 강경한 태도만 봐도 알 수 있었다. 그에게 죄가 있다면 첫사랑을 너무도 소중히 하는 마음이었다.

생각해 보면 부전자전이었다. 연애 시절 차 사장과 조금도 다를 것 없는 아들의 행보에 웃음이 나는지, 김 여사의 표정이 온화하게 풀어졌다. 그러나 분위기는 한결같았다. 살얼음판을 걷는 듯한 차가운 정적 속에서 식사가 이어졌다.

때마침 노크 소리와 함께 문이 열렸다. 그리고 차 사장의 수석 비서가 모습을 드러냈다. 그는 정중히 묵례한 뒤 곁으로 다가와 두툼한 스크랩 보고서를 건네주었다. 자료를 확인하는 차 사장의 표정이 점점 뒤틀렸다.

화은은 염려스러운 눈빛으로 부친을 바라보다가 슬그머니 시선을 내렸다. 마찬가지로 화은의 만면에 당황한 빛이 떠올랐다.

"……미치겠다. 차화준."

백제 호텔에서 개최한 랑데부 전시회.

역시 프로경영러. 논란 속에서도 유유자적. 차화준 부사장 경영행보 활발
논란 폭탄 맞은 부사장, '내 남자예요' 차화준 부사장의 일반인 연인 참석?!
내 남자는 내가 지킨다! 꽃보다 차화준, 정식적인 기업가 회동이 의미하는 것은?
관심 모으는 차화준 부사장의 결혼설!

일찍이 자리에 참석한 그의 기사와 더불어 놀라우리만큼 충격적인 기사가 화준의 결혼을 기정사실처럼 꾸몄다. 백제 면세 입점을 목적으로 백제 측에서 주최한 기업 전시회에 믿을 수 없게도 그의 연인으로 알려진 재은이 동행했다는 내용이었다.

스크랩을 확인한 김 여사도 자못 놀랐는지 눈을 크게 떴다. 이내 인자하게 웃으며 못 말리는 아들이 따로 없다고, 장난스러운 농언을 했다. 차 사장은 얼어붙은 표정을 고칠 수 없었다. 대외적인 자리에 그녀가 참석했다. 그것이 의미하는 뜻을 모르지 않기에 분기가 하늘까지 치솟을 수밖에 없었다.

"당신 닮아 화준도 한 고집하는데, 큰일이에요. 화준이 그 애와의 혼사를 포기하는 일은 없을 테니까."

공식적인 자리에 그녀를 대동한 그의 행동은 그녀가 곧 제 여자라고 공식적으로 쐐기를 박는 일이었다. 아버지의 반대에도 무릅쓰고, 기어이 그녀를 전시회에 초청한 아들의 심보는 심히 고약했다.

북새통이나 다름없는 호텔 앞과 달리 전시회가 한창인 홀은 고요했다. 전시회장에 은은한 클래식이 울려 퍼지고, 기사에서만 보던 있는 집 자제들이 여유롭게 걸으며 관람을 즐겼다.

호텔 내부를 떠받들고 있는 기둥은 장엄했다. 명품 브랜드 전시회라고는 믿을 수 없을 만큼 작품 세계가 뛰어난 랑데부는 가히 명실상부했다.

"너무 예뻐요."

초롱초롱한 눈으로 전시장을 둘러보며 그녀가 말했다. 민수의 도움으로 화준과 관련해서 여러 가지 질문을 쏟아 내는 기자들을 피해 회장에 입장한 재은은 두리번두리번 주위를 살폈다. 어딘가에 있을 화준을 본능적으로 찾아 헤맸다.

그리고 마침내 그를 발견했다. 수많은 인파 속에서도 황황히 빛나는 그는 사람들의 이목을 받으며 관계자들과 회동 중에 있었다.

모두의 중심 속에 우두커니 선 그는, 이를 데 없는 백제 호텔의 부사장이었다.

재은은 그를 넋 놓고 바라보았다. 숭배해 마지않는 그는 고귀했다. 깔끔하게 정돈된 수염이 멀리서도 한눈에 보였다. 자기 관리에 투철한 경영인답게 시니컬한 얼굴을 한 화준은 언뜻 보면 차가운 인상을 하고 있었다.

그러나 여유롭게 입꼬리만 당겨 웃는 모습에서 놀라울 만한 인자함이 느껴졌다. 그의 양면의 모습에 사람들은 열광했다. 다들 아닌 척했지만 지나치는 화준을 힐끔거리며 수군거리기 바빴다. 대부분이 그처럼 재계 4세 출신의 규수들이었다.

전 미목회 출신 여성들도 더러 있었다. 아마 그들은 화준을 누구보다 잘 알고 있을 테다. 그의 옛 연인이 미목회 소속 문서희였으니까. 문득 그런 생각이 들었다.

"그나저나 차화준도 참 영악하다."

저렇게 빛나는 여자들도 모른 체 한 그에게 모재은은 어떤 존재인 건지.

"작정한 건 좋은데 적당히 해야지."

과연 자신은 그에게 어울리는 사람인 건지.

"아주 독이 바짝 올랐네."

멀어지는 그를 멍하니 지켜보는 재은에게 민수가 말했다.

"네?"

화들짝 정신을 깬 재은이 곁의 민수를 돌아보며 물었다.

"재은이 넌 이상하다는 생각 안 들었어?"

"어느 부분에서요?"

글쎄, 이질적이거나 생소하다거나 하는 느낌은 받지 못했다. 재은이 모르겠다는 얼굴을 하자 백지 같은 그녀의 순수함에 민수가 걱정스러운 얼굴을 한다. 그의 옆에 선 주현도 궁금한지, 영문을 알 수 없는 얼굴을 했다.

"이 자리. 누구나 쉽게 올 수 있는 자리가 아니야."

물론 알고 있는 사실이다. 호텔 앞 취재진들 곁을 지나치는 참석자들이 대다수 재계의 유명 인사들이었으니까.

내로라하는 사교계 출신 경영인들도 더러 있었고, 전 연예인 출신 사업가도 있었다. 그 사람들 속에 재은은 아무것도 아닌 무의 존재였다. 혹은 차화준의 권세에 기대어 신분 상승에 성공한 미천한 신데렐라이거나.

"그런데 그런 자리에 폭행 사건과 관련된 일반인 여성을 초청했다는 게 이상하지 않아?"

그의 말에 주현이 깨달음을 얻은 듯 손뼉을 쳤다.

"허!"

재은은 떨리는 마음으로 민수의 다음 말을 기다렸다.

"대놓고 네가 내 여자다. 곧, 모재은이 차화준의 정인이라고 알려줄 생각인 것 같은데…… 쟤 저 정도면 집착이야. 그것도 광적인 집착. 재은아, 혹시라도 무서우면 말해, 나 아는 검사 통해 바로 영장 발부할 테니까."

마음이 방정맞게 뛰기 시작했다. 평정을 잃은 가슴은 시선을 멋대로 움직였다. 그녀의 물큰한 눈동자는 점점 멀어지는 화준을 하릴없이 바라보고 있었다. 그의 의도가 어떤지 중요치 않았다. 만약 민수의 말대로 그가 그런 속셈을 가지고 있었던 거라면.

"아니요, 선배."

표현이 부족한 나를 대신해 확신을 줄 수 있는 무언가가 필요했을 테지. 확인 받고 싶어 하는 남자의 마음을 알아서일까.

"영장은 제가 받아야 할 것 같아요."

낯간지러운 말이 혀끝을 맴돌았다.

"구속 심문 부탁해요."

지난 시간의 사랑이, 원망이, 그리움이, 사랑이 되어 감정적 언어를 형성했다.

"이제 남은 벌은 제가 받을 게요."

많이 좋아해요. 아니, 사랑해요. 낯간지러운 말을 서슴없이 꺼내 놓을 날이 올까. 기약 없는 그날을 기다리며 그에게서 돌아서는 찰나 모퉁이를 돌던 화준이 멀찍이 떨어진 그녀에게 넌지시 시선을 건넸다.

그와 눈이 마주쳤다. 시간이 더디게 흘러가는 착각이 느껴졌다. 두 사람만의 시공간에 빠진 듯, 현실을 초월한 감각적인 느낌이 전신에 퍼졌다. 싱긋 웃으며 재은과 눈맞춤한 그가 말했다.

"조금만 기다려."

그저 입속말인데도 그녀의 귓가에 그의 음성이 쟁쟁했다.

마음이 진정되지 않는다. 짜릿하게 느껴지는 그와의 만남이 너무도 좋았다. 아무도 모르게 시선을 내어 주고, 사랑을 보여 준다. 쏟아지는 사람들의 관심 속에 선 남자의 유일한 관심과 애정을 받는다는 사실은 몸서리칠 만큼 황홀했다.

정신없이 전시회를 관람하는 민수와 주현의 오붓한 시간에서 이탈한 재은은 업무에 충실한 화준을 생각하며 잠시 샛길로 빠졌다. 화장실을 찾아가는 길에도 멈출 수 없는 그의 생각이 폭주했다.

이 좋은 남자를, 지금껏 도외시했던 스스로가 한없이 어리석었음을 깨달았다. 살면서 겪어 왔던 갖은 고난에 억지로 밀어낼 수밖에 없었다지만, 만약 화준을 허무하게 놓쳐 버렸다면 어땠을까. 상상하기조차 싫은 순간이 떠오르자 재은이 세차게 도리질을 쳤다.

"절대, 절대로 있을 수 없는 일이야."

박한수의 패륜을 그를 통해 전해 들은 그 순간부터, 아니, 그 이전부터 그에게 푹 빠져 있던 재은이 하얗게 질린 얼굴을 양 손으로 감싼다.

엉뚱한 생각은 거기까지였다. 화장실 앞에 다다른 재은은 상념을 접고, 발 빠르게 움직였다.

모퉁이를 도는 순간이었다. 반대편에서 걸어오던 누군가와 충돌 사고가 일어났다. 기골이 어찌나 좋은지, 부딪친 재은의 몸이 저절로 뒤로 밀려났다.

"뭐야."

휘청이는 몸을 바로 세울 때쯤 짜증스러운 음성이 뚝 떨어졌다.

"죄송합니다."

재은은 몸을 곧추세운 뒤 정중히 허리를 숙였다. 다시 고개를 추켜올리자 짜증이 묻어난 얼굴로 그녀를 보는 사내가 있었다. 재은은 그가 보통의 인물이 아니라는 것을 빠르게 간파했다. 입고 있는 슈트는 척 보기에도 고가에 이르렀으며 손목에 채워진 시계는 웬만큼 재벌이 아닌 이상 구입이 어려운 유명 브랜드의 제품이었다.

"눈 제대로 안 뜨고 다녀?"

재은은 당황스러웠다. 대놓고 불쾌감을 드러내는 재벌 자제의 갑질에 데자뷰를 느꼈다.

"어허, 어디 고객이 말하는데 말대꾸를 해?"

한남동 고깃집에서의 추악한 기억이 떠오르자 재은의 얼굴이 사색이 됐다.

"내가 뭐 못할 말이라도 했나? 어차피 너도 좋을 거 아니야. 몸 한 번 만진다고 닳는 것도 아니고, 거 참 빡빡하게 구네."

술에 취해 비아냥거리던 취객의 눈빛과 눈앞의 남자의 시선이 경멸스럽다.

"뭐야, 너. 사과 안 해?"

남자의 직언에 재은이 차분하게 말했다.

"했는데요. 죄송하다고 말했어요."

"뭐?"

그가 코웃음을 치며 그녀를 내려다보자 재은이 다시 한번 고개를 숙였다. 괜한 말싸움을 벌이고 싶지 않을 뿐더러 이름도 모르는 남자에게 시간을 빼앗기고 싶지도 않았다. 뭐가 됐든 잘못은 내가 저질렀으니 좋게 해결하고 끝내야지.

"죄송합니다."

"그래서, 죄송해서 어쩔 건데."

"죄송한데 어떻게 할 도리가 있나요?"

재은의 말에 남자가 비소하며 그녀를 훑었다. 소박하기 이를 데 없는 차림새를 보니 헛웃음이 나왔다. 출처를 알 수 없는 중저가 브랜드의 투피스와 꾸밈없이 수수한 얼굴에서 그녀의 수준이 나왔다. 어느 이름 없는 기업의 규수로도 볼 수 없는 그녀는 지극히 평범했다.

그런데 이상하지. 묘하게 낯이 익단 말이야. 남자는 집중해서 그녀를 바라보았다. 무언가 떠오를 듯하면서도 쉽게 기억나는 게 없으니 짜증이 났다.

"도리가 있어야지. 너 내가 누군지는 아냐?"

"아뇨, 잘 모르겠는데."

군더더기 없이 깔끔한 그녀의 대답에 사내가 코웃음을 쳤다.

"모르면 배워. 난 자비 없는 놈이거든."

"아. 대단하시네요."

그래서 뭐 어쩌자고? 달리 할 말이 없는 재은이 떨떠름하게 대답했다.

"네가 부딪친 이 슈트, 이게 얼마짜리인 줄은 알고?"

"모르겠는데."

재은은 은근히 반말했다. 상대의 몰상식한 태도와 사뭇 고자세로 말을 늘어놓는 게 퍽 마음에 들지 않았기 때문이다. 이게 언제 봤다고 반말이야. 새삼 화준이 얼마나 자상한 사람인지 알게 됐다. 같은 재벌인데 이리도 다를 수가 있다는 게 그저 놀라웠다.

그녀가 아는 화준은 누구에게나 퍽 너그러운 편이었다. 그의 손아귀에 쥐어진 무수한 직원들의 생사를 위해, 헌신하고, 노력하는 그의 장점을 또 하나 발견한 재은이 작게 키득거릴 때, 사내가 말했다.

"1억."

재은이 정색 띤 얼굴로 사내를 올려 보았다.

"돈으로 보상하든지."

그는 승리자의 미소를 지으며 위풍당당하게 말했다.

"내 수준에 못 미치는 경제력이라면 몸으로 때우든지."

"뭐라고요?"

어안이 벙벙한 재은이 되물었다.

"족히 2억은 될 텐데 괜찮겠어? 네가 밟은 이 구두의 값어치도 꽤 나가거든."

재은은 기가 막혔다. 슈트가 구겨진 걸로 트집 잡는 사내의 말에 기가 차서 헛웃음을 터뜨렸다. 돌연 그윽해진 사내의 시선이 재은의 몸을 위아래로 훑었다. 명백한 성희롱이었다. 그의 비릿한 눈빛이 재은의 가슴에 오래도록 머물렀으니까.

"능력이 없으면 몸으로 때우라니까. 안 그래도 여기 윗층이 바로 호텔인데, 바로 올라갈래?"

참을 수 없는 모멸감에 재은의 얼굴이 붉게 물들었다. 뻔뻔하기 이를 데 없는 그를 더 상종하고 싶지 않았다. 한남동 고깃집에서 숱한 희롱을 당하며 많이도 배웠다. 검은 털 짐승과 쓸데없이 엮여 좋을 것 하나 없다는 것을.

"왜? 무서워? 너무 걱정하지 마. 너 정도면 한 주에 한 번씩. 총 석 달이면 탕감이 가능할 것 같으니까. 어때, 괜찮지?"

자고로 똥은 더러워서 피하는 법이었다. 재은은 토악질이 이는 속을 부여잡은 채 돌아섰다.

"어디 가, 계산은 확실히 해야지."

한 걸음 뗀 그녀의 손을 사내가 강하게 붙잡았다. 음탕하게 웃는 그의 얼굴을 보니 아침에 먹은 것들이 한꺼번에 쏟아질 것만 같았다. 그에게 구속된 재은의 다리가 후들거렸다. 붙잡힌 손목을 비틀며 뒷걸음질 치는 그녀가 어딘가에 있을 민수와 주현을 애타게 찾는 순간이었다.

디링. 휴대폰 소리가 귓바퀴를 스쳤다. 평소에는 아무렇지 않았을 그 미약한 소리에 재은은 신경을 바짝 세웠다.

사진 촬영인가? 아니면 동영상? 뭐가 됐든 누군가 사내에게서 그녀를 해방시켜 주었으면 좋겠다.

"어, 어……."

간절하게 소원하는 중에 사내가 하합하며 당황한 기색을 드러냈다. 갑작스러운 반응에 재은의 가슴도 덜컹했다. 불온한 대사를 서슴없이 내뱉던 그가 왜 이제 와 꽁무니를 빼나 했더니.

"우선 이 손부터 좀 놓으시고."

익숙한 목소리, 체취, 온기가 순차적으로 재은의 시선과 피부에 닿았다. 사내의 손목에 잡힌 손이 누군가의 손으로 옮겨 갔다.

"오래간만입니다. 이 상무님."

화준의 손이었다. 사내만큼 당황한 재은이 얼이 빠진 얼굴로 그를 올려 보았다. 옆에서 바라보는 그의 턱 선이 눈매처럼 날카롭다. 정면에서 볼 수 없는 그의 표정이 어떤지 정확히 알 순 없었으나, 충분히 예상은 됐다.

무심코 돌아본 사내의 표정이 굳어진 걸 보니 정색을 하고 있을 게 분명했다. 당혹감이 떠오른 얼굴로 말을 버벅거리던 그는 갑작스러운 화준의 등장에 망각했던 현실을 떠올렸다.

"뭐, 길게 대화할 필요가 있겠습니까?"

"아, 저 그게……."

예쁘장한 얼굴이 왠지 눈에 익다 싶었더니, 차화준 부사장의 연인이라는 여자였다. 차화준 부사장의 첫사랑이라는 소박하기 이를 데 없는 그 여자. 오늘, 그녀의 등장으로 전시회장이 소란스러웠다.

"이 상무님의 말씀은 빠짐없이 귀에 담아 놓았습니다. 치졸하게 엿들은 것만 같아 죄송스럽군요. 그 또한 결례에 어긋나는 행동이니 먼저 사과드립니다."

이 상무는 당황했다. 아니, 겁이 났다. 그의 기업은 재계 순위 18위였다. 반면 화준의 대원 그룹은 기업 순위 1위에 오른 거대 기업이었으니 혹 이번 일이 논란으로 불거진다면 가뜩이나 행실이 문란한 그는 파면을 면치 못할 테다.

"소식 들었습니다. 자동차 부문 해외 진출 문제로 바쁘신 이 상무님께서 친히 이곳까지 회동해 주시니 몸 둘 바를 모르겠습니다."

화준은 여유로웠다. 표정이나 목소리나 신사적이기 이를 데 없었다. 하지만 그의 심기가 굉장히 불편하다는 것을 재은은 잘 알고 있었다. 적당히 힘을 실었다가 풀기를 반복하는 그의 손이 그녀의 작은 손을 꾸준히 압박했다. 화를 억누르기 위한 행동이었다.

어느새 사람들이 몰려들었다. 그 속에 민수와 주현이 있었다. 민수는 간간이 마주치는 지인들과 의례적인 인사를 나누었다.

"계집질에 눈 먼 이 상무님의 무능력한 경영 감각에 회사가 발전의 난항을 겪는다는 소식도 물론 접했습니다."

"아니, 부사장님. 아무래도 오해가 있었던 모양······."

"혹시 알고 계십니까? 태백에서 출시된 이번 신차량에 대한 문제점이 크게 논란이 되고 있다는 거."

"······."

"태백 자동차가 수출 무역에서 10억에 가까운 적자를 내고 있다는 건 알고 계십니까? 초일류 기업의 전철을 밟아 비책을 마련하고, 기업 발전에 앞장 서야 한다는 신념은 가지고 계신 겁니까?"

모두가 지켜보는 가운데 화준이 청산유수로 말을 했다. 지켜보는 재벌들의 웅성거림이 커져 가고, 이 상무의 무능함이 공연히 인정되었다. 이 상무는 수치심으로 물든 얼굴을 모로 돌렸다. 재은은 눈만 깜빡이며 그를 바라보았다. 숨 쉬는 것도 잊었다.

"역조를 개선하기 위한 대책을 마련하고는 계신 건지 묻고 싶군요."

웃는 얼굴을 일관한 채 남자의 자존심을 차근차근 짓밟는 화준의 저의를 너무도 잘 알고 있었기 때문이다.

"IT제품으로 고부가 가치를 높여 실적 개선을 한다고 해서 점유율이 높아지는 건 아닙니다."

그는 그녀가 느낀 찰나의 감정을.

"대원 DM 자동차에 막힌 태백 자동차의 유통망이 현저히 작아졌다는 소식을 접했는지 모르겠습니다. 그런데 말입니다."

고스란히 대갚음 하고 있었다.

"이 상무님께서는 언제까지고 재계 순위 18위에 안주하고 계실 생각인지요? 뭐, 그렇다면 본디 역할에 충실치 못한 이 상무님께 무어라 드릴 말씀이 없겠군요."

한남동 고깃집 사건과 다를 바 없는 사내의 모욕적인 발언을 모두가 보는 앞에서 되돌려 주고 있었다.

"당면한 문제를 현명하게 해결하고 기업을 존립하기 위해 자리하고 있는 기업인이 언론과 긴밀한 유대가 있다는 사실을 망각한 이 상무님께 할 말이 있겠습니까. 세간의 정중동을 필히 주시해야 할 분께서 간과한 부분이 이리도 크니, 같은 경영인의 입장에서 그저 애석할 뿐입니다."

확실한 응징이었다. 문득 그런 생각이 들었다. 무수한 기자 간담회와 사업적 회동, 브리핑을 경험으로 터득한 그의 화술은 사람 잡는 데 탁월한 능력을 가지고 있었다.

박한수를 가볍게 처단한 그를 보면 알 수 있었다. 그는 모재은뿐만 아니라 태백 자동차의 이 상무를 잘도 저격했다. 우위에 오른 남자의 분위기는 누구도 흉내 낼 수 없을 만큼 고압적이었다.

"뭐, 대외적인 석상에서 공식적으로 소개한 바가 없어 착각할 만도 합니다. 무엇보다 내 여자가 좀 예뻐야지 말입니다."

그가 싱긋 웃으며 그녀를 내려다보았다. 재은의 뺨을 쓰다듬는 분위기가 찰나 순평해졌다. 그러나 다시 고개를 추켜올려 이 상무를 마주 보았을 때 화준의 표정은 믿을 수 없을 만큼 냉소적이었다.

"물론 이 상무님의 경솔한 행동에 불쾌감을 느끼는 건 사실입니다."

"아뇨, 부사장님……."

"말씀하신 2억 원은 우리 쪽 비서실장을 통해 전달하겠습니다. 비싼 슈트와 구두에 흠을 냈으니 그 정도 보상은 당연히 해 드려야지요."

"아, 아니……."

"그럼, 모쪼록 편안한 시간 보내십시오."

황망히 선 이 상무에게서 돌아선 그가 잠시 멈칫했다. 어느 샌가 그의 품에 쏙 안겨 있는 재은도 자연히 걸음을 세웠다.

"아."

다시 그를 돌아본 화준이 한층 따사로운 미소를 지으며 말했다. 그의 손에는 휴대폰이 무기처럼 들려 있었다.

"그리고."

그는 손에 든 휴대폰을 살랑살랑 흔들며 비아냥조로 말했다. 이 상무의 얼굴이 사색이 됐다. 태백 그룹의 막내로 태어나 온갖 풍기 문란을 일으킨 그는 일선에서도 제구실을 채 못하는 사내였다. 경영권에서 날뛰고, 전사를 어지럽힌 그가 유일하게 두려워하는 존재가 있다면.

"이 상무님의 인면수심의 파렴치성, 잘 봤습니다."

태백 그룹의 이중선 회장이겠다.

"이 영상은 시일 내로 이 회장님께 전달하도록 하겠습니다."

자고로 눈에는 눈, 이에는 이였다.

"뭐, 대원을 상대로 해 보자는 거면 얼마든지."

그가 곁의 재은을 꼭 끌어안았다. 여기저기서 수런수런 목소리가 울렸다. 차 부사장의 거침없는 애정 행각에 못 믿겠다는 듯 눈을 부릅뜬 사람들의 시선이 일제히 두 사람을 향했다. 우스꽝스러운 얼굴로 화준을 바라보는 이 상무는 관심 밖이었다.

"아뇨, 부사장님. 뭔가 오해가 있는 것 같으신데 사소한 일을 크게 만드……."

"도전장, 잘 받았습니다."

싱긋 웃으며 돌아선 그가 이 상무의 말을 그대로 잘랐다. 이 상무는 안절부절못한 채 1억원에 이른 호가의 재킷 소매를 실없이 만지작거렸다. 그런 그의 시야에서 재은을 끌어안은 화준이 유유히 사라졌다.

재은은 어안이 벙벙했다. 다시 전장으로 뛰어든 화준을 기다리는 동안 주현은 이 상무를 신랄하게 씹어 댔다.

화장실에 다녀오겠다는 말을 남겨 놓고 함흥차사인 그녀가 걱정스러워 직접 화장실을 찾아가는 중에 화준을 만났다는 주현은 이 상무의 저

질스러운 행태를 화준과 빠짐없이 지켜보았다고 했다. 처음부터 끝까지.

쭈뼛거리는 재은을 보는 순간 선배의 표정이 싸늘하게 식어 갔다며 그의 분노를 현실적으로 설명해 주는 주현의 말에 재은이 조용히 고개를 끄덕였다. 휴대폰을 꺼내 이 상무의 파렴치한 행태를 영상으로 기록하고 나서 그녀 곁을 찾아간 화준이 대단하다며 주현은 칭찬을 아끼지 않았다.

당장 몸싸움을 벌일 것만 같던 남자는 의외로 순순했다. 차분했고, 지독히 이성적이었다. 물론 한 자, 한 자, 힘주어 말하는 그의 말씨는 냉소적이었다.

"선배 너무 멋있어. 세상에, 사람이 얼굴값을 그렇게 잘해도 되는 거냐?"

대체 그 얼굴, 얼마면 살 수 있는 거야? 계속되는 주현의 호들갑에 재은이 어색하게 미소를 지어 보였다.

다른 생각에 빠진 재은은 혼란스러운 얼굴을 하고 있었다. 이 상무의 모욕적인 발언에 몇 번이고 주먹을 쥐었다 펴기를 반복하던 그가 잠잠했다. 견딜 수 없는 역정을 느끼고 있음에도 모든 인내를 끌어모아 화를 삭였다.

왜일까. 왜. 어째서 박한수를 두들겨 팼던 그날과는 사뭇 다른 행동을 보였던 걸까. 지켜보는 사람들의 시선이 두려웠다면 처음부터 박한수를 손봐 주는 일은 없었을 테다.

"……대단하다."

그렇다는 것은 박한수 폭행 사건이 고의적이라는 말이 된다.

"미쳤다. 차화준."

혼잣말을 중얼거리는 재은의 시선은 막 회장을 나오고 있는 화준을 응시하고 있었다. 그녀의 곁으로 다가오는 그를, 재은은 멍하니 바라보았다.

화준의 등장에 눈치 좋은 주현과 민수가 먼저 돌아서고.

"가자."

사람들의 시선을 받으며 그녀 앞에 우두커니 선 그가 그녀의 작은 손을 당연하게 움켜잡았다. 굳은 그녀의 손가락 사이로 그의 손가락이 얽혀들었다.

드라마에서만 보던 광경이었다. 선두에 선 재벌과 그 곁의 정인. 그리고 그런 두 사람을 붙따르는 비서실장과 호텔 측 인사.

재은은 낯선 상황에 어리둥절한 얼굴을 했다. 호텔 앞에서 대기 중인 기자들 앞에 섰을 땐 더했다. 넘쳐 나는 긴장감을 어쩌지 못한 재은은 그대로 경직됐다.

반면 그녀와 다른 세상 속에서 줄곧 살아온 그는 여유가 넘쳤다. 자연스럽게 기자들의 플래시를 받고 있는 그는 이내 출차된 차량 앞으로 그녀를 이끌었다.

수행 기사가 문을 열자 상석으로 그녀를 안내하는 그가 부드럽게 미소 짓는다. 카메라를 인식한 표정 연기는 일품이었다.

"재은아."

은근하게 귓속말을 하며 차에 올라타려는 그녀를 붙잡는 목소리와 손길은 두말할 것 없었다.

"네?"

그를 돌아본 재은이 눈을 동그랗게 떴다. 모든 사고 회로가 정지한 건 그때부터였다.

재은은 그날을 죽어도 잊지 못할 것 같았다.

"많이 좋아해."

예고 없는 고백. 형체 없는 감정을 보여 주기 위한 입맞춤. 달콤한 미소. 그녀의 손목을 잡아 제 품 안으로 이끈 그가 그녀의 입술에 가볍게 입을 맞췄다.

그 순간 특종을 문 기자들이 눈에 불을 켜고 플래시를 터뜨렸다.

재은은 얼어 있었다. 그의 입술은 금세 떨어졌지만, 마음은 그녀 곁에 머물고 있었다. 굳어 있는 그녀가 먼저 차에 오르고, 그다음 그가 승차했다.

두 사람을 태운 차량은 빠르게 호텔 앞을 떠났다.

차화준 부사장의 로맨틱한 사랑! 일반인과의 속전속결 웨딩
차화준과 그녀, 넘쳐 나는 사랑
현대판 신데렐라, 차화준 부사장의 그녀!

그리고 두 사람이 사라진 지 얼마 지나지 않아 차화준 부사장과 일반
인 연인의 사랑이 실시간으로 특보되었다.

같은 시간, 대원 물산 앞.
카메라 플래시가 패연하게 쏟아지고, 기골이 장대하고 풍채가 늠름한
차 사장이 그 가운데 우두커니 서 있다.
"내달 주주 총회를 통회 백제 호텔 차화준 부사장의 해임이 결정될 것
으로 예견됩니다. 정당화가 될 수 없는 차화준 부사장의 폭행 사건으로
국민 여러분들께 심려를 끼쳐 진심으로 고개 숙입니다."
그는 혼잡한 본사 앞에 서서 기자들과의 인터뷰를 진행했다.
"머지않아 좋은 소식으로 다시 찾아뵙겠습니다."
가족들과의 단출한 식사를 끝내고, 곧장 물산 본사를 찾은 그는 실시
간으로 보도되는 아들과 연인의 기사를 보며 노여움을 감추지 못했다.
자신의 결혼 사실을 기정사실화 시킨 화준을 차 사장은 결코 용서할 수
없었다.
아들은 아버지의 마음을 이해하기 어려웠고, 아버지는 아들을 너무도
사랑했다.
그랬기에 인정할 수 없었다.

"내가 그렇게 좋아요?"

472

"커플 사진 보니 어때."

"묻는 말에 대답 안 한 거죠?"

"입이 열 개라도 있었으면 좋겠다."

"묻는 말에 대답할 입 따로 있으면 대답을 잘 했을까 봐요?"

"눈치도 좋아, 우리 재은이."

양화대교를 지나 차를 세운 수행 기사가 운전석에서 하차하고, 뒷좌석에서 내린 그가 그대로 운전석으로 돌아갔다. 그는 상석에 앉은 그녀에게 눈짓을 보냈다. 그의 말대로 눈치 좋은 재은은 곧장 보조석에 올라탔다.

그렇게 순탄하지만은 않았던 전시회 관람을 마치고, 집으로 돌아가는 길이었다.

"이렇게까지 할 이유가 있어요?"

그의 쇼맨십에 두 사람의 입맞춤 사진이 이슈가 되며 언론을 혼잡하게 했다. 누리꾼들은 환호했다. 주주 총회를 앞두고도 사랑에 바지런한 그의 순정적인 모습이 의외라며 그를 예찬하는 사람들이 언론에 파도처럼 물결쳤다.

재은을 옹호하는 사람들도 더러 있었다. 오늘로서 그녀의 얼굴이 명명백백 언론에 공개되었기 때문이다. 그동안에는 그녀의 얼굴이 희미하게 찍힌 사진만이 포털 사이트에 떠돌았다.

이제야 백제 호텔에서 열린 랑데부 전시회 기사 사진이 보도되자 그녀의 초등학교부터 대학교까지, 많은 동문들이 발 벗고 나서서 미담을 쏟아 냈다.

"쐐기를 박는 거야. 모재은 어디 도망 못 가게. 일전에도 말했지만 애 셋 낳아 주기 전까지는 어디 못 가."

"정말 치밀하고, 계획적이네요. 다시 봐도 선배는 너무 대단해요."

그 말에 그가 기분 좋은 미소를 흘렸다.

이게 좋은 말인가?

재은은 생각했다. 듣기 좋으라고 하는 말은 아니었다. 이렇게 하면서까지 그녀를 쟁취하려는 화준의 마음이 안쓰러운 그녀의 반어법에도 웃는 그를 보니 마음 한 구석이 저민다. 구실이 있어야지만 그 곁을 지켜줄 것이라고 믿어 의심치 않는 그의 마음을 이제야 알 것만 같았다.

이렇게 해서라도 그녀를 가지고 싶은 남자에게 모재은은 누구보다 고결하고, 아름다운 사람이었다. 값비싼 명품을 몸에 두르고, 사치스럽게 치장한 그 어떠한 여자보다도.

"그런데 선배."

사랑스러운 그녀는 그의 여자였다.

"굳이 안 그러셔도 돼요."

"뭐가?"

"안 그래도 나 어디 안 가요."

그 말에 그가 잠시 흠칫했다. 당황한 기색을 드러낸 그는 처음 보는지라 지켜보는 그녀도 덩달아 당혹감을 드러냈다.

"애 셋 낳기 싫어서 그러는 거지?"

잠시 후, 그가 분위기 전환을 위해 툭 말을 놓았다.

"솔직한 말로 애 셋은 생각해 본 적이 없어요."

"그럼 지금부터 생각해 봐."

"꼭 그래야 해요? 난 당장 우리 연애가 더 중요해요. 결혼 생각은 아직 해 본 적이 없어요."

물론 결혼에 대한 로망이 있었다. 그 로망은 차화준을 비롯해 가진 허망한 꿈이었다. 현실성이 현저히 떨어지는 그 꿈을 그가 이루게 해 준다니 좋긴 하지만 당장은 부담스러운 게 사실이었다.

"그래, 그러니까 지금부터 생각해 보란 말이야."

"나 알아요. 나랑 연애만으로 끝낼 사이로 지낼 마음 전혀 없는 선배 생각도, 마음도 다 알아요. 나도 그래요."

그가 또 한 번 움찔한다. 늘 다가오기만 했던 그에게 도망가기 바빴던 모재은이 역주행을 시작했으니 놀라울 만도 하다.

"나, 어디 안 가요."

그녀 스스로도 그렇게 생각하고 있는 터였다.

"그러니까 너무 부담 갖지 말아요."

"당황스럽네."

"왜요?"

"모재은이 이런 말도 할 줄 아는 여자일 거라고는 생각도 못 했는데."

"그럼 지금부터 생각해요. 나도 할 말 다 하는 여자예요."

말끝에 그가 피식 웃음을 터뜨렸다.

"연인이잖아요."

"정인이지."

"그건 먼 훗날의 얘기죠. 아직은 선배 애인인 거예요."

"고집 꺾을 생각은 없지?"

"그러는 선배는요?"

"없어. 아까 일만 생각하면 고집은커녕 성질 죽이는 것도 어려워."

그 말에 재은이 작게 탄식했다. 잘 안다는 듯 고개를 주억거린 재은이 슬그머니 창문 밖을 돌아보았다.

"쉽게 생각해."

주말의 오후. 영원할 것만 같던 해가 저물어 갔다. 세상은 온통 붉은 빛이었다. 어렴풋이 주홍빛이 떠도는 하늘을 올려 보다가 그를 돌아본 재은이 고개를 갸웃거린다.

"프리패스."

"네?"

"차화준이 모재은한테 있어 그런 사람, 할 테니까 뭐든 귀 담아 듣지 말라는 말이야."

다시 생각해도 부글부글 속이 끓었다.

"원한다면 한도 없는 블랙카드도 해 줄 수 있으니까 그깟 2억에 겁 먹지도 말고."

재은을 대하던 이재원 상무의 오만방자한 기억을 갈기갈기 찢어 버리고 싶은 심정이다.

"나 없는 곳에선 더더욱 멸시받는 일이 없어야 한다는 건데. 이해가 어렵나?"

가만히 서서 모욕을 받고 있던 내 여자도 마음에 안 들기는 마찬가지다.

"아."

"모재은이 곧 차화준의 얼굴인데, 먹칠하는 놈들 이해할 필요 없다고. 이해되지?"

"네, 이해는 돼요. 뭐, 많이 어려운 말이긴 한데 노력은 해 볼게요."

"그래, 짐 같은 부담 덜어 내면서 노력도 해 봐. 어렵고 어색해도 현실에 순응해야지, 어쩌겠어."

왜? 오늘부로 그녀는 온전한 차화준의 여자였으니까.

"뭐하고 싶어?"

"지금요?"

"지금도 좋고, 앞으로는 더 좋고."

자신의 해임을 암시하는 듯한 그의 말에 재은이 애연한 얼굴을 했다. 결국 나는 그를 얻었지만, 나를 가진 그는 더 큰 것을 잃을지도 모른다. 너무 높아 손에 닿지 않을 위치와 자격과 신분을 송두리째 상실할지도 모른다.

"글쎄요. 생각 안 해 봤는데, 선배는요?"

그러나 그에게 아쉬움은 없을 테다. 그 곁엔 오매불망 모재은이 있을 테니까.

"난 말할 게 있나. 모재은 끌어안고 침대……."

"어! 방금 속으로 말했는데, 선배 독심술 못 하는구나?"

"모재은 표정 보면 내 생각과 상통한 것 같은데. 아니야?"

"아니에요. 방금 머리로 다시 말했는데, 내 텔레파시 못 들었어요?"

재은이 그를 돌아보며 말했다.

"어, 못 들었습니다. 크게 말해 봐."

그가 작게 웃으며 그녀의 손을 잡아끌었다.

"그래야 듣지."

"음. 놀이공원?"

"놀이기구 잘 타?"

"잘 못 타요."

"그럼 말고."

"……동물원?"

"그리고 또."

"수영장?!"

그가 손가락을 엮기 전에 재은이 먼저 나서서 깍지를 꼈다. 난생처음이었다. 마음이 이끄는 대로 그의 손을 꽉 움켜잡은 것은. 늘 다가오는 그에게 익숙한 재은의 용기 있는 행동에 그가 참지 못하고 웃음소리를 흘렸다.

재은은 조금 달아오른 얼굴로 그를 보며 어색하게 미소 지었다. 이 또한 노력이었다. 부담스러운 차화준에게 완벽히 동화되기 위한 연습.

"수영 못 하지 않나?"

일종의 리허설이었다.

"어떻게 알았어요?"

그가 원하는 로맨틱 코미디의 행복한 결말을 위해.

"우리 어릴 때 몇 번 갔잖아. 기억 안 나? 학교 근처 실내 수영장에서 모재은 물에 빠질 뻔한 거 구해 준 것도 나 아니야?"

사랑의 완성도를 높이기 위해.

"맞아요. 우와, 선배 그것도 기억해요? 되게 똑똑하다."

예습 중인 두 사람의 목소리가 차 안을 가득 메운다.

"인정하는 부분이야. 똑똑하게 모재은을 갈취했으니 달리 말할 필요가 없지."

"그건 똑똑한 게 아니라 영악한 거고, 계략적인 거죠. 그래서 수영장은요? 어때요?"

"모재은 수영 잘 못 하잖아."

"잘하는 건 아니죠."

"그럼 말고. 다른 거 또 뭐."

"다른 거…… 생각해 본 게 없는데. 차차 생각해 보면 안 돼요?"

평범한 연인의 진부한 대화가 이어진다.

"상관없는데, 어쩔 수도 없네."

오래도록 갈망해 온 순간.

"내가 하고 싶은 진한 스킨십이나 해야지, 뭐."

농도 짙은 그의 장난에 재은이 눈을 치켜떴다.

"이의는 없는 걸로 하자."

선배에서 연인으로, 연인에서 어쩌면 결혼으로.

제한 속도를 위반한 관계에 재은은 생각했다. 시일 내로 교통 신호를 위반한 그에게 딱지를 떼야겠노라고.

"뭐 있어도 가볍게 묵살할 생각이지만."

안 그래도 그녀를 안을 생각에 들뜬 그의 차량은 과속으로 주행 중이었다.

chapter
1<u>3</u>

랑데부 전시회 이후 일선에서 물러난 그의 직업은 기간적 백수였다. 주주 총회가 있기 전까지 따분한 시간을 보내고 있는 화준은 일찍이 집을 나섰다.

　하루 일과의 시작과 다름없는 경영지를 몇 권이나 살펴보고, 경제 동향을 빠짐없이 체크하고 나서 상국 제강을 찾은 그는 마지막 일과나 다름없는 내 여자를 만나러 향했다.

　태백 자동차 이 상무의 파렴치한 행각을 담은 영상을 이 회장 측 수석비서에게 친히 전달하고, 내 여자를 모욕한 대가를 톡톡히 치르게끔 했다. 물론 이제 막 그의 여자가 된 모재은은 전혀 모르는 일이었다.

　화준은 창문 밖으로 넌지시 시선을 던졌다. 잠시 후, 영락없는 직장인의 모습으로 나타난 그녀가 울상을 짓는다.

　"결혼 언제 하냐구 자꾸 놀리잖아요! 남들은 내가 선배한테 꼬리 살랑 댄 줄 알아!"

　왔어? 수고했어. 온 마음을 다해 그녀를 반기기도 전에 소리치는 재은이 툴툴거린다.

　"그래."

　당황하는 것도 잠시.

　"그러니까 남은 꼬리 여덟 개, 전부 나 주래도."

그녀 입에 부드럽게 입을 맞추며 속삭인 그가 미소 짓는다. 재은은 밉지 않은 그를 노려보며 원망스런 한숨을 내쉬었다. 미워하는 것조차 어려운 남자의 황홀한 미소에 에라, 모르겠다. 우선은 연애부터 하자. 생각했다.

오늘의 데이트 코스를 밟기 위해 서울 근교에 도착했을 때쯤이었다. 그의 휴대폰이 울렸다. 다급한 벨소리에 휴대폰을 꺼내든 그의 표정이 그대로 굳어졌다.

얼굴이 검푸르게 변한 차 사장의 분노는 김 여사조차 걷잡을 수 없을 만큼 컸다. 차 사장의 눈이 잔인스럽게 번득이더니 이내 그의 호출을 받고 자택을 찾은 호텔의 차연지 사장에게 호통을 쳤다.

"당장 그 녀석 사퇴 시켜!"

울분을 토해 내는 오라버니를 보며 살그니 눈을 내리깐 그녀가 폭 한숨을 내쉰다. 랑데부 전시회에서 터진 결혼설이 기정사실화 되면서 노여움을 감추지 못하는 차 사장은 머릿속에 도는 화를 어찌지 못하고 몇 번이고 탁자를 내리쳤다.

차연지는 번뇌했다. 사랑에 눈 먼 화준의 행동을 규탄할 수도, 그렇다고 그를 부사장의 직책에서도 내쫓을 수 없어 고민스러웠다.

백제 호텔의 최대 주주인 차 사장이라 해도 함부로 경영 선에 나설 수 없는 상황이니 선택은 온전히 그녀의 몫이었다. 경영권을 가졌으나 대원그룹의 계열사인 백제 호텔을 쥐락펴락할 수 있는 인물은 백제의 차연지 사장과 차화준 부사장이 유일무이했다.

긴 시간 경영 일선에 서서 대원을 위해 실적을 일군 차 사장도 그 사실을 잘 알고 있었다.

그러니 정기적으로 열리는 이번 주주 총회에서 차화준 부사장 해임 승인 및 감사 선임의 건 등을 부의 안건으로 상정한 것일 테지. 주주들의 의결권으로 최종적으로 결정되는 차화준 부사장의 해임.

"오라버니도 아시겠지만 저는 용기 없는 경영인입니다."

차연지 사장은 부사장이 없는 백제를 단 한 번도 생각해 본 적 없었다. 그가 있기에 더욱 완전하고 무결한 호텔이었다. 그런데 어찌 제 손으로 그를 해임할 수 있을까.

"화준을 생각하는 제 마음이 어떠한지 아시는 분께서 부사장의 해임을 종용하시니 그저 당황스럽군요."

"결국 자네도 화준 녀석과 한 통속이라는 게지?"

"오라버니의 뜻을 모르지 않습니다만, 이번 폭행 논란으로 화준을 사퇴 시킨다는 건 있을 수 없는 일입니다. 이미 사건의 정황과 경위는 경찰 측을 통해 언론에 발표됐으니, 오라버니께서 이토록 열성적으로 화준의 해임을 바랄 필요는 없겠습니다."

"……."

"만약 오라버니께서 화준의 해임을 바라는 큰 이유가 화준의 혼사에 있다면 어쩌겠습니까."

차연지의 유수한 말에 발언권을 잃은 차 사장이 큼큼 헛기침을 터뜨린다.

"자식 이기는 부모가 어디 있답니까?"

미혼의 그녀가 할 말은 아니었으나 긴 세월 화준을 돌봄으로서 어느 정도 부모의 마음을 터득한 그녀가 고상한 기품을 드러내며 웃었다. 조용조용한 말투에 겸손이 배어 있어 함부로 대할 수 없는 김 여사가 그녀의 말에 적극 찬성하는 듯 불쑥 대화에 끼어들었다.

"그래요, 여보."

우아한 그녀에게는 당당하고도 청고한 기품이 배어 있었다.

"당신도 알잖아요. 당신을 쏙 빼닮은 화준의 고집을 무슨 수로 꺾겠어요."

무엇보다 9년의 결실을 이제 와 맺으려는 아들의 절실함을 알기에 김 여사는 이쯤 돼서 남편이 순순히 인정해 주었으면 하는 바이다.

하지만 차 사장은 화준 못지않게 완강한 사람이었다. 아들의 앞날에 방해꾼이나 다름없는 그녀가 그저 눈엣가시 같은 차 사장이 묵직한 숨을 내뱉었다. 문득 생각나는 화준의 사건 사고가 가슴속에 앙금으로 남아 있는 아버지는 누구보다 아들을 사랑했다.

2년 전, 언론을 강타했던 '갑질 논란'을 잠재우기 위해 하나뿐인 아들 녀석은 언론사의 거목으로 알려진 대한일보에 직접 청탁을 부탁했다.

9년 전, 대학 총장과 긴밀히 접촉했던 그때와 다를 바 없는 레퍼토리. 이제 와 든 생각이지만 그때 그 일마저 녀석의 첫사랑이라는 일반인 연인과 연관되어 있는 것은 아닌지, 차 사장은 깊은 고뇌에 빠졌다.

때마침 노크 소리와 함께 입주비서가 모습을 드러냈다. 뒤이어 그의 호출을 받고 한달음에 달려온 화준이 응접실에 발을 들였다. 그는 정중히 묵례 후 차 사장의 맞은편에 착석했다.

"네 놈이 작정을 했구나."

조금 가라앉았다 싶었더니 화준의 얼굴을 보기 무섭게 화가 끓어올랐다.

"그리도 네 아비 마음을 이해 못 하는 게냐?"

"그러는 아버지도 제 마음 이해 못 하는 건 피차일반이죠."

끓어오르는 화를 어쩌지 못하고 격노한 차 사장이 호통치듯 말했다. 화준은 덤덤했다. 수더분한 얼굴로 그를 직시한다. 물러날 생각이 전혀 없는 두 부자의 신경전이 팽팽하게 전개되자 김 여사와 차연지 사장이 조용히 고개를 돌렸다.

"정 그렇다면 네가 가진 모든 주식과 자산까지 다 내려놓고 나가라. 네가 원하는 삶이 그런 삶이라면 그렇게 살아가라는 얘기야."

"그렇게는 못 하겠습니다."

"뭐야?"

"제 해임을 간절히 원하는 아버지의 뜻에 따를 생각이 추호도 없다는 말입니다."

"왜, 이제 와 무서운 게냐?"

윤택한 삶을 영위하던 그가 이제 와 빈털터리로 쫓겨나게 생겼으니 그럴 만도. 두렵고, 무섭고, 새로운 시작이 망설여지겠지.

"그렇게 보이십니까?"

하지만 이상하게도 화준에게선 그런 기색이 전혀 보이지 않았다.

"아버지도 많이 퇴보하신 모양입니다. 하긴 일세를 풍미한 차노익 전무의 일적은 다 옛일이니까."

오히려 그와 대등하게 맞서며 부자 갈등을 고조시켰다.

"아시겠지만 전 한 마리 토끼로 만족 못 하는 사람입니다."

그토록 고대하던 모재은을 손에 얻었지만 그는 야망이 넘치는 사내였다. 순순히 부사장 자리를 내줄 맘이 전혀 없었다. 좋은 게 좋은 거라고, 꿩을 먹었으니 알까지 같이 곁들이면 얼마나 좋을까.

"뭐, 전쟁이라면 전쟁이겠군요."

모재은을 얻은 대가는 상당했다. 이제 그 어려움을 타개하고 나아가는 것은 온전히 그의 몫이 되어 버렸으니, 화준은 생각했다. 주주 총회가 소집되기 전까지 뭐든 끝내야겠노라고. 결의를 다진 눈빛이 강렬하다.

"저도 그리 쉽게 물러날 생각은 없습니다."

태백 그룹 이재원 상무의 일을 겪으며 느꼈다. 대원가의 기대주로 알려진 그의 존재가 창이라면 백제 호텔의 부사장은 결단코 힘없는 재은을 지키는 유일한 방패가 될 테다. 그렇기에 더더욱 물러날 수 없는 자리였다.

"물론 결혼도 마찬가지입니다. 혹시 모르죠."

모재은을 위한 차화준 부사장의 힘든 싸움을 암시하는 말에 두 여자가 놀란 눈치를 보였다.

"부전자전이라고. 아버지가 그러셨듯이 속도 위반으로 시간을 초월할지, 누가 알겠습니까."

격분한 차 사장이 뒷목을 잡고, 화준은 유유히 자리에서 일어났다. 한 편의 신파극을 보는 듯한 기분을 감출 수 없는 차연지 사장이 호들갑스럽게 손뼉을 치고, 김 여사는 걱정스러운 눈빛으로 응접실을 나서는 아들을 바라본다. 그가 잠시나마 머무른 자리에는 김이 모락모락 피어오르는 다즐링 차 한 잔이 덩그러니 놓여있었다.

"내가 말했잖아요. 화준이 저 고집을 무슨 수로 꺾겠어요."

김 여사는 아지랑이처럼 피어오르는 연기를 보며 넌지시 말했다. 그녀의 진심 어린 목소리와 마를 날 없이 부드러운 손길이 분에 찬 남편을 다독인다.

"너무 그러지 말고, 당신이 생각을 조금만 바꿔요. 당신도 알잖아요. 당신은 화준의 그 애를 미워할 자격이 없어."

말끝에 차 사장이 푹 한숨을 내쉬었다. 개탄스러운 상황이었으나 인정할 건 인정해야 했다. 오롯이 내 아들만 생각할 수밖에 없는 편파적인 입장에서 아내의 말은 그를 침묵하게 했다.

한 시대를 풍미했던 재계 3세와 평민의 백년가약은 세기의 결혼식이 되어 아직까지도 대두되고 있었다.

결혼 후 그의 이름으로 출간된 자서전에는 그가 김 여사를 지금의 아내로 맞이하기 위해 직접 사표를 내던졌다는 말이 기록되어 있었다. 사랑을 위해 차준필 명예 회장의 뜻을 거스른 그의 과감한 행동력을 그대로 보고 자란 아들에게는 어쩔 수 없는 차 사장의 피가 흐르고 있었다.

화은이라고 해서 그러지 않을까.

"후우……."

차 사장이 또 한 번 한숨을 내쉬었다 며칠 뒤, 주주들과의 조찬 회동이 있었다. 주주들의 의결권을 위한 행보. 차 사장은 망설였다.

"순순히 포기해요. 화준의 결혼설은 모두가 아는 기정사실인데 이제와 뭘 어쩌겠어요, 여보."

근심으로 물들은 그의 낯빛이 퍽 어두웠다.

2년 전, 한남동 고깃집에서의 사건은 두고두고 잊을 수가 없었다. 천추의 한이기도 했다.

이제 와 생각해 보면 당시 재은은 남자에 대한 편견에 사로잡혀 있었던 것 같다. 생물학적으로 이성을 거북스러워하고, 불편하게 생각하는 재은은 무편하지 못했다. 그러니 계속되는 취객들의 모욕적인 발언에도 소매를 걷어붙이지 못했던 것이겠지.

직장 내에서 발생한 성희롱 사건이었다면 그들을 당장 인사 위원회에 회부시켰겠지만 그럴 수 없었다. 고작해 봐야 한 주에 두 번 근무하는 파트타이머였기에 큰소리로 욕을 퍼붓는 것도 어려웠다.

당시 사장은 손님 몰이에 눈이 멀어 있었다. 호객 행위도 서슴지 않던 사장의 열정을 알기에 괜한 문제를 만들고 싶지 않았던 재은의 마음을 모르는지, 사건은 기어이 터지고 말았다.

고깃집의 주 단골로 알려진 취객이 퇴근 후 탈의실로 돌아가는 재은을 찾아왔다. 성적 발언으로 그녀를 당혹케 했던 그는 멋대로 재은의 손목을 잡아끌었다.

사내의 강압적인 태도에 처음으로 재은이 고성을 지르며 경찰에 신고를 했다. 그녀의 신고를 받고 도착한 경찰들이 인사불성이 되어 버린 사내를 연행했다. 성추행 혐의에서 벗어난 사내가 그날 새벽에 경찰서에서 풀려났다는 말을 다음 날, 사장에게 전해 들었다.

그리고 그날, 사내의 만행과 관련된 성희롱 및 갑질 논란이 언론을 강타했다. 누리꾼들은 근본적인 문제를 파악 후 해결책을 마련해야 한다며 위험에 노출된 여성들을 보호하려 했다. 국민들은 갑질 논란을 쟁점으로 다루며 사회적 갈등을 차근차근 풀어 나갔다. 모 대기업의 과장으로 신원이 확인된 사내는 이후 고깃집 근처에 얼씬도 하지 않았다.

같은 시기, 재은이 해고됐다. 차화준 부사장으로 하여 무사히 논란 밖으로 탈출했다.

"내가 제일 후회하는 게 그날이야. 사표 수리되기 전에 논란이 터졌으면 그 새끼 잡아다 확 그냥……!"

"그러게 내가 참으라고 했잖아. 친구 덕 좀 보려 했더니 그새를 못 참고 사표를 내?"

"그럼 어떡하니. 불쌍한 그 여성 피해자 가슴에 대못을 박으라는데 사람 된 도리로서 어떻게 그래?"

"그래, 그것도 그렇다."

그녀의 대형 로펌 퇴직 사유를 잘 알고 있는 재은이 순순히 수긍했다. 퇴근 후, 주현과 찾은 종로의 고깃집. 간만에 배에 덕지덕지 기름칠을 하고 있는 재은이 먹음직스럽게 익은 고기 한 점을 입안으로 쏙 밀어넣었다. 모처럼 갖는 저녁 식사 자리라 그런지, 두 여자의 입가에서 미소가 떠날 줄 몰랐다.

"그나저나 아까부터 사람들이 다 너만 쳐다본다. 알지?"

쌈 위에 고기부터 각종 반찬을 얹는 주현이 말했다.

"어, 모를 리가."

입장한 순간부터 그녀를 따라다니던 시선이었다. 모르려야 모를 수 없는 사람들의 시선은 부담스럽기 그지없다.

"그래서, 선배랑 결혼은?"

"무슨 결혼이야. 지금은 연애하는 것만으로도 정신없고, 바빠."

"왜 정신이 없어? 왜 바쁜데? 기사 보니까 선배 일선에서 물러났다던데. 아니야?"

"맞아."

"그럼 남아도는 게 시간 아니야?"

"그래, 그래서 바빠. 이것저것 많이 해 보기로 했거든."

그 말에 주현이 의외라는 듯 눈을 크게 떴다. 휘둥그레진 그녀의 동공 속에 미묘한 설렘이 묻어 있다.

"이것저것 많이 해 보다가 그렇게 훅 가 버리는 거지. 다들 결혼 그렇게 하잖아."

"야, 결혼이 장난이냐?"

"장난 아니지, 그러니까 선배가 장난 없는 거지. 너도 알지 않냐? 화준 선배, 한다면 하는 사람이잖아. 이렇게까지 대놓고 모재은이 내 여자다! 하는 남자 세상에 둘 없다."

"그건 나도 알아. 그래도 결혼 문제는 신중히 해야 한다고 봐."

"아주 배가 불렀구나."

"아니. 이제 시작인데?"

생삼겹 2인분을 거의 다 먹어 치운 재은이 아직 차지 않은 배를 두드리며 말했다. 주현이 끌끌 혀를 찼다.

"선배네 집안에서 발 벗고 나서서 이 결혼 반대야! 라고 해야 정신 차리지?"

"그런 건 아니지만 그러고 보니 이상하네."

"뭐가?"

"선배네 집안에서 달리 말이 없는 것 같아."

보통은 그렇지 않을 텐데, 말이야. 드라마에서 보던 재벌들의 정석은 진부한 구호를 외치며 돈다발을 무기처럼 다루는 것이었다. 헌데 생각해 보면 윤택한 그의 집안사람들은 잠잠했다. 이렇다 할 연락은커녕 결혼 반대를 필사적으로 외치지도 않았다.

"당연하지."

그때 주현이 주먹만 한 쌈을 꿀꺽 삼키며 말했다.

"선배가 그렇게 똥을 싸 놨는데 무슨 수로 결혼을 무마시키냐? 기업이 작정하고 언론을 농락하는 것도 아니고."

"그런가?"

"그래, 한마디로 너 빼도 박도 못하게 생겼다 이거지. 거기다 널 전시회까지 불러들인 선배의 의도를 그 사람들이 모르겠어?"

"……그러네."

"난 동문회에서 느꼈어. 남들처럼 평범하게 잘 살기 위해선 좋은 짝 구해서 후딱 시집가는 게 가장 좋다는 거야. 평범하게 아이 둘 낳고, 그렇게 평생을 오순도순 화목하게 살아가는 거지."

주현이 버릇처럼 하던 말을 다시 늘어놓았다. 짧지 않은 변호사 생활을 하며 각양각색의 사람들을 만났던 주현은 그 시절 뿌듯함보다는 한탄하는 일이 더 많았다.

업무 특성상 많은 사람들을 겪고, 거칠 수밖에 없던 그녀는 아마도 무수한 사연을 가진 사람들의 음울한 인생에 많이도 동화되었을 테다. 그러니 누구보다 소소한 삶을 추구하는 거겠지.

"그래, 그렇게 잘 살아. 잘됐네. 네 옆에 괜찮은 아우디 있잖아."

"아우디? 민수 선배?"

"응. 너 선배랑 뭐 있는 거 아니야?"

"있긴 뭐가 있어. 우리 사이에 있는 거라곤 로펌뿐이 없다."

주현이 단호하게 말했다. 재은은 미심쩍은 얼굴을 했다. 아무리 생각해도 이상한데. 몇 번 생각해도 의미심장한데.

"거짓말. 뭐 있잖아."

"뭐야, 모재. 너 왜 이렇게 확신을 해?"

"방금 콧구멍 벌렁거렸거든. 너 거짓말할 때마다 나오는 버릇이잖아."

초등학교부터 대학교까지 함께한 재은은 누구보다 주현을 잘 알고 있었다. 그녀의 술버릇은 물론 고약한 잠버릇까지 꿰고 있는 재은이 예리한 시선으로 주현을 주시한다. 빈틈없이 꼼꼼한 그 시선에 주현이 어색하게 웃기 시작했다. 당황한 기색이 역력한 그녀는 결국 뚫어져라 응시하는 재은의 눈빛에 항복했다.

"그냥, 뭐."

"그냥, 뭐?"

"요새 들어 좀 남다르게 느껴진달까."

회상에 잠긴 주현이 이내 웅변적으로 말을 놓기 시작했다. 전시회 이후로 사뭇 달라진 민수의 태도. 당황스럽지만 그런 그가 싫지만은 않은 주현이 수줍은 홍조를 띠며 미소 짓는다.

"나한테 로펌 이야기를 들먹거린 건 단순한 핑계였대. 그렇게라도 해서 사내 연애가 너무 하고 싶었대. 그러니까 사실은 나와 연애가 하고 싶었던 거지."

재은은 못 볼 걸 봤다는 듯 노골적으로 인상을 구겼다.

"뭐야, 그럼. 사내 연애할 사람이 없어서 널 자기네 로펌으로 끌어들이려 했다는 거야?"

찬물을 확 끼얹는 재은의 말에 주현이 눈을 번득거렸다.

"넌 무슨 애가 낭만이 없냐, 낭만이. 그런 뜻이 아니잖아."

"그런 뜻이 아니긴 뭐가 아니야. 딱 그런 뜻이구만."

"팩트만 받아 들으라고, 팩트만. 그러니까 나와 연애가 하고 싶다는 거잖아."

재은이 대충 고개를 끄덕거렸다. 바싹 익은 고기를 젓가락으로 집어 올릴 때였다. 휴대폰이 울렸다. 발신자를 확인한 재은이 입안으로 고기를 밀어 넣으며 말했다.

"잠깐만, 나도 내 님 전화 왔다."

그녀에게 양해를 구한 재은이 잽싸게 전화를 받는다.

"네, 선배."

은근한 콧소리와 애교에 맞은편 주현의 얼굴도 만만치 않게 굳어졌다. 우웩, 헛구역질까지 하는 그녀에게 눈짓으로 핀잔을 준 재은이 이내 만면에 활짝 웃음꽃을 만개했다.

전화를 끊은 지 얼마 지나지 않아 곧장 고깃집을 찾은 화준은 돈 쓸 때가 가장 멋있다는 재벌답게 결제를 대신했고, 재은과 가까운 곳에 살고 있는 주현을 직접 바래다주기까지 했다.

차를 타고 가는 동안, 주현은 운전석의 화준과 주거니 받거니 결혼 이야기를 나누었다.

"제가 알기로 대원가가 상당히 보수적이라죠? 가풍도 엄청나다는데."

응? 가풍?

"그럼 결혼식은 약소하게 치를 생각인가요?"

저게 뭔 소리람. 재은은 두 사람이 대화를 나누는 동안 휴대폰 검색 삼매경에 빠져 있었다. 검색창에는 대원가 가풍이 쓰여 있었다.

"간소하게 하는 것도 좋지만 뿌려놓은 게 많으니 화려하게 해도 좋지 않을까?"

이윽고 전혀 간소하지 않은 대원가의 7계명이 그녀의 시야에 도드라졌다.

"오. 집은요? 분가?"

"분가가 소원이긴 한데 그 부분은 아직 잘 모르겠네."

세상에, 이게 다 뭐야. 보고도 못 믿을 계명에 재은은 입을 다물지 못했다. 재은은 세간에 알려진 대원가의 가풍으로 그들 집안이 얼마나 보수적인 성향을 가지고 있는지 깨닫게 됐다.

화려한 패물을 금하고, 집안 행사에서는 필히 한복 차림이여야 한다는 그들의 집안 분위기는 은근히 엄격하다고 했다. 혹독한 신부 수업이 필수 코스라고 알려진 가부장적 가풍을 방금 막 확인한 재은은 어쩔 줄 몰라 했다.

내가 이런 집안에 시집간다고? 이런 집안에? 결혼은 현실이라던 사내 기혼 여성들의 말이 불현듯이 떠올랐다. 연애가 로망이라면 결혼은 지독한 꿈이라고 했다지.

"무슨 생각해?"

그녀가 정신을 차렸을 때, 차는 주현의 자택 앞에 정차 중에 있었다. 언제 내렸는지, 오간 데 없이 사라진 주현은 이미 집으로 귀가한 후였고, 화준은 물끄러미 그녀를 바라보고 있었다. 그녀가 그를 돌아보았을 때, 멈춰 있던 차가 움직이며 곧에 운전을 시작했다. 좁은 골목길을 서행하는 차는 익숙하게 그녀의 자택을 찾아가고 있었다.

"선배네 집안, 여러모로 빵빵한 것 같아요."

"결혼은 결사 반대라고 에둘러 말하는 거지, 지금?"

"그런 건 아니지만 솔직한 말로 바로 결혼하고 싶은 마음은 없어요. 일전에도 말했지만 저도 제 꿈이 있어요."

"꿈? 꿈 얘기는 못 들었는데."

화준이 의아스러운 얼굴을 한다. 재은은 운전 중인 그를 빤히 바라보았다. 연애만으로는 성에 차지 않는다며 당돌하게 직언하던 그와의 달콤한 신혼 생활을 꿈꿔 보았다.

그와 나를 닮은 아이를 낳고 살아가는 결혼 생활은 어떨까. 재은은 감히 유추해 보았다. 이렇게 나밖에 모르는 남자와 환히 밝히는 화촉은 차고 넘치는 사랑으로 매일이 황홀할 테다.

"말해 봐, 궁금하다."

그가 여상하게 물었다.

"소소한 꿈이에요. 거창한 건 아니고."

"판단은 내 몫이지."

"우선은 얼마 남지 않은 빚부터 청산하려구요. 그리고 작은 가게를 하나 차려 볼까 해요."

"가게?"

"네."

재은은 상국 제강에 입사할 때 즈음부터 가진 꿈을 조금씩 펼쳐 보았다.

"알지 모르겠지만 저희 엄마 허리가 많이 안 좋으세요. 아빠랑 이혼하고, 혼자서 저 키워 보겠다고 아등바등하셨거든요. 여기저기 다른 사람 가게로 많이 전전하셨는데, 그때 결심했죠. 소박하게나마 가게 하나 차려서 고생 많은 우리 엄마 사장 노릇 시켜 주겠다고."

"음."

"상국 제강 입사 5년 차에 접어들었으니 퇴직금도 어느 정도 넉넉할 테고."

"당장 퇴사하겠다고?"

재은이 가볍게 고개를 저었다.

"아뇨. 3, 4년은 더 일할까 생각 중이에요."

"퇴사하면?"

"선배를 다시 만나지 않았더라면 동네에 반찬 가게 하나 차려 일할까 했죠."

"반찬 가게를 개업해서 그 반찬을 모재은이 만들겠다고?"

"저 혼자서는 벅찰 수 있으니 간간이 엄마가 도와주시겠죠?"

"모재은 그런 능력도 돼?"

"무슨 능력? 반찬 만드는 능력이요?"

"응."

"당연한 거 아니에요? 이래 봬도 나이가 스물아홉이에요. 허투루 먹은 세월이 아니니 그 정도는 거뜬하게 하죠."

"제일 잘하는 게 뭔데?"

어느새 차는 그녀 집 앞에 도착해 있는 터였다. 박한수와의 폭행 사고가 있던 현장 앞에 차를 세워 두고, 이것저것 캐묻는 남자의 마음은 엉큼했다. 해임 위기에서 벗어나기 위해 치밀하게 계획을 세우고, 행동을 개시해도 모자랄 판에 옆에 있는 모재은과 죽어도 떨어지기 싫은 그가 부드럽게 미소 지으며 그녀를 바라보았다.

왼쪽 팔꿈치를 핸들 위에 얹어 놓은 화준은 대놓고 그녀를 돌아보고 있었다.

"나물 반찬을 제일 잘해요."

"잘됐네. 안 그래도 내가 나물 반찬을 제일 좋아해."

"의외네요. 호텔 레스토랑에서 스테이크만 썰 것 같은 분이."

"뭐, 그건 집안 성향에 따라 다른 부분이니까."

"그런가요? 하긴, 대원가는 보수적인 성향이 강하니까 그럴 만도 하겠네요. 안 그래도 기사 봤거든요. 사업적 회동이 아니고서야 외식하는 일이 드뭄다고."

"넘쳐 나는 자산은 그림의 떡이지. 손에 넣을 수 없는."

"네, 장도 항상 재래시장에서 본다고."

"잘 아네."

"몇 가지 검색해 보긴 했죠. 뜬금없는 프러포즈라고는 하나 그 또한 프러포즈는 프러포즈니까요."

그녀의 말에 그가 입매를 더욱 휘었다. 유수한 입가에 미소가 박혀 떨어질 줄을 모른다.

"낭만이라고는 전혀 없는 프러포즈라 미안하긴 하네."

"선배 자체가 낭만인 걸요. 악취가 심한 쓰레기장에서 받는 프러포즈라도 선배가 하는 고백이라면 듣기 좋을 거예요."

"차화준을 너무 과대평가하는 거 아니야?"

"부담스러워요?"

"조금은. 더 잘해 줄 생각만 해도 벅찬데 낭만까지 같이 주려니 혼란스럽네."

재은이 피식 웃음을 터뜨렸다.

"뭘 하든 좋을 거예요. 선배가 주는 거라면 뭐든. 그리고 끈기 있는 고백으로 사람 휘어잡은 사람이 할 말은 아닌 것 같은데요? 난 아직도…… 우리 앞날에 선배의 큰 그림이 있을 것만 같아서 불안해요."

"왜?"

"그땐 또 얼마나 큰 감동으로 사람을 놀라게 할지 예상이 안 되니까요. 다시 말하지만 맛보기는 주세요."

"일전에 말하지 않았나? 내가 맛보기 주면 모재은은?"

"기회는 이미 다 가졌으면서 뭘 더 바라요?"

"폭식하는 거 좋아해. 모재은과 관련된 건 하나도 빠짐없이 송두리째 전부."

"언제는 폭식 싫어한다면서. 누구와 다르게 천천히 아껴 먹는다면서?"

"뻥이지."

그가 손을 뻗어 그녀 뺨에 붙은 머리카락을 하나, 하나 떼어 냈다. 헝클어진 머리를 귓바퀴 뒤로 쓸어 넘기는 손길이 자분자분하다.

"그럴 줄 알았어요. 남잔 다 똑같으니까."

"차화준은 다를 걸? 내 성향이 보편적이진 않아서."

그렇겠다. 죽기 살기로 모재은을 쟁취하기 위해 상당한 감정을 소모한 그를 보면 그가 평범한 남성들과 다르다는 것을 알고 있다. 지쳐 포기할 법도 한데 그는 늘 그녀 곁을 지켜 주었다.

"그래서 반찬 가게 개업하는 게 꿈이라는 거야?"

"네."

"소박하네, 차화준 거 아니랄까 봐."

"차화준 거였으면 화려했어야 했는데, 내가 너무 밋밋하죠?"

"뭐, 원색적이진 않으니까."

지나치게 자극적이고 화려한 그녀의 존재는 칠흑 같은 어둠 속에서도 환히 빛났다. 오직 그의 눈에만 보이는 찬연함이었다.

"그래, 모재은 하고 싶은 거 다 해. 결혼까지 내 마음대로 성사시킬 순 없으니까."

"말이 좀 오묘하네요. 마음대로 성사했잖아요. 대문짝만하게 난 신문 기사 보면 모르겠어요? 일어나서 조간신문 볼 때마다 나 깜짝깜짝 놀라요. 알아요?"

"어, 모르겠다."

웃으며 말한 그가 그녀를 꼭 끌어안았다.

"어차피 내년 초잖아. 안 그래?"

머뭇거리던 재은의 양 팔이 그의 목덜미를 그러안았다. 그녀는 조금 씩 발전하고 있었다. 마음을 숨김없이 드러낸다는 것. 지금까지 누군가의 이목이 두려웠던 재은은 제게 흠이 될 일들과 제 감정들은 되도록 드러내지 않고 살았었다. 특히 인간관계에 있어서 누군가를 진심으로 대하는 데까지 오랜 시간이 걸렸었다.

"모재은이 소원하는 선 연애, 후 결혼은 괜찮지?"

그런데 어떻게 된 일인지, 그와 재회한 이후 차츰 달라지고 있었다. 아직은 서툴지만 조금씩 제 감정을 드러내는 법을 배우고 있었다.

"그렇게 하자."

어디 못 가게.

"남은 11개월, 그렇게 뜻깊게 보내자."

제 곁에 붙들어 놓는다.

"큰일이다."

물론 자주적인 재은 역시 그 곁을 떠나고픈 마음이 추호도 없다. 허리에 휘감긴 단단한 두 팔에서, 품 안에서 느껴지는 진심이 이렇게나 좋은데 가긴 어딜 가. 그 곁에서 발병이라도 났는지, 옴짝달싹 못 하는 재은이 빙그레 미소 짓는다.

"이렇게 헤어지기 싫어 사람 미치게 하니, 모재은 보고 싶어서 차화준이 죽지."

품에 가둔 그녀를 꼭 끌어안고 투정을 부리는 그는 화려한 재벌 4세도, 잘나가는 호텔의 부사장도 아닌 평범한 남자였다.

잠시나마 일선에서 물러난 지금 순간이 더없이 만족스러운 그는 모재은이 1분 1초 그리워서 미칠 지경이었다. 진지하게 그녀의 상국 제강 퇴사를 제안해 보려 했다가 말 한마디 못 붙여보고 실패로 돌아가 아쉬움도 진하다.

"그렇게 말하면 제가 꼼짝 못하는 거 알고 계속 이러시는 거죠?"

머뭇거리던 손을 올려 어색하게 그의 목덜미를 끌어안은 재은이 투덜거렸다.

"모재은도 알겠지만 차화준이 모 사모 잡는 조삼모사에 꽤 능통한 편이기는 해."

"저한테 져 줄 생각은 있는 거죠?"

"져 준 거 아니야?"

"설마 결혼을 내년으로 늦췄다는 걸 져 줬다고 말하는 건 아니죠? 다시 말하지만 난 앞으로 3, 4년은 더 일할 거라고 했어요. 그리고 선배도 알다시피 요즘 세상 백세 시대예요. 무엇보다 요즘 기업가에서 여성 인력이 얼마나 소중한데."

"신혼집, 부부의 침대 위에서도 여성 인력은 너무도 소중하지."

"정말 한마디도 안 져요."

잠시 그녀를 떼어놓은 화준이 그녀와 눈을 맞추며 말한다.

"차화준의 침실도 여성 인력난에 허우적거리고 있는 실정이니까."

"부, 부끄럽게."

"뭐가 부끄러워? 인력이라고는 모재은뿐이니 양성을 해도 모재은 밖에 양성할 수밖에 없잖아. 아니야?"

"솔직히 말해 봐요. 나 잡아먹을 생각인 거죠."

"벗겨 먹었으면 벗겨 먹었지, 잡아먹을 생각은 없는데."

대답과 함께 그의 입술이 쪽, 하고 그녀의 이마에 닿았다 떨어졌다.

"그래서 하는 말인데."

품 안에서 놓은 재은의 얼굴을 양 손으로 감싸며, 왕연한 눈망울을 직시하는 그의 입꼬리가 호선을 그린다. 부드럽게 휘어지는 입술 곡선이 선명해서 재은은 눈을 깜빡이는 것조차 잊었다.

빤히 그의 입술을 바라보는 그녀의 가슴이 소연했다.

"어때, 오늘? 부족한 여성 인력 충족해 주는 거."

"아, 아니요. 오늘은 좀 어렵고, 다른 날을 잡……."

"연인 사이에 따로 날을 잡을 필요가 있나?"

화준의 말에 재은의 얼굴이 불덩이가 되어 버렸다. 나 참, 이 사람은 부끄러움도 없는 모양이다. 괜히 마른침을 삼키며 당황하던 그때였다. 연인의 시간에 훼방을 놓는 방해 인물이 혜성처럼 등장했다.

"어머!"

그는 두 사람을 태운 차량 주변을 서성거리더니 종국에는 대놓고 차창 안을 들여다보았다.

"재은이 아니니?"

방금 막 '호연이네 과일 가게'에서 퇴근한 재은의 친모, 박정희였다. 딸을 발견한 그녀가 기함한다. 마침내 사진으로만 보던 내 딸애의 예비 신랑을 영접했다.

"어, 어머. 부사장님?! 어머!"

독선적인 정희는 먼저 집으로 초대한 부사장에게 여러 가지를 물었다. 형사 심문을 방불하는 그녀의 질문은 수백 가지나 됐고, 그때마다 화준은 점잖게 답했다.

조촐하게 차려진 술자리. 계속되는 질의응답. 마티니를 좋아하는 그의 앞에는 정희가 좋아하는 소주 한 병과 잔이 덩그러니 놓여 있었다. 이 모든 게 어렵게 키운 딸애의 평탄한 시집살이를 위해서라는 걸 전혀 모르는 재은은 좌측의 엄마와 우측의 화준을 보며 조용히 입을 다물었다.

화준은 재은이 직접 준비한 상차림을 보며 눈을 반짝거렸다. 그녀가 가장 자신 있어 하는 나물 반찬을 이렇게나 빨리 맛볼 수 있는 기회가 찾아오다니. 그저 영광스러워 박 여사만 아니었다면 냉큼 그녀를 끌어안았을 테다.

"인물이 훤하네."

술잔이 채워지고.

"과찬이십니다."

쨍그랑 두 잔이 부딪친다.

"어휴, 무슨 소리야. 너무 잘생겼는데. 부사장 얼굴 보니 아직 없는 2세가 다 궁금해, 내가. 오호호."

걸쭉하게 술 한 잔을 넘기는 두 사람의 목울대가 꿀렁거리고.

"안 그래도 완성도를 높여 잘 빚어 놓을 생각입니다. 뭐, 시간 지체가 상당하겠지만."

뒤늦게 소주 한 잔을 비운 재은이 켁켁거리며 헛기침을 한다. 화준의 시선이 아주 잠깐 재은에게 닿았다 떨어졌다. 그때 그의 한쪽 입꼬리가 씰룩거렸다. 재은은 쓴 맛이 강한 소주보다 목에 턱 걸리는 그의 말을 되짚었다.

잘 빚어?

"어머, 아주 화끈하네!"

2세를……?

"부사장이 우리 재은이 많이 좋아하나 봐. 오호호. 눈빛이 남달라. 내가 또 사람 보는 눈은 기가 막히거든. 호호!"

"좋아하는 수준에서 그쳤으면 결혼을 서두르지 않았을 겁니다."

가뜩이나 불타는 마음에 모재은은 늘 기름을 부었다.

"어떻게 형언할 수가 없죠, 장모님."

윤활유 같은 그녀는 그에게 있어 영영 휘발되지 않는 영원불멸한 존재였다.

"그러네, 다시 보니 제대로 타올랐네. 대체 부사장은 우리 재은이 어디가 좋아서 그렇게 쫓아다닌 거야?"

엄마 팬의 마음을 확 사로잡는 재주마저 탁월한 그는 대화 시작 전, 기대에 찬 눈빛으로 자신을 바라보는 정희에게 재은과의 일화를 말해 주었다. 토끼 같은 모재은을 꿰차기 위해 갖은 수고를 해온 그는 토끼 신부의 예비 신랑답게 별주부전의 영악한 뭍의 토끼였다.

정희는 박수갈채를 아끼지 않았다. 찬사를 보내는 만큼 사위에 대한 마음이 더욱 방대해졌다. 인간사를 풍자한 고대 소설 속 토끼의 간교한 꾀를 부리며 재은을 독점한 화준은 진정한 인간 승리자였다.

"하긴, 내 딸이 날 닮아 얼굴도 한 예쁨 하지."

화준은 꼭 닮은 두 모녀 번갈아 바라보았다.

"그래서 첫째는 딸애를 낳을까 싶은데. 본디 큰 애가 아빠를 많이 닮는다고."

자화자찬하기 바쁜 박 여사를 가볍게 상대하는 그는 이를 데 없는 도원향의 유유자적한 신선이었다. 부사장 직함에서 물러나 모재은의 곁에 선 그의 한방에 박 여사가 술을 병째로 들이켰다.

"그리고 걱정 놓으십시오. 귀한 따님 손에 물 묻히는 일은 없을 겁니다."

그러다가 그의 진중한 한마디에 술병을 내려놓고, 벙한 얼굴을 한다. 화준에게 폭 빠진 엄마의 심경을 굳이 묻지 않아도 알 수 있었다.

"부사장의 직함을 걸고 약속합니다. 해임 논란으로 심려를 끼쳐 드려 무척 죄송하게 생각하고 있습니다만 우려하실 상황은 없을 테니 그 부분에 대해서도 크게 걱정하실 필요 없습니다."

모재은, 박정희 모녀를 한 방에 때려눕힌 차화준 부사장의 승리였다.

술병은 늘어났다. 소주를 기피하는 재은도 웬일인지, 잔을 거푸 들이켰다. 어차피 내일은 주말이었고, 종전의 그의 말은 계속 듣고 싶을 만큼 낭만적이라서 오늘은 이 분위기에 흠뻑 취해 버리고 싶었다.

무엇보다 한시라도 빨리 자리가 해산 되어야지만 그녀도 잠자리에 들 수 있었다.

"어, 부사장! 자고 가! 술도 마신 사람이 차를 몰아서야 되겠어?"

예상치 못한 상황이 전개 되었다. 박 여사가 느닷없이 그에게 선처를 베푼 것이다.

"난 신경 쓰지 말고, 내 집이다 생각하고 자. 응?"

친절하게 그의 이부자리까지 마련해 준 그녀는 제정신이 아니었다. 당돌한 그가 마음에 든다며, 연신 어깨를 다독이고, 커다란 손을 맞잡고, 히죽히죽 웃는 엄마를 보며 재은은 포옥 한숨을 내쉬었다.

"호텔에 비하면 시설도 구비도 한참 떨어지지만 그래도 내 집처럼 편하게 생각해."

모재은의 외박은 철저하게 금하면서 외간 남자의 숙박은 두 팔 벌려 환영하는 이곳은 차 사위를 위한 불평등한 숙박업소였다. 그래도 두 모녀의 거처는 나름 상장된 업소였다.

"무슨 말씀이십니까."

모재은이라는 주식이 공연히 거래되고 있었으니까.

"호텔보다 더 좋은 게 구비되어 있는데."

시가총액이 빠른 속도로 상향 곡선을 그리는 와중에 음흉한 그의 시선이 재은을 찾아간다. 없는 게 없는 백제 호텔 28층 부사장 전용 비즈니스 객실. 그곳에도 없는 모재은이 지금 이곳에 있다.

박 여사와 차화준, 두 사람 사이에서 암암리에 거래되고 있는 모재은은 귀 잡힌 토끼였다.

아쉬운 마음을 달래기 위해 캔 맥주 하나씩 손에 쥐고, 옥상을 찾았다. 평상에 앉아 밤하늘을 구경하는데 마음이 참 따뜻하다.

"참."

양반 다리를 하고 앉은 재은이 그를 돌아보며 말한다. 할 말이 생각났는지, 그녀의 눈이 동그랗게 뜨였다.

"언제 말할까 싶다가 계속 기회가 없어서 이제 와 물어보는데요."

"음?"

"2년 전 말이에요."

"2년 전?"

2년 전이라면 그녀가 한참 고깃집에서 파트타이머로 근무할 때였다. 갑질 논란이 불거지면서 여기저기서 제보가 끊이지 않던 그 시절.

"제주도에서 돌아오는 길에 고깃집 한 사장님과 우연히 마주쳤거든요. 그때 들었어요."

"……."

"뭐, 숨겨 봤자 무슨 소용 있겠나 싶어 솔직하게 말씀 드리는 거예요. 한 사장님 말씀으로는 그 당시 선배가 꽤나 돈 많이 쓰셨다고."

"그 사장이 그래?"

"네, 제가 부사장님과 비밀 연애 중이라고까지 말씀하셨다고."

"사람 안 되겠네. 둘만의 비밀로 무덤까지 덮고 가자고 그렇게 일렀는데."

시큰둥한 얼굴로 툴툴 거린 그가 캔을 열어 그녀 손에 쥐여 준다. 반대로 그녀 손에 들린 맥주는 그대로 그의 손으로 옮겨와 펑, 하며 청량한 소리를 울렸다.

그는 곧장 맥주 한 모금을 들이켰다. 톡 쏘는 맥주가 그의 목선을 따라 넘어갔다. 그때마다 그의 목울대가 야성적으로 꿀렁거렸다. 목에 선 핏줄이 어찌나 퇴폐적인지, 재은은 그의 목젓을 보며 저도 모르게 침을 삼켰다.

"얼마나 투자했어요?"

"고깃집 매수하려고 했지. 그게 잘 안 돼서 난감하기도 했고."

돈으로 안 되는 게 있다면 그건 누군가의 꿈과 야망일 테다. 당시 사장의 사업 욕심이 어찌나 크던지, 액수를 부르는 족족 화준에게 퇴짜를 놓았다. 모재은보다 더 한 강적을 만난 화준은 이후 경로를 바꿨다. 문제의 고깃집을 매수하기 어렵다면 그대로 그녀를 퇴사시켜야 한다.

"고집 세더라, 그 사장."

파트타이머를 해고하는데 권고사직이라는 어쭙잖은 이유를 갖다 붙이던 사장을 아직도 기억한다.

"그래서 돈 거래로 나를 해고하는 데 성공한 거예요?"

"물론."

"내가 취객들한테 시달린다는 걸 알고?"

"그럼."

"다 알고 있었다는 말이네요? 내가 한 시대를 풍미했던 갑질 논란의 주인공이라는 걸."

"모를 리가 있나. 백안이 충혈되도록 모재은만 예의 주시하는 사람이야, 나."

"……걱정 많았겠다."

안주를 대신한 내 연인과의 정담이 술맛을 낸다. 맥주 한 모금을 들이마신 재은이 손을 뻗어 흐트러진 그의 머리카락을 정리했다. 늘 완벽하고 단정한 차화준도 사람이었다. 부는 바람에 헝클어진 모습을 보여 준다.

"그래, 겁 많은 모재은이 또 도망가는 건 아닌가 걱정 많았지."

"도망……갈 뻔했죠."

마음은 몇 번이고 더 사회에서 달아나고 싶었다.

"그럴까 봐 노력 많이 했지."

그런 그녀의 마음을 알기에 당시 화준은 차연지 사장과 친분이 두터운 대한일보 측에 직접 연락을 취했다. 언론의 도마 위에 올라 쟁점이 되고 있는 갑질 논란을 멈추기 위해서였다.

언론사를 통합하는 총국에 직접 연락할 만큼 당시 그의 심정은 절박했다. 어떻게든 논란을 멈춰야 했으니까. 그런 그의 노고를 치하하듯 논란은 머지않아 사그라들었다. 더 이상의 문제점이 발생하지 못하도록 사전에 조치를 취한 화준의 뜻대로 언론의 흐름은 삽시간에 뒤바뀌었다.

"고생 많았겠어요."

"별 말씀을."

그가 기분 좋은 듯 그녀의 어깨에 고개를 기울었다. 부드러운 화준의 머리카락이 어깨 위로 사뿐히 내려앉았다. 재은은 기대어 오는 그를 포용하며 별무리를 올려 보았다.

"사실…… 그때 너무 힘들었어요. 돈은 벌어야 되고, 일은 해야 되고. 손님들이 강요하는 술시중을 들자하니 자존심이 용납지 않고. 그 일이 있은 후로 더더욱 마음의 문을 닫았던 것 같아요. 여전히 신파 좋아하죠?"

"모재은 인생에 느닷없이 차화준이 끼어들었으니 더 이상은 신파라고 볼 순 없지."

조용조용한 음성에 재은이 작게 소리 내어 웃었다.

"그럼 뭔데요?"

"반전과 서스펜스, 감동이 함께 하는 순정 드라마?"

"순정은 뭐예요?"

"9년을 되돌아온 두 남녀의 순정이 함께힙니다. 뭐, 이징도."

"무슨 공익 광고도 아니고. 우리 연애가 캠페인이라도 돼요?"

"그럴 지도. '모재은을 가져라' 라는 캠페인만큼 아주 의미 있고 중요한 일도 없으니까. 차화준 부사장과 언론 기관이 손잡고 벌인 캠페인 운동이나 다를 바 없지 않나?"

"말은 정말 잘해."

"말이라도 잘해야 예쁨 받지."

"가끔은 못 해도 돼요. 그래야 내가 언제 한 번은 선배 휘어잡죠."

"이미 잡혔으니까 모재은이 이긴 걸로 하자."

몸을 일으킨 그가 남은 맥주를 마저 들이켰다.

"맛있더라, 나물 반찬."

"여자 둘 사는 집이라 예전부터 엄마의 느낌이 많이 없었거든요. 엄마의 고유한 색깔이 퇴색 됐다고나 할까. 허리가 안 좋으셔서 제대로 보행도 못 했던 엄마가 걱정스러워서 자주 부엌에 들락거리던 게 요리하는 재능을 가지게 됐죠."

"대단한 신붓감이네."

"칭찬해 주시니 몸 둘 바를 모르겠네요."

"다시 말하지만 모재은이 몸 둘 곳, 여기 있으니까 앞으론 꼭 알아 둬."

그러다가 잠깐 그가 눈썹을 꿈틀거린다. 내 여자의 훌륭한 음식 솜씨에 반한 그의 가슴속에 알 수 없는 질투감이 스멀스멀 피어올랐다.

"피해자 A씨도 맛봤나? 1년이나 만났으면 맛보고도 남았겠지?"

그는 단정적으로 말했다. 당연히 그랬을 거라고 생각했다. 봄이면 그와 손을 맞잡고 피크닉을 떠났을 그녀를 생각하니 갑자기 가슴속에 천둥 번개가 몰아쳤다. 우르르 쾅쾅, 우르르 쾅쾅.

"아뇨."

재은이 딱 잘라 대답했다. 잠시 굳어 있던 그의 표정이 다시 유순하게 풀어졌다.

"전에도 말했지만 박한수와는 친구나 다름없죠. 학창 시절부터 쭉 은둔 생활을 하던 녀석이라 아무래도 동병상련의 마음을 느꼈던 것 같아요. 이제 와 말하지만요."

그녀의 이실직고에 그의 눈매가 선하게 휘어졌다. 치졸한 남자의 속을 전혀 모르는 재은은 독백 같은 말을 계속 늘어놓았다.

"박한수의 삶에도 풍파가 심했거든요. 저보다 더 어릴 때부터 설움을 느꼈으니까요."

"모재은의 희생 정신이 상당하네. 그럼 놈한테 1년을 투자하고."

"걱정 마요. 남은 시간은 전부 선배한테 투자할 테니까."

"그래, 그렇게 해 줘. 손해 보는 일 없이 기업 여력을 키우는 건 내가 할 테니까."

모재은이라는 추이를 잘 살피는 그에게 주먹구구식의 일 처리는 없었다.

"참. 선배, 해임 문제는 어떻게 해결하려고요?"

박 여사와 나누었던 그의 대화가 생각났는지, 재은이 불쑥 화제를 바꿨다. 의연한 태도와 단호한 말씨로 박 여사를 안심시켰던 그의 말을 곱씹어 보면 꼭 그의 해임이 없던 일처럼 느껴진다. 혹시나 하는 마음에 재은이 물었다.

"글쎄, 어떻게든 피해 가야지."

"듣던 중 반가운 소리네요. 좋은 비책이라도 있는 거예요?"

"그것도 생각 좀 해 봐야 할 것 같은데."

"대단해요. 정해진 계획도 없는데 그렇게 말한 거예요?"

"내가 어떻게 말했는데?"

"엄청 자신만만하게요."

"어, 그건 당연한 거지. 난 원래 의기양양하니까."

그가 조용히 미소 지으며 말했다. 그의 펜트하우스에서 보던 도심의 야경에 비하면 한없이 초라한 5층짜리 빌라 너머의 무채색 밤하늘은 별도, 달도 없이 캄캄하게 느껴진다. 그 가운데 자리한 그가 너무도 휘황해서 히번더거리는 별빛이 금세 잠식됐다.

"그래서 생각을 해 봤지. 모재은이 부담스러워 하는 차화준의 잘난 것 좀 버리려고 직위를 내려놓을까 했는데."

"……."

"토끼 같은 와이프 먹여 살리려면 확실히 내 자리 굳건히 지키고 있어야겠더라."

"와이프가 토끼 같으면 어떡해요. 여우 같아야지. 언제는 꼬리가 너무 많다면서요?"

"무슨 소리야, 그 꼬리 다 가져간 지가 언젠데."

506

재은은 그를 물끄러미 바라보았다. 두 무릎을 세워 그 위에 팔꿈치를 얹고, 그를 관찰하듯 지켜보자 문득 그런 생각이 들었다.

"말 참 잘해."

머리부터 발끝까지, 결함 없는 그를 나는 무슨 수로 손에 얻었을까.

"너무 잘해."

금은보화 같은 그를 가진 것으로 이번 생의 복은 다 했다. 재은이 눈빛으로 말했다. 그녀의 시선에 그가 미소로 화답했다. 너를 가진 것으로 더할 나위 없이 행복한 남자가 그녀의 손을 붙잡았다.

"그만 먹고 자자."

"네네. 얼른 자요. 벌써 새벽 1시예요."

채 비우지 못한 맥주 캔을 정리하고, 옥상을 내려가는 길.

"그런데 그런 옷차림으로 편하게 잘 수 있겠어요?"

그의 비싼 슈트에 구겨짐이라도 생기는 건 아닐까, 내심 걱정되는 재은의 질문에 그가 가볍게 어깨를 으쓱거렸다.

"어차피 벗고 잘 텐데. 뭐."

"우리 집에 남자가 입을 만한 옷이 없을 텐……."

그의 말에 놀란 재은이 말을 멈췄다.

"뭐해?"

설마…….

"내려 와."

그녀보다 먼저 내려가고 있는 그가 뒤돌아서 그녀에게 손을 뻗었다. 재은은 여우 같은 남자의 손을 잡았다. 불안한 생각이 들었지만 우려와 같은 일이 벌어질까 싶었다. 설마, 엄마가 있는 이 집에서. 설마.

"선배가 침대에서 잘래요?"

박 여사가 준비해 둔 침대 아래 원앙금침. 화준은 재킷만 벗어둔 채 이부자리에 올랐다. 방금 막 씻고 나왔기 때문인지, 가뜩이나 하얗고 깨끗한 그의 피부가 더욱 고와 보였다.

"맨바닥에서 자다 모재은 허리 꺾이면 어쩌려고?"

"제가 불편해서 그래요. 그리고 제 허리, 굉장히 튼실해요."

"그런 사람이 입학식 첫날부터 허리 아프다고 징징거렸어?"

불현듯이 생각난 옛 기억에 재은이 풋 웃음을 터뜨렸다. 그리고 보니 그랬다. 계획한 사업의 결과가 지지부진했던 아버지는 그날 아침부터 술을 들이켰다.

도둑놈더러 인사불성이라 한다고, 계획에 차질을 빚은 동업자에게 말 한마디 못 하는 아버지의 날선 화살은 입학식에 들뜬 재은에게 꽂혔다.

결국 재은은 신발을 신으려다 말고 아버지가 던진 술병을 허리에 맞고 쓰러졌다. 놀란 엄마가 달려 나와 부부 싸움이 시작되고, 어느 때보다 침울한 마음으로 학교를 찾은 재은은 우연찮게 만난 화준을 보며 언제 그랬냐는 듯 마음을 떨었다.

그러고 보니 그날이 첫 만남이었구나. 까맣게 잊고 있었는데.

"선배, 기억력도 좋네요."

"말하지 않았나? 못 하는 게 없는 게 단점이라고."

"……사실 그날 아빠가 던진 술병 잘못 맞고 쓰러졌거든요. 아까 엄마가 말해서 알겠지만 우리 아빠가 좀 못났어요. 여러 번 사업 실패로 결국 파산 신청 하셨거든요. 그 덕분에 우리 엄마, 위자료 한 푼 못 받고 이혼했고요."

"그래도 존경해, 낳아 주신 부모님이잖아."

그가 할 말은 아니었다. 모재은과의 결혼을 성사시키기 위해 부친과의 불같은 전쟁도 마다치 않아 했으니까. 그나저나 뭐부터 시작하면 좋을까.

"그건 선배처럼 좋은 집에서 태어나 잘 배운 사람들이 하는 진부하고 세속적인 생각이죠."

"그럼 모재은도 상투적으로 생각하면 되겠네."

그녀의 침대 아래에 펼친 이부자리에서 침대 위 재은을 올려 보는 화준이 웃으며 말한다.

"우리도 언젠가는 부모가 될 텐데."

불 꺼진 방안. 스탠드 불빛이 은은하게 비춰지는 협탁 쪽에서 그의 고요한 목소리가 들려온다. 그가 앉은 자리에 얼굴을 두고, 엎드린 재은이 포옥 한숨을 쉬더니 이내 웃는 얼굴을 하며 그를 바라보았다.

"선배는 어른스럽네요, 저는 그러질 못 해서."

"어른스럽다고 해서 좋을 게 있을까."

"좋죠, 생각이 성숙해진다는 건데. 난 가끔은 내 자신이 너무 부끄러워요. 아직도 제자리걸음 중인 것 같아서 자괴감도 들고."

"그럼 부끄럽지 않게 날 믿고 살면 되겠다. 괜찮지?"

양 손으로 바닥을 밀며 앞으로 다가온 화준이 고개를 내밀어 쪽 입을 맞췄다.

"의젓할 필요 없으니까 그 마음도 다 나 줘."

"어린애 같은 신부 때문에 고생이 많으시겠어요. 이런 저, 데리고 잘 살 수 있겠어요?"

"못 살 이유가 있나?"

입을 달싹거리던 그가 잠시 말을 끊었다. 재은은 돌아올 회답을 기다리며 한 손으로 고개를 받쳤다. 비스듬히 그를 내려다보고 있는 와중이었다. 또 한 번 입을 맞춘 화준이 자리에서 일어났다. 침대 맡에 걸터앉은 그는 이내 그녀의 양 팔을 쭉 잡아끌었다.

재은은 영문을 알 수 없는 눈으로 그를 보았다. 보조개가 패도록 씩 웃어 보인 화준이 앉아 있던 그녀의 몸을 침대 위로 눕히고, 그 위에 살며시 몸을 포갰다.

"서, 선배……."

모재은이 기골 좋은 차화준에게 압사되는 건 아닐까, 그는 체중을 분산시키기 위해 그녀의 양 어깨 옆을 짚었다.

"아까부터 정말 죽겠더라."

은밀한 손은 손가락 사이에서 부서지는 머리카락을 하염없이 쓸어내리고, 운무를 품은 탁한 눈빛은 가관을 이루는 그녀를 지긋하게 바라보았다.

"앞에 앉은 어머님 말씀은 귀 담아 들어야 하는데, 옆에 앉은 모재은 잔향이 어지간히 유혹적이어야지."

늘 그를 사색하게 하는 모재은은 심히 감각적이었다. 그녀를 탐닉하는 상상에 빠진 그는 매일 밤 괴로움에 몸을 떨었다. 심미적 아름다움을 추구하는 화준에게 모재은은 알맞게 부합되는 존재였다.

"어머님 주무시는 것 같던데."

달보드레한 입술이 포개졌다. 말캉한 입술을 쓸고 떨어진 입술이 목덜미로 이어지는 턱 선을 훑았다. 재은의 입에서 자연스러운 소리가 흘러나왔다.

"하아⋯⋯!"

"어, 조용조용. 어머님 깨어나시겠다."

능숙하게 그녀의 셔츠 단추를 끄른 그는 어느새 브래지어 호크까지 푸른 상태였다. 그리고 바지까지. 스르륵 떨어진 옷가지가 화준의 손에 의해 침대 밑으로 사라지고, 적나라하게 드러난 재은의 몸이 그의 깊은 눈동자 속에 잠식됐다.

이내 불같은 열망을 실천하기 위해 화준이 그녀의 입술을 집어삼켰다. 사랑스러운 모재은의 입술은 과즙이었다. 몸 구석구석을 씹을 때마다 끈끈한 진액이 주르륵 흐르는 과일. 욕심껏 베어 물 때마다 탄산처럼 터지는 청량한 그녀의 음성은 실처럼 가늘어 금방이라도 끊길 것 같이 아슬아슬했다.

화준은 곡예사의 외줄타기처럼 저를 긴장하게 하고, 애태우는 그녀의 고른 치열을 훑었다. 좁다란 입안에서 유영하는 그의 혀뿌리는 욕망에서 해방된 자유로운 움직임으로 그녀를 탐닉했다. 진하게 농축된 모재은을 빨아 마시고 싶은 입술이 그녀의 타액을 목 안으로 넘길 때마다 굵은 핏줄이 선 목이 꿀렁거린다.

"으응⋯⋯."

재은은 쾌감의 비명을 목구멍으로 삼키며 눈을 꾹 감았다. 간신히 신음을 참고 있는 턱에 힘이 들어가 입을 떼기가 어려웠다. 화준의 어깨를 꽉 잡았다. 척추를 타고 뇌수까지 차오른 전율에 그가 아니고서는 이 작은 몸뚱이를 지탱할 수 없을 것만 같았다. 너무할 정도로 단정한 그에 재은이 끙끙거리는 소리를 냈다.

혹 잠든 엄마가 깨진 않을까, 노심초사하면서도 지금 순간을 멈추고 싶지 않았다.

"후, 눈 떠야지."

입술을 뗀 화준이 말했다. 그의 말에 재은은 슬그머니 눈꺼풀을 올렸다. 성마른 그의 손은 곤두선 그녀의 젖꼭지를 야살스레 비틀었다.

"어디서부터 할까?"

야릇한 물음에 재은이 작은 목소리로 말했다.

"위, 위요……."

그와 동시에 화준이 고개를 낮췄다. 가슴을 움켜잡고 있는 손 아래로 얼굴을 내린 그가 보드라운 살결을 입안에 가득 넣었다. 대답을 기다릴 정도의 인내조차 남아 있지 않던 혀뿌리가 유륜을 따라 빙글빙글 움직이자 소스라친 재은의 몸이 잠시 움찔거렸다. 촉촉한 물기로 젖은 가슴을 꿀샘처럼 빨아 당기는 모습을 위에서 지켜보는 재은은 잠시간 숨을 참았다. 침대 시트를 꼭 움켜쥐고 있던 손은 그의 손에 붙잡혀 그대로 그의 머리를 끌어안았다.

펼쳤다 오므리는 손가락 사이로 화준의 머리카락이 끼어들었다. 그의 뒷덜미를 잡은 그녀의 손에 저절로 힘이 실렸다. 온 신경은 감각적으로 움직이는 혀에 집중 되어 있었다. 쾌감과 희열을 선사하던 그의 아름다운 몸이 다시 보고 싶었다.

화준은 꿀샘을 품은 그녀의 풍만한 가슴을 혀로 비비고, 크게 벌린 입안으로 흡입하듯 깊게 빨아들였다. 견디지 못해 부서질 것 같은 아래가 고통스럽게 욱신거리지만 참을성을 가지고 버텼다. 손에 알맞게 잡히는 가슴을 주무를 때마다 출렁이는 살결에 당장 눈이 돌아버릴 것 같았다.

아니, 이미 돌아버린 상태였다. 미약하게 호흡하는 그녀의 몸 곳곳에 입을 맞추고, 끝도 없이 이어진 몸 길을 따라가 충분한 사정감을 느끼고 싶었다.

"이제 어떡할까?"

타액으로 번들거리는 가슴을 주무르며 곤두선 유두를 검지로 살살 돌리는 그가 물었다. 지독히도 낮은 목소리는 흥분감과 욕망에 섞여 쉬지근했다.

"아, 아래도······."

"아래도 해 줄까?"

되물은 화준이 입술에 짧게 입을 맞췄다. 재은이 한껏 붉어진 얼굴로 작게 고개를 끄덕였다.

"그렇지? 아프면 안 되니까."

다 거짓말이다. 자기만족을 위해 백 번, 천 번 개처럼 핥으래도 핥았을 테다. 모재은은 맛있으니까. 그녀의 상체를 일으켜 세운 화준이 굴곡진 허리선을 쓸어내리자 재은이 움찔 몸을 떨었다. 그리고 그 틈을 타 그녀의 다리 사이를 열자, 은밀한 부위가 그의 눈에 선명하게 닿았다.

숨을 턱 막히게 만드는 그녀의 관능적인 자세에 화준이 짧게 신음했다. 발꿈치를 쓸고 올라온 손이 허벅지 안쪽에서 맴돈다. 이윽고 비밀스러운 수풀을 가르고 쭉 내려온 그의 손가락 하나가 좁은 동굴 안으로 쑥 밀고 들어왔다. 이미 촉촉하게 젖은 안을 드나들 때마다 철벅거리는 소리가 방 안을 음란하게 메웠다.

"흣!"

"재은아."

버릇처럼 감기려는 눈을 억지로 뜬 재은이 간신히 그를 바라보았다. 그는 작은 구멍 안에 꽉 박혔다가 문지르며 빠져나가는 자신의 손짓을 바라보고 있었다. 그 노골적인 행위를 지켜보고 있자 이상야릇한 기분이 뇌수를 마비시키는 듯했다.

"평생 사정하기 싫다."

작게 부푼 클리토리스를 둥그렇게 문지르는 그가 말했다. 쾌감으로 까무러칠 듯한 재은의 허리가 저절로 튕겨졌다. 자꾸만 몸이 흔들리자 결국 재은이 화준의 어깨에 얼굴을 묻었다.

"으읏, 흑!"

"그래야 모재은이랑 계속 섹스할 수 있을 거 아니야."

"하……. 서, 선배."

부드러운 살이 점점 미끈거리는 게 느껴졌다. 무언가가 허벅지 아래로 주르륵 흘러내리는 기분이 들었다. 딱딱한 손가락이 안에서 빙글거릴 때마다 재은은 생경한 감촉에 몸을 들썩거렸다.

"내 인내가 부족한 건가?"

"아니, 아니……. 그거 말고요. 하아!"

"그럼? 뭐?"

그가 모르는 척 시치미를 떼자 재은이 눈을 가늘게 떴다. 질퍽거리는 소리가 끊이지 않도록 손가락을 푹 찔러 넣었다 반쯤 빼낸 그의 손을 재은이 붙잡았다. 뭉툭한 클리토리스를 둥글게 문지르는 행위에 재은이 엉덩이를 치켜 올렸다. 목을 끌어안은 채 대답을 망설이는 그녀에게 화준이 말했다.

"예쁘게 키스라도 해 봐. 뭐라도 해야 내가 힘이 나지. 안 그래?"

그의 담담한 애원에 재은이 고개를 들었다. 비스듬히 턱을 꺾어 살며시 화준에게 입을 맞췄다. 불쑥 밀려 들어온 그의 혀가 그녀의 말캉한 혀를 잡아 옥죄는 순간 다리 사이가 허전해졌다. 예고 없이 빠져나간 공간이 허하게 느껴지기 무섭게 사락거리는 소리를 들었다.

금속성 벨트가 풀어지고, 지퍼가 열리는 소리가 분명했다. 먼저 그녀에게서 입을 뗀 화준이 힘겹게 앉은 그녀를 눕혀 놓고, 양 발목을 잡아끌었다. 얼핏 본 그의 것은 굵직하게 선 핏줄이 울긋불긋했다.

이윽고 묵직하게 밀고 들어온 아래가 재은의 안을 가득 채웠다. 간신히 신음을 참고 있는 턱에 힘이 들어가 입을 떼기가 어려웠다. 무엇보다 치받듯이 박차고 들어오는 그의 부피감에 재은의 눈앞이 하얗게 번져 갔다.

강하게 처박는 허릿짓에 튕겨지는 그녀의 가슴이 출렁거린다. 오뚝하게 선 선홍빛의 열매가 예뻐, 화준은 그것을 부드럽게 어루만졌다. 그러고는 몸을 숙여 입술이 닿는 곳마다 타액을 묻혔다. 순백의 고귀한 몸에 붉은 자국이 늘어갈수록 자줏빛 꽃봉오리처럼 만개한 몸을 보며 화준은 다시 한번 자신을 깊게 밀어 넣었다.

"아, 아아……."

몸을 관통하는 전율에 정신이 흐트러졌다. 그의 허벅지와 살주머니가 사정없이 엉덩이에 부딪쳤다. 탁! 탁! 화준이 허리를 부딪쳐 올 때마다 터지는 소리에 재은이 손에 힘을 실었다. 손톱이 하얘질 때까지 그의 가슴을 움켜잡던 그녀가 헉헉거리며 숨을 몰아쉬었다.

"우리 아이는 천천히 갖자."

동그랗게 허리를 돌려 내벽 속을 문지르는 화준의 잇새 사이로 은은한 신음이 새어 나왔다.

"임신하면 한동안은 금욕이라는데, 아직은 그럴 자신이 없어."

"흐, 선배……."

솜털까지 올올이 일어서는 듯한 감각에 미친 사람처럼 고개를 가로저었다. 능란하게 움직이는 허리가 살결에 맞닿을 때마다 재은은 몸속에서 순환하는 흥분감에 숨길 수 없는 쾌감을 느꼈다.

화준은 자신을 꽉 물고 놓아주지 않는 뜨거운 살덩이를 온몸으로 느끼며 절정을 향해 내달렸다.

"하, 하읏, 아!"

교교한 달빛이 암막 사이로 어슴푸레 스며든 달밤. 화준은 몇 번이고 끈적끈적한 공간 안에서 존재감을 드러냈다. 그의 존재가 두각을 드러낼 때쯤 재은은 찌릿하게 밀려오는 열기에 길고 긴 비명을 내지르다 헙, 입을 막았다.

척척한 피부 위에 화준의 혀끝이 닿았다. 스르륵, 갈증을 해소하는 그의 입술이 야해서 재은은 부르르 몸을 떨었다.

길고 긴 밤은 계속 되었다.

다음 날 아침. 눈을 뜬 재은은 아무 일도 없었다는 듯 연하늘색 잠옷 차림새를 하고 있었다. 까무룩 잠이 든 그녀를 내내 지켜보던 그가 밤새 옷을 입혀 놓았나 보다.

눈을 떴을 때 그가 잠든 이부자리는 흔적도 없이 정리되어 있었다. 침대 밑에 앉아 잠든 그녀가 깨어날 때까지 기다리고 있던 화준은 누군가와 통화 중이었다.

"차 상무님 줄은 어딥니까?"

도청의 위험에 노출되어 있는 그는 대놓고 그녀 앞에서 대화를 이었다. 심각한 이야기는 아닌 듯했다. 그나저나 차 상무라니. 비몽사몽 흔들리던 정신이 번쩍 들었다.

"내 상황 딱한 거 알면 내 편 들어야지."

차 상무라면, 대원 물산 차화은 상무? 재은은 두 귀를 쫑긋 세웠다. 그의 누님으로 세간에 알려진 화은의 목소리가 수화기 너머로 흘러 나왔다.

"전자 쪽 주식 가지고 장난질 하면, 아버지께서 순순히 인정하지 싶은데."

─작정을 했구나.

"작정이야, 진작 했지."

그가 말과 함께 재은의 머리카락을 쓰다듬었다. 잘 잤어? 하고 입속말로 되묻는 모습이 미치도록 섹시하고, 아름다워서 재은은 이른 아침부터 혼을 쏙 빼 버리고 말았다.

"정 그러면 어쩔 수 없지. 부전자전이라고."

그의 손이 살짝 흘러내린 그녀의 상의를 정리해 주고.

"속도 위반에 신호 위반 더해야지."

웃으며 하는 말에 휴대폰 속 화은의 고성이 들려왔다.

―교통법 준수해라! 너!

재은은 얼음했다.

"그러고 보니 전자 쪽에 현민이 형 지분도 상당하다지?"

―차화준, 너!

"잘됐네, 안 그래도 차 상무님 손현민 씨와 정분난 거 아니었습니까?"

―정분은 무슨 정분. 친구라고, 친구! 잘 알면서 그렇게 몰아가기 있니?

"글쎄, 요즘은 친구에서 남편까지가 추세라던데."

그렇지, 재은아? 하고 그가 또 한 번 입술을 움직였다. 재은은 얼굴이 새빨개졌다. 어느새 부지런한 손이 그녀의 상체 안으로 침투해 들어와 있었다. 부드러운 살결을 쓸어내리고, 움푹한 배꼽을 유혹하듯 어루만졌다.

"우선 끊자."

다소 매정하게 전화를 끊은 화준이 씩 웃으며 그녀를 돌아보았다. 가장 중요한 인물에게 앞으로의 상황을 언질 했으니, 알아서 잘 하겠지.

"미치겠다."

그나저나.

"뭘 해도 예쁜 것도 능력이지?"

아침부터 지나치게 관능적인 내 여자 문제는 어떻게 해결하면 좋을까. 고민하는 찰나 시끌벅적한 문 밖에서 박 여사의 목소리가 들려왔다.

"밥 먹자!"

화준은 방금 막 일어난 꾀죄죄한 그녀의 얼굴을 꿀 떨어지는 눈빛으로 바라보았다. 재은은 볼을 붉혔다. 부리나케 자리에서 일어난 두 사람이 침실을 나서고, 상차림에 여념 없던 박 여사가 딸애의 처참한 몰골을 보며 혀를 찬다.

박 여사가 돌아서자 화준이 비스듬히 턱을 꺾어 재은에게 입을 맞췄다.

"어."

구접지레한 모재은의 얼굴조차 예쁜 그가, 이른 아침부터 사랑스러운 그가 흔연하게 웃는다. 연방 쌩긋거리는 화준을 따라 재은도 빙그레 미소 지었다.

"빨리 먹자!"

때마침 등장한 박 여사가 다시 한번 소리쳤다. 그녀의 외침 속으로 빠져든 재은이 힘찬 대답과 함께 홱 돌아섰다. 시작부터 아찔한 아침이었다.

—너 혹시 아버지 소식 듣고 이러는 거니?

자택으로 돌아가는 길. 화준은 다시 전화를 걸어온 화은과 통화 중이었다.

"부사장 해임 의결권에 발 벗고 나서는 아버지의 회동?"

—그래, 주주들과 회동 중이신 거 알고 주식에 손대려는 거니?

"틀린 말은 아니지."

차선을 바꾸며 그가 말했다.

—미치겠다.

"차 상무님 생각은 어때? 부사장의 논란 이후 급락한 주식을 모두 매도한다면 어떨지 모르겠다."

—작정하고 이러는 거야?

그가 피식 웃었다. 화은은 착잡한 듯 숨을 몰아쉬었다. 백제 호텔의 최대 주주인 부친의 소유 지분은 무려 21.5%였다. 그의 특수관계인인 차연지 사장과 화은, 화준 남매의 주식을 더하면 그의 지분은 71.3%에 육박한다.

만약 화준이 자신의 소유주인 36만주를 장내 매도한다면 그는 최대 주주의 특수관계인에서 제외될 테고, 그렇게 되면 부친의 지분율은 현저히 낮아진다. 어차피 매도 지분은 재작년 유상 증자에 따른 실권주를 인

수한 물량이었으니 아무래도 상관은 없을 텐데, 좀 더 신중하게 생각해
보는 것도 나쁘진 않겠다.

아무리 그래도 내 부모의 등에 칼을 꽂고 싶진 않으니까.

"우선 끊자, 빠빠."

뚝 전화를 끊은 그가 곧장 어디론가 전화를 걸었다.

—네, 부사장님.

"조 실장, 요새 한가하지?"

부사장의 공백으로 업무가 일시 중단된 부사장실 소속 비서들은 매일
이 황금 휴무였다. 조 실장도 마찬가지였다. 보좌해야 할 의무가 있는 부
사장이 대형 사고의 폭발과 함께 먼지처럼 사라졌으니, 몸에 사리가 날
정도로 따분한 시간을 보내고 있었다.

—결혼을 앞둔 부사장님에 비하면 상대적으로 여유로운 편입니다.

"좋네, 그럼 당분간만 부사장 전속 비서실장으로 활동하죠."

—심경에 변화라도 오신 겁니까? 평생을 부사장님께 다 바친 비서실
장의 기구한 인생을 회복하라던 그 말씀은 제가 잘못 들은 겁니까?

"귀머거리 귀 있으나 마나라고, 난 조 실장 꾸짖을 마음이 전혀 없는
데 뭐든 빠릿빠릿하게 진행하지?"

상사의 말에 휴대폰 너머로 조 실장이 풋, 웃음을 터뜨렸다.

"호텔 측 주주들과 오찬 일정 마련해요."

그러거나 말거나, 그의 의사와 전혀 상관없는 화준은 한가로운 조 실
장에게 특명을 내렸다. 대원 그룹의 계열사의 주식으로는 어림도 없었
다. 장벽 같은 부친에게 대항하기 위해선 가장 큰 무기가 필요했다.

그의 지분에 위협을 가할 무언가.

chapter

<u>14</u>

보다 나은 기업 사회를 위한 핵심 경영 및 기술 발전을 주제로 구성된 컨퍼런스에 다수의 기업가 수장이 참석했다. 명문 대학 교수와 글로벌 마케팅 담당자까지 한 자리에 모인 그곳에서 경영인들은 다양한 의견을 놓고, 미래지향적인 사업을 준비했다.

대원 물산의 차 사장도 마찬가지였다. 그는 묵직한 존재감을 드러내며 컨퍼런스가 진행되는 내내 자신의 뜻을 소신껏 드러냈다. 컨퍼런스가 끝나고, 오찬이 있는 룸으로 자리를 이동하는 중이었다.

"오래간만에 뵙겠습니다. 차 사장님!"

잘 알고 지낸 태백 그룹의 이 회장이 먼저 찾아와 그에게 인사를 건넸다.

"이 회장님. 이 얼마만입니까. 그간 무탈하셨습니까?"

악수를 나누고 형식적인 안부를 묻는 두 거장의 얼굴에 화색이 감돌았다. 적대감을 버리고, 온화스레 상대를 대하는 두 수장은 긴 복도를 나란히 걸어갔다.

"집안에 경사가 있으니 사장님께서도 노후 준비가 편안해지셨겠습니다."

"경사라니. 그렇지도 않습니다."

"부사장님의 결혼 소식은 익히 들어 알고 있습니다. 미리 축하드리지요. 그리고, 그때 그 일은 심히 유감입니다. 도무지 기회가 나지 않아 내내 마음이 무거웠습니다."

"사고? 사고라니?"

그가 걸음을 멈추자 이 회장도 멈칫했다. 그는 곤란한 낯빛을 하며 차 사장을 바라보았다.

"저희 쪽 삼남이 결례를 범했다더군요. 부사장님께서 전달한 영상은 이미 확인을 마쳤습니다. 이번 일을 통해 삼남을 바로 잡을 테니 조금만 너그럽게 이해해 주시기를 바라겠습니다."

차 사장은 당최 알아들을 수 없는 그의 말에 의아한 얼굴을 했다. 이 회장은 차 사장의 얼굴에 떠오른 물음표를 보고, 힘겹게 운을 뗐다.

"지난 주말에 개최한 랑데부 전시회에 아무래도 저희 삼남이 참석한 모양입니다. 그곳에서 작은 사모님을 미처 알아보지 못한 데 불상사가 일어났던 모양인데 모두가 다 부족한 제 불찰입니다."

가만있어 보자. 이 회장의 삼남이라면 누구인가. 태백 자동차의 이재원 상무 아닌가? 안 그래도 그날 전시회에 참석한 인물들을 수석비서를 통해 보고 받은 상태였다. 그의 보고서가 아니더라도 이미 언론에 뿌려진 기사 사진만 봐도 알 수 있었다.

재계의 유명 인사들이 집합한 그날의 전시회는 별들의 모임이었다.

"온당한 처사로 죗값을 대신할 테니 부디 노여움을 풀어 주시지요."

그곳에 화주의 연인이 참석한 사실또한 수서비서의 보고를 통해 이미 알고 있는 터였다. 그런데 사과라니. 차 사장은 혹 독불장군 같은 제 아들놈이 큰 사고를 터뜨린 게 아닌가 내심 걱정됐다.

"삼남의 파면을 피할 순 없을 테지요."

"무슨 일이라도 있었던 모양입니다. 파면이라니."

"세 살 버릇 여든까지 가기 전에 단단히 혼쭐을 내 주어야겠지요."

이 회장이 호탕하게 웃음을 터뜨렸다. 그 역시 아들의 해임을 결정지은 상태인 것 같았다.

"그나저나 차 사장님께서는 괜찮으십니까? 이번 주총에서 부사장님이 해임이라도 된다면 주가 붕락 사태가 불가피할 것으로 예견됩니다만. 차 사장님께서도 아시다시피 차 사장님의 인터뷰가 일상일하는 주가에 큰 영향을 미치지 않습니까?'

차 사장이 근심의 낯빛을 하며 헛기침을 한다. 이 회장의 말이 백 번 옳았기에 달리 할 말이 없었다. 화준의 폭력 사건 이후 주가는 큰 폭으로 급락했다.

거기서 그치지 않았다. 투자자들의 무차별적인 투매에 주가 지수는 보합권을 벗어나 최악의 사태를 빚어 놓았다.

과열된 주가의 상승은 기대할 수 없는 상황이었다. 국민들이 화준의 해임을 반대하고 나설 때쯤 작은 폭으로 주가가 오르긴 했으나 그마저 미미한 정도에 지나지 않았다. 만약 이 시기에 화준의 해임이 결정 된다면 백제 호텔의 주가는 이를 데 없는 폭락으로 파국적 사태를 피하지 못할 테다.

경영인이 주가에 미치는 영향은 상당했다. 이처럼 광범위한 경제 효과를 보이는 경영인은 일선의 중심에서 항상 신중하고, 겸손해야 했다.

"어쨌거나 삼남의 일은 제가 대신 사과드립니다."

그런 그가 한 여자로 하여 온갖 사건 사고를 다 일으켰으니. 참.

"다시 느끼지만 부사장은 참 유능한 오너입니다. 저희 쪽 삼남과는 어찌 그리 다른지."

그렇다고 아들의 마음을 전혀 모르는 것은 아니다. 한때 그가 지금의 아내에게 필사적이었던 것처럼 그 역시 간절할 테지.

"부럽습니다, 차 사장님."

차 사장은 이 회장의 말을 제 식대로 유추했다.

"저도 부끄러움 없는 부모가 되어야 할 텐데."

부끄러움 없는 부모.

"자, 어서 들어가시죠. 남은 얘기는 식사 후에 나누도록 합시다."

차 사장이 일언반구의 대답과 함께 먼저 룸 안으로 들어갔다. 테이블 위에는 산해진미의 메뉴들이 성찬처럼 준비되어 있었다.

줄어들지 않는 서류와의 전쟁. 치열한 자본사회에서 살아남기 위한 몸부림. 집무실에서의 고독한 시간이 끝나고, 퇴근길에 오른 화은이 자연스레 약속 장소를 찾아갔다. 격식적인 한식당의 분위기는 예스러웠다. 화은은 한옥의 조형미를 잘 살린 탓에 전통적인 느낌이 상당한 한식당 안으로 들어섰다.

개량 한복을 입은 지배인의 안내를 받아 도착한 좌식 룸에는 먼저 도착한 현민이 있었다. 고즛집의 분위기가 물씬거리는 룸을 둘러본 화은이 이내 그의 맞은편에 자리했다. 그녀의 낯빛이 퍽 시큰둥한 걸 보니 오늘 하루도 일에 치이며 보냈을 게 분명하다.

"내 기사 봤니?"

겉옷을 벗은 그녀가 말문을 열었다. 현민이 백지 같은 얼굴로 고개를 갸웃거렸다.

"나더러 시집은 갈 수 있겠냐고 난리도 아니야."

오늘 아침, 차화준 부사장의 웨딩 기사와 관련해서 대원 물산의 차화은 상무가 이슈로 떠올랐다. 서른여섯의 나이로 일에만 매진하는 그녀의 앞날이 퍽 걱정스러웠는지, 몇몇 누리꾼들이 그녀의 결혼을 종용하기 시작했다.

가는 데 순서 없다지만 너무한 거 아니냐며 대다수 장난스럽게 화준을 비난했다. 현민은 툴툴거리는 화은을 보며 싱긋 미소 지었다.

"언제는 버진 로드행 급행열차에 오를 지도 모르겠다면서."

"그것도 그렇네."

"그래, 그리고 그 상대가 나일 것 같다면서."

현민의 말에 화은이 가만히 그를 바라보았다. 그와 몇 년 지기인지, 이제는 기억이 가물가물하다. 하도 오래된 이야기라 그동안의 추억을 정확히 짚어낼 수는 없었지만 이것 하나만큼은 확실하다. 친구와 연인의 관계가 모호하게 느껴질 때가 이따금 있었다. 때로는 가족처럼, 친구처럼, 연인처럼 그녀 곁을 오매불망 지켜 주는 그이기에 가능한 일이었다.

"남녀 사이에 친구 없더라."

"그래, 화준과 그 애만 봐도 알겠더라. 세상에, 그 두 사람 대학 동문인 거 알지?"

현민이 웃으며 고개를 끄덕거렸다. 화은은 멈칫했다. 30년을 넘게 본 그의 얼굴은 신기하게도 질리지 않았다. 은연하게 변화하는 하루 일상처럼 매일이 새롭게 느껴지는 그의 깊은 눈동자는 언제나 그녀의 시선을 빨아들였다.

"그래서 오늘은 또 무슨 일이야. 화준이 사고라도 쳤어?"

그의 물음에 황급히 상념에서 깨어난 화은이 이내 평상시처럼 불퉁한 얼굴을 한다.

"주식으로 장난치는 건 아닐까 걱정이 이만저만이 아니야."

"주식?"

"너도 알다시피 우리 아버지가 화준의 결혼을 적극 반대하고 나서고 있잖니. 사랑에 눈이 멀어 그런지 분별력이 떨어진 것 같아 걱정이 크네."

"으흠."

"간도 커. 백제 쪽 주식에 손을 대려는 생각인 것 같은데 그게 어디 쉬운 일이니?"

"뭐, 화준이 화술 정도면 어려울 것도 없지."

"아서라."

화은이 설설 고개를 흔들자 그가 대수롭지 않은 투로 말했다.

"글쎄, 지금 상황에서는 화준을 쉽게 해임하기도 어려울 텐데."

불안정한 백제 호텔의 주가는 들쑥날쑥했다. 차화준 부사장의 해임 논란이 불거졌을 당시까지만 해도 급락하던 주가는 모든 사건이 종결되고, 그의 사퇴를 반대하는 언론의 목소리가 커져갈 때쯤 서서히 상승세를 보였다.

이런 상황에서 부사장의 해임이 통과된다면. 제아무리 유능한 전문 경영인이 신임된다 하더라도 위태로운 주가를 살리는 데 큰 어려움이 따를 것이다.

"그래서 차화은, 넌 어느 쪽이야. 아버님? 화준?"

화은은 대답을 망설였다. 이대로 화준이 해임된다면 백제 호텔의 나쁜 평판이 만구일담으로 퍼질 것이 뻔했다. 언론의 동향을 예의 주시하는 부친께서도 그 사실을 잘 알고 있을 테다. 행실이 난잡한 아들이 결혼에 대한 일언반구의 언질도 없이 사고를 터뜨렸으니, 한 성격하는 부친도 바짝 독이 올랐을 테지.

하지만 그도 많은 고민을 거친 끝에 판단을 내렸을 테다. 억대에 길이 남을 훌륭한 업적을 남기며 최고 경영인의 자리에 올랐던 차화준 부사장의 능력을 높이 칭찬했으니까.

그렇다면 반대로, 그가 해임된다면? 백제 호텔의 지분율이 만만치 않은 고모님께서 소경의 월수를 내어서라도 반드시 화준을 복귀시키려 할 테다. 족벌 경영이라며 국민들의 질타를 받고 있다고는 하지만 백제 호텔의 위기를 타개하며 굳건히 1위를 지켜온 화준을, 그리고 고모님을 모두들 인정하고 있었다.

폭행 사건으로 언론의 도마 위에 올랐으나 차화준 부사장의 명예도, 그리고 백제 호텔의 영예도 아직 살아 있는 터였다. M&A를 통해 회사의 가치 변화가 있지 않은 이상 주가가 큰 폭으로 상승할 것이라는 기대감은 떨어지지만, 다들 공연히 알고 있을 테다.

차화준 부사장은 이 난국을 어떻게든 헤쳐나갈 것이라는 걸, 백제 호텔의 모든 투자자들은 알고 있으리라.

"글쎄, 난 중립을 유지하고 싶네."

그녀의 말끝에 현민이 피식 웃음을 터뜨렸다.

"한 가지만 해."

손에 쥔 숟가락을 내려놓고, 등받이에 편히 몸을 기댄 그의 시선이 탁해졌다.

"그래야 나도 바른 줄 설 거 아니야."

"뭐?"

"잊었어? 내가 투자한 백제 호텔 지분율도 적지 않다는 거."

그의 말에 화은의 눈이 휘둥그레졌다. 그러고 보니 그랬다. 기업 순위 3위에 머무르고 있는 손현민도 가진 주식이 상당했다. 재계에서는 그를 주식 왕으로 꼽으며, 심심할 때마다 그의 자산을 계산해 보곤 했다. 그만큼 두뇌가 명석하고, 영리한 현민은 이곳저곳에 큰돈을 투자하며 주주로서의 경영권을 확보했다.

"그러니까 잘 생각해."

사랑하는 동생의 사랑이냐, 부모 공경이냐. 화은은 갈림길에 섰다.

"말이 씨가 된다고, 30년 죽마고우가 나란히 버진 로드행 급행열차에 오를지, 누가 알겠어. 안 그래?"

대주주의 특수관계인. 손현민의 특별한 사람이 곧 차화은이 되는 날이 머지않았음을 그녀는 예감했다. 맞물린 두 사람의 시선이 한참동안 서로를 바라본다. 먼저 고개를 외면한 건 화은이었다. 웬일인지, 그녀의 얼굴이 발그레 달아올랐다.

차화준 부사장 해임을 안건으로 삼은 주주 총회가 다음 주에 열린다.

백제 호텔의 최대 주주이자 대원 물산의 차노익 사장의 뜻은 확고했다. 아들의 경솔한 언행을 벌하기 위해 최근 주주들과 회동을 갖은 그는 얼마 안 남은 주주 총회를 야심차게 준비했다.

반면 찬반 결론으로 결정되는 그의 해임에 주주들은 불안한 기색을 엿보였다. 이번 논란으로 회사의 주가가 폭락하고, 매출 침체 일로를 걷고 있다지만 과연 차화준이 누구인가. 고객의 욕구를 충족시키는 기획과 전략, 그리고 중장기적 계획으로 매출을 급증시킨 대원의 오너 아니겠는가.

차별화된 전략과 뛰어난 마케팅력으로 호텔 업계에서 굴지의 1위를 지키고 있는 화준의 해임을 은연히 반대하는 주주들은 막연히 걱정이 됐다.

　한편으론 차 사장의 태도가 이해되지 않아 사퇴를 강요하는 최대 주주가 마뜩찮게 느껴지기도 했다. 거대 기업과 친화적인 언론을 이용해 논란을 덮으면 그만인 것을 꼭 저렇게까지 해야 하는 걸까. 남보다 못할 만큼 냉정한 그들의 부자를 생각하며 주주들은 고개를 저었다.

　"자신의 위치에 안주한 차화준 부사장을 어떻게 이해하고 용서합니까?"

　"그렇지만 차 사장님. 이번 사건의 경위는 충분히 밝혀진 상태입니다. 언론의 분위기도 상당히 호의적이고요. 부사장의 경솔한 행동이 기업에 큰 타격을 입혔다지만 과연 부사장이 어떠한 인물입니까. 매 순간이 위기나 다름없는 일선에서 우리 같은 투자자들이 안정적이고 경이적인 수익률을 낼 수 있게끔 힘을 보여 준 인물 아니겠습니까."

　우호 지분을 확대하기 위해 매일같이 회동 자리를 갖는 차 사장에게 누군가 반론을 제시했다. 차화준 부사장의 해임을 은연히 반대하는 그들은 보통주를 소유한 소주주로 백제 호텔 측에 보유한 차 사장의 71.3%의 지분 외 28.7% 중 일부의 지분을 가지고 있었다. 그들은 속칭 개미 투자자였다.

　차 사장이 탐탁지 않은 얼굴을 한다. 달리 할 말이 없는 이비지는 악자였다.

　"지금이야 지지부진하다지만 차 사장님도 아시지 않습니까."

　문득 태백 그룹 이 회장의 말이 떠올랐다.

　"부사장의 자리가 공백으로 돌아간다면 분명 지금보다 더 큰 위기가 호텔에 닥칠 겁니다."

　하나뿐인 아들 녀석을 극찬하며 그의 순애를 인정하던 이 회장은, 그날 오찬 회동에서 하릴없이 화준의 이야기를 늘어놓았다.

　논란을 피하기 위해 골수에 박힌 모욕감에도 굳건하던 연인과 그런 그녀를 보호하고 나선 아들. 두 사람의 이야기를 들었을 때, 차 사장은 아주 오래된 일을 떠올렸다.

30년도 더 된 아내와의 연애 시절. 부친인 차준필 명예 회장에게 당돌히 사표를 던졌던 지난날을 상기시키며 회상에 잠긴 차 사장이 침묵한다. 주주들은 일동 고개를 외면했다.

차 사장의 가혹한 처사가 못마땅한 듯 인상을 구기는 주주들은 모두한마음, 한뜻이었다.

근래 들어 화준은 아버지의 행보를 예의 주시했다. 개미 투자자들과 접선할 만큼 필사적인 아버지의 뜻을 알기에 더더욱 물러날 수 없는 화준은 반대로 이미 그의 뜻을 거친 투자자들과 회동을 가졌다. 큰 그림을 가진 그의 계획이 차근차근 현실로 이루어진다.

"장내 매도 할 생각입니다."

대주주로부터 경영권을 빼앗기 위한 미끼. 화준은 모두 모인 자리에서 당당히 고백했다.

"어차피 제 해임은 예견된 일 아니겠습니까? 이제 와 가진 모든 지분을 처분한다 해도 이상할 건 없죠."

청천벽력 같은 그의 말에 모두들 당황한 기색을 보였다.

"더 이상 백제 호텔에 제가 설 자리는 없습니다. 다들 아시잖습니까? 대주주의 특수관계인인 차화준의 매도로 대략 4%의 주가가 하락할 텐데, 소생이 불가능한 백제에 무리한 투자를 하다니요. 그만큼 어리석은 투자는 없다고 봅니다."

더없이 여상한 그가 말했다. 장내는 소액 주주들의 웅성거림으로 소란스러웠다. 백제 호텔의 특수관계인인 차화준 부사장이 가진 지분을 매도한다니.

차 사장이 보유한 총 71.3%의 지분율을 중 19%는 차화준 부사장의 것이었다. 만약 그가 이대로 장내 매도를 감행한다면, 그리고 이 사실이 공시 된다면 그의 말대로 호텔의 주가는 빠른 속도로 폭락할 테다.

"잠시나마 백제 호텔이 상한가를 보이는 지금이야 말로 절호의 기회라고 생각합니다."

화준은 황황망조하는 투자자들에게 직언했다.

"장내 시장의 가장 큰 장점이 유동성이라는 것은 모두 잘 알고 계시리라 믿습니다. 이 역시 엄연한 제도권 시장이기에 매년 감사 보고서와 분기보고서를 통해 참고가 가능하니 고민할 필요가 없다고 보는데. 다들어떻게 생각하십니까?"

의결권을 위한 아버지의 행보와 다르게 움직이는 아들의 행로가 심상치 않았다. 투자자들은 우왕좌왕하면서도 화준의 심리를 파악하기 위해 눈치 싸움을 시작했다.

"성장 한계에 다다른 기업은, 회사의 가치 변화가 이루어지기 전까지 큰 주가 변동을 기대하기 어렵습니다."

그러다가 이내 뜻을 굳혔다. 그들의 생계가 달린 투자 의지는 그의 마지막 발언에 산산이 조각났다.

사람들의 관심 속에도 버젓한 재은은 열애실 전후로 사뭇 달라졌다. 평소에는 쉬엄쉬엄 업무를 진행했다면 요즘 들어서는 뭐든지 빠릿빠릿하게 처리하려고 했다. 붙따르는 사람들의 이목이 상당했기 때문이다.

그녀를 잘 모르는 몇몇의 사내 직원들은 그녀를 엉큼한 여우라며 뒷말을 서슴지 않았다. 때때로 사람들은 화준과 재은 사이에 존재하지 않은 이야기를 마치 사실처럼 꾸며 전사에 퍼뜨리기도 했다.

대체로 박한수와 관련된 이야기였다. 소문 속 그녀는 그와의 인연을 저버리고 화준을 택한 간악한 여자였다. 날개를 단 소문은 불처럼 빠르게 번졌다.

명예욕이 넘쳐 나는 그녀가 사랑을 포기하고, 화준을 택한 탓에 분노한 박한수가 행패를 부렸다는 이야기가 돌면서 그녀의 이미지는 복구가 불가능한 수준에 이르렀다. 그나마 관리팀 박 팀장과 이 대리가 있어 망정이지. 그들이 아니었다면 냉큼 사표를 작성했을 지도 모르겠다.

아직도 그녀의 PC 어딘가에는 사직서가 저장되어 있는 터였다. 며칠 전 그녀는 화준에게 3, 4년은 더 일할 생각이라며 백세 시대를 운운했다. 괜히 멋쩍다. 생각보다 일찍이 퇴사를 준비할 지도 모르겠다. 역시 사람 일은 알다가도 모를 일이다.

—휴대폰 고장 난 줄 알았어.

퇴근 시간까지 30분 남은 재은은 화준과 평화롭게 통화하며 히죽히죽 웃었다. 편안해진 마음은 그의 존재를 인식하고, 심장 박동을 촉진 시킨다.

"왜요? 내가 너무 늦게 받아서?"

안온한 남자의 목소리가 수화기를 타고 흘러나왔다. 그의 잔잔한 음성에 재은이 크게 웃음을 터뜨렸다.

—모재은이 잘 모르나 본데 차화준이 또 한 집착해.

"알죠. 차화준의 사랑스러운 모재은인데 차화준이 집착 안 할 리가 없죠."

—척척 대답도 잘하네.

응원처럼 느껴지는 그의 말에 재은이 고개를 끄덕이며 대답한다.

"그래서 일은 다 끝났어요? 통화할 시간 넉넉해요?"

요새 화준은 하루에도 몇 번씩 기업인들을 만나 회동을 가졌다. 일선에서 물러났지만 결코 한가하지 않은 그는 여전히 일각을 다투고 있었다. 대체 무슨 일을 하기에 저리도 정신이 없을까, 묻고 싶었지만 참았다. 그에게도 그만의 사생활이 있는 법이니까.

—없는 여유 만들어 낼 만큼 모재은이 소중해서 넉넉하지 않을 순간이 없다.

"말은 정말 잘해. 그 화술 다 어디서 배운 거예요?"

─모재은 따라다니면서 자연히 배운 화법이야. 말이라도 잘해야 낚아챌 거 아니야.

"네?"

─발수라고 생각해. 차화준이라는 지능적인 판매 상품을 모재은이 조속하게 구입해 주길 바라는 장기적인 판매 전략의 일부야.

"그렇게 말하니 궁금하긴 하네요. 차화준이라는 지능적인 판매 상품은 애프터서비스가 가능해요?"

─몰라서 묻는 거면 섭섭하겠다.

거울을 들여다보며 통화 중인 그녀의 안색이 점점 밝아졌다.

─모재은에게 값어치 없는 차화준이 염가품이라 해도 서비스는 확실하지.

"AS도 가능하고요?"

─AS 받고 50%까지 디스카운트 가능해.

"뭐야."

─일전에 말했던 것 같은데. 할부도 가능하다니까. 그만큼 사후 관리 하나만큼은 철저하지.

그렇게 말한 화준의 목소리가 나직하다.

─그러니까 고고한 모재은이 냉큼 차화준 낚아챈 거잖아.

사랑을 고백하는 그의 에두른 고백에 그녀의 마음이 풀어진다.

─그래서 하는 말인데.

조건 없는 내 연인의 사랑은 그녀에게 용기를 북돋아 주었다.

─이번에는 차화준이 모재은 좀 낚아채러 가야겠다.

"뭐예요. 일 끝난 거예요?"

눈이 동그래진 그녀가 다소 놀란 투로 물었다. 가만 듣고 보니 수화기 너머에서 차 소리가 들리는 것 같기도 했다.

"오늘 바쁘다면서. 벌써 끝났어요?"

─그럼.

"내가 보고 싶긴 한가 봐요. 정신없이 일만 할 땐 언제고, 정신없이 퇴근 중이시네요."

─물론.

"대단해요."

─대단한 건 모재은이지.

"네? 내가요? 내가 왜?"

─아무래도 미의 기준을 다시 써야겠다.

결혼설 이후로 심심찮게 보도되는 그녀의 기사였다. 차화준 부사장의 연인으로 블라인드 처리 없이 세간에 드러난 그녀의 얼굴이 어찌나 곱고, 아름다운지, 웬 놈들이 호시탐탐 그녀를 노리고 있는 건 아닐런지 화준은 내심 걱정이 됐다.

─미인을 가진 남자의 압박감이 왕관을 쓴 자 보다 더 무거워서 어쩔 줄을 모르겠네.

그의 말에 재은이 풋, 웃음을 터뜨렸다.

나날이 커지는 화준의 마음을 느낄수록 오랜 시간 그를 등한시 했던 스스로를 아프게 채근하게 됐지만 책망하는 만큼 커지는 마음은 세상 유일무이한 그를 원했다.

"난 사랑의 기준을 다시 쓰려고요. 진작 연애했으면 큰일 날 뻔했어."

─그렇게 깜찍하게 말하는 모재은도 곧 큰일 나겠다.

"응?"

─모재은이 하는 예쁜 말에 차화준이 환장하는 거 알지?

"정말 시도 때도 없네요."

재은이 소리 내며 웃음을 터뜨렸다. 미치겠다, 차화준.

"알았으니까 얼른 와요."

시집살이의 괴로움도 잊게 하는 남편의 사랑에 힘든 업무량을 거뜬히 소화해 내야겠다.

"나 딱 30분 남았는데."

불순한 것으로 가득했던 마음이 그의 목소리로 정화되고.

"정문으로 와요, 오늘은."

"내일도 바쁘지?"

"글쎄요, 선배만큼 바쁠까요?"

"글쎄, 예약된 택시라 바빠도 어쩔 수 없지. 시간 맞춰 제때 데리러 오는 수밖에."

"그 예약 손님이 저인 거죠?"

화준이 웃으며 고개를 끄덕거렸다. 위험한 운전을 즐기는 그는 예전부터 느꼈지만 짜릿함을 참 좋아하는 사람이었다. 그러니 한손 운전도 마다치 않는 거겠지.

아까부터 재은의 왼손은 그의 오른손에 꽉 잡혀 있었다. 도통 놓아줄 생각이 없는 그는 백설처럼 하얀 그녀의 손등을 잘 빠진 검지로 지분거렸다.

"카메라 마사지가 확실히 효과가 있나 봐."

"네?"

뚱딴지같은 말에 재은이 살풋 웃음을 터뜨렸다. 그게 무슨 소리냐며 대답을 종용하자 그가 무던한 투로 회답했다.

"매일 보는 얼굴인데, 어떻게 매일 예쁠 수가 있지?"

"애인 것 같아요?"

"글쎄, 모르겠네."

아리송한 얼굴로 고개를 갸웃대는 그에게 재은이 개구지게 대답했다.

"선배 콩깍지가 겹겹이라 그래요. 그거 모재은 옷 벗기듯이 한 겹, 한 겹 벗겨보면 또 다를 걸요? 나 그렇게 안 예뻐요."

"글쎄, 차화준의 콩깍지가 제대로 밀봉이 되어 있어서."

"응?"

"그 유효 기간이 상당할 걸. 앞으로 몇 십 년은 더 예뻐 보일 텐데 큰일이다."

"그럼요. 누군가에게 예쁨 받는 것도 일인데, 어쩐지 내 앞날이 훤하네요."

"그래, 모재은 그 앞날에 차화준이 있으니 너라도 훤해서 다행이다."

벙싯벙싯 웃던 재은이 웃음을 그쳤다. 분위기와 어긋난 그의 말이 이상한지 그녀의 낯빛이 퍽 어두워졌다.

"왜 그래요? 무슨 일 있어요?"

"아니. 왜?"

"그냥요, 평상시와는 조금 다른 것 같아서. 오늘 무슨 일 있었어요?"

"모재은 보고 싶어 죽을 뻔한 일 말고는 달리 없는데. 왜?"

거기다 차화준에 대한 희망을 버리지 못하는 개미 투자자들을 설득하는 데 여력을 다 했다는 일 말고는 없는데.

"아뇨, 방금 선배 목소리나 말투가 꼭 나를 유효 기간 지난 유제품 취급하는 것 같아서 신경 쓰여서요."

"유제품이면 좋지. 매일같이 재생산하면 되는 거잖아."

모재은에 대한 차화준의 영원불멸한 마음처럼.

"그렇게 말하는 거 보니 내가 아는 차화준이 맞는 것 같기도 하고."

"정정하자, 모재은 밖에 모르는 차화준인 거야."

"어휴? 갑자기 심난했던 마음에 해가 뜨는 기분이네요?"

직장 동료들의 시샘 가득한 눈초리와 지저분한 소문들을 견디고 그의 곁으로 돌아온 여자가 말한다.

"그럼."

"고맙네요, 이렇게까지 여자 친구를 달래주는 남자는 없을 거예요."

"차화준 감정에 보증 선 모재은을 책임지는 건 당연하지."

"우와, 무서워. 보증 선 거예요? 나?"

"아니야?"

"아니라고 말은 못 하겠는데, 만약 이러다 내가 확 도망가 버리면 어떡해요?"

"연대 보증이라 괜찮을걸."

그 말은 즉.

"애 하나 낳아 주기 전까지는 절대 못 가지."

그와의 결혼은 예정된 일이라는 말이 된다.

"무서워."

"그게 네 남자야."

"이래서 지능이 뛰어난 동물은 무섭다는 건가 봐요."

"그 동물도 네 남자지."

"머리 검은 짐승은 구제하는 게 아니라고 했죠?"

"구제할 수밖에 없는 그 머리 검은 짐승도 모재은 남자일 걸?"

한마디도 안 지는 화준의 고집에 재은이 입술을 삐죽거린다. 그러다 다시 얼굴을 풀고 그를 돌아본다. 이번에는 그녀가 먼저 그의 손을 꽉 움 켜잡았다.

"나 장롱 면허예요."

"알지, 그럼."

"도망가고 싶어도 멀리 못 갈 거예요."

"그것도 잘 알고."

"발병도 나서 선배 곁에서 꼼짝도 못할 걸요?"

"물론 잘 알죠."

간간이 존칭을 써 가며 대답하는 그의 화법에 재은이 탄성과 함께 함 박웃음을 지었다.

"원래 이렇게 멋있었죠?"

"아닐걸?"

"아니, 맞는 것 같은데."

"진작 멋있었으면 모재은 잡는 데 9년 돌아오는 일은 없었겠지."

"그건 다 사연이 있었던 거잖아요."

"그런가?"

신호에 걸린 차를 멈춰 세우고, 그녀를 돌아본 화준이 씨익 웃으며 그 녀의 뺨에 입을 맞춘다. 그때 향수 냄새가 콧속으로 은은히 스며들었다.

매번 느끼지만 그의 성격을 투영한 듯한 체향은 시원시원했다.

"참, 저 내일 모레 여의도 그레이스 호텔에서 의전 있어요."

"그래?"

"네, 상국 제강 창립 25주년 행사가 있거든요. 간소화 할 생각이라면서 기어이 호텔 연회장을 통째로 대여한 거 있죠?"

"재벌들이 그렇지, 뭐. 돈 쓸 때가 가장 멋있는 직업이 재벌이잖아."

"그래도 그렇지. 창립 행사로 돈 몇 억씩 쓰는 거 보면 참."

"부러워?"

"티 났어요?"

그와 눈이 마주친 재은이 배시시 웃는다.

"많이."

"나 되게 속물 같죠."

"차라리 그랬으면 좋겠다."

그랬더라면 9년을 돌아오는 일은 없었을 텐데. 이제 와 그 시간이 아까워 죽겠는 화준이 씁쓰레하게 웃으며 말한다. 그의 마음을 읽은 재은은 미안한 듯 미소를 지웠다.

"미안해요."

"그래, 많이 좋아해."

"진심이에요."

"나도 진심이야."

"알아요."

"나도 알아요."

"왜 자꾸 존댓말 써요?"

"그러면 안 됩니까?"

미치겠다. 적당한 존댓말과 뒤섞인 반말.

"음?"

고작 네 살 차이지만 어쩐지 그에게서 중후한 노련미가 느껴졌다.

"존댓말이 듣기 좋네요."

차분한 클래식을 듣는 기분이었다. 중저음의 목소리와 앙상블을 이루는 존대어는 재은의 마음을 두근거리게 했다. 유연한 그의 음색이 꼭 그녀의 가슴을 섬세하게 밟고 지나가는 듯했다. 음악의 A, B, C 도 모르는 재은이 감히 평가하기에는 주제넘지만 그의 목소리는 명상적이었다. 9년 전, 순수했던 시간을 자꾸만 회상하게 했다.

"그래?"

화준이 희미하게 미소 지었다.

"자주 들려줘야겠네."

그녀의 손등에 다시 손을 포갠 그가 손가락을 말아쥐며 말했다.

"그래야 사랑받을 거 아니야."

모재은 사랑이 궁핍한 그가 감미로운 목소리로 사랑을 애원했다. 재은은 저도 모르게 운전 중인 화준의 목을 끌어안았다. 반사적인 행동이었기에 재은은 그보다 더 놀라했다. 소스라친 재은이 두 팔을 떼려하자, 마침 신호에 막혀 차를 세운 그가 몸을 틀어 그녀의 허리에 두 팔을 둘렀다.

"맞네, 불감증."

그녀의 마른 어깨 위에 턱을 괸 그가 웅얼거린다.

"안전 불감증이잖아."

그리고 키득거린다. 아니라고 반박하려던 재은이 조개처럼 입을 다물었다. 그 순간 말을 가로챈 화준의 목소리가 차 안을 부유했고, 뒤이어 요란한 전화 벨소리가 울렸다.

"불안전한 사랑도 괜찮네."

재은은 그의 머리에 이마를 기울이며 포옥 한숨을 쉬었다.

"짜릿하고 좋잖아. 안 그렇습니까?"

"알았으니까 전화부터 받아요."

낮게 쿡쿡거리며 그녀를 떼어 놓은 그가 재킷 속에서 전화를 꺼냈다. 얼핏 그의 액정을 확인한 그녀의 눈에 조 실장의 이름이 채워졌다. 통화하는 화준의 표정이 다채롭게 변했다. 정색 띤 얼굴에서 의미 모를 표정

538

으로, 마지막엔 잘 알겠다는 듯 입가에 웃음을 그렸다.

"왜요?"

통화가 끝나자 재은이 물었다. 그는 멀뚱멀뚱 자신을 바라보는 그녀 입술에 쪽 입을 맞추었다.

"예뻐 죽겠어서."

결혼까지 11개월. 일처리가 빠른 그로서는 이해할 수 없는 시간이었다.

"내가 열 번 찍어 안 넘어왔으면 어쩔 뻔했어요? 내가 지금 대단히 잘난 차화준 부사장의 목숨을 구제해 준 거 맞죠?"

단축할 필요성을 느꼈다. 뻔뻔한 내 여자의 매력에 하루하루 취해 가는 남자가 말했다.

"그럼."

순진한 재은은 벙싯벙싯 웃으며 화준을 바라보았다.

"모재은이 차화준 제도해 준 거지."

"가끔 궁금해요. 내가 만약 찔러도 피 한 방울 안 나오는 냉혈인이었으면 어쩔 뻔했어요?"

"글쎄."

신호가 바뀌었다. 액셀을 밟아 가속을 내는 그가 말했다.

"내 부덕을 탓하며 모재은을 박제해 두지 않았을까, 싶은데."

그럴 일은 결단코 없었을 테라고.

"시야가 탁 트인 내 침실에 그렇게 가둬 두지 않았을까."

이러나저러나 모재은은 차화준의 객체가 될 수 없을 테라고.

"그랬을 것 같은데."

주주 총회까지, 이제 고작 6일 남은 터였다. 막 잠에서 깬 화준이 버릇처럼 조간 신문을 확인한다. 백제 호텔의 주가 폭등을 관련해 다양한 기사들이 보도되고 있는 실정이었다.

백제 호텔 소액 주주, 대거 보통주 매도 — 현금화
백제 호텔 최대 주주 차노익 사장 우호 지분 위험
주주 총회까지 카운트다운 6일, 백제 호텔 일시적 상한가

경쟁사와 시가총액 1, 2위를 앞다투던 백제 호텔의 주가가 단 시간 급락하고 있다. 동시에 자사주 19%를 보유하고 있는 차화준 부사장의 해임 건이 또다시 언론에 대두되었다.

몇몇 언론사에서는 돌연히 주식을 매도한 개미 투자자들을 어리석다고 지적했다. 나무만 보고 숲은 보지 못하는 실정이라 고율 배당에 눈이 멀어 주식을 처분한 그들은 백제 호텔의 앞날을 섣불리 판단했다고 보도했다.

화준은 여유로웠다.

〈저 출근이요! 안 바쁠 때 만나요!〉

내 여자의 메시지와 마침 김 비서가 건네준 다즐링 차 한 잔은 금상첨화였다.

수석비서의 보고에 차 사장은 기함했다. 이른 아침부터 날벼락이 몰아친 듯했다. 의결권을 얻기 위해 무수한 자리를 마련하고, 주주들을 설득하는 데 여념없던 그의 노고가 한 순간 물거품이 되어 버렸다.

백제 호텔의 성장률이 둔화되어 배당의 의미가 사뭇 달라진 상황에 엎친 데 덮친 격으로 주가의 하락세까지 맞았다. 그런 중에 의결권을 가진 몇몇의 소주주들이 언질도 없이 모든 주식을 처분했다.

적극적인 투자 없이 기회만 엿보던 투자자들이었으니 아무렴 상관없지만 주주 총회를 앞둔 상태에서 장내 매도는 결코 가볍게 생각할 문제가 아니었다. 의결권이 없는 투자자들이라고는 하나 그들에게는 엄연한 발언권이 있었다.

차 사장은 내심 불안했다. 지금 상황으로 그들이 화준의 해임을 반대할 것이 충분히 예상 가능했다. 어쩌면 주주 참석률이 3분의 1 가량 넘지 못하는 사태가 벌어질 지도 모르겠다.

더욱이 화가 나는 것은 증권가에 떠도는 화준의 소문이었다.

"가지고 있는 모든 주식을 매도하겠다고는 하나 정확한 건 아니기 때문에 너무 염려치 마십시오."

백제 호텔 측에 보유한 주식을 장내 매도하겠다니. 최대 주주인 그가 경영권에 설 수 있는 71%의 지분율을 떨어뜨리겠다는 뜻이나 진배없는 그의 말에 차 사장은 기어이 뒷목을 잡고 말았다. 고작 여자 하나 때문에 이렇게까지 제 아비 속을 긁어 놓을 줄이야. 수석비서의 부축을 받아 안락의자에 몸을 기댄 차 사장이 한탄스러운 숨을 연거푸 토해 냈다.

태백 그룹, 이 회장의 말대로 화준은 영리한 사내였다. 제 아들이지만 누굴 닮아 그리 영악한지, 간교한 술수도, 계책도 마다치 않는 대범함을 가진 경영인이었다. 무소의 뿔처럼 거칠게 밀고 나아가는 그는 미래지향적인 남자이기도 했다.

"최 실장이 봐도 이번 사태는 경영권 분쟁으로 이어질 게 뻔하지?"

"뜬소문에 불과합니다. 정확한 사실 파악조차 불가능한 상황이니 깊이 생각 않으셔도 되겠습니다."

"나는 녀석이 무슨 생각으로 이런 짓을 꾸미는지 아주 잘 알겠네만."

대주주의 횡포로부터 소액주주를 보호하기 위함? 아니, 아니다. 화준은 눈에 거슬리는 개미 투자자들을 내쫓기 위해 자신의 장내 매도를 빌미로 삼았을 지도 모른다. 그 정도로 생각 없는 놈은 아니니 충분히 그럴 만도 하다.

"사실은 나도 잘 모르겠단 말이지."

아버지의 머리 위를 밟고 지나가는 아들의 속내를 차 사장은 전혀 짐작되지 않았다.

상국 제강 창립 25년을 맞이해 여의도의 그레이스 호텔 대연회장에서 기념식이 열렸다. 관리팀 소속인 재은은 박 팀장의 진두지휘 아래 주도면밀하게 의전 업무를 진행했다.

대형 현수막이 단상 위에 걸리고, 테이블보를 입힌 원탁들이 넓은 연회장을 가득 채운다. 오늘은 상국 제강 이사회뿐만 아니라 기업을 계열사로 두고 있는 상국 그룹 최고 총수들도 한 자리에 모이는 날이었다.

어느 때보다 신중할 수밖에 없는 관리팀 직원들은 투지를 모아 맡은 일을 속행했다. 상국 제강의 창립 연혁이 기재되어 있는 팸플릿을 입구 앞 탁상에 마련해 두는 것으로 모든 준비를 마친 재은이 숨을 돌리기 위해 화장실을 찾았다. 때마침 화준에게서 전화가 걸려 왔다.

―바빠?

거울 앞에 서서 요모조모 얼굴을 뜯어보던 재은이 고개를 저으며 대답했다.

"이제 숨 쉬는 중이에요."

―아쉽다. 그 숨, 내가 다 먹어 치워야 되는데.

"숨 먹는 척하면서 이것저것 다 뺏어 먹을 생각인 거 누가 모를 줄 알고."

―걸렸어?

"네, 딱 걸렸어요."

통화 중인 그녀의 입가에 스르르 미소가 번진다. 언제 힘들었냐는 듯 종전까지의 피로감이 싸그리 사라진다. 비타민과 같은 그의 목소리만으로도 머릿속이 쾌청해지니, 사랑의 힘은 참으로 대단했다.

―조금만 더 고생해. 이따 데리러 갈 테니까.

"총알 택시예요?"

—총알보다 빠르고 날아갈 생각이니 대기하고 계시죠.

"요새 존댓말 자주 쓰네요?"

—모재은이 좋아하니까.

"배려가 깊어 좋네요, 훌륭해요."

—그래, 그러니까 전사에 입소문 좀 내.

그의 말에 재은이 의아한 얼굴을 했다.

—재기가 어려운 쓰레기는 매립장에 고이 버려두고, 사랑 찾아 떠난 모재은은 행락객이나 다름없다고.

"그게 무슨 말이에요?"

—상국 제강에 흉흉한 이야기가 떠돈다는 말을 풍문으로 들었는데, 어지간히 신경이 쓰여야지.

놀란 재은이 비명에 가까운 탄식을 흘렸다.

"그, 그걸 어떻게 알았어요?"

일부러 말하지 않았거늘. 모재은의 낮말도, 밤말도 도청 중인 그는 이미 모든 걸 다 알고 있었다.

—내가 말 안 했어?

"뭘요?"

—상국 그룹 둘째가 나와 같은 사교 모임 소속인데. 몰랐구나.

"헐. 그건 또 무슨. 경쟁사 아니었어요?"

—철강 사업에 있어서는 그렇지.

"네?"

—내가 철강 쪽은 아니니까.

미치겠다. 대체 그의 인맥은 어디까지인가. 일전에 랑데부 전시회에서 마주친 태백 그룹의 이재원 상무와도 안면이 있던 것 같았는데. 새삼 화준과 저의 신분 차이를 느끼게 됐다.

—대체로 기획전략팀 직원들이라고.

"헉."

—그 나쁜 입버릇이 홍보기획팀으로 전파되기까지 했다고.

"무섭네요."

—그때 말했을 텐데. 프리패스.

"그, 그건."

—생각 없이 꺼낸 말 아니야. 그러니까 새겨 둬.

화장실을 걸어 나온 그녀가 대답도 전에 그가 말했다.

—모재은이 잘 알잖아. 말없는 피해자가 곧 피의자가 될 수도 있다는 거.

그 말에 머릿속에서 번쩍하고 섬광이 터졌다. 그의 에두른 말이 무슨 말인지, 잘 아는 재은이 대답 대신 작게 신음했다. 버릇처럼 입술을 깨물었다. 연회장을 찾아가는 길에 2년 전, 한남동 고깃집에서의 논란이 하염없이 떠올랐다. 고객이라는 이유로 그녀를 잡아 두던 악덕 사장만 아니었다면 진작 고깃집을 그만 뒀을 테다. 무엇보다 그녀의 뒤에서, 그녀를 지켜봐 주던 화준이 아니었다면.

"알아요."

그녀의 삶은 지금과 같지 않았을 테다.

"그렇게 할게요. 잠깐 잊고 있었나 봐요. 내 연인이 차화준 부사장이라는 걸."

—그래, 잊지 마.

"참, 주주 총회는 어떻게 준비하고 있는 거예요? 이번 회의 건이 선배 해임이라고 기사에서 난리도 아니던데. 괜찮은 거 맞죠?"

—걱정돼?

"당연한 거 아니에요?"

말은 퉁명스레 했지만 재은의 속은 이미 썩어 문드러지고 있었다. 그냥 걱정도 아니고, 미치게 걱정스러워 자나 깨나 화준의 해임 생각뿐이었다.

"꿈까지 꿀 정도예요. 너무 걱정돼서."

—모재은의 성원에 힘입어 죽어도 해임은 피해야겠다. 그렇지?

"자신 있어요?"

—자신은 있지.

"장담은 못하구?"

—장담도 하지.

재은은 의심쩍었다. 그저 말뿐일까 봐, 이러다 고작 6일 남은 주주 총회에서 그의 해임이 결정지어질까 봐. 불안해서 죽을 것만 같았다.

—그러니까 모재은은 내 걱정 너무 말고, 싫은 소리 귀 담아 듣지 말자.

화준의 말에 은근한 걱정기가 묻어 있다. 재은이 풋 웃으며 씩씩하게 대답했다. 알겠다고, 의젓하게 말하는 그녀에게 그가 다시 대답했다.

—퇴근 시간 맞춰 데리러 갈게.

재은은 낭창하게 대답했다.

"네, 너무 빨리 와서 기다리지도 말고, 너무 늦게 와서 기다리게 하지 말고. 딱 정시에 와요."

그리고 연인의 변함없는 사랑을 등에 업은 채 기념식이 있는 회장으로 돌아갔다. 창립식이 시작되기 15분 전, 상국 그룹의 총수 일가 일원들이 하나둘, 모습을 드러냈다. 그중에는 화준이 말했던 그룹의 차남도 있었다.

그는 입구 앞에서 참석 인원 명단을 확인하는 그녀를 알아보고 선뜻 다가와 인사를 건넸다. 그가 곁으로 오자 재은을 알아본 기업인들이 몰려들었다. 그녀를 에워싼 기업인들은 모두 하나같이 화준의 안부를 물었다. 그러면서 결혼 이야기를 화두로 열며 이른 축하의 말을 전했다.

재은은 안면 근육이 찌릿하도록 어색하게 웃으며 대답을 대신했다. 자사에서도 어마어마한 차화준의 존재감에 놀란 눈치였다. 상국 그룹 총수 일가가 집합하자, 재은은 또 다른 별들의 세계를 보는 듯했다. 손짓부터 우아한 그들은 범접할 수 없는 한국 경제의 위인이었다.

본격적인 행사가 시작되고, 자리에 모인 참여자들이 상국 제강 대표 이사의 기념사에 일제히 박수갈채를 보낸다. 입구에서 그들의 행사를 지켜보고 있는 재은은 입을 다물지 못했다. 기업 순위 6위에 오른 상국 그룹만 해도 이 정돈데, 대원의 가계도는 오죽할까.

"대단하다."

어쩌면 어마어마한 사람에게 제대로 코 꿰인지도 모르겠다.

—얼른 나와. 기다리다 목 빠지겠으니까.

화준의 전화에 재은은 히죽 웃으며 로비를 가로질렀다. 그 짧은 순간, 무수한 사람들의 이목을 받았다. 그들은 지나치는 재은을 돌아보며 숙덕거렸다. 누군가의 관심 속에서 산다는 일은 생각보다 어려운 일이었다. 신중해야 했고, 침착해야 했다. 아직까지는 재은에게 참 어려운 일이었다.

"왔어?"

정문을 나오자마자 정차 중인 차량과 함께 화준을 발견했다. 쓸데없이 여유로운 화준이 손을 뻗었다. 가볍게 그녀의 목덜미를 끌어당기자 그녀만의 체취가 콧속으로 은은히 스며들었다. 꿀 발라 놓은 입술에 가볍게 입을 맞추고, 앞머리로 덮인 그녀 이마에 얼굴을 맞대고 코끝에 그녀의 콧방울을 맞추고, 시선을 내어 주는 그의 입가에 스르르 미소가 번졌다. 이내 두 사람이 탄 차는 매끄럽게 차도로 빠져나갔다.

빨간 신호에 걸려 차를 멈춘 그가 브레이크를 걸어 놓고는 이내 재은을 돌아보았다. 한참을 말없이 그녀를 지켜보던 그가 고개를 비스듬히 꺾었다.

"왜요?"

재은이 눈을 찡긋거리며 작은 목소리로 묻는다.

"어어, 그거 반칙이야. 사람 유혹하는 눈빛, 그거 위험해."

"무, 무슨 말도 안 되는 소리예요."

"모재은이 잘 모르나 본데 모재은 눈빛 한 방에도 정신 못 차리는 게 차화준이야."

"무, 무슨!"

"불안전한 연애 좋아하는 건 알겠는데 운전 중에는 위험하지 않나?"

"아니거든요! 그런 거!"

"뭐, 차에서 하자고? 찐하게?"

"아! 아니라니까!"

재은이 빽 소리치자 화준이 쿡쿡거리기 시작했다. 조금만 건드려도 발끈하며 반응을 보이니 어찌 가만 둘 수 있겠는가. 곁에 두고 푹 찌르고만 싶은 그녀에게 넌지시 시선을 준 그가 부드럽게 미소 짓는다.

"주주 총회 6일 남았어요."

재은은 이 틈을 타 다시 물었다.

"걱정돼?"

"네. 아버지랑 타협이라도 해 봐요."

"그렇게 쉬운 문제였다면 이렇게 고생하는 일 없었지."

다시 가속 페달을 밟은 그가 말과 함께 그녀의 왼손을 붙잡았다.

"네? 고생이요? 무슨 고생?"

"그냥, 그저 그런 고생."

그녀와의 연애 기간이 그저 길게만 느껴지는 화준이 투정부리는 투로 말한다.

"일각을 다투는 건 나쁜인 것 같다."

그래서 서운한 남자의 마음을 여자는 전혀 몰라주었다. 그게 무슨 말이냐고 몇 번 물었지만 그는 대답하지 않았다. 재은은 타는 속을 끙끙 앓으며 그렇게 집으로 돌아갔다.

그날 밤. 9시 뉴스에 새로운 뉴스가 보도되었다. 그레이스 호텔 정문에서 찍힌 차화준 부사장과 모재은의 파파라치 컷이 보다 사실적으로 언론에 공개됐다. 두 남녀의 표정으로, 몸짓으로, 망상에 빠진 기자들은 특종에 눈이 멀어 자극적인 기사를 유포했다.

아침저녁으로 차화준 부사장 관련 기사를 낱낱이 보도하는 기자들로 하여 국민들은 혼란에 빠졌다. 차화준과 재은의 사진이 찍힌 날, 그레이스 호텔에서 상국 제강 창립 25주년 행사가 열렸다는 사실이 확인되자 그의 예비 신부가 상국 제강 소속 직원이라는 사실이 밝혀졌다.

국민들이 우왕좌왕하는 가운데 자택에서 이 모든 상황을 주시하고 있던 차 사장은 생각에 잠겨 있었다.

대체 무슨 생각으로 이런 일을 벌였는지 모르겠다. 그는 주도면밀한 아들이 기자의 추격을 전혀 눈치 채지 못했으리라고 생각하지 않았다. 매사에 신중한 화준은 사생활마저 철저하게 숨겼다. 그런 그가 지금의 상황을 전혀 예견하지 못했다는 것은 거짓말이다.

대원에서 결혼 반대가 있었던 것은 아니냐는 의문점이 제시된 후로부터 꼬리를 대듯 추측성 게시글이 정신없이 쏟아졌다. 몇몇 누리꾼들은 36년 전에 있었던 차 사장의 세기의 결혼식을 거론하며 '대원가의 결혼 반대를 반대한다'는 차화준 예찬론을 펼쳤다.

상황은 점점 극에 치달았다. 범국민적 흥분을 부추기는 누리꾼들의 게시글은 손 쓸 새도 없이 퍼져 나가 대외적으로 큰 논란을 만들었다.

차 사장은 앞날이 막막했다. 만약 소문처럼 화준의 장내 매도가 현실로 이루어진다면 그의 해임이 결정되면서 차 사장 역시 막강한 경영권을 잃게 될 테다. 더구나 대원을 향한 국민들의 비난이 쇄도하고 있으니, 그로서는 마땅히 내놓을 대책 방안이 없었다.

차 사장은 거푸 한숨을 쉬었다. 한다면 하는 아들 녀석의 일념에 더이상 내세울 고집이 없겠다.

30년 친구 사이에 생길 간극이 두려워 늘 한 걸음 떨어진 곳에서 지켜볼 수밖에 없었다.

남아선호사상이 뿌리 박혀 있는 대원의 기율과 풍습을 잘 아는 현민의 입장에서 화은은 너무도 안타까워 꼭 보듬어 주고 싶었다. 집안 어르신들의 편중화에 늘 화준의 뒷전일 수밖에 없던 화은은 물산의 상무이사로 신임된 후로 사뭇 달라졌다.

남다른 동생 사랑으로 사교계에서도 알아주는 그녀는 한결같았지만 물산의 차화은 상무는 결코 가벼운 경영인이 아니었다. 선진적인 수준으로 물산의 상반기 이익을 끌어올린 그녀는 누구보다 자신에게 숙정한 사람이었다.

기업의 기둥이 흔들릴 때면 숱한 밤을 고민으로 보내며 만성적 불황을 타파하던 그녀였다. 플랜트 사업에서 인정받았듯이 그녀는 기업인들 사이에서 단연 군계일학이었다.

경영인으로서의 차화은도, 친구로서의 차화은도 현민에게 있어서는 칭찬해 마지않는 사람이었다.

그에게 화은은 그런 여자였다. 존경스러운 한국 경제의 작은 거인.

벌써 10년도 더 됐다. 장난스레 결혼 이야기를 거론한 그녀가 여자로 보이게 된 것은. 해임 위기에 놓인 화준의 상황을 알기에 마음 졸이는 그녀는 전적으로 동생의 편이었다. 아닌 듯했으나 고아한 한식당에서 그녀의 모습을 현민은 잊을 수가 없었다.

우량주를 보유하고 있는 현민의 지분만이 격노한 부친을 위로할 최선책이라고 믿어 의심치 않는 그녀는 몇 번이고 고민을 거듭하고 있을 테다. 냉정하고, 현명한 여성 경영인이니 생각을 정리하는 데 꽤 시간이 지체되겠지.

가뜩이나 대주주의 특수관계인으로 알려진 화준이 19%의 지분을 모조리 매수하겠다는 소문이 증권가 낱장 광고에 공연히 돌고 있는 실정이었다.

그 말은 곧, 스스로 부사장의 직함을 내려놓겠다는 뜻이었다. 누군가의 압박에 쫓겨 비참하게 물러나는 것보다야 스스로 포기할 생각인 것 같기는 한데. 함부로 단정 짓기는 어려웠다.

차화준 부사장은 나무보다 숲을 보는 사람이었다. 시야가 넓고, 생각이 깊은 그는 누구도 생각지 못한 계략으로 동종 업계 경영인들의 경쟁심을 유발했다.

분명 그만의 비책이 있을 테지.

차화준은 차화준이었다. 설령 그가 천근만근 무거운 부사장 직위를 미련 없이 내려놓는다 해도 그는 영예로운 기업인이었다.

노릇노릇 고기를 굽는데 여념 없는 재은이 돌판 위 생삼겹을 뒤집고, 자르고, 손질하는 중에도 박 여사와 재은을 데려다준 김에 저녁을 함께 먹기로 한 화준은 매끄럽게 대화를 이어 가고 있었다.

주로 자극적인 기사들을 본 엄마의 걱정과 우려가 담긴 질문으로 답변하는 질의응답식 이야기였다. 종종 두 사람의 대화를 엿듣던 재은은 속으로 감탄했다. 그는 이 시대 최고의 언어술사가 틀림없노라고 생각하며 접시 위에 고기를 쌓아 올린 재은이 헛웃음을 터뜨린다.

"경영권 보호 차원에 있어 꼭 필요한 부분이라고 생각해 주셨으면 합니다."

문득 그런 생각이 들었다.

"어머니도 아시겠지만 재은이가 곧 제 배필 아니겠습니까?"

혹시 이 마저도 그가 계획한 큰 그림은 아닐까. 바탕이 된 밑그림에 이제야 채색 중인 그의 계획은 아닐까. 불안한 생각이 차올랐다. 주식에 무지한 그녀는 문득 그의 장내 매도 소문을 떠올렸다. 인터넷은 온통 차화준 부사장의 해임으로 가득했다. 실시간 검색 순위권에는 차화준과 그의 일반인 연인의 이름뿐이었다.

종종 차화준 부사장의 결혼을 반대하는 대원도 거론되었다. 누리꾼들은 물산의 차노익 사장의 입장 표명을 기다리고 있었다.

설마. 무서운 생각이 뇌리를 스쳤다. 순간 훤히 드러난 목덜미가 으스스했다. 따뜻한 봄날에 차가운 한기가 불어왔다.

설마, 차화준. 재은은 그를 돌아보았다. 보조개가 패도록 깊게 웃고 있는 그는 박 여사와 눈 맞춤을 하며 이야기를 주고받고 있었다. 그녀가 가장 좋아하는 눈빛을 띠며 박 여사와 교감 중인 그는 영리한 건지, 영악한 건지 분간이 채 되지 않는 남자였다. 그렇기 때문에 안심할 수 없었다. 어쩌면 이 모든 사달이 화준의 계획에 벌어진 한 장면일 지도 모른다. 모재은과의 연애에 성공했다고 해서 그의 스트레이트 컷이 끝난 것은 아니었다.

재은은 빤히 그를 바라보았다. 다 아는 것 같으면서도 여전히 모르는 게 많은 내 남자의 꿍꿍이가 궁금했다.

주주 총회를 앞둔 차 사장은 마지막까지 주주들과의 회동에 열성이었다. 비즈니스 외식가에서 만찬을 즐긴 그는 미적지근한 주주들의 태도에 모르쇠로 일관했다. 막강한 경영권을 가진 차 사장의 말에 동요하는 듯했으나 그들은 은연히 부사장의 해임을 반대하고 있었다.

주주들의 원성은 거기서 끊이지 않았다. 그의 해임을 강요하는 차 사장이 전혀 이해되지 않는 눈치였다. 이대로 정말 부사장이 모든 지분을 처분하고 떠난다면, 백제 호텔은 엄청난 타격감에 휘청거릴 테다.

제아무리 차연지 사장이라 해도 부사장처럼 냉철한 과단성은 부족했다. 귀빈 호텔로 알려진 백제 호텔과 면세 사업으로 일취월장하며 동종 업계에서 역사적인 획을 긋고 있는 차화준 부사장이 보통주를 보유한 주주들은 너무도 절실했다.

주주들은 지금까지 부사장이 이룬 일적을 생각했다. 백제 호텔의 성장을 도모하고, 시장 점유율을 높인 그는 유동성 자산을 높임으로서 주주들에게 고수익을 보장했다. 주주 친화 정책을 내세워 주주 가치를 높인 그는 소액 주주의 경영 참여 기회를 확대했다.

이제 와 개미 투자자들이 모든 주식을 처분한 것은 무척 안타까운 일이라고는 하나 그동안 그는 사업과 연관된 분야에서 경영 활동을 활발히 했다. 각종 리스크를 최소화하고, 기업 발전에 앞장 선 화준은 최근까지 시가 배당율을 높여 기업 가치를 살리고, 주주의 이익을 최우선으로 실현했다. 다시 말하지만 그는 결코 놓아서는 안 될 대물이었다.

"먼저 일어나겠습니다."

상석에서 일어난 차 사장은 깊은 생각에 잠긴 채 룸을 나섰다. 주주들이 서둘러 자리를 박차고, 목례했으나 그는 이미 떠난 터였다.

긴 복도를 걷는 그의 뒤로 비서실장이 붙따른다. 차 사장은 근심 가득한 얼굴로 턱 끝을 어루만졌다. 그룹의 수장으로 알려진 차도호 회장과 차노익 부사장의 세기의 결혼이 대두되는 가운데 두 사람의 결혼에 집안의 반대가 있었던 것은 아니냐는 의혹이 증폭됐다.

신분을 초월한 대원가의 결혼식은 당시 국내는 물론 국외까지 풍미했다. 빈부귀천 할 것 없다는 집안의 두 거장은 정결한 마음으로 일반인 신분인 여자를 집안의 안주인으로 맞이했다. 그랬던 그들이 차화준 부사장의 결혼에 반발한다는 것은 명백한 모순이었다.

그동안 대원 그룹은 청렴 경영을 원칙으로 하며 인본주의적 가치를 중요시했다. 때문에 국민들은 보수적인 성향이 강한 그들 가문의 풍습에도 긍정적인 뜻을 보였으며 글로벌 기업으로 성장화한 그들을 호의적으로 평가했다.

그런데 이제 와 그들이 여느 재벌들과 다를 것 없다고 생각하니 배신감에 몸서리 칠 수밖에 없었다. 탐욕스러운 그들도 재벌은 재벌이었다. 만약 그들이 자신의 사리사욕을 충족시키기 위해 기업 간의 정략결혼을 강요했다면 국민들의 쇄도하는 비난을 피할 수 없을 테다.

차 사장은 착잡했다. 아들의 난잡한 행실을 나무라기 전에 해결해야 할 사안이 산더미였다.

우선은 실추된 그룹의 이미지를 쇄신해야 했다.

그러기 위해선, 화준의 결혼이 절실했다.

chapter
15

차화은 상무의 미술 사랑은 정평이 나 있었다. 대원 아트홀에서 개최되는 전시회에 유명한 예술가를 초청하는 것도 다 그 이유에서였다. 올림픽 국가 대표 선수들을 적극 지원하는 집안사람들이 광적으로 스포츠를 사랑한다면 화은과 그녀의 큰어머니인 그룹의 큰 사모는 오래 전부터 예술에 큰 관심을 보였다.

　프랑스 고 성당을 옮겨놓은 것만 같은 몬테 미술관. 유럽 전역에서 공수해 온 고급스러운 장식품으로 하여 프랑스 고유 분위기가 물씬거리는 미술관은 화은의 취향 저격이었다. 일정 차 기념전에 참석한 화은은 주한 프랑스대사와 친근하게 대화를 나누며 전시회를 관람했다.

　예술적 정취에 잠겨 참관하던 그녀의 낯빛이 돌연히 어두워진다. 잊을 만하면 생각나는 화준의 논란이었다. 눈치 좋은 화은은 화준이 어떤 생각으로 이번과 같은 이슈를 제조했는지, 잘 알고 있었다.

　대원가의 이미지가 실추되고, 기업의 권력이 쇠퇴한 틈을 타 꾀를 부릴 생각일 테지. 어쩌면 화준의 장내 매도 소문은 말 그대로 뜬소문에 불과할지 모르겠다. 해임을 피하기 위해 이토록 아등바등하는 녀석이 무슨 배짱으로 호텔 측 지분을 처분하겠는가. 계획적인 동생의 생각을 다 간파하기란 어려운 일이었다. 화은은 푹푹 한숨을 쉬며 남은 일정을 소화했다.

관람을 마치고, 미술관을 나온 화은은 곧장 본가를 찾아갔다. 화준의 논란에 걱정이 이만저만이 아닌 김 여사는 못 본 채 많이 수척해 있었다. 말썽 없이 잘 자라 준 아드님께서 연달아 두 번의 논란을 만들었으니, 그 충격이 상당할 테다. 화은은 음울한 얼굴로 자신을 보는 김 여사의 마른 손을 꽉 잡았다.

"걱정 말아요, 엄마."

위로 같은 말을 끝으로 차 사장이 있는 집무실을 찾아가는 그녀의 뒷모습이 용맹하다. 노크와 함께 문을 열자, 집무 책상 앞에 근엄히 앉아 있던 차 사장이 고개를 돌렸다. 화은이 공손한 인사와 함께 단도직입적으로 말문을 열었다.

"드릴 말씀이 있습니다."

집안의 명예와 동생의 사랑을 지키기 위한 마지막 수단이었다.

"이번 정기 주주 총회에서 배당률을 확대한다는 부의 안건도 있더군요. 화준이 가진 주식을 모두 장내 매도하겠다는 소문도 횡행한 상태라 배당률을 높인다 해서 폭락한 호텔의 주가가 상한가를 치는 것도 무리가 따르겠지요."

차 사장은 달리 말이 없었다. 시선은 발코니 너머의 중정을 바라보고 있었다. 의젓하게 솟은 관목나무를 보며 차근차근 생각을 정리했다. 지금의 대원 그룹에 이르기까지 기업 간의 치열한 경쟁도 마다치 않던 그는 대원 물산 역사의 산증인이었다. 돌아가신 자준필 명예 회장의 아픈 손가락이나 다름없는 물산의 발전과 성장 전략을 위해 M&A를 강행했다.

일에 있어 열의가 넘치던 그는 사랑 앞에서도 고집불통이었다. 결혼을 반대하는 부친의 뜻에 거스르며 당당히 사표를 내던진 그 언젠가가 불현듯이 떠올랐다. 그 아버지에 그 아들이라고. 비슷한 맥락으로 일을 벌이는 아들이 괘씸하면서도 순순히 받아들일 수밖에 없는 그는 퇴보한 경영인이었다.

아들의 말처럼 구태의연한 사고방식으로 아들의 뜻을 묵살한 차 사장은 딸애가 보는 앞에서 묵직한 숨을 불어 내쉬었다. 그저 아들의 나약한 사랑이 못마땅했을 뿐이거늘. 그가 이토록 완강하게 나설 줄 누가 알았겠는가.

"만약 소문대로 화준이 모든 지분을 처분하고, 이대로 호텔에서 물러난다면 아버지의 경영권도 약화되는 게 사실입니다."

그래, 잘 알고 있다. 아마도 하나뿐인 아들 녀석도 그것을 바라고 있을 테지. 부모의 마음은 누구나 다 똑같을 테다. 열 손가락 깨물어 안 아픈 손가락이 있을까. 이러나, 저러나 소중한 피붙이를 어느 부모가 미워할 수 있을까.

차 사장도 마찬가지였다. 하늘이 두 쪽 나도 화준은 그의 유일한 장남이었다. 화준의 앞날에 저해되는 그 아이가 탐탁지 않았던 것은 화준을 생각하는 마음이 강하게 우러났기 때문이다. 내 자식이 그토록 사랑하는 그 아이를 과연 어느 부모가 마다할까.

"아버지의 경영권을 제가 보호하겠습니다."

상념에 빠져 있던 차 사장의 귓가에 화은의 목소리가 울려 퍼졌다. 흔들림 없이 단단한 목소리에 그녀의 심지와 결의가 묻어 있었다. 차 사장의 시선이 자연스레 화은을 찾아간다.

"정선 그룹, 손현민 이사와 제가 결혼하겠습니다."

"뭐야?"

청천벽력 같은 그녀의 발언에 차 사장이 놀란 듯 숨을 들이켰다.

"아버지께서도 아시다시피 손현민 이사가 가진 백제 호텔의 지분은 약 14%. 화준이 제외된 아버지의 지분율에 손현민 이사의 지분율이 특수 관계인으로 더해진다면 경영권 보호에 큰 무리는 없을 겁니다."

"……."

"그러니 이제 그만하세요."

속 시원히 뜻을 비친 화은이 애연하게 웃는다.

"아버지도 잘 아시잖아요. 화준, 그 애 고집을 무슨 수로 꺾겠어요. 눈에도 이, 이에도 이라고 생각하는 화준이 그 아이를 얼마나 깊이 생각하는지는 아버지께서 더 잘 아실 텐데요."

물론. 모르려야 모를 수가 없는 화준의 순정은 대원가에서도 알아주는 신파였다.

"제가 아는 화준은 가족 등에 칼 꽂고, 상처 난 등에 약 발라 줄 녀석이에요."

"그래, 안 그래도 며칠 전에 그러더구나. 한 마리 토끼로는 만족 못하는 성미라고. 이 아비 앞에서 그리도 당당히 지껄이더구나."

"네, 그런 애를 무슨 수로 막겠어요."

"흐흠."

"화준이 무모하게 행동하진 않을 거예요. 아버지도 잘 아시겠지만 부디 너그럽게 이해해 주세요."

차 사장은 수심에 잠겼다. 대답 없는 그는 연거푸 한숨만 내쉬었다. 머지않아 집안이 겹경사를 누리는 건 아닐까. 미래지향적인 부친은 가까운 앞날을 상상하고 있었다.

"소화 다 됐어요?"

언젠가 술 취한 그를 데리고 찾았던 허름한 집 앞 놀이터 벤치에 앉아 재은이 말했다. 이대로 그를 보내자니 아쉬운 마음이 그득해서, 저도 모르게 발길이 닿는 이곳으로 그를 데리고 왔다.

하고 싶은 말도 많았지만 그보다 굴욕 없는 그의 얼굴을 조금만, 아주 조금만 더 보고 싶었다. 한시적으로 일선에서 물러났다고는 하지만 그는 바쁜 몸이었다.

"재은이, 나한테 하고 싶은 말 있구나."

귀엽게 그녀를 돌아본 그가 밉살스레 웃으며 물었다.

"많은데 뭐부터 시작해야 할지 몰라요."

"차근차근 물어봐. 뭐든 다 대답해 줄 테니까."

"준비 됐어요?"

"준비는 늘 돼 있지."

벌써 9년이나 됐다. 모재은에게로 향하는 길. 그 길을 밟기 위해 출발선에 오른지 어느덧 9년이 지났다. 몇 번이고 운동화 끈을 단단히 고쳐 묶었으나 도무지 떨어지지 않는 출발 신호였다. 다가가려야 다가갈 수 없는 너를 멀지 않은 곳에 두고 얼마나 긴 방황을 했던가.

출발선 앞에 선 차화준의 마음은 복작거리기 그지없었다.

물론, 너는 모르는 이야기. 너만 모르는 내 이야기일 테다.

"그냥 불안해서요."

"뭐가?"

"선배도 알죠? 나, 이렇게 하려다가도 후회하고 돌아서는 사람인 거."

"그래서 저렇게도, 이렇게 저렇게도 많이 하지."

"잘 아네요?"

"차화준과 잘 해 보려다가도 후회하고 돌아선 사람이 모재은이잖아. 그덕에 엄한 피해자 A씨와 눈 맞아 이렇게, 저렇게 많이 했지?"

당황한 재은이 큼큼, 헛기침을 터뜨린다.

"선배가 말하는 이렇게, 저렇게가 당최 뭔지 모르겠어요."

"말 나온 김에 열어보자. 모재은의 판도라 상자."

대놓고 그를 돌아본 그가 그녀의 손을 쭉 잡아당긴다. 확 끌려온 그녀의 얼굴이 바라진 그의 가슴에 닿았다. 콩 소리는 그녀의 가슴에서 울려 퍼진 소리였다.

"싫어요. 오늘은 그럴 분위기 아니에요."

"찐하게 입 맞출 분위기는 맞고?"

그가 슥 고개를 내리자 재은이 그녀의 입술을 양 손으로 틀어 막았다. 그리고 고개를 저었다.

"묻는 건 나만 할래요. 오늘은 대답만 해 줘요."

스르르 손을 내린 재은이 그의 눈을 똑바로 응시한다. 관목 나무처럼 의젓한 그가 미소 짓는다.

"혹시 집안에서 선배의 결혼을 반대해요?"

모르는 척하고 싶었지만 참을 수가 없었다. 언론에서 논란이 되고 있는 대원의 차화준 부사장 결혼 반대설을 도무지 못 본 척할 수 없었다. 누리꾼들의 신빙성 있는 게시글 한 글자, 한 글자를 읽을수록 우울해 지는 마음은 한없이 나약해서 그들의 주장에 주관도 없이 휩쓸렸다.

뭐, 어느 정도 예상은 했던 부분이었다. 대단한 집안에서 뭐가 아쉬워서 그녀 같은 평범한 여자를 반가이 맞이하겠는가.

"그렇게 생각하는 이유가 뭘까, 궁금하네."

"인터넷에서 신랄하게 떠드는 이야기가 다 그 이야기예요."

"음."

"장내 매도는 연막전인 거죠?"

"거기까지 공부했어?"

그가 자못 놀란 얼굴을 했다. 재은이 세차게 고개를 끄덕거렸다.

"내 애인과 관련된 소문을 몰라서야 되겠어요? 열심히 공부했죠."

그가 박 여사와의 대화 삼매경에 푹 빠져 있을 때, 재은은 주식 공부에 매진해 있었다. 어찌나 열성적으로 외웠는지, 어느 정도 주식의 흐름을 깨닫게 됐다.

그가 말하는 장내 주식 매도가 어떠한 의미인지, 무엇을 예견하는지 짐작이 가능하게 됐다. 만약 해임을 앞둔 그가 가진 주식을 전부 매도한다면 더 이상 그는 백제 호텔의 일원이 아닌 게 됐다. 그렇다는 것은 증권가에 떠도는 그의 소문이 단순한 소문에 지나지 않는다는 말이 된다.

자고로 아니 뗀 굴뚝에서 연기 안 나는 법이렷다. 소문을 부응 시킬만한 발언으로 지금 같은 상황을 만들어 놓은 그에게는 분명 어떠한 꿍꿍이가 있는 게 분명했다.

그러니 일부러 사람들의 이목이 집중 되는 그레이스 호텔에서 자신과 접촉했을 테지. 무엇보다 그날 재은은 1층 연회장에서 창립식을 진행하고 있었다. 알면서도 뻔히 그곳을 찾아온 걸 보면 그는 그녀의 생각대로 입소문을 과장적 부풀린 게 틀림없었다.

뿐만 아니었다. 그처럼 철두철미한 사람이 파파라치에게 미행 당하고 있다는 사실을 전혀 모르고 있을 리가 없었다. 랑데부 전시회에서의 일만 봐도 그녀는 그가 얼마나 치밀한 사람인지 알 수 있었다.

"……경영권 분쟁인 거죠?"

확실했다. 이번 논란은 그가 자처했다. 대체 뭐 때문에? 단순히 해임을 피하기 위해서 라고는 볼 수 없었다. 그의 결혼을 반대하는 집안에 대항하기 위한 술수인가? 해임 후에도 주권을 교부 받기 위한 계책?

"그럴 리가."

아버지의 등에 칼을 꽂을 만큼 그는 냉혈인이 아니었다. 이 모든 것은 완벽한 화합을 이루기 위한 일련의 과정이었다.

"뭐가 됐든 너무 그러지 말아요. 난 괜찮으니까. 반대가 있으면 어때요. 예쁨 받으려고 노력하면 그만인데."

재은이 속 좋게 웃으며 말하자 그가 피식하고 소리 내어 웃음을 터뜨렸다. 한없이 작아 보이는 그녀의 어깨가 이따금 커 보일 때가 있다. 더 이상 차화준을 포기 않는 그녀는 밤하늘에 뜬 저 달보다도 난연했고, 아름다웠다.

"그래, 그렇게 해 줘."

화준은 주먹을 말아 쥔 그녀의 손가락을 펴 깍지를 꼈다.

"뭐든 어렵고 힘든 건 내가 할 테니까 모재은은 우리 앞날만 생각해."

영원처럼 긴 선로를 달려온 끝에 찾은 사람은 더없이 소중했다. 더 이상은 사소한 감정조차 유실되는 일이 없었으면 하는 바람으로, 그가 말했다.

"나만 생각해, 나만 꿈꾸고."

소리가 멎기도 전에 그가 다가왔다.

"그 꿈 이루도록 실천하는 건 다 내가 할 테니까."

말꼬리를 흐린 그의 입술이 이내 그녀의 입술 위로 포개졌다. 호흡이 흐트러지고, 뜨거운 숨결이 조각처럼 나누어진다.

재은은 여운으로 남을 순간의 입맞춤에 열정을 바쳤다. 그녀의 두 팔이 그의 목덜미를 휘감자 격렬한 듯 감미로운 키스가 이어졌다. 헤어지기 싫은 연인의 마음속에서 사랑이 복받쳤다.

"오늘 회식이에요."

―누구 마음대로?

"회사 마음대로?"

―모재은은 주관도 없나?

"회식에서 주관 얘기는 왜 나오는 거예요?"

―술 먹을 시간이 어디 있어? 얼굴 한 번 보는 것도 어려워 죽겠는데.

주주 총회까지 고작 하루 남은 상황이었다. 재은보다 더 바쁜 화준과는 진한 입맞춤을 마지막으로 근 이틀 동안 만나지 못하는 실정에 있으니, 그녀도 나름대로 그리움을 표현했다.

"물론 나도 그렇죠. 그렇긴 한데 어쩌겠어요. 내겐 내 일이 있는 걸."

―책임감은 인정해, 하는데.

"저, 선배 못지않게 많이 바빠요. 선배가 잘 몰라서 그러는데 나 회사에서 인기 엄청 많아요. 모르죠?"

―예쁨 많이 받겠네?

언젠가 들었던 그 말 그대로를 전해 들으며 재은이 키득키득 웃는다.

"예쁨 반, 시기 반."

―관심 받는 건 좋은데, 내가 그 관심이 탐탁지 않아 큰일이다.

"이런 관심 받게끔 상황 꾸려준 게 누군데요."

차화준으로 하여 신분 상승의 묘미를 만끽하고 있는 재은은 어딜 가나 따라붙는 스포트라이트에 지친 기색을 보이다가도 점잖은 규수 행세를 톡톡히 해냈다. 부사장의 예비 신부라는 꼬리표 때문에라도 그래야 했고, 한창 논란이 되고 있는 차화준 부사장의 해임 문제에도 의연해야 했기에 더 아무렇지 않은 척했다.

물론 그 덕분에 욕을 한 바가지로 얻어먹은 건 비밀이다.

"선배는 지금 어디예요?"

―어머니 뵈러 가는 길이지.

"본가? 성북동?"

―잘 아네. 그것도 조사한 정보 중 하나인가?

"그럼요. 나 요새 대원가에 대해 엄청 열성적으로 조사해요."

―학구열이 높은 건 좋은데 다른 쪽으로 지식이 해박했으면 하는 건
내 욕심이지?

"아마도?"

―모재은의 학구열을 고취시키는 게 내 역할이라지만 샛길로는 새지
말자.

척하면 척이었다. 원래부터도 그랬지만 요새 들어 재은은 그의 말을
척척 알아들었다. 그가 말하는 샛길은 그녀가 괜한 노파심에 마음 졸이
는 일이 없었으면 하는 말을 에둘렀을 테다.

"그럴 일 없어요, 차화준이 한 눈 파는 일이 없으니 그럴 수가 없죠."

―그래, 잘 아니 하는 말이야.

"네?"

―회식 장소 문자로 남겨 놔. 끝나는 시간 맞춰서 데리러 갈 테니까.

"됐거든요. 나도 손 있고, 발 있어요. 그리고 잘 알지 않아요? 나 우리
회사에서 알아주는 인기 스타래도?"

―그 인기 스타 옆에 꼭 좀 서 보고 싶은 게 내 소원이야.

"그러지 말아요. 괜히 나쁜 말 만들지 말라는 얘기예요. 안 그래도 난
처해 죽겠어요."

―왜?

"이제는 우리 회사 이사님들까지 난리도 아니에요."

그녀가 있는 관리팀을 찾아와 친히 인사를 하고 가는 일이 최근 들어
빈번해졌다. 그때마다 쏟아지는 사람들의 시선이 어찌나 불편한지, 쥐구
멍이 있다면 당장 머리를 처박고 싶었다.

거대한 차화준의 사랑을 짊어지고 있는 그녀는 감수해야 할 것이 너무도 많았다. 그가 그녀를 쟁취하기 위해 고군분투 하는 만큼 그녀도 돌연히 달라진 삶의 무게를 어떻게든 버텨야 했다.

"우선 나 들어가 봐야 해요."

—그래.

"이따 다시 전화할게요."

—얌전히 기다리고 있으면 되는 거지?

"네, 가만히 계세요. 끝나는 대로 냉큼 전화할 테니까."

전화를 마친 재은이 웃으며 부서실로 돌아간다. 방금까지 사내 직원들의 따가운 눈총에 기죽은 그녀의 마음이 다시금 생기를 되찾았다.

"그 애가 아들 첫 사랑이라는 얘기는 진작 들었지."

연세가 지긋한 어머니는 여전히 청춘이었다. 홈드레스를 입고 있어도 기품이 느껴지는 그녀는 예부터 자식 사랑으로 알아주는 재벌 사모였다. 한때, 언론을 까무러치게 한 어머니는 평범한 일반인 신분으로 당대 포브스가 주목하는 경영인, 차노익 전무와 세기의 결혼식을 올렸다.

아직까지도 두 사람의 순애가 언론계에 회자되는 것을 보며 화준은 생각했다. 계층화된 신분 제도를 기필코 타파하겠노라고. 그 의지는 곧 신분을 초월한 두 사람의 결혼으로 귀결된다.

작정하고 나선 남자의 계획안은 다소 허무맹랑하기도 했다. 구체적인 행동으로 이어져 결혼이라는 분명하고, 만족스러운 결과를 얻긴 했지만 그의 해임을 앞장서서 요구하는 백제 호텔의 최대 주주 부친께서 강하게 비박하니, 어떻게 보면 실패인지도 모르겠다.

하지만 그에게 실패는 곧 성공이었다. 다시 말해 차화준의 앞날에 실패는 없다는 말이다.

"아들 멋지네."

어머니의 칭찬에 웬일인지 화준이 수줍게 웃었다. 모재은을 위해 온 갖 활개를 다 치고 다닌 남자의 소심한 미소에 김 여사가 호탕하게 웃음을 터뜨렸다. 여우 같은 화준이 언제 이렇게 컸을까, 싶기도 하고, 첫사랑과의 재회에 대해 일말의 일언반구도 없던 그에게 섭섭함을 느끼면서도 부모 된 도리로 그런 아들을 이해하는 그녀의 마음은 진정 모든 것을 포용하는 하해처럼 넓고, 따뜻했다.

　　"화준이 네가 그렇게 좋아하는 사람이라니, 너희 아버지도 반대는 안 하실 거야."

　　"반대할 수가 없죠."

　　자고로 부전자전이렸다.

　　"그럼, 아버님의 만류에도 불구하고 사표까지 내던진 남자가 누구겠니."

　　감구지회로 가슴이 뭉클한 김 여사가 오래 지난 연애 시절을 떠올리며 희미하게 미소 짓는다. 그 모습을 넌지시 지켜보던 그가 불쑥 손을 뻗어 주름 진 그녀의 손을 잡는다.

　　"다른 면이 없지 않아 있긴 하죠."

　　씩 웃으며 대답한 그가 그녀와 눈을 맞추며 입모양으로 말한다. 해임과 사임은 엄연히 다르다, 라고.

　　"그래도 마음은 상통하지. 그 애 때문이잖아. 아니야?"

　　화준은 미소로 화답했다. 뭐, 그럴 수도.

　　"대단하구나. 커 갈수록 네 아버지를 닮아가는 성격도 그렇고, 가끔 보면 그저 놀라워."

　　"구제불능입니까?"

　　"글쎄, 구제불능은 네 아버지 아닐까? 자식과의 싸움도 칼로 물 베기라는 걸 아직 모르는 모양이야. 다 늙은 노부모가 평생을 바쳐 키워온 자식을 무슨 수로 이기겠니."

　　김 여사는 이리저리 화준을 살펴보았다. 좌로 보나, 우로 보나 그는 영락없는 차노익 사장의 혈육이었다. 화은과 반대로 어릴 때 화준은 외탁을 닮아 외모가 참 곱상했다. 계집애처럼 긴 속눈썹과 깊고 뚜렷한 눈매 때문에 놀림 받던 그는 자라면서 친탁의 모습을 갖추게 되었다.

남자다운 얼굴 윤곽은 오목조목 들이찬 이목구비와 조화를 이루어 경영인보다는 브라운관 속 배우의 느낌을 강하게 풍겼다.

그런 그가 사회인의 유니폼이나 다름없는 슈트를 몸에 걸치고서 부터는 영락없는 총수가 일원의 면모를 여실히 드러냈으니 김 여사는 그저 신기할 노릇이었다. 내 배로 내가 낳은 자식이지만 이따금 그는 남처럼 멀게 느껴질 때가 있었다.

"조만간 자리 잡아야죠."

남아선호사상이 강한 집안 성향 때문일까. 어릴 때부터 화준은 모친인 김 여사가 아니더라도 집안사람들에게 큰 사랑을 받아 왔다. 친인척인 현서를 앞지르고 가문의 기대주로 떠오를 정도였으니 오죽할까. 그렇기 때문일까. 받은 사랑이 큰 만큼 그가 베푸는 사랑 역시 크고, 건강했다. 별안간 화준이 마른 어머니의 어깨를 끌어안으며 말했다.

"어머니도 좋아하실 겁니다."

결혼을 결심한 아들의 널따란 등을 다독이며 김 여사는 행복한 표정을 지었다.

"그래. 너도 그렇고 화은이도 그렇고. 나는 너희들의 마음을 충분히 이해하고, 존중한단다."

"차 상, 아니, 누나, 연애합니까?"

"어머, 화준이 너 몰랐니?"

김 여사가 소스라치며 되묻는다. 며칠 전 서른여섯이 되도록 소식 없던 딸애가 정선 그룹, 손현민 이사와 결혼 소식을 밝혔다. 물론 남편의 경영권을 보호하기 위해 이루어지는 결혼이라고는 하나 현민을 잘 알고 있는 김 여사는 손현민이라는 사윗감이 마음에 쏙 들었다. 성격이 드센 화은을 30년 세월이 넘도록 곁에서 지켜봐준 유일한 사람이었으니까.

"현민이랑 결혼한다더라."

"음."

화준이 의미심장한 미소를 짓는다.

"안 그러는 척해도 마음이 있는 것 같지?"

김 여사가 눈꼬리를 휘며 떠보듯이 묻는다.

"그렇지 않을까 싶은데, 정확한 건 장본인에게 묻는 게 가장 빠르고 정확하겠죠."

"애는, 네 누나 성격 뻔히 알면서. 몇 번 물어도 아니라고 박박 우기는데, 현민이가 마음이 참 너그럽지? 그런 우리 딸애 성격을 다 받아 주는거면. 그렇지?"

"뭐, 이미 열반에 이르러 합장 중인지도 모르죠."

그 말에 김 여사가 큰일이라며 호들갑을 떤다. 우리 딸애, 시집 다 갔다며 안절부절못하는 김 여사는 오래 전부터 현민을 사윗감으로 점 찍어 두었는지도 모르겠다. 지금 와 절절거리는 모습을 보니 그런 것 같기도 하고, 아닌 것 같기도 하고.

뭐가 됐든 그와는 전혀 상관없는 일이니 더 이상은 신경 쓰지 않기로 한다. 지금 그에게 가장 중요시 되는 문제는 모재은을 주제로 다루어지는 모든 사건 사고였다. 영겁처럼 길게 느껴지는 11개월을 단축시킬 만한 최고의 방책.

"아버지는 언제쯤 돌아오십니까?"

가족 모임을 위해 집을 나선 부친을 기다리며, 화준은 생각을 골몰히 했다.

말이 좋아 가족 모임이지, 실상 차화준 해임 건을 논의하기 위한 회동이나 다름없었다. 기업 이미지에 흠이 될 만 한 논란이 연이어 발생하자 대책을 세우기 위해 대원 그룹의 오너 일가가 소집 됐다.

그룹의 수장, 차 회장과 그의 장남인 대원 전자의 차현서 대표를 비롯해 백제 호텔의 차연지 사장 등, 대원 그룹을 대표하는 총수들이 한 자리에 집결했다.

그곳에서 차노익 사장은 자신의 뜻을 강력하게 밀어붙였다. 화준의 해임이 정당하다며 의견을 제시한 그의 말에 모두들 침묵을 지켰다. 집 안에서도 알아주는 독불장군인 그의 고집은 소싯적부터 대단했다. 불통 같은 그의 성격을 휘어잡는 유일한 인물이 있다면 그 사람이 바로 화준의 모친이자 대원 그룹의 작은 사모로 통하는 김 사모일 테다.

하지만 현재 이 자리에 경영권 밖에 있는 그녀는 불참한 터였다. 그러니 누구도 차 사장의 저 성격을 꺾을 수 없었다.

"작은아버지, 결혼 문제는 어떻게 해결 보실 겁니까?"

점잖게 경청하던 현서가 돌연히 질문했다. 진한 차향과 맛을 음미하던 차 사장이 다탁 위에 찻잔을 내려놓으며 한숨을 내쉬었다.

"그 녀석이 그렇게까지 한 데에 다 이유가 있겠지."

어떻게 해결 보기는.

"일반인을 폭행한 오너로 지위가 격하되고, 한시적으로 경영 자격을 박탈당한 녀석을 거짓말쟁이로 패채울 순 없으니, 원."

상의는커녕 일언반구의 언질도 없이 무턱대고 결혼 소식을 발표한 화준을 생각하자 또다시 그의 감정이 울컥한다.

차 사장은 주먹 쥔 손을 느슨하게 풀었다가 다시 말아 쥐며 습관처럼 호흡을 가다듬었다. 진정되지 않은 감정은 속안에서 열불을 토하고 있었다. 그러나 그는 부글거리는 감정과 대조되게 다른 결정을 내렸다.

"……결혼식은 예정된 일인 것처럼 진행해야지."

닿는 족족 불 태워버릴 기세로 눈빛을 이글거리던 차 사장은 끝내 그의 결혼을 승낙했다. 사랑하는 아내와 하나뿐인 여동생, 차연지 사장의 설득. 그리고 장녀 화은의 다짐.

마지막으로 이렇게까지 할 수밖에 없는 화준의 마음을 알기에 더는 모르는 척하기가 어려웠다. 언론을 잠재우기 위해서도 화준의 결혼이 꼭 필요한 터였다.

일종의 미끼였다. 성난 군중들의 마음을 어르고 달래기 위한 최선책.

결국 차 사장이 기세를 누그러뜨렸다. 그러자 줄곧 그의 안색을 살피던 현서가 크게 함박웃음을 지었다.

"역시, 화준이 머리가 좋네요. 작은아버지."

그를 쏙 빼닮은 차화준은 자타가 공인하는 계획형 전략가였다. 이번 싸움은 차 사장에 대한 분석을 특성화 해 계략을 꾸민 화준의 승리였다.

식사 자리가 끝나고, 곧장 대원 물산 사옥으로 돌아온 차 사장은 상석에서 하차하기 무섭게 기자들이 퍼붓는 카메라 플래시를 받았다. 비표를 목에 두른 대원 물산 출입 기자들도 더러 있었다. 그들은 수 십 가지의 질문을 쏟아 내며 차 사장의 앞길을 막았다.

차 사장은 몰아닥친 기자들 앞에서 잠시 걸음을 멈추었다. 그의 곁을 에워싼 경호원들이 주춤하고, 대기 중인 수석 비서와 수행 기사가 머뭇거린다. 그사이 기자들에게 질의문답 시간을 내어 준 그가 고한다.

"차화준 부사장의 해임 건에 대한 결의는 정기 주주 총회 이후 공시할 것이며 연이은 논란으로 물의를 일으킨 점에 대해 고개 숙여 사과드립니다."

공개적인 입장 표명이나 다름없는 발언이었다. 카메라 셔터 소리가 한층 거세졌다. 그동안 달리 말이 없던 백제 호텔의 대주주의 첫마디에 기자들은 흥분의 도가니에 빠졌다.

"가부의 여부가 어느 쪽으로 기울어질 지 예상 되십니까?"

"해임 관련으로 논란이 불거지고 있는 실정입니다! 기업적 이미지에 흠이 될 만 한 범국민적 분노를 어떻게 생각하시는지, 한 말씀 부탁드립니다!"

기골이 장대하고, 풍채가 늠름한 차 사장은 패연히 쏟아지는 카메라 플래시 속에 우두커니 서 있었다.

"사소한 오해가 쌓여 빚어진 이번 논란에 대해 먼저 사과의 말씀 올립니다. 차화준 부사장의 해임은 정기 주주 총회 안건으로 부의된 상태이며, 공정하고 엄숙한 결의로 결정지을 것을 말씀 드립니다."

"이사 해임의 소를 청구하지 않은 주주들의 반대표로 이번 해임 안건이 부결된다면 대주주의 해임 절차가 활용될 것이라는 우려의 목소리가 커지고 있습니다."

"이사로서의 요건을 갖추지 못한 차화준 부사장의 해임 안건이 부결되더라도 승패를 순순히 인정하겠습니다. 여러분들께서 우려하는 직무 대행자 선임은 이번 주총에 부의로 제시되지 않은 사항입니다."

"그렇다면 차화준 부사장의 장내 매도 소문에 대해 어떻게 생각하시는지요!"

"대주주의 경영권을 공격하는 뜬소문에 불과하며 주주들의 연이은 매도에도 백제 호텔은 건실함을 명백히 알립니다."

"차화준 부사장의 결혼설에 대해서도 한 말씀 부탁드립니다!"

그때였다. 질문을 건넨 기사를 넌지시 바라보는 그의 눈빛이 탁해졌다. 그는 한참 뒤 말을 꺼냈다.

"……대원의 명예를 훼손하고, 허위성 게시글을 유포하는 악플러에 강경 대응할 것을 밝힙니다."

단호하게 말하는 그의 얼굴에서 진정성이 느껴지자 일순 주변이 술렁거렸다. 듣고도 못 믿을 발언에 누가 먼저랄 것 없이 동시에 탄성을 질렀다.

"차화준 부사장의 결혼식은…… 5월로 예정 중이었으나, 한 차례 논란 이후 내년으로 미루어진 것이 사실입니다."

그의 말이 곧 사실 무근이었던 차화준 부사장의 결혼설을 입증하는 말이었기 때문이다. 한국 경제 발전에 큰 기여를 한 영웅이 한 걸음 물러나 몰아닥친 기자달을 향해 말한다.

"정중히 부탁드립니다. 일반인 신분의 새 가족의 입장을 헤아려 주십시오."

정숙한 그는 낮게 고개를 숙였다. 그 순간 환호성을 대신한 셔터 소리와 플래시가 동시다발적으로 터지며 대원 물산 사옥을 흔들어 놓았다.

"그리고, 더 이상의 논란을 원치 않는 젊은 부부의 앞날을 부디 축복해 주십시오. 부탁드리겠습니다."

차 사장의 인터뷰가 언론에 전파되고 난 후 언론의 분위기는 삽시간에 달라졌다. 땅을 치듯 추락하던 대원의 이미지가 차화준 부사장의 결혼으로 하여 쇄신 되었다.

　국민들은 아리송했다. 차 사장의 입장 표명이 곧 차화준 부사장의 예식 일정으로 귀결 되었기에 이제 그들은 대원가를 향해 질문했다. 그래서 결혼 예정일이 언제라고? 당장 오는 5월이라고? 아님, 내년 이맘때쯤이라고?

　응접실은 정적에 휩싸여 고요했다. 김 여사가 친히 준비한 다과 한 상은 테이블 위에서 차게 식어 갔다. 그때까지 부자는 말이 없었다. 정기 주주 총회를 하루 앞둔 오늘, 화준은 경영권 보호 차원에서 차 사장을 기다리고 있었다.

　"아버지의 입장 표명은 생각지도 못했던 부분이라 조금 놀랐습니다."

　먼저 운을 뗀 건 화준이었다.

　"나야말로 네 놈의 장내 매도 소식은 의외였다."

　무뚝뚝한 차 사장이 단조로운 투로 말했다.

　"아버지의 경영권을 공격하기 위함이라면 위함이겠죠."

　뭐, 의미 없는 협박에 불과하겠지만. 아버지의 경영권을 위협하는 일은 애초부터 그의 계획에 없던 일이다. 호텔의 존립이 위태로운 상황임을 부각 시키고, 주주들의 투자 의욕을 저하 시킨다. 그렇게 되면 미래가 불투명한 회사는 경영의 정상화에 가장 필요로 되는 인물을 자연스레 유추한다.

　화준은 그 인물이 자신임을 믿어 의심치 않았다. 폭행 문제로 논란을 일으킨 재벌 4세의 오만한 행태와 경영인으로서의 자질을 잃은 비운의 부사장이기는 하나 어디서도 그의 경영 감각은 높게 평가되는 터였다. 흔들리는 백제 호텔의 기둥은 그가 아니고서야 그 누구도 바로 잡을 수 없음을 화준 역시 잘 알고 있었다.

대원그룹 총수 일가의 전체 계열사에 대한 지분율은 1%를 웃돌고 있었다. 그룹 성장으로 계열사가 늘고, 잦은 유상증자로 자금 확보에 나서는데, 그에 맞게 꾸준히 지분율을 매집한 결과 총수의 지분율은 상승세를 보이고 있었다. 호황을 맞은 시기에 백제 호텔의 주가가 반락하고 있으니 대주주로 경영권을 확보한 부친의 입장에서도 불안한 건 사실일 테다.

"그렇다고 네 녀석의 해임 건이 부결되는 일은 없을 거다. 너무 마음 놓지 말거라."

"그 부분에 있어서는 큰 걱정 없습니다. 이번 주총에서 제 해임 건이 결의 된다 하더라도 언젠가는 사내이사 선임 건이 안건으로 부의되지 않겠습니까?"

"믿는 구석이 있어 그리 오만하게 구는 걸 테지."

마음에 안 든다는 듯 눈을 흘겼으나 겁이 없어 당돌하게 구는 아들 녀석이 퍽 마음에 들었다.

"그래서 네 아버지를 언론의 먹잇감으로 내던진 거냐?"

"먹잇감이라니, 말씀이 지나치십니다."

화준이 씩 웃으며 대답했다.

"가풍마저 대두되어 이게 무슨 창피인지 모르겠구나."

"그러게 말입니다."

"일 저지른 놈이 그리 대답하니 할 말도 없구나."

"죄송하게 생각하고 있습니다."

"내 그 말을 믿으라는 게냐?"

화준이 설핏 웃었다.

"그래서, 그 아이와 결혼 얘기는 다 마친 게야?"

"물론."

아니죠.

"어느 정도 계획은 세워 놓은 상태입니다."

"흠······."

차 사장이 묵직하게 한숨을 쉬며 차게 식은 차를 한 모금 들이켰다. 그리고 말했다.

"그래, 뭐 일전에는 내 실언했구나."

내 아들의 여자를 탐탁지 않게 생각했던 그는 그녀를 함부로 재단했다. 이제 그는 무능력하게 판단했던 그녀가 절실했다.

차화준 부사장의 결혼으로 기업의 이미지를 쇄신해야 했다. 백제 호텔의 불안전한 경영이 표면화가 되어 버린 후 폐단이 심해졌다. 현재의 논란과 언론의 지적을 피하기 위해서라도 이제 그는 그녀를 필요로 하게 됐다.

"웬만하면 서둘러라."

딴청을 피우듯 중정으로 시선을 옮긴 그가 다소 무뚝뚝하게 말했다.

"획일주의로부터 탈피해야 하지 않겠냐."

화준은 미소를 감출 수 없었다. 이제야 비로소 원하는 결과를 얻게 됐다. 길게 느껴지던 11개월의 시간이 당장 한 달로 단축 됐다. 결혼 예정일은 불쑥 코앞으로 다가왔다.

선 결혼, 후 연애를 강조했던 어느 날의 그의 말처럼, 꿈은 현실이 됐다. 물론 모재은은 모르는 일이었다. 화준은 낮게 고개 숙였다. 마지못해 아들의 결혼을 허락한 차 사장의 표정이 아주 조금 풀어졌다.

1차로 고깃집, 2차로 노래방, 3차로 다시 비즈니스 모던 바를 찾은 상국 제강 관리팀의 머리수는 처음보다 현저히 줄었다. 술 취한 몇몇 직원들은 이미 오래 전 하나둘 자리를 떠났다. 사실 적잖이 취기가 오른 재은도 슬그머니 자리를 빼려고 했다. 하필 그때 눈치 좋은 박 팀장에게 딱 걸릴 게 뭐람.

차화준 부사장과의 결혼설로 사내에 흉흉한 소문이 나돌고 있는 지금, 그녀만이 유일하게 재은의 편이 되어 주었다. 재은은 부장님이 화두로 꺼낸 결혼 이야기에 불편한 기색을 역력히 드러냈다. 그럴수록 곁의 박 팀장은 인사불성이 되어 주저리주저리 떠드는 부장님의 손에 잔을 쥐여 주었고, 재은은 어색한 표정으로 애먼 곳을 바라보았다.

힐끔힐끔 그녀를 곁눈질하는 직원들의 눈초리를 모르는 척하기 위해서였다. 저만치 떨어진 재은을 보며 속닥거리는 직원들의 눈동자 속에 시기심이 그득하다.

사실 그때까지만 해도 잘 몰랐다. 원체 세상 물정에 무감했기에 출근 전 시청하는 아침 뉴스가 아니고서야 웬만한 인터넷 기사는 잘 찾아보지 않았다. 대체 무엇 때문에 부장님을 선두로 모두의 관심이 재은에게 쏠려 있는지, 그녀로서는 전혀 알 턱이 없었다.

재은은 무릎 위에 가지런히 손을 얹었다. 질투에 눈 먼 몇몇 직원들이 화장실을 찾아 잠시 자리를 비우고, 그들이 돌아오기를 기다리다 못한 재은도 서둘러 자리를 박찼다.

그리고 복도를 한참 걸은 후에야 찾은 화장실 앞에서 우뚝 멈춰 섰다.

"기사 보니 난리도 아니더라."

익숙한 직원의 목소리가 화장실 안에서 들려왔다.

"이해할 수가 없어. 대체 모 주임의 뭐가 좋다고 아쉬울 것 하나 없는 남자가 애걸복걸 하는 거야?"

날카로운 그녀들의 음성에 우두커니 선 재은의 표정이 점점 구겨졌다. 그녀들의 말대로 아쉬울 것 하나 없는 남자가 가장 좋아하는 재은의 잇새 사이로 실소가 터져 나왔다.

"속도위반 아니야? 그게 아니라면 집안에서 어쩔 수 없이 결혼을 허락하는 이유가 달리 없지 않나? 엎어져도 제대로 엎어진 거지."

사내 남자 직원들과 온갖 풍기문란을 다 일으키고 다니는 그녀들이 할 말은 아닌 것 같았다. 잠시 망설이는 것 같던 재은이 끓어오르는 화를 폭발시키며 그대로 화장실 안으로 들어갔다. 갑작스러운 그녀의 등장에 당황한 두 여자가 황급히 입술을 틀어막았다.

재은은 급한 볼 일도 뒤로한 채 그녀들 곁으로 다가갔다. 볼 일도 볼 일이지만 현재로선 그보다 더 급한 불을 끄는 게 급선무인 것 같았다. 어찌나 화가 나는지, 속이 다 쓰릴 지경이었다.

"잘 들었어요."

세면대 앞에 선 재은이 괜히 물을 튼다. 찬물이 필요했다. 분노의 열기를 제어해 줄 수 있는 찬 기운이 닿자 어쩐지 그녀의 표정이 한층 냉랭해진 것 같다.

"입이 비뚤어진 건 알았지만 이리도 비뚤어졌을 거라곤 생각 못 했네요."

"어, 어머. 모 주임님. 무슨 말씀이……."

"그건 제가 하고 싶은 말이에요. 무슨 말씀이 그리도 과하신지, 듣는 내내 불편하더군요."

티슈 두 장을 뽑아 물기 어린 손을 닦았다. 그대로 돌아선 그녀가 눈앞의 두 여자를 직시한다.

"물론 엎어진 건 사실이에요. 하필 엎어져도 차화준 부사장님 앞에서 엎어져서 저 역시 유감스럽게 생각해요. 하지만 어쩌겠어요? 그 상처가 어마어마해서 그분이 아니고서야 달리 치유책을 마련해 줄 만한 사람이 없는 걸."

"……."

"기사 보셨죠?"

재은이 돌연 빙긋 웃는다.

"내가 그 사람 첫사랑이에요, 내 첫사랑이 그 사람인 것처럼."

사색이 된 두 사람은 재은의 시선을 외면했다. 신랄하게 그녀를 비난할 때는 언제고, 제 잘못을 아는지 아무 말 못 하는 두 사람의 모습이 그저 한심하다. 재은은 터져 나오려는 비소를 가까스로 참았다.

"속도 위반은 무슨. 신호 위반이라면 모를까."

말 그대로였다. 아까운 9년의 시간을 허송처럼 흘려보냈다. 이는 주행 신호에도 도로 한복판에 정차 중인 꼴이나 진배없었다. 명백한 신호 위반이었다.

"부럽죠? 그럼 그렇다고 해요. 뒤에서 괜한 소문 내지 말고."

두 직원은 계속되는 재은의 윽박질에 그제야 미안하단 말을 남겼다. 그럼에도 속이 풀리지 않은 재은은 그녀들을 거칠게 밀어붙이며 지금까지의 설움을 토했다.

어중간한 마음으로는 결코 얻는 게 없었다. 응어리와도 같은 찜찜함은 살아가는 내내 가슴속에 남아 있을 테다. 커져 가는 피해 의식에 으레 삶이 원망스러울 테다.

지금까지 모재은의 인생은 그로 하여 곡절을 이루었다. 잘 알기에 조금씩 변화하려 한다. 할 말은 해야겠다. 억울하고 원통해서라도 앙금으로 남아 있는 이 감정을 개운하게 털어놓아야겠다.

"그리고 내가 치정 싸움을 하든, 치졸한 싸움을 하든 그게 나리 씨와 연주 씨와 무슨 상관이 있죠?"

울컥한 재은이 빨갛게 달아오른 얼굴로 점점 언성을 높였다. 고요한 화장실에 성난 재은의 목소리가 쩌렁쩌렁 울려 퍼졌다. 난생처음 보는 모 주임의 광폭한 모습이었다. 나리와 연주는 충격에 굳어 재은의 말을 듣고만 있었다.

"말 가려 해요. 두 분이 뱉은 그 나쁜 말, 언젠가 두 분께 고스란히 돌아가니까."

마지막 쐐기를 박은 재은이 흥 콧방귀를 뀌며 볼 일도 잊은 채 화장실을 걸어 나왔다.

자리에 도착하자 화준에게서 전화가 걸려 왔다. 눈치 좋은 박 팀장이 얼른 들어가 보라며 그녀의 등을 떠밀고, 재은은 못 이긴 척 핸드백을 챙겨 가게를 나왔다. 그리고 익숙한 차량을 발견했다. 모재은의 위치 추적에 성공한 차화준의 차량이었다. 재은은 화준에게 화장실에서의 사건에 대해 이야기했다.

"그래서, 싸웠어?"

"그냥 가벼운 말다툼 정도요."

"가볍지 않았으면 몸싸움도 마다치 않았겠네?"

"차화준이 모재은 인생의 프리패스라면서요?"

"그렇지?"

"그러니까요. 더 열 받았으면 때렸을 지도 몰라요."

그녀의 말에 화준이 풋 웃음을 터뜨렸다. 시트에 푹 몸을 묻은 재은은 무겁게 내려앉은 눈꺼풀에 간신히 힘을 줬다. 정신을 차려야 하는데, 몇 잔 마신 술기운이 금세 전신으로 퍼져 나가 온몸을 나른하게 했다. 무엇보다 편안한 차화준이 곁에 있으니 안심이 되어 쌓여 있던 피로감이 한꺼번에 몰려왔다.

"졸려?"

재은이 반쯤 감긴 눈을 깜빡이며 고개를 끄덕인다. 신호에 걸린 차가 잠시 도로 위에 정차했다. 그녀의 눈앞에는 장엄한 건물 외벽에 걸린 대형 스크린이 있었다.

재은은 하루 동안의 속보를 열렬하게 보도하는 스크린 속 화면을 멍하니 바라보았다. 차츰차츰 정신이 돌아온 건 그때부터였다. 쏙 빠져나간 혼이 냉큼 제자리를 찾아왔다.

보고도 못 믿을 보도 내용에 눈이 휘둥그레졌다. 꿈은 아닐까 싶어 손등으로 세게 눈가를 비볐다.

"상처 나겠다."

얼마나 힘을 주었으면 옆에서 걱정스러운 그의 목소리가 들려왔을까. 그녀의 행동을 제지하듯 손목을 붙잡은 그의 손길은 덤이었다.

"뭐, 뭐예요."

믿을 수 없는 기사에 재은이 말을 더듬는다.

"뭐가?"

반대로 차화준은 천하태평이었다.

"저, 저 기사 내용이요! 뭐!"

그랬다. 지금 그녀 눈앞엔 그녀도 모르는 그녀의 결혼 예정일이 떡하니 공개되어 있었다.

오는 5월 — 차화준 부사장 품절남 반열에 오르다
대원 물산 차노익 사장 직접 표명 — 우리 아들 장가갑니다
연예인 못지않은 인기 — 차 부사장 혼인식 내달 올려

"몰랐어?"

"몰랐죠!"

"왜 몰랐을까. 이렇게 중대한 소식을."

"이렇게 중대한 소식을! 말 한마디 없이!"

발끈한 재은이 소리쳤다. 가속페달을 밟은 차는 금세 스크린 앞을 떠났지만 재은은 자꾸만 뒤를 돌아보았다.

어쩐지 이상하다 싶었다. 회식하는 내내 그녀의 결혼 이야기를 거론하던 회사 사람들은 뜬금없이 그녀에게 축하의 말을 건넸다. 그녀에게 구체적인 퇴사 계획을 묻는가 하면 시집살이는 괜찮겠냐며 그녀를 걱정해 주기도 했다. 그래서 그랬구나.

"이, 이게 뭐……."

뒤늦게 휴대폰을 꺼내 화제가 되고 있는 그의 결혼식 관련 기사를 찾아보았다.

"그러니까 이게, 선배네 아버지가……."

"좋아하는 거 보니 나도 좋다."

"아니, 아버님이 저 반대하시는 거 아니었어요?"

"설마, 너무 좋아하시지."

한순간 그녀는 집안에 꼭 필요한 새아기가 되었다.

"오히려 서두르시던데."

"뭐, 뭐."

"손주가 그리워 그러시나."

재은은 뻔뻔하게 말하는 그를 돌아보았다.

"3, 4년은 더 일할 거라니까요!"

"그래, 그렇게 해. 일전에도 말했지만 난 모재은의 뜻 존중해."

"당장 다음 달에 결혼하게 생겼는데 일은 무슨 일이요!"

"걱정하지 마. 아이, 빨리 가질 생각 없어."

바들바들 떠는 그녀의 손을 부드럽게 움켜잡은 그가 웃으며 말한다.

"그, 그게 마음처럼 쉬워요? 어려운 것 같으면서도 쉬운 게 애 들어서는 일이에요."

"피임에 신경 써야지."

"웃기시네!"

그런 사람이 엄마가 잠든 틈을 타 나를 몇 번이고 괴롭혀? 말도 안 돼! 귀신은 믿어도 차화준은 못 믿어!

"시간 단축이라고 생각해. 어차피 이렇게 될 거 앞당겨 일 치르는 것도 나쁘진 않잖아."

"네, 나쁘진 않아요. 않는데, 내가 걱정 되는 건 내 꿈이 이대로 사라져 버릴 것 같다는 거예요."

"사라지지 않게 잘 꾸고 있어. 말했듯이 모재은이 꾸는 꿈, 실현시켜 주는 건 내 몫이니까."

대답하려다 말고 재은이 꾹 입술을 다물었다.

"그때 그랬지."

더는 그녀가 고집부릴 수 없도록 그가 진심을 꺼내 보여 주었다.

"잘난 차화준에 비해 부족해도 한참 부족한 모재은이 문제라던 그 말, 정정하자. 기사 봐서 알겠지만 해임을 앞둔 차화준에게도, 보수적인 대원가에도 모재은은 꼭 필요한 사람인데. 좀 알겠어?"

"내, 내가 뭐라고. 말도 안 돼요."

"말 돼. 모난 구석 하나 없는 모재은은 선물이잖아."

안 되겠는지, 그가 갓길에 대충 차를 세웠다. 휘황찬란한 도심의 불빛이 차량 안으로 스며들었다. 창문을 등진 그의 어깨 너머로 찬연한 별무리가 보였다. 그의 모습이 어느 때보다 감성적으로 느껴졌다. 그런 그를 지켜보는 것만으로도 놀란 가슴이 진정 되었다. 신기한 일이었다.

"갑작스러운 상황에 놀라는 것도 당연한데 이해해 줬으면 좋겠다."

재은은 혀끝에 맴도는 말을 삼켰다.

"9년의 기다림에 지친 차화준의 마음이 상당히 이기적이지?"

"……조금은요."

"이해해, 내가 봐도 나는 너무 못 됐지."

그런데 어쩌겠어. 널 다시 만난 후로 너와 보내는 너와 시간은 1분 1초도 아까워 애가 타는 내 마음이 이렇게 지독한 걸 어쩌겠어.

"다시 말하지만 모재은의 꿈, 시간, 다 존중해."

"……."

"결혼으로 모재은의 인생을 속박하고, 억압할 마음은 전혀 없어. 이해하지?"

"이해는 하는데, 그럼 뭐해요. 내 자유가 없는데."

"자유가 꼭 필요해?"

"필요하죠, 차화준과의 결혼 생활이 방목 생활은 아닐 거 아니에요."

"물론. 담 넘지 못하게 울타리를 단단히 쳐놓을 생각이지."

하아. 재은이 깊은 한숨을 내쉬었다. 앞전에 그에게 3, 4년은 더 일할 것이라며 백세 시대를 들먹거렸다.

말은 그렇게 했으나 그녀도 은연 중 느끼고 있었다. 빠르면 내년이라도 그와 거사를 치르게 될 것이라는 걸 직감은 했지만 그날이 이렇게 빨리 찾아올 줄 몰랐다.

당황함은 거기서 찾아왔다. 산 넘어 산이라고. 거대한 산맥 같은 차화준을 넘어 차노익 사장이라는 산맥이 그녀를 반기고 있으니, 이를 데 없는 첩첩산중이었다.

"아무리 생각해도 이해가 안 가요. 불과 며칠 전까지만 해도 집안에서 나를 반대한다는 논란이 심화 되었잖아요."

"어제와 오늘은 다르니까."

"그래도 하루아침 사이에 집안에서 나를 인정한다는 게 말이 돼요?"

그가 웃는다. 지나치게 다정다감한 미소에 마음이 울렁거렸다. 사소한 손짓에도, 눈길에도, 미소에도 마음이 설레니 어쩌면 그와의 결혼은 예견된 일인지도 모르겠다.

9년을 돌아온 인연이었다. 그의 말대로 지척에 두고도 그저 꿈만 꿀 수밖에 없던 관계. 가까운 듯 먼 사이에 남은 감정은 지나치게 씁쓸한 아쉬움뿐이었다.

"말 돼."

그의 말대로 9년이면, 충분한 시간이었다. 몇 번이고 불같은 사랑을 확인하며 함께 보내는 시간이었겠지.

"다시 말하지만 문제투성이 같은 차화준에게 모재은은 선물이지."

"……."

"내가 가지고 싶어 안달이 난 선물."

"……표현이 너무 예쁘네요. 고마워요, 그렇게 말해 줘서."

그가 특유의 미소를 지으며 그녀와 눈 맞춤한다. 재은은 그런 그를 빤히 바라보다 수줍게 얼굴을 붉혔다. 아직까지도 그를 보고 있으면 마음이 세차게 두근거렸다. 첫사랑에 빠진 소녀의 마음도 이파리처럼 여린 그녀 마음 같진 않을 테다.

"뭐, 좀 짓궂게 말하자면."

그가 불쑥 다가왔다. 가볍게 입을 맞추고 입술을 떼어 낸 그가 속삭인다.

"동물의 세계가 치열한 약육강식의 세계라는 거 알지?"

"그 말은, 강한 선배에게 약한 모재은이 지배당한다는 그런 말인가요?"

"그 반대 아닌가?"

"네?"

"모재은을 다시 만나기 전후로 차화준의 시간은 노력하는 시간이었으니까."

통치자는 그녀였다. 그의 세상에 발 들인 그녀는 너무도 쉽게 그의 마음을 쥐락펴락했다.

"그 시간은 어땠어요?"

세상이 단절 되었다. 불 꺼진 차 안에 마주보고 앉아 사소한 대화를 나누는 순간은 오직 두 사람 뿐이었다. 함께 있는 것만으로도 영원처럼 길게 느껴지는 시간은 오직 그들에게만 허용되는 특별한 시간이었다.

시침은 9년 전을 가리켰다. 그리고 분침은 9년이 지난 지금 이 순간을 가리키고 있었다.

"모재은 계시록을 집필하는 시간이었지."

미래를 창조하는 망상에서 비롯된 묵시록.

"차화준의 재림과 모재은을 위한 천국을 도래하기 위해 노력하던 시간 정도."

그의 말에 재은이 숨을 불어 쉬었다. 듣는 이로 하여금 가슴을 절절하게 하는 그의 화술도 재주라면 재주였다.

그러면 재은은 못 이기는 척 그에게 넘어갈 수밖에 없었다.

"나 모아둔 돈, 고작해야 티끌이에요."

"듣는 태산 섭섭하다."

"그래도 결혼이잖아요. 혼수 정도는 해야죠."

신혼집은 선배가……. 차마 말을 잇지 못했다. 수치심도 문제였지만 갑작스레 부딪쳐 오는 그의 성마른 입술이 그녀의 입술을 그대로 집어삼켰다.

으스러지게 그녀 어깨를 끌어안은 그는 격렬하게 키스를 하면서 피식 피식 웃었다. 귀여운 모재은의 에두른 긍정적 대답에 그동안의 갈증이 해갈되는 기분이었다. 바닥이 보일 정도로 메마른 가슴에 단비가 내렸다.

"말도 잘 하네."

입을 뗀 그가 타액으로 번들거리는 그녀의 입술을 엄지로 닦아 주며 속삭였다.

"그럼요, 그러라고 달린 입이니까."

그가 작게 웃음을 터뜨리며 그녀 어깨를 꽉 끌어안는다. 그녀의 어깨

위에 턱을 대고, 히죽히죽 웃는 그의 입술 곡선이 도드라진다.

"해임 문제는 어떡해요? 당장 내일이잖아요."

"뭐가 됐든 굶길 일은 없을 거야."

"그런 뜻이 아니잖아요."

"알지, 그럼."

달콤한 사탕 같아서 계속 듣고 싶은 그의 목소리가 박꽃을 닮아 교교한 달빛을 분홍빛으로 물들이는 듯하다. 계절을 앞서 달리는 그의 사랑에 완연한 봄날이 찾아왔다.

"그리고…… 나 자신 없어요. 재벌들이 사는 세계에 어떻게 적응해야 할지도 모르겠고."

"그것보다 차화준과 사는 세계를 더 걱정해야 하는 거 아닌가?"

"네?"

"몸 추스르기 어려울 텐데."

재은은 그 말의 의미를 금세 유추했다.

"무, 무슨……."

민망한지, 그녀가 그의 어깨를 살짝 밀어냈다. 쉽게 밀리지 않는 그는 완강했다. 소리 내어 웃음을 터뜨리고는 뭐가 그리 좋은지, 그녀를 끌어 안고 뺨에 입을 맞춘다. 공 들인 사냥감을 완전히 포획한 차화준의 노력이 빛을 발하는 순간은 더없이 만족스러웠다.

"그래서, 나 정말 유부녀 되는 거예요?"

믿을 수 없다는 듯 품 안의 재은이 말했다. 그가 고개를 끄덕인다.

"미치겠다. 아홉수에 결혼이라니. 그럼 정말 사모님 되는 거 맞죠?"

잔잔한 클래식보다도 감미로운 그녀의 목소리가 차 안을 가득 메우고, 흥취를 돋우는 그녀의 귀여운 모습은 계속 눈에 담긴다. 시간을 되돌리는 테이프는 9년 전으로 감겼다.

"갑자기 폭탄 과제를 받은 기분이에요. 내가 당장 내일 모레 결혼한다니, 나조차 믿을 수가 없어서 하룻밤 푹 자고 일어나야 할 것 같아요. 그리고 나서 차근차근 생각해 보는 거예요. 그럼 답이 나오겠죠?"

9년 전, 어느 날.

"서, 선배. 너무 대놓고 손은 잡지 말아요!"

순백의 모습으로 홀연히 나타난 너는 끝사랑이었다.

"아뇨. 선배가 싫은 게 아니라 제, 제가 손에 땀이 많아요. 부, 불쾌하실까 봐."

미련이 가득 남은 첫사랑을 차마 저버릴 수 없는 두 번째 사랑도 역시 너였다. 그런 너에게 낯부끄러워 차마 건네지 못했던 말.
너는 나의 계절이었다. 사계를 닮은 그녀로 하여 남자의 순애보는 해피엔딩이 되었다.
"정말 어떡해요. 내일도 밤새야 할지도 몰라요. 너무 어려운 숙제예요."
그리고 4월의 어느 날. 5월의 봄을 닮은 그녀를 얼음으로 화준의 영웅담이 시작되었다.
"초과 근무 수당 지급해 주지, 뭐."

"그냥 결혼해."
"엄만 딸이 확 가 버린다는 데 마음이 편해?"
"편하지. 살 맛 나는 놈한테 업혀 간다는데 어느 부모가 마다하겠어?"
가재는 게 편이었다. 엄마는 전적으로 차화준의 편에 서서 그녀의 의견을 철저하게 묵살하고 있었다.
"네가 생각해 봐. 그 부사장이 언제 한 번 너한테 거짓이었던 적 있니?"

"아니."

"그래, 이것아. 넌 네 엄마가 돈에 눈 먼 여자 같아 보이겠지만 그게 아니다. 이 철없는 것아."

"하지만 이대로 가 버리면 내 삶이 너무 드라마 같지 않아?"

"그렇게 살아."

평상에 앉아 시원하게 맥주를 들이 킨 박 여사가 말했다. 어쩐지 지켜 보는 그녀의 모습이 애연했다.

"그렇게 드라마 같은 삶을 살아."

"……."

"남들은 그렇게 못 살아서 안달이야. 나라고 이렇게 살고 싶어서 산 줄 아니?"

박 여사는 진심으로 호소했다. 결혼을 망설이는 딸애의 마음을 모르는 것은 아니었다. 언제나 농담처럼 반찬 가게 이야기를 늘어놓던 그녀였으니, 아마도 당장은 자신의 현실에 맞게 살아가고 싶을 테다.

꿈이 있다는 건 참 좋은 것이다. 때때로 이 험난한 삶의 원동력이 되어 주곤 하니까. 하지만 그 꿈은.

"너 사랑해 주는 남자 따라가 잘 살아. 그게 효도야, 이것아."

사랑하는 남자의 곁에서 충분히 이루고도 남을 소박한 꿈이었으니, 박 여사는 딸애의 창창한 앞날에 돌 뿌리가 되고 싶지 않았다.

"엄마……."

재은은 사정없이 흔들리는 마음을 어떻게 좀 하고 싶었다. 엄마의 설득이 아니더라도 차 안에서 들었던 그의 은은한 고백에 이미 반쯤 마음이 이끌린 상태였다.

자그마치 9년이었다. 억울하게 내버린 시간을 보상받기 위해서라도 당장 그의 손을 잡고 웨딩홀을 찾아가고 싶었다. 그런 마음이 들다가도 혼자 남은 엄마를 생각하면 마음이 여간 음울한 게 아니었다.

"엄마처럼 살지 말고 잘 살아."

박 여사는 걱정이 태산인 그녀와 다르게 모든 걱정 근심을 훌훌 털어

낸 듯 편안해 보였다.

"아휴, 차 서방 고마워서 안 되겠네. 달리 해 줄 건 없고, 우리 딸 이름으로 반찬 가게 개업하면 평생 이용권이라도 증여해야겠어."

그날 엄마는 말했다. 네가 자식 낳고 키워 봐라. 부모 마음 다 같은 마음이란다. 부디 나처럼은 살지 말아 다오.

재은은 엄마의 가냘픈 목소리에 울컥 눈물을 쏟아 냈다.

chapter

16

주주 총회가 열리기 한 시간 전, 대강당 입구 앞에 준비를 마친 백제 호텔의 주주들이 속속 모습을 드러냈다.

　그중 화준도 있었다. 나날이 폭락하는 백제 호텔의 주가에 주주들은 하나같이 상심한 표정을 짓고 있었다. 대주주인 차노익 사장의 근엄한 얼굴을 보니 한 치 앞도 내다볼 수 없는 게 차화준 부사장의 해임 결과였다.

　비표를 부착한 출입 기자들도 하나둘 모습을 드러냈다. 모두들 긴장감 역력한 얼굴로 자리에 참석했다. 발언권을 가진 화준은 부친인 차노익 사장의 맞은편에 자리했다.

　분위기는 엄숙했다. 주주 총회는 무거운 분위기로 진행됐다. 발언권을 가진 주주들은 차화준 부사장의 해임 문제를 두고 치열한 기 싸움을 벌였다. 의결권을 가진 주주들은 침묵했다. 팽팽한 신경전 끝에 막을 내린 주총의 결과는 사람들의 희비를 갈라놓았다.

　폭력에 정당성은 없다며 사태를 용납지 못하는 주주들이 더러 있는가 하면 반대로 환호하는 주주들도 있었다. 상석에 앉은 차 사장은 그 중간쯤에 있었다. 감정을 철저하게 숨긴 그의 얼굴은 여상했다.

　안건으로 부의된 차화준 부사장의 해임이 부결되었다. 당당히 자리를 지킨 아들을 보자 차 사장의 가슴속에서 감구지회가 치밀었다. 여기에 오기까지 산전수전을 다 겪은 아들은 베테랑이었다.

회사의 위기를 기회로 떳떳하게 자리를 지킨 그는 주주들이 보는 앞에서 지금의 어려움을 타개할 방책을 모색할 것을 약속했다.

내 아들이지만 어쩜 저리 영악한지 모르겠다. 차 사장은 먼저 자리에서 일어났다. 그가 유유히 대강당을 걸어 나가자 그 뒤를 화준이 좇았다.

성남 대원 그룹 사옥에서 열린 백제 호텔 정기 주주 총회가 끝이 났다. 장사진을 이루는 본사 앞 취재진들은 함께 모습을 드러낸 부자를 보며 까무러치는 얼굴을 했다.

이례적인 그림이었다. 아들의 해임 안건을 두고 주주 총회에 참석한 차 사장은 막강한 경영권을 보유하고 있음에도 이번 싸움에서 패배했다. 그럼에도 그의 표정은 안연했다. 어쩔 수 없는 아버지였다. 기자들은 두 부자의 모습을 생생하게 카메라에 담았다. 열렬하게 질문 세례를 퍼붓는 기자들 앞에 차 사장이 다가와 섰다.

"차화준 부사장의 해임 안건이 부의된 정기 주주 총회에서 부사장의 해임 건이 정식 부결되었음을 알립니다."

그는 기자들의 질문에 일일이 대답했다.

"불미스러운 논란으로 물의를 일으킨 점, 고개 숙여 사과드립니다. 이 시간, 이 후 부사장으로서의 역할에 충실할 것을 약속합니다."

그리고 그 곁에선 화준은 부결된 해임 안건에 대한 자신의 생각을 소상히 밝혔다. 그의 진심 어린 인터뷰는 그대로 언론에 보도되었다. 국민들은 하나같은 마음으로 그의 부결을 축하했다.

논란이 되었던 차화준 부사장은 무사히 해임을 피했다. 소박하고 검소한 새 가족을 집안으로 들인 대원가의 이미지는 쇄신에 성공했다. 차 사장이 강조했던 획일주의로부터 탈피한 그들은 빈부귀천의 적폐를 뿌리 뽑은 국민 그룹으로 실추한 명예를 되찾았다.

차화준 부사장의 일반인 연인으로 알려진 예비 작은 사모의 미담이 언론에 쏟아지면서 대원 그룹의 위엄과 신망은 더욱더 높아졌다. 평소 그녀를 잘 알고 지낸 동문들은 그녀와 차화준 부사장의 일화를 모 포털 사이트에 게재하며 큰 호응을 끌었다. 그렇게 그녀가 그의 첫사랑이라는 사실이 입증되었다.

대학 시절부터 옥신각신하던 두 사람의 이야기를 통해 사실 재은은 까무룩 잊고 있던 기억을 되찾았다. 갑작스러운 게시글에 놀란 것도 잠시, 이내 회상에 잠겨 그와의 추억을 되짚었다.

새삼 깨달았다. 9년은 너무도 긴 시간이었다. 잃어버린 그 시간을 보상받기 위해 무던히 노력하던 화준의 마음을 이해하게 됐다. 많이도 속상했을 테지. 괜히 미안한 그녀가 애연하게 미소 지을 때였다. 전화가 걸려 왔다.

"네, 선배."

당당히 승리를 거머쥔 첫사랑의 연락이었다.

"아버지한테 말씀 드리긴 했는데, 상황이 이렇게 될 줄이야. 나도 생각지 못했던 부분이라 당황스럽긴 하네."

대원 물산 본사, 상무이사 집무실. 열성적으로 결재 서류를 확인하던 화은은 갑자기 걸려온 현민의 전화에 집중도가 현저히 떨어졌다. 노여움을 감추지 못하는 부친께 죽마고우인 현민과의 결혼 의사를 밝혔으니까. 그의 경영권 보호 차원에서 꺼낸 제안은 다시 생각해도 민망했다. 천하의 차화은이 손현민에게 먼저 프러포즈를 했다.

집안에서 주선한 맞선 자리에서도 지금처럼 얼굴이 후끈거리지 않았는데.

—화준이가 똑똑한 거지.

어쩐지, 늘 친구였던 그의 목소리가 사뭇 다르게 느껴진다. 손현민의 목소리가 원래 이렇게 중후했던가? 얘가 원래 이렇게 자상했던가? 아니지, 손현민은 자체적으로 다정다감한 사내였다. 사려는 또 얼마나 깊은지, 매사에 침착한 그는 사소한 일도 허투루 하는 법이 없었다.

그러다 잠깐. 당황한 화은이 그대로 생각을 멈췄다.

내가 왜 손현민을 칭찬하고 있는 거야? 천지가 개벽한 이래 처음 있는 일에 놀란 건 그녀 본인이었다.

—오늘 저녁이나 같이 먹자.

"바빠."

—아는데 시간 좀 내. 그리고 바쁜 건 피차일반이야.

"……"

—그리고, 난 내게 프러포즈한 여자를 방치하고 싶지 않다.

수화기너머 그가 말했다. 미치겠다. 노처녀의 메마른 가슴에 돌연히 봄바람이 불어왔다. 황사라고 착각했던 모래바람은 불어오는 동안에 거르고, 걸러 청량한 바람이 되었다.

—고백은 내가 받았고, 선택은 내 몫이니까 시간 내.

얘가 오늘 뭘 잘 못 먹었나. 왜 이렇게 멋있고 난리야. 화은의 얼굴에 홍조가 떠올랐다.

퇴근 후, 현민을 만나 조촐하게 저녁 식사를 가진 화은은 부자연스러운 얼굴을 하고 있었다. 왠지 그가 어색하다. 생각지 못했던 결혼 이야기가 오고간 뒤라 그런가, 그와 눈만 마주쳐도 화은은 죄인처럼 시선을 피해 버렸다. 혹은 대놓고 고개를 외면하기 일쑤였다.

현민은 그런 그녀를 물끄러미 바라보았다.

"다행이지? 화준이 해임은 피했으니."

그의 시선을 한 몸에 받는 화은이 민망한지 고개를 모로 돌리며 말했다.

"잘된 일이지."

"그러게. 이렇게 될 줄 알았다면 꺼내는 게 아니었는데."

"뭘?"

"뭐긴, 우리 결혼 얘기 말이야. 네 말에 혹해서 덥석 꼬리를 잡고 늘어지는 게 아니었는데. 내 경솔함이 문제였어."

"가장 중요한 문제는 그게 아니지."

현민은 쥐고 있던 포크를 내려놓았다. 대화를 시작하기 전에 앞서 기본적인 자세를 갖춘 그는 제일 먼저 그녀와의 시선을 맞추었다.

"나 좀 봐. 계속 피하지 말고."

먼저 자꾸만 도망치는 그녀의 시선을 자신에게 고정시켜 놓았다.

"화은이 네가 한 고백에 대한 답변을 할 거야."

"답변은 무슨."

다소 쌀쌀 맞은 투로 말했으나 그녀 마음은 기대감에 푹 젖어 있었다. 이상하게 그의 말을 기다리게 됐다. 그의 입술이 떨어지는 찰나 알 수 없는 조바심을 느꼈다.

"화준의 해임이 부결 됐다 해서 차화은, 네 고백을 무를 순 없잖아."

"글쎄, 내가 언제 고백을……."

"우리 이제 그만하자."

"어……?"

쿵, 그녀의 가슴속에 돌덩이가 떨어졌다. 운석처럼 날아든 충격이 어찌나 무겁고, 버거운지, 순간 겁이 났다. 이중적인 그의 말에 놀란 그녀의 시선이 일렁거렸다. 현민은 당황한 그녀를 보며 빙그레 미소 지었다.

"여기저기 선 보러 다니는 짓 그만하자고."

이상하게 그 한마디에 가슴이 안도했다. 설렘을 느낀 건 이어지는 그의 말이 채 끝나기 전이었다.

"우리 나이는 선 봐도 안 될 나이야."

"……."

"그러니까 먼 길 그만 돌고, 가까이에서 찾자."

30년 지기 친구의 희로애락을 누구보다 잘 알았다. 그의 슬픔이 곧 그녀의 눈물이었고, 그의 기쁨이 곧 그녀의 미소였다.

살아온 날의 절반 이상을 눈앞의 그와 함께 해 왔기에 누구보다 그가 편한 화은은 언제나 그를 퉁명스레 대했다. 그가 짓궂은 장난을 칠 때면 대놓고 핀잔을 주거나 윽박질을 해 댔다.

그러나 오늘은 그럴 수 없었다. 장난기를 지운 그의 진중한 모습에 차마 면박을 줄 수가 없었다. 지금 그는 가장 가까운, 그리고 가장 사랑하는 친구가 아니었다.

"우리만큼 서로에 대해 잘 아는 사람도 없을 거다."

연애에 실패한 경험이 수두룩한 그는, 남자였다. 더 이상의 실패는 없다고 말하는 듯한 그의 눈빛이 비장하다. 굳건한 심지가 그의 만면 위로 떠올랐다.

화은은 턱관절이 저릿할 정도로 입을 벌렸다. 차화은 상무이사의 품격이 오간 데 없이 사라진 그녀의 표정은 퍽 우스꽝스러웠다.

"부부 생활도 의리라던데, 우리라면 쉽지 않겠어? 30년 의리로 기본 베이스는 깔아 뒀잖아."

"너…… 진심이니?"

"진심이야."

단정적인 그의 말에 의심을 품을 수 없었다. 화은이 조용히 입을 다물었다. 부자간의 간극을 좁히기 위해 무심코 던진 말 한마디가 미끼가 되었다. 그리고 현민은 그 미끼를 물고 월척이 되었다. 닥친 상황을 활용해 은근히 프러포즈하는 현민의 말이 이상하게 촉매제가 되었다.

그녀의 두근거림이 강해졌다. 모르겠다.

"이제 그만하자."

친구로만 생각했던 손현민이 달라 보였다.

"그만하고, 같이 살자."

화은은 무슨 정신으로 본가를 찾았는지 모르겠다. 아버지의 호출이 있었다. 현민과 헤어지고 곧장 성북동을 찾은 화은은 곧장 아버지가 계신 서재를 찾았다.

정신은 멍했다. 헤어지기 전, 현민이 건넨 한마디가 계속 머릿속을 부유했다.

"좋아해, 10년도 더 됐어."

차화준의 첫사랑은 9년 짜리였다. 9년은 무시할 수 없는 시간이었다. 그녀가 대원 물산의 상무이사로 신임된 지 이제 고작 3년이었으니까, 정확히 3배가 되는 시간이었다.

그 시간도 영원처럼 느껴지던 그녀는 놀랄 수밖에 없었다. 손현민은 그보다 더 긴 10년이란다. 무려 10년이나 됐단다. 부친을 마주한 화은이 고개를 추켜 들었다. 근엄하게 앉은 그가 말했다.

"군이 너를 희생할 필요는 없다. 정략결혼은 질색이라고 그렇게 말하던 화은이 네 마음을 내 모를까."

"……."

"억지로 그럴 필요 없다."

놀란 기색을 보이던 것도 잠시, 화은은 이내 평정을 찾았다. 친히 그녀를 찾은 차 사장의 마음을 모르려야 모를 수 없어 살그니 미소 짓는다. 이렇듯 자식밖에 모르는 부친께서 화준을 백제 호텔에서 내친다는 것은 애초부터 불가능한 일이었다.

화은의 희생적인 결혼 이야기가 겹쳐져 두 남매에 대한 생각은 짙어지고, 만감이 교차되었겠지. 그 마음을 모르지 않기에 화은은 잠자코 그의 말을 경청했다.

"부모로서의 자질이 부족한 내 노파심이 컸던 게지."

"……."

"그저 너희들이 잘되었으면 하는 마음이 과했던 게야. 화은이 네가 우려했던 화준이 녀석의 해임도 부결 됐으니 더 이상 내 걱정할 필요 없다."

그녀를 설득하는 차 사장에게 화은이 싱긋 웃으며 말했다.

"아뇨, 아버지. 이제는 저를 위한 거예요."

차 사장이 그게 무슨 말이냐며 곧장 되물었다. 여전히 화은의 입가에는 웃음기가 머무르고 있었다. 곰곰이 생각해 보았다. 나는 지금까지 손현민, 너를 어떻게 생각했는지. 너를 어떤 마음으로 대했는지.

"해야죠."

그 결과는 뻔했다. 경영인으로서 인정받기 위해 아등바등 버려온 시간 속에, 그리고 반쪽짜리 가슴속에는 언제고 그가 있었다. 어쩌면 나무 꽹이 등 맞춘 듯 30년 죽마고우로 보내 온 시간은 지금의 금슬을 이루기 위한 시간이었는지도 모르겠다.

"가는 데 순서는 지켜야죠, 아버지."

"……."

"저도 할래요, 결혼."

혼자 버려온 시간을 이제는 하나가 되어 보내고 싶은 그녀가 고백했다.

"외롭지 않게 살아 볼래요."

지친 그녀의 마음을 변함없이 채워 준 그가 절실해졌음을 화은은 비로소 깨달은 바였다.

"벌써 회사 앞이에요?"

정시에 맞춰 오라니까 성격 급한 그는 이미 30분 전부터 상국 제강 앞에서 대기하고 있었다. 일을 마치고 막 나온 내 여자를 아무도 모르게 낚아채고 싶은 마음을 그녀는 모르겠지.

재은은 늘 기다리던 그 자리에 머물고 있는 그의 차량을 발견하곤 대로변으로 한달음에 뛰어갔다. 익숙하게 문을 열고, 보조석에 올라타자 해임을 면한 내 남자가 씨익 웃으며 입을 맞춰 온다.

"너무 적극적으로 나오지 말아요."

부러 시큰둥하게 말한 그녀가 입술을 옴쭉거린다.

"지나치게 유혹적이지 맙시다."

그가 지지 않고 응수했다.

"헐, 저 오늘 화장기 진하게 안 했는데 유혹적이에요?"

벨트를 매며 말하는 그녀를 보며 그가 종전보다 더 크게 웃는다.

"그 얼굴이 그 얼굴이니 자극적인 게 당연하잖아."

"당연하게 생각해 줘서 고맙긴 한데 너무 그러지 말아요. 부끄러우니까."

"너무 그러지 마, 지나치게 예쁜 것도 해악이야."

"네?"

"차화준 죽일 요량인 거지?"

그가 밉살스레 웃으며 말했다. 재은이 피식 웃음을 터뜨렸다.

"거짓말 하지 말아요, 그렇게 말하고 죽은 적 없잖아요."

"살아야겠다는 의지가 강한 덕이지."

다시 말하지만 그에게 남은 목숨은 이제 하나였다. 어떻게든 잘 살아야 했다. 어렵사리 사회적 지위를 되찾았고, 그보다 더한 수고와 노력으로 모재은을 쟁취했다. 그의 계획은 일사천리로 진행 됐다. 순조롭게 부친의 승낙까지 받은 그에게 살아야 할 이유는 너무도 많았다. 그러니 죽으려야 죽을 수가 없지.

"든든하네요, 모재은의 프리패스는 평생 이용 가능한 거잖아요."

"죽어서도 가능하게 하면, 죽어서도 만나 주나?"

"그건 생각 좀 해 볼래요. 죽어서도 선배 화술에 넘어가고 싶지 않아요."

재은은 괜히 튕기듯 말했다. 화준은 개의치 않는 듯 웃으며 고개를 끄덕거렸다.

"그땐 지금과 다른 매력으로 모재은을 휘어잡아야지. 그러니까 그때 모재은은 지금보다 덜 어려운 여자하자."

9년을 기다리는 일은 두 번 못 할 일이니까. 그의 덧붙임에 재은이 함박웃음을 터뜨린다.

"나 오늘 기사 봤어요. 기자들이 날 엄청 신격화 하던데, 그래도 되는 거예요?"

"찬양 받아 마땅하지, 대원가에 없어서는 안 될 소중한 사람인데."

그 역시 계획의 일부였다. 그리고 예상대로 그녀를 무능하게 보는 아버지의 생각을 바꿔 놓기 위해 억지로 만들어 놓은 논란은 누구보다 훌륭한 그녀의 존재를 인정하게 했다.

검소한 그녀의 미담이 언론을 장악할 거라고는 생각지 못했던 부분이라 그 역시 적잖이 당황하긴 했다. 그러다 흐뭇한 미소를 지었다.

소박하고, 아담한 그녀는 영웅이었다. 그런 그녀는 두말할 것 없는 대원가의 여자였으며 차화준의 여자였다.

"그래서 인정했구나?"

"뭐가?"

"기사 봤어요. 다들 대원 그룹을 예찬하더라고요. 빈부귀천 없는 대원 그룹의 인본주의 사상이 차화준 부사장의 결혼으로 다시 한번 입증 됐다고."

"……."

"말 많았잖아요. 선배, 폭행 논란부터 해임 논란까지. 거기다 경영권 분쟁 논란까지."

"……."

"아버님이 나를 반대할 만도 해요."

"반대로 인정할 만도 하지, 모재은의 미담은 누가 봐도 존경해 마지않을걸."

한편으론 걱정도 됐다. 그녀의 얼굴이 언론에 퍼져 나간 후로 그녀를 찬양하는 몇몇 누리꾼들이 그의 눈에 띄었다. 나밖에 모르는 내 여자의 사랑스러운 모습이 공개되자 그것도 그 나름대로 곤욕이고, 스트레스였다. 나만 알고 싶은 비밀스러운 여자를 한순간 모두와 공유하게 되었다. 그건 싫은데.

"그리고."

"……."

"어떻게 모재은을 미워할 수가 있겠어. 모든 게 다 내 탓인데."

"탓이라뇨. 아니에요."

"어리석은 차화준의 판단 미스가 발단이 되었으니 모든 책임은 다 내가 지는 게 맞는 거잖아. 아니야?"

"정말 판단 미스예요?"

그녀가 물었다. 박한수의 폭행 사건부터 지금까지. 그의 말대로 정말 모든 것들은 그의 오판에서 비롯된 사고였을까? 의심 가득한 그녀의 시선이 운전 중인 화준의 옆모습을 물끄러미 바라보았다. 화준은 모르쇠를 일관하며 어깨를 으쓱였다.

"굳이 따지자면 미스는 아니지, 어쨌거나 모재은은 가졌으니까."

"애초부터 내가 목적이었던 거 아니고요?"

"목표물 조준부터 발사까지 철두철미하게 계획한 건 사실이지?"

"……."

"거리, 각도, 상황, 하다못해 공기의 흐름까지. 하나부터 열까지 조사 않은 게 없어."

왜? 그만큼 모재은은 까다로운 여자였으니까. 해임 위기에서 막 벗어난 남자는 위태로운 순간마저도 감사하게 생각했다. 이 모든 것은 차화준의 재화나 다름없는 그녀를 갖기 위한 일련의 과정이었으니까.

재은은 빤히 그를 바라보았다. 말은 하면 할수록 는다는 말처럼 그가 했던 셀 수 없는 고백들이 재은의 가슴속에 퍼져 결혼이라는 선물을 보태어 주었다. 살면서 가장 큰 성취감을 느끼는 순간이었다.

"여기까지가 차화준 부사장님의 큰 그림인가요?"

"아마도."

"못 살겠다. 사람이 이렇게 간교해도 되는 거예요?"

"다 잘 살기 위한 일인데, 이 정도 열정은 가지고 있어야 하는 거 아니야?"

"그 열정, 참 대단하네요."

그가 피식 웃는다. 대답이 없는 걸 보니 스스로도 잘 알고 있는 모양이다.

"그래서, 얼마나 울었어?"

한참 운전에 집중하던 그가 예상치 못한 질문을 건넸다. 재은이 화들짝 놀랐다.

"어떻게 알았어요?"

"눈이 퉁퉁 부어올랐는데."

"허. 티 많이 나요?"

"심각하게."

그 말에 재은이 핸드백을 뒤적여 손거울을 꺼냈다. 감춘다고 얼굴에 몇 번이나 분칠을 했는데, 두두룩하게 부어오른 눈두덩은 어떻게 감출 수가 없었던 모양이다.

"그래도 예쁜 건 반칙이고."

"아, 안 예뻐요."

"예쁜데?"

"아니라니까!"

"그래, 아니야. 아닌데 예쁜 걸 어떡하지."

그가 혼잣말을 하듯 중얼거렸다. 재은이 부끄러운 듯 양손으로 얼굴을 감쌌다.

"재은아."

몸 둘 바를 몰라 하며 꽈배기처럼 몸을 배배 꼬는데 그가 넌지시 이름을 불렀다.

"많이 좋아해."

"……."

"이 결혼에 내 욕심이 절반 이상이라는 건 나도 아는데, 양보해 주기가 싫더라."

그리고 시작된 그의 고백. 재은은 결혼을 앞둔 예비 신랑의 진중한 프러포즈에 뭉클한 감정을 느꼈다. 감격에 겨워 어쩔 줄 모르겠다. 분명 어제까지만 해도 혼자 남을 엄마가 걱정돼서 결혼을 망설이던 그녀였다.

"모재은이 좋아하는 낭만적으로 살자."

그야 말로 반칙이었다.

"못 다한 연애는 결혼 후에 로망처럼 하고."

"……"

"우리 그렇게 살자."

헤어짐이 아쉬워 뒤돌아보는 연애보다 지척에 두고 마음껏 바라보는 그런 삶을 영위하자.

"물밑 작업은 이미 다 끝났으면서 이제 와 뒤늦게 프러포즈하는 거예요?"

"반지라도 준비 했어야 하는데, 차화준 감성이 너무 모났지?"

"아뇨, 소소해서 더 좋은데요?"

재은이 히죽 웃으며 그의 손을 잡았다.

"나, 일은 계속 하고 싶어요."

"물론. 존중합니다."

"반찬 가게도 꼭 개업하고 싶고요."

"네트워크 형식의 체인 사업까지 바라는 바야."

"그런 것만 이해해 주면 당장 결혼해도 상관없어요. 선배 말대로 아쉬운 연애는 결혼 후에도 충분히 할 수 있는 거잖아요."

"그럼."

그가 씨익 웃는다.

"그래요, 우선은 그렇게 살아 봐요."

손을 뻗어 그의 팔에 살며시 팔짱을 낀 재은이 새침하게 말한다.

"남들 데이트 비용 걱정할 시간에 우리는 속 편하게 웨딩 플랜이나 짜요. 그렇게 소소하게 연애해요."

"웨딩 플랜만 짜? 자녀 계획은?"

"당장 아이 가질 생각 없다면서요."

"누가? 내가 그랬어?"

화준이 넉살 좋게 웃는다. 재은은 의심의 눈초리로 그를 흘겨보았다. 말은 그렇게 했지만 이러다 언제 덜컥 임신할지는 아무도 모르는 일이었다. 혹시 모르지, 자식 농사에 있어 실농할 리 없는 차화준이 무작정 씨를 뿌릴지. 생각하는 수준이 보통의 사람들을 초월한 수준에 이른 남자이니 그러고도 남았다.

"안 돼요. 나 분명 말했어요."

"존중한다니까."

"존중만 하고 수렴을 안 해 줄까 봐 무서워서 그래요."

"그랬어?"

그가 다정하게 웃는다. 반달로 휘어진 눈매가 지독하리만큼 매력적이다. 재은은 그의 눈웃음에서 시선을 뗄 수 없었다.

"네, 그래도 사랑해요."

갑작스러운 고백. 잠시 흠칫한 화준이 이내 온화하게 미소 짓는다. 기대 않은 내 여자의 사랑 고백에 분에 넘치는 감동이 가슴속에서 솟구쳤다.

"사실 매일 고민했어요. 이게 사랑이 맞나? 이렇게 말해도 되나?"

"……."

"사랑이 맞더라구요. 이게 사랑이 아닐 수가 없더라구요."

무작정 고백은 했는데, 끝을 어떻게 매듭지어야 할지 모르겠다. 재은이 멋쩍게 웃었다.

"그냥, 그렇게 잘 살아 보자는 말이에요."

"근면, 자조, 협동 정신은 이미 바탕 되어 있지."

"뭐예요. 새마을 운동이에요?"

재은이 키득거린다.

"그럼. 모재은 사랑 받아먹기 바쁜 차화준이잖아."

매력적인 그의 화술에 놀라 토끼 눈을 하다가 다시 눈웃음을 치며 깔깔거린다.

"부부의 생활 환경 조성과 개선은 다 내 몫이니까, 모재은은 편하게 마음만 가져와. 감정의 소득 증대는 내 마음대로 할 수 있는 부분이 아니니까 그거 하나만 챙겨 와."

"몸은 두고 와도 된다는 거예요?"

"그건 옵션 아닌가? 자연히 따라오는 거잖아."

"너무 자만하지 말아요. 이러다 확 마음 바꿔 결혼 무산 시킬 수도 있어요."

"그러기 전에 냉큼 훔쳐와야겠다."

갑자기 차를 세운 그가 고개를 돌려 그녀의 입술을 덮쳤다. 맞물린 그의 입술 사이로 뜨거운 숨결이 새어 나왔다. 순간 당황한 재은이 움찔했다. 그것도 잠시, 다가오는 그의 어깨를 포용하듯 끌어안으며 그의 입맞춤에 화답했다.

집으로 돌아가는 길. 멀지 않은 거리가 아득하게 느껴진다. 함께 있는 것만으로도 그저 행복한 재은이 입을 가린 채 연신 웃는다. 꿈같은 순간은 로망이었다.

그날 밤. 집으로 돌아온 재은을 박 여사는 두 팔 벌려 환영했다. 마치 금의환향이라도 한듯 결혼을 앞둔 딸애를 진심으로 반기는 그녀는 제자리에서 방방 뛰기까지 했다. 이혼녀라는 이유로 온갖 핍박을 받아온 엄마의 가슴속 환란이 구름 걷히듯 사라지고, 방긋방긋 웃는 만면 위로 환희와 감격이 떠올랐다.

반면 재은은 조금 난처한 얼굴을 했다. 두 모녀의 동아줄이나 다름없는 대원 그룹 오너 일가가 심히 진취적이었기 때문이다. 능동적이고, 선제적인 경영 방식으로 글로벌 기업으로 자리매김한 데 다 이유가 있었다. 사람을 엮는 솜씨도 상당했다.

재은이 박 여사와 도란도란 정담을 나누고 있을 때 화준에게서 메시지가 전송되어 왔다. 상견례 일정을 알리는 메시지 내용이었다.

"어머!"

또다시 흥분한 박 여사가 소리친다.

"그날이 언제라니? 어머! 나 그날 뭐 입으면 좋다니? 곱게 분칠도 좀 해야 되는데, 어쩌니. 재은아. 응?"

박 여사는 상견례보다 오너 내외를 만난다는 생각에 더 들뜬 듯했다.

36년 전에 있었던 그들의 결혼식이 얼마나 아름다웠는지를 설명하며 깔깔거리는 그녀는 화준의 부모인 차 사장 내외를 영웅쯤으로 숭상했다. 그렇게 엄마의 혼잣말은 한 시간가량 계속 되었다.

그녀가 잠들 때쯤이었다. 재은의 방을 찾은 박 여사가 종전과 사뭇 다른 분위기를 풍기며 통장을 건넸다. 잠이 달아난 재은이 획 몸을 일으켰다.

"이게 뭐야?"

"뭐긴, 통장이지."

"그걸 몰라서 묻는 게 아니잖아. 이걸 왜 주는 거야?"

0이 몇 개나 되는 통장 잔액은 무려 6천만 원이었다.

"이 돈, 다 어디서 난 거야?"

"왜? 어디서 훔치기라도 했을까 봐?"

"그런 말이 아니잖아! 이런 돈이 있었으면 진작 빚을 갚지. 왜…….."

기가 막혔다. 재은은 박 여사가 건네준 거금의 의미가 무엇이며, 그 용도가 무엇인지 아주 잘 알았다. 그래서 화가 났고, 미안했다.

"혼수는 해 가야 할 거 아니야."

"……."

"없는 집 출신이라도 기본적은 예우는 갖춰야지."

"나 돈 있어."

"잘됐네, 한 푼이라도 더 가져가야 예쁨 받는 게 시집살이니까 그것까지 다 가져가 살아."

"아니, 엄마!"

"엄마 그 정도 능력은 돼. 너 아니더라도 충분하니까 가져가."

박 여사는 그녀 손에 통장을 꼭 쥐여 주었다. 잘난 사위 두었다며 좋아하던 엄마의 모습이 생각났다.

욕심 없는 엄마는 마지막까지 그녀의 행복을 빌었다. 잘 먹고, 잘 살라며 당부의 말을 놓고 돌아선 엄마의 뒷모습이 못 본 새 많이도 야위어 있다. 작고, 연약해서 슬픔의 무게는 더욱 커졌다.

재은은 소리 없이 울음을 터뜨렸다. 베개에 얼굴을 묻고 한참동안 끅 끅거렸다. 그녀가 뒤척이는 동안 담담한 배 아래 깔려 있던 휴대폰이 제 멋대로 그에게 전화를 연결했다.

오열하는 그녀도 모르는 새 벌어진 일이라 수화기 속에서 들려오는 그의 목소리를 듣지 못하는 것도 당연했다.

그녀는 모를 테다.

낭만적인 그녀의 남자는 우는 내 여자가 한없이 걱정스러워, 대뜸 그 녀의 집 앞을 찾아왔다. 그리고 불 꺼진 그녀의 침실을 올려 보며 하릴없 이 속삭였다. 그만 좀 울지는, 하고.

결혼 준비는 생각보다 빠르게 진행되었다. 혼수부터 예물까지. 호텔에 복귀 했음에도 모재은에 대한 충성심이 남다른 화준은 결혼 준비에도 열 성을 다했다.

덕분에 두 사람을 목격한 일화가 하루 사이 수십 개 게재되었다. 전국 팔도를 다 누비고 다녔다고 해도 과언이 아니었으니 목격담이 없을 수가 없다.

누리꾼들은 변함없는 두 사람의 예쁜 사랑을 예찬했다. 두 사람의 결 혼식이 코앞으로 다가오자 대원 그룹의 창업주, 故 차준필 회장의 반대 에 사표를 내놓은 차노익 사장의 일화가 다시금 언론에 회자되었다. 피 는 못 속인다며 순정적인 두 부자를 치세우는 언론은 대원가에 상당히 호의적이었다.

이 모든 것은 5월의 예비 신부인 모재은의 덕이었다. 학창 시절 내내 우수한 성적을 유지했던 그녀의 반전 매력에 그녀와 그룹에 대한 호감도 가 급상승했다.

차화준 부사장이 낳은 논란의 주인공이 한순간 보배가 되었다. 폭락 했던 백제 호텔의 주가도 상승세를 보이고 있었다. 일선으로 돌아간 뒤로 위기의 타개책을 강구하는 부사장의 능력이 여실히 드러난 순간이었다.

지난 주주 총회에서 그의 해임을 찬성하던 몇몇 주주들은 나날이 급등하는 주가의 변동에 끙, 입을 다물었다. 주가가 상한가에 이르렀으니 달리 할 말이 없을 테지.

"준비는 잘 돼가고 있는 게야?"

본가를 찾은 화준에게 차 사장이 물었다. 당장 코앞으로 다가온 결혼식이었다.

"계획대로 진행 중입니다."

"그래, 결혼이라는 게 말처럼 쉬운 일이 아니야."

"뭐, 그렇긴 한데 아직까지는 모재은이 가장 어렵습니다."

"뭐?"

"아닙니다."

그가 웃으며 대답했다. 쯧쯧, 한심하기는. 차 사장이 언짢은 기색을 드러내며 그를 바라보았다. 요새 들어 그는 말끝마다 모재은을 갖다 붙였다. 그녀의 이름조차 사랑스럽다고 말하는 그가 어찌나 팔불출 같은지, 볼 때마다 한심해서 혀를 차게 된다.

헛기침을 터뜨린 차 사장이 시선을 돌렸다. 화준의 곁에 다소곳이 앉아 있는 재은이 눈에 들어왔다. 내내 말이 없던 그녀는 예비 시아버님과 눈이 마주치자 죄인처럼 고개를 숙였다.

이렇게 예고도 없이 그를 대면할 줄 전혀 몰랐던 지라 지금 순간이 그저 두렵기만 하다. 예물 준비를 마치고, 남은 시간은 풍요롭게 보내자던 그의 말을 철썩 같이 믿는 게 아니었다.

대뜸 그녀를 데리고 본가를 찾을 줄 누가 알았겠는가.

"끼니는 제때 챙겨먹고 있는 게야?"

차 사장은 부는 바람에도 휘청거릴 듯 가냘픈 그녀의 몸이 퍽 걱정스러웠다. 저리 비실해서야 출산에 문제가 생기는 것은 아닌지 걱정 되었다. 야윈 제 아내가 그러했듯 집안의 새아기마저 그런 힘든 시간을 보내는 건 아닌지.

"잘 먹고 있습니다."

아버지는 모르겠지만 그녀가 마른 이유는 자양분 같은 차화준의 사랑을 매일같이 섭취하고 있기 때문이다. 열량 소모가 상당한 신체적 교감으로 재은은 나날이 홀쭉해져 갔다.

"많이 먹여라. 이러다 쓰러지는 거 아닌지 보는 내가 다 불안하구나."

"쓰러져도 제 곁에서 쓰러질 텐데, 걱정이 많으십니다. 그거 다 노파심인 거 아시죠?"

차 사장이 홉뜬 눈으로 그를 노려본다. 재은은 가시방석에 오른 기분으로 부자를 곁눈질했다. 그러다 문득 차 사장과 눈이 마주쳤다

"여러모로 힘들었겠지."

그때 그가 말했다.

"언론이 그렇다. 그저 서로 물어뜯기 바쁘지."

무능한 그녀를 반대하던 그날의 그와 사뭇 다른 모습이었다. 화준을 냉대하던 것과 달리 재은을 바라보는 눈빛은 친부처럼 다정했다. 입가에 희미하게 걸린 미소는 인자했다.

"고생 많았다."

그는 논란에 부화뇌동하여 함부로 그녀를 재단했던 지난날을 후회했다. 반성하는 의미로 생전 않던 위로의 말을 건네는 차 사장을 보며 줄곧 경청하던 김 여사가 살며시 미소 지었다. 다시 재은에게 시선을 내어 준그녀가 말했다.

"우리 화준이 잘 부탁해요."

그녀의 따뜻한 성품이 느껴지는 한마디에 재은의 가슴속에 작은 파동이 일었다. 잔물결은 오래도록 마음에 남아 있었다.

"너무 반칙 아니에요? 말도 없이 이러기 있어요?"

"왜? 무슨 문제 있어?"

"문제? 있죠. 엄청 많죠. 나 오늘 엄청 형편없는 얼굴이란 말이에요.

보면 몰라요?"

"봐도 모르겠던데."

"하……."

"모르니까 문제없는 거지?"

금슬 좋은 차 사장 내외에게 마지막까지 공손히 인사하고 나서 본가를 나온 재은은 그의 차에 오른 뒤로 내내 그를 타박했다. 이게 뭐냐고. 예쁘게 차려입고 만나 뵙지 못할망정 이게 뭐야! 오늘 그녀는 셔츠 한 장에 청바지 차림을 하고 있었다.

"날 뭐라고 생각하겠어요. 엄청 부족한 며느리로 보실 거 아니에요."

"일전에도 말했지만 모재은이 미의 기준이라니까."

"웃기지 말아요!"

"웃긴 거 아니니까 기준하자."

운전 중인 그가 손을 뻗어 그녀의 손을 잡았다. 재은이 눈썹을 꿈틀거린다.

"솔직히 말해 봐요. 선배, 불안전한 연애 좋아하죠."

"모재은이랑 하는 거면 아무래도 좋지."

"한 손 운전 되게 위험해요. 알죠?"

"내 옆에 있는 모재은이 더 위험한 건 모르고?"

"한마디라도 좀 져주세요."

투덜거리는 그녀를 보며 그가 피식 웃음을 터뜨렸다.

다시 전방으로 시선을 돌린 그가 운전에 집중하고, 후방을 확인하기 위해 백미러를 내다보는 찰나 뒷좌석에 실은 쇼핑백이 눈가를 스쳤다.

결혼 예물로 그녀에게 받은 호가의 손목시계였다. 괜찮다며 극구 사양하는 그의 뜻에도 굴하지 않은 재은은 끝까지 고집을 부렸다. 결국 명품 시계를 쥐여 준 후에야 그녀는 안도의 숨을 내쉬었다. 그리고 말했다.

"돈 투자했어요. 그러니까 선배도 투자해."

귀엽기도 하지. 문득 그녀 없이 고독한 시간을 보냈던 지난 6년이 떠올랐다. 우세스러운 상사병과 향수병에 시달리던 그 순간에도 그는 재은의 흔적을 찾았다. 언젠가 그녀에게 빌리고 채 돌려주지 못한 펜을 손에 쥐고 주문처럼 웅얼거렸다. 우리 꼭 다시 만나자고.

 "재은아."

 나는 네가 아니면 안 되겠다고.

 "네?"

 "아무래도 난, 너 아니면 안 되나 보다."

 "새삼스럽게 뭘."

 "그렇지?"

 "네, 참. 요새 일은 할 만해요?"

 "아니."

 "많이 바쁘죠. 기사 보니까 난리도 아니던데."

 해결해야 할 사안이 많은 탓에 그는 숨 쉬는 것도 잊은 채 업무의 연장선을 이었다.

 "앞으로 어떻게 되는 거예요? 중국 출장 가는 거예요?"

 "글쎄, 당분간은 6년의 공백을 모자람 없이 채울 생각인데."

 모재은을 갈망하는 자신의 기본적인 욕구를 채우기 위해 잠깐의 시간은 모조리 그녀에게 바칠 생각인 그가 호기롭게 대답한다.

 "데이트도 즐기고, 신혼의 묘미도 누리고."

 당분간은.

 "그래도 괜찮지 않나?"

 지금의 행복감에 안주하고 싶다.

 "부사장도 결혼 휴가가 있어요?"

 "당연히 있어야지."

 그의 말투는 단정적이었다. 재은이 미심쩍은 얼굴을 했다.

 "막 복귀한 사람이 이렇게 안일하게 굴어도 되는 거예요?"

 "당연히 되지."

웃겨. 재은이 풋 웃음을 터뜨렸다.

"그런데 있죠. 선배네 부모님, 실제로 뵈니 더 아름다우시고, 멋지세요."

"그래?"

"네, 아버님은 어찌나 근엄하신지 그 분위기에 압도당해 말도 제대로 못 하겠더라고요."

"그랬어?"

"어머님은 또 얼마나 고우시던지. 오늘 보니 선배 딱 외탁이에요."

"그렇구나."

"아니에요?"

"모재은이 그런 거라면 그런 거지."

"존중하는 거예요?"

그녀가 묻고 그가 부드럽게 미소 지으며 고개를 끄덕거린다.

"고맙긴 한데 이런 존중은 괜찮아요. 참, 그리고 아까 아버님이 하신 말씀이요."

"말씀?"

"예식장 문제 해결해 주셨다고."

"아."

열애를 건너 뛴 그들의 결혼식은 성대하게 치러질 전망이었다. 상견례 날짜가 잡히자 화준도 본격적으로 결혼 준비에 나섰지만 생각처럼 쉽지 않았다. 결혼이 처음인 그에게는 너무도 어려운 문제였다.

그때 부친께서 직접 행동에 나섰다. 난항을 겪는 아들을 가르침 하듯 가뿐히 예식장 문제를 해결한 그는 두 사람의 보금자리까지 책임져 주었다. 재은에 대한 미안함이 우러나와 도저히 가만히 지켜만 볼 수 없었겠지. 화준은 아버지의 마음을 아주 잘 알고 있었다.

"그래도 괜찮아요?"

"뭐가?"

"무능력한 며느리라고 욕먹는 거 아니겠죠?"

"글쎄, 이미 언론은 우리 편인데 귀한 며늘아기를 어떻게 하대할 수
있을까."

"……."

"걱정 말고 잘 살 생각만 하자."

모재은에게 최적화 된 남자의 사랑 가득한 손이 재은의 손등을 지분
거린다.

"재벌 사모로 누릴 수 있는 건 다 누리면서. 그렇게 살 생각만 하자."

잠시 차가 멈췄다. 그녀를 돌아본 그의 두 팔이 재은의 허리를 으스러
지도록 끌어안았다.

"그나저나 이번에는 내가 좀 묻자."

그녀의 뺨에 가볍게 입을 맞춘 그가 속삭였다.

"우리 진하게 사랑 나누는 건 대체 언제 해?"

"그러게요. 시간이 나야 할 텐데."

"지금 났잖아. 아니야?"

"때와 장소는 구별해야죠."

"밤낮 구분하기도 어려운데 때와 장소를 가릴 수는 있을까."

그의 입술이 목덜미를 타고 훤히 드러난 쇄골로 떨어졌다. 재은이 간
지러운지 몸을 바르작거렸다. 진지하게 그를 밀쳐 내야 하는데 이상하게
웃음이 나왔다.

"못 가려도 가려야죠. 지금은 낮이에요."

쪽쪽. 체취를 새기고, 흔적을 남기듯 그가 소리 내어 입을 맞췄다. 박
꽃처럼 하얀 그녀의 쇄골 위에 붉은 자국이 선명하게 떠올랐다.

"그래, 그리고 모재은이 내 밤이지."

새벽하늘의 아름다움처럼 기억 속에서 금세 스러지는 그녀의 얼굴은
가까이 두고 오래도록 지켜볼 수밖에 없었다. 잠시도 눈을 뗄 수 없게 하
는 내 여자의 관능적인 모습에 화준이 쿡쿡, 웃었다.

"많이 좋아해."

그녀 귓가에 나직이 속삭인 그가 그녀에게서 몸을 떼어 냈다.

"그리고 많이 사랑해."

마침 신호가 바뀌었다. 그가 가속 페달을 밟아 차량을 움직였다.

"사랑 주는 건 내가 할 테니까 모재은은 실컷 누리기만 해."

결혼을 앞둔 예비 신랑의 극성맞은 애정 표현은 오붓한 시간을 보내는 동안 계속되었다.

일사천리로 진행된 결혼 준비가 완벽하게 끝나갈 때 즈음 상견례를 마쳤다. 재벌가 시댁에 뒤지지 않기 위해 어떻게든 우아하게 보이려고 애쓰는 정희와 시댁의 김 여사는 제법 통하는 게 많았다. 동년배라 그런지, 두 여사는 찰떡궁합이었다.

차가운 인상과 달리 성품이 선한 차화은 상무도 친절했다. 긴장한 재은에게 꾸준히 말을 붙이던 그녀는 안연하게 미소 지으며 그녀의 결혼을 축복해 주었다. 훈훈한 분위기 속에서 진행된 상견례는 재벌 시댁이라는 압박감에 억눌린 재은의 마음을 느슨하게 했다.

그녀의 예비 시부모는 생각 이상으로 다정했다. 온화한 화은은 날개 없는 천사나 진배없었다. 종종 화준과 눈이 마주치면 이를 바득바득 갈긴 했으나 그런 모습에서 인간미가 느껴져 더 보기 좋았다. 남매의 우애는 깊었다.

시월드가 꼭 없는 이야기처럼 느껴졌다. 친모보다 더 상냥한 시어머니의 고운 마음씨에 반한 재은은 결심했다. 시부모에 대한 존경과 사랑을 항시 마음에 품으며 그와의 결혼 생활에 최선을 다할 것이라고. 앞으로의 삶에 순응하며, 그녀를 위해 잃은 것이 많은 그를 정성스레 내조할 것을 스스로에게 약속했다.

자리가 해산되고, 외식가를 걸어 나왔다. 순차적으로 출차 된 차량에 먼저 차 사장 내외가 탑승했다. 그다음 차 사장의 지시를 받은 수행 기사가 박 여사를 에스코트하며 홀연히 떠났다. 이어 화은이 승차했다.

화준은 뒤에 도착한 자신의 차량 쪽으로 걸어가고 있었다. 떠나려는 화은이 차 문을 열고나서 그녀를 돌아본다.

"물불 안 가리는 화준이 때문에 고생길이 훤해 어떡해요."

걱정이 되는지, 그녀가 조금 씁쓸하게 웃었다.

"재은 씨도 알다시피 쟤가 한 번 눈 돌면 뵈는 게 없거든."

"……."

"그건 재은 씨가 더 알죠? 장학금 문제도 그렇고, 이번 일도 그렇고."

"네? 장학금이요?"

장학금이라는 금시초문에 재은의 눈이 휘둥그레졌다.

"응? 몰라요?"

화은은 상냥했다. 아무것도 모르는 그녀에게 사건의 모든 것을 설명해 주었다. 듣는 동안 재은은 말이 없었다. 너무 놀라 입술만 틀어막고 있었다. 그때 화준이 등장했다.

"애한테 뭐 했어?"

그새 팔불출의 표본이 되어 버린 화준은 겁이 없었다. 누나 앞에서 당당히 그녀 어깨에 팔을 두르며 공격적인 투로 물었다.

"한 대 치겠다?"

"원한다면."

"미친. 빨리 사라져."

"그러지, 뭐."

얄밉게 웃는 그가 그대로 재은을 데리고 돌아섰다. 재은은 힐끔힐끔 화은을 돌아보며 마지막까지 목례했다.

"조심해서 들어가세요. 오늘 감사했습니다."

그녀의 외침에 상석에 오른 화은이 손 인사를 했다. 재은이 빙그레 미소 짓다가 차에 올랐다. 그와 단둘이 남게 되자 조금 전 화은의 말이 또렷하게 생각났다. 부모님의 이혼 후 등록금에 허덕거리던 그녀를 위해 대학 총장에게 청탁도 마다치 않았다던 그녀의 말에 무서웠다.

숨은 차화준의 비화가 몇 개나 더 있지는 않을까? 나는 언제까지 차화준이 선사한 감동에 젖어 있어야 할까? 고맙다는 말을 할 수 없었다. 말보다 먼저 눈시울이 반응을 보였다. 시큰해진 눈가를 비비며 눈물을 닦아 내는데 화준이 불쑥 손수건을 꺼냈다. 그의 가슴께 꽂혀 있던 행커치프였다.

"이거 비싼 거잖아요."

"차화준 품보다는 덜 하지."

"뭐야……."

"운전 중이라 안아 줄 수가 없잖아."

"……."

"혼자서 닦을 수 있지?"

"내가 애예요?"

"애였으면 좋겠다. 뭐든 다 내가 해 주게."

지극정성인 그의 사랑에 재은이 풋 웃음을 터뜨렸다.

"울다 웃으면 엉덩이에 털 난다더라."

후방을 살피며 차선을 바꾼 그가 말했다.

"이따 시간 날 때 확인 좀 해도 돼?"

"묘하게 익숙한 대사네요?"

상국 제강 인근에서 만난 박한수와 치정 싸움을 벌인 뒤, 그의 차를 얻어 타고 현장에서 도망치듯 나왔던 어느 날. 신호가 걸린 틈을 타 그녀의 허리춤을 잡고 놓아 주지 않던 그가 그때도 지금처럼 말을 했었다.

"그때 못 본 게 궁금해서."

"아, 정말!"

화준이 아쉬운 듯 눈을 조금 크게 뜨며 휘파람을 분다. 하여튼 능청맞은 걸로는 1등이었다.

그렇게 집으로 돌아가는 길. 두 사람은 시간이 지나면 지날수록 실감 나는 결혼을 앞두고 이런저런 정담을 나누었다. 시간을 넘나드는 이야기는 다채로웠다. 한참 추억을 되짚고 있는데, 그가 갓길에 차를 세웠다. 말도 없이 운전석에서 내린 그는 어딘가로 휘적휘적 걸어갔다. 천자만홍의 화려한 꽃들이 즐비해 있는 길거리 노점상이었다.

사실 재은은 그가 꽃집을 찾아갔다는 것보다 그의 허우대에 감탄을 했다. 187cm의 큰 키와 바라진 어깨. 슈트의 정석을 보여 주는 타고난 의상 소화력. 거기다 위트까지 있으니, 세상 모든 여자들이 그녀를 부러워하는 것도 당연했다.

이제야 이해가 갔다. 늘 가까이에 있어 몰랐는데, 이렇게 멀리서 지켜보고 있으니 참 아깝다. 내 남자.

재은은 흔연하게 웃으며 묵례하는 그를 멀거니 바라보았다. 돌아선 그가 그녀가 있는 곳으로 걸어온다. 그의 손에는 예쁘게 포장된 꽃다발이 들려 있었다.

"자."

운전석에 올라탄 그가 대뜸 꽃다발을 건넸다.

"뭐예요?"

얼결에 전해 받은 재은이 꽃과 그를 번갈아 쳐다보며 물었다. 반복해서 쳐다보니 누가 꽃인지 모르겠다.

"뚝."

그가 말했다. 아이 다루듯 하는 말이 기분 나빠 한마디 하려는데 자꾸만 웃음이 입술을 비집고 나온다.

"치, 저 애 아니거든요!"

"이게 낭만 아니야?"

"낭만처럼 살게 해 준다더니. 그래서 사 온 거예요?"

"지나가는 길에 보이더라. 명색이 프러포즌데 꽃 정도는 있어야 하지 않을까 싶어서."

"언제는 꽃은 삼가자면서? 내가 꽃이라면서?"

"안 그래도 뭐가 꽃인지, 분간이 안 되는 실정이야."

"남이 들으면 욕해요. 알죠?"

"차라리 그랬으면 좋겠다. 모재은 예뻐하는 건 나만 하게."

진심이었다. 요새 그녀는 차화준 부사장 못지않게 유명 인사였다. 각계각층에서 내로라하는 인사들 부럽지 않은 명성을 가진 그녀는 재계에서도 소문이 자자했다. 차화준 부사장의 신부라며 모두들 그녀의 실물을 영접할 날을 기다리고 있었다.

기업 간의 화합적 교류를 목적으로 개최되는 오찬 회동이나 부부 동반 모임 등 다양한 파티에서 한 번쯤 그녀를 만나지 않을까, 기대감을 드러내는 사람들도 있었다.

그 때문에 화준의 불안감은 날로 상승했고, 질투심은 묘하게 끓어오르고 있었다. 예뻐해 주고, 사랑해 주는 건 나만하고 싶은데 큰일이다. 이러다 그가 설 자리가 좁아지는 건 아닌지 모르겠다.

"결혼 축하해."

"뭐야. 낭만적이잖아."

소소해서 배로 느껴지는 행복이었다. 한산한 대로변에 차를 세워 두고, 고백하는 그가 희미하게 웃는다.

"그럼 성공이고."

"나도 축하해요, 모재은 약취하는데 고생 많았어요."

"약취 아니고 쟁취."

"네, 뭐 아무거나 해요."

재은이 웃으며 고개를 내밀었다. 기습적으로 입을 맞추자 화준이 개구지게 웃는다.

"이렇게 자극하는 거 되게 위험한 건데."

"운전해요. 얼른."

그녀의 명령을 받들어 그가 차를 움직였다. 갓길을 빠져나온 차는 텅 빈 도로를 막힘없이 질주했다. 천국으로 이어지는 길이었다.

"참, 백수 면한 것도 축하해요. 덕분에 평생 배에 기름칠 하며 살 수 있을 것 같아요."

"기름칠만 해?"

"그럼 뭘 더 해요?"

"차화준 침도 바르고, 때도 묻히고."

"그런 건 어련히 알아서 하게 되니까 말할 필요가 없죠."

"그 어련히 알아서 하는 그때가 오늘일 거라고는 생각 못 해 봤지?"

말과 함께 그가 속력을 냈다. 그녀를 태운 차량은 그대로 그의 한남동 펜트하우스를 찾아갔다. 당황한 재은이 말은 에두르는 가운데 짓궂은 생각 풀이에 여념없는 그가 어디론가 전화를 걸었다.

"네, 어머님. 화준입니다."

익숙한 목소리의 그녀는 재은의 모친이었다.

"이것저것 신경 쓸 게 많다 보니 오늘 귀가가 늦어질 것 같습니다."

박 여사는 신이 난 듯 까르르 웃었다.

―귀가? 안 하면 나야 좋지!

재은의 얼굴이 충격으로 일그러졌다.

"네, 뭐. 굶길 일은 없으니 너무 걱정 안 하셔도 되겠습니다."

작정한 남자는 생각했다. 정 그러면 라면이라도 한 그릇 하든가.

조 실장은 감회가 새로웠다. 다신 안 볼 사람처럼 말할 때는 언제고, 그는 약 올리듯 제자리를 찾아왔다. 아니, 굳건하게 지켰다. 그가 없는 동안 부사장실은 인사 명령에 따라 모든 업무를 일시 중단했다. 차화준 부사장의 한 달 일정은 그렇게 휴면 상태에 빠져 있었다.

"이제야 로맨틱코미디로 장르 변경하신 겁니까?"

"거기에 더해 에로틱까지."

"지나치게 선정적이면 곤란합니다."

"왜, 조 실장도 핑크 영화 좋아하는 거 아니었나?"

"뭐, 그렇기는 하지만 아무리 그래도 상사가 전개하는 성애물에 관심을 가질 순 없잖습니까."

화준이 하하, 웃음을 터뜨린다.

"중국 쪽 사업 확장 문제는 어떻게 잘 처리 됐습니까?"

"차연지 사장님께서 큰 힘 쓰셨다고 하십니다."

그가 알겠다는 듯 고개를 끄덕거리며 묻는다.

"추후 일정은?"

"결혼식 전후로 조정해 놓은 상태입니다. 당분간은 편히 쉬어도 좋겠습니다."

"무슨 소리야. 일 못 해서 가시 돋친 거 안 보여?"

그가 탐탁지 않은 듯 눈썹을 꿈틀거리며 손에 쥔 만년필을 살랑살랑 흔들어 보인다. 조 실장이 백지 같은 얼굴로 이해가 부족하다고 되묻자 그가 싱긋 웃으며 말했다.

"결혼 후 일정 정리해서 보고해."

"무슨 일정 말입니까?"

"그새 감 떨어졌나?"

그렇다면 조 실장이 떨어뜨린 그 감, 차화준 부사장이 친히 주워 건네 주도록 하지.

"부부 동반 일정으로 타이트하고, 짜임새 있게 조정하라는 말인데. 이해가 되나?"

"부부 동반 일정이요?"

안 그러던 조 실장의 눈치가 며칠 새 영……

"부사장님, 웬만한 오찬 모임 일정은 피하라고."

"그러니까."

"일전에 그렇게 말씀하시지 않았습니까?"

귀찮은 일은 딱 질색이라고 말하던 그가 무슨 바람이 불어 이러나.

"안 보이나? 일전에 그렇게 말했던 나 자신을 후회하고, 반성하고, 자책하는 중인데."

"네?"

"됐고. 알아서 맞춰 놓고 보고해요."

그가 귀찮은 듯 손을 휘휘 저었다. 조 실장은 잘은 모르겠으나 일단은 그의 지시에 따라 공포의 일정표를 작성했다.

재계의 알아주는 부부 동반 모임으로 알려진 삼일회에서 하계 프라이빗 파티를 개최한다고 하였는데, 에라 모르겠다. 우선은 이것저것 다 넣어 보자. 간신히 해임 위기를 면한 차화준 부사장의 이미지 쇄신을 위해서라도 일단은 닥치는 대로 일정을 조정하는 게 좋겠다.

잠시 후, 미해결된 중국 관광객 유치 문제로 골머리를 앓고 있던 화준 앞으로 조 실장이 다가왔다. 그는 조 실장이 건넨 일정표를 확인하곤 만족하는 제스처를 취했다. 엄지를 척 치켜들며 입이 찢어져라 웃는 상사를 조 실장인 이상한 눈빛으로 바라보았다.

그나저나 부부 동반 모임이라니. 조 실장은 생각했다. 상사께서 작정을 하셨구나.

요즘 재은의 하루하루는 48시간이었다. 이틀에 한 번 잔다고 해도 과언이 아니었다. 화은과 만나 결혼 이야기를 나누는가 하면 모친과 김 여사를 만나 함께 웨딩드레스를 알아보기도 했다. 종종 차연지 사장도 합석했다. 대원가의 소박한 이미지에 맞춰야 한다는 어르신들의 입김은 상당했다. 재은에게는 선택권이 없었다.

"어머, 우리 딸! 너무 잘 어울린다. 예쁘다!"

"사돈을 닮아 새아가가 저리 고운가 봅니다. 선녀가 다로 없네요."

"오호호! 별말씀을요. 재은이, 네 생각은 어떠니?"

"저도 마음에 들어요."

시어머님과 고모님, 그리고 박 여사의 뜻이 하나로 모아졌다. 고심 끝에 롱 슬리브 웨딩드레스를 선택한 어르신들이 신이 난 듯 까르르 웃는다. 그렇게 난관이나 다름없던 '새 가족의 웨딩드레스를 채택하라!' 미션이 완료되었다.

조촐하게 저녁 식사를 마칠 때쯤 화준이 도착했다. 세 어르신이 먼저 떠나고, 재은의 곁에 선 화은이도 이내 자신의 차량에 올라탔다. 장롱 면허인 그녀와 다르게 화은은 영락없는 도시의 여자였다.

이목구비는 화준과 닮은 듯 달랐지만 도회적인 느낌이 물씬거리는 걸 보니 미인은 미인이었다.

"드레스 한 벌 고르는데 일주일을 투자했어?"

드라이브 겸 서울 외곽으로 나온 그가 운전하며 물었다.

"네."

"오늘 채택한 드레스에 모재은 의견은 없는 거지?"

"아니에요, 마음에 들어요."

"안 봐도 뻔해. 그놈의 이미지가 뭐라고."

대원 그룹의 호평이 끊이지 않는 순간을 기회 삼는 총수 일가의 속셈을 누구보다 잘 아는 화준이 시큰둥하게 말했다. 재은은 괜찮다는 말을 되풀이했다. 정말인데. 괜찮은데.

"우리 결혼 2주 남았네?"

"2주 뒤에 같이 사는 거죠?"

"그렇죠."

"결혼해서도 변함없이 매력 발산해 줄 거죠?"

"그럼."

"나 한 눈 못 팔게 해야 돼요."

"물론이죠."

그가 자신 있게 대답하며 습관처럼 그녀의 손을 찾아 잡았다.

"신혼 여행지는 가까운 발리로 해요. 귀국한 다음 날 해외 출장 일정 잡혀 있다면서요."

"거기까지 생각해 주는 거야?"

"그럼요. 결혼이라는 게 뭐겠어요. 다 그런 거지."

아내의 역할은 완벽한 내조였다. 그가 컨디션 난조를 겪지 않게 힘이 되어야 했다. 물론 그 힘은 누구든 부러워할 만한 큰 사랑이겠지.

"뽀뽀 할까?"

서서히 차의 속력을 줄인 그가 말했다.

"뽀뽀만 할 거예요?"

"뭐 더 필요한 게 있어?"

"주문 받는 건가요?"

"모재은이 원한다면, 뭐."

힐끔 그녀를 곁눈질한 그가 몸을 바로 앉힌다. 준비된 자세였다. 그녀로부터 신호가 떨어지는 순간, 출발선에 오른 그는 망설임 없이 그녀를 찾아오겠지.

9년 전부터 시작된 긴 기다림이 이제야 끝을 맺는 기분이었다. 멀어지는 그녀의 뒷모습을 보며 다가가기를 망설이던 남자의 집념이 마침내 쾌거를 이루었다. 그리움에 생각이 강해졌고, 아쉬워서 추억으로 남은 지난날의 잔영이 진해졌다. 영혼이 되어서도 그녀 곁을 맴돌 그가 웃는다.

"그럼 뽀뽀만 해요. 아무것도 하지 말고."

그를 보는 재은도 히죽히죽 입꼬리를 올렸다. 기묘한 일이었다. 부담스러운 차화준과 이렇게 다시 만나 청실홍실 같은 인연의 실타래를 하나로 엮을 줄이야. 긴 시간을 허송처럼 보내고 재회를 맞은 두 사람의 관계는 여기까지였다.

선배에서 남편까지. 딱 여기까지였다.

"키스도 하지 마?"

더도 말고, 덜도 말고 딱 이만큼.

"대답해야지."

우리 지금처럼 행복하게 살아요. 재은이 소원했다. 마침 그들의 사랑을 축복하는 듯 별똥별이 떨어졌다. 그를 닮아 찬연한 별빛 속으로 빨려들어가듯 차는 직진 신호를 달렸다.

"……할까요?"

빙긋 웃으며 대답한 재은이 불편한 벨트를 풀고, 그에게 몸을 기댔다. 텅 빈 도로를 하염없이 달리던 차량이 멈췄다.

"의견, 수렴하죠."

아무도 없는 도로 한복판, 차를 세운 그가 벨트를 풀기 무섭게 몸을 돌렸다. 재은의 뒷덜미를 끌어안은 화준의 입술이 이내 그녀의 입술 위로 떨어졌다. 그들만의 소리 없는 언약식이었다.

"사랑해요."

물기 어린 그녀의 두 눈동자 속에 그림처럼 아름다운 남자의 모습이 한 폭으로 담겼다. 흡족하게 웃어 보인 그가 대답했다.

"내 목소리 들었어?"

헝클어진 머리카락을 귓바퀴 뒤로 쓸어 넘기는 그의 손길이 부드럽다.

"안 그래도 방금 그렇게 말했는데."

그치지 않는 웃음인 오래도록 그의 입가에 머물렀다. 소리 내어 웃는 그녀의 목소리가 자분자분한 그의 목소리와 뒤섞였다. 캄캄한 차 안에서 사랑을 나누고, 확인하는 연인의 목소리는 잔잔했다.

확인하듯 서로의 몸을 어루만지고, 사랑을 고백한다. 살아 있음을 증명하는 맥박에도 설렘을 느껴 다시 또 사랑을 노래했다.

한편의 아름다운 희곡의 막이 내렸다.

안 올 것만 같던 결혼식 당일이 찾아왔다. 성대하게 치러지는 결혼식의 실내 장식은 세계적인 플로리스트가 담당했고, 플라워 데코레이션은 화준과 개인적으로 친분이 있는 아트디렉터가 직접 준비했다.

생화 연출을 통해 예식의 가치를 높이는 식장은 웅장한 느낌이 강했고, 공간에 어울리는 음향과 조명 시설로 분위기는 우아하면서도 럭셔리했다.

경건한 결혼식에 어우러지는 버진 로드와 높은 천장고는 국내 최고로 찬사 받을 만큼 훌륭했다. 무엇보다 명품 웨딩의 절정으로 알려진 버진 로드는 도래한 천국으로 이어지는 길처럼 고귀했고, 품격을 느끼게 했다.

준비를 마친 재은은 신부 대기실에서 몇 시간째 바들거리고 있었다. 표정이 퍽 어두운 걸 보니 화가 난 것 같기도 하고. 당연했다. 친히 신부 대기실을 찾은 신랑의 마지막 계략이 하필 오늘, 두 사람의 웨딩 행진이 있는 오늘 대미를 장식했기 때문이다.

"이 일정, 뭐예요! 나더러 일을 하라는 거야! 말라는 거야!"

재은은 그가 선물이랍시고 건넨 일정표를 보고 입을 다물지 못했다. 발리에서 돌아오는 대로 그와 부부 동만 모임인 삼일회의 프라이빗 파티에 참석해야 했다. 어디 그뿐인가, 그다음 날에는 시댁 일주를 해야 했다. 거기서 그치지 않는 일정은 살인적이었다. 기업가 모임에 동행해야 하는가 하면 온갖 모임에 초청 되어 무조건 참석해야 했다.

그러니 당연히 일은 할 수 없게 됐다. 몸이 열개라도 어려웠을 테다. 연일 계속되는 스케줄 행군이 오죽해야지.

"돈 벌고 싶다며. 아니야?"

"맞아요."

"반찬 가게 차리고 싶다며. 아니야?"

"맞아요!"

흥분한 재은과 달리 그는 이 순간에도 태연자약했다.

"그럼 내 옆에 있어."

"……."

"내 옆에 가만히만 있어도 어련히 알아서 굴러 들어오는 게 돈이니까."

자연스레 손을 뻗은 그의 손이 그녀의 머리에 닿기 전에 멈칫한다. 잘 갖춰 놓은 머리를 헝클어뜨릴 수 없으니 난감하다. 비단처럼 보드라운 그녀 살결을 만지고 싶어도 만질 수가 없으니 더 애가 탄다. 결혼이라는 게 다 좋은 것만은 아닌 것 같다. 새신랑은 벌써부터 불만을 토로했다.

"뭐든 힘들고, 어려운 건 내 몫이라니까. 잊었어?"

"안 잊었어요."

"그래, 그럼 편하게 쉬어."

"편하게 쉴 수 없는 시스템인데요? 이 일정표, 몇 번을 봐도 날 죽이려는 게 틀림없는데요?"

"그건 보상인 셈 치자."

그녀의 무릎에 놓인 부케와 그녀를 번갈아 보며 그가 조용히 중얼거렸다. 누가 꽃인지, 알아보기가 어렵네. 재은은 혀를 찼다.

"9년에 대한 보상."

"……."

"자나 깨나 차화준 곁에서 누릴 거 다 누리며 그렇게 살아."

너무도 사랑해서 해 줄 수 있는 건 그뿐이었다.

"손에 물은 묻혀도 모재은 눈가에 물 묻히는 일은 없을 거니까 잘 알아두고."

가진 게 그녀에 대한 마음과 재력뿐이니, 이 모든 걸 다 그녀에게 바칠 생각인 그가 고백하듯 말한다. 재은은 할 말이 없었다. 그의 간절함을 또 한 번 느끼게 되는 순간이었다.

분명 조금 전까지만 해도 그녀는 결혼을 앞둔 새 신부처럼 잔뜩 긴장한 채였다. 일정표를 확인한 후에는 길길이 날뛰며 노발대발했다. 흥분한 마음이 자연스럽게 가라앉았다.

"우리 엄마, 사장님 만들어 줘야 하는데."

"그건 내 몫이고."

"우리 엄마예요. 당연히 내 몫인 게 맞……."

"이제 내 가족인데, 내 몫인 게 맞잖아. 아니야?"

그러고 보니 그러네. 지금 이 순간이 지나면 두 사람은 부부가 된다. 이제 가족이었다.

"하여튼 정말 못 이기겠어요."

"질 마음이 없어 미안하네."

"살살해요."

"안 그래도 강약 조절에 신경 쓰고 있어."

못 이기겠다는 듯 재은이 피식 웃음을 터뜨렸다. 화준은 사랑스러운 신부를 보며 활짝 웃어 보였다.

"이따 버진 로드에서 봐."

자연스럽게 색을 입힌 그녀의 입술을 훔치고 달아난 그가 그대로 대기실을 벗어났다. 재은은 어이가 없는지, 연신 헛웃음을 터뜨렸다.

그가 사라지고, 30분이 지났다. 예식이 시작됐다. 괜찮을 줄 알았는데, 아니었다. 식은땀이 날 만큼 긴장하게 됐다. 신부 입장에서 그녀의 손을 잡고 함께 걷는 사람이 시아버님이었기에 더더욱 부담스러웠다.

"신부 입장!"

사회자의 외침과 동시에 예식장의 문이 열렸다.

"가자, 아가."

부드럽게 그녀의 손을 움켜잡은 차 사장을 따라 한걸음 움직인 그녀가 마침내 버진 로드에 입성했다. 길고 긴 로드 끝에 새 신랑이 있다.

선배에서 남편까지 이어지는 천국의 길은 너무도 아름다워 그녀의 감성을 적셨다. 괜히 눈물이 날 것 같았다. 환히 웃는 그가 아니었다면 엉엉 울어 댔을 지도 모르겠다.

문득 그런 생각이 들었다. 향도에서 그와 재회하지 않았더라면 우리는 어땠을까. 그래도…… 언젠가 다시 만나지 않았을까.

차화준에게 코 꿰일 운명이었다면 분명 우리는 운명처럼, 숙명처럼 다시 서로를 마주보았을 테다. 그의 여자로, 그녀의 남자로 평생을 살아갈 것을 모두가 보는 앞에서 약속한 두 사람의 모습이 애틋함을 물씬 풍겼다.

하객으로 자리한 귀빈들은 서정적인 두 사람에게서 눈을 떼지 못했다. 대다수 하객들은 버진 로드를 행진하는 대원 그룹의 작은 사모를 주목했다.

새하얀 드레스를 입은 재은은 순백한 꽃 한 송이를 연상했다. 기업의 보수적인 이미지에 어우러지는 그녀는 대원의 작은 사모답게 노출이 적고, 개자한 드레스를 선택했고, 정재계 인사 700여명이 참석해 대성황을 이룬 예식에서 숭고한 아름다움을 드러냈다.

심플한 라운드 네크라인이 돋보이는 드레스를 입은 그녀를 하객들은 진심으로 축복했다. 박수갈채를 아끼지 않는 그들은 온전히 대원가의 일원이 된 재은과 전 백제 호텔 부사장의 결실을 축하했다.

많은 논란을 낳은 만큼 화제가 되고 있는 두 사람의 화려한 결혼식은 그렇게 막을 내렸다. 예정대로 신혼 여행지는 발리로 정해졌다.

"발리에서 무슨 일이 생길지, 모재은만 모르는 눈치네."

평화로운 낙조, 희고 고운 백사장, 하얀 포말을 이루며 부서지는 파도를 아름답게 비추는 풍일.

"사실 나도 잘 모르겠다."

수줍은 신부. 불타는 신랑.

"마음처럼 따라 주어야 할 텐데."

예상했던 대로 초보 신랑은 허니문 베이비를 마다치 않는 기세로 몇 번이고 사랑스러운 아내를 안았다. 신부의 청정한 몸과 마음을 독점하고, 지배한 그는 완벽한 모재은의 남편이었다.

"꽃 같은 모재은. 여전히 향기롭고, 좋네."

신부의 머리를 쓰다듬는 그의 왼손 네 번째 손가락에는 영롱한 다이아몬드 반지가 껴 있었다. 간소한 예물로 나눈 반지는 이제 막 시작한 두 사람의 사랑을 축복하듯 찬연하게 반짝거렸다.

선 결혼, 후 연애는 이제 막 시작된 참이었다.

—Fin

Epilogue

잔잔한 클래식이 침실을 가득 채웠다. 요란한 벨소리는 그로부터 십여분 정도가 지나 울렸다.

화준은 전화를 받아야 한다는 생각도 잊은 채 그녀를 내려다보고 있었다. 고민에 빠진 아내의 얼굴을 그는 더없이 사랑스러운 눈빛으로 바라보고 있었다. 결혼 후, 6개월이 지났다.

"아무래도 이 패턴이 더 나을 것 같은데."

지금도 마찬가지였다. 재은은 벌써 20분 째 그의 넥타이를 고르느라 고뇌하고 있었다. 화준은 그런 그녀 앞에 벌서듯 서 있었다. 키가 작은 그녀를 배려하는 그는 낮게 상체를 숙이고 있었다. 때문에 더 고문처럼 느껴졌다. 아무래도 어제 회식으로 귀가가 늦은 그에게 복수를 하는 모양이다.

"혼내는 거야?"

"왜요?"

"어제."

"어제?"

"귀가가 많이 늦었지?"

"그런 걸로 토라질 만큼 속 좁은 아내 아니에요."

그녀가 말과 함께 돌아섰다. 하루에 몇 개씩 돌려 매도 부족할 양의 타이를 살피던 그녀가 진회색 슈트에 어울릴 만한 체크 패턴의 넥타이를 꺼내들었다.

눈대중으로 살펴본 결과 제법 조화를 이루니, 좋아. 이것으로 채택.

"나 정말 화 안 났는데."

그의 목에 타이를 둘러주며 재은이 말했다. 진심인데.

"알았으니까 힘 조절 좀 부탁할게."

기도가 막히겠어.

"체크, 괜찮죠?"

"모 사모 안목은 탁월하지."

"또 입 발린 말한다. 또."

결혼 후 재은은 달라졌다. 그에게 지지 않는 화술을 터득했다. 언변이 화려한 차화준에게 동화되어 이제는 제2의 차화준이라는 레테르를 얻었다.

어디 그뿐인가. 결혼 후, 한 달 만에 퇴사한 그녀는 그가 퇴근하고 돌아올 때까지 따분한 시간을 보냈다.

요새 들어 재은은 지루한 시간을 알차게 보내기 위해 취미 생활을 즐겼다. 베이킹이었다. 그가 마련해 준 오븐기를 활용해 이것저것 요깃거리를 만드는 그녀는 종종 근무 중인 화준의 호텔을 찾아갔다.

회사 일로 신경이 예민한 화준과 그런 그를 보좌하는 부사장실 비서들을 위로하기 위해 잘 구운 쿠키를 들고 집무실을 찾은 그녀는 말했다.

"까칠한 우리 남편 때문에 당 땡기죠? 쿠키 먹고 힘내세요."

챙이 큰 모자와 하얀 원피스를 입고 호텔에 출현한 작은 사모님은 정이 많았다. 몇몇 사원들은 작은 사모의 사려에 반해 퇴사를 포기했다고 했다.

그만큼 대원가의 이미지 쇄신에 큰 영향을 끼친 그녀는 호텔 백제에서 알아주는 간디였다. 호텔의 평화를 위해 날카로운 부사장의 가시를 다듬어 준다.

"입에 침 발랐는데. 안 보여?"

소란스럽게 울린 전화가 끊기고, 그가 넉살 좋게 웃으며 말한다. 그동안 재은은 그의 타이를 반듯하게 정리했다.

"그러네요. 보이네요."

그녀의 대답과 함께 다시금 그의 전화가 울렸다.

"그럼 모닝 키스 한 번 해도 돼?"

요새 그는 사소한 스킨십도 그녀에게 허락을 맡았다. 자고 일어나서도, 밥을 먹고 나서도 그녀에게 득달같이 달려드는 화준의 정력에 지친 그녀가 언젠가 진지하게 말했다.

"요물이에요? 남편 정기 빨아 먹는 아내는 봤어도 아내 음기 흡입하는 남편 얘기는 못 들어 봤거든요?"

사정을 하다가 안 되겠는지, 태도를 바꿔 그에게 윽박질을 해대던 그녀의 말에 꼬리를 내릴 수밖에 없는 남편은 사회에서만 잘난 사람이었다.

"음."

액정을 보는 화준이 발신자를 확인하고는 다시 그녀를 내려 본다. 재은은 망설였다. 생각해 보니 며칠 동안 그와 가벼운 입맞춤이 아니고서야 진득한 스킨십은 없던 것 같다. 애원하는 그의 눈빛이 애처로워서 잠시 고민하던 그녀가 고개를 끄덕였다.

그에게 맞추기 위해 뒤꿈치를 들자 그가 아니라며 고개를 젓는다. 그러더니 친절하게 상체를 낮춰 그녀가 입 맞추기 가장 편안한 높이를 맞춰 귀엽게 입술을 쪽 내밀었다.

"알았어요. 알았어."

재은이 못 이기겠다며 중얼거리더니 그의 입술에 입을 맞췄다. 쪽, 소리가 터지고, 그녀가 한 걸음 물러난다. 그때 그가 손을 뻗어 그녀의 뒷덜미를 끌어안았다.

"한 번만 더 하자."

재은이 늦었다며 그를 타박한다. 그는 괜찮다며 다시 한번 키스를 바라는 입술을 내밀었다. 피식, 웃는 그녀가 입을 맞대려는 순간이었다.

"전화 받는 동안 모 사모는 열정적으로 키스 좀 해 줘."

짓궂은 그가 집요하게 울리는 전화를 승낙했다. 손에 쥔 휴대폰 그의 귀에 닿았다. 그때 재은의 입술이 그의 입술에 포개졌다.

—오후 일정에 변동이 생겼습니다.

화준은 조 실장의 보고를 귀로 전해 들으며 입을 벌렸다. 가벼운 입맞춤으로 끝날 것 같았지만 돌연히 태도를 바꾼 그로 하여 뽀뽀는 키스가 되었다. 팍 인상을 구긴 그녀의 입안으로 거침없이 혀를 밀어 넣었다. 굶어 죽는 한이 있어도 모재은과의 스킨십에 메말라 가고 싶지 않은 남자가 농밀한 입맞춤을 이어 나간다.

—부사장님? 여보세요? 부사장님?

조 실장은 애타게 상사를 찾았다. 아내의 단맛에 푹 빠진 부사장은 이른 아침부터 열심히 입맞춤을 하는 중이었다.

재은은 속절없이 흔들렸다. 괘씸한 차화준을 벌하기 위해 장작 일주일을 버렸거늘, 그의 감미로운 키스 한 방에 다짐이 무너졌다. 이렇게 자극적으로 밀어붙이면 어쩌자는 거야.

—내달 이태리 출장이 앞당겨졌습니다. 벨라바즈 전시회 개최 날짜에도 변경이 있을 것으로 예견되는데 듣고 계십니까? 자꾸 이상한 소리가 들립니다. 부사장님, 괜찮으십니까?

조 실장이 몇 마디 더 하고나서야 그녀에게서 입을 뗀 화준이 밉살스레 웃었다. 재은은 괜히 콧잔등을 찌푸렸다. 그에게 꼭 안기고 싶은 마음을 감추기 위해서였다. 화준은 그런 그녀의 마음을 알았는지, 조 실장과의 통화도 뒤로한 채 그녀에게 속삭였다.

"오늘 밤은 어떻게 보낼까. 모 사모가 계획 좀 해 봐. 실천하는 건 돌쇠가 할 테니까."

남편 사랑에 배부른 그녀가 마지못해 웃는다.

"그래 볼까요? 치밀하게 계획 좀 세워 볼까요?"

오늘 밤을 기대하는 남편의 눈동자 속에 정열의 꽃이 피어올랐다.

백운 기업 장산영 대표와 사업차 접선한 화준은 미국 증시의 반등과 관련하여 이야기의 화두를 꺼냈다. 비상장 기업이라고는 하나 그들의 스테이 산업은 성공적이었으며, M&A 후의 상황도 상당히 긍정적이었기에 화준은 어떻게든 그들과 인수합병을 하려고 했다.

"장 대표님도 아시다시피 비상장 기업인 백운 내 경영권 분쟁의 신호탄은 이미 터졌습니다."

그는 여전했다. 해임 논란에서 벗어난 지 6개월이 지났다. 고작 반년 새 그는 모두의 인정을 받았다. 알기에 장 대표는 화준의 말을 경청할 수밖에 없었다.

"백제 스테이와 백운 스테이를 더 한다면 최고의 매출을 기대해도 좋을 것 같은데, 과연 장 대표님의 생각은 어떤지 모르겠습니다."

호텔 백제를 국내 최고의 귀빈호텔로 발전시킨 그는 포브스가 주목하는 한국의 대표 경영인이었다.

그룹의 후계자인 전자의 차현서 대표와 견주어도 부족하지 않은 그는 차연지 사장의 극진한 지애와 신뢰를 받으며 나날이 승승장구했고, 해외 지사에서 쌓은 커리어로 무수한 실적을 쌓았다.

기업인 사이에서 경계 대상으로 알려진 만큼 냉철한 과단성과 타고난 경영 감각을 가진 그를, 장 대표는 관찰하는 시선으로 살폈다. 그는 보수적인 기업 이미지와 달리 고가의 슈트 차림을 하고 있었지만 심플하면서도 고풍스러운 스타일을 연출한 행커치프와 커프스, 그리고 모던한 체크 패턴의 타이가 그의 전체적인 분위기를 편안하게 했다.

"잘 어울립니까?"

장 대표의 시선을 느낀 그가 우아하게 차 한 모금을 들이켠 후 웃으며 물었다.

"안사람이 직접 골라준 타이입니다."

밖에서도 그렇듯이 집안에서도 권위적일 것만 같은 남자의 목소리는 의외로 다정했다.

"안목이 탁월하지 않습니까?"

집 밖에서도 알뜰살뜰 내 여자를 챙기는 남자는 아직도 그녀와 연애 중이었다. 전보다 조금 더 가까워졌을 뿐. 짧은 연애 기간에 대한 아쉬움은 아직 채 가시지 않은 상태였다. 더 사랑하겠다는 의지는 날이 갈수록 강해졌다.

그래서일까. 그들이 결혼 3개월 차에 접었을 때, 그들의 첫 만남부터 연애까지의 이야기가 언론을 강타했다. 9년 전, 대학가에서 우연히 찍힌 그들의 기사 사진이 화제가 되며 차화준 부사장의 순애보가 미혼 여성들의 마음에 불을 지폈다. 수수하게 아름다운 작은 사모의 미담은 끊임없이 꼬리를 댔다.

언론은 서로에게 푹 빠진 그들의 사랑을 예찬했다. 호텔 백제의 출입 기자가 보도한 기사 사진 속 두 부부의 금슬은 세계제일이었다. 차화준 부사장이 가는 곳 어디에나 그녀가 있었으니까. 그리고 사진 속 그는 언제나 그녀를 바라보고 있었다.

"남자는 여자하기 나름이라는 말."

그녀밖에 모르는 그는 모 사모의 열성 팬이었다.

"그 말 참 맞는 말 같습니다."

웃는 그가 습관처럼 그녀를 떠올린다. 쿠키 굽기에 열중인 아내의 사랑스러운 모습을 두 눈으로 지켜보지 못해 아쉬운 그는 생각한다.

어제도 그러했듯 오늘의 목표도 정시 퇴근이다.

"그 케이크 사왔어요?"

—그럼.

"우와. 그 집 케이크 판매 한정인데, 어떻게 샀어요?"

—조 실장 시켜 줄 좀 세워놨지.

"우와. 대단하다."

논현동에서 가장 유명한 케이크를 들고 귀가할 남편을 기다리며 재은이 발을 동동 구른다. 수량을 정해 판매하는 케이크였기에 밤을 새지 않는 이상 구하기가 어려운데, 그만큼 유명한 케이크를 손에 들고 남편이 돌아오고 있단다. 마치 금의환향이라도 한 듯.

"지금 어딘데요?"

—막 43층.

"어머, 다 왔네요!"

기쁜 재은이 웃으며 자리에서 일어난다.

"그럼 나 목욕 물 받아 놓고 있을게요. 케이크는 식탁 위에 올려놔요."

전화를 끊은 재은이 곧장 욕실로 달려간다. 평소보다 빠른 그의 귀가 시간을 확인하고, 노곤한 남편의 피로를 풀어주기 위해 욕조에 가득 물을 받는다. 적당히 따뜻한 물로 채워진 욕조 안에 이내 입욕제를 푼다. 그러자 금세 더운 열기와 함께 은은한 장미향이 풍겼다. 수증기가 떠도는 욕실 안은 차화준의 정염처럼 뜨거웠다.

재은은 욕조 안에 손을 넣어 입욕제를 풀었다. 움직임을 따라 거품이 생겨났다. 보글보글, 올라오는 거품과 장미향을 맡으며 히죽 웃는 그때였다.

귀가한 남편이 의기양양하게 웃으며 그녀 앞에 나타났다.

"왔어요?"

그가 고개를 끄덕이며 그녀 앞으로 다가온다. 욕조에 걸터앉은 그녀는 꼼꼼하게 물의 온도를 체크하고 있었다.

"방금 받아서 아직 따뜻해요. 얼른 준비하고 씻어요."

"알았으니까 반겨 주는 것부터 하자."

말과 함께 그가 고개를 내렸다. 눈치 좋은 재은이 웃으며 그의 목덜미를 끌어안고 익숙하게 입을 맞춘다. 그런데 이상하다. 화준은 뭔가 못마땅한지 고개를 젓는다. 그의 손은 재은의 셔츠 안으로 침투해 들어와 있었다.

"모 사모는 꿀이지?"

"아닌데."

"맞는데."

"아니라니까."

"맞는데?"

작정한 화준은 재은의 말을 전혀 듣지 않았다. 그가 부드럽게 미소 지으며 욕조 안에 손을 넣었다. 거품이 묻은 손이 그대로 재은의 얼굴을 쓸어내렸다.

"너무 끈적거려서 눈이고, 손이고 뗄 수가 없네."

그윽한 시선은 고운 아내를 지그시 바라보고 있었다. 엉큼한 두 손은 금세 그녀의 브래지어를 밀어올리고, 봉긋한 가슴을 어루만지고 있었다. 그 순간 배덕한 생각이 머릿속에 차올랐다. 그가 쏟아 내는 희끄무레한 정액으로 젖은 그녀의 몸이, 신음이 속수무책으로 떠올랐다.

"케이크 먹어야 하는데."

"같이 씻고 같이 먹자."

"지금 당장 먹고 싶은데……."

"그래, 나도 지금 당장 네가 먹고 싶다."

말과 함께 그가 차근차근 그녀의 옷을 벗겼다. 그녀도 가만히 있는 걸보니 싫은 건 아닌 모양이다. 물론 그녀가 싫다고 거부해도 상관은 없다. 어떻게든 그녀의 마음을 돌려놓았을 테니까.

화준은 실오라기 하나 걸치지 않은 아내의 몸을 바라보았다. 귓불 아래로 보이는 매끄러운 어깨 라인. 정교하고 동그란 어깨 끝에 닿았던 그의 시선이 목덜미 안쪽을 찾아 파고든다.

결혼 후 붉은 흔적을 분분히 수놓았던 그의 입술이 그녀의 몸을 탐한 지 어느덧 일주일이 지났다. 못 살겠다. 마음에도 없는 금욕 생활은 여기까지였다. 그는 그녀의 희멀건 나신을 자줏빛으로 알록달록 물들일 생각이었다.

"예뻐 죽겠다."

흡족한 미소를 띤 그가 말했다. 그녀에게 고정되어 있는 눈 밖으로 꿀방울이 헤실바실 떨어진다. 재은은 그런 그의 어깨를 양 손으로 끌어안았다.

"같이 씻는다면서. 뻥이죠?"

남편의 엉큼한 생각을 알고서도 모르는 척 그녀가 물었다.

"아니, 우선은 중요한 문제부터 해결하고."

말끝에 그의 몸이 그녀에게 바짝 밀착됐다. 용솟음한 그의 욕망이 그녀의 피부에 닿았다.

"어떻게, 계획은 좀 세웠나?"

그가 웃으며 물었다. 재은이 대답하기도 전에 욕조 안으로 손을 넣은 화준은 물살을 가르던 손을 꺼내 그녀의 젖가슴을 손에 쥐었다.

"아니요."

재은이 미소 지으며 대답했다.

"남편의 생각을 존중하려고요."

"어. 뭐야. 그 말 되게 위험한 발언인데 괜찮겠어?"

어깨를 으쓱이는 재은이었다. 일주일 동안 굶은 남편의 마음을 알기에 배려하는 것이다.

"내 마음대로 하면 모 사모 몸 부서질지도 모르는데, 어떡하지."

"조각나면 조각난 대로 다시 맞춰 주세요."

"조각난 대로 안아 보고 싶다."

재은이 오만상을 찌푸린다. 이 분위기에 할 말은 아닌 것 같았다. 아무리 성미가 잔인해도 그렇지.

"가끔 보면 제정신이 아닌 것 같아요."

"차화준 혼을 쏙 빼놓는 모 사모가 곁에 있으니 정신을 차리려야 차릴 수 없는 게 당연하지."

말과 함께 볼록한 그녀의 유두를 그가 살살 비틀었다. 거품기가 묻어 미끄러운 몸을 샅샅이 애무하는 그의 손이 점점 은밀한 부위를 찾아 내려갔다.

"소매 다 젖었어요."

"마음은 이미 젖었지."

"언제 젖었어요?"

"기억 안 나."

재은은 이러지도 저러지도 못한 채 그의 품에 갇혀 있었다.

"안아 줘. 욕실이 너무 춥다."

배꼽 아래를 빙빙 도는 그의 감각적인 손짓에 재은은 명치까지 달아오른 느낌을 받아야 했다. 수증기가 감도는 욕실의 분위기가 외설적으로 변질되고, 그녀와 눈이 마주친 그의 자줏빛 입술은 기다렸다는 듯 씩 말아 웃는다.

무겁게 쳐져 있던 양손을 들어 반응을 보인 재은이 욕조 턱에 걸터앉은 그의 목덜미를 힘주어 안는다.

"그래서 어떻게 하고 싶어?"

"내가 말하면 들어주고요?"

"계획 없다며."

"그런데 왜 물어봐요?"

"확인 차원이었어."

그녀의 입술에 입을 맞춘 그가 말했다.

"오늘은 내 마음대로 하고 싶은데, 혹시라도 모 사모가 원하는 방향이 있을까 싶어서."

말을 마친 그는 그녀가 불편하지 않도록 상체를 낮췄다. 그의 손은 굴곡진 허리를 휘감았다. 여유로운 또 한손은 그녀의 배꼽을 배회하다 부드러운 살결을 타고 올라와 꽃송이처럼 곤두선 선홍빛 유두를 손가락 사이에 끼웠다.

편안한 셔츠 차림을 한 그의 양 소매는 이미 젖은 터였다. 그러나 전혀 아랑곳 않는 그는 아내의 사랑스러운 여체를 바짝 조여 안았다. 이 살결, 이 체온, 이 감촉이 얼마나 그리웠는지 모르겠다.

"욕실에서 하게요?"

그는 대답이 없었다. 마찬가지로 그녀도 더 물을 수 없었다. 재은은 동그란 가슴을 제 마음대로 주물거리고, 오똑한 정점을 부드럽게 비벼대는 그의 농밀한 행위에 바르르 몸을 떨었다. 섬세한 손짓에 온 감각이 올올이 섰다.

재은은 본능적으로 몸을 뒤틀었다. 생각과 다르게 허리가 휘어지고, 움찔거리던 두 다리는 단단한 그의 허벅지에 비벼졌다. 자극적인 그녀의 몸짓에 눈앞이 아찔해진 화준의 숨결이 후덥지근한 욕실의 온도에 동화되어 달아오른다. 이미 화끈해진 아래는 잔뜩 단단해진 상태였다. 화준은 최대한 인내하며 말했다.

"모재은 꽃은 지는 날이 없나 봐."

싱그러운 그녀는 청초한 초엽 같았다. 이슬진 풀잎처럼 푸르른 그녀는 이를 데 없는 사계절의 솔이었다.

"계절도 없어, 매일이 예쁘잖아."

그런 그녀 인생에 청솔이 되고 싶은 그의 마음이 덩달아 푸르다. 울지 않는 솔방울처럼 도저히 이루어질 수 없는 일을 성취하기 위해 노력하는 남편의 마음은 한결같았다.

여전히 그녀밖에 모르는 그녀의 남자였다.

"차화준 자양분이 좀 좋아야죠."

"확실히 밑거름이 좋긴 해."

불쑥 그의 양 손이 그녀의 허리를 바짝 끌어안아 올렸다. 허공에 붕 뜬 그녀의 몸이 매달리다시피 그의 품에 안겼다.

"다리로 나 좀 안아 줘."

부탁에 가까운 그의 말에 재은이 다리를 오므려 그의 허리를 조여 안았다. 웃음을 감추지 못하는 그가 낮게 쿡쿡거리며 가까운 세면대 쪽으로 걸음을 옮겼다.

"욕실이 너무 더워서 하는 말인데."

그러고는 그녀를 세면대 턱에 앉혀 놓고, 따사로운 미소를 짓는다.

"옷도 좀 벗겨 줄래?"

시선은 군데군데 볼록한 재은의 몸을 바라보았다. 긴장한 듯 꼿꼿하게 세운 발가락을 보며 픽 소리 내어 웃는 화준의 눈길이 곧장 은밀한 교합 부위를 찾아갔다. 풍성한 체모 안에 가려진 붉은 속살이 눈앞에서 아른거린다.

예민하게 선 그를 흠뻑 적시는 그녀와 닿을 때마다 들리는 철벅거리는 소리도, 깊숙한 곳을 향해 찔러 박을 때마다 파도처럼 출렁이는 뽀얀 젖가슴도. 모든 것이 눈앞에서 생생하게 재생됐다.

"그래야 빨리 넣지."

달짝지근하게 입을 맞춘 화준이 말했다. 홀리듯 움직이는 그녀의 손은 셔츠를 밀어 올렸다. 바라진 근육과 정염을 부추기는 치골이 시야에 닿았다.

수줍게 볼을 밝힌 재은의 감정을 좀먹는 탄탄한 몸이 마침내 모습을 드러내고, 서로를 갈망하는 동안 고인 타액이 혀끝을 지나 목울대를 울렁이며 넘어갔다.

부부의 시간은 영겁처럼 길고, 서로를 향한 사랑은 열렬했다.

"오늘은 몇 번 할 생각이에요?"

그 밤이 시작됐다.

"여러 번."